I Trofei
fiction

Traci L. Slatton

IMMORTALE

Traduzione di Valeria Bastia e Francesca Pe'

Tropea

Titolo originale: *Immortal*

Corso Buenos Aires 36
20124 Milano
Tel: (0039) 02 36596750
Fax: (0039) 02 36596754
www.marcotropeaeditore.it

Prima edizione: giugno 2010

ISBN: 978-88-558-0139-3

IMMORTALE

A Jessica, Naomi, Madeleine, Julia e Sabin

Gesù disse: «Se esprimerete quanto avete
dentro di voi, quello che avete vi salverà.
Se non lo avete dentro di voi,
quello che non avete vi perderà».

Vangelo di Tommaso, Detto 70

11 giugno 1324

Vostra Grazia, perdonatemi se porto alla vostra attenzione un argomento che, a prima vista, può sembrare di scarsa importanza. Ma la mia coscienza e l'ordine del mio Confessore, oltre a una promessa fatta al Santo Padre medesimo negli ormai remoti anni della mia giovinezza, mi obbligano a rendervi conto di un fatto occorsomi nella Piazza del Mercato di Firenze. Mi trovavo laggiù per acquistare alcuni frutti di stagione, quand'ecco accostarmisi una donna in lacrime, d'una beltà celestiale, i capelli fulvi color delle albicocche mature. Mi domandò con voce supplichevole se avessi visto il suo figliolo. Poco più che un neonato, era sparito da casa, mi spiegò piangendo. Mi pareva che parlasse con uno strano accento e indossava vesti raffinate e costose, adunque era straniera di sicuro e di nobile casato. Le risposi di no e d'improvviso scomparve, inghiottita da una folla di persone che parlavano una lingua ch'io avea già udito da giovine, in viaggio con l'arcivescovo Pierre Amiel al seguito della giusta crociata promossa da Sua Santità Papa Innocenzo per sconfiggere gli eretici di Linguadoca e abbattere la sinagoga di Satana a Montségur.

Allora m'accostai a un giovine, fingendomi ben disposto e d'animo cordiale e, dopo essermi intrattenuto in piacevole conversazione, gli domandai della donna e del marito di costei. Il giovine ammise che lui e i suoi compagni credevano nel principio secondo cui da se stessi si arriva alla diretta conoscenza della natura di Dio, in quanto che sapere di essere una scintilla di luce intrappolata nella materia vuol dire conoscere l'umana natura e l'umano destino. Stavo udendo materiale periglioso e sacrilego, a cui nessun cristiano assennato potrebbe esporsi senza per ciò compromettere la propria anima, una diabolica eresia volta a sedurre gente in buona fede e denunciata anni or sono dai Padri della Chiesa nel tentativo di proteggerci. Ma non mostrai sorpresa alcuna, poiché desideravo conoscere la portata di tale viltà. Il giovine mi sussurrò che quella nobile e insolita coppia era eletta, nata da sangue incorruttibile.

Ho raggiunto la veneranda età di novant'anni recando meco un segreto affidatomi quand'ero bambino a Montségur. Poiché da un momento all'altro verrò chiamato al cospetto di Nostro Signore, più non voglio portarne il fardello. Quel figliolo smarrito dev'essere ritrovato, ve ne prego, e tenuto rinchiuso fino a che non diventerà adulto, dovesse volerci chissà quanto, e fino a che il suo corpo non ne tradirà l'origine palesando segnali impercettibili e demoniaci. Sul petto comparirà il marchio dell'eresia, che lo incriminerà. Ciò di cui ho maggior tema è che appartenga alle schiere di coloro la cui esistenza corporea mette in discussione la nostra sacra Madre Chiesa, minacciandone l'autorità di unica fonte del volere dell'Unigenito Figlio di Dio sulla terra. Egli instillerà dottrine nella mente degli uomini che ne danneranno l'anima per generazioni a venire. Anzi, se a quell'abominio verrà concesso di vagare libero e scatenare piaghe e flagelli che uccideranno la maggior parte del genere umano, i quattro angoli del mondo crolleranno e si inabisseranno. Dev'essere fermato.

I miei più umili e cordiali rispetti, sempre vostro,

Padre John

Parte prima

1

Mi chiamo Luca, e sto per morire. Sì, lo so che tutti muoiono, che le città svaniscono e i principati decadono e ingegnose civiltà vengono soffocate in sottili volute di fumo grigio. Ma per me, benedizione e maleficio di un Dio ridente, è diverso. In questi ultimi centottant'anni sono stato Luca Bastardo e, pur ignorando la mia provenienza, so per certo di essere immune dalla chiamata della morte. Non per mia volontà, badate bene; la mia vita è trascorsa nella splendida città di Firenze, inarrestabile come il volubile fiume Arno. Una volta il grande Leonardo da Vinci mi rivelò che la natura, di per sé bizzarra, trae un immenso piacere dal creare un uomo eternamente giovane, come me, e dall'osservarne lo spirito imprigionato nel corpo lottare contro il desiderio di fare ritorno all'Origine. Sebbene non possieda l'arguzia del Maestro, a mio modesto parere Nostro Signore con me si è divertito. E se non fosse perché l'inquisitore pretende di svolgere il proprio lavoro, la vita si servirebbe ancora del sottoscritto.

Ma ormai le ustioni e le ossa rotte, e la gamba putrefatta dalla gangrena che emana un fetore nauseabondo, non mi lasciano molto tempo. Poco importa. Lungi da me vantarmi ora, al pari di un comune millantatore, delle altolocate amicizie che ho intessuto, delle bellissime donne che ho toccato, delle battaglie che ho combattuto, delle meraviglie cui ho assistito, e del mio unico, incomparabile amore. Sono tutte cose vere, vi basti saperlo, che hanno segnato la mia vita quanto ricchezza e indigenza, guerra e malattia, gloria e vergogna, magia e profezie. Ma non è per questo che voglio raccontarvi la mia storia, no. Ben altra cagione mi muove. Voglio farne dono a coloro i quali bramano di conoscere l'anima del mondo. Dopo quasi due secoli trascorsi su questa terra si finisce per apprendere ciò che conta davvero nella vita, ciò che ha valore, e con quale musica la voce del Dio ridente abbandona ogni vezzo ironico e diventa una melodia immortale.

Da dove vengo, lo ignoro. È come se mi fossi svegliato nel 1330, a nove anni, per le strade di Firenze. Di costituzione ero più minuto della maggior parte dei miei coetanei, forse perché non avevo mai abbastanza da mangiare, ma, per brutale necessità, ero sempre all'erta. Allora dormivo in rifugi di fortuna e sotto i ponti, e di giorno cercavo di raccattare qualche moneta da terra. Chiedevo l'elemosina a ricche gentildonne e infilavo le dita nelle tasche di distinti gentiluomini. Nei giorni di pioggia, aiutavo i più anziani a scendere dal carro e stendevo loro una stuoia sotto i piedi. Svuotavo pitali nell'Arno e pulivo la ramazza ai mozzi di stalla e agli spazzacamini. Mi arrampicavo in alto sui tetti e riparavo tegole di terracotta. Sbrigavo commissioni per un venditore ambulante, il quale sapeva che ero svelto e affidabile. A volte mi accodavo a un prete e intonavo l'Ave Maria e lunghe parti della messa in latino, perché mi veniva naturale ripetere tutto ciò che sentivo, e allora lui si divertiva e si abbandonava a rari gesti di cristiana carità. Accettavo perfino di farmi trascinare sotto un ponte da qualche vecchio che poi mi accarezzava, passandomi le avide mani sulla schiena e sulle natiche, mentre io trattenevo il respiro. Qualsiasi cosa pur di racimolare un soldo per mangiare. Ero sempre affamato.

Una delle mie attività preferite era rovistare per terra al mercato in cerca di qualche frutto rotolato giù da carri e bancarelle. Di solito veniva scartato perché ammaccato e sporco, dunque privo di valore, ma io non facevo lo schizzinoso; ho sempre pensato che le cose imperfette siano anche le più interessanti. Per la strada a volte mi capitava di trovare monete, e una volta perfino un bracciale tempestato di perle, la cui vendita mi garantì pane e carne salata per un mese. Non potevo recarmi spesso allo stesso mercato, perché gli ufficiali della guardia erano sempre alla ricerca di monelli come me e, se ci acciuffavano, ce le davano di santa ragione, per non dire peggio. Ma più o meno ogni settimana, la mattina presto andavo in uno delle decine di mercati da cui si servivano i fiorentini e stavo ad ammirare abbagliato le merci in vendita, voluttuose nel profumo e nell'aspetto: mele rosse dall'aroma dolce e invitanti albicocche screziate, file dorate di pagnotte con la crosta spessa da cui trasudava la calda fragranza del lievito, cosciotti di maiale insaporiti alle erbe, rosate costolette di manzo e morbidi tagli di agnello che profumavano di lavanda di campo, grosse forme di formaggio aromatico e panetti di burro color crema. Mi satollavo gli occhi e il naso, promettendo a me stesso che un giorno avrei gustato a sazietà quelle leccornie con tutto il mio essere. Studiavo anche come dare morsi preziosi. Perfino poche briciole avrebbero placato il brontolio allo stomaco che mi costringeva a notti insonni. Valeva tutto, insomma.

All'epoca la mia famiglia era costituita da altri due vagabondi a cui volevo molto bene, Massimo e Paolo. Massimo aveva il piede equino, le orecchie a sventola e un occhio lattiginoso che girava in tutte le direzioni, mentre Paolo la carnagione scura degli zingari, motivi sufficienti per abbandonarli entrambi in mezzo a una strada. Firenze non ha mai tollerato le imperfezioni. Io stesso non ho mai saputo perché mi avessero abbandonato. Massimo, dotato di grande intelligenza, sosteneva che fossi figlio di un nobile, frutto della relazione illegittima della moglie col confessore di famiglia, un incidente comune ai tempi. Fu lui a battezzarmi scherzosamente Luca Bastardo.

«Almeno non ti hanno strangolato!» mi canzonava. Del resto avevamo visto numerosi corpi senza vita di neonati gettati nei canali di scolo e sapevamo che le sue parole avevano un fondo di verità. Qualunque fosse stata la mia storia, avevo avuto la fortuna di sopravvivere. Fisicamente non c'era nulla di sbagliato in me, forse ero un po' basso e ossuto, ma proporzionato. Anzi, avevo un aspetto gradevole. Mi ripetevano spesso che avevo deliziosi capelli fulvi e una splendida pelle di pesca, che creavano un affascinante contrasto con gli occhi scuri. Non era il genere di cose che sentivo quando quei vecchi lascivi mi accarezzavano, però. In quei momenti cercavo di distrarmi sognando il cibo, poi con i loro soldi mi compravo pani caldi e tranci di pesce affumicato per placare la fame e il senso di malessere.

Quei giorni lontani trascorrevano soddisfacendo semplici bisogni: nutrirmi, stare al caldo e all'asciutto, ridere e giocare ogni qualvolta se ne presentasse l'occasione. La mia vita era segnata da una purezza che avrei sperimentato solo un'altra volta, più di un secolo dopo. E avrei custodito con ardore quegli anni successivi, perché sapevo che cosa voleva dire vivere privato di tutto.

Spesso trascorrevo il tempo giocando con l'intelligente Massimo e lottando col forzuto Paolo, dotato di un fiero temperamento, lascito delle sue origini gitane. Contro i miei due fratelli d'adozione perdevo sempre. Un giorno andammo a divertirci nel prato davanti a piazza Santa Maria Novella, nella zona occidentale della città. Era un bel pomeriggio di primavera, appena prima della festa dell'Annunciazione, e sotto l'infinito cielo turchese spirava una debole brezza che increspava la superficie azzurro argentea dell'Arno. Agli autorevoli e zelanti frati domenicani piaceva predicare laggiù, ma quel giorno la piazza era affollata: bambini che correvano ovunque; condottieri mercenari che giocavano d'azzardo e fischiavano; crocchi di donne intente a spettegolare, coi nipotini attaccati alle sottane di broccato; cardatori e bottegai che andavano a pranzo; notai e banchieri che si inventavano commissioni solo per godersi quel tepore e quel sole caldo, una vera rarità nel mese di marzo, che come si sa è pazzerello. C'era anche un gruppetto di figli di nobili che sfrecciavano tutt'intorno, fingendo di tirare di scherma con il piglio deciso tipico di quel ceto sociale. Non potevo fare a meno di invidiarli, perché possedevano ciò che ogni fiorentino desiderava: gustavano buon cibo e sfoggiavano abiti pregiati, erano abili con la spada e i cavalli e avevano la sicurezza di contrarre un matrimonio vantaggioso che ne avrebbe rafforzato la posizione.

I maschi indossavano deliziosi mantelli di lana, e si spintonavano e si lanciavano all'attacco con spade di legno spuntate sotto lo sguardo vigile del loro maestro, rinomato in tutta Firenze per le sue doti di abile stratega. Io gli gironzolavo intorno per meglio ascoltare le sue istruzioni – ero affamato di conoscenza e avevo un'ottima memoria. Paolo, invece, aveva in mente altro. Raccolse un legno dal prato e, per imitare quei giovani, mi caricò ridacchiando.

«Bastardo, difenditi!» gridò Massimo da distanza ravvicinata, tirandomi un altro legno. Lo presi al volo, appena in tempo per schivare l'affondo di Paolo. Fu una mossa fortunata; Paolo non voleva farmi male, ma era un po' tocco e spesso lasciava il segno. Mi fece un gran sorriso e allora capii al volo che voleva divertirsi un po' a spese di quei giovani ricchi, così mi inchinai, e lui pure. Levammo le spade finte e cominciammo a ballare uno intorno all'altro per deriderli, fingendo di essere anche noi figli di nobili e ostentando gesti eccessivi e saltelli affettati. Da un vicino gruppo di condottieri partì uno scroscio di risa rozzo e beffardo, che fece infuriare i giovani nobili.

«Diamo una bella lezione a questi bastardi di strada!» strillò il più alto, lanciandosi contro di noi. All'istante io e Paolo ci ritrovammo circondati da cinque spade di legno che ebbero la meglio sui nostri miseri bastoni. Paolo era forzuto come un toro e ne abbatté due. Non avendo i suoi muscoli, per schivare i colpi mi chinavo e spiccavo balzi, ma quando Paolo cadde, con il naso sanguinante, dentro di me sentii montare una gran rabbia. Brandii il bastone contro chi avevo davanti, ma fu un intervento inutile, perché il legno si ruppe in due. A quel punto udii levarsi un coro di risa sarcastiche: erano i condottieri, che adesso si burlavano di me. Ancor più infuriato, mi lanciai violentemente all'arrembaggio con ciò che restava del mio bastone, ma si rivelò un'altra mossa stupida. Due ragazzi mi tagliarono la strada di lato, scaraventandomi a terra di schiena. Mi dolevano le costole e mi si gelò il respiro nel petto. I condottieri scoppiarono in una fragorosa risata.

«Ragazzino, così finirai per farti ammazzare» mi disse un vecchio, chinandosi sopra di me. Ormai si era radunata una discreta folla. Nulla appassiona più i fiorentini di una lotta ad armi impari.

«Ma quelli hanno fatto male al mio amico!» gridai. «E loro ridono di me!» aggiunsi, indicando i condottieri.

Il vecchio era basso, tarchiato e dimesso, ma aveva occhi vivaci che sembravano comprendere al volo ogni cosa. «Gli uomini ridono perché Dio ride, e in questo preciso istante Dio sta ridendo di te» rispose, lanciandomi un'occhiata di compassione. Nessuno mi aveva mai guardato così; mi sentii quasi una persona reale. Le sue parole mi si impressero nel cuore. Dio ride, pensai meravigliato. Adesso sì che quanto ho visto per le strade ha un senso. Anzi, grazie a quelle parole udite tanto tempo fa, tutta la mia vita ha un senso.

«Non mi piace che qualcuno rida di me, Dio o chicchessia» dissi, tirando su col naso «e poi voglio che quelli la smettano di fare del male a me e al mio amico!»

«Il tuo legnetto rotto fa pena.» Il vecchio alzò le spalle.

«È l'unica cosa che ho!»

L'uomo scosse la testa e si accucciò accanto a me. «Figliolo, possediamo ben altro che le cose materiali. Anzi, quelle non sono niente. Le qualità che hai dentro di te, con quelle ti devi difendere.»

«L'unica cosa che ho dentro di me è la strada!»

«Se dici il vero, dev'essere per forza una strada di Firenze. Noi fiorentini abbiamo un'anima grande così. Siamo fantasiosi, creativi, gagliardi; la nostra città ha dato i natali ai migliori artisti e mercanti. Ecco perché siamo rinomati per la nostra intelligenza e il nostro acume, per il nostro ingegno. E tu non fai eccezione, figliolo, altrimenti non saresti sopravvissuto alla strada!» Sbatté gli occhi e osservò i miei sudici stracci senza esprimere alcun giudizio. «Quando ti trovi ad affrontare nemici superiori a te per forza e numero, quando sei di fronte a una sfida, devi scavare dentro di te, trovare quell'ingegno e usarlo.»

«E come?» gli chiesi sospettoso, stringendo le braccia attorno al costato dolorante.

«Ti ho visto ascoltare il maestro di scherma prima che scoppiasse la rissa. Se presti attenzione a chi ne sa più di te, vuol dire che sei intelligente. Per difenderti, inventati qualcosa di inaspettato. Sorpresa, strategia e sotterfugi, ecco le tue armi!» Mi strinse la spalla in segno di caloroso incoraggiamento.

«Avanti, femminuccia d'un bastardo» mi derise uno dei giovani nobili che mi avevano buttato a terra. «Vediamo come te la cavi col tuo bastone rotto!»

«Ma sono in tre» sussurrai al vecchio. Avvertii una morsa di paura allo stomaco e a fatica riuscii a calmare il tremolio al mento. «Sono grossi e ben pasciuti!»

«Ingegno» rispose. Io annuii e, seppur barcollando, mi rimisi in piedi. Lui mi diede una pacca sulla spalla.

«Dài, femminuccia, facci vedere!» Un giovane nobile mi tirò il bastone con un calcio. Lo guardai, ma invece di raccoglierlo, mi finsi terrorizzato. Se mi avessero preso, quei tre mi avrebbero pestato a sangue. Fummo circondati da una folla di curiosi, mentre la fila irregolare dei condottieri si mantenne di lato. Strillando come una donnicciola, aggirai il nemico e corsi dietro i condottieri, come per fuggire. I presenti erano divertiti dallo spettacolo, e io ne approfittai per sfilare il pugnale a un soldato distratto. Glielo tolsi dalla cintola con un gesto veloce ed esperto, poi mi lanciai alla carica.

«Guardate, quel piccolo bastardo si è procurato una piccola spada bastarda» disse ironico uno dei condottieri. Il pugnale che reggevo, infatti, assomigliava alla potente spada da una mano e mezzo, conosciuta anche come "spada bastarda". Gli altri mercenari scoppiarono a ridere.

Mentre i tre giovani fissavano la lama, io corsi accanto all'insanguinato Paolo che, ancora a terra, si lamentava. «Coraggio!» li sfidai, agitando la punta affilata del pugnale. «Chi vuole assaggiare il mio bastone rotto?» Titubanti e d'improvviso incerti sul da farsi, i giovani rimasero pietrificati e ammutoliti. Nessuno di loro voleva provare la fitta del pugnale. Eravamo a un punto morto.

«Suvvìa, figlioli, vi siete divertiti abbastanza; il vostro maestro vi reclama per la lezione» gridò secco il vecchio, consentendo così ai tre aggressori di ritirarsi con dignità. Loro borbottarono qualcosa imbronciati, ma abbassarono le spade di legno e si inginocchiarono ad aiutare i compagni. Il maestro di scherma, un omone barbuto con le braccia e le cosce muscolose, si avvicinò e mi diede un colpo sul petto così forte che per poco non persi l'equilibrio.

«Astuto» disse. Poi sorrise. «Puoi assistere all'allenamento di questi stolti quando vuoi. Sta' alla larga, però.» Chinò la testa al cospetto del vecchio e mormorò: «Maestro». Lui fece altrettanto e poi si rivolse a me. «Quello che hai dentro ti aprirà tutte le porte.» Mi sorrise. «Ricordatelo.»

«Se usassi il mio ingegno, forse Dio non riderebbe tanto di me» risposi timidamente, intimorito dall'attenzione riservatami da quello sconosciuto a cui perfino un rinomato maestro di scherma tributava tanto rispetto.

«Dio ride di chiunque, non solo di te. La vita, infatti, è una commedia divina.» Si toccò la barba. «Ora restituisci il pugnale al soldato, o il tuo ingegno ti procurerà qualche sonoro scappellotto!» Io risi e corsi dallo sventurato condottiero, che non si era accorto di nulla. Quello prese l'arma per l'impugnatura, facendomi un elaborato inchino con una mano sul cuore e il capo abbassato. Vedendo che lo copiavo, gli altri mercenari scoppiarono di nuovo a ridere, stavolta in segno di approvazione. Con la testa che quasi mi girava per l'orgoglio, tornai di corsa ad aiutare Paolo, che a fatica stava tentando di rimettersi a sedere. Lo presi per una mano e lui si alzò, facendomi un gran sorriso.

«Spada bastarda, eh? Divertente» disse. Ci aveva messo un po' a capire la battuta. Io e Massimo, che fino a quel momento si era defilato, tenendosi alla larga dalla zuffa, ci scambiammo un'occhiata d'intesa.

«Andiamo al fiume a giocare a dadi» propose. «Li ho fregati a uno dei condottieri impegnati a guardarti. Chissà fra quanto se ne accorgerà!»

«Oh, no» si lamentò Paolo. «Con te non ci gioco, Massimo, non vinco mai!» Sporse il labbro inferiore e aggrottò le sopracciglia scure.

«Sì, ma alla lotta tu ci batti sempre.» Massimo fece un sorrisetto compiaciuto. Era vero, e pensai che Paolo avrebbe fatto più fatica a vincere adesso che il vecchio mi aveva dato quel prezioso consiglio riguardo l'ingegno. Mi resi conto che potevo usarlo anche contro Massimo: l'ingegno era uno strumento versatile, adatto a ogni occasione. Mi guardai intorno per ringraziare quell'uomo, ma era già lontano, oltre le suggestive arcate dell'incompiuta Santa Maria Novella. Di sicuro aveva sentito su di sé il mio sguardo, perché si girò e sollevò una mano in gesto di saluto. Io ricambiai, e poi lo vidi svanire dentro la chiesa.

Massimo si chinò in avanti, muovendo le orecchie. «Ho fregato anche qualche soldo, così possiamo comprare da mangiare mentre giochiamo!»

«Certo, visto che offri tu...» gli risposi scaltro e Paolo rise ancora.

«Ma sì, oggi offro io!» convenne Massimo. Quand'era di buonumore diventava generoso, altrimenti si teneva tutto per sé. Bastava partecipare a uno dei suoi giochi preferiti, e quel giorno ci saremmo spartiti i guadagni. Il tavoliere e vari pezzi dell'Alquerque e degli scacchi li aveva scovati nei mucchi di immondizia dietro i palazzi, poi aveva insegnato a giocare anche a noi, benché Paolo non fosse abbastanza sveglio e io preferissi andare a racimolare soldi per il cibo. Lui stesso aveva imparato a giocare dagli zingari, divertiti dal connubio tra deformità e intelligenza che lo caratterizzava. Affascinati da lui, lo avevano tenuto con loro per una stagione, poi se ne erano andati, come fanno i gruppi nomadi, abbandonandolo. A Massimo piaceva raccontare storie su quel periodo, e certe abitudini gitane non le aveva ancora perse. Quando faceva bel tempo, io e lui ci accucciavamo fuori dalla bottega di un setaiolo e trascorrevamo qualche ora giocando. Forte del consiglio di quel vecchio, divenni un valido avversario, scaltro ma guardingo. Alternando mosse caute a improvvisi e audaci cambi di strategia, mettevo Massimo fuori gioco, lasciandolo a rimuginare sulla sconfitta. Intelligente com'era, tuttavia non capiva il valore della sorpresa. Accadeva lo stesso quando lottavo con Paolo. Se mi bloccava nella sua stretta morsa, gli gridavo: «Arriva un ufficiale!», e allora lui si girava a guardare, allentando la presa, così che io potevo liberarmi e fargli perdere l'equilibrio. Poi correvo via a gambe levate, come un cane che fugge da un padrone cattivo e dai suoi pesanti stivali. Al pari di Massimo, anche Paolo voleva vincere, ma a differenza sua, se non ci riusciva mi prendeva a botte.

D'inverno, noi tre dividevamo cibo e vesti, e ci tenevamo

stretti per riscaldarci. Quando, in preda alla fame, ci avventuravamo fuori in cerca di cibo, lo facevamo insieme. Io attaccavo bottone con qualche anziana signora ben vestita, inventandomi chissà quale storia per tenerla occupata, mentre Massimo le alleggeriva la borsa di qualche moneta con le sue dita agili e svelte. Oppure Paolo spuntava da sotto le ruote di un carro, fingendo di essere stato travolto, e noi minacciavamo il birocciaio che, se non ci avesse dato qualche soldo, avremmo attirato l'attenzione di ufficiali, preti e passanti. Di simili trucchi per procurarci il pasto ne conoscevamo a bizzeffe. Così, in quelle ingenue occupazioni, trascorreva il tempo, come un fiume dalle acque rapide, finché, per un capriccio del destino, il corso della mia vita fu deviato per sempre.

In quella decisiva giornata d'autunno, ero più affamato del solito. Per tutta la settimana era piovuto a dirotto, l'aria gelida invasa dallo strepitio dei fulmini. Non ci eravamo mai mossi da sotto lo stemma dei guelfi della chiesa di San Barnaba, nell'affollato quartiere di San Giovanni nel cuore di Firenze. Verso l'ora in cui di solito gli ufficiali si rintanavano nelle taverne a bere vino, andai da solo al Mercato vecchio. Non mi diedi nemmeno la briga di fermarmi ad ammirare la merce esposta; quel tardo pomeriggio non avevo testa per sognare, solo la pancia vuota da quattro giorni. Girai tutt'intorno il padiglione centrale dei macellai, guardandomi alle spalle per paura della guardia, ma l'inebriante aroma di cibo, frutta, vini e oli mi rese audace. Un buon olio di oliva emanava un profumo speziato con note amarognole di nocciola, e i fichi secchi parevano carne addolcita col miele. Mi aggirai per le bancarelle, ispezionando il pavimento fangoso in cerca di qualcosa di commestibile. Al contempo cercavo un facile bersaglio tra i clienti indaffarati, avvolti nei mantelli per proteggersi dal mutevole clima autunnale. Ben presto notai un'anziana donna trafelata e una bambina, vestite con abiti semplici ma non poveri, senza domestiche al seguito che portassero loro la spesa. Di sicuro erano troppo impegnate a parlottare tra loro e a comprare, a tastare verdure, annusare meloni e contare i soldi per accorgersi di una mano che rubava una pagnotta.

Mantenendomi a una certa distanza le seguii, poi mi avvicinai di soppiatto. La bambina aveva all'incirca la mia età, anche se era più in carne e molto più innocente di me. Aveva i capelli castani ondulati, tirati indietro con un nastro rosso, e un faccino ovale un po' allungato, identico a quello della nonna. Addirittura condividevano le stesse movenze, inclinavano la testa e muovevano le mani all'unisono. Per un istante invidiai quell'evidente intimità. Desideravo tanto avere una famiglia. Avevo solo Massimo e Paolo, che, se mi avessero sorpreso con qualcosa di allettante, non avrebbero esitato a lasciarmi a mani vuote. Poi vidi la nonna contrattare per qualche dolcetto, e mi sbarazzai all'istante dei pensieri di prima, come quando si butta via un guscio vuoto. Non c'è nulla come la fame per mettere a fuoco la mente.

Ero concentrato su di loro, quando qualcuno mi urtò la spalla. Era Massimo, che correva come una furia. Accennai un lamento di protesta. Lo sapevo, voleva la donna e la bambina per sé. Io, però, non ero pronto a cedergliele, così mi voltai verso il mio amico. Lui mi lanciò uno sguardo interrogativo, quasi di scuse, strabuzzando gli occhi celesti da spiritato e muovendo le orecchie. «Al ladro! Questo bambino è un ladro!» gridò poi, indicandomi.

I miei piedi erano stati istruiti alla fuga, e fino ad allora avevano sempre funzionato, ma ero così sconvolto da quell'accusa che rimasi pietrificato. La bambina si voltò a guardarmi, le labbra rosa socchiuse per la sorpresa. Agitavo le mani per calmare Massimo, le cui grida stavano attirando l'attenzione dei presenti. «Al ladro, al ladro!» strillò più forte. Indietreggiai barcollando, e finii dritto nelle braccia di un ufficiale della guardia in servizio.

«Ti ho preso, brutto ladruncolo!» grugnì.

«Non sono un ladro!» gridai.

«Controllategli la camicia» lo incalzò Massimo. «Ho visto che ci infilava qualcosa!»

«Non ho un bel niente» protestai, ma mentre Massimo si chinava verso di me, indicandomi e spintonandomi, avvertii un lieve sfregamento contro le costole e mi si raggelò il cuore. C'era qualcosa sotto la mia camicia! L'ufficiale infilò la mano nella cinta logora che la teneva chiusa.

«Un anello col sigillo!» gridò. Lo sollevò e lo agitò. Era d'oro zecchino. «Dove l'hai preso, farabutto?»

«Ma non sono stato io!»

«È mio» disse una voce gelida in tono di spregio. La folla attorno a me si zittì disgustata. L'anziana donna tirò la nipote dietro di sé. I presenti si ritrassero come se avessero visto una vipera, e un uomo snello e ben vestito ci venne incontro. «Era nella mia borsa fino a un attimo fa. Questo giovane ladro mi ha derubato.»

«Non vi ho mai visto prima, signore» protestai, ma l'ufficiale mi diede uno scapaccione così forte sull'orecchio che mi si tappò. Un dolore acuto e un ronzio insistente mi inghiottirono la testa. Quando l'uomo che mi accusava di avergli rubato l'anello mi si avvicinò, indietreggiai spaventato. Si piegò, portando la faccia a un soffio dalla mia, tanto che gli vedevo i pori della pelle sulle guance scavate e le tracce del pettine sulla barba scura, e sentivo la delicata fragranza che emanava. Aveva il mento appuntito e all'infuori, il naso affilato come una lama. Distolsi lo sguardo in preda a un conato di vomito e cercai di liberarmi dalla stretta dell'ufficiale.

«Guardami, ladro» mi sussurrò. Alzai gli occhi. Quel tale fece una smorfia, sollevando un'estremità della bocca. «Te la caverai benissimo, mio grazioso bambino perduto.» Poi annuì e si raddrizzò.

«Mi ha rubato una cosa che vale più della sua miserabile vita» continuò Bernardo Silvano. «Ora appartiene a me. Lavorerà per ripagare il suo debito, una punizione appropriata per quelli come lui.» La folla si sparpagliò in silenzio e Silva no mi conficcò le dita nelle spalle. «Legatelo» ordinò, e l'ufficiale mi bloccò i polsi dietro la schiena con una corda grezza. Quando protestai, mi assestò un altro scappellotto sull'orecchio. Un rivolo di sangue mi scaldò il lobo destro. Incredulo e inorridito, guardai Massimo: lo consideravo un fratello.

Il resto dei presenti se ne andò, convinto che la questione fosse stata risolta, seppur in modo spiacevole. Silvano diede una mano a Massimo e con l'altra, quasi come fosse una carezza, gli fece cadere qualcosa nel palmo di quella libera. Vidi uno scintillio metallico e in un baleno Massimo si portò il fiorino al petto. Un fiorino. Lo avrebbe sfamato per un mese intero. Quello valevo per lui, un fiorino?

«Massimo, no!» lo supplicai.

Lui alzò la testa e mi guardò, poi mi disse a fior di labbra: «Ho vinto io!». E scappò via.

Con uno strattone, l'ufficiale mi consegnò a Silvano. «Prendetelo!» grugnì. «Così almeno se ne starà fuori dai guai per un po'.»

«I suoi guai non mi interessano. Ho altri progetti per lui» rispose l'altro in tono gelido. Avvertii il gusto acido della bile sulla lingua. Non mi ero mai sentito così solo e spaventato. Cercai di divincolarmi come un matto, ma le sue lunghe dita setose nascondevano una forza sorprendente. Mi teneva per la corda, che torse verso l'alto, costringendomi a sollevare le braccia in una posizione innaturale. Il dolore mi trafisse le spalle e caddi in ginocchio tra i gemiti. Mi guardai intorno in cerca di una via di fuga o di aiuto, ma invano. Erano tornati tutti alle proprie faccende. Notai una vecchia che chiedeva l'elemosina con voce piagnucolosa; l'avevo già vista sotto Ponte Vecchio, ci eravamo spartiti perfino qualche avanzo di cibo. Adesso non mi degnava neanche di uno sguardo. Massimo era sparito, Paolo non lo vedevo. Pensai con amarezza che il vecchio di Santa Maria Novella aveva ragione: Dio stava ridendo. Ed era una risata crudele, di scherno, e della peggior specie.

Silvano mi tirò per i polsi. «Non ci vorrà molto» mi disse. «È vicino alle mura cittadine. Sono certo che saprai dove si trova la mia bella attività. Lo sanno tutti.»

Pensai ai cadaveri dei giovani nelle acque dell'Arno, alcuni mutilati, che provenivano dalla sua attività. «La gente non la chiama esattamente "bella".»

«E cosa ne sanno loro? La bellezza è ovunque, in tutte le cose, e assume varie forme» mi rispose allegro. Incamminandoci per le strade, si mise a fischiettare un inno. Due volte provai a liberarmi con foga, ma mi strattonò brutalmente le braccia, pensavo che mi avrebbe slogato le spalle. Una volta mi buttai a terra, e lui mi colpì l'orecchio ferito con tanta forza che il sangue mi colò giù per il collo. Avanzavo a fatica. Ponte Vecchio, con le sue casupole ammassate come tanti nidi, si stagliava contro il cielo della sera come un nastro nero adagiato su una distesa di seta gialla. Di fronte a noi si estendeva la città, un'armonia di grigio e ocra, e dietro di essa le colline di Fiesole erano già avvolte dall'ombra indaco della sera. Tanta bellezza addolciva l'angoscia per il destino che mi aspettava. Avevo lo stomaco in subbuglio dalla paura e, a dispetto del dolore, incespicavo e mi contorcevo, ansioso di prolungare il più possibile il tragitto. Silvano era paziente, girava le corde con perizia per torturami le mani e i polsi, poi, quando gridavo, mi incitava a proseguire. Poco dopo arrivammo alle mura e ci fermammo davanti a un palazzo la cui facciata di candido intonaco celava quanto accadeva all'interno. Non conoscevo i dettagli con esattezza, né mai avevo voluto saperne di più. Naturalmente per le strade avevo assistito a ogni genere di fornicazione, ma quel luogo rappresentava un livello più oscuro e torbido di peccato carnale. Da alcune conversazioni smozzicate avute con Massimo e Paolo, sapevo che la porta attraverso cui stavo per passare apparteneva al bordello più famoso e depravato di tutta la Toscana.

2

Ad accoglierci, il silenzio. Era così denso e fitto che mi travolse. Mi spaventava quanto Silvano e mi fece venire voglia di rimpicciolirmi e nascondermi dentro me stesso. Non ci ero abituato. Per le strade di Firenze si udiva sempre qualche rumore: le risate degli ubriachi, il nitrito dei cavalli, il latrato dei cani, il rintocco delle campane della Badia Fiorentina, le grida delle prostitute, lo sferragliare delle ruote dei carri sul selciato, lo schianto dei martelli sulle incudini, lo sciaguattio delle barche sull'Arno, il tonfo dell'immondizia fradicia buttata sulle lastre di pietra, il ronzio degli scalpellini che lavoravano nell'immensa nuova chiesa di Santa Maria del Fiore, a detta di tutti l'orgoglio della città... Perfino di notte le strade vibravano di suoni. Me lo aspettavo. Inoltre, quella Babele era diventata parte di me, come l'ordito di fili che compone la stoffa di un mantello. Il silenzio che mi avvolse quando entrai nel bordello di Silvano, invece, era innaturale, velenoso. Mi risultava estraneo, così come non conoscevo il mio vero nome né la mia famiglia.

Silvano mi consegnò a due donne tarchiate in attesa nell'atrio. «Dategli da mangiare e ripulitelo, puzza come una fogna. Mettetelo nella stanza che era di Donato. Comincerà a lavorare già da stasera.»

Le due donne annuirono, poi una mi afferrò per la spalla. Aveva la faccia rotonda come la luna piena, i capelli castano scuro e gli occhi indolenti e iniettati di sangue. L'altra, più giovane e pallida, con uno strano segno rosso sulla guancia, mi liberò i polsi. Me li portai al petto, osservandola raccogliere i frammenti di corda. Attraverso la camiciola bianca trasparente, vidi che aveva la schiena ricoperta di segni rossi.

«Toglietegli i pidocchi» disse Silvano, poi sparì. «È perfetto per i signorotti. E poi curategli l'orecchio. Le merci danneggiate valgono meno.»

Conducendomi per il palazzo, nessuna delle due donne profferì parola. Quel luogo sembrava avvolto nell'oscurità, le finestre chiuse da pesanti tendaggi; c'erano solo alti ceri tremolanti, ma perfino al buio riuscii a intravedere un sontuoso arredamento. Arazzi decorati impreziosivano le pareti e favolosi mobili intarsiati e scrigni dipinti adornavano ogni angolo. Nonostante la paura, mi guardavo in giro ammirato. Spesso avevo sbirciato dalle finestre per soddisfare la mia curiosità di vedere come vivevano le altre persone, quelle reali, ma non ero mai stato in un palazzo. Fissavo a bocca aperta i pesanti candelabri e i lussuosi tappeti, e una volta scorsi di sfuggita qualcuno sgattaiolare dietro una porta. Senza perdere tempo, le donne mi portarono in un atrio ben illuminato da torce e lanterne. Lì ci aspettava una grossa vasca piena d'acqua bollente. Quella con la faccia rotonda mi sciolse la cinta. Non ero abituato a tanta intimità, dunque mi ritrassi, ma lei insisté, imperturbabile e muta, e così mi ritrovai senza tunica né pantaloni. Dopo tutto, al mondo non possedevo altro che un mucchietto di sudici stracci infestati di insetti. In preda alla vergogna, mi coprii con le mani. La donna più pallida andò via e tornò con un panno e un'ampolla. L'afferrai e bevvi un lungo sorso. Era olio d'oliva, verde, denso e quasi dolce al palato. Grugnii di piacere.

«No, non ancora» mi sussurrò, riprendendosi decisa l'ampolla, seppur con dolcezza. Poi fece un gesto all'altra, che mi inclinò la testa di lato e mi versò qualche goccia d'olio nell'orecchio ferito. Il bruciore che sentivo nella testa passò subito. Infine strappò un sottile lembo di panno, lo appallottolò e me lo infilò nell'orecchio. Mi fece cenno di entrare nella vasca.

«Che cos'è?» domandai, toccando il segno che aveva sulla guancia. Qualche ricciolo sfuggito alla bionda treccia mi si attorcigliò intorno alle dita.

«Una voglia. Tranquillo, non è il bacio del diavolo» rispose.

«Io non ci credo al diavolo» dissi. «Una volta un vecchio mi raccontò che Dio ride, e secondo me la risata di Dio è così cattiva che è pure peggio del diavolo.»

«Taci, figliolo, certe cose non si dicono, nemmeno in un posto come questo.» Mi indicò di nuovo la vasca.

«Come ti chiami?» le domandai, entrando. Mi misi a sedere nell'acqua calda, e intorno a me si disegnarono tanti piccoli cerchi. Era la prima volta che facevo il bagno. D'estate nuotavo nell'Arno, ma solo per trovare un po' di refrigerio dalla calura. Impegnato com'ero a schivare avanzi ed escrementi, la pulizia non era il mio obiettivo principale.

«Io Simonetta, lei Maria.» Poi prese una spazzola di pelo di cinghiale da un vassoio accanto alla vasca, accennando un sorriso, e Maria fece altrettanto. Con un pezzo di liscivia ciascuna, mi insaponarono e mi frizionarono per bene. Io strillavo e cercavo di togliere il sapone, perché bruciava sulla pelle irritata e sulle abrasioni ai polsi. Smisi di opporre resistenza solo quando Maria mi assestò un colpo sulle nocche con il legno della spazzola. Nel frattempo l'acqua era diventata sudicia e fredda. Mi insaponarono la testa, attente a non bagnare l'orecchio ferito. Infine mi fecero uscire, ancora ricoperto di schiuma, e mi risciacquarono versandomi addosso secchi d'acqua pulita. D'un tratto sentii rizzarsi i peli sulla nuca. Qualcuno mi stava osservando! Sbirciai negli angoli bui dell'atrio finché non vidi un giovane sotto una pergola.

«Ehi!» esclamai, coprendomi con le mani.

«Non aver paura. Mi chiamo Marco. Do sempre il benvenuto ai nuovi arrivati.» Le donne si guardarono in giro nervose, poi tornarono a occuparsi di me con spazzole e secchi d'acqua. Marcò uscì allo scoperto. Era alto e snello, più grande di me di parecchi anni, e aveva un'andatura elegante, gli occhi e i capelli neri, la faccia che pareva di porcellana, come quelle bambole che avevo visto nei sacchi dei venditori ambulanti. Teneva in mano qualcosa. «Sei tu il bambino di strada?»

«Luca» risposi. «Luca Bastardo.»

«Non te ne devi vergognare, qui dentro siamo tutti bastardi» ridacchiò. «Anzi, pure peggio. Hai fame?» Mi lanciò la cosa che aveva in mano. Era un dolcetto. Lo afferrai al volo e lo divorai in un sol boccone. Marco sospirò. «Voleva prenderti da un sacco di tempo, sai? Silvano stava aspettando che si liberasse un posto qui a palazzo, e infatti la settimana scorsa si è sbarazzato di un bambino che non lavorava bene.»

«Perché proprio io?» domandai incuriosito.

Marco alzò le spalle. «L'ho sentito parlare di una bellissima nobildonna con i capelli identici ai tuoi che vagava per Firenze alla ricerca di suo figlio. Chiedeva in lacrime a tutti se lo avevano visto. Silvano ci ride sempre su.»

«Mia madre mi cercava!» esclamai meravigliato.

«Sei fortunato, ti voleva. I miei genitori, invece, mi hanno lasciato qui. In cambio di tre fiorini. Silvano non ha mai pagato tanto per nessuno di noi.»

Inghiottii l'ultima briciola e mi leccai le dita. «Il mio amico Massimo mi ha venduto per un fiorino solo, pensa un po'.»

«Io valevo più di te perché non ero sudicio né ricoperto di pidocchi» mi canzonò Marco, muovendo le sopracciglia nere. Quando mi incupii, alzò le spalle. «Proprio un bell'amico, questo Massimo...»

Alzai le spalle anche io. La gente fa quel che può per sopravvivere, lo avevo imparato vivendo per le strade di Firenze. Anzi, mi stupivo che non mi avesse venduto prima. Quelli come me non dovevano fidarsi di nessuno. Forse una volta avevo avuto due genitori ma, per quel che mi ricordavo, nessuno era solo quanto me. «Almeno io non sono stato venduto dai miei stessi genitori!» risposi.

«Almeno io li conoscevo» replicò Marco, facendomi un gran sorriso. «Hai mai provato a cercarli?»

«Non ci ho mai pensato sul serio» ammisi. «Ero solo contento che non mi avessero strangolato o annegato.»

«A volte penso che sarebbe stato molto meglio se i miei genitori mi avessero ucciso invece di vendermi a Silvano. Magari non fossi così bello...» Dalla disperazione divenne impassibile in volto, come se fosse davvero una bambola di porcellana e non una creatura vivente. Quell'espressione l'avrei vista spesso sulle facce dei bambini, lì a palazzo.

«Si sta così male qui?» mi azzardai a domandargli.

«Malissimo, non male. Ma almeno si mangiano cose buone» rispose senza slancio. «Se non mangi, non riesci a lavorare. Presto Silvano ti picchierà. Fa' quello che vuoi, ma non tentare di resistergli! E non gridare. Gli piace, dunque ti picchierà più forte.»

«Sono già stato battuto altre volte e non ho mai gridato» dissi con un certo orgoglio. Non ero una femminuccia che strillava al minimo dolore. Avevo sopportato i pugni di Paolo quando mi voleva rubare un po' di pane o di carne. Spesso, se racimolavo qualcosa, mi nascondevo. I muri bruciacchiati del mercato delle granaglie a Orto San Michele o i pilastri di legno del Ponte Santa Trinita erano ottimi nascondigli. Avrei dato qualsiasi cosa per potermi accucciare laggiù adesso. Conoscevo tutti i nascondigli, i passaggi segreti e le scorciatoie di Firenze. Ritrovai un po' di fiducia nel mio ingegno e sollevai il mento. «Non mi lascio picchiare da quello lì! E comunque che lo faccia pure, tanto non starò qui dentro a lungo. Troverò un modo per andarmene.»

«Non c'è scampo da Silvano!»

«Penserò a qualcosa. Userò il mio ingegno» ripetei convinto. «Scapperò.»

«Ti scoverà e ti riporterà qui.»

«Se Silvano conosce i miei genitori, li troverò, e vedrai che loro mi proteggeranno» continuai con veemenza. «Oppure mi nasconderò. So dove sono i posti migliori della città.»

«Nessuno può proteggerti da Silvano.» Marco mi guardò con compassione. «È impossibile andarsene da questo posto. Lo vedrai. Devi imparare che, se non fai quello che vuole lui, te la farà pagare. Resterai ferito. Magari anche ucciso. Gli piace uccidere la gente.»

«I cadaveri nell'Arno...» cominciai. Maria e Simonetta mi stavano cospargendo di una lozione dall'aroma floreale e mi massaggiavano con guanti grezzi. Per uccidere i pidocchi, mi avevano lasciato la liscivia sui capelli perché si rapprendesse, e adesso avevo prurito alla testa per il caldo, ma rabbrividii. Mi tornò in mente il cadavere di una giovane donna, poco più di una ragazzina, che avevo visto galleggiare a pelo d'acqua. La conoscevano tutti, era una cortigiana bella e desiderabile. Si sapeva che abitava nel palazzo di Silvano. La corrente l'aveva fatta girare a pancia in su, rivelando il viso sferzato, i brandelli di pelle che galleggiavano tra i capelli, le mani orribilmente bruciate e le braccia che spuntavano dal fiume come due moncherini anneriti.

«Se non è contento di qualcuno, dà una dimostrazione a tutti. E va sempre a finire che ci scappa il morto. Non indispettirlo mai. Per favore, Luca Bastardo, segui il mio consiglio. Mi sembri uno con cui si può parlare e che qui dentro ce la può fare a sopravvivere, come me. Non peggiorare le cose.»

Lo fissai. Era serissimo in volto. Tranne il vecchio che avevo incontrato in piazza Santa Maria Novella, quello che mi aveva detto di usare l'ingegno, mai nessuno aveva avuto a cuore il mio benessere. Marco, invece, sì. Massimo, che credevo mio fratello di strada, non la pensava allo stesso modo. «Perché ti preoccupi tanto?» gli domandai un po' insospettito.

«Perché a me ci tengo» rispose lui, poi si voltò e prese a camminare avanti e indietro. «Sono qui da otto anni. Ho imparato a sopravvivere. La maggior parte dei bambini crolla; si consuma e muore. Io sopravvivo conservando il buono che c'è in me. Qui è l'unica cosa che abbiamo e, se non stiamo attenti, a causa di ciò che siamo costretti a fare lo perdiamo.»

«Non credo che le persone siano tanto buone dentro» dissi a denti stretti.

«Alcune sì. Non i clienti, però. Ecco una delle ragioni per cui tratto bene gli altri bambini. Mi rende diverso dai clienti. Mi dà un motivo per cui vale la pena vivere.» D'un tratto alzò la testa come se avesse sentito un rumore. «Sta' attento, Luca!» Poi mi fece un cenno di saluto e svanì nell'oscurità.

«Zitto, qui si lavora» disse Simonetta a fior di labbra. Avvertii un brivido di paura lungo il collo, ma quando mi guardai intorno, non vidi nulla. Lei lanciò una fugace occhiata verso una finestra, e io feci altrettanto. Mi sembrò di scorgere un movimento con la coda dell'occhio, ma dietro il vetro non c'era nessuno, pareva uno specchio vuoto. Mi terrorizzava più quell'ipotetica presenza che non Silvano in carne e ossa. Volevo coprirmi, ma mi trattenni. Se avesse saputo che mi ero accorto di lui, non sarebbe stato contento.

Quando finalmente Maria e Simonetta tornarono a esaminarmi, le ultime nubi color prugna erano svanite e avevano ceduto il posto alle stelle. Adesso i capelli mi ricadevano lisci e fulvi tra le scapole, avevo la pelle lustra ed emanavo un dolce effluvio muschiato. Mi portai l'incavo del gomito al naso e annusai per sentire il mio odore. Ero sempre io? Non avevo mai immaginato di poter avere quel buon profumo. Simonetta si inumidì il pollice e me lo passò sul sopracciglio sinistro per appiattire i peli più interni, che restavano irti; me ne ero già accorto, una mattina senza vento, quando mi ero specchiato nelle acque calme e argentee del capriccioso Arno. Simonetta si incupì, poi alzò le spalle. Mi infilai la tunica gialla trasparente che mi porse Maria, sollevato all'idea di non essere più nudo. Infine mi riportarono nel palazzo.

Passammo per un altro salone, opulento come il precedente, e raggiungemmo la stanza da pranzo. Sul tavolo c'erano un cinghiale arrosto con una mela in bocca, un piatto di volatili, una ciotola di zuppa di cereali bollente, una pagnottella rotonda e un cesto di uva e fichi. Il goloso aroma del rosmarino e del grasso croccante profumava l'aria. Mi precipitai sulla zuppa e la ingurgitai in sonori sorsi. Di sicuro era deliziosa, perché in quel luogo si mangiava sempre bene, ma allora mi importava solo placare il dolore che mi pulsava nel sangue e nello stomaco. Poi mi avventai sui pennuti, strappando una coscia con una mano e un pezzo di petto con l'altra. Stavo per prendere la seconda coscia quando sentii la voce di Silvano alle spalle.

«Sembri un cane affamato.»

Mi sentii raggelare, le dita ancora infilate nella morbida carne calda di quella succulenta prelibatezza. Lentamente ritrassi la mano e mi girai verso di lui. Era sulla soglia e faceva oscillare come un pendolo una lunga sacca di seta piena di qualcosa. Si avvicinò, scrutandomi. Con la mano libera mi prese una ciocca di capelli puliti, poi la lasciò ricadere. Sentii un brivido lungo la spina dorsale, ma lo repressi prima che si trasformasse in un fremito.

«Ottimo lavoro» disse, con un mezzo sorriso soddisfatto. «Non avevo dubbi.» Fece un lento movimento circolare con la mano, tracciando un arco più ampio con la sacca floscia.

«In questo luogo vigono regole precise» continuò, il mento appuntito scosso da un piacere velenoso. «E vanno sempre rispettate.» Mosse la mano più in fretta e la sacca acquistò velocità. «Bisogna essere puliti e stare zitti» aggiunse, poi con uno scatto del polso, una mossa impercettibile ma esperta, mi tirò la sacca sulle costole, così forte che quasi persi l'equilibrio.

Aprii la bocca per gridare, ma le parole di Marco mi risuonarono nella mente. *Non gridare... ti picchierà ancora di più.* Dunque espirai piano. La sacca continuava a roteare. Silvano non aveva ancora finito, voleva colpirmi di nuovo. Non riuscii a trattenermi. Nonostante gli avvertimenti di Marco, mi fiondai verso il lato opposto del tavolo. Il panico mi saettò in ogni vena del corpo. Dentro di me avvertivo solo la paura di provare dolore fisico. Silvano ridacchiò e mi seguì, bloccandomi contro la parete.

«Devi soddisfare gli uomini che verranno da te.» Con un altro scatto del polso, mi scaraventò la sacca nello stomaco. Caddi in ginocchio, in preda a conati di vomito. «Fa' quello che ti chiedono, o ti ammazzo!» Mi colpì ripetutamente. Nonostante le lacrime agli occhi, non emisi alcun suono. Dopo un po' il tono dei suoi ammonimenti si fece deluso. Frustrato, mi colpì un'ultima volta e poi se ne andò. Io rimasi raggomitolato su un fianco, tenendomi lo stomaco. Le lacrime mi gocciolavano oltre il naso, mi ero vomitato addosso e poi... sì, vidi una chiazza di urina attorno alle gambe. Da quel momento avrei provato sempre un grande rispetto per il dolore. Poteva privare della propria dignità anche l'uomo più forte.

Nonostante la vista annebbiata, scorsi Marco inginocchiato di fronte a me. «Un cliente è appena uscito dalla mia stanza e ho visto Silvano andarsene, così sono venuto a controllare come stavi. Ero preoccupato per te; alcuni bambini non ce la fanno alla prima battuta. Tu, invece, te la sei cavata bene. Non hai gridato.»

«Me la sono fatta addosso come un poppante e ho vomitato come un cane» risposi gemendo mentre mi aiutava ad alzarmi.

«Ma non hai gridato, e dire che era la prima volta» mi consolò Marco. «Perfino io a volte grido, e nessuno sopporta il dolore più di me.» Mi passò una coppa d'argento colma di vino. La presi con mano tremante, grato per la sua gentilezza. «Bevilo d'un fiato, Luca» mi incalzò. «Simonetta ti darà una ripulita e ti porterà in camera tua. Sdràiati e resta fermo. All'inizio non vogliono altro. Sdràiati e respira.» Chinai la testa sopra la coppa, sperando che Marco non vedesse le lacrime che increspavano la superficie viola del vino.

«Cosa c'è nella sacca?» gli chiesi.

«Fiorini d'oro. Fanno male, ma non tagliano. Su, bevi. Ti farà passare il dolore e ti rimetterà in forze.»

Riuscii a dare un lungo sorso. «Sarebbe stato meglio morire per strada.»

«Non dirlo nemmeno per scherzo. Ti ci abituerai. La vita continua» mi confortò Marco con dolcezza. «Forza, sei o non sei Luca Bastardo, quello che sa come usare l'ingegno? Me l'hai detto tu...»

«A che mi serve ora l'ingegno, eh?» dissi, tirando su col naso.

«Usalo per immaginare cose che ti aiuteranno a sopravvivere, come trovare i tuoi genitori, per esempio.» Si alzò. «Ora devo andare. Godo di privilegi speciali perché sono qui da un sacco di tempo, ma se faccio tardi, Silvano me le suona. E ci va pesante anche con me, non credere.» Se ne andò in un baleno e subito dopo entrarono Simonetta e Maria, con in mano stracci, spazzole e una tunica pulita.

Ebbi a malapena il tempo di guardarmi in giro ed esaminare il letto e la piccola cassapanca. Sopra le lenzuola di cotone giallo c'era un copriletto di seta rossa. Le sollevai e vidi un lusso inimmaginabile: un materasso! Era sottile, e da uno strappo sull'angolo notai che era imbottito di crine di cavallo. Non avevo mai dormito su un materasso. L'alta finestra era chiusa da un pesante tendaggio, al pari delle altre del palazzo. Da qualche candela di sego emanava una luce sgraziata e flebile. Dunque quella era la mia stanza. Non ne avevo mai avuta una. Poi la porta si aprì ed entrò un uomo dal busto possente, i lunghi capelli ricci e la barba striata d'argento. Con un balzo mi allontanai dal letto. Indossava abiti costosi e calzava stivali di pelle. Era il capo della corporazione degli armaioli, in città lo conoscevano tutti. L'avevo visto qualche volta al mercato. O meglio, avevo visto che mi guardava.

Mi sorrise avidamente e pensai a come doveva essersi sentito il pennuto arrosto quando prima l'avevo rimirato sul tavolo. Venni sopraffatto dal terrore e dall'umiliazione, e mi ritrassi contro la parete. Fuori, per strada, quando uno degli uomini che mi pagavano per toccarmi diventava troppo insistente, potevo correre via, ma lì non c'era scampo. Avevo il cuore in subbuglio. Mi guardai intorno disperato, non sapevo dove andare. L'armaiolo mi si avvicinò e allungò una mano tremante verso di me. Gliela allontanai, ma lui era forte e mi cinse con una delle sue braccia forzute, bloccando le mie lungo i fianchi, poi mi strappò la tunica. Lottai per divincolarmi, ma invano.

«Così delicato, così bello...» mormorò, il respiro affannoso. «Così giovane.» Trafficò con le brache e poi mi spinse a faccia in giù sul letto. Fu peggio che morire. Continuai a gridare a squarciagola anche quando non ebbi più fiato in corpo. Opposi resistenza, benché Silvano mi avesse detto chiaramente che mi avrebbe ucciso se lo avessi fatto. In quel momento avrei preferito la morte. Provavo troppa vergogna anche per piangere, riuscii solo a chiudere gli occhi e a pregare di morire. Mi resi conto che Dio stava ridendo ancora di me e che era troppo crudele e insensibile per esaudire la mia richiesta.

Quel giorno imparai che, seppur Dio si prende gioco di noi, a volte ci dimostra un briciolo di gentilezza, perché mi concesse una piccola grazia. All'improvviso, quasi per miracolo, non ero più nel palazzo di Silvano. Di fronte a me si estendeva tutta Firenze, potevo scendere liberamente nelle sue strade. No, non era solo la mia immaginazione, ci andai con tutto me stesso. I confini tra mondo fisico e immaginario si dissolsero, ed entrambi i regni divennero reali. Con uno slancio soprannaturale, prima la mia immaginazione, poi i cinque sensi e infine, vedendo i pigmenti degli affreschi e sentendo le dolci voci del coro, tutto il mio essere si ritrovò nella monumentale chiesa di Santa Croce. Davanti a me vidi *La resurrezione di Drusiana*, un dipinto che ritraeva un evento significativo della vita dell'Evangelista. Una volta mi ero accucciato tra i banchi vicino a un prete che stava raccontando quella storia a una classe di catechismo. Drusiana aveva amato san Giovanni e seguito i suoi comandamenti al punto che il santo l'aveva fatta risorgere in nome del Signore. Che simili forme di devozione potessero portare alla salvezza mi entusiasmava, così decisi che un giorno anche io avrei provato quel genere di amore. Magari non per un santo, perché i santi non avrebbero avuto nulla a che fare con un rifiuto della società come me; magari non per una persona, anche se desideravo avere una moglie e una famiglia e appartenere a una classe sociale nobile; magari solo per quel dipinto.

Il quadro davanti a me meritava di essere venerato. Ogni dettaglio era splendido e pieno di vita, dall'emozione sui visi al cielo turchese che sovrastava i personaggi. Se posavo un dito su una guancia o un sopracciglio, sentivo il calore della pelle. Era come se l'artista avesse dipinto persone reali attorno a san Giovanni e io fossi una di loro, intenta a osservare quel miracolo, la fede ricompensata con una nuova vita. Per poter dipingere la scena a quel modo, di sicuro anche il pittore aveva vissuto lo stesso momento meraviglioso, proprio come me.

La porta si chiuse e l'armaiolo se ne andò. Scivolai inerme sul pavimento. Avevo la faccia incrostata di lacrime, il sapore acido della bile in bocca e le natiche sozze di sangue misto a un liquido biancastro. Le sfregai a terra per pulirle. Poi rimasi lì, sdraiato e dolorante, a fissare l'intonaco del soffitto. Sapevo che l'armaiolo era solo il primo. Ne sarebbero seguiti altri. Non avrei più avuto una buona opinione di me. Il massimo che potevo sperare era sopravvivere.

Dopo un po' – non sapevo mai quanto con esattezza, perché il tempo per me era cambiato, e non sarebbe più stato lo stesso – Simonetta entrò con un asciugamano e dell'acqua. Mi fece alzare e mi lavò con gesti rapidi ed esperti. Poi, con occhi tristi, mi baciò dolcemente sulla fronte.

«Marco?» sussurrai. Mio malgrado, non mi fidavo molto di lui, ma quel posto lo conosceva bene. Avrebbe saputo dirmi le parole giuste perché potessi farmi una ragione di quanto mi era appena capitato e conviverci. Simonetta scosse la testa.

«Ti porto qualcosa da mangiare» mi rispose a fior di labbra. Almeno non sarei morto di fame.

A quella terribile sera seguirono molti altri giorni, scanditi sempre dallo stesso ritmo e dalle stesse azioni ripetitive: mangiare, fare il bagno, lavorare e dormire. Mi sentivo così incorporeo che non avvertivo più nemmeno il passare del tempo. Mentre lavoravo, viaggiavo con la fantasia. Soprattutto a Santa Croce, dove trascorrevo ore a esaminare gli affreschi. Scoprii dettagli che avevo tralasciato guardandoli di persona: la posa aggraziata di due mani giunte in preghiera, il rapimento su un viso devoto, le stelle scintillanti in un cielo turchese, così vasto da cascarci dentro. Quei dipinti erano sempre lì per me, come fanno le famiglie delle persone normali. Io appartenevo a loro e viceversa, e ciò mi dava forza. Le parole del vecchio in Santa Maria Novella erano meravigliosamente vere: la chiave che apriva tutte le porte era dentro di me. Quando la bellezza mi chiamava, la porta si apriva e io potevo raggiungere qualsiasi luogo. Ero fortunato.

A volte scorgevo sagome scure salire le scale o nascondersi dietro qualche porta, ma oltre ai clienti, che cercavo di non guardare in faccia, e Simonetta e Maria, non si vedeva mai nessuno. Per lo più Silvano ci teneva chiusi nelle nostre stanze, ognuno per conto proprio. Ogni volta che la porta veniva aperta, sbirciavo fuori e spiavo i condottieri in fondo al corridoio. Quando mi portavano a fare il bagno, ne incrociavo altri intenti a perlustrare il bordello. L'unico modo per scappare era superare la loro sorveglianza. L'isolamento, il silenzio e l'opprimente sensazione di essere in trappola mi rendevano triste e solo, e spesso mi annoiavo. Ero abituato al rumore e alla chiassosa compagnia di Paolo e Massimo. Ero abituato alla libertà della strada.

Una sera al tramonto, dopo un paio di settimane circa, finalmente Marco si avventurò nell'atrio. Ero felice di vederlo.

«Come va, Luca? Li hai trovati i tuoi genitori?» mi chiese, ostentando un tono gioviale nel tentativo di mascherare il livido nero e giallastro che aveva sulla guancia.

«Sì, vengono domani a prendermi con un carro d'oro tirato da dodici cavalli bianchi.»

«Allora mi dai un passaggio» replicò Marco con un sorriso pronto. «Sono così bello che il carro sembrerà quello di un re.» Gli lanciai un'occhiata sardonica. «Ti ho portato un dolcetto» aggiunse, tirandomelo. «Anche se stai mettendo su qualche chilo.»

«Se sembrassi uno stecco, ai clienti non piacerebbe. Gli garba che abbia l'aria di un bambino innocente» commentai, succhiando il dolce.

«Pensavo fossi il Luca Bastardo della strada, non un bambino innocente.» Marco mi fece un gran sorriso.

«A loro non interessa chi sono.»

«Hai ragione, tu non vali niente. Rendersene conto è il primo passo per sopravvivere. Continua a ingrassare, allora. Silvano ne sarà felice. Io vado a fare una passeggiata in piazza Santa Croce.»

«Esci?» gli chiesi sbalordito, raddrizzandomi nella vasca da bagno.

«Sono qui da tanto e lavoro bene, dunque Silvano mi concede qualche privilegio. E poi ci giova stare all'aria aperta. Così sembriamo ragazzi veri. *Normali*. Ai clienti piace.»

«Non sapevo che potessimo uscire dal palazzo! Potresti scappare da Firenze, per sempre!»

«Invece devo tornare.»

«Fossi in te, non lo farei» risposi a fior di labbra. Simonetta alzò il faccione stanco e mi fissò.

«Una volta anche io ho provato a scappare» disse. Aveva

la voce dolce ma decisa, perché parlava poco. «Prima di venire qui, stavo mettendo da parte i risparmi per aprire una sartoria con i miei cugini. Facevo la ricamatrice, ero brava. Sono stati loro a vendermi a Silvano in cambio dei soldi per aprire la bottega. Ai clienti non piacevo perché sono brutta, ma me la cavavo bene a curare i bambini e a cucire, così Silvano mi ha tenuta. Un giorno i condottieri all'ingresso si sono ubriacati e addormentati, dunque sono sgattaiolata fuori. Silvano mi ha ripresa e picchiata. Non mi reggevo in piedi, così mi ha lasciato lì tutta la notte a sanguinare, poi mi ha trascinata dentro.»

Inorridii sentendo che la povera Simonetta, così grossa e dolce, aveva tanto sofferto. «Per me sei bellissima» risposi con ardore, toccandole la mano. Allora lei strinse la mia e se la passò con delicatezza sulla guancia.

«Nessuno è più bello di me» intervenne Marco, sollevando la testa e inspirando a pieni polmoni, un gesto ostentato che ci fece sorridere. Poi mi arruffò i capelli. «Non preoccuparti, Luca, tu sei bello quasi quanto me. Ma è per il tuo ingegno che mi piaci tanto!» Poi tornò serio. «Simonetta è stata fortunata. Li hai visti i cadaveri nel fiume, no? Di solito è quella la fine che fa chi tenta di scappare.»

«Ma ci dev'essere un modo!» obiettai. «La città è piena di nascondigli, oppure si può andare nel contado, basta farsi dare un passaggio sul carro di qualche venditore. Ci ho pensato spesso, poi però ho deciso di restare a Firenze, dove sapevo come cavarmela. Che stupido sono stato! Ti puoi travestire, così Silvano non ti riconoscerà. Fuori, non sarebbe facile trovarti!»

Marco mi fissò per qualche istante con i suoi occhi neri da falco. Mi venne vicino, poi sfiorò l'acqua del bagno con una delle sue lunghe dita affusolate. Infine mi domandò a bassa voce: «Come faccio a comprarmi altri vestiti? Non ho un soldo».

«E che ci vuole?» risposi ridendo. «Qualsiasi barbone scambierebbe i suoi vestiti con i tuoi. Oppure guarda nell'immondizia, o prendili dai panni stesi ad asciugare di qualche lavandaia. Chiedi in chiesa. Ci sono mille modi per trovare una tunica e un mantello. La gente mica gira nuda per strada!»

«Sì, potrei rovistare nell'immondizia» rifletté. «Nessuno deve sapere cosa sto facendo, altrimenti lo direbbero a Silvano. Ha un sacco di spie ovunque.»

«E non solo. In tanti gli devono favori, e ricambiano andandogli a riferire tutto» lo mise in guardia Simonetta. «Qualsiasi cosa succeda a Firenze, Silvano ne è a conoscenza. Quello sa tutto. È troppo pericoloso.»

«Mai come restare qui. L'unica salvezza è la morte! Se Marco se ne va da Firenze, invece, ha una possibilità» ribattei. «Guarda nei vicoli dietro i palazzi, dove i nobili buttano l'immondizia, lì di vestiti ne trovi quanti ne vuoi. Almeno quelli che non si porta via la servitù.»

«Dunque, prima mi travesto, e poi?»

«Vai a Ponte alla Carraia. I contadini arrivano con la loro mercanzia e lasciano lì i carri» gli spiegai.

«Ci deve essere un modo per liberare anche te» sussurrò. «Sei stato tu a darmi questa idea, non posso lasciarti qui. Voglio che tu venga via con me. Nessuno di noi due può abbandonare Firenze da solo!»

Volevo credere che Marco potesse diventare la mia famiglia, che si sarebbe occupato di me come pensavo che avrebbero fatto Massimo e Paolo. Dopo il tradimento di Massimo era dura fidarmi ancora di qualcuno, ma lui era gentile. Mi sembrava sincero. Annuii con entusiasmo. «Come faccio a convincere Silvano a lasciar uscire anche me?»

Marco scosse la testa. «Dev'essere lui a proporlo e a ordinare ai suoi sgherri di lasciarti passare. Per tanto tempo ho voluto morire, e così a un certo punto ho smesso di mangiare. È stato allora che Silvano mi ha permesso di uscire, forse pensava che concedendomi qualche piccola libertà avrei lavorato meglio in segno di riconoscenza.»

«Allora non mangio più nemmeno io» risposi. «Mi lascerò morire di fame, così avrò l'aria malaticcia.» Nonostante avessi trascorso anni penosi in cerca di cibo, qualsiasi cosa era meglio di quanto mi stava accadendo.

«Sì, potrebbe funzionare» disse lentamente Marco. «I clienti non pagheranno per un bambino gracile, e a Silvano non piace perdere soldi. Vorrà che riacquisti un bel colore. Quando ti lascerà uscire, tornerò a Ponte alla Carraia. Poi potremo andare insieme a Lucca o a Siena e ricominciare!»

«Roma» risposi. «Ho sempre voluto andarmene a Roma. Laggiù potrei cercare i miei genitori!»

«Perché no?» Marco sorrise. «Scapperò fra tre giorni. Oggi cercherò qualcuno che mi porti nel contado. Poi aspetterò due settimane, così avrai il tempo di digiunare e...»

«Comincio subito!»

«Bene. Dopo tornerò in città. Non potrò mettermi in contatto con te, ma ti aspetto a Ponte alla Carraia. Ci vediamo là.»

«Porta qualcosa da mangiare» lo pregai angosciato. «Dopo due settimane senza cibo, sarò malato per davvero!» L'aver vissuto per strada me lo confermava. Una settimana senza cibo indeboliva le membra, annebbiava la mente, schiacciava la forza di volontà. Non sottovalutavo il potere della fame.

«Ti porterò cibo e vestiti» mi assicurò Marco con aria molto determinata. «Dopo tutto, mi hai aiutato a progettare la fuga. Io ci tengo ai miei amici!»

«L'abbiamo progettata insieme con il nostro ingegno» replicai, ansioso di dimostrargli che anch'io provavo la stessa amicizia per lui.

«Silvano ha più ingegno di tutti» sussurrò Simonetta. «E lo usa per uccidere!»

«È vero» ammise Marco. «Nessuno è mai scappato da qui. Lui trova chiunque. Sempre.»

«Ma noi ci proveremo» lo incalzai. «Dobbiamo farlo!»

«Sì, ne vale la pena. Magari funzionerà. Io sono tanto fortunato quanto bello. Infatti, ho avuto la fortuna di incontrare te, e tu hai l'ingegno per aiutarmi a fuggire!» Poi fece un gran sorriso, mi salutò disinvolto e se ne andò. Io rimasi lì con il sorriso sulle labbra, sognando che insieme ci saremmo conquistati la libertà. Forse saremmo diventati veri amici, magari addirittura fratelli, come avevo pensato che fossimo io e Massimo.

I giorni passavano, e io mi limitavo a bere acqua, senza toccare cibo. Era facile, perché dopo tutto sapevo cosa voleva dire patire la fame, ormai avevo una certa esperienza. Ma Silvano non sembrava accorgersi che mi stavo consumando e, dopo che le due settimane previste da Marco furono trascorse, cominciai a disperarmi. Da sedici giorni ingerivo solo acqua e qualche sorso di vino. Se avessi continuato così, non sarei riuscito a raggiungere Ponte alla Carraia con le mie gambe. Cercai un modo per attirare l'attenzione di Silvano senza essere picchiato, così avrebbe notato che ero malridotto e che necessitavo di stare all'aria aperta. Massimo mi aveva tradito, ma pensavo che Marco non fosse come lui, dunque ero certo che mi stesse aspettando al ponte con il cibo.

Quella sera, dopo che l'ultimo cliente se ne fu andato, mentre ancora mi godevo la grandiosa ascensione di san Giovanni, agii. Quel cliente ci aveva messo più degli altri. Da un lato ero impaziente, dall'altro quel ritardo mi aveva permesso di gustarmi gli affreschi più a lungo. La fame aveva reso le mie visioni ancora più nitide e distolto l'attenzione dal senso di avvilimento e sconforto. I colori dei dipinti non mi erano mai sembrati così luminosi, la pelle delle figure umane così calda e viva. Erano davvero miei fratelli e mie sorelle, e la loro vicinanza dava forza alle mie membra deboli, così che riuscii a infilare la camicia e le brache e a uscire barcollando dalla mia stanza. Non vedere nemmeno un condottiero in giro mi sorprese e mi diede coraggio. Chissà, magari se il mio piano funziona il Dio malevolo si divertirà, pensai, trotterellando lungo i corridoi del palazzo avvolto dall'oscurità. Ero deciso a incontrare Silvano e a strappargli il privilegio di uscire. Mi appoggiai alla parete per recuperare le forze.

«Luca, stavo venendo a cercarti.» Mi comparve davanti Simonetta, che mi accarezzò i capelli dolcemente. «Che ci fai fuori dalla tua stanza? Sta'attento, attirerai l'attenzione di Silvano!» Mi fece un cenno. «Vieni» disse, prendendo una candela dalla nicchia nella parete, poi mi accompagnò per il lungo corridoio. A mano a mano che superavamo altre porte, bussava e indicava agli occupanti di seguirci. Era un fatto così insolito che, nonostante il senso di spossatezza, li osservavo con irrefrenabile curiosità. Per lo più erano bambini come me, maschi e femmine di ogni età, altezza e corporatura. Ce n'erano di biondi, rossi, mori di origine gitana, e anche qualche africano con la pelle lucida color dell'ebano e muscoli torniti. C'era un ragazzino esile con gli occhi rossi e i capelli e la pelle candidi come lino, e un nano che mi arrivava a malapena alla vita. Stavamo in silenzio, la maggior parte di noi così composta che non osava nemmeno alzare gli occhi da terra. Mi domandai come erano arrivati lì, se prelevati dalle strade, come me, o venduti dai genitori, come Marco. Si unirono anche le donne, quasi tutte giovani e belle, tranne due, enormemente grasse. Due uomini adulti non sarebbero riusciti a cingere loro la vita con le braccia. Cercai di immaginare quanto avessero dovuto mangiare per diventare così grosse e, non appena visualizzai la loro colazione a base di dolci al burro e crema e il pranzo con zuppa calda e un pezzo di manzo allo spiedo, dovetti fermarmi perché mi cedevano le gambe. Svoltammo di nuovo e ci ritrovammo davanti a un portone. Simonetta lo aprì e poi scendemmo le scale.

I gradini di pietra consunta erano illuminati da torce posizionate nelle nicchie alle pareti. Alle mie spalle, una bambina bionda tutta infiocchettata cominciò a piangere. Mi afferrò la mano di scatto e me la strinse. Era la prima volta che qualcuno si rivolgeva a me in cerca di conforto, dunque provai una commozione indescrivibile. Mi si gonfiò il petto, animato da nuovo coraggio. Benché mi girasse la testa, ricambiai la stretta con delicatezza e sorrisi. Lei mi guardò terrorizzata con gli occhi celesti grandi come due tazze di latte e si aggrappò alla mia mano come se ne traesse sollievo.

Entrammo in una grande cantina gelida illuminata da torce. Le fiamme proiettavano ombre malvagie sulle pareti di pietra grigia. Nel mezzo c'era Silvano con un gruppo di uomini corpulenti che avevano l'aspetto coriaceo dei condottieri, i soldati mercenari assoldati per difendere Firenze dalle città rivali di Pisa e Torino. Alla luce delle torce, la faccia di Silvano, con il naso affilato, sembrava rilassata e rubiconda. D'improvviso si voltò e si mise di profilo; grazie al gioco di luci e ombre sui capelli e sulla barba, pareva che avesse un'altra faccia al posto della guancia e dell'orecchio. Fece un cenno, e due uomini alti e rozzi avanzarono, reggendo Marco a peso morto. Aveva l'aria pallida e stralunata, il viso di porcellana sporco e graffiato, il labbro inferiore tagliato e i vestiti strappati. Sussultai, portandomi una mano alla bocca.

«Questo è Marco, lo conoscete tutti» annunciò Silvano, indicandolo. «Qui dentro godeva di molti privilegi, non è vero, mio bel Marco? Ma hai abusato della mia fiducia.» Silvano schioccò la lingua fingendosi deluso. Poi gli girò intorno, mentre Marco teneva gli occhi fissi a terra, e io sentii una morsa di paura al petto. Nella mano di Silvano scintillava qualcosa di bianco. All'inizio pensai gli fosse spuntato un dente gigantesco, poi però lo lanciò in aria e lo riprese con l'altra mano. Vidi che si trattava di un coltello dalla lama lunga e sottile.

«Gli ho concesso la suprema grazia di riconoscergli il privilegio di uscire» continuò «ma lui ha pensato di starsene fuori per sempre. Di non tornare mai più!» A quel punto balzò su Marco e lo colpì. Il sangue schizzò da dietro il ginocchio destro piegato. Il ragazzo gridò e levò il mento al soffitto, tra ululati di angoscia. Avendo perso la sensibilità della gamba, cadde su un lato. I bambini e le donne accanto a me cominciarono a singhiozzare in silenzio. Qualcosa dentro di me si spezzò. Non gridare, pregavo, così lo istighi. Era stato gentile con me, e io come l'avevo ripagato? Con quella fantasia sulla fuga, che poi era maturata in tanta violenza. Poi, nauseato dal mio egoismo, non potei evitare di tremare al pensiero di un'altra domanda: Marco aveva raccontato a Silvano che avevo preso parte al progetto? Mi sentii il petto come foglie secche annerite che si sbriciolavano in polvere.

«Sei uno sciocco.» Silvano lo colpì dietro l'altro ginocchio e gli schizzi di sangue gli inzupparono le ricche vesti. Gli uomini che tenevano Marco risero sguaiati, poi lo liberarono e lui crollò sul pavimento, gridando e piangendo. Trattenni il respiro, quando lui si azzittì e cercò tra la folla con occhi stralunati finché non incrociò i miei. Mi sentii male e, seppur mi vergogni di ammetterlo ancora oggi, lo implorai in silenzio di non tradirmi. In cuor mio sapevo che ero io a tradire lui, e pensai che forse Massimo si era sentito così quando mi aveva venduto. Una parte di me si ricordò di avere detto a Marco che le persone non conoscevano il bene; riguardava anche me, adesso lo sapevo. Forse la gente sarebbe più buona se anche Dio lo fosse. Poi Marco chiuse gli occhi e chinò la testa, piangendo e gemendo. Sentii un sollievo così potente che mi vennero le vertigini. Non avrebbe detto nulla.

«Fasciategli le ferite.» Silvano fece un cenno con il mento a Simonetta, che balzò in avanti pronta a eseguire l'ordine. Poi passò in rassegna la folla di bambini e donne. «Esaudirò il desiderio di Marco. Starà fuori dal mio bellissimo palazzo. Può vivere dove vuole, ma non camminerà mai più.» Scavalcò il corpo inerte del ragazzo e si avvicinò alle scale, poi si fermò sul secondo scalino. «Non c'è possibilità di fuga. Chiunque proverà a scappare, subirà lo stesso trattamento, se non peggio! Tu, vieni.» Indicò me.

La bambina con gli occhi celesti soffocò un singhiozzo e mi lasciò la mano. Io tremavo da capo a piedi, ma mi affrettai a obbedire. Lungo le scale, Silvano non aprì bocca. Lo seguii fin nella sala da pranzo dove mi avevano portato la sera del mio arrivo al palazzo. Stavolta la tavola era ancor più imbandita: arrosti, formaggi saporiti, pane, olive verdi e vino. Mi chiesi se mi avrebbe picchiato di nuovo e se, dopo tutto, Marco gli aveva raccontato del ruolo che avevo avuto nella sua fuga. Mi guardai intorno alla ricerca della sacca di seta.

Silvano si sedette al tavolo, si pulì il coltello insanguinato sul davanti della tunica e infilzò una costoletta d'agnello. La depositò sul piatto, posò il coltello e poi la prese con le dita. Cominciò a mangiare con meticolosità. Io restavo in attesa pietrificato, a malapena riuscivo a respirare.

«Vuoi qualcosa da mangiare, Bastardo?» mi chiese. «In realtà non lo sei, ma il nome ti si addice. Un po' di vino? Hai l'aria pallida. Il vino ti rimetterà in forze.»

«No, signore» risposi.

«Sicuro? Ti senti male?»

«Non penso, signore.»

«Preferisci qualcos'altro?» mi domandò. Vedendo che scuotevo la testa, si accigliò. «Un dolce?» Scossi di nuovo la testa. «I miei clienti sono soddisfatti di te, a parte il fatto che hai un aspetto poco sano. Sicuro di stare bene, piccolo?» mi chiese, facendo cadere sul piatto la costoletta ridotta all'osso. «Ricordo quando ti ho trovato in questa stanza con le dita affondate in un cappone arrosto, come un animaletto affamato, pulito per la prima volta da quando la tua orgogliosa e fiera madre ti aveva perduto.» Ridacchiò quasi compiaciuto e quel suono mi mandò un brivido lungo la schiena.

«Non ho fame, signore.»

«Non posso permettermi che tu dimagrisca troppo, Luca. Parte del tuo fascino è data da quel bel culetto morbido che ti ritrovi, almeno così mi riferiscono i clienti.» Ridacchiò di nuovo, ma io distolsi lo sguardo. «Se muori di fame, non mi servi a niente. Anzi, perderò soldi. Credi che fare due passi per la città ti farà tornare l'appetito?»

«Fuori?» Lo pronunciai a fior di labbra, in preda al tormento. Io e Marco avevamo pianificato la mia liberazione, ma adesso lui era uno storpio e probabilmente stava morendo dissanguato. Se anche fossi uscito, nessuno di noi avrebbe avuto la sua libertà. Sì, era vero: Silvano aveva più ingegno di chiunque altro. Vedeva e sapeva tutto. Avvertii una voragine nello stomaco, perché tutte le mie speranze si erano dissolte nel nulla.

«Mi piacerebbe uscire» sussurrai. Oh, sì, avrei tanto desiderato trovare un po' di sollievo da quella opulenta, silenziosa e solitaria prigione. Mi odiavo per la gratitudine che provavo all'idea di godere di un po' di libertà, per quanto limitata, perché sapevo che dopo avrei accettato più volentieri di essere usato.

«Ci sono alcune regole, però.» Mi lanciò uno sguardo significativo.

«Sì, signore.» Annuii vigorosamente. «Lo capisco, le seguirò alla lettera.»

«Non vorrai fare la fine di Marco, eh?»

«No, signore!» squittii.

«Non gli è andata poi così male.» Silvano alzò le spalle e si grattò l'ampio mento sporgente sotto la barba ben curata. «Ne ho mandati tanti a riposare tra le gelide braccia del fiume. Una volta presi in quella stretta, non si resiste a lungo. Vivrà per strada. I passanti sono generosi con gli storpi. Non è vero, ragazzo mio?» Non mi sembrava che si aspettasse una risposta, e comunque io non gliela avrei data perché implicava una menzogna, e non volevo né mentire né contrariarlo. No, i passanti non erano generosi. Avevo dovuto lavorare sodo per ricevere elemosine, e spesso non mangiavo comunque.

«Le donne ti daranno soldi per comprare cibo al mercato. Ti piacerà. Ti osservavo sempre laggiù, quando bramavi ogni cosa. Tu sei lussurioso e avido di natura. Mangiare ti farà tornare in carne.» Indicò a Simonetta di riportarmi nella mia stanza.

«Ah, ragazzo» mi chiamò, e noi ci arrestammo di colpo. «In cambio delle uscite, riceverai più clienti.» Simonetta si strinse la mia mano al morbido petto, poi tornammo di corsa in camera. Mi sentivo come se stessi scappando dall'immagine di Marco, sanguinante e storpio. Stavo anche fuggendo dalle mie responsabilità. Per quanto i clienti fossero orridi, non vedevo l'ora di andare a Santa Croce. Gli affreschi avrebbero cancellato Marco dalla mia mente, e forse anche il senso di colpa.

Settimane dopo andai nella chiesa francescana di Santa Croce. Con l'inverno alle porte, la città era fredda e ventosa, ma io camminavo avvolto in un mantello bordato di ermellino, il capo più fine che avessi mai posseduto. Mi aggiravo tra il dedalo di strade lastricate nell'indaffarato e modesto quartiere di Santa Croce con il cuore che mi palpitava e i nervi a fior di pelle dall'impazienza: non vedevo l'ora di ammirare di persona gli affreschi che avevo visto tante volte con la mia immaginazione. Passai davanti a mulini di tintori e corti di giustizia, e anche al mercato che frequentavo adesso. Da quando Silvano mi aveva concesso la libertà, andavo sempre a passeggiare, ma mi tenevo alla larga dai luoghi di un tempo. Non volevo vedere Massimo e Paolo, mi avrebbero disprezzato. Ero cambiato. Be', ero sempre stato diverso dai mendicanti, dagli zingari e dagli emarginati che incontravo per strada, ma adesso non ero più nemmeno me stesso. Nonostante mi sentissi sozzo fin nel midollo per via del lavoro che facevo, ero pulito e ben vestito. Non avevo più fame ed ero grato di ciò, pur vergognandomene. Inoltre avevo scoperto dentro di me un segreto e un viaggio meraviglioso che mi separavano ulteriormente dai miei vecchi compagni e da quello che ero una volta.

Attraversai il transetto destro della chiesa fino alla cappella Peruzzi. Finalmente, mi ritrovai al cospetto degli affreschi di san Giovanni. Tutti i dettagli – l'ordinato crocchio di figure umane, l'armonia tra quelle e gli edifici, gli incantevoli colori, la vivacità dell'incarnato e dell'aspetto dei personaggi – si presentavano come li avevo immaginati. Era una visione stupenda, che aveva del miracoloso, tanto da farmi cadere in ginocchio dalla gratitudine.

«Ti commuovono, eh, ragazzo mio?» mi chiese una voce gentile.

«Oh!» Per lo spavento mi riebbi da quel rapimento e mi misi a sedere come uno sciocco. Mi voltai. Qualche passo indietro vidi un vecchio tarchiato e dimesso. Ci osservammo incuriositi, poi lo riconobbi ed emisi un grido. «Quel giorno a Santa Maria Novella! Siete l'uomo dell'ingegno!»

«Un'onorificenza di cui spero d'essere all'altezza» mi rispose secco. «Sì, anche io mi ricordo di te. Sei il ragazzino con il bastone rotto e la spada bastarda...»

«Esatto, e Dio rideva di me.» Annuii, rimettendomi in piedi a fatica.

«Non sentirti il solo. Dio ride di tutti noi. La vita è una commedia divina, ed è così che lo riveriamo.» Indicò i dipinti.

Annuii ancora. «Sono santi, perché provengono dal posto bello.»

L'uomo sollevò un sopracciglio brizzolato. «Il posto bello, eh? E dove sarebbe?»

«Mi avete detto che noi fiorentini abbiamo un'anima grande così e che abbiamo qualità dentro di noi che ci rendono ciò che siamo» risposi. «Dal posto bello provengono tutte le cose belle; non è dentro di noi, ma guardando dentro di noi ci possiamo arrivare. Non è su questa terra.»

«Se il posto bello non è dentro di noi, come facciamo a esprimerlo a quel modo?» Il vecchio indicò ancora i dipinti, avanzando verso di me. «Non credi che sia dentro di noi?»

«No» risposi, ma con dolcezza, per non offenderlo. «È separato da noi. La terra è piena di cose brutte. Come la risata di Dio. Ma dietro le cose brutte c'è la bellezza.»

«E cosa ne sa un cucciolo come te di cose brutte?»

Pensai ai clienti che aprivano la porta della mia stanza. Mi tornarono in mente le facce di chi mi camminava accanto impassibile mentre morivo di fame e imploravo per una moneta, un avanzo di cibo, qualsiasi cosa. Ricordai come io stesso avessi desiderato che Marco non rivelasse il mio coinvolgimento nel suo tentativo di fuga. L'esperienza mi aveva mostrato che negli uomini c'erano più cose brutte che belle. Non lo avrei detto a quell'uomo da cui traboccava intelligenza, pur sapendo che l'avrebbe capito. «Le cose brutte sono il prezzo che paghiamo per essere umani. È il peccato originale, che ci macchia fin dal giardino dell'Eden. Il posto bello è quando Dio è gentile con noi.»

Si accarezzò il mento e mi fissò. «Avevo un amico che sarebbe stato d'accordo con te. Avrebbe detto che la bellezza esprime la grazia di Dio e che possiamo vederla solo quando siamo abbastanza puri da considerare tutte le creature di Dio come un'unità.»

«Io non sono puro. Vedo un sacco di malvagità.»

«Credo che di questi tempi anche il mio amico Dante stia scontando un po' di tempo in purgatorio.» L'uomo sorrise e fu come una dolce illuminazione dal cuore, un sorriso d'amore e perdita che tutto accoglieva e nulla rifiutava. Mi rimase impresso nella mente, e decisi all'istante che un giorno anche io avrei sorriso così.

«Dunque è morto. Era un buon amico per voi?» gli chiesi, poi mi girai a guardare l'*Ascensione di san Giovanni*.

«Oh, sì, un carissimo amico. Un uomo notevole e un poeta impareggiabile. Mi manca molto.» Sospirò. «Più di quanto non mi mancherebbe la mia famiglia, penso. È gente rumorosa, e mi costa una fortuna, sai...»

«La mia famiglia e i miei amici sono loro.» Allargai le braccia come se potessi stringere gli affreschi. «Loro sì che non mi abbandoneranno mai.»

Restammo a contemplarli in silenzio per un po'; infine quell'uomo mi disse: «Ragazzo, sono venuto qui a comprare dei pigmenti, poi devo tornare a lavorare in un'altra città».

«Anche io devo tornare al lavoro» risposi, e quelle parole avevano il sapore della cenere sulla lingua.

Lui annuii. «Tornerò a Firenze tra qualche mese. Vorrei portarti una cosa. Per queste idee più grandi di te e di gran lunga troppo mature per la tua età, mi ricordi uno dei miei figli. E se i miei dipinti sono la tua famiglia...»

Mi mancò il respiro. «Voi siete *lui*? Cioè l'artista che ha dipinto questi affreschi santi?»

«Giotto di Bondone, per servirti, e quasi degno di tanta adulazione» rispose secco, scuotendo la barba grigia.

Mi inginocchiai. «Maestro, se lo avessi saputo vi avrei portato più rispetto!»

«Sciocchezze, ragazzo mio» rispose Giotto burbero, poi mi aiutò ad alzarmi, rivelando una forza sorprendente nelle mani macchiate dall'età. «Dove ti trovo al mio ritorno?»

Non al bordello, no, non l'avrei sopportato. Non volevo che quell'uomo, l'artista di quei miracolosi dipinti, dal cui sorriso trapelava la grazia di Dio, sapesse cos'ero. Avrebbe provato avversione per me. Scossi la testa. «Vi troverò io, Maestro.»

«Ci conto, cucciolo.» Poi mi diede un buffetto sulla testa e se ne andò.

Un istante dopo uscii dalla cappella barcollando, sopraffatto dalla gioia perché mi aveva rivolto la parola niente meno che Giotto in persona, il maestro degli affreschi che mi davano sollievo mentre lavoravo. Mi aveva trattato con gentilezza, e aveva anche dimostrato interesse per le mie sorti! Con passo allegro raggiunsi il fiume scintillante, e mi fermai sotto un ponte dove avevo dormito spesso. D'un tratto l'acqua si increspò e si fece scura, piena di correnti infide e sorprendenti picchi di luce invernale. A volte l'Arno cresceva di livello e spazzava via i ponti, travolgendo persone urlanti, ma quel giorno era placido e giocoso, e dal ponte sopra di me sentivo fluttuare scrosci di risa.

Dopo un po', tornai ai miei pensieri di sempre. Qualcuno mi chiamava. «Bastardo» pronunciò una flebile voce. Appoggiato a uno dei pilastri, le inservibili gambe distese davanti a sé, c'era Marco.

«Marco!» Corsi da lui e lo abbracciai forte. Era pallido e sporco, i graffi sul viso avevano fatto infezione ed era dimagrito molto. Ma era vivo. «Hai fame? Vado a prenderti qualcosa!» mi affrettai a dire.

Ma lui scosse la testa. «Non più. Dopo i primi giorni, mi sono abituato.»

«Ti porto pane e carne!» Mi arrampicai lungo l'argine, pronto a correre via.

«Resta qui, Luca. Mi è sempre piaciuto parlare con te.» Marco mi fece un debole gesto con la mano infangata, così andai a sedermi accanto a lui. «Silvano ti lascia uscire, vedo. Il nostro piano ha funzionato. Almeno per te.»

Avevo un nodo in gola, ma mi sforzai di parlare. «Marco, mi dispiace tanto. Non immaginavo che ti sarebbe accaduto tutto questo!»

«Almeno non lavoro più, è già qualcosa. Tu puoi camminare, è vero, ma sei costretto anche a lavorare.» Rise amaramente.

«Ce la fai a sopravvivere qui fuori? Come stai?»

Sbatté le lunghe ciglia. «Le strade di Firenze non li trattano bene, gli storpi.»

«Lo so, ma ti porterò da mangiare ogni volta che Silvano mi farà uscire, te lo prometto.»

Marco aprì gli occhi infossati e sorrise. «Certo, so che lo faresti. Mi porteresti da mangiare e parleresti con me come se contassi ancora qualcosa, come se fossi ancora speciale.»

«Ma certo che sei ancora speciale! E conti moltissimo!» risposi con foga. «Anche se vivi per strada non significa che non vali niente.»

«Adesso sei tu quello speciale. Hai imparato tutto da me. Stai mantenendo viva quella cosa dentro di te che ti renderà gentile verso gli altri.»

«Quello gentile eri tu» ribattei. «Mi davi dolci e mi prendevi in giro per farmi ridere; e mi hai anche suggerito come comportarmi quando Silvano mi picchiava, così che non fosse tanto terribile!»

«Facevo piccole cose per te e gli altri bambini perché mi aiutava a restare vivo a palazzo. Adesso quel compito spetta a te. Aiuta gli altri. Da' loro quello che puoi. Non risparmiarti, dagli tutto, tutto! Solo così potrai salvarti!»

«Ma adesso voglio salvare te!» gridai.

«Un modo c'è, ma non con il cibo.» Gli occhi neri di Marco mi trafissero come lance.

«Acqua? Vino?» gli chiesi. «Dimmi cosa!»

«Libertà.» Pronunciò quella parola con il sorriso sulle labbra, poi si sollevò con le braccia ossute. «Aiutami a entrare nel fiume.»

«No!» Sconvolto, indietreggiai sui talloni; avevo compreso che cosa intendeva. «Non puoi chiedermelo!»

«Me lo devi, Luca Bastardo» rispose perentorio. «Non ho raccontato niente di te a Silvano.»

«Non è questo il modo di fuggire! Sei vivo! L'hai detto tu stesso, almeno ora non devi più lavorare.» Lo afferrai per le spalle. «Marco, almeno ci devi provare!» Le parole mi sgorgavano di bocca come suppliche confuse, ma dentro ero disperato. Aveva gli occhi fissi e vacui. Non so perché non me ne fossi accorto prima: Marco, che aveva trovato il modo di sopravvivere nel bordello, adesso soccombeva alla mutilazione. Per certi versi, aveva già abbandonato se stesso, era già morto.

«Non sono vivo» disse, il viso distorto da una rabbia feroce, la voce come la sacca di seta piena di monete di Silvano. «Questa prigione è peggio del bordello. Gli altri mendicanti mi ricoprono di sputi perché sanno che cosa facevo prima. Almeno i clienti mi volevano, anche se era una cosa disgustosa!»

«Ti abituerai alla strada. Si sta meglio che da Silvano, qui sei libero!»

«Da lui ero più libero! Almeno lì a volte, quando i clienti non si servivano di me, avevo il controllo del mio corpo.»

«Hai pur sempre il controllo dei tuoi pensieri» gridai. «Me l'hai detto tu: devi pensare a cose che ti fanno stare meglio! Puoi raggiungere luoghi meravigliosi e...»

«Sono uno storpio che vive per strada. Non riesco a procurarmi da mangiare da solo e non ho amici. Morirò lentamente e tra atroci sofferenze. Avrai pietà di me» mi disse con freddezza. «È ciò di cui ho più bisogno. Lo farei da solo, ma da due giorni non ho più forze; e con questo freddo, non mi torneranno. Portami sulla riva del fiume e fammi scivolare nell'acqua. Se riemergo, tienimi la testa sotto.»

«Ma è terribile!» gridai. «Non posso!»

Marco mi fissava, catturando il mio sguardo con i suoi occhi vuoti e imperscrutabili. «Invece sì. Ti conosco, Luca Bastardo. Tu puoi fare qualsiasi cosa. Non ti sottrarrai. È così che sei sopravvissuto alla strada. Ed è anche il motivo per cui non sei morto la prima settimana da Silvano. In molti non ce la fanno, sai? Ma tu sì. Ho la sensazione che sarai l'unico a uscire vivo dal palazzo! E non come uno storpio. Te lo vedo negli occhi. C'è qualcosa dentro di te, una qualità che ti permette di sopportare qualsiasi cosa.»

«Mi stai chiedendo di ucciderti» sussurrai. E se anche lo avessi fatto? Ero l'unico al mondo a cui importava qualcosa di quel poveretto. Nell'aldilà, Dio ridacchiava; se avessi soddisfatto la richiesta di Marco, sarei stato al suo gioco. Il nodo al petto che provavo prima, mentre discutevamo, adesso si era dissolto in ondate di tristezza.

«Ti sto chiedendo di salvarmi! E se vuoi salvare te stesso, non hai scelta» disse in tono trionfante e al contempo amaro.

Non ne vado fiero, ma obbedii. In realtà fu facile. Marco pesava come un uccellino e, forte e ben nutrito com'ero, non ebbi problemi a trascinarlo a riva. Ci impiegai pochi minuti.

«Va', ora sei libero» dissi, una specie di preghiera per ottenere il suo perdono.

E così lo feci rotolare dentro l'acqua picchiettata dal sole. La vita, però, non si lascia spegnere tanto facilmente. Marco agitava le braccia per tenersi a galla, tentando di respirare. Gli posai una mano sui capelli neri e premetti con decisione. Lo tenni sotto finché non smise di affannarsi e le braccia non si calmarono. Aveva ragione: ero capace di fare qualsiasi cosa, per quanto orribile. Avevo sottratto soldi e rubato frutta ed estorto denaro denunciando falsi incidenti per strada, e mi ero pure sottomesso alla degradazione dei clienti nel bordello, ma quella era una cosa diversa, molto più grande. Ero diventato un assassino, temprato a tutto. Ancora oggi è qualcosa che mi connota, nel bene e nel male, e sono vissuto abbastanza a lungo da capire che un uomo deve far conciliare i diversi aspetti della propria natura. Certo, poi piango, ma al momento pago il prezzo che mi viene richiesto. Marco mi ha insegnato questo lato di me, e non lo dimenticherò mai. Né lui né la sua gentilezza.

Gli lasciai andare la testa e mi sedetti a osservare l'Arno che portava via il suo cadavere. Mi chiesi se anche io avrei fatto la stessa fine, un involucro vuoto alla deriva, trascinato dal fiume. Chissà, magari era solo questione di tempo; impossibile prevedere i capricci di Silvano. Desiderai con tutto il cuore di avere vicino qualcuno che mi volesse bene, per non morire solo e disprezzato da tutti, come avevo vissuto fino a quel momento. Forse qualche amico mi avrebbe restituito il favore che avevo appena fatto a Marco e mi avrebbe buttato nel fiume. Allora non sapevo che la vita aveva altri progetti per me, e che non sarei morto nell'acqua ma tra le fiamme.

3

Dopo la morte di Marco, mi presi altre libertà a lui concesse. Adottai anche i suoi passatempi, come entrare di soppiatto nelle camere dei bambini per fare amicizia. Forse da parte mia era un tentativo di tenerne vivo il ricordo perché mi mancava; forse mi serviva ad alleviare il dolore e il senso di colpa per la sua morte; forse era solo che più passava il tempo e più odiavo sentirmi in trappola, ed ero ben deciso a conquistarmi tutta la libertà che la mia condizione mi permetteva. Feci appello alla sensibilità che mi veniva dall'aver vissuto per strada, alla mia rapidità di movimento e alla capacità di confondermi con l'ambiente circostante mentre mi aggiravo furtivo per il palazzo. Quasi nessuno mi notava, a eccezione di una volta in cui Silvano mi scoprì nella stanza dove teneva i libri contabili. Su un enorme tappeto saraceno c'erano un grande scrittoio di legno e una cassapanca con le ante dipinte e la serratura chiusa.

«Bastardo, sei proprio intelligente! Sei arrivato al tesoro!» risuonò la sua voce allegra. «In tanti anni che gestisco la mia bellissima attività, non ho mai trovato un mio sottoposto qui dentro, tu sei il primo. Sei come me, più astuto degli altri! E assetato di denaro.»

«Non sono come voi, signore» sussurrai.

«Io credo di sì. Altrimenti che ci faresti qui nella stanza dell'abaco?» Si avvicinò e mi accarezzò il collo. La stanza mi tremolò intorno come l'aria sopra una pietra rovente in un giorno d'estate.

«Come mai questa stanza è tanto importante?» gli chiesi.

«È qui che tengo il libro dei conti dove registro pagamenti e spese, naturalmente.» Sorrise. «E pure i documenti di maggior valore. Ne ho anche uno che riguarda te!» Prese un grosso volume alle mie spalle, lo aprì e tirò fuori un foglio di pergamena. «Se riesci a leggerlo, visto che sei tanto intelligente, ti lascerò tornare nella tua stanza senza provare il bacio dei miei fiorini.» Mi ficcò in mano il documento. «Su, leggi.»

Non avevo mai tenuto in mano un foglio, un oggetto troppo prezioso per un monello di strada come me. Era morbido e bianco, ricoperto di strani segni. «Che cos'è?»

«Una lettera consegnatami dai miei uomini dopo avere derubato un messaggero. Lo sciocco portava con sé troppo denaro, che appesantiva il cavallo. Gli hanno risolto quel piccolo problema e hanno preso questa. Loro certo non sapevano leggere, ma io sì, e sono stato molto felice di averla. Non vedi quanto è importante? Pensa, il papa stesso vorrebbe leggerla! E poi nasconderla dove non possa essere trovata per almeno mille anni. Prima o poi gliela venderò. Non solo per denaro, ne ho a sufficienza, ma per ottenere in cambio un'indulgenza plenaria, un titolo, maggior potere! Il papa sarà disposto a pagare qualsiasi cifra. Ti consegnerò a lui in cambio di una fortuna, ma solo quando diventerai adulto. Prima non gli servi.»

«Come mai il papa dovrebbe volere proprio me?» sussurrai.

«Non sai leggere?» chiese, fingendosi sbigottito. «E sei tanto intelligente da arrivare nella mia stanza dell'abaco? Da curiosare in giro come il tuo vecchio amico Marco? Bene, non preoccuparti, una puttana come te ha valore per ben altri motivi» disse, e tese una mano per scompigliarmi i capelli.

«Sei una merce molto pregiata con questi capelli biondi ramati e questi grandi occhi scuri, intensi e quasi viola come le prugne, vero? Ringrazio Dio per la lussuria degli uomini: sono loro che fanno prosperare i miei affari.» Poi mi lasciò andare all'improvviso, e io mi accasciai sullo scrittoio.

«Ho sentito altri uomini d'affari fiorentini, nobili per ricchezza e rango, affermare che l'unico modo per prevenire eventuali disastri è vigilare sui propri affari e mostrarsi cauti, curando anche il minimo particolare.» Silvano andò verso la cassapanca, tirò fuori dal lucco una chiave e aprì la serratura. «Sono d'accordo con loro.» Prese una sacca di seta bitorzoluta, e allora cominciai a tremare. La faccia affilata gli si contrasse in una smorfia, poi fece oscillare la sacca dei fiorini con tale veemenza da far sembrare un nonnulla la prima volta che mi aveva picchiato.

«Non farti più trovare qui dentro!» disse, quando ebbe finito. Giacevo sul pavimento in una pozza di urina, vomito e lacrime. Provavo dolore e vergogna, ma anche un'immensa rabbia. Sapevo che a Silvano importavano più le occasioni per picchiarmi che le mie esplorazioni del palazzo, quindi, dopo una settimana di convalescenza chiuso fra le quattro mura opprimenti della mia stanza, ci riprovai. Le botte di Silvano avevano solo rafforzato la mia decisione di prendermi tutte le libertà che potevo.

Quelle percosse, tuttavia, acuirono anche i miei sensi, o meglio, mi insegnarono a prestar loro più attenzione, perché divenni sensibile al suo avvicinarsi in modo quasi soprannaturale. Quando sentivo rizzarsi i peli sulla nuca, capivo che stava venendo verso di me. Imparai a farmi piccolo nelle alcove buie o a insinuarmi dietro le pesanti cortine che coprivano le finestre. In alcuni momenti avrei potuto giurare che mi stesse pensando, perché mi si stringeva lo stomaco e improvvisamente mi sentivo leggero, come se il suo unico intento fosse quello di afferrarmi coi suoi artigli nei meandri di quel palazzo buio e silenzioso.

Durante le mie esplorazioni andavo in cerca della bambina bionda che quella volta in cantina mi si era aggrappata alla mano in cerca di conforto. Un giorno la scorsi dietro una porta del grande atrio, da cui uscì un uomo panciuto e riccamente abbigliato. Ricordavo di averlo visto al mercato con moglie, figli e servi. Dietro di lui, sul letto, era seduta la bambina. Indossava un abito bianco strappato e il suo visino era inebetito e segnato, tanto da sembrare una donna di oltre trent'anni. Cominciai a comprarle dolci ogni volta che uscivo. Restavo in ascolto per accertarmi che fosse sola, poi aprivo appena la porta e le porgevo il mio dono. Mentre chiudeva le dita intorno al dattero zuccherato o alla pasta ripiena di frutti di bosco, gli occhi celesti le si illuminavano. Spesso i clienti portavano dolci a noi bambini – evidentemente vederci leccare lo zucchero li faceva uscir di senno dalla lussuria – ma sapevo che lei apprezzava i miei doni perché non volevo niente in cambio.

Nel frattempo, cercavo informazioni sul maestro Giotto per tutta Firenze. Aveva detto che sarebbe tornato e che voleva vedermi, e io gli credevo. Persino un bastardo come me capiva che era un uomo d'onore. Desideravo impressionarlo con la mia conoscenza delle sue incomparabili opere. In una fredda giornata dopo Natale andai da fra' Pietro, il monaco che una volta mi aveva accompagnato nella chiesa di Ognissanti per mostrarmi lo splendido pannello della Madonna dipinto proprio da Giotto.

«*Asperges me Domine, hyssopo, et mundabar: lavabis me, et super nivem dealbabor. Miserere mei, Deus, secundum magnam misericordiam tuam*» salmodiai allegramente quando lo vidi spazzare il viottolo davanti all'austera facciata della vecchia chiesa di Santa Maria Maggiore. Non avevo idea di cosa significassero quelle parole, ma le avevo sentite dire a messa, e lui si divertiva quando gli recitavo la liturgia.

«Salve, Bastardo, quanto tempo è passato!» Pietro sollevò la testa con la tonsura e mi sorrise tra la folla dei passanti.

«Non ti vedo più nei paraggi. Sono passate settimane da quando hai cercato di convincermi a darti il pane avanzato dalla Comunione o mi hai seguito recitando la messa.»

«*Gloria Patri, et Filio, et Spiritui Sancto. Sicut erat in principio, et nunc, et semper, et in sæcula sæculorum*» risposi. Lo raggiunsi facendomi strada attraverso un profumato quartetto di donne sorridenti che indossavano mantelli bordati di pelliccia sotto cui scintillavano cotte di tessuti sontuosi, impreziositi da perle e altre applicazioni. Si fermarono di fronte alla chiesa presso un tavolo pieno di matasse di lana tinta, tra i banchi tenuti dai mercanti di Oltrarno, la zona sull'altra sponda del fiume, dove vivevano gruppi di stranieri ed ebrei. «Ho qualche domanda per voi, fra' Pietro» gli dissi.

«Cosa può mai sapere un vecchio monaco come me?» sospirò lui. «Non a sufficienza da avanzare di grado nel mio ordine. Sono così incompetente che devo ritenermi fortunato a poter spazzare il cammino davanti a una chiesa in una giornata fredda. Non sono neppure all'altezza di lavorare al monastero di San Salvi con gli altri fratelli del nostro degno ordine dei vallombrosani.»

«Voi siete erudito come un professore, sapete molte cose sul maestro Giotto» dissi io.

Pietro si chinò sulla scopa e dalla bocca gli uscì uno sbuffo di condensa. Mi fissò con occhi cisposi. «Il maestro Giotto? Che cosa ne vuoi sapere tu di quel pittore? È troppo bravo per un miserabile di strada sporco come te!»

«Certo» assentii, pensando di non essere più tanto sporco, almeno esternamente. Mi chiesi se avesse notato quanto fossi lustro e paffuto, e se ne avesse compreso il motivo. «Ma voglio sapere di Giotto. Voi avete detto che il suo maestro è stato Cimabue. Che altro sapete?»

«Vieni» mi fece cenno Pietro, appoggiando la scopa al muro della chiesa.

«Ehi, monaco, che bel ragazzino!» si levò una voce da un nutrito gruppo di condottieri. Poi l'uomo toccò il suo pugnale e gridò: «Ma guarda che bei capelli biondi e setosi». Gli altri risero sguaiatamente, e uno fischiò.

«Non rifiuto mai un bel bocconcino come quello» disse un altro, lanciandomi un'occhiata lasciva. «Sono più puliti delle donne, li preferisco.»

«Forse perché non trovi una donna che ti voglia» urlai, anche se erano a poca distanza da noi. Quello grugnì e balzò verso di me, ma io filai rapido in chiesa dietro il monaco.

«Lascia perdere i mercenari» mi rimbrottò Pietro. «Sono dei bruti, ma il governo della città pensa di averne bisogno.» Ci accomodammo in un banco verso il fondo. «Giotto, eh? Come mai proprio lui?»

«Mi piacciono gli affreschi di Santa Croce» risposi.

«Dovresti vedere quelli di Assisi. Ha dipinto un ciclo straordinario su san Francesco. So che sono splendidi anche quelli di una cappella di Padova sorta al posto di un'arena romana: il *Giudizio Universale*, l'*Annunciazione*, la *Vita della Vergine*... Tutti magnifici, così vividi da commuovere lo spirito. Ma cos'è che ti piace degli affreschi di Santa Croce, Bastardo?» mi sollecitò. Io alzai le spalle. «La veridicità delle scene, la composizione delle figure, l'inventiva delle allegorie?» Pietro ridacchiò, pensando che non ne capissi niente. In effetti quel linguaggio mi risultava ostico, ma avendo passato tanto tempo davanti agli affreschi, ne colsi il significato. Comunque la mia faccia dovette rimanere inespressiva, perché Pietro mi mise una mano sulla spalla e mi chiese: «Pensi che siano belli?». Annuii.

«Conosco qualche storia sul maestro Giotto» mi disse, sfregandosi il mento con la mano bianca grassoccia e flaccida. «L'ho visto un paio di volte, ma non ci siamo mai parlati. È nato cinquantacinque anni fa in una povera famiglia di Vespignano.»

«Cinquantacinque!» lo guardai a bocca aperta. «Ha vissuto a lungo!»

«Il tempo è diverso per ognuno di noi» disse Pietro, corrugando la fronte. «Il maestro Giotto è invecchiato bene. Non posso dire la stessa cosa di me, che sono nato nello stesso anno.» Guardai le rughe sulla faccia del monaco e pensai che avesse ragione, anche se lo tenni per me. «Certo, io non conosco la vanità; nostro Signore non la gradirebbe in un povero monaco al suo servizio» aggiunse in tono devoto. «Quando Giotto teneva le pecore di suo padre, disegnava sulle rocce piatte con una pietra appuntita. Rappresentava tutto quello che vedeva intorno a sé o che immaginava. Un giorno il grande artista Cimabue passò per caso dal pascolo e rimase stupito. Quel pastore ignorante disegnava meglio di lui! Allora chiese subito al padre se il ragazzo poteva andare a vivere da lui per studiare e sviluppare le sue capacità artistiche. Da quel momento la vita di Giotto cambiò e si decise il suo destino!»

«Io ho conosciuto solo cose brutte che hanno cambiato la vita delle persone» sussurrai.

«Oh, incidenti, catastrofi, so cosa intendi, ma a volte accadono anche i miracoli. Non credi che nostro Signore, guarendo i lebbrosi, abbia cambiato la loro vita in meglio?» mi chiese Pietro. «O i malati da cui ha scacciato i demoni? O il cieco a cui ha restituito la vista?»

«Non ci avevo mai pensato» ammisi.

«Ti serve più catechismo, ragazzo» disse con un tono indulgente ma venato di disappunto. «Quando verrai ancora a trovarmi, proverò a insegnartelo. Se Giotto colpisce un ratto di strada come te, allora hai qualche speranza. Bada solo di non fare la fine del tuo amico Massimo.»

«Massimo? Cosa gli è capitato?» domandai balzando in piedi. Pietro mi osservò con curiosità.

«Non l'hai saputo? Ha litigato con qualche scherano d'un condottiero per un fiorino. Quello diceva che nessun monello di strada deforme poteva possedere tanto denaro e lo ha pugnalato qui, sul collo.» Pietro chinò la testa per mostrarmi un punto che pulsava tra il lobo dell'orecchio e la clavicola. «Quel povero bastardo perdeva sangue come un maiale al macello. L'ho messo io stesso sul carro per farlo seppellire con i poveri. È successo qualche mese fa.»

Chiusi gli occhi e ripensai a tutte le volte che mi ero accucciato con Massimo per dividere un tozzo di pane o inventare un gioco che ci tenesse caldi in inverno. Mi chiesi se avesse pensato le stesse cose quando mi aveva venduto a Silvano. Lo stomaco mi si chiuse come se avessi mangiato cibo avariato, e non so se fosse perché stavo male per lui o perché non provavo nulla. Non gli dovevo almeno un poco di cordoglio dopo tutto il tempo che avevamo condiviso?

«Non ci pensare, ragazzo» disse Pietro, toccandomi la spalla. «Sapevi che lo stesso Santo Padre inviò qui un gentiluomo per vedere che persona e che pittore fosse Giotto? Quell'emissario arrivò alla sua bottega mentre lui stava lavorando e gli chiese un disegno da portare al papa. Giotto prese un foglio e un pennello intinto nel rosso, tenendo il braccio stretto al petto... guarda, così» mi mostrò Pietro «poi, senza l'aiuto di un compasso, disegnò un cerchio perfetto! A mano libera!»

«Cos'è un compasso?»

Pietro sbuffò. «Lo strumento che si usa per disegnare un cerchio, Luca Stupido. È questo il punto: Giotto non ne aveva bisogno! Pensando che celiasse, l'emissario si mostrò contrariato ma, dietro insistenza del Maestro, inviò il cerchio al Santo Padre insieme alla spiegazione di come era stato realizzato. Il papa allora lo mandò subito a chiamare, e Giotto dipinse per lui opere così belle che lo ricompensò con seicento ducati d'oro!»

«Quanti soldi!» esclamai stupefatto. Provai a immaginare una simile fortuna e quanta libertà e bellezza ci si potesse comprare, ma invano; era come voler contemplare i limiti di uno sconfinato cielo azzurro. Mi chiesi se Silvano potesse concepire una ricchezza di quella portata.

«È vero» disse Pietro, dandomi dei colpetti sulla spalla.

«Per oggi basta, Bastardo. Ti affaticherai sotto il grave peso di tutte queste nozioni.»

«Ho un'altra domanda» dissi, ripensando a quando Silvano aveva insinuato di conoscere le mie origini. «Mi chiedevo dei miei genitori. Voi sapete tutto quello che accade a Firenze, e siete monaco qui da tanto tempo: conoscete forse qualcosa di loro? O da dove vengo?»

«Io ti ricordo soltanto sulla strada, Luca. Mi pare che tu ci sia sempre stato, anche se hai un aspetto molto più raffinato rispetto agli altri monelli. Hai la chioma di un insolito colore, forse sei figlio di stranieri. Chiedi in Oltrarno, magari troverai qualcuno che ricorda.» Sospirò. «Adesso devo tornare a spazzare la strada, altrimenti l'abate penserà che non sono capace di fare nemmeno questo. E la userà come scusa per incolpare me se la gente dà più soldi ai francescani e ai domenicani che al nostro ordine. Vattene ora» mi ordinò. «Un ratto di strada come te sa tenersi impegnato. Non così, stupido!» urlò a un novizio che stava pulendo il turibolo sull'altare. «Danneggerai la rifinitura! E l'abate darà la colpa a me!» Poi si mise all'opera. Rimasi seduto per un attimo a pensare che cerchi perfetti e momenti opportuni possono cambiare il corso di una vita. Mi chiesi se mai sarebbe giunto anche il mio, di momento. O se sarebbe coinciso con la lama affilata del pugnale di Silvano.

Di ritorno verso il palazzo, costeggiai l'Arno e mi fermai presso una bottega vicino al Ponte alle Grazie a comprare fichi canditi per la bambina bionda. Se non riuscivo a sentire dolore per Massimo, almeno provavo pietà per la piccola, che non meritava il nostro comune destino. Quando arrivai, la porta della sua stanza era chiusa e da dentro giungevano suoni smorzati. Non sentivo la pelle d'oca sulle braccia e sulla nuca, lo stomaco era a posto, quindi sapevo che Silvano non mi stava cercando. Attesi nascosto dietro le pesanti cortine, che mi provocarono un gran prurito, finché dalla stanza non uscì un robusto mercante che sbadigliò soddisfatto e non si curò di chiudersi la porta alle spalle. Sgattaiolai all'interno. La bambina era in piedi accanto al letto; su una guancia aveva un livido recente e dal naso le colava un sottile rivolo di sangue.

«Ti ho comperato questi» dissi, porgendole il pacchettino. Mi guardò inespressiva mentre prendeva i fichi con una mano. Con l'altro braccio si asciugò il naso, imbrattandosi di sangue. Poi si mise un frutto in bocca. «Mi chiamo Luca. E tu?» le domandai.

Il visino le si illuminò, come se dentro di lei si fosse accesa una candela. «Ti conosco, mi hai tenuto la mano quando avevo paura e mi hai aiutata. Sei molto buono. Io sono Ingrid.» Sorrise. Parlava con dolcezza e con un accento a me sconosciuto.

«Ingrid» ripetei, ricambiando il sorriso. Ero orgoglioso che si fosse ricordata di me e mi considerasse una persona che l'aveva aiutata, una persona *buona*. Sorrise e addentò un altro fico. Rimasi stupito dalla tenerezza con cui ammetteva di avere paura. Mi ricordava una delle sante figure celestiali dell'affresco di Giotto. Non potei trattenermi dall'andarle vicino per pulirle il sangue dal viso. Siamo tutti così feriti in questo posto, pensai addolorato. Mi ripromisi di non permettere mai che qualcuno le facesse ancora del male, poi mi sentii uno sciocco perché, in fondo, lì dentro ero anch'io uno schiavo. Poi avvertii il familiare formicolio alle braccia, così scivolai fuori dalla sua stanza e corsi nella mia, riuscendo a entrare un attimo prima di un cliente.

Più tardi Simonetta venne a prendermi per portarmi a fare il bagno. Il suo viso pallido sembrava più tirato del solito.

«Come mai sei così stanca?» le chiesi.

«Non preoccuparti per me, Luca» rispose, accarezzandomi i capelli. «Guarda un po', ancora pidocchi? Come mai continui a metterti nei guai?»

«Quella bambina, Ingrid, da dove viene?» domandai, dopo che mi ebbe insaponato la testa.

«Se fossi in te, non mi affezionerei troppo» disse, accigliandosi. Tesi la mano per toccarle la lunga treccia che teneva adagiata su una spalla.

«Perché no? Cos'ha che non va?»

«Cos'abbiamo tutti qui dentro?» si chiese Simonetta con rara amarezza. «Ho origliato. Silvano la venderà a qualche ricco cardinale per farla uccidere.»

«Uccidere?»

«Sai, a qualche cliente piace. Se pagano una fortuna, Silvano accetta.»

Mi lasciai scivolare nell'acqua calda, lottando contro la nausea. Era difficile credere che, dopo tutto quello che mi avevano fatto, qualcosa potesse ancora sconvolgermi. «Perché mai un cardinale vorrebbe uccidere una bambina?»

«Il cardinale crede che Dio voglia punire le donne per il peccato originale commesso da Eva, così ripulisce il mondo offrendo in sacrificio la bambina. Se la prende con calma, la fa spegnere lentamente perché sia una morte santa. Usa il fuoco e i coltelli. Solo una giovane innocente è un'offerta adeguata per espiare le colpe dell'umanità. Ha chiesto una vergine.»

Ero inorridito. «Ingrid non lo è.»

«A tutto c'è soluzione.» Simonetta abbassò la voce, poi mi fece uscire dalla tinozza e mi asciugò con un grande panno ruvido. «Verrà un chirurgo per ricucirle le carni, e uno speziale le procurerà una lozione per suturare i lembi di pelle... oggi è il suo ultimo giorno di lavoro. Il chirurgo verrà domani, così lei avrà il tempo di guarire prima che arrivi il cardinale.» Le si afflosciò il viso. «La laveranno tutti i giorni con la soluzione dello speziale perché sia pronta.»

«Quando?» sussurrai.

«Fra due settimane, forse quattro.» Simonetta alzò le spalle. «Il cardinale arriva da Avignone.»

Ripensai alla manina di Ingrid nella mia e a come ero riuscito a darle conforto. Poi me la immaginai insanguinata a contorcersi per il dolore, come aveva fatto Marco quando Silvano lo aveva ferito. Lui non lo avevo potuto aiutare, ma Ingrid sì, pensai, tornando a tentoni nella mia stanza. Con la vista annebbiata dalla paura, faticavo a mettere a fuoco.

«Non pensarci» sussurrò Simonetta, posandomi una mano sul suo cuore. Ci fermammo davanti alla mia stanza. Mi appoggiò la mano paffuta e morbida sulla spalla. «Luca ...» iniziò.

«Cosa?» chiesi senza fiato.

«Silvano vuole che ti chieda se ti è piaciuta la lezione su Giotto del tuo amico fra' Pietro.»

Rimasi a bocca aperta. «Come lo sa?»

«Lui sa tutto» mi ammonì, e la voglia sul viso le divenne rosso scuro. «Non dimenticarlo, caro. Non devi metterti in pericolo come ha fatto Marco.» Poi mi strinse la spalla e se ne andò. Entrai in camera chiedendomi chi fossero le spie di Silvano. Mi ripromisi di stare più all'erta per intercettare i suoi sgherri come riuscivo a fare con lui. Solo allora i brividi di paura che sentivo dentro si placarono.

Dieci giorni dopo mi dondolavo sui talloni davanti a san Giovanni Evangelista in Santa Croce. Tentavo di immaginare come salvare Ingrid. Il tempo stava per scadere e ancora non avevo un piano. Ero disperato, e cercavo risposte nelle cose meravigliose che conoscevo, cioè i dipinti di Giotto. Se nelle storie che li avevano ispirati c'era qualcosa di vero, se era reale la tenerezza dei colori, delle linee e delle espressioni, se c'era un santo che si beava nella gloria di quei dipinti, di certo mi avrebbe aiutato. Raramente avevo pregato prima. Nella mia vita avrei maledetto Dio più spesso di quanto lo avessi pregato, ma allora era diverso. «Non è per me, san Giovanni» mormorai alla figura che si librava nell'aria.

«Che cosa non è per te?» chiese una voce divertita. Mi voltai.

«Maestro Giotto!» esclamai, felice di rivederlo in carne e ossa, piccolo e robusto. In seguito appresi che in sua presenza spesso la gente aveva quella reazione. Non era di una bellezza convenzionale, anzi, aveva tratti poco aggraziati, ma possedeva un'intelligenza così viva e un carattere tanto generoso e affabile che era una gioia stare in sua compagnia.

«Non sei forse il cucciolo che agita la coda davanti al mio affresco, esattamente dove l'ho lasciato qualche tempo fa?» celiò Giotto, inarcando le sopracciglia grigie.

«Ho imparato molto sulle vostre opere» dissi, mangiandomi le parole. «Ho chiesto ai monaci.»

«Attento, o ti abituerai ai principi dell'estetica» mi rispose sollevando ironicamente un angolo della bocca. «La risposta istintiva non media la verità. Immaginavo di trovarti qui, e ho portato qualcosa per te.» Mi porse un pacchettino.

A eccezione di Marco, che mi portava sempre i dolci, nessuno mi aveva mai fatto un regalo prima, dunque non sapevo come comportarmi. Era evidente che non fosse una cosa da mangiare, perché era avvolta in una tela lucida e finemente tessuta, legata con un nastro rosso.

«Non morde» disse Giotto, indicando il pacchetto. Lo presi e lo sollevai. «Forza» mi incoraggiò. Feci un respiro profondo e sciolsi il nastro: il pacchetto si aprì rivelando una tavoletta squadrata di legno. Infilai la tela che la ricopriva sotto la camicia e percorsi la tavoletta con le dita accorgendomi che in realtà erano due, rivolte l'una contro l'altra. Le aprii e le misi vicine. Ciascuna era delle dimensioni della mia mano. Una fulgida Madonna mi fissava da una, avvolta nel mantello azzurro trapuntato di stelle. Sull'altra c'era l'Evangelista, con accanto un cagnolino che fissava il santo con sguardo adorante.

Caddi in ginocchio. «Maestro, non le merito.»

«Ma sono la tua famiglia» disse lui, arrossendo. «Se i miei dipinti sono questo per te, devi averne sempre qualcuno vicino, ovunque tu vada. Io non li posso abbandonare, i miei familiari: si attaccano a me come la tempera al legno, soprattutto quando sono senza un soldo.»

«Non ho nulla per ricambiare» risposi, confuso dalla sua generosità.

«Mi basta la tua ammirazione» disse, voltandosi verso i grandi affreschi che adornavano la cappella. «Hanno un certo valore, abbine cura.»

«Lo farò!» Lentamente mi alzai, stringendo le tavolette al petto. Ero troppo sbalordito per parlare, persino per esprimere le forti ondate di gratitudine che mi travolgevano, come l'Arno quando si fa argenteo e sfonda gli argini.

«Allora, che cosa non è per te?» mi chiese Giotto in tono mite.

Tenevo le tavolette tra le mani tremanti e ne osservavo le linee, i colori, le curve. Il viso raggiante della Madonna era disegnato con mano estremamente delicata, quasi a mostrare sia la donna in carne e ossa sia l'essere celestiale che poteva essere davvero la Madre di Cristo. Gli occhi esprimevano compassione e amore. Pensai che mi ci potevo tuffare dentro e perdermi per sempre. Avrei dovuto nascondere quei tesori a Silvano e ai suoi occhi che tutto vedevano, cercare un luogo sicuro nel palazzo per conservarli. Sarebbe stato difficile trovare un minuscolo angolo inviolato.

«Ebbene?» La voce curiosa di Giotto mi riscosse dal sogno, e lo guardai.

«La libertà.»

«Chiedi all'Evangelista la libertà per qualcun altro? Tu sei libero?»

Scossi la testa. «No, io non sono libero, ma ho un'amica che ha bisogno di libertà e gentilezza, tanta gentilezza, e non so come dargliela.»

«Allora stavi pregando» annuì. «Capisco.» Rimase in silenzio, e io divorai le tavolette con gli occhi. «Il mio amico Dante avrebbe detto che la libertà più grande è l'amore, in particolare l'amore di Dio. È quello che muove gli astri nelle loro sfere. Non la si trova quaggiù, ma solo quando abbandoniamo le cose terrene perché si compia la volontà di Dio» aggiunse.

Pensai agli uomini che venivano nella mia stanza e a Silvano che faceva qualsiasi cosa volessero, persino commettere omicidi. Io stesso avevo ucciso un amico, e quell'atto mi aveva portato solo senso di colpa e tristezza. La volontà di Dio non pareva aver nulla a che vedere con l'amore, ma solo con il dolore. Dubitavo delle parole di Giotto, ma lui era il Maestro, dunque mi fidai. «Qualcuno mi ha detto che solo la morte potrebbe liberarla» dissi.

«Questo è un caso limite» rispose Giotto cupo. «Ma suppongo che a volte sia l'unica soluzione. La vita in terra può essere molto crudele, in balia di forze al di fuori del nostro controllo e della nostra comprensione, fin quando la morte non ci consegna al paradiso. Mi piace pensare che ora il mio vecchio amico sia libero. Ma la libertà si può ottenere anche in altro modo, per esempio con la devozione.»

«E se la devozione non è la risposta giusta?» chiesi rabbrividendo. Proprio la devozione del cardinale avrebbe torturato Ingrid!

«Allora hai ragione tu, rimane solo la morte.» Risuonarono alcune voci e due uomini gli fecero un cenno dalla navata della chiesa. Giotto si voltò sospirando e indicò con la mano che aveva inteso. «Il dovere mi perseguita. Devo prendere congedo da te, cucciolo, e dalle tue domande importanti.»

«Vi rivedrò?» sussurrai.

«Tornerò a Firenze, anche se i ricchi nobili vorrebbero sempre vedermi dipingere i loro ritratti e le loro tombe» rispose con sarcasmo, poi si avviò a fatica verso gli uomini, che abbracciò e salutò con calore. Io ripresi ad ammirare le due incredibili tavolette che mi erano state donate con tanta generosità, e mi cadde lo sguardo sul cagnolino che fissava san Giovanni. Corsi da Giotto.

«Maestro! Maestro!» lo chiamai. Poi mi resi conto che i suoi amici erano riccamente abbigliati e provai vergogna. Chissà che impressione si erano fatti di me.

Giotto, però, non si scompose. «Scusatemi, devo parlare con il mio giovane amico» disse, dando pacche sulla schiena ai suoi compagni, poi tornò verso di me alzando un sopracciglio.

Deglutii. «Il cane ...»

Il volto di Giotto si illuminò di un sorriso sornione e compiaciuto. «Sì?»

«È... be', ha il pelo biondo, come me. Sì, biondo fulvo, uguale ai miei capelli!»

«Ma allora questo cucciolo che chiamano Luca Bastardo non è uno stupido» disse Giotto in tono di approvazione. «Non preoccuparti, troverai il modo di aiutare la tua amica.»

Mi feci coraggio e tenni sollevate le due tavolette. «Grazie» risposi con tutta la dignità che possedevo. Il Maestro mi fece l'occhiolino e tornò dai suoi amici.

Il giorno successivo, lavorando con la mente che vagava nei cieli azzurri insieme all'Evangelista di Giotto, improvvisamente mi venne un'illuminazione. Forse era un altro briciolo di grazia del Dio ridente, la divinità che aveva posato la mano su di me per schiacciarmi o buttarmi via come spazzatura. Come gran parte dei momenti di grazia della mia lunga vita, anche quello era intriso di dolore. All'improvviso capii come proteggere Ingrid dalle attenzioni del cardinale: allo stesso modo in cui avevo liberato Marco. Non con l'aiuto del fiume, però. Dovevo trovare un sistema per non farla soffrire, perché non sapesse nulla, perché il suo piccolo cuore non dovesse lottare nelle fauci maligne del terrore. E dovevo anche proteggere me stesso, perché Silvano non avrebbe perdonato la perdita di una simile fortuna.

Quando il mio cliente ebbe finito e Simonetta mi ebbe ripulito, fui libero di uscire. Tornai all'asse del pavimento dietro le cortine sotto la quale avevo nascosto una delle tavole di Giotto. Le avevo messe in due nascondigli diversi, in caso Silvano ne avesse scoperta una. Mi portai una mano alla fronte in segno di riverenza di fronte al bellissimo viso della Madonna. Non sapevo se davvero fosse vissuta una vergine che aveva concepito un figlio senza peccato, non credevo che potesse esistere qualcosa di tanto immacolato. Questa terra era troppo corrotta perché vi albergasse la purezza. Lo splendore con cui l'aveva dipinta Giotto meritava comunque la mia venerazione. Feci scivolare la tavoletta sotto la camicia e lasciai il palazzo. Mi nascosi in un vicolo nelle vicinanze e controllai che nessuno mi avesse seguito. Quando fui certo che gli sgherri di Silvano non erano sulle mie tracce, mi affrettai.

Sapevo dove andare perché tempo prima avevo già sbrigato una commissione laggiù, quando vivevo per strada e avrei fatto qualsiasi cosa per un po' di cibo. O meglio, qualsiasi cosa tranne quello che stavo per fare. Una volta uno scalpellino, ambizioso di salire di grado nella sua corporazione, mi aveva mandato in una zona distante della città a prendere una certa cosa e in cambio, sorridendo, mi aveva messo in mano qualche soldo, intimandomi di dimenticarmi di lui. Il giorno dopo avevo appreso che il suo diretto concorrente era morto.

Era una tiepida giornata invernale, il cielo lattiginoso e screziato come i frammenti di un guscio d'uovo di pettirosso, quando mi incamminai lungo l'Arno seguendo le botteghe dei lanaioli fino al Ponte Vecchio, con i suoi negozietti di legno e gli scorci a monte e a valle del fiume. Da lì raggiunsi la sponda opposta. Feci un lungo giro per confondere gli informatori di Silvano, svoltando intorno alla chiesa di Santa Felicita per poi riattraversare il Ponte Vecchio e tornare in Oltrarno dal Ponte Santa Trinita. Superai botteghe di setaioli e di orafi, andai oltre il monastero dei camaldolesi, percorrendo un labirinto di stradine fino a raggiungere una botteguccia nell'estrema zona meridionale, dove si trovavano i negozi sudici di scardassieri, battilana e cardatori, e dove vivevano stranieri ed ebrei. L'insegna del negozio ricordava quella di un sarto qualsiasi, ma sapevo che nascondeva ben altro. L'attività pareva chiusa, ma sapevo che era aperta, dunque bussai con impazienza.

Mi aprì un uomo alto e biondo. Quando mi vide socchiuse gli occhi, poi la faccia squadrata cambiò espressione. Proveniva dall'estremo nord e si ricordava di me. Mi fece entrare e rimise il pesante catenaccio alla porta. Nel frattempo esaminai la stanza. Di garzoni seduti sul pavimento con il grembo carico di fili e tessuti non ce n'erano. Mancavano pure la lunga tavola per tagliare le pezze, i manichini di legno, il coltello a serramanico, le forbici, gli aghi e i rotoli di lino grezzo che i sarti usavano per le prove. Vidi soltanto un rozzo tavolino e qualche sedia. L'uomo si voltò verso di me e mi lanciò un'occhiata penetrante.

«Mi hanno incaricato di procurarmi ancora quella cosa che ero già venuto a prendere l'altra volta» dissi sommessamente.

«Hai di che pagare?» mi chiese lui con un forte accento straniero. Tirai fuori la tavoletta dalla camicia. Provai un tuffo al cuore. Avrei tenuto volentieri la Madonna, ma riportai alla mente l'immagine della piccola Ingrid mutilata e bruciata, e della tortura che aveva portato Marco a chiedere la morte. La bambina mi aveva definito buono, l'unica persona ad averlo fatto in tutta la mia vita. Mi ero ripromesso di non permettere a nessuno di farle del male. Spinsi la tavoletta verso l'uomo, che ne fu strabiliato e si sedette per esaminarla. La tastò con le dita, incapace di trattenersi, poi mormorò: «È sufficiente».

È molto più che sufficiente, pensai furioso. Con questa potrai abbandonare per sempre il tuo lavoro clandestino e tornare ricco nelle fredde terre da cui provieni. Immaginai il suo ritorno nella patria lontana, e ricordai che fra' Pietro mi aveva detto di domandare in Oltrarno delle mie origini. «Signore» gli chiesi educatamente «siete a Firenze da molto tempo?» Lui annuì senza riuscire a staccare gli occhi dalla tavoletta. «Mi chiedevo se aveste mai sentito di persone che hanno perduto un bambino anni fa. Stranieri, forse nobili» continuai.

L'uomo sollevò lo sguardo con evidente riluttanza, e i suoi occhi azzurro pallido mi fissarono penetranti. «Credi di essere tu, quel bambino?» Scrollai le spalle e lui annuì. «Sì, mi pare che sia accaduto qualcosa di simile, forse cinque anni fa. Al mercato circolavano voci su un bambino perduto, forse dai catari. Ma non ho prestato attenzione.»

«Chi sono i catari?»

«Eretici. Credono in un Dio buono e in un Dio malvagio, quindi la Chiesa li uccide.» Scosse la testa. «I genitori non erano catari, però, questo me lo ricordo bene. Anche loro avevano un segreto, ma non so da dove venissero o se avessero rapporti di parentela con te.» Stringendo delicatamente la tavoletta, sparì nel retro e ricomparve con una fiala.

«Mi hanno detto di chiedere se si può mescolare in un dolcetto» dissi. Guardai oltre la porta scura dove si trovava il mio splendido dipinto. Una parte di me soffriva, ma sapevo che avrei apprezzato doppiamente l'altro rimasto.

«Meglio ancora, anche questa è dolce» rispose, mettendomi la fiala tra le mani. «Usala tutta. Letale, indolore, e impossibile da scoprire.» Tolse il chiavistello alla porta e mi spinse fuori sui gradini. Era una fredda serata invernale, con un cielo senza luna punteggiato di nuvole viola e prugna e una brezza tagliente che prometteva una giornata ancor più fredda l'indomani. Rientrai nel palazzo attraversando stradine dominate da torri e residenze fortificate, dimore in cui gente felice viveva in pace e sicurezza con le persone che amava.

Il giorno seguente Silvano mi convocò a mezzogiorno. Era seduto al tavolo da pranzo e succhiava il midollo da ossa di vitello. «Oggi abbiamo un ospite» mi disse. I miei occhi guizzarono per la stanza alla ricerca della pesante sacca di seta, ma non la vidi. Silvano depose un osso e si grattò il mento sotto la barba appuntita. «Un ospite importante. Sfortunatamente resterà deluso. Infatti» proseguì via via più acido «devo restituirgli un ingente deposito.» Si voltò verso di me e vidi vibrare il suo naso affilato, come se cercasse di annusare la verità. «Non mi fa piacere!»

«Signore?» chiesi. Misi le mani dietro la schiena, stringendo forte i palmi in modo da sentirmi padrone del mio corpo. Ero vivo, ero sempre io, Luca.

Silvano balzò in piedi, levò la faccia verso il soffitto e ululò come un lupo alla luna. «Hanno trovato una delle mie bambine morta questa mattina! Mi era già stata pagata!» Scagliò il piatto con le ossa contro la parete, ululò ancora e mi tirò una scodella di zuppa. Riuscii a schivarla abbassandomi, ma il liquido bollente mi schizzò addosso. Ansante, Silvano prese il coltello e gridò: «Ne sai qualcosa, Bastardo intelligente?».

«Come potrei, signore?» Scossi la testa con tale forza che mi tremò il petto, o forse era la paura che mi attanagliava il cuore come un gatto che scuote un topo prima di mangiarselo.

«Forse te lo hanno detto gli affreschi di Santa Croce» disse Silvano, brandendo il coltello. Aveva la faccia rossa di rabbia. «Forse te l'ha detto qualcuno a Santa Felicita! Credo che tu sappia tutto e che mi nasconda qualcosa. Resti sveglio la notte a pensare. Di sicuro hai dei segreti!»

«No, signore» sussurrai, arretrando fino alla porta in modo da poter scappare in caso di necessità.

Con un ampio gesto del braccio, Silvano spazzò via tutto quello che si trovava sul tavolo, poi mi balzò addossò e mi puntò il coltello alla gola. Rimasi immobile, e lui mi affondò la punta della lama accanto al pomo d'Adamo. Sentii qualcosa di umido, una goccia di sangue, scendere fino alla base del collo. Mi chiesi se, dopotutto, non stessi per raggiungere Marco e Ingrid; ero sorpreso dalla mia calma. Silvano ringhiò. «Non sbaglio mai a giudicare le persone, Bastardo, ecco perché ho tanto successo.»

«Sissignore» sussurrai ancora.

«Quanto desidererei tagliare questa bella gola candida e sventrarti come un maiale, anche se sei il frutto sacrilego di qualche aristocratico straniero. Ma non voglio perdere altra forza lavoro. Non possiamo distruggere la nostra tenera famigliola, vero Bastardo?» Gettò indietro la testa e ringhiò, scoprendo i denti come un cane rabbioso. La lama mi sussultò nella carne. «Ho perduto una fortuna a causa della morte di quella bambina! È inaccettabile! Ho sempre soddisfatto qualsiasi desiderio dei miei clienti, non mi posso rovinare la reputazione! *Non so in che modo, ma c'entri!* So che entravi di nascosto in camera sua. Non posso provare nulla, ma ti terrò d'occhio. Da oggi non uscirai più di casa!»

Se ne andò brandendo il coltello. «Non so dove tu sia andato dopo Santa Felicita, ma non ci tornerai per un pezzo.» Chinai la testa perché non vedesse le mie lacrime di rabbia e disprezzo. Tremavo per il furore e per la gratitudine di essere ancora vivo, ma mi struggevo anche per Ingrid, che non avrei mai più rivisto; qualcosa nelle accuse di Silvano rendeva la sua morte ineluttabile. Lui non disse altro, e io arretrai fino a uscire dalla stanza.

«Un'ultima cosa, Bastardo» aggiunse. Picchiò i pugni sul tavolo. «So già molto dei tuoi genitori, ma scoprirò altro. Verrò a conoscenza di quello che sai e che nascondi. Scoprirò tutti i tuoi segreti!»

4

I giorni si trascinavano apatici e divennero mesi, che a poco a poco, come una droga soporifera ad azione lenta, si fecero anni. Le parole di Marco si rivelarono vere e alla fine mi abituai al lavoro. Con il tempo ci si abitua a tutto. Ma era più che un graduale adattamento; era anche il fatto di rendere insensibile una parte di me per sopravvivere, di concentrarmi sui minuscoli frammenti di grazia che mi erano concessi: i viaggi dentro i grandi dipinti, la libertà di uscire quando Silvano mi accordò di nuovo quel privilegio, il buon cibo, il poter stare al caldo in inverno. Pensavo poco al lavoro in sé. Solo una volta fu gradevole.

Un cliente abituale, membro d'alto rango della corporazione dei pellicciai, spalancò la porta della mia stanza, mi guardò lascivo e all'improvviso si afferrò il braccio sinistro. Poi cadde in ginocchio gemendo e ansando, gli occhi stralunati e la barba sporca di bava. Lo osservai incuriosito dal letto. Dove la guancia toccava il pavimento, si formò una pozza di sudore.

«Aiutami» ansimò. «Aiutami, ragazzo!» Parlava con un forte accento di campagna, e io feci finta di non aver capito. Mi alzai e andai ad aprire la pesante cortina cremisi di velluto tagliato, un tessuto destinato all'esportazione per un harem turco, ma che Silvano aveva acquistato per la sua attività. In fondo un bordello era il luogo perfetto per beffarsi delle leggi suntuarie. Un triangolo di luce dorata attraversò il volto del cliente. Era un pomeriggio di tarda estate, dopo la chiusura dei mercati e prima di cena, un'ora voluttuosa e molto richiesta dai miei clienti. Il pellicciaio ebbe qualche conato, poi vomitò bile verde. Le labbra esangui si mossero nel cono di luce, granelli di polvere gli vorticavano sulla testa, ma non emise suono. Mi sedetti accanto a lui sul pavimento e rimasi in attesa, stringendomi le ginocchia al petto. Ero in buoni rapporti con la Morte, sapevo quando era nei paraggi.

Osservai il triangolo di luce avanzare lento sul corpo del pellicciaio fino a quando un vertice si incurvò sul suo petto come la coda di uno scorpione e proseguì verso il pavimento. Infine si adagiò a terra in un raggio obliquo.

Ispezionai il cadavere. Possedeva una sacca con qualche moneta d'argento. Infilai la mano sotto il farsetto e gli strappai dal collo la catena d'oro con il crocifisso di perle che gli avevo visto sul petto scoperto. Non rubai gli anelli, però, perché Silvano, a cui non sfuggiva nulla, lo avrebbe notato subito. La nascosi insieme a qualche soldo nella tana di un topo dietro la cassapanca, poi aprii la porta e chiamai Simonetta.

La donna arrivò subito con la solita, abituale lentezza e un'espressione interrogativa. Visto il pellicciaio, fece schioccare la lingua e borbottò qualche invettiva mista a preghiere, poi rovesciò il corpo sulla schiena e gli posò una morbida mano sulla bocca.

«Guai in vista» disse. «Non voglio che ti facciano del male, Luca!»

«Non l'ho ucciso io» risposi, accarezzandole la treccia bionda.

«Ha importanza?» Si fece il segno della croce e andò a chiamare Silvano. Io mi sedetti sul letto ad aspettare, in tensione. Già avvertivo il dolore che avrei provato. Mi chiesi se sarei riuscito a immaginare i dipinti di Giotto mentre mi picchiavano. Di solito il dondolio della sacca dei fiorini di Silvano mi impediva di concentrarmi, ma nutrivo nuove speranze. Giotto era a Firenze per sovrintendere alla costruzione del campanile di Santa Maria del Fiore. La cattedrale doveva essere il coronamento della nostra gloriosa città, ed erano tutti felici perché, dopo trent'anni di lavori poco produttivi, era rinata una certa risolutezza. Andavo spesso a trovare il grande Maestro, anche se non gli parlavo molto perché era impegnato con problemi ben più importati di un avanzo di strada come me.

«Hai ucciso un cliente.» La voce di Silvano interruppe il mio sogno a occhi aperti. Arrivò precedendo Simonetta, che aveva un livido nuovo sotto l'occhio e teneva lo sguardo fisso a terra, le dite intrecciate sotto le maniche di seta celeste. «Intelligente da parte tua liberarti del lavoro! Te la sei goduta? Ti sei crogiolato nel potere quasi divino di porre fine a una vita umana? A mio parere è meglio di qualsiasi piacere carnale. Tu sei come me, Luca, uno dei pochi privi degli scrupoli che indeboliscono i più.»

«Non l'ho ucciso io.» Rimasi dov'ero sul letto, fuori dalla portata delle sue mani che in un batter d'occhio avrebbero potuto brandire un pugnale. Sul collo avevo ancora la piccola cicatrice bianca lasciatami dal suo coltello quando Ingrid era morta.

«Che peccato, se mi avessi emulato sarei stato orgoglioso di te e avrei potuto ricompensarti con denaro da spendere al mercato, so che ti piace tanto.» Silvano si chinò sul pellicciaio e lo esaminò rapidamente. «Lo hai guardato morire per quasi un'ora, ci potrei scommettere» disse. «E le vinco sempre, le mie scommesse.» Aprì la sacca del pellicciaio e prese il denaro rimasto, poi sfilò gli anelli dalle dita lasciando soltanto quello con il sigillo, che la sua famiglia avrebbe sicuramente reclamato. Infine si raddrizzò e mi fissò. Per un attimo incrociai i suoi occhi, ma pareva di guardare nelle fauci gelide dell'inferno, quindi mi voltai.

«Ma allora non sei così delicato, Bastardo» commentò Silvano tra sé e sé, accarezzandosi il mento.

«Il mio lavoro non lo consente» risposi. Lui rise, un sibilo come di ali di pipistrello contro il vento gelido, più terrificante delle parole.

«Hai una risposta per tutto» sghignazzò. «Sei con me da più di quattro anni, vero, ragazzo?»

«Sì, signore» annuii. Quattro anni erano troppi? Voleva liberarsi di me adesso?

«Eppure sei uguale a quando sei arrivato, sembri ancora un bambino di nove anni. Non sei invecchiato di un giorno, e non certo perché non ti do da mangiare. Anzi, mangi quasi quanto guadagni.» Scavalcò il cadavere del pellicciaio, mi prese il mento e mi sollevò il viso, poi si avvicinò e si chinò su di me, come aveva fatto quando lo avevo conosciuto. Quindi mi tolse la camicia e mi fissò il petto, pareva in cerca di qualcosa. Mi concentrai sulla sua barba grigia, preparandomi a non aver paura mentre il suo profumo mi avvolgeva. Negli anni successivi, a causa di Silvano e dei clienti, non sarei mai riuscito a usare un profumo, pur avendo denaro a sufficienza per acquistare i migliori.

«Dovresti crescere, avere un primo accenno di barba e cambiare la voce, invece sei uguale a quando ti ho preso. So che sei il ragazzo del documento, il tuo colore di capelli è inconfondibile, Bastardo, ma forse non sei così speciale. Forse sei solo uno stregone. Sai che facciamo agli stregoni?»

«Li mandate in prigione» dissi con voce piatta. *Sempre meglio che stare qui*, pensai.

«Li mandiamo al rogo» rispose lui in tono allegro. «È un processo lento, che scioglie la carne e frigge il cervello in un tormento lungo e implacabile... Non è piacevole essere uno stregone, Bastardo. Sei fortunato che ti faccia lavorare qui. Fa' in modo di continuare ad accontentare i miei clienti. Se ti rimetto sulla strada e consegno quel documento alla Chiesa, quelli ti mandano al rogo con l'accusa di abominio e stregoneria.»

«Non sono uno stregone, signore, sono soltanto diverso.»

«Diverso? Sei un essere bizzarro che non invecchia come noialtri.» Le sue labbra sottili si incurvarono in un sogghigno. «E nel frattempo, noi invecchiamo. Come Simonetta, qui, anche lei sta invecchiando. Non è così, Simonetta? Non è vero che stai invecchiando e ti preoccupa l'idea che non avrai mai figli? Non è quello che stavi dicendo a Maria l'altro giorno?» La interrogava senza guardarla, e lei si ritrasse e indietreggiò verso la parete, la bocca simile a una ferita sul volto pallido.

Silvano mi girò la faccia a destra e a sinistra. «Diversamente da te, anche io sto invecchiando. L'età spinge un uomo a riflettere, sempre che non sia un buono a nulla. E io ho riflettuto. Vorrei un figlio, un erede, che si sposi in una delle migliori famiglie di Firenze, a maggior lustro del mio nome. Un figlio che, quando finalmente avrai l'aspetto di un uomo adulto e ti venderò al papa in cambio della posizione che merito, arriverà in alto nella scala sociale della città!» Mi lasciò andare bruscamente e si allontanò. «Mio figlio sarà rispettato, non sarà una merce di scambio e uno stregone come te, Bastardo. E invecchierà con me.» Si volse verso Simonetta. «C'è un ufficiale, un tale Alberti, che è un nostro cliente affezionato. Mandalo a chiamare, gli spiegherò la situazione. E manda a chiamare anche un medico ebreo, che si lasci convincere ad avallare la mia storia. Promettigli un fiorino se confermerà quel che gli dico. Se prova a rifiutarsi, minaccialo di far espellere la sua famiglia da Firenze.»

Era passato quasi un altro anno, e ancora non avevo cambiato aspetto. Cominciai a esaminarmi negli specchi scuri appesi nel palazzo di Silvano, davanti ai quali i clienti si sistemavano e ripulivano prima di andarsene. Il mio viso rimaneva quello di un bambino, glabro e inalterato. Cosa non andava in me, perché non crescevo come gli altri? Aveva ragione Silvano, ero uno scherzo della natura? Un abominio? Cosa diceva quel documento, e come poteva essere così certo che parlasse di me? Sapevo di non essere uno stregone. Per quello ero stato abbandonato sulla strada? Persino Giotto lo aveva notato un giorno, mentre passeggiavo con lui.

Era un mattino d'estate ravvivato dal bel tempo, e ricco di quella mescolanza di immagini, suoni e profumi della Firenze che allora amavo: piante in fiore alle finestre o ammucchiate sui carretti che giungevano dalle fattorie del contado, belle donne in abiti multicolori che portavano ceste cariche di fichi e ortaggi, oppure pezze della nostra meravigliosa lana fiorentina, gingilli e ornamenti con cui le persone normali con una famiglia – le persone integre – completavano la loro vita. Vicino alla facciata di Santa Maria del Fiore stavano posando le pietre per il campanile di Giotto. Il fragore si mescolava allo scalpiccio degli zoccoli dei cavalli, ai rintocchi delle campane delle chiese, ai cigolii e allo sferragliare dei carri, ai sussurri distanti dei mulini e delle botteghe per la lavatura della lana lungo l'Arno. Giotto e io eravamo diretti alla zona dei lavori quando il Maestro si fermò, ansando per il passo spedito, e mi indicò una pietra.

«Sai cos'è, cucciolo?» La sua voce era affettuosa, ma capii che tanto affetto non era rivolto a me, bensì alla lastra di pietra grigia di fronte a noi. Sulla pietra erano dipinte lettere nere, ma non potevo leggerle e così scossi la testa. «Questo è un luogo di riverenza fuori dal tempo, un luogo sacro come un altare» disse Giotto. «Io lo chiamo il "sasso di Dante". Lui sedeva qui per ore, osservava la chiesa in costruzione, scriveva la sua immortale *Commedia*, e intanto pensava.»

«Dante, il grande poeta che era vostro amico» annuii. «Dunque questa pietra è sacra perché un grand'uomo, un uomo perfetto, veniva spesso qui a sedersi.»

«Il mio vecchio amico era un peccatore. Nel suo capolavoro, l'*Inferno*, ammette di aver peccato di lussuria e orgoglio...»

«Se tutti quelli che peccano di lussuria e orgoglio lo confessano, l'inferno deve essere più affollato di Firenze» commentai. Il meraviglioso viso familiare di Giotto si illuminò di un largo sorriso.

«Siamo tutti umani. Anche tu, quando diverrai uomo, sarai preda della lussuria.»

«Non sarà quella a dannare me» mormorai, pensando turbato a Silvano che mi accusava di essere uno stregone.

Giotto rise, un suono profondo che riecheggiava dalla pancia, il suo tratto distintivo. I passanti sorrisero. «Nemmeno me, cucciolo. Ecco a che serve la grazia del purgatorio, alla purificazione.»

«Se ci credete, nella purificazione» ribattei secco. Sarebbe servito ben altro che il purgatorio a rendermi degno del paradiso.

«Io sì» disse Giotto. «Non è la perfezione a rendere sacra questa pietra. Dante era un brav'uomo, ma aveva i suoi difetti, come noi tutti. Venne persino esiliato per corruzione, anche se era innocente.»

«Allora è per il suo genio» riflettei, passando la mano sulla ruvida superficie. «Per le sue doti di poeta. Ecco quello che rende sacra la pietra, anche se non è stato un uomo perfetto.»

«Esattamente.» Giotto mi diede una pacca sulla spalla. «Non ci sono uomini perfetti. Solo uomini con talenti sublimi. Tu sei molto acuto, Luca.»

«Mah, non saprei...» risposi lentamente. «Pensavo che soltanto le cose benedette dalla Chiesa fossero sacre e sante, come il pane e il vino della Comunione.»

«Anche questo è un esempio di santità» riconobbe Giotto. «E a renderlo tale è il mistero più profondo del sacramento, il momento in cui il cielo viene sulla terra.»

«Non credo che il cielo possa mai venire sulla terra. La terra è troppo piena di crudeltà e abiezione. Se il cielo venisse quaggiù, sarebbe contaminato dal male, come un tessuto intinto nel colore. Ma, in fondo, io non conosco il catechismo. Non so neppure se sono stato battezzato» confessai con una risatina.

«Di certo i tuoi genitori l'hanno fatto.»

Alzai le spalle. «Non ricordo né loro né quale vita posso aver vissuto prima della strada.»

«Luca, ma devi avere una seppur vaga idea delle tue origini!»

Mi guardai intorno per accertarmi che nessuno ascoltasse. «Ho sentito di stranieri che viaggiavano con i catari e che avevano perduto un bambino.» Avevo fatto qualche indagine in Oltrarno, ma Silvano l'aveva scoperto e si era preso gioco di me, di conseguenza ne parlavo di rado.

«Ho sentito parlare dei catari» rispose Giotto. «Erano un gruppo di devoti e virtuosi cristiani. Si occupavano dei malati e dei poveri, cercavano di vivere in purezza rispettando gli insegnamenti di Cristo. Non ho mai capito come mai la Chiesa li considerasse eretici e cercasse di eliminarli. Forse a causa delle loro strane idee su Cristo e sul Battesimo, sul fatto che il Signore avesse invertito il corso del Giordano. È una bellissima immagine poetica, perché distruggere un popolo per questo?»

«Perché distruggere un popolo comunque?» chiesi, apprezzando come sempre la nostra discussione. «Perché non lasciare in pace le persone e lasciare che seguano la propria fede come ritengono più opportuno?»

«Esiste un solo principio veramente eretico: la tolleranza» disse Giotto ridendo, poi alzò le spalle. «Ho pensato molte volte a questo fiume che scorre al contrario. La ritengo una dimostrazione del dominio di Nostro Signore sulla natura, che è una grande forza primitiva e originaria. È soprattutto nella natura che io cerco quello che è sacro e santo.»

«I preti non fanno affermazioni come le vostre» azzardai.

«Sei troppo intelligente per credere a quello che dicono i preti» rise ancora Giotto. «Conosci il mondo abbastanza da avere idee tue» aggiunse, piegando la testa brizzolata e osservandomi con occhi acuti. «Anche se appari più giovane di quanto non sei. Non cambi mai e sei senza tempo, proprio come un dipinto. C'è un mistero in te, Bastardo. Hai il viso di un ragazzo, ma parli come un vecchio saggio che ha trascorso troppo tempo immerso nei propri pensieri. Attento a non finire sul rogo per questo! La Chiesa non ama chi pensa con la propria testa.»

«Nessuno lo fa» dissi, rammentando le parole minacciose di Silvano. Eppure, dopo tutto quello che avevo visto e fatto, mi risultava impossibile non pensare con la mia testa. I miei pensieri erano come relitti trascinati qua e là dalla corrente di un fiume, che emergevano e scomparivano di colpo dentro di me rendendomi diverso dalle altre persone, e dagli altri ragazzi che si prostituivano, ancor più che il mio lavoro o la mia anomala giovinezza.

«Sta' attento alle persone con cui ti confidi. Soffrirei molto se ti facessero del male» disse Giotto, che piegò gli angoli della bocca verso il basso, pervaso da una rara aria di tristezza. Poi il suo corpo robusto vibrò come la corda di una viola e lui recuperò la sua natura gioviale. «Vieni, cucciolo, andiamo a vedere il mio campanile. Le autorità cittadine si lamentano per i costi, ma la bellezza non si trova a buon mercato, soprattutto i marmi lavorati a intarsio.»

5

Giotto morì nel 1337 e tutta Firenze lo pianse. Anche chi aveva appena sentito parlare di lui andava in giro con un'espressione afflitta e vestito a lutto. Venne sepolto sotto una lastra di marmo a Santa Maria del Fiore, il cui esterno era stato finalmente completato. Non presi parte alla solenne processione funeraria né alla messa, ma ci andai qualche giorno dopo e mi soffermai accanto al marmo bianco nascondendo sotto la camicia la tavoletta con l'Evangelista e il cagnolino dal pelo fulvo. Non pregai, ma ripensai ai suoi dipinti, al suo viso familiare, a quanto amasse ridere e alla sua allegria, che lo avvicinava alla gente. Ricordai con piacere tutte le nostre conversazioni nel corso degli anni. L'amicizia con Giotto era stata la cosa più piacevole di tutta la mia vita: mi aveva fatto sentire una persona rispettabile e aveva instillato in me la speranza di avere altri amici e occasioni migliori, di diventare io stesso migliore e forse, un giorno, di avere persino una moglie. Erano ambizioni importanti per uno come me, che probabilmente non avrebbe raggiunto l'età adulta. Non speravo neppure di liberarmi da Silvano. Due anni prima ci avevo provato, in parte grazie anche a una conversazione avuta con Giotto. Quel penoso ricordo riaffiorò mio malgrado, mostrandomi come il dolore fosse intessuto perfino nelle trame più fulgide della mia vita.

Si era trattato di un tentativo di fuga assolutamente spontaneo. Un pomeriggio ero fuori e seguivo Giotto a breve distanza, nascondendomi furtivamente dietro persone, pietre e carri per non disturbare il Maestro, quando all'improvviso era balzato fuori un uomo alto dalla faccia gentile e dagli occhi vivaci.

«Vediamo un po', ragazzo, perché ti aggiri furtivo dietro il *Magnus Magister*? Hai intenzione di alleggerirgli le tasche?» Gli occhi scuri dell'uomo si guardavano attorno, mentre mi stringeva le spalle con le mani.

«No, signore!» avevo strillato. «Mi piace osservare il maestro Giotto, imparo molte cose da lui.»

«Ah, sì? E che vuoi imparare, sentiamo...» mi aveva chiesto l'uomo, lasciandomi andare di colpo.

«Tutto, immagino» avevo risposto, alzando le spalle.

«Tutto? È una vetta irta di difficoltà da scalare. E quale sarebbe la motivazione che ti spinge a farlo?» Aveva un accento leggero, come se fosse originario di Firenze ma non vivesse in città.

«Perché si scala una montagna?» gli avevo detto in tono brusco, visto che Giotto era andato avanti e volevo seguirlo. «Per vedere il panorama!»

«Esatto, proprio per quello!» L'uomo alto era scoppiato a ridere. «Ma non pensi che la gente scali le montagne semplicemente per scendere sull'altro versante?»

«Come posso sapere cosa fa la gente? Io sono io, gli altri che si arrangino.» Mi ero raddrizzato il mantello. «Posso andarmene ora?»

«Sì, certo. Mediterò sulla tua idea di salire a grandi altezze solo per vedere cosa hanno da offrire!» aveva risposto, congedandomi. Ero corso dietro Giotto e, trovatolo, avevo visto che era con l'uomo alto. Mi aveva fatto cenno di raggiungerlo.

«Questo cucciolo è un mio amico» aveva detto, dandomi una pacca sulla spalla. «Luca, ti presento Francesco Petrarca.»

«Davvero un bel protetto» aveva commentato lui, facendomi l'occhiolino «che ha il grande desiderio di imparare ogni cosa!»

«Pensavo che il tuo più grande desiderio fosse la libertà, Luca» aveva celiato Giotto.

«Sì, è ciò che voglio più di qualsiasi altra cosa» avevo risposto pacato.

Giotto aveva riso, scompigliandomi i capelli. «Continua a fare il briccone, allora, e cerca la libertà con tutto te stesso! Il Signore sa che meriti di avere quel che desidera il tuo cuore.»

Qualcosa nell'affetto e nelle parole di Giotto, e pure nell'approvazione di Petrarca, aveva scatenato in me insensati pensieri di libertà. Ero saltato sul carro di un venditore ambulante che si dirigeva fuori città. Due condottieri che frequentavano il bordello di Silvano mi avevano visto e subito riportato a palazzo, sperando in una ricompensa.

«Scegliete pure, paga la casa» aveva detto Silvano con un ampio gesto del braccio, anche se non offriva mai la merce gratuitamente. Aveva sorriso. «Hai fatto una cosa molto brutta, Luca! Simonetta, portami Bella e il mio coltello.»

«Che cosa volete da Bella, signore?» avevo sussurrato, la paura che mi stringeva lo stomaco.

«È una bambina graziosa, vero, Luca? Somiglia abbastanza alla piccola Ingrid che lavorava qui anni fa, quella con gli occhioni celesti e la pelle bianca come il latte. Solo che Bella non è bionda. Eccola.» Silvano aveva annuito. Ci trovavamo nell'ingresso coperto di tappeti. Fuori era giorno, ma le finestre erano oscurate da pesanti broccati, e l'unica luce proveniva dalle fiamme dei candelabri a muro. Bella aveva circa sette anni e indossava una veste gialla senza maniche, aveva le braccia nude e i capelli castani sciolti, come se l'avessero chiamata mentre dormiva.

«Bella, il nostro Luca ha compiuto una cosa molto brutta» le aveva detto Silvano, prendendo il coltello dalle mani di Simonetta. La piccola lo guardava furtiva con i suoi occhi azzurro cielo. «Adesso dobbiamo dargli una lezione». Si era portato la mano di Bella alle labbra, poi l'aveva aperta distendendole l'indice e con un gesto fulmineo le aveva conficcato il coltello nel dito, amputandoglielo. Bella e io urlammo mentre il sangue usciva a fiotti dalla nocca mozzata. Simonetta aveva chinato la testa coprendosi la faccia con le mani, le spalle tremanti.

«No, no!» gridava Bella dibattendosi e cercando di liberarsi dalla stretta di Silvano.

«Invece sì» aveva detto lui, distendendole anche il pollice. «Vedi, a Luca non interessano particolarmente la sua vita o i suoi arti.» Poi le aveva tagliato anche il secondo dito. «Però ha a cuore le sorti degli altri bambini, vero?»

«Per favore, smettete di farle del male» lo avevo pregato singhiozzando. «Punite me piuttosto!»

«Non funzionerebbe, e poi tu mi servi tutto intero perché devo venderti alla Chiesa» aveva risposto Silvano, ansimando come in preda agli spasmi della libidine. Così le aveva disteso il dito medio, mentre Bella cercava di resistergli e implorava pietà.

«Per favore, uccidete me.» Ero strisciato a terra nella pozza di sangue. «Bella, non sai quanto mi dispiace!»

«Mi sto annoiando» aveva mormorato Silvano e le aveva squarciato il collo con un rapido fendente. Per me era stato un sollievo vedere la cieca mano della morte cancellarle ogni traccia di anima dagli occhi. «Luca, ascolta e impara. Se mai proverai a scappare, ucciderò un'altra bambina, ma la prossima volta sarà una lunga agonia.» Poi se ne era andato, asciugando il coltello sul lucco. «Simonetta, ripulisci questo sudiciume. Se lo desideri puoi tornare fuori, Luca» mi aveva gridato euforico.

Quello era l'unico ricordo angosciante legato a Giotto.

Dopo l'assassinio di Bella, vietai a me stesso anche solo di pensare a fuggire, a ottenere la libertà. Smisi persino di chiedere in giro notizie su stranieri che avessero a che fare con i catari e che potessero aver perduto un bambino. Certo, allora non era stata colpa di Giotto, e tutti gli altri ricordi che avevo di lui erano gioiosi. Soltanto pochi mesi prima di morire mi aveva mostrato un pannello che aveva dipinto per le monache di San Giorgio. Mi aveva accompagnato davanti al dipinto ed era rimasto in silenzio fin quando non avevo strillato di gioia.

«È la mia faccia! Sono io!» avevo detto, indicando un ragazzo nell'angolo che ammirava la scena con riverenza.

«Un uomo che conosce se stesso farà strada nella vita» aveva riso Giotto.

«Non ne sono degno» avevo mormorato.

«Ma certo! Sei più bello di tutti i miei figli e i miei nipoti messi insieme. Dio non ha benedetto la mia famiglia col dono della bellezza, di certo non me e mia moglie» aveva ammesso, alzando gli occhi al cielo con finta disperazione. «Ma siamo almeno una coppia ben assortita. Non so come farai tu a trovar moglie, Luca: poche donne possono competere con te quanto a bellezza. Ti è stato fatto un grande dono, anche se non sembri apprezzarlo.»

«Voi avete un dono più grande, perché la create, la bellezza» avevo risposto piano, felice di sentirlo parlare dell'eventualità che trovassi una moglie, come se ne fossi degno quanto chiunque altro in una Firenze ossessionata dal matrimonio. Così avevo cominciato a pensare a come poter conquistare un giorno l'amore di una donna, e a cosa fare per meritarla. Quello divenne il mio obiettivo, che però mantenni segreto.

Durante il nostro ultimo incontro, Giotto e io passeggiammo nel cuore di Firenze intorno al Battistero ottagonale di marmo multicolore. «"Ciò che non muore e ciò che può morire non è se non splendor di quella idea che partorisce, amando, il nostro Sire; ché quella viva luce che sì mea dal suo lucente... per sua bontate il suo raggiare aduna, quasi specchiato, in nove sussistenze, etternalmente rimanendosi una"» recitò dal *Paradiso* di Dante.

«È bellissima, ma non capisco come tre o nove possano equivalere a uno» dissi, soffermandomi ad ammirare i motivi geometrici verdi e bianchi della facciata, rivestita del più pregiato marmo bianco di Carrara e di un serpentino verde che Giotto mi aveva detto chiamarsi "verde di Prato".

«Il mio vecchio amico ammirava questo edificio, che anticamente era un tempio romano dedicato a Marte. È così bello che è un delitto trascurarlo, ma noi continuiamo ad apporvi cambiamenti.» Giotto sorrise e si accarezzò la barba. «Arnolfo di Cambio aggiunse le strisce bianche e nere ai pilastri d'angolo, le cui forme precise rispettano alla perfezione i ritmi della superficie delle facciate.» Fece correre la mano su una di esse, poi si voltò verso di me. «Non crucciarti per la poesia di Dante, cucciolo. Sei intelligente, pensaci su e vedrai che ti rivelerà molte cose: in questo consiste la bellezza della sua arte. Parla dei nove cori angelici e di come tutto il creato, ogni cosa, mortale o immortale, sia una forma di quell'amore che la mente di Dio emana come una luce. Dante pensava a Dio come a una fonte di luce.»

«Come è possibile, dunque, che il creato e il mondo siano così intrisi di malvagità se sono una forma di amore? A meno che il male non sia uno scherzo di Dio. Voi mi avete detto che Dio ride di noi, ricordate? Quel giorno in piazza Santa Maria Novella, quando volevo sfidare i figli dei nobili con un bastone rotto, mi avete parlato di ingegno. Non l'ho mai dimenticato, anzi, ho sempre cercato di vivere seguendo il vostro consiglio.»

Giotto inarcò le sopracciglia grigie. «Le mie parole, per quanto scarne, hanno fatto grande impressione su di te.»

«Sono state nutrimento.»

«Sono cadute su un terreno fertile, in effetti» replicò pronto Giotto. Poi mi lanciò un'occhiata imperscrutabile. Lo capii all'istante, come se tutt'intorno si fosse alzata la foschia: era uno sguardo di rispetto.

«Le idee di Dante sulla luce hanno più senso per me di quel che dice sull'amore» dissi arrossendo. «Penso che l'umorismo impietoso di Dio si compiaccia di essere riflesso nella bellezza e nell'arte, che sono sorelle della luce, come quella che risplende sui marmi del Battistero di San Giovanni e che voi rendete nei vostri dipinti.»

«I dilemmi, l'umorismo di Dio, l'arte come sorella della luce... Che idee bizzarre, le tue! Tienile per te, cucciolo. Un uomo che possiede certe nozioni potrebbe mettersi nei guai. Per lo meno stai crescendo in statura. Non è più così palese che sei diverso dagli altri, anche se la gente noterà sempre la tua bellezza. Voglio che tu passi inosservato.»

Ero più alto, e finalmente sembravo più grande, quasi un ragazzo di undici anni. Il fisico non si era sviluppato allo stesso modo, ma quella seppur minima crescita placava le mie preoccupazioni. Silvano continuava a rinfacciarmi di essere uno "stregone" e uno "scherzo della natura", e mi controllava sempre il petto in cerca di qualcosa che tardava a comparire, irritandolo. Giotto, tuttavia, aveva notato il mio cambiamento, e ne ero felice. Mentre stavo davanti alla sua tomba, ricordai l'impeto di gioia che avevo provato sentendo la sua osservazione. Ripetei ad alta voce le parole del poema del suo amico. Speravo che fossero insieme in paradiso, a ridere e scherzare come Giotto soleva fare. Se c'era un briciolo di bontà in Dio, avrebbe apprezzato la bellezza e la luce, e l'interpretazione che ne aveva dato Giotto gli avrebbe garantito il paradiso.

Qualche mese più tardi, dopo il raccolto, quando sulle mense venivano serviti i fichi tardivi e la città si godeva la frescura dell'autunno, Simonetta diede un figlio a Silvano. Lui mandò a chiamare un sacerdote che frequentava il bordello per battezzare il neonato, a riprova che donare fiorini alla Chiesa poteva comprare qualsiasi cosa, persino il Battesimo solenne per il figlio bastardo di un omicida tenutario di un bordello. Il bambino fu chiamato Niccolò, e già appena nato aveva il mento stretto e sporgente e il naso sottile e affilato del padre.

Simonetta era molto indebolita da quel parto difficile e Silvano così contento di lei che le aveva consentito di vivere in un'ala privata del palazzo, in un appartamento tutto suo. Ovviamente non l'avrebbe mai lasciata libera: l'unica via d'uscita dal bordello era la morte, lo sapevamo tutti. Silvano prese un'altra donna per sostituirla. Era una straniera taciturna, con gli zigomi alti, gli occhi a mandorla e le braccia e le gambe robuste. Parlava la nostra lingua poco e male, e a me non piaceva. Mentre Simonetta ti diceva cosa fare con modi pacati, lei ti strattonava bruscamente. Eppure ero felice per Simonetta, perché era riuscita a lasciare il lavoro senza rimanere uccisa. Entravo di soppiatto in camera sua per farle visita, anche se a noi era proibito accedere all'ala privata. Per avvertire l'arrivo di Silvano mi affidavo ai miei sensi, che erano sempre più acuti, in modo quasi innaturale. Col passare del tempo giunsi persino a capire dove si trovava in città. Mi bastava mettermi tranquillo senza pensare a nulla, e nella mia mente si formava come un'immagine riflessa sulla superficie placida di un fiume. Vedevo una piazza, una bottega o un mercato, e sapevo con certezza che Silvano si trovava là. Era come se la paura e l'odio che provavo mi legassero a lui in modo tanto palpabile da poterlo sempre percepire ovunque, per quanto lontano fosse.

Gli anni passavano. Il lavoro continuava, ma io vi sembravo immune, così come ero immune al tempo e alla malattia. Vivevo in una sorta di limbo, che a me pareva naturale in quanto non conoscevo altro. Mi indebolivo solo quando mi picchiavano, ma anche in quel caso mi riprendevo in fretta. Una volta venni assalito fuori dal bordello. Eravamo nel pieno della bancarotta delle sedi londinesi delle società dei Bardi e dei Peruzzi, e del collasso delle piccole banche che obbligò molti mercanti e fabbricanti di lana a chiudere bottega. Ad aggiungere inquietudine, quell'anno anche il raccolto in Toscana fu scarso. I fiorentini erano nervosi, arrabbiati, impauriti. Gli affari andavano male per tutti tranne che per Silvano, la cui attività era sempre prospera. Un giorno andai nella chiesa di Ognissanti vicino all'Arno per guardare la pala d'altare di Giotto. La meravigliosa Madonna emanava una palpabile gravità spirituale, mentre il Bambino Gesù, con la mano alzata in segno di benedizione, era tenero e triste, regale, pieno di grazia e indifeso. Giotto aveva usato i colori dei tessuti che si trovavano nei mercati di Firenze, dando così alla Madonna un'aria di familiare dolcezza. Le sensazioni che mi comunicava la sua arte erano talmente forti che uscii barcollando, come se mi avessero trafitto il cuore. Urtai un uomo che mi allontanò rabbiosamente.

«Scusate, signore» mormorai, poi riconobbi uno dei miei primi clienti, un mercante che commerciava in sete del Catai.

«Aspetta, io ti conosco!» esclamò brusco. Era un uomo magro e curvo, e gli si erano ingrigiti i capelli da quando aveva smesso di frequentare il bordello. «Lavori ancora da Silvano? Sono passati dieci anni, ma... non sei cresciuto affatto! Ormai dovresti essere un uomo, e dunque aver chiuso da tempo con l'attività di Bernardo Silvano.»

«Mi scambiate per un altro, signore!» risposi, cercando di allontanarmi.

«Non così in fretta!» gridò l'uomo, afferrandomi per il braccio e attirando l'attenzione dei passanti diretti verso il Ponte alla Carraia. «Sei identico ad allora, com'è possibile? Non sei invecchiato! Questa è magia! Sei uno stregone!» Tutt'intorno si stava formando un capannello di gente, e io cercai di liberarmi dalla sua stretta.

«Vi sbagliate, signore!» gridai.

«È vero, è Luca Bastardo, sta da Silvano e in dodici anni non è invecchiato per niente» disse un'altra voce, che si rivelò essere di un tessitore che risparmiava soldi per mesi pur di permettersi una visita da Silvano. Anche lui era ingrigito.

«Stregone! Stregone! Mago!» urlarono in tanti.

«È stata la stregoneria a impoverire Firenze!» gridò qualcuno angosciato. «La magia nera ha fatto fallire le nostre banche!»

«La magia nera ha svalutato le nostre lane!»

«La magia nera ha fatto avvizzire i nostri raccolti!»

«Moriamo di fame e siamo poveri per colpa degli stregoni!» La folla ribolliva di rabbia, la gente urlava e qualcuno mi colpì. Io non mi difesi, perchè ero avvezzo alle percosse, e in parte sentivo di meritarle. Sapevo inoltre che il mio fisico poteva guarire quasi da tutto; faceva parte della mia bizzarria, ci potevo contare. Continuarono a picchiarmi fin quando non caddi in ginocchio, poi mi afferrarono per le braccia e le gambe e mi trascinarono via. Fui gettato in mezzo a piazza Ognissanti, di fronte all'Arno. La folla iniziò ad ammucchiare ceppi di legno.

«Bruciatelo! Bruciate lo stregone!» urlavano. Qualcuno arretrò per preparare la pira, altri si avvicinarono per osservarmi meglio. Io mi rannicchiai su un fianco, coprendomi la testa con le braccia, poi chiusi gli occhi e tornai con la mente alla Madonna di Ognissanti.

«*Audi partem alteram*!» gridò una voce furiosa. «Ascolta anche l'altra parte!»

Tra la folla calò il silenzio, ma io quasi non me ne accorsi. Ero lontano da lì, e fluttuavo di fronte alla bellissima Madonna di Giotto, con il suo corpo forte e beato e il sereno Bambino Gesù tra le braccia. Sentii un coro angelico. «Madonna, Madonna» cantava qualcuno. Poi mi accorsi che ero io. Aprii gli occhi. Accanto a me c'era un uomo molto alto, sulla trentina, con il viso dolce e dal bell'incarnato. Lo riconobbi, era Petrarca, l'amico di Giotto. Mi fece cenno di sedermi. Lentamente, tra i dolori, mi misi in ginocchio. Dalla folla si alzò un mormorio minaccioso.

«Cercate di vivere bene e di cambiare i tempi che corrono, solo così non avrete di che lamentarvi» esclamò Petrarca deciso. Mi osservò con uno sguardo penetrante e pieno di calore, poi si rivolse alla folla accalcata tutt'intorno a noi. «Lo ha detto sant'Agostino. Uccidere questo ragazzo non farà aumentare il prezzo della vostra lana, né risollevare le vostre banche o prosperare i vostri raccolti!»

«Se sterminiamo gli stregoni, Dio sarà contento!» urlò per tutta risposta un uomo. «E con il favore di Dio torneremo a prosperare.»

«Sì, sì» risposero in tanti.

«No!» urlò Petrarca. «Mettete ordine nella vostra anima, riducete i bisogni, vivete in carità, associatevi in comunità cristiane, obbedite alle leggi, confidate nella Provvidenza, ecco cosa dovete fare! Solo così renderete migliori i vostri concittadini e più forte la vostra città.»

«Ha ragione, basta. Fermatevi.» Una voce gelida e tagliente reclamava attenzione. Era apparso Silvano. Si fece strada tra la folla, che si divise come davanti a una serpe. Nel rendermi conto che ero felice di vederlo, provai un immenso fastidio.

«Messer Petrarca onora la nostra città con la sua visita, e ha ragione. Uccidere un ragazzo del bordello non ci restituirà il nostro denaro» disse Silvano con il suo solito sogghigno. «Tornate a lavorare, sono i nostri affari che hanno reso grande Firenze e che la riporteranno alla grandezza di un tempo!» Poi si inchinò di fronte all'uomo alto. «Ho letto le vostre poesie, signore. Sono commosso dalle delicate emozioni dell'amore non ricambiato che voi esprimete in modo tanto vibrante!»

«Sono lieto che le mie povere parole vi abbiano commosso» rispose l'altro educatamente.

«È vero che avete ricevuto inviti da Roma e da Parigi per essere incoronato poeta laureato?» gli chiese Silvano in tono servile.

«Siete ben informato, signore» rispose Petrarca, volgendo lo sguardo. «Al momento sono in viaggio per Roma per accettare umilmente gli onori che mi vorranno conferire.»

«Nel mio lavoro debbo per forza essere ben informato» commentò Silvano sornione. E fece cenno ai due condottieri che lo accompagnavano di farmi alzare.

«Sei fortunato che sia arrivato a salvarti, Bastardo» disse Silvano mentre uno dei mercenari mi conduceva via. «Quel poeta arrogante e polemico non sarebbe riuscito a dissuadere la folla dall'erigere un bel rogo. Sarebbe stato divertente sentirti urlare mentre le fiamme ti consumavano.» Gli brillavano gli occhi. «Devi essermi grato!» Toccò i lividi sul mio viso ed ebbe un fremito. «Sei ferito, ma puoi ancora lavorare».

Sì, ero ferito, ma tornai a lavorare.

Seppur lentamente, crebbi anche io, ma all'epoca in cui avrei dovuto avere ventisette anni ed essere un uomo adulto, avevo ancora l'aspetto di un tredicenne. Niccolò, il figlio di Silvano, che adesso aveva undici anni, con grande gioia del padre era più sviluppato di me. Era alto e snello come Bernardo, la voce gli si era fatta grave e mostrava già un'ombra di barba e gli sfoghi cutanei della pubertà sulle guance. Io, invece, avevo soltanto un poco di peluria sul labbro superiore. Era già qualcosa. E faceva sorridere Simonetta, che mi chiamava "porcellino". Lei aveva i capelli bianchi e il viso segnato intorno alla voglia, anche se era la stessa donna tranquilla e dolce che conoscevo da quasi vent'anni, anni trascorsi come in sogno, anni durante i quali non cercai mai di fuggire per paura che Silvano uccidesse un'altra bambina, o forse perfino Simonetta.

All'improvviso, una primavera, gli affari presero a calare. Seppi che in città dilagava la peste da un cliente che entrò nella mia stanza. Era un tintore di successo, che possedeva qualche bottega nei quartieri più rispettabili della periferia a nord. In centro i ricchi mercanti e i nobili tenevano alte le pigioni, di conseguenza gran parte dei tintori e dei finitori si trovava nelle zone più malfamate di Oltrarno. Lui era fiero di sé perché si era trasferito in un posto migliore. Era il genere di cliente che riteneva dovessi essergli grato perché provava interesse nei miei confronti. Mi ordinò di spogliarmi ancora prima di avermi toccato. Io obbedii, e allora lui mi urlò di girarmi lentamente.

«Niente bubboni» mormorò. «Alza le braccia sopra la testa!» Lo feci, e lui annuì. «Niente gonfiori, bene. Adesso tossisci e sputa sul pavimento.» Non avevo mai sentito un comando simile, ma nei diciott'anni trascorsi lì dentro, gli ordini insoliti erano divenuti la norma. Le persone avevano desideri deviati: se l'uomo era stato creato da Dio a sua immagine e somiglianza, soltanto una divinità malvagia poteva generare simili voglie. Mi costrinsi a tossire e a sputare. Il tintore osservò con cura. «Niente sangue» disse sollevato. «Va bene, ragazzo.» E il resto dell'ora si consumò come al solito.

Poi venne a lavarmi una donna nuova, straniera. Non mi piaceva, era fredda e scheletrica, parlava con accento duro e mi spingeva per farsi obbedire. Quel giorno la guardai diritto negli occhi e le chiesi: «Donna, c'è qualche malattia in città?».

Lei rabbrividì. «Sì, una malattia terribile è giunta alle porte di Firenze, Bastardo. La gente ha paura, resta chiusa in casa, oppure lascia la città.»

«Che cos'è?»

«La chiamano "morte nera"» sussurrò lei. «Ad alcuni viene una febbre altissima e sputano sangue, poi il terzo giorno muoiono. Ad altri, prima di morire, spuntano bozzi neri che chiamano "bubboni". Dicono che a Oriente abbia ucciso più di metà della popolazione! Addirittura otto su dieci!»

«Otto anni fa c'è stata un'epidemia e molti sono sopravvissuti» le feci notare.

Lei scosse la testa. «Questa uccide tutti quelli che si ammalano, tutti!»

Un mese dopo, mentre la primavera si tramutava in estate, Silvano mi chiamò in sala da pranzo dove lui e Niccolò stavano giocando a dadi. «Ti insegnerò a non fare mosse stupide, figliolo!» gli disse, poi gli diede uno scappellotto. Non appena si accorse che avevo assistito alla scena, Niccolò arrossì e guardò altrove.

Uno stridio acuto mi fece sussultare. Nell'angolo, in una gabbia dorata, c'era un uccello con le piume dai colori brillanti. Lo fissai a bocca aperta.

«Sai cos'è questo, Bastardo?» mi chiese Silvano.

«Certo che no, babbo, lui è solo un oggetto di piacere ignorante» disse Niccolò.

«È un uccello» risposi io, irrigidendomi.

«Non è un semplice uccello» mi corresse Silvano, poi si avvicinò alla gabbia e fece appollaiare la bestia su un dito. Canticchiando piano, gli accarezzò la testa rossa e le ali verdi. «Si tratta di un esemplare speciale che esibirò nelle sere di festa, quando ci sono molti clienti. È un uccello raro che viene dall'estremo Oriente. Nessun altro a Firenze ha qualcosa di simile!» disse, e con aria esultante rimise l'uccello nella gabbia dorata. «Bastardo, devi andare in città» aggiunse poi.

«Non dovresti picchiarlo prima, per essere certo che ritorni?» sghignazzò Niccolò, sistemandosi i tagli nelle maniche della tunica cremisi per far notare il farsetto di seta blu.

«Luca sa cosa farò se non torna.» Silvano rise e si grattò la barba, che si era incanutita fino a divenire quasi completamente bianca. «Deve raccogliere informazioni.»

«Volete sapere della nuova epidemia» tirai a indovinare.

«Il mercante di uccelli sostiene che sta devastando la città» disse Silvano. «Il morbo è arrivato anche da noi? La gente sta morendo a frotte? Un avanzo di strada come te sa fare domande intelligenti e può scoprire cosa sta accadendo e quanto è grave la situazione. Sei bravo a spiare e a osservare le cose, vero, Bastardo? Questa qualità fa il paio con la tua anomala giovinezza eterna» mi indicò. «Va' e vedi se i malati muoiono rapidamente e in modo orribile.» Mi lanciò un'occhiata di traverso, e notai che aveva gli occhi offuscati da una sottile patina biancastra. Sussultai: pensavo sempre a Silvano come all'uomo irriducibile, potente e malevolo che avevo incontrato al mercato anni prima. Ora osservai con meraviglia che mostrava altri evidenti segni di invecchiamento oltre alla barca canuta. Aveva il volto incartapecorito e molto segnato, e una tonsura monacale incorniciata da capelli bianchi. Fissai i dadi sul tavolo: meglio non si avvedesse che avevo notato alcune debolezze in lui.

«Non preoccuparti, non ti ammalerai di morte nera» ridacchiò Silvano, scambiando l'espressione del mio viso per paura. «Sei l'essere più coriaceo e resistente che abbia mai conosciuto. Non ti contagia neppure la gonorrea, e dire che qui ogni mese devo eliminare uno di voi che se la prende.»

«Ma è molto strano, non credi, babbo? Praticamente non cresce e non si ammala mai» sibilò Niccolò. «È innaturale, è una malvagia stregoneria. Forse dovresti ucciderlo e gettarlo nel fiume». Mi lanciò un sorrisetto sciocco. «Sono mesi che non ci divertiamo un po'.»

«Sciocchezze, figliolo, lui mi è utile ed è ancora popolare tra i clienti.» Gli sorrise affettuoso. «Inoltre ho progetti più grandi per lui. Maturerà e, al momento buono, avremo una nuova vita di onori e rango!» Si chinò ad arruffare i capelli del figlio, e notai che la pelle delle mani gli si era fatta grigiastra e cadente. «Se vuoi divertirti, puoi prendere il nuovo ragazzo spagnolo» aggiunse, poi si alzò e fece cenno al figlio di seguirlo. Io mi ritrassi contro il muro per lasciarli passare.

«Quel Bastardo è troppo arrogante, non mi piace» gemette Niccolò, fermandosi davanti a me. Inclinò la testa e mi scoccò un'occhiata sprezzante dall'alto del suo naso affilato.

«Picchialo, se ti va, ma non tanto che non possa uscire» si raccomandò Silvano dalla soglia. Il figlio si illuminò. In men che non si dica avanzai verso di lui. Distava appena una spanna, ma in quel momento tutta la mia forza mi si raccolse nelle braccia, come le acque di un fiume che si increspano formando un'onda, e nelle spalle il sangue fluì più rapido. Lo guardai diritto negli occhi: era una mossa sottile, che mi diede potere. Lo avevo fatto per strada con i cani che ringhiavano, quando dimostrare debolezza li avrebbe aizzati ad attaccare, ma mai con una persona. Forse mi avevano trattenuto la paura di cosa significasse davvero la mia bizzarra giovinezza, l'umiliazione per la prigionia e il terrore per le ignobili azioni che avevo commesso. Il potere non era per immorali come me. Quel giorno, tuttavia, avendo notato la debolezza di Silvano, mi rifiutai di essere picchiato da suo figlio. Niccolò impallidì, arretrò in tutta fretta e sfrecciò dietro il padre. Ero stupito di me stesso. Probabilmente l'avrei pagata cara in seguito, quando Niccolò avrebbe convinto il padre a punirmi, ma in quel momento ero pronto a difendermi con tutte le forze. Non sapevo di averne tante in me, e questo mi sollevò. Forse, in fondo, non ero poi così spregevole.

Lasciai immediatamente il palazzo. Era l'inizio di maggio, nell'aria aleggiava la tipica frescura che si gode prima dell'estate, quando il sole cuoce la valle dell'Arno. Per strada si aggiravano poche persone, le porte erano sbarrate e le imposte delle finestre serrate. Le botteghe, le fabbriche e persino le taverne erano chiuse. Firenze era una città di torri, seppur non alte come in passato, quando raggiungevano le centoventi braccia. Per sicurezza le autorità cittadine avevano deciso di ridurre l'altezza degli edifici privati, che erano comunque ancora imponenti. In quel momento le torri erano chiuse e buie. La campana dell'austero Palazzo dei Priori suonava cupi rintocchi di allarme, e nell'aria fluttuava un odore fetido. Ben presto capii il perché: la strada era cosparsa di cadaveri! Le mosche vi ronzavano intorno e i corvi si lanciavano in picchiata dall'alto, gracchiando. I ratti si muovevano rapidi, evitando tuttavia quei corpi enfiati. Per lo più sembravano poveri lanaioli e tintori, con ancora indosso le loro foggette. Alcuni erano bambini, corpicini ammucchiati a gruppi di due o tre in una confusione di braccia secche conserte o spalancate. La città era divenuta un immenso cimitero.

Un cadavere, però, si distingueva. Notai una giovane donna con le braccia al petto, come se fosse morta pregando. Si capiva che era nobile dal sontuoso abito di broccato. Le guance delicate e il collo erano coperti di macchie nere e sotto l'abito il ventre era gonfio: probabilmente aspettava un bambino. Il morbo ne aveva uccisi due in un colpo solo.

«Una pestilenza terribile, ed è solo l'inizio» disse una voce triste dall'accento napoletano. Era un uomo snello, con i capelli scuri e il volto scolpito come quello dei franchi.

«Pensate che peggiorerà?» gli domandai, e lui annuì.

«Non avvicinarti troppo» mi disse, indicando col mento la donna morta. «Il flagello si trasmette con incredibile rapidità dai morti ai vivi, e dai malati ai sani.» Poi se ne andò.

Le poche persone per strada andavano di gran fretta, lanciandosi occhiate sospettose. Io trotterellai dietro a quell'uomo e lo raggiunsi.

«I medici non possono curarla?» chiesi ad alta voce. L'uomo si voltò e mi fece un mezzo sorriso.

«Non ti ho forse già visto prima?»

«Se siete un cliente di Bernardo Silvano, sì.»

«No, no, preferisco divertirmi senza pagare» mormorò. «Altrove.»

«Al mercato?» proposi. I suoi occhi intensi mi studiarono attentamente, poi sorrise.

«Il tuo viso mi ricorda quello di un pannello nell'abbazia

di San Giorgio» disse. «Anche se quel ragazzo ha due o tre anni meno di te. Ma gli somigli davvero molto, una specie di gemello più grande.»

Mi infiammai di gioia. «Conoscete la gloriosa opera del maestro Giotto!»

«Come te, a quanto pare, anche se non mi sarei aspettato tanto da uno dei ragazzi di Silvano!» rispose. Quando un mucchio di stracci volò fuori da una finestra sopra di noi, ci fermammo. Si udì il tonfo delle persiane richiuse ancor prima che quelli toccassero terra. Sarei andato a vedere, ma l'uomo mi posò una mano sulla spalla in segno di avvertimento. «Probabilmente sono di qualche poveraccio che è morto di peste» ammonì. «La gente cerca di liberarsi di qualsiasi cosa che è stata anche solo toccata da un morto.» Due maiali macilenti si precipitarono sugli stracci, li afferrarono con i denti e il muso setoloso e li scossero. Li osservammo annusare e grufolare.

«Per rispondere alla tua prima domanda» riprese l'uomo «no, non si può curare. O è per natura incurabile, oppure i medici sono così ignoranti da non conoscerne la causa, dunque da non poter prescrivere una medicina adatta.»

«È vero che viene dall'Oriente?»

«Sì, ma è mutata spostandosi di terra in terra. In Oriente chi si ammalava perdeva sangue dal naso e poi moriva. Ora i primi sintomi sono un gonfiore all'inguine o sotto le ascelle, che cresce fino alle dimensioni di un uovo.» Mi guardò. «Stai attento a non avvicinarti a clienti che abbiano gonfiori di quel genere.» Parlava con competenza, ma senza giudicare.

Alzai le spalle. «Non credo di potermi permettere questo lusso.»

Lui scosse la testa e corrugò la fronte. «Ah, quel parassita di Silvano! Non capisco come le autorità cittadine gli permettano di tenere aperta la sua attività: non serve tanto abominio in un bordello. Un uomo che abbia una incontenibile libidine può sempre soddisfarla con la moglie di un altro. Le donne sono stupide, come gingilli; sono creature che si possono sedurre facilmente.»

«Alcuni ufficiali della città sono clienti di Silvano.»

Un'espressione minacciosa gli attraversò la faccia sparuta. «A volte penso che l'ira di Dio ci abbia puniti con questo flagello per le nostre iniquità. Il peccato prospera non solo a Firenze, ma ovunque. Questo morbo non può essere dovuto soltanto a una stella sfortunata. Se Silvano soccombesse alla pestilenza e morisse in modo orribile, sarebbe un'espressione adeguata della giustizia di Dio!»

«Parlate come un chierico, ma non lo sembrate» osservai. Era ben vestito, seppur in modo semplice, con tessuti raffinati a detta di qualsiasi fiorentino: un mantello di lana scura su una tunica stretta di lino e cotone, e brache normali ma di buon taglio.

«Sono un poeta, anche se mio padre mi avrebbe voluto fra gli uomini di legge o d'affari.» Sorrise.

«Un poeta come Dante?» chiesi. Grazie al mio dono di una mimica perfetta, gli recitai la citazione di Giotto: «Ciò che non muore e ciò che può morire non è se non splendor di quella idea che partorisce, amando, il nostro Sire...».

Le sue folte sopracciglia scure si sollevarono. «Giotto, Dante... Silvano ha forse aperto una scuola?» Scoppiai a ridere. «Guarda!» mi disse poi. Seguii il suo dito fino a vedere i maiali in preda alle convulsioni, che strillavano con la bava al muso e strabuzzavano gli occhi. Un momento dopo si irrigidirono e morirono.

«E solo a causa degli abiti di un morto...» si meravigliò l'uomo. «Gli animali sono morti in pochi minuti perché hanno annusato quegli stracci!» Riprendemmo il cammino tenendoci alla larga dai morti.

«Verrà qualcuno a seppellirli?» chiesi, lanciando un'occhiata di traverso a un padre e un figlio che giacevano nei pressi.

«Non certo le famiglie. Per i poveri e la classe media, la città ha assoldato becchini muniti di carretti» rispose. «I preti non vogliono avvicinarsi ai cadaveri, quindi abbreviano il più possibile la civile consuetudine dei sacri riti. Non passerà molto tempo prima che queste usanze vengano sospese del tutto.» Rabbrividì stringendosi il mantello sulle spalle. «Alcuni si stanno già abbandonando alla dissolutezza più sfrenata, mentre altri si mantengono nella più severa abnegazione e astinenza. Questo morbo cancellerà per sempre tanti usi e leggi a noi consueti.»

«Se la pestilenza si diffonde anche attraverso gli abiti e gli animali, sarà difficile evitare di ammalarsi» osservai. «Moriranno in molti, licenziosi o astinenti che siano.»

«Infatti.» Un carro con le cortine chiuse passò rapido accanto a noi, il tiro dei cavalli bai che galoppava a tutta velocità. Indicandolo, l'uomo disse: «Penso che abbiano avuto l'idea giusta, se ne vanno dalla città».

«Ma il morbo non li seguirà anche in campagna? Non li colpirà pure lì?»

«Probabilmente, ma chi fugge ha maggiori possibilità. Me ne andrò anch'io.»

«Magari...» dissi tra me e me. «Lasciare la città, lasciarmi alle spalle l'attività di Silvano, che a suo modo è nociva quanto il morbo.»

«Ho sentito di bambini uccisi e sfigurati.» disse il poeta. «Dicono che Silvano ammazzi chi cerca di andarsene.»

«E chi rimarrebbe, altrimenti?» domandai con amarezza.

Mi posò la mano sulla spalla. «Se tu potessi andartene e sfuggire a Silvano e al morbo, dove andresti? Che cosa faresti?»

«È un esercizio di fantasia a cui non mi abbandono mai» sorrisi cauto.

«La fantasia può essere un vento forte, che ti apre le porte della mente o ti sostiene nei momenti difficili. È più che un diversivo. Devi avere il coraggio di usarla» mi sollecitò il poeta. Lo guardai con gli occhi spalancati perché non avevo mai considerato quel punto di vista. Quando ricevevo i clienti in camera e mi libravo verso gli affreschi di Giotto, lo facevo in senso letterale, o almeno così credevo. E il calore di quelle esperienze mi convince anche ora, mentre attendo il boia nella mia cella di pietra, che fossero ben più che una fantasia. Il confine che divide reale e fantastico a volte si interrompe e permette alle due metà di fondersi, come i fluidi nell'alambicco di un alchimista. Nella mia lunga vita, il destino mi ha concesso di immergermi spesso in quella miscela.

Tornando ad allora, tanto tempo fa, esprimevo le cose semplici che sentivo nel cuore. «Me ne andrei sulle colline, ad ascoltare le cicale tra gli ulivi e a osservare i pascoli farsi verdi. Non sono mai uscito dalle mura della città, ma so che in campagna i campi di grano si muovono nel vento come l'Arno. Mi dedicherei alla natura per scoprire ciò che è santo.» Poi lo guardai, ricordandomi di Giotto. «Ci andrei con un amico, mi metterei seduto ai suoi piedi e lo ascolterei per dieci giorni di seguito. Rimarrei ad ascoltarlo e basta.»

Mentre attraversavamo la distesa erbosa di piazza Santa Maria Novella, il luogo dove avevo conosciuto Giotto, restammo in silenzio. I pii domenicani predicavano ancora davanti alla chiesa, ma in quel momento non c'era nessuno. Malgrado la loro pietà, i preti temevano la morte nera come chiunque altro. Dov'erano la loro Santa Trinità e i nove cori angelici di fronte a quella pestilenza? In un angolo della piazza giaceva un ammasso di cadaveri.

«Dieci» borbottò il poeta. «Senza confessione né sepoltura.» Dal dedalo di stradine dietro la chiesa giunsero grida. Ci scambiammo un'occhiata. Le urla si fecero più acute e cariche di tensione. Tra il clamore si levarono parole di odio. «Uccidiamoli!» strillò qualcuno.

«Stanno gridando contro gli ebrei» osservò. «La folla darà la colpa a loro.»

«Ma non sono stati gli ebrei a portare il morbo in città! Perché dovrebbero essere incolpati?» chiesi perplesso.

«La gente dovrà pur trovare qualcuno da biasimare per le proprie sofferenze, no?» Il poeta alzò le spalle. «Fa parte della nostra natura. Di preferenza, incolpiamo chiunque tranne noi stessi. Ben pochi riescono a tollerare a lungo di essere biasimati.»

«Ma è stato Dio a portare la pestilenza, avete detto voi che è stata la sua ira!»

«Non possiamo biasimare Dio, ed è improbabile che i fiorentini si guardino allo specchio e si pentano, sono troppo orgogliosi. Chiunque siano questi ebrei» e indicò con la mano il crescente clamore «daranno la colpa a loro e, probabilmente, li uccideranno. Il morbo mieterà altre vittime, seppur indirettamente.»

«Non è giusto che la gente se la prenda con gli ebrei o con le streghe!» esclamai, ricordando come avessi rischiato il rogo quel giorno lontano.

«Ci sono molti ebrei buoni e onesti, ne ho conosciuto qualcuno anch'io.» Il poeta corrugò la fronte. «Ma le loro anime andranno all'inferno perché non hanno la fede. Che importanza avrà quando moriranno?»

«Ogni vita è importante» dissi, affrettando il passo. «Quale fede potrebbe mai affermare il contrario?»

«Forse una vita più lunga darebbe loro la possibilità di convertirsi alla verità cristiana» convenne, restando indietro «di inginocchiarsi davanti a un prete, di essere battezzati e redenti.»

«Darà loro più tempo per capire quanto sia falso il clero» sbottai, pensando ai frati che venivano da Silvano. «Devo andare» aggiunsi poi, indicando in direzione del tumulto. «So a cosa può arrivare la folla quando incolpa qualcuno per i problemi della città.»

«Allora mi congederò da te, giovane ammiratore di Giotto e Dante.» Sorrise, mettendosi una mano sul cuore, e si inchinò. «Spero che troverai il mio umile lavoro degno della tua ammirazione. Sono Giovanni Boccaccio, e farò in modo che le mie poesie giungano a te.»

«Mi chiamo Luca Bastardo, e non so leggere» ammisi.

«Ma forse un giorno imparerai, Luca Bastardo» mi rincuorò, poi fece un ampio gesto. «Va' incontro al tuo destino, qualunque esso sia.» In quelle parole, solenni e forse scherzose, c'era un fondo di verità: il mio destino stava per cambiare per sempre e in modo drammatico.

6

Quando raggiunsi la folla, si era creato un capannello di una sessantina di persone. Quella massa minacciosa e brulicante aveva bloccato contro il muro di pietra di una chiesa vicina un uomo con la barba e la bambina che proteggeva tra le braccia. Pareva avere un unico intento rancoroso, che investiva i due malcapitati come una muraglia in movimento. Mi chiesi come mai mi capitasse così spesso di vedere persone che davano il peggio di sé. Forse perché io stesso avevo commesso azioni ignominiose?

«Sporco ebreo!» gridò un uomo.

«Hai portato il flagello tra noi!» strillò un povero tintore che indossava abiti rozzi e una logora foggetta. Tremava quasi avesse la febbre, ma io sapevo che non erano fremiti di peste, bensì di paura: già molti erano morti nei bassifondi affollati vicino alle botteghe dei tintori. Dopo il flagello, sarebbero rimasti in pochi a lavorare nella manifattura tessile dalla quale Firenze dipendeva.

«Non posso occuparmi dei miei figli, altrimenti morirò» gli fece eco con voce stridula una donna. «I miei figli stanno morendo da soli! Sporchi ebrei, ci avete portato la morte nera!»

«Voi schifosi avete ucciso il nostro Signore e portato la pestilenza!» accusò un altro uomo, ossuto e con la carnagione scura, probabilmente un fattore venuto dalla campagna, che brandiva minacciosamente un forcone. Si alzarono stridule grida di approvazione, e qualcuno lanciò un sasso. L'ebreo si voltò per far scudo alla bambina con il proprio corpo e il sasso gli rimbalzò sulla spalla, cadendogli ai piedi con un tonfo. Un altro sasso, questa volta più grande, lo colpì al costato. Lo sentii grugnire di dolore nonostante i fischi astiosi e le grida della folla. Mi diressi furtivamente verso una viuzza laterale e girai intorno all'isolato per avvicinarmi. Quando sbucai accanto all'ebreo, questi continuava a voltarsi per proteggere la figlia. Le invidiai quella protezione paterna che io non avevo mai ricevuto, e volli aiutarli.

Tutt'intorno all'ebreo erano sparsi sassi delle dimensioni di un pugno e altri più grandi, e dal naso gli colavano sulla barba e sul mantello rose rosse di sangue. Vidi di sfuggita il viso terrorizzato della bambina, sulle cui guance morbide e bianche scorrevano le lacrime, creando un'ombra che pareva un livido. Il fattore lanciò il forcone e senza pensarci due volte tentai di deviarlo lanciandomi verso la sua traiettoria. Un rebbio affilato mi sfiorò il braccio, ma ero troppo infuriato per farci caso.

«La peste!» urlai, indicando in fondo alla folla. «Quell'uomo è malato e ci infetterà tutti! Ha la peste!» «Dove? Dove?» presero a gridare tutti. «La peste!»

«Nessuno ha la peste, qui!» rispose il fattore «È un trucco!»

Lo indicavo insistentemente. «La peste! La morte nera! Tossisce e ci ucciderà tutti! Correte, correte, se non volete morire!»

Si udirono grida di panico e due donne fuggirono via. Un vecchio le seguì zoppicando. All'improvviso si scatenò un pandemonio, tutti correvano da ogni parte, e gridavano confusi e spaventati. «Per di qua» dissi all'ebreo, e gli feci cenno di seguirmi nel vicolo. Fin dai tempi in cui vivevo per strada conoscevo un canale di liquami che terminava contro un muro dalla superficie irregolare, abbastanza da fornire buoni appigli a mani e piedi. Dietro di esso, un altro vicolo sfociava in una strada parallela. L'ebreo obbedì, stringendosi la figlia al petto. Giunto in cima al muro di pietra, mi sedetti a cavalcioni e mi chinai verso di lui.

«Datemela, così riuscirete a scavalcare anche voi!» gli dissi. L'uomo con il forcone e altri tre armati di bastoni non si erano fatti ingannare dal mio stratagemma e ci avevano raggiunti. Con le sue grandi mani tremanti l'ebreo mi passò la bambina, che si protese verso di me e mi strinse forte le braccia intorno al collo; aveva le guance imbrattate del sangue del padre.

«Li tratterrò io, così la potrai portare in salvo» mi sussurrò l'uomo.

«Salite e sarete salvi entrambi» lo sollecitai. Un altro sasso lo sfiorò e andò poi a colpire il muro, schizzando verso l'alto. «Venite» dissi all'ebreo. Saltai giù dall'altra parte, cadendo in ginocchio con la piccola stretta contro di me, e un momento dopo l'ebreo mi atterrò accanto. Da lì si intravedeva uno spicchio di cielo azzurro e un angolo di sole sopra i tetti degli alti edifici.

«Hai salvato la vita a me e a mia figlia. Ti sarò per sempre debitore.»

«Non voglio niente da voi» risposi.

«Te lo devo» insistette lui. «Più di quanto non potrò mai restituire. Guardati il braccio, sanguina. Posso aiutarti, sono un medico» mi spiegò. «Vieni a casa con me e ti curerò.» Mi afferrò delicatamente per il polso e mi posò l'altra mano sul lungo squarcio sanguinante. Mi trasmise una strana sensazione di calore, mai provata prima. Qualcosa nel mio petto si sciolse, e il sangue si coagulò. Guardai sorpreso l'ebreo. Sopra i penetranti occhi azzurri, le sue folte sopracciglia scure si abbassarono. «È una ferita profonda, non sottovalutarla, soprattutto con la peste in giro. Posso ricucirti e darti un unguento perché non si infetti. Non vorrai morire di infezione, spero!»

Ritrassi il braccio con riluttanza, perché il calore della sua mano mi aveva dato grande conforto. «Non prendo mai infezioni, io; guarisco sempre. Non ho bisogno dei vostri servigi.»

«Come mai? Perché sono ebreo?» Si raddrizzò e mi guardò diritto negli occhi: quello sguardo grave e saggio mi invitava a dirgli la verità.

«Perché lavoro in un bordello» affermai con amarezza. «Non vorrei portare la vergogna nella vostra casa.» Indicai la bambina aggrappata al suo mantello strappato, che mi fissava con occhi luminosi e il pollice in bocca.

Lui scosse la testa. «Non ha importanza. Vieni con me, lascia che ti curi il braccio.»

«Lo apprezzo molto» risposi, rialzandomi.

L'ebreo accarezzò i capelli della figlia e mi domandò in quale bordello lavoravo.

«Da Bernardo Silvano.»

Sul suo volto spigoloso si dipinse un'espressione di ripugnanza. «Mi uccideranno per quanto sto per dirti...» Vidi che deglutiva, poi proseguì: «Sì, mi uccideranno di certo. Dimostri tredici anni, sei piccolo per la tua età, ma sei scaltro. Ti comporti come un uomo. Sei perfettamente in grado di prenderti cura di te, non devi stare lì. Non devi... non devi essere... no, non farlo più. Ho sentito cosa fa Silvano a chi cerca di scappare, ma tu sai difenderti. Troverai il modo per fuggire. Mi hai sentito? *Tu sai difenderti!*»

«Contro un gruppo di sgherri armati?» ribattei.

«Guardati intorno: quanti mercenari sono rimasti a Firenze? La gente sta scappando, ormai la guerra contro Pisa o Lucca non ha più importanza perché le persone muoiono a decine per strada. Quanti soldati sono rimasti a Silvano? Non molti, scommetto.» Mi fissò negli occhi come se dovessi capire chissà che cosa, ma invano.

«Non è per me che mi preoccupo. Se me ne vado, Silvano ucciderà uno degli altri bambini.»

«Senza i condottieri, Silvano è indifeso. E poi non è giovane e vigoroso come te. Potresti accertarti che non faccia del male a nessun altro.» Nella voce dell'ebreo riecheggiava un tono di estrema serietà. Il senso delle sue parole mi colpì nel profondo, come un fulmine. Inciampai letteralmente, poi mi appoggiai al muro ruvido e mi raddrizzai. Non era solo la mano dell'ebreo ad avere il potere di guarire, ma anche le sue parole. Smisi di tremare e mi invase una grande calma. «Ho avuto paura per così tanti anni da non accorgermi che ormai non ho più motivo di averne» mormorai. «Ma dove andrò? Un tempo vivevo per strada, ma ora che circola la peste nessuno è disposto a far l'elemosina ai poveri.»

«Verrai a casa mia e vivrai con me e la mia famiglia.»

Era un'offerta impossibile, dunque crudele. Ero combattuto tra la consapevolezza di essere sudicio dentro e quindi privo di valore, e la stessa sensazione che avrebbe provato Adamo se Dio avesse riso di compassione anziché di collera e lo avesse invitato a uccidere il serpente per tornare in paradiso. Scossi la testa. «Non voglio disonorarvi...»

«Sarebbe un disonore se non ricambiassi il tuo aiuto, piuttosto, visto che hai rischiato la vita per salvare la mia e quella di mia figlia» disse con quella voce tranquilla e sonora a cui avrei finito per affezionarmi. «Non vorrai che mi macchi di un simile disonore, vero? Come ti chiami?»

«Luca Bastardo.»

«Bene, Luca.» Mi afferrò per le spalle, guardandomi fisso con occhi seri. «Lei è Rebecca, e io sono Moshe Sforno. Vivo in Oltrarno, nel quartiere ebraico. Casa mia la conoscono tutti. Liberati, *fa' ciò che devi fare* e poi vieni a cercarmi. Casa mia è anche casa tua, adesso.» Prese in braccio la bambina. «Il passato non mi interessa. Oggi ci hai salvato da una morte terribile, mi basta questo.» Poi lo osservai uscire in strada con la piccola Rebecca tra le braccia. Compresi già allora ciò che avrei sperimentato così tragicamente di persona in seguito: le folle impazziscono e vengono travolte da una furia omicida in un baleno. Quando Sforno e sua figlia raggiunsero Oltrarno, mi voltai. Era giunta l'ora di tornare da Silvano.

Arrivai al cupo palazzo che era già pomeriggio. Guardai quello che mi circondava con occhi nuovi. Come Sforno aveva immaginato, non c'erano mercenari in vista. Cercai di rammentare l'ultima volta che li avevo notati: ormai erano passati mesi. E nel corso degli anni il loro numero era diminuito. Come mai non me ne ero reso conto prima? Nel lungo periodo morto trascorso in quel palazzo chiuso, che cosa mi aveva ingannato a tal punto? Ogni volta che Silvano mi picchiava o, peggio, che feriva Marco, lasciavo che la paura mi paralizzasse come il personaggio di un quadro. Bussai al portone e venne ad aprirmi la straniera macilenta.

«Levati dai piedi, donna» le ordinai, e lei si ritirò. «Lascia aperto!» Avanzai fino alla finestra lì accanto e tirai le pesanti cortine di velluto, da cui si levarono nuvole di polvere grigio pallido. Le tende caddero a terra scricchiolando e la luce morbida del pomeriggio si riversò nell'ingresso, illuminando la lenta spirale di polvere. La ragazza rimase a bocca aperta. Trascinai le cortine per l'atrio, facendole frusciare.

Silvano era solo nella sala da pranzo, il libro mastro aperto sul tavolo davanti a sé. Al mio avvicinarsi, sollevò di scatto la testa incanutita. Gettai le tende sul pavimento. Il sangue mi colava dal braccio, formando una pozza sul pavimento, ma non ci badai.

«Me ne vado» dissi. Con grande soddisfazione, notai che Silvano si alzava a fatica. Aveva le ginocchia gonfie per l'età. Come avevo fatto a non vederlo?

«Mi chiedevo quando il cucciolo avrebbe messo i denti» rispose con freddezza. Dilatò le narici e un coltello gli balenò tra le mani, ma non avevo paura, anzi, mi sarei difeso. Stavo per mettere fine al mio lungo apprendistato. Sentii una solida colonna di luce ergersi al centro del mio corpo, dalle piante dei piedi alla punta dei capelli.

Silvano si scostò dal tavolo. «Te ne pentirai, Bastardo. Non puoi immaginare le pene che patirai. I tuoi ricchi genitori avrebbero vergogna di te: loro hanno il sangue puro, ma tu lo hai corrotto e hai gettato il disonore sulla tua famiglia.»

«Non parlare dei miei genitori!»

«Fin dalla tua nascita sapevano che eri uno spaventoso abominio destinato a svilupparsi in modo irregolare, ecco perché ti hanno abbandonato. Altro che perso! Pensa cosa proverebbero se sapessero quello che hai fatto a Marco!» Sogghignò, e a quel punto caddi all'indietro sconvolto. «Credevi che non lo sapessi, Bastardo? Ho molte spie. So cosa sei: un assassino, proprio come me. Tu mi odi, ma sei uguale a me.»

Gongolando malignamente, mi venne vicino.

«Non sono affatto come te!»

«Invece sì, anzi, sei pure peggio, perché ti prostituisci e sei dannato dalla magia nera che ti mantiene giovane. I tuoi genitori si accorsero che il loro sangue si era guastato, e compresero che da te avrebbero ricavato solo guai.». Avvicinandosi, si passava il coltello da una mano all'altra.

«I miei genitori mi amavano. Erano brave persone, e mi hanno cercato.»

«Avrei dovuto venderti alla Chiesa tempo fa, insieme a quel documento e alla storia degli eretici. Non ho mai dimenticato i capelli e gli occhi di tua madre, che erano esattamente come i tuoi, e anche se non eri abbastanza maturo da mostrare il marchio dell'eresia sul petto, avrei potuto convincere la Chiesa che eri tu il bambino della lettera! Mi avrebbero ben ricompensato, quelli si entusiasmano sempre per tutte le sciocchezze sul Dio buono e sul Dio malvagio. Come se Dio non fosse ovunque. Il regno di Dio Padre Onnipotente si è propagato sulla terra, ma gli uomini non se ne accorgono.»

«Perché sulla Terra ci sono il male e persone malvagie come te!» gridai. «Tu non conosci Dio.»

«Almeno non sono un bastardo, uno scherzo della natura che non cresce mai, come te» si vantò. «Chi dei due non conosce Dio? Pensavo avrei guadagnato una somma maggiore consegnandoti da adulto, sul petto ben visibile il marchio descritto nella lettera, ma tu non maturi mai! I piani che avevo per me e Niccolò dipendevano da te, ma tu sei stato solo una fonte di guai. Vivrai per sempre con la tua magia nera finché non brucerai sul rogo come stregone! A meno che io stesso non ti uccida prima, in questo preciso momento!»

«No, sarò io a uccidere te» urlai. Fui scosso da un fremito e mi si acuirono i sensi come mai prima. Sentii il roco sibilo dell'uccello esotico che Silvano aveva acquistato, lo zampettio di un topo che correva sotto le assi del pavimento, l'odore acre della liscivia usata per pulire i pavimenti, i singhiozzi di un bambino al piano di sopra, il profumo di chiodi di garofano di Silvano, il battito sempre più rapido del suo cuore e il frenetico fluire del sangue nelle sue vene. Non avevo mai provato nulla di così forte e profondo. Mi pareva di vivere in un altro mondo, in un altro cosmo.

Figure e forme si dissolsero, i contorni degli oggetti sfumarono. Ciò che rimase era immerso nella luce e si sbriciolava in granelli di polvere danzanti e in vivaci trasparenze di colori. Persino le pareti caddero e dietro di esse vidi fiori, alberi e piazze andare in frantumi come una manciata di sabbia gettata al vento. Potevo vedere qualsiasi cosa, ovunque, ma mi concentrai su Silvano. Era circondato da una sorta di foschia e pareva immobile. Dopo un lasso di tempo indefinito, riprese ad avanzare verso di me. La sua mano era così lenta che fu facile afferrargli il polso e fargli mollare il coltello. Non appena cadde a terra, si levò un grido inarticolato – era forse di Silvano? Una forza che non conoscevo si era impossessata di me, e con grande gioia sentii un rumore secco mentre le ossa del polso cedevano. Rabbrividii di piacere. L'altra mano di Silvano scattò verso la mia faccia, le dita tese come se volesse conficcarmele negli occhi, ma il movimento era troppo lento, così lo respinsi. Il polso di Silvano si afflosciò e lui cadde in ginocchio. Cercò invano di colpirmi con la mano libera, ma io continuai a stringere. Udii un suono indistinto in sottofondo, e mi resi conto che stava gridando.

«Smettila, ti prego!» mi implorava, guardandomi pallido in volto. «Ti pagherò qualsiasi cifra, più fiorini d'oro di quanti tu riesca a portare.»

«Una sacca di fiorini d'oro? Come quella di seta con cui picchiavi noi bambini?» chiesi, la rabbia che mi montava dentro. All'improvviso gli lasciai il polso e gli strinsi le mani intorno al collo. Era inebriante percepire la sua vita nelle mie mani, sentire le vene bluastre pulsare contro i miei palmi avidi, sapere che il suo polso ben presto si sarebbe fermato, avrebbe ceduto alla mia libertà. Silvano avrebbe smesso di respirare, e tutti gli orrori degli ultimi diciotto anni sarebbero morti con lui.

L'appagamento vibrava in me come la gloriosa melodia di una lira in una sacra rappresentazione. Avevo già ucciso altre volte, ricavandone soltanto un fardello angoscioso da sopportare e un senso di vergogna. Ma ammazzare quell'uomo orribile che aveva fatto male a tanti bambini mi dava un piacere inebriante. Da allora ho ucciso molte persone, ma mai ho provato lo stesso godimento. Proprio mentre stavo torcendo il collo di Silvano come se fosse stato un pollo, qualcosa mi colpì. Era Niccolò.

«Lascia stare mio padre!» gridò. Gli diedi un pugno e lo mandai a gambe all'aria. Tanti anni prima, quando vivevo per strada, Paolo il gitano mi aveva insegnato a tirar pugni, e da allora non l'avevo più dimenticato. Niccolò raccolse il coltello del padre dal pavimento e mi si scagliò contro. Come già Silvano, anche lui mi sembrava muoversi al rallentatore. Prima che riuscisse a raggiungermi, gli assestai un deciso pugno sul mento sporgente, e lui si accasciò sulle tende. Poi mi voltai verso Silvano, che ansimava e si contorceva a terra. Mi vidi riflesso nelle sue pupille dilatate.

«Non uccidere mio figlio» mormorò, tenendosi stretto il collo contuso. «È soltanto un ragazzo.»

«Anche Bella era solo una bambina quando le hai tagliato la gola» risposi, poi gli misi le mani intorno al collo e strinsi con forza. Si udì uno schiocco e il suo corpo si accasciò a terra.

«Babbo!» urlò Niccolò e, piangendo, cadde sul cadavere di Silvano.

«Libererò gli altri bambini» dichiarai poi. Niccolò mi assalì alle spalle, ma mi voltai e neutralizzai l'attacco. Lui atterrò contro la gabbia dorata, e l'uccello rosso e blu gridò in segno di protesta e si mise a battere le ali contro le sbarre. «Nessuno rimarrà prigioniero» promisi, poi corsi a liberare quella creatura, che iniziò a volare intorno alla stanza emettendo versi striduli. Raccolsi il coltello di Silvano. «Lo lascerò volare via.»

«No! Non avrai mai il tesoro di mio padre» gridò Niccolò, che fece un salto e lo afferrò con un rapido movimento del braccio, poi gli torse il collo, proprio come io avevo fatto con Silvano. Gettò ai suoi piedi l'uccello morto. «Ha, ha, ha!» proruppe in una risata maniacale. «Luca Bastardo, sei proprio un abominio da bordello.»

Persi la testa. No, non uscii di senno come dopo l'immane tragedia che avrebbe segnato la mia vita, ma provai la stessa rabbia cieca e allucinata. «Non puoi privarlo della sua libertà» urlai, brandendo il coltello. «Non puoi farlo!» Mi fermai di fronte a Niccolò. «Poiché lo hai ucciso, lo mangerai. Ora!» Gli tenni il coltello puntato al collo. Tremando, raccolse il pennuto morto. «Mangialo! Mangialo!» urlai sempre più forte, premendo il coltello sul collo scheletrico fin quando non apparve una goccia di sangue.

Niccolò addentò il corpo del volatile, lo masticò e lo inghiottì, piume comprese. Poi mi guardò con la faccia butterata e rigata di lacrime. Sulla peluria sopra il labbro gli si andava formando un coagulo di muco e sangue. Il naso adunco e il mento sporgente lo rendevano tanto simile al padre che fui tentato di uccidere pure lui per vederli entrambi chiusi per sempre in due casse, senza ultima confessione e senza essere rimpianti da nessuno. Mi fermò il pensiero che Niccolò era ancora molto giovane, e io volevo dar prova di essere diverso da Bernardo Silvano, che aveva ucciso tanti bambini.

Il sangue dell'uccello gli colava lungo il mento. Cadde preda di convulsioni e conati di vomito e sputò fradice piume rosse. Ridendo, ne raccolsi una e gliela tirai in piena fronte, dove gli rimase appiccicata. Continuai a ridere.

«Non dimenticherò mai né te né quello che hai fatto, Luca Bastardo. Un giorno vendicherò la morte di mio padre. Lo giuro sul mio sangue e sul suo corpo. Ti farò soffrire, e morirai di una morte orribile.» Poi si inginocchiò e agitò i pugni verso di me, la piuma rossa ancora attaccata in fronte: «Ti maledico, ora e per sempre!».

Scossi la testa. «Non credo alle maledizioni lanciate da fanciulle smorfiose con una piuma rossa in fronte.» Scavalcai il cadavere del padre e andai ad affrontare i clienti e ad aprire le porte ai bambini prigionieri. Se allora avessi intuito la forza distruttiva di un'intenzione malvagia combinata a una furia sanguinaria, avrei dato maggior peso alle sue parole. Le maledizioni hanno un potere immenso, sempre, e quelle di Niccolò avrebbero segnato la mia vita.

7

Mi fermai tremante davanti al grande portone intarsiato della casa di Moshe Sforno. Era un tipico edificio fiorentino del tempo, alto tre piani e costruito in pietra, con finestre a intervalli regolari sormontate da un architrave, così normale da ispirare in me, creatura innaturale abituata alla strada e al bordello, un'immensa soggezione. Da una persiana aperta filtrava la luce tenue e dorata di una candela che rendeva mostruosa la mia ombra. Tesi la mano per afferrare il battente, una piastra di ottone a forma di stella a sei punte con un anello che ne attraversava il centro. La luna piena illuminava il sangue che mi imbrattava le braccia. Un ghiotto aroma di cipolla si diffondeva dalla casa come un profondo respiro: era ora di cena. Come potevo io, un estraneo coperto di sangue, intromettermi in quel momento così familiare e intimo?

Me ne stavo andando, quando la porta si aprì. Era Sforno, circondato dalla luce giallastra delle candele. «Ho sentito qualcosa, o forse è stata solo una sensazione» mi disse, accarezzandosi la barba. «Ho pensato fossi tu.»

«Sono libero da Silvano» spiegai sommesso. Non avvertire più un peso nel petto mi sorprese. Non immaginavo che la libertà potesse darmi quella sensazione di leggerezza che avevo bramato per anni. Cosa mi restava, abbandonata la prigione? Come avrei riempito le mie giornate? La risposta era davvero vivere con degli estranei?

«Entra.»

«Sono sudicio» esitai, provando all'improvviso uno spasmo di quella stessa paura che mi aveva perseguitato da Silvano: la paura di infrangere le regole e di essere punito duramente. Con dolcezza, Sforno mi trascinò in casa sua. Mi ritrovai nell'ingresso, su un logoro tappeto blu e oro di fattura saracena. Le pareti e il soffitto erano immersi nel caldo bagliore delle lucerne collocate su vecchi cassoni di legno intarsiato. Poi arrivò una donna dai capelli scuri con indosso un abito azzurro sobriamente decorato e una cuffia gialla.

«Moshe, e questo chi è?» chiese brusca. Si era fermata accanto a Sforno e mi fissava. Aveva gli zigomi alti, una fossetta nel mento e il naso importante, il corpo pieno e femminile. Era graziosa, proprio come sarebbe diventata Rebecca da grande. Piccole rughe le incorniciavano gli scuri occhi guardinghi che mi fissavano intensamente e mi scrutavano le braccia e gli abiti insanguinati.

«Il mio amico Luca, che oggi ha salvato Rebecca e me.»

Lei sorrise. «Hai tutta la mia gratitudine. Ben pochi cristiani avrebbero fatto altrettanto!»

Moshe annuì. «Resterà con noi.»

«A cena?» chiese la donna.

«*Vivrà con noi,* Leah» le chiarì Moshe con voce pacata e ferma.

«Cosa? Moshe, è un...»

«Moglie, apparecchia per lui mentre lo accompagno a darsi una ripulita» disse Sforno. Nella sua voce risuonò una nota di rimprovero, ed ebbi un tuffo al cuore.

«Non voglio causare problemi» affermai.

«Pare che tu l'abbia già fatto» borbottò una voce allegra e profonda. Un uomo anziano e robusto apparve accanto alla moglie di Sforno. Aveva una notevole barba grigia lunga fino alla vita e folti capelli brizzolati, la faccia larga e segnata di rughe, dominata dal naso più imponente e dagli occhi più scaltri che avessi mai visto. Incrociò le braccia sul petto possente e rise.

«Sembri un cucciolo di lupo che ha fatto man bassa di agnelli.»

«Oggi non ho ucciso agnelli» borbottai, irritato dalla sua allusione.

«E sarebbe un male se anche lo avessi fatto?» Sollevò un sopracciglio grigio in segno di sfida. «A volte non è forse necessario per il bene dell'agnello?»

«Hai ucciso qualcuno?» chiese la signora Sforno, distogliendo poi il viso angosciata. «Gli ufficiali lo staranno cercando!»

«Luca ha salvato la vita a me e a Rebecca. Gli dobbiamo più di quanto saremo mai in grado di ripagare» disse Sforno, mettendole una mano sulla spalla. La bocca piena della donna si ridusse a una linea sottile, ma il viso le si addolcì non appena appoggiò la guancia sulla mano del marito. Poi, però, si accigliò nuovamente. «Manderemo via gli ufficiali» la rassicurò Sforno. «Cos'ha fatto Luca non è affar nostro.»

Se avessi vissuto in quella casa, tuttavia, la moglie di Sforno doveva sapere la verità. Non volevo nascondere nessuna azione che avrebbe potuto mettere in pericolo quelle brave persone. «Ho ucciso il proprietario di un bordello che faceva prostituire i bambini» rivelai alla donna. Se avesse alzato lo sguardo, l'avrei fissata dritto negli occhi, ma non lo fece. Anzi, per tutti gli anni che vissi con la sua famiglia, non incrociò mai il mio sguardo.

«È tutto?» scattò.

«Ho ucciso anche sette clienti che abusavano dei bambini. Due li ho pugnalati alla schiena mentre giacevano su di loro. A tre ho tagliato la gola, e a due ho aperto il petto con un pugnale» confessai. Ero stranamente compiaciuto di aver scoperto in me tanta forza, che allora mi pareva ben più utile dell'eterna giovinezza. Sapevo che le mie azioni mi facevano apparire crudele, ma scelsi di rivelarle. Per anni Silvano aveva approfittato delle mie anomalie per rinfocolare il timore che il mondo esterno mi perseguitasse. Sgomento, avvertii che l'antica paura se n'era andata, spazzata via insieme al sangue dei miei oppressori. Ma tra quelle brave persone, libero dal terrore, non provavo un senso di pace, piuttosto percepivo il peso dell'umiliazione e della colpa per ciò che avevo fatto nel corso del mio lungo apprendistato. E superare tutto questo sarebbe stato un processo ben più lungo.

«Se mi capitasse di trovarmi coinvolto in una rissa, vorrei che fossi tu a coprirmi le spalle!» esclamò il vecchio ridendo. «Un vero cucciolo di lupo!»

«Ma non possiamo accoglierlo come se fosse un cane randagio» obiettò la donna. «È un cristiano che ha ucciso dei fiorentini. Lo staranno cercando. Gli sarò grata per sempre per aver salvato la tua vita e quella di Rebecca, ma dobbiamo essere pratici. Ospitarlo non ci porterà nulla di buono. Magari ci costringeranno a lasciare la città, o peggio! Potrebbero far del male alle nostre figlie. In quanto ebrei, siamo già troppo vulnerabili per accogliere un assassino.»

«Leah, senza di lui io non sarei qui adesso, e neppure tua figlia» disse Sforno in tono calmo.

«Cucciolo di lupo, che cosa hai fatto dopo avere ucciso quelle persone?» mi chiese il vecchio, i cui occhi brillavano come se avessi appena raccontato un aneddoto divertente.

«Ho dato ai bambini il denaro del bordello e ho detto alle ragazze di prendersi cura di loro. Ho cacciato il figlio del proprietario, dicendogli che l'avrei ucciso se fosse tornato. Sapeva che parlavo sul serio.»

«Sarai stanco, allora» continuò il vecchio. «Vieni, la cena è pronta.»

«Prima dovrei lavarmi...»

«Ti accompagno» disse Sforno. La moglie fece per parlare, ma lui alzò una mano in segno di ammonimento. Poi prese una lanterna e mi condusse fuori da una porta laterale. «La mia Leah è una brava donna» mi sussurrò. «Non giudicarla. Per noi ebrei non è facile.»

«Non spetta a me giudicare nessuno» risposi calmo. «Il vecchio è un vostro parente?»

«No, non mi risulta.» Sforno scosse la testa.

«Come si chiama?» Lo seguii lungo un sentiero illuminato solo dalla sua lucerna fino a un piccolo e rozzo capanno, di quelli che abbondavano in Oltrarno.

«Non lo so. È un giramondo. Conosceva mio padre, e a quanto pare conosce tutta la famiglia. Ci porta notizie di mio fratello e dei miei cugini da Venezia. Si presenta e noi gli diamo da mangiare.» Sforno aprì la porta del capanno e mi fece cenno di entrare. Due cavalli nitrirono e una mucca muggì. Sforno mi condusse a una tinozza piena d'acqua e posò la lanterna su un piccolo treppiedi. «Ecco a te, secchio e spazzola. Lavati per bene, Luca.» Poi uscì.

Anzitutto tolsi da sotto i vestiti insanguinati la preziosa tavoletta di Giotto, la sola cosa che avevo portato con me dal palazzo di Silvano. Mi guardai intorno alla ricerca di un nascondiglio e vidi una piccola mensola sopra la porta. Rovesciai un secchio e lo usai per arrampicarmi fin lassù, poi spostai una tavola e nascosi la tavoletta in una cavità tra il rivestimento e la parete. Era avvolta in una pelle di vitello oleata, quindi sapevo che sarebbe stata al riparo dai topi. Infine andai a lavarmi. L'acqua scorreva sul grezzo pavimento di legno in rivoli rosati. Mi rovesciai sulla testa qualche secchiata, ripulii la spazzola dai crini di cavallo e la usai sui capelli e sotto le unghie.

Sforno mi portò una logora camicia, un farsetto di lana rattoppato, un paio di brache e un mantello corto. «Dovremo farti confezionare qualche vestito nuovo» disse, e sospirò. «A Leah non piacerà spendere soldi, ma è indispensabile. Tieni, questo è un mio vecchio farsetto.» Fece ondeggiare l'indumento rammendato. «Ti starà largo, ma almeno sarai presentabile.»

«Quando vivevo per strada, raccattavo vestiti nella spazzatura. Perché mi andassero bene, li piegavo, li arrotolavo e li legavo» dissi. Erano vecchi ricordi, ma ancora nitidi, a maggior ragione in quel momento, quando ormai la prigione di Silvano era crollata. Mi ritrovai immerso in antiche immagini: Paolo, Massimo e il nostro angolino sotto Ponte Vecchio dove spesso in inverno ci accovacciavamo insieme per stare caldi; i giochi d'azzardo e di abilità; chiedere l'elemosina; rimediare un pasto o saccheggiare i banchi al mercato con la pancia vuota... La voce di Sforno irruppe nel passato, e mi resi conto che stava parlando con me.

«Prima di Silvano?» mi chiese, e io annuii. «Non hai l'aspetto tipico dei monelli di strada» osservò. «Non sei deforme, idiota o scuro di carnagione come gli zingari. Con questi capelli biondi, i tratti del viso, la forza e l'intelligenza che ti ritrovi, potresti essere il figlio di un nobile. Scommetto che lo sei e che nella tua storia c'è chissà quale strana sventura. Probabilmente ti stanno cercando anche adesso.»

«Spesso mi sono chiesto quale sia la mia storia, se davvero i miei genitori mi stanno cercando. Ma se così fosse, non mi avrebbero già trovato da tempo?» chiesi con amarezza. Gli lanciai uno sguardo severo e non confessai l'abominevole segreto della mia giovinezza e del mio vigore eterni. Sforno era un medico, e probabilmente lo avrebbe capito da sé.

«Il mondo è strano e irto di sentieri contorti» disse alzando le spalle. «Ora sei qui. Vieni da noi quando sei vestito.»

Lavato, vestito e in preda all'ansia, tornai verso la casa. Sopraffatto dalla consapevolezza di quanto fossi diverso da quelle persone, sia per origini sia per esperienze vissute – entrambe incancellabili, per quanto mi lavassi – attraversai timidamente l'ingresso. Sopra la mia testa correvano massicce travi di legno, e dalle pareti pendevano quadri dei canali di Venezia. Ogni cosa confermava che fosse una famiglia accogliente, una sensazione a me sconosciuta. Anche in mezzo agli emarginati mi distinguevo, ero come un frutto marcio in un giardino di fiori. Moshe Sforno mi stava ospitando perché si sentiva in obbligo, ma non potevo restare lì per sempre. Avrei dovuto elaborare un piano. Non volevo tornare per strada, soprattutto con la morte nera che ne uccideva a centinaia in modo ancor più capriccioso di quanto avessi fatto io quella sera. Né sarei mai tornato al lavoro che avevo fatto da Silvano. Udii voci acute di fanciulle alternarsi al tono sonoro di Sforno, ed entrai nella sala. La conversazione cessò di colpo. Di fronte a me si trovava un alto cassone di legno con sbiaditi grappoli d'uva dipinti sotto un arco di strane lettere. Lì accanto, il tavolo da pranzo in legno di noce, lungo e rettangolare, ben lucidato e con semplici gambe a colonna. Vi sedevano Sforno, sua moglie, quattro ragazzine e l'Errante. Tra Sforno e l'Errante notai un posto libero. Tutti mi guardarono, a eccezione della signora Sforno, che studiava la tavola apparecchiata con candele accese, coppe d'argento, un pollo arrosto, verdure cotte e speziate, una pagnotta dorata e una caraffa di vino color prugna. Rebecca, la figlia più piccola, scivolò giù dalla sedia e mi balzò incontro abbracciandomi. Il suo respiro sulla mia guancia era caldo e sapeva di latte.

«Guardate, un cristiano dalla testa ai piedi» disse la signora Sforno, alzando le braccia. «Che cosa diranno i vicini? Penseranno male di noi perché lo lasciamo stare vicino alle nostre figlie!»

«Qualsiasi cosa dicano, non ti lamenterai. Siediti, Luca.» La possente voce di Sforno era gentile. Rebecca mi condusse al posto vuoto sulla panca accanto al padre.

«Quattro figlie» mormorai. Le bambine mi esaminavano, palesemente affascinate. Erano prive di imbarazzo e vergogna, del tutto diverse dalle poverine atterrite e maltrattate che avevo conosciuto da Silvano o da quelle che avevo visto per le strade. Arrossii, poi raddrizzai le spalle e mi sistemai il farsetto di Sforno perché mi calzasse meglio.

«Anche il grande Rashoi aveva quattro femmine e neppure un maschio» commentò Sforno in tono affettuoso e rassegnato. La loro ilarità aveva un suono tanto esotico da farmi restare a bocca aperta: da molti anni non udivo la risata argentina di una donna! Boccaccio, il poeta che avevo incontrato per strada quello stesso giorno, aveva torto, le donne non erano gingilli insignificanti. Fin da giovani erano molto di più, possedevano una grazia speciale perché nella loro risata risuonava una musica divina. Sforno accarezzò la guancia di Rebecca e sospirò: «I doni di Dio si accettano così come vengono».

«Che cos'è un bordello? E un assassino?» chiese Miriam, che aveva sei anni, con voce allegra. Sforno emise un gemito, portandosi la mano agli occhi.

«Zitta, Miriam!» gridò Rachele, la sorella maggiore più seria.

«Un bordello è un posto dove ti sfruttano con crudeltà, e un assassino è una persona che decide di mutare il proprio destino» risposi cupo.

«Il mutamento è l'unica costante» affermò l'Errante. «Penso che mi tratterò per un po', Moshe. Reciterò il *kiddush*, va bene?» Levò la coppa di vino e salmodiò parole in una lingua che non capivo.

Così ebbe inizio il mio primo pasto con gli Sforno, e quello fu il principio della mia nuova vita in una famiglia. Ero ben lungi dal vivere una vera intimità domestica: quella non era la mia famiglia e io continuavo a essere uno straniero, ma era la prima volta che provavo qualcosa di simile.

Al mattino mi risvegliai da un incubo di fuoco e dolore, clienti morti, uccelli liberati e una donna bellissima profumata di lillà che annegava in acque scure. Era l'alba e avevo dormito su un giaciglio di paglia. Il cuore mi sobbalzava in petto, non più insensibile perché abituato a essere sottomesso, come prima, e tra la paglia scorsi una comune biscia verde. Feci un respiro profondo e poi, calmandomi, gettai via la coperta di lana che Moshe mi aveva dato. Il gatto grigio che mi si era accoccolato nell'incavo del braccio facendo le fusa sfrecciò via all'inseguimento di un topolino di campagna, o forse di un serpentello. Mi stirai inspirando profondamente l'odore animale di terra, pelo umido e piume polverose, letame fresco, escrementi di topo, carcasse di insetti e paglia bagnata. Lì l'aria non era profumata e non esistevano letti con la biancheria lussuosa come da Silvano. Mi chiesi se prima o poi la costosa fragranza di quei profumi e la preziosa trama di quei tessuti si sarebbero dissolte o se, al contrario, avrebbero saturato per sempre i miei sensi. Provai una confusa gratitudine per Sforno, poi l'angoscia del sogno si impennò come un cavallo inquieto. Mi ricordò che avevo promesso a sua moglie di dare una mano. Afferrai una pala e iniziai a pulire la zona dove erano stallati i cavalli. Ero goffo, poiché negli ultimi anni avevo messo in pratica altre abilità, ma speravo che quel nuovo lavoro avrebbe spezzato il sogno che mi circondava come una campana di vetro scuro. Poi entrò l'Errante, gli zoccoli di legno che risuonavano sul pavimento grezzo del capanno.

«Sei pallido, Bastardo» affermò. Prese una brusca e iniziò a strigliare energicamente un asino che si trovava lì con i due cavalli degli Sforno.

«Un brutto sogno» dichiarai, cercando di non sembrare sgarbato.

«Io dormo poco e sogno ancora meno.» Si strinse nelle spalle. «Chi riesce a dormire quando la creazione di Dio emana tanta bontà attorno a noi?»

«Ho visto ben poca bontà nella creazione di Dio.»

«Che sogno era mai quello per accecarti in tal modo?»

«Le insidie si appianano con la luce del giorno» borbottai.

«Un cane bastonato rimarrà in gabbia anche se gliela apri» disse l'Errante. «Perché la gabbia è dentro di lui.»

Mi fermai, appoggiando il mento sulle mani che reggevano la pala. «Credevo di essere un cucciolo di lupo.»

«Non potresti essere entrambi?» chiese, e la domanda era così intima che dimenticai il freddo riserbo di prima. In sua presenza mi sentii pienamente compreso, come mai con nessun altro, neppure con Giotto. L'Errante era in piedi di profilo accanto a me a strigliare l'asino che ragliava di piacere. Ero colpito dal suo enorme naso adunco, che dominava il volto dai tratti marcati senza sminuirlo. Al contrario, ne sottolineava l'intelligenza e una serietà che non svaniva neppure quando rideva.

«Cosa stai guardando?»

«Il vostro naso: è il più grande che mai abbia visto!»

«Un uomo deve sempre avere qualcosa che lo distingua dagli altri.» Ridacchiò, sfregandosi il naso con orgoglio. «Non tutti possiamo essere bellissimi cuccioli di lupo dal pelo fulvo!»

«Pensavo di essere un cane bastonato» affermai.

«E lo confermo, ma non tutto quello che pare diverso lo è veramente. Luca, devi imparare a vedere in modo nuovo, così che gli occhi ti rivelino la bontà insita in ogni cosa, anche in ciò che è apparentemente malvagio.»

«Quali occhi potranno mai mostrarmi la bontà in una vita nella quale sono stato abbandonato per la strada e poi venduto a un bordello dal mio migliore amico?» domandai con amarezza. «La sola vita che ho conosciuto trabocca di crudeltà e umiliazioni. Quale bontà, dunque?»

L'Errante abbassò lo sguardo acuto. «Sono soltanto un vecchio senza dimora, cosa posso saperne io? Tuttavia mi verrebbe da rispondere che la tua vita ti deve essere di insegnamento, anzi, di grande insegnamento. È un dono. Forse stai soffrendo ora per poter godere in futuro di una grande gioia, di cui sei meritevole in virtù di quanto hai sofferto. Potrebbe essere stato Dio a sussurrarmelo.»

«Dio non sussurra, ci dileggia. Al massimo ride. Voi ce l'avete un nome?»

«Come vuoi chiamarmi?» Ammiccò. «Risponderò a qualsiasi tuo desiderio, a patto che mi dica qualcosa di più di questo tuo Dio burlone.»

«E cosa volete che ne sappia di Dio?» affermai, rivolgendo a lui la domanda, poi ripresi a spalare il letame. «Ho udito parlare i sacerdoti, ma le loro pie letture non hanno nulla a che fare con quel che ho visto e provato.»

«Dunque hai la mente vuota. Bene. La vacuità è proprio il luogo dove trovare il Maestro dell'ignoto.»

«Ho sempre creduto che Dio si trovi nella pienezza» risposi piano. «E pure nella ricchezza e nella bellezza del dipinto di un maestro. Dio si trova in quella bellezza, in quella purezza.»

«Soltanto in quello? Purezza, bellezza e pienezza? Dio non si trova forse anche nella vergogna, nella bassezza e nella vacuità? Perché limitarlo in tal modo?»

Mi fermai di nuovo e lo fissai. «Come mai definite Dio "Maestro dell'ignoto"?»

«Come vorresti che lo chiamassi?» domandò l'Errante scuotendo la chioma ribelle.

«Gli ebrei non hanno forse un nome diverso per lui?»

«Come possono gli ebrei dare un nome a ciò che non ha limiti? O i cristiani, o i saraceni?» Si aggiustò la tunica sull'ampio torace. «I nomi svaniscono nella pienezza e nella bellezza che hai attribuito al Signore come un mantello, ragazzo che hai l'aspetto di un ragazzo ma che in realtà non lo sei.»

«Parlate per indovinelli» borbottai. «Non ci arrivo! Voglio solo vivere una vita nuova, una bella vita, e un giorno avere una moglie e una famiglia. Dio non è molto gentile e non mi voglio preoccupare di Lui o dei suoi nomi. Desidero soltanto stargli alla larga.»

«Attento a quel che desideri.» La faccia dell'Errante si increspò in un sorriso canzonatorio. «Attribuendo un nome, proviamo a racchiudere in una forma quel che forma non ha. Un peccato terribile. Il peccato originale. Comprendi il concetto di peccato?»

«Sì, lo conosco il peccato.» E lo fissai con tutta l'arroganza possibile. Ero un assassino e un ladro, e per di più avevo vissuto in un bordello. Chi meglio di me poteva capire il concetto di peccato?

«Meraviglioso! Quale benedizione! Ti incoroneranno a breve. A che ti serve dare un nome a Dio? Perché percorrere la strada sbagliata quando hai iniziato così bene il tuo viaggio?»

«Voi pensate che dare un nome a Dio significhi limitarlo. È così sbagliato?» gli chiesi disorientato.

«Un nome per Dio ce l'abbiamo, ma non lo pronunciamo mai ad alta voce. Le parole sono magiche e potenti, che siano scritte o solo profferite, e i nomi sono le parole più sacre e potenti fra tutte!»

L'Errante indicò con la brusca il letame, che ero riuscito a spargere ovunque senza sapere dove metterlo esattamente, e commentò: «Non sei molto bravo, hai fatto una gran confusione».

«Sono un disastro, lo so» concordai, gettando la pala. «Mi è venuta un'idea che non richiede tanta abilità. Ne parlerò con Sforno.»

«Forse potresti imparare a spalare il letame, basterebbero poche istruzioni e qualche settimana di pratica» disse secco l'Errante. «Raccogli le uova e portale in casa. C'è un cesto appeso accanto alla porta.»

La moglie di Sforno, col suo voluminoso abito azzurro, era indaffarata in cucina. Da una capiente giara con un rubinetto laterale spillava olio d'oliva di un luminoso verde pallido in orci più piccoli. Le sue mani diffondevano un profumo intenso che pareva di noci. Rachele, che stava tagliando il pane sul tavolo, mi lanciò uno sguardo severo e indagatore, poi un ironico sorriso, che ricambiai, seppur titubante. «Io... ehm... ecco, ho portato le uova.» Le porsi il cesto, ma la signora Sforno si affrettò a chiudere il rubinetto e a prenderlo di persona. Miriam entrò saltellando con una camicia da notte rosa rattoppata e afferrò una fetta di pane dal piatto accanto al gomito di Rachele, che brontolò e fece per darle uno scappellotto. Miriam si voltò a guardarmi, facendo svolazzare le lunghe trecce, e il viso sbarazzino le si illuminò.

«Buongiorno!» mi salutò vivace. «Tieni.» Strappò a metà la fetta che aveva sottratto e me la diede con un largo sorriso.

«Ora che vivi con noi non sei più un assassino del bordello?»

«Miriam!» esclamarono in coro la signora Sforno e Rachele.

«No» risposi arrossendo, anche se la franchezza della bambina non mi infastidiva. Anzi, la preferivo alle domande sottaciute. Con estremo disagio, sentivo gli occhi delle tre donne puntati su di me. «Il signor Sforno è in casa?»

«Sta rientrando dal *minyan* mattutino» rispose lui stesso, avanzando a grandi passi. Indossava un lungo scialle bianco con cui poi avvolse la moglie, abbracciandola. Lei sorrise e lo spinse via, ma lui prima riuscì a baciarla con passione. Quindi diede un bacio sulla guancia a Rachele e tirò la treccia a Miriam, che gli si buttò tra le braccia sorridendo. Sforno arretrò come travolto dal suo peso, scatenando uno scoppio di risa.

«Luca ha portato le uova» disse Rachele.

«Che gentile!» esclamò Sforno. Guardò in direzione della moglie, ma lei non parve notarlo, allora lui e Rachele si scambiarono uno sguardo d'intesa.

«Come stai questa mattina, Luca?»

«Ho un progetto per guadagnare denaro» gli dissi. «Tutti i profitti andranno a voi e alla signora.»

«Me la cavo bene come medico, non è necessario che tu ci dia del denaro» affermò Sforno, e prese un pezzo di pane dal piatto.

«Papà!» protestò Rachele. «Non resterà più pane per la colazione!»

«Ho sempre lavorato» dissi. «Ora la città sta assoldando becchini per portar via i cadaveri. Posso farlo anche io. Non si richiedono abilità, e io non ne ho. Basta avere forza, e di quella ne ho da vendere.» Mi strinsi nelle spalle. «E poi non mi ammalo mai. Posso farlo.»

«Gli dovremo insegnare a leggere» commentò la signora Sforno senza guardarmi.

Rimasi a bocca aperta per la sorpresa. «Potrei leggere Dante.»

«Gli servirà un mestiere» proseguì lei. «È il solo modo per farlo uscire di casa.»

«Leah mia, sei così concreta.» Sforno le accarezzò la guancia.

«Nel frattempo posso fare qualcosa per la città» dissi io.

«Che non ci porti in casa la peste» disse la signora Sforno. «D'altra parte, potrebbe depositare in banca quel che guadagna fin quando non avrà denaro a sufficienza per cominciare una vita da solo.»

«Leah ha ragione, il contagio si sta diffondendo come un incendio» si accigliò Sforno. «Dovrai fare come me quando rientro a casa dopo aver visitato i malati, cioè sfregarti con il sapone alla liscivia e cambiarti d'abito. La pestilenza si trasmette anche con i vestiti.»

«Lo farò» dissi con entusiasmo.

«Io posso insegnarti a leggere» si offrì Rachele.

Sforno annuì, ma la moglie si voltò e chiamò la figlia accanto a sé. «Non credo» disse brusca. «Con i guadagni si pagherà un tutore.»

Un tutore per uno come me? Il solo pensiero mi lasciò sbalordito. Era troppo. «Allora vado» dissi, e uscii dalla cucina indietreggiando. Poi mi voltai e presi a correre lungo l'atrio, oltre la scala dove la timida Sara e la piccola Rebecca giocavano con una bambola, e infine uscii dalla grande porta intarsiata alla quale non ero riuscito a bussare la sera precedente. Non sapevo cosa mi spingesse fuori dalla casa degli Sforno con tanta fretta. Aveva a che fare con il modo in cui la signora aveva distolto lo sguardo mentre delineava una nuova vita per me, e con la risata di Miriam tra le braccia del padre. Aveva a che fare con il serpentello verde che era strisciato via sinuoso. Forse, più di tutto, aveva a che fare con i cani bastonati e le gabbie che si portano dentro.

8

Il sole dell'alba di maggio inondava la città di una luce lattiginosa come un'umida nebbiolina. I cadaveri giacevano ovunque, gettati fuori dalle case senza troppe cerimonie. Non fosse stato per i bubboni neri, si poteva scambiarli per fiorentini che dormivano all'aperto in posizioni innaturali, come dopo un'orgia infernale. Dal numero dei morti e dal fetore immaginai che non ci fossero becchini a sufficienza per tenere pulita la città. Con l'avanzare dell'estate, la situazione poteva peggiorare e il caldo implacabile si faceva sentire sempre più presto al mattino. Andai dall'altra parte dell'Arno, che si increspava sotto i ponti come un pigro nastro d'argento, noncurante del contagio e della morte che devastavano la città.

Pochi mendicanti e qualche ladruncolo attendevano nel Palazzo del Capitano del popolo, un austero e imponente edificio di tre piani in pietra con finestre ad arco e un'alta torre. Dall'esterno i muri massicci lo rendevano simile a una fortezza, ma il cortile dove attesi era gradevole, con uno spazioso portico a volta sostenuto da colonne e uno scalone d'onore che conduceva alla grande loggia aperta al primo piano. I presenti mi osservarono, ma ero troppo giovane e malvestito per suscitare il loro interesse; era chiaro che non avessi denaro. Si unirono a noi altri uomini e ragazzi, i cui abiti logori rivelavano che di mestiere facevano i tintori. Arrivò anche un gruppetto di donne, comuni prostitute rimaste senza lavoro a causa della peste. Chi non era malato doveva pur mangiare. Diedi il mio nome a un funzionario che chinò stancamente la testa e mi registrò in un libro mastro, poi mi appoggiai al muro e osservai la gente che andava radunandosi. Tesi le orecchie quando sentii per caso un uomo che diceva: «... ed entriamo nelle case dove sono tutti morti».

Il suo compagno annuì energico. «Devi comunque stare attento agli ufficiali. Ieri un uomo è morto sull'uscio del suo palazzo, e quando sono entrato a prendere la moglie e i figli, ho trovato tre fiorini d'oro! Il palazzo era vuoto, non c'era nessuno, nemmeno i domestici, dunque avrei potuto arraffare di più, ma sono arrivati due ufficiali a cavallo e mi hanno sorvegliato mentre caricavo i cadaveri. Ho dovuto legare i piccoli ai genitori per riuscire ad ammucchiarli a modo. Che rabbia quegli ufficiali, avrei potuto prendere una fortuna!»

Il primo uomo agitò il pugno. «Credono di comandare la città mentre i fiorentini muoiono o scappano. Visto che abbiamo il fegato per maneggiare i morti, ci meritiamo di prendere quel che troviamo. Rischiamo la vita! La città ce lo deve.»

Un altro uomo vicino a loro, corpulento e quasi calvo, scrollò le spalle. «Adesso sono i domestici a fare i soldi. Possono chiedere ciò che vogliono e i nobili pagano, per lo meno quelli rimasti in città, visto che sono scappati quasi tutti.»

Sgranai gli occhi all'idea di trovare un palazzo vuoto pronto a venire spogliato delle sue ricchezze, e senza remore, essendo morti i padroni di casa. Potevo procurarmi denaro e gioielli, sete e pellicce, coppe d'argento e collane di perle, abbastanza per mantenermi a lungo. Ero felice di ritrovarmi a pensare agli espedienti della vecchia vita di strada, come avrei continuato a fare se non fossi caduto prigioniero di Silvano, se mi fossero stati risparmiati anni di un lavoro aberrante... Poi mi ricordai che adesso vivevo con gli Sforno, e quei progetti erano inutili, forse persino sconvenienti. Non me la immaginavo proprio la signora Sforno, con i suoi zigomi alti e lo sguardo rivolto altrove, ad approvare qualsiasi cosa avessi ottenuto in quel modo.

Un magistrato esile, con la barba fin troppo curata, uscì dal palazzo e scese le scale impettito. Aveva enormi maniche di morbido velluto rosso che frusciavano e gli svolazzavano tutt'intorno mentre muoveva le braccia. Mi parve un vezzo osceno con tanti morti in città, una trasgressione alle consuetudini cittadine. Passò in rassegna rapidamente la folla e poi con voce altezzosa proclamò le condizioni di lavoro, la paga, gli orari – fino al tramonto con una pausa per mangiare a mezzodì –, il posto dove trovare casse e assi per caricare i morti, il luogo dove depositarli. I cadaveri sarebbero stati portati ai confini della città a bordo di carri trainati da cavalli e, quando le campane avessero suonato il vespro, ci saremmo trovati là per scavare le fosse. Anzitutto, ci informò, non avremmo dovuto depredare le case dei morti o dei malati, altrimenti saremmo finiti in prigione a marcire con i criminali che già stavano soccombendo alla morte nera. Infine ci suggerì di imbottirci le tuniche di aglio ed erbe aromatiche per combattere le esalazioni e diminuire il rischio di contagio. Ecco perché accanto alle assi ce n'erano due carriole piene. Poi attraversò la folla, dividendo le persone a coppie.

«Tu» disse, indicando me. In quel preciso momento ci riconoscemmo, ed entrambi arrossimmo. Raddrizzai le spalle per assumere una postura più eretta. Rifiutavo di provare ancora vergogna. E non potevo soffocare la gioia che provavo sapendo che il giorno precedente avevo ucciso un uomo come lui, che frequentava la chiesa, beveva vino con i compagni della corporazione, vestiva la moglie con abiti lussuosi, viveva pago di sé come un timorato di Dio, e poi abusava di bambini schiavizzati. Mi fremevano le dita dal desiderio di strangolarlo, e la voglia di sangue mi pulsava nello stomaco come una fame a lungo repressa. La notizia del mio attacco al bordello di Silvano doveva essersi diffusa, perché Firenze era una città che si crogiolava nel pettegolezzo, persino durante la peste. Gran parte dei clienti, poi, aveva famiglia, moglie, figli, parenti e amici. Mi chiedevo come avrebbero reagito le autorità cittadine. Forse aveva ragione la signora Sforno, i soldati mi avrebbero seguito fino alla sua porta.

Poi il magistrato abbassò lo sguardo, e dentro di me si diffuse un senso di appagamento simile al vino fresco. Finse di non avermi mai incontrato, di non avere mai abusato di me noncurante delle mie silenziose lacrime di rabbia e oltraggio, e di non aver mai pagato generosamente per il piacere di farlo.

«Che ne è di me?» lo sfidai. La sua faccia si colorò di un intenso rosso scarlatto.

«Tu vai con quel ragazzo.» Me lo indicò e poi si allontanò in fretta.

«Prendiamo una bara» dissi all'altro. Poi, girandomi, vidi Niccolò che mi fissava bianco in volto. Senza pensarci su due volte, gli balzai addosso e gli strinsi il collo con forza disumana. La notte prima lo avevo risparmiato perché era soltanto un ragazzo, ma ormai avevo dimenticato quel proposito. Niccolò mi afferrò i polsi e cercò di liberarsi, livido in viso, sbattendo i piedi sul lastricato. L'uomo calvo mi colpì, ma io non mollai Niccolò, che si afflosciò mentre l'altro mi afferrava sotto le ascelle e mi allontanava da lui. Poi mi prese per le orecchie.

«Ma sei matto ad assalire qualcuno sulle scale del Palazzo del Capitano del popolo?» mi chiese ridendo. I radi capelli che gli erano rimasti in testa erano rossi, e la sua barbetta era spruzzata di bianco. In qualche modo il rosso dei capelli gli dava un aspetto gradevole e rubicondo. «Questo posto brulica di ufficiali, ministri e magistrati. Ti sbatteranno in galera ancor prima che possa guadagnarti un soldo» mi disse. Me lo scrollai di dosso e fissai Niccolò.

«Carogna fetente» sibilò lui, massaggiandosi il collo. «Hai ucciso mio padre, ed è mancato poco che ci restassi secco pure io vomitando quelle piume! Ti prenderò, e allora ti giuro che le piume rosse saranno l'ultima cosa che vedrai!»

Prima che potessi replicare, l'uomo robusto mi trascinò via. «Verrai con me. Sei giovane e forte, un compagno come te mi farebbe comodo.» Dietro l'angolo trovammo un mucchio di casse male assemblate, tre o quattro assi inchiodate insieme con un'altra di traverso a guisa di maniglia. L'uomo mi lasciò andare e io inciampai, massaggiandomi la spalla.

«Il tuo intervento non era necessario» gli dissi. «Non sono affari tuoi.»

Lui sorrise, scoprendo un incisivo marcio e bluastro. «Ieri ti ho visto salvare l'ebreo e sua figlia. È stato un bel gesto da parte tua. Non so se gli ebrei siano colpevoli di tutto ciò di cui li accusano, ma non mi piace veder ammazzare la gente. Ne sono morti abbastanza negli ultimi mesi.» Alzò le spalle. «Non volevo vederti finire in prigione. Se uccidessi qualcuno in pubblico, persino una feccia come il figlio di Bernardo Silvano, è lì che finiresti.»

Fissai l'uomo con freddezza. «Eri un cliente del suo bordello?»

Lui scosse la testa, e il calore svanì dai suoi occhi. Poi si avvicinò a un carretto e prese una manciata di erbe, soprattutto assenzio, ginepro e lavanda, e se le ficcò sotto la tunica. «Prima della peste avevo una moglie che mi trattava bene. Non mi interessavano le oscenità offerte dal bordello di Silvano.»

«Allora come sapevi che quello era Niccolò Silvano?» gli chiesi in tono di sfida.

«Tutta Firenze conosce Bernardo Silvano e suo figlio. Chiunque sia ancora vivo non fa che parlare del suo assassinio della scorsa notte. Solo Niccolò lo piange. Silvano ha avuto la punizione che meritava, e lo stesso vale per i suoi clienti. Ma se in un bordello si può fare di tutto e passarla liscia, in pubblico è diverso.»

Afferrò un'asse e la trascinò passandomi accanto, l'ombra appena visibile sul terreno al sole del primo mattino. «La vendetta deve essere consumata nel privato. Prendila dall'altro lato, per favore.»

Un ufficiale ci fece un cenno. «Ehi, voi! Rosso! Ragazzo! Levate i cadaveri dalle strade lungo la riva destra del fiume, vicino al Ponte Santa Trinita.»

«Rosso... Anche mia figlia mi chiamava sempre così» replicò l'uomo robusto sorridendo. Ci dirigemmo a ovest, dove le strade erano densamente popolate e avremmo trovato molti cadaveri. Altre coppie di becchini si avviarono in altre direzioni, le voci scherzose o borbottanti come sospese dietro di loro, unico segno di vita nella città malata e deserta. Superammo il mercato del grano di Orsanmichele, con la loggia da poco ristrutturata e dominata da due piani destinati a stivare il grano, un ricordo dei tempi in cui Firenze era ricca e vivace. Adesso, invece, il mercato era vuoto, a eccezione di pochi venditori giunti dal contado.

«Mi dispiace per tua moglie» dissi.

«Anche a me» rispose lui a fior di labbra. «E anche per i miei figli. Avevo due maschi e una femmina. Il maggiore aveva all'incirca la tua età, tredici anni. Mia figlia ne aveva dieci, ed era molto carina. Avrei potuto maritarla con un uomo in vista di qualche corporazione o magari con un nobile. Era buona di carattere e aveva splendide mani, avrebbe avuto bei figli, onorando il marito. L'ultimogenito, invece, era fonte di guai ma anche di divertimento. Mi mancano.»

«Quando sono morti?»

«Un mese fa. Le mani della mia povera figlia erano sfigurate dalle macchie nere, e le dolevano molto.» La sua faccia larga era segnata da una disperazione così devastante e rassegnata che ci misi un momento per accorgermene. Poi realizzai che si trattava della stessa disperazione che avevo visto negli occhi vacui dei bambini da Silvano, dove il corpo continuava a vivere anche se l'anima era ormai morta.

«Hai perduto tutto» gli dissi piano, e lui annuì. «Vorresti non essere mai stato sposato e non aver mai avuto figli, così ti saresti risparmiato tanto dolore?» gli domandai.

«Oh, no! Ho passato quindici begli anni con mia moglie, eravamo molto felici. I nostri genitori avevano combinato il matrimonio, ma eravamo ben assortiti. Avevamo imparato in fretta a volerci bene.»

«A volte spero anch'io di avere una moglie» dissi timidamente. «Una moglie carina, che mi ami quanto io amo lei.»

«L'amore è una grande benedizione, il dono più grande che il Signore possa farci» affermò solenne. «Non puoi immaginare quanto renda completo un uomo.» Sospirò. «Vorrei solo che la peste avesse portato via anche me. Ma in fondo...» Fece una pausa, chinando la testa. «Visto che sono stato risparmiato, almeno ho potuto seppellirli. Non sono dovuti restare lì ad aspettare che un estraneo li buttasse su una bara come questa. Dopo averli sepolti, ho chiuso il mio negozio e sono venuto a fare questo lavoro, almeno fin quando la peste mi coglierà. Quasi tutti i becchini si ammalano e muoiono. Ne stanno morendo parecchi.»

«Hai sepolto la tua famiglia con le tue mani?» Non riuscivo a immaginare quanto dovesse essere straziante amare una moglie e dei figli e poi perderli.

Annuì. «Non sono riuscito a trovare un prete che officiasse il rito funebre, così ho fabbricato delle bare e li ho portati sulle colline presso San Romolo, poi li ho sepolti e ho pregato per loro. Spero che sia sufficiente per mandare le loro anime in paradiso.»

«Deve esserlo» lo rassicurai. «Cosa potrebbe esserci di più sacro dell'amore di un padre per i suoi figli?»

L'uomo alzò le spalle, si fermò per asciugarsi la faccia imperlata di sudore, poi si tolse il mantello, lo piegò e se lo legò intorno all'ampia vita come se fosse una voluminosa cintura. Stavo sudando anch'io e feci altrettanto. «La primavera è stata fresca, ma adesso fa caldo. I preti vogliono farci credere che nessuno arriva a Dio se non passando da loro.»

«Cosa ne sanno i preti?» domandai, ricordando di averne visti molti da Silvano. «Da quanto ho potuto vedere, o peccano di gola o sono ubriaconi lussuriosi e scontrosi, o anche entrambe le cose, e cercano di vendere reliquie e indulgenze per avanzare nel loro ordine. Passando da loro non si va da nessuna parte se non dritti all'inferno.»

Il Rosso rise tristemente. «Tieni quei pensieri per te. Hanno mandato gente al rogo per molto meno.» Alzai le spalle e ci avviammo a fatica lungo le strade disseminate di cadaveri verso il luogo a noi assegnato. Arrivati a destinazione, prendemmo un lato della strada ciascuno.

«Riusciremo a mettere... sì, direi quattro corpi in ogni bara, ma dipende da quanto sono grandi» disse. «Li ammucchieremo là, dove il carro verrà a raccoglierli.» E indicò una piazzetta dove si congiungevano due strade. «È un lavoro semplice. Andiamo a cercare altri cadaveri e raccogliamone il più possibile.»

Mi avviai verso il mio lato, dove un corpo giaceva a faccia in giù sull'acciottolato. Quando lo voltai, vidi che si trattava di un giovane biondo, all'incirca della mia età. I suoi lineamenti erano più rozzi dei miei e gli occhi vacui erano celesti. Sulle guance aveva una piaga nera grande quanto un uovo di gallina. Era avvolto in un costoso mantello di velluto verde, sotto il quale il corpo nudo era cosparso di bubboni neri. Quando gli afferrai il braccio per spostarlo, mi accorsi che era ancora caldo e che le membra erano morbide e flessibili. Lo trascinai fino alla bara, dentro cui il Rosso stava sistemando i corpi di due uomini. Emanavano un fetore orribile, che mi fece storcere la faccia e tappare il naso.

«Ti ci abituerai» disse il Rosso, inarcando le sopracciglia rossicce. «Più o meno.»

«La gente si abitua a tutto» convenni, pensando con malinconica ironia che fosse meglio non essere costretti ad abituarsi. Mi fermai a osservare la strada silenziosa, il lastricato grigio, le finestre sbarrate e i corpi sfigurati i cui abiti parevano disfarsi nell'umidità. Sullo sfondo il fiume scorreva gorgogliando sotto il ponte. Ogni cosa andava verso la morte e la distruzione. Sarebbe stato così anche per me, pur non invecchiando come gli altri. Ma la mia anomala giovinezza forse mi avrebbe dato opportunità che agli altri erano negate. Avevo un dono, e se anche ero maledetto, quanto meno potevo giurare a me stesso che non mi sarei mai più arreso. Mi ero conquistato quel diritto uccidendo Silvano. Da quel momento in poi avrei mutato le circostanze della mia vita qualora non mi fossero piaciute.

Andai a prendere un altro cadavere. Accanto al ragazzo giaceva una vecchia rinsecchita, con la testa canuta appoggiata sul petto di un uomo di mezza età. A giudicare dai visi somiglianti, erano madre e figlio. Si davano la mano. Se non fosse stato scomodo, li avrei trascinati insieme fino alla bara per preservare quell'intimità che invidiavo. Se il morbo mi avesse colpito quel giorno, nessuno mi avrebbe preso per mano per accompagnarmi. Forse era proprio come mi aveva rinfacciato Silvano, ero nato con qualche difetto che aveva spinto i miei genitori ad abbandonarmi. Se ero realmente il figlio perduto di nobili stranieri dal sangue puro, come mai non mi avevano ancora ritrovato? Ero diverso dagli altri, e lo ammettevo senza arroganza. Il mio aspetto insolito non passava inosservato e avevo i capelli di un colore poco diffuso.

Davvero i miei genitori avevano pensato che avessi insudiciato il loro sangue? Mi avevano mai amato come Sforno e il Rosso amavano i loro figli? Nel corso degli anni raramente avevo pensato ai miei genitori in quel modo. Sulla strada ero troppo impegnato a cercare il cibo. Marco aveva solleticato l'interesse per loro, ma da Silvano mi preoccupavo solo di quanto fosse ignobile quel lavoro, dell'estasi che mi procuravano i dipinti che mi avevano salvato e, in primo luogo, del fatto che, se avessi provato a fuggire, come certamente avrei fatto se avessi scoperto chi erano i miei genitori, altri bambini avrebbero pagato con la vita per le mie azioni. Non potevo permetterlo! Ora ero libero, e potevo indagare sulle mie origini, scoprire me stesso, capire perché ero tanto diverso. E poi avrei realizzato gli altri miei sogni: guadagnare denaro, imparare a leggere e persino sposarmi. Soprattutto, però, avrei evitato le attenzioni del Dio malvagio che rendeva schiavi i bambini, faceva prosperare assassini e stupratori e malediceva la terra con epidemie mortali. Non sapevo come avrei fatto, ma ero irremovibile.

Meditavo su quei pensieri quando mi giunse all'orecchio un lieve ticchettio, così alzai lo sguardo. Da una finestra al secondo piano, un uomo con il volto nascosto da una tenda trasparente mi faceva cenno con la mano, chiamandomi come un monello. Mi guardai intorno in cerca di ufficiali e, non vedendone alcuno, posai a terra delicatamente i due gemellini coperti di bubboni che portavo sulle spalle. Mi affacciai all'ingresso e dentro vidi un breve corridoio che conduceva a una scala a chiocciola. Salii e si aprì una porta. Sbucò un dito ingiallito, che mi fece cenno di avanzare. Incuriosito, entrai.

Trovai diversi tavoli cosparsi di favolose attrezzature: alambicchi e pentolini da cui uscivano fiamme che sfioravano il fondo di ampolle gorgoglianti. Non conoscevo il nome né le funzioni di quella profusione di oggetti. Mi guardai attorno stupefatto.

«Gli strumenti della mia arte ti affascinano» disse l'uomo in tono sommesso dalla panca accanto alla finestra. «È un inizio. Almeno hai quel poco di intelligenza che ti spinge a essere curioso.»

«Non ho mai visto nulla di simile» risposi, e volsi a lui la mia attenzione. Era un uomo di mezza età, piccolo di statura, magro e agile, con i capelli brizzolati e arruffati e il viso affilato e glabro. Indossava una tunica nera sotto la quale portava una camicia dello stesso colore, come si vedeva dai tagli nelle maniche. Davanti agli occhi vivaci e appoggiato sul naso aveva una sorta di strano marchingegno. Notò che lo fissavo e diede dei leggeri colpetti ai lati di quell'oggetto, accanto all'estremità delle folte sopracciglia nere.

«Non fissarmi, ragazzo, parla chiaro e chiedi quello che vuoi. Questi sono occhiali. Li hanno inventati più di sessant'anni fa, ma il popolo ancora non li porta. Migliorano la vista.»

«Chi siete?»

«Un alchimista. Puoi chiamarmi Geber» disse. «La mano del fato è calata su di te e mi ha ordinato di parlarti. In caso contrario non avrei sottratto tempo al mio lavoro: devo aver commesso qualcosa di sbagliato per essere angustiato in tal modo.»

«Ma come avete potuto giudicarmi da quassù?» Mi aggirai per la stanza osservando la distesa di oggetti sui tavoli che pareva muoversi come una magica marea. Piccoli strumenti per ravvivare il fuoco, tagliare e mescolare giacevano accanto a mortai e pestelli, fiale di colore, mucchietti di argilla, aghi e fili, libri con pagine miniate, pergamene, penne d'oca e boccette di inchiostro, scatoline di stagno traboccanti di polveri grosse e fini, pietre colorate, boccette di liquidi, un sacchetto di sale e barattoli pieni di oli. Il profumo di chiodi di garofano e di anice si mescolava all'odore acre dello zolfo, che era pur sempre meglio di quello dei morti. Su un tavolo giaceva un ratto senza testa, su un altro una bottiglia piena di scarafaggi coperta da un panno e su un altro ancora un piccione con le ali mozzate. Mi soffermai a fissarlo, perché i tagli erano netti e il corpo era ricucito con precisione. Un'ala era aperta accanto al corpo.

«La distanza non è di ostacolo alla conoscenza» mi disse

con un sorriso sornione. «La distanza è soltanto una fibra che si scioglie nell'acido della fusione. Tu lo sai, hai viaggiato in luoghi lontani per vedere le cose.»

Sussultai. Le sue parole parevano alludere ai viaggi che avevo compiuto quando lavoravo da Silvano, ma non ne avevo mai parlato con nessuno. Se fossi stato devoto, non lo avrei confessato nemmeno a Dio, nel timore che vi mettesse fine per puro divertimento. No, era impossibile che Geber avesse indovinato. Gli lanciai un'occhiata penetrante. «La vostra è arte magica?»

«La natura è la mia arte. Essa rivela ogni cosa a chi la osserva con gli occhi e la vede con il cuore» replicò oscuro. «Il cielo si distende sopra la terra, ma gli uomini non lo vedono. E neppure i ragazzini con un minimo di intelligenza.»

«Ora è l'inferno a distendersi sopra la terra, ovunque ci sono cadaveri sfigurati dalla peste.» Raggiunsi un altro tavolo, su cui c'erano un libro aperto, un mazzo di violette essiccate, la zampa pelosa di qualche animaletto, una ciotola di terracotta piena di gusci d'uovo e un'altra colma di scaglie azzurre, e un recipiente con una pietra triangolare luminosa immersa nell'acqua torbida.

Geber sospirò. «È un'epidemia funesta, ma così sono tutte le cose terrene.» Stavo toccando un apparecchio fatto di tre vasi di vetro collegati, quando mi gridò: «Attento! È una storta a tre becchi, costruita sulle specifiche di Zosimo! Serve a distillare... a rilasciare lo spirito dalla materia che lo ha intrappolato.»

«Come la morte» commentai.

Annuì. «In alchimia la morte non è la fine. Lo spirito, il pneuma, può reintegrarsi nel corpo dopo la purificazione. Su quel tavolo ho costruito il *kerotakis* di Zosimo per la sublimazione. Vieni, fatti guardare. Nonostante questa meravigliosa invenzione, i miei occhi sono deboli.» Esitai, passando le dita sulle pagine colorate di un libro, e lui mi fece un cenno impaziente. «Vieni, ragazzo. Sono malato, ma il morbo ci metterà qualche mese a uccidermi. E tu ne sei immune, come già sai.»

Pareva sapesse tanto di me che obbedii, dirigendomi stancamente verso di lui. Mi esaminò con i suoi pensierosi occhi azzurro-verde. Tesi la mano per toccare l'oggetto che aveva appoggiato sul naso. Davanti a ciascun occhio c'era un pezzo di vetro tondo, fermato da un filo metallico. «Come sapete che sono immune al contagio?»

«Non faresti il becchino, altrimenti» rispose Geber, abbassandomi prima la palpebra inferiore destra, poi la sinistra. Infine mi infilò l'indice in un angolo della bocca e io la aprii. Mi esaminò i denti, poi mi prese le mani e guardò le unghie. Quindi me le voltò e seguì le linee sui palmi. Rise appena e mi picchiettò il monte del pollice. Soddisfatto, incrociò le braccia al petto.

«Ci sono molti becchini» osservai, indietreggiando a disagio. Cosa aveva visto mentre mi esaminava? Quali dei miei segreti gli avevano rivelato gli occhiali? Parlai per distrarlo. «E in molti prenderanno la peste.» Pensai al Rosso. «Alcuni desiderano morire.»

«Io no» disse brusco. «Ho lottato anni per ingannare la morte. E solo per scoprire che la peste mi sta rubando i frutti del mio duro lavoro.»

«Nessuno di noi può ingannare la morte.»

«Tu le darai filo da torcere, però» disse, scoppiando in un'altra breve risata. «I tuoi genitori erano maghi di una seconda razza di uomini. Tu hai ereditato il loro talento, anche se nessuno ti ha educato a svilupparlo. Dovrai lavorare per conquistarlo.»

Feci un balzo all'indietro, sconvolto e confuso. «Come sapete dei miei genitori?» urlai. Li aveva conosciuti? Conosceva il segreto delle mie origini e, se così fosse stato, me lo avrebbe rivelato?

«Le persone emanano una luce, e quella luce è ciò che siamo» esclamò fiero Geber, chinandosi su di me. «Questa è la vera alchimia. Il popolo ignorante pensa che serva a trasformare il metallo in oro, o forse a creare l'elisir di lunga vita, ma sono solo grossolane apparenze. L'alchimia è la ricerca di ciò che ancora non è, l'arte del mutamento, lo studio dei poteri divini nascosti nelle cose! I poteri divini si rivelano in forma di luce: chi sa istruirsi nel modo corretto vedrà la luce gialla emanarsi come dovrebbe!»

Non sapevo come rispondere a quelle strane e appassionate parole. Poche cose mi parevano più importanti della trasformazione del metallo in oro, che sostiene le nostre vite, ma che dalle persone emanasse luce ci credevo: Giotto non le dipingeva forse così, luminose? Distolsi lo sguardo e dissi: «Non sembrate malato».

«Non giudicare in base alle apparenze, ti rende stolto» mi rimproverò aspramente Geber. Sollevò il braccio sottile e indicò l'ascella. «Avanti, senti tu stesso. L'esperienza diretta è sempre la migliore!» Toccai una protuberanza molliccia sotto la sua tunica. «Il morbo mi ha attaccato da poco. Posso resistere, ma non per sempre. Soccomberò presto.» Pronunciò quelle parole con calma, senza paura.

«Forse no, alcuni guariscono, magari anche voi.»

«Non guarirò, l'ho visto.» Alzò le spalle. «La mia luce è stata contaminata, si è indebolita. Quando si dissolve la luce interiore, è inevitabile che il corpo la segua. Anche tu che sei figlio di maghi puoi vederla, dunque verifica quanto ho detto con l'esperienza diretta. Guarda intorno al mio braccio e alla mia testa.» Parlava dolcemente e con elegante fermezza. Mi ritrovai a fissare come in sogno il contorno del suo braccio disteso e il punto dove la spalla si univa al collo, quando dalla testa gli uscì una pulsazione azzurra. «Come sopra, così sotto; come dentro, così fuori» mormorò. Un'altra pulsazione azzurra gli discese lungo il braccio, poi si dilatò in una luminosa ombra gialla che ne metteva in risalto la sagoma. Ma era costellata di macchie nere.

«Basta!» urlai. «Non voglio. Mi rende più strano di quanto già non sia!» Arretrai, andando a sbattere contro un tavolo. Geber sollevava troppi argomenti bizzarri, e quello dei miei genitori era il più inquietante. Osservai sorpreso una nebbiolina levarsi da una pignatta gorgogliante e poi ricadere come le curve sinuose di un fiume. I miei occhi seguirono i tubicini che si collegavano a un matraccio chiuso. Mi chiesi se servisse a trasformare il piombo in oro, e se sarei riuscito a convincerlo a insegnarmi come fare. Mi sarebbe stato utile. Geber non pareva darvi peso, ma sapevo quant'era importante l'oro nella vita di un uomo. Se avessi imparato quelle cose, non avrei più dovuto temere la fame o di ritrovarmi a condurre una vita corrotta. Dovevo salvarlo, aveva segreti da insegnarmi. «Conosco un medico, un brav'uomo. Posso portarlo qui perché vi visiti» gli proposi.

«Nessun medico mi può aiutare.»

«Potete farvi visitare. Voi dovete cercare di vivere!» ribattei.

«La vita ha forse valore se l'inferno si sta spargendo sulla terra?» Scosse la testa. «Non farò perdere tempo al tuo buon dottore. Ho approfittato fin troppo degli anni che mi sono stati concessi. Ma parlerò ancora con te. Torna domani e portami qualcosa.»

«Portarvi cosa?» domandai.

Lui sorrise. «Ti verrà in mente.» Nel congedarmi, guardò la porta con occhi che tutto sembravano fuorché deboli. Fuggii via.

Più tardi, ripulendomi nel capanno di Sforno alla fioca luce di una lampada a olio, alzai lo sguardo e vidi che l'Errante mi stava osservando. Compresi subito che non era eccitato, eppure non mi garbava la sua presenza. Ne avevo abbastanza di uomini che mi guardavano mentre mi lavavo, in fondo mi ero liberato di Silvano da un solo giorno.

«Vorrei restare solo» gli dissi. Avevo la testa piena di tessuti dalla trama raffinata e dai ricchi colori, di nere piaghe rigonfie, della luce gialla intorno al corpo di Geber, del fetore ripugnante che trasudava dai morti, delle file di cadaveri che avevamo deposto nelle fosse come bambole di stracci, cosparsi di calce viva, poi coperti con nuovi corpi. Le braccia, la schiena e le spalle mi dolevano per aver trasportato bare, trascinato cadaveri, scavato fosse. Lo stomaco brontolava e non ero sicuro che sarei riuscito a mangiare, anche se avevo un appetito che non provavo da anni e sentivo i profumi della buona cucina della signora Sforno. Ma quello era un rifugio: il capanno buio dalle cui finestre filtrava il chiarore latteo e trasparente delle stelle, con il fascio di luce dorata che si irradiava all'esterno per fondersi con quella degli astri e i versi degli animali con il sangue caldo intorno a me. Non volevo che quella fragile pace venisse turbata.

«Puzzi» mi disse l'Errante, pettinandosi la lunga barba con le dita.

Sollevai il pezzo di liscivia che tenevo in mano. «Mi sto ripulendo, infatti.»

«No.» Si appoggiò alla mangiatoia dell'asino grigio a cui pareva affezionato. «Puzzi di stregoneria e di immortalità.» Mentre accarezzava le orecchie dell'animale mi lanciò un sorriso crudele. «Puzzi di splendore e della segreta via, come una persona che si è schiantata contro l'albero della vita e ha fatto cadere una mela. Hai un bernoccolo in testa, cucciolo fortunato?»

«Oggi intorno a me c'era di tutto fuorché vita e immortalità» replicai stanco. «E non mi è caduto in testa niente. Vedete, non ho bernoccoli» dissi, passandomi un palmo unto di liscivia sulla testa.

«Mi hai preso alla lettera! Be', si vedrà» rispose ridacchiando. Quando rialzai lo sguardo, se n'era andato lasciando dietro di sé l'eco della sua risata.

9

Il mattino dopo mi svegliai e trovai Rachele accanto a me che mi fissava. I capelli color rame erano pettinati all'indietro e raccolti in una lunga treccia che aveva arrotolato sulla nuca aggraziata e le metteva in risalto il collo bianco e sottile. Sulla gonna verde indossava una semplice giornea gialla senza maniche. «Ti insegnerò a leggere e scrivere, Luca Bastardo» mi disse, seria come sempre. In una mano teneva un piccolo pannello di legno con incisi alcuni scarabocchi, nell'altra una tavoletta di cera. «Alzati, cominciamo ora.»

«In questo momento?» Mi misi a sedere lentamente, scacciando il gattone grigio e togliendomi i fili di paglia dalla faccia. L'aria era fresca e di un grigiore perlaceo, come se il sole fosse ancora sotto l'orizzonte. «Tua madre sa che sei qui?»

«Lo sa il babbo. Vieni accanto alla finestra, c'è più luce. Non abbiamo molto tempo prima di colazione, e voglio mostrarti l'alfabeto. Il babbo dice che sei intelligente e imparerai in fretta. Vedremo.» Si sedette. Scalciai via la coperta e mi misi accanto a lei, ma non troppo vicino. La sua presenza mi intimidiva. Era un'adolescente, ma presto sarebbe diventata una donna, e quel qualcosa in più le aleggiava intorno come un profumo di rosa. Aveva forme morbide e arrotondate, soffici capelli castani ramati e soprattutto un'incrollabile fiducia in se stessa. Non ero abituato a ragazze come lei. A dire il vero non ero abituato alle ragazze in genere. E di minuto in minuto diventavo sempre più nervoso.

«Tuo padre ha detto che sono intelligente?» chiesi. Il complimento mi lusingava, ma al contempo aumentava la mia titubanza, perché ora dovevo dimostrare di esserne all'altezza. Mai nessuno si era aspettato qualcosa da me. Silvano aveva tirato fuori il peggio di me, Giotto il meglio e i clienti pensavano soltanto ad appagare la loro lussuria.

«Oh, il babbo pensa che tu sia figlio di qualche nobile. Siediti qui o non riuscirai a vedere niente» mi ordinò, indicando un punto più vicino a lei. Obbedii. Teneva il pannello di legno in modo che riuscissi a vederlo. «Questo si chiama abbecedario. Ti mostrerò le lettere dell'alfabeto, poi le copierai sulla tavoletta di cera con questo» disse, mostrandomi uno strumento che somigliava a un bastoncino appuntito. «Non ho penna d'oca, inchiostro e pergamena per te, dunque dovremo farceli bastare. Ti insegnerò la *rotunda,* la forma di scrittura più semplice.»

«Rotunda?» chiesi, fissandole le carnose labbra rosate.

«Sì, perché le lettere sono arrotondate» replicò brusca, e compresi che la sua pazienza andava già esaurendosi. Distolsi gli occhi dalla sua bocca conturbante e li fissai sul pannello, raddrizzai la schiena e tirai in dentro la pancia. «Quando avrai completato la tavoletta di cera, comincerai daccapo» proseguì.

«Ricomincerò daccapo, sì» ripetei come uno stupido.

Mi lanciò un'occhiata sardonica con quegli occhi scuri tanto simili a quelli della signora Sforno. «Preferirei che fosse mio padre, e non mia madre, ad aver ragione riguardo a te, ma fino a questo momento non mi hai fatto una particolare impressione, a parte i capelli biondi. Forse sei figlio di un idiota, piuttosto.»

«Ce la metterò tutta.»

«Vedi di farlo. Ora, questo è l'alfabeto» disse, indicando gli scarabocchi.

«Questa è una croce» replicai, indicando il primo segno dell'abbecedario. Ero felice di sapere qualcosa, qualsiasi cosa, ma mi sorprendeva trovare il segno della croce in casa di un ebreo. «Non pensavo che gli ebrei venerassero la croce.»

«I cristiani pensano che, se ci mostrano abbastanza croci, comprenderemo la loro verità, rinunceremo alla nostra fede e ci convertiremo» mi spiegò Rachele ironica con la sua vocina deliziosa. «Ora, a ogni suono corrisponde una lettera dell'alfabeto. Partiamo dal tuo nome: con quale suono comincia?»

«Bas?» proposi.

«Bastardo non è il tuo nome, e poi tre lettere sono più di un suono. Riprova.»

«Bastardo *è* il mio nome» insistei, ma dolcemente, perché volevo compiacerla.

«No, invece. È una sorta di appellativo per indicare che non conosci i tuoi genitori. Pensa al tuo nome proprio... Luca...» disse, dando enfasi alla prima lettera.

«Lll?» proposi.

«Bene, esatto, è proprio la lettera elle. Ed è questa.» Me la mostrò sul pannello. «Adesso tocca a te.» Mi mise la tavoletta di cera in grembo e lo strumento appuntito in mano, ma poiché continuavo a guardarle la bocca invece della mano, mi cadde a terra. Lei fece schioccare la lingua.

«Lo prendo io» mi affrettai a rispondere, chinandomi sul pavimento, ma a quel punto la tavoletta volò in aria e Rachele la afferrò con un'esclamazione di impazienza. Nel frattempo io rovistavo a tentoni fin quando non recuperai il bastoncino, poi mi misi a sedere con un sorriso da ebete. «Eccolo!»

La lezione fu breve, ma insopportabile. Non riuscivo a combinare nulla. Ogni volta che provavo a copiare le lettere, facevo cadere gli strumenti di lavoro o dicevo qualche sciocchezza. Continuavo a copiare a rovescio le sue piccole lettere aggraziate. La mia mano pareva dotata di volontà propria, e Rachele borbottava. Mi sentivo in imbarazzo e disperato. Per la prima volta capii quanto potere hanno le donne sugli uomini, anche se in apparenza noi vantiamo una maggiore autorità. Nel corso della mia vita avrei conosciuto il potere più grande che può esercitare una donna: il suo amore. Ma questo sarebbe avvenuto solo un secolo più tardi. In quel momento mi limitai a esclamare di sollievo quando la lezione giunse finalmente al termine.

«Per oggi basta, Stupido... ehm, voglio dire Bastardo» disse Rachele, alzando gli occhi al cielo, poi si infilò il pannello di legno sotto il braccio. «Proveremo ancora domani. Forse farai di meglio.»

«Magari dopodomani?» chiesi speranzoso. «Ho bisogno di riposo. Leggere è difficile!»

«Hai bisogno di due lezioni al giorno, non di riposo» replicò sprezzante e se ne andò stizzita dal capanno, lasciandomi lo stilo nel palmo della mano sudata. Lo osservai pensando a Geber, che mi aveva chiesto di portargli qualcosa. Adesso avevo qualcosa.

La porta della casa di Geber si spalancò e ne uscirono volute di fumo azzurrognolo simili alle dita di una mano che allontana un maleficio. Entrai e lo raggiunsi accanto a uno dei suoi lunghi tavoli sovraccarichi. «Vi ho portato questo...» cominciai.

«Zitto» mi ordinò, quindi rimisi lo stilo nella cinta e lo osservai versare un liquido dorato da un recipiente caldo dentro uno freddo. Indossava spessi guanti di cuoio rinforzati sulle dita. «Sai che cosa sto facendo?»

«È oro?» domandai per tutta risposta.

«È giallo, pesante, lucente, si allunga sotto i colpi del martello e riesce a sopportare i saggi di coppellazione e di cementazione» rispose.

«Eh?»

«Sì, è oro.» Annuì. «Lo purificherò con l'acido.»

«Perché?»

«Pensa, ragazzo. Qual è lo scopo della purificazione? Sciogliere le impurità e raggiungere rapidamente la perfezione intesa dalla natura... Purificami, o Signore, rinnova in me uno spirito retto» mormorò. Gli occhiali gli erano scivolati dal naso su una piccola goccia di sudore. «Ricordi quel che ti dissi ieri sullo scopo dell'alchimia, o hai ancora esitazioni?»

«Voi avete detto che l'alchimia è la ricerca di ciò che ancora non è, l'arte del mutamento, lo studio dei poteri divini nascosti nelle cose.»

«Molto bene, e senza esitazioni. Capisci il significato di quanto hai appena detto?»

«No, e non intendo rispondere ad altre domande perché ho trascorso la mattina a fare la figura dello stupido di fronte a una saputella» risposi scontroso.

«È carina, la ragazza?» chiese Geber ridendo. Gli lanciai un'occhiata stizzosa e mi avvicinai alla finestra, la cui tenda leggera gonfiata dal vento si allungava sul piano di un tavolo. Un cagnolino bianco e nero con le zampe amputate era stato inciso con un lungo taglio diritto che andava dal collo ai genitali, la pelle abilmente ripiegata e fermata con spilli per mostrare i muscoli sottostanti. Mi incuriosiva vedere come si sovrapponevano l'uno all'altro, mentre le grosse vene li attraversavano come fiumi sulle colline.

«Avete sventrato questo cane per poterne vedere le interiora?»

«Sì, ma non toccare!» mi ammonì Geber. «Si chiama dissezione. Ho cominciato incidendo la pelle, poi esaminerò le fasce muscolari e successivamente lo scheletro.»

«Come mai dissezionate un cane?»

«C'è ancora molto da imparare, centocinquant'anni non bastano.» Sospirò.

«Siete davvero così vecchio?» domandai meravigliato. «Come è possibile?»

«Come è possibile che una persona di quasi trent'anni sembri un ragazzo di tredici?» rispose guardandomi. «Un uomo dotato di intelletto interroga per primo se stesso. Per me, il tempo va esaurendosi.»

«Forse il medico mio amico può aiutarvi» dissi a disagio, eludendo il problema dell'età e del tempo, pur chiedendomi quale segreta fonte di conoscenza gli avesse rivelato la mia vera età. Ero determinato a strappargli delle risposte, anche se mi rendevo conto che non avrebbe ceduto con facilità. Con lui avrei dovuto usare ingegno e circospezione. Cambiando argomento, gli chiesi: «Potete davvero trasformare il vil metallo in oro?».

«Qualsiasi bravo alchimista ne è capace» rispose brusco. «Potrebbe farlo anche un cane con minime nozioni di alchimia.»

«Voglio imparare!»

«Fra breve. Adesso ci sono problemi più importanti, il morbo mi sta consumando. Voglio creare la pietra filosofale, far rivivere i morti, generare esseri umani, governare la natura, prevenire il caos... È questo lo scopo dell'alchimia!»

Le sue parole fiere e ambiziose, tanto diverse dalle false banalità declamate dai preti, solleticarono la mia curiosità.

«La natura non è forse tutto? Come è possibile padroneggiarla?» chiesi.

«Molti sono d'accordo con te. "L'arte si sforza, usa l'ingegno, soffre persino onde quel segno viva ... chiede pregando tale scienza quale Natura sola può dare... Tenta ma invano... Quanto all'oggetto raffigurato, l'Arte conceda pure il suo fiato onde l'oggetto sembri più vero, ditemi, insomma, dov'è il pensiero?"» Geber mi fece l'occhiolino. «Così si racconta in una storia che narra dell'amore per una rosa.»

«Anche io amo le rose» risposi, pensando alla grazia con

cui le tenevano le mani guantate delle nobildonne. «Ah, il colore, il profumo, la morbidezza dei petali... Sono bellissime!»

«Non ami forse di più le rose dipinte? Sembrano vere, ma recano in più il segno dell'arte» disse Geber. Rabbrividii chiedendomi se davvero sapesse dei miei viaggi con la mente. Proseguì: «L'errore della tua logica, se tale si può definire quello che esce dal tuo testone, è separare il mio operato dalla natura. Io agisco al posto della natura e insieme a lei, dunque è lei che si sottomette a me».

«Se Giotto avesse dipinto una rosa, mi piacerebbe di più» ammisi. «Ma Giotto si rivolgeva alla natura per trovare quanto vi era di sacro e benedetto. Dalla natura copiava le figure, il modo in cui la gente si muove nella realtà. Come Dio, che ha fatto l'uomo. Ecco perché nei suoi dipinti si coglie tanta forza e santità.»

«Neppure l'alchimia è un'arte sacrilega» replicò Geber. «Sebbene vi si dedichino i dèmoni, così come a ogni cosa nel mondo materiale, la praticano persino santi e maghi a cui sono nati figli zucconi.»

«Voi sapete dei miei genitori?» domandai. «Chi sono? Cos'è accaduto? Come mai dite che sono dei maghi?»

«E se anche lo sapessi?»

«Dovete dirmelo!»

«Ah, devo? Pensi che se lo facessi, davvero ti aiuterei?»

«Bastardo! Bastardo!» mi chiamò il Rosso da fuori.

«Devo andare» dissi. «Perché non intendete dirmi ciò che voglio sapere?»

«Perché mai dovrei mettere fine al viaggio che hai intrapreso? La vita è una ruota che gira, Luca, e colui che la intralcia nuoce al funzionamento del mondo e spreca la propria esistenza.»

«Parlate per indovinelli» borbottai. «Ovunque io vada, ultimamente, sento solo indovinelli. E nessuna risposta!»

Geber sorrise. «Forse poni le domande sbagliate.»

«Allora ditemi di voi.» Forse, rivelando se stesso, gli sarebbero sfuggite altre risposte. «Da dove venite?»

Geber annuì piano. «Appartenevo a un popolo che ormai non esiste quasi più. Eravamo i guardiani dei segreti di cui il mondo ha bisogno, ma per i quali ancora non è pronto. Cercavamo di purificare e perfezionare noi stessi. Ci chiamavamo catari.»

«Catari, eh? Sì, ne ho sentito parlare» risposi, rammentando un giorno lontano in Oltrarno, un insensibile uomo del Nord e una fiala di veleno di squisita fattura per Ingrid, la bambina dagli occhi cerulei. «Ho sentito che i catari erano una setta eretica sterminata dalla Chiesa.»

«Non una setta eretica! Noi possedevamo le dottrine segrete del Messia, per questo la Chiesa ci ha sterminati» affermò Geber con amarezza. «Quello che insegnavamo, cioè l'esperienza diretta di Dio, la tolleranza, la purezza, l'uguaglianza tra uomo e donna, l'inflessibile devozione al vero ministero di Gesù, minacciava il potere secolare che brama il Sacro Romano Impero. Non c'era posto per noi nella loro dottrina corrotta, basata su uno smodato desiderio di ricchezza, sull'odio e sull'esclusione! Desideravano ardentemente i nostri segreti e i nostri tesori fingendo di venerare il Dio dell'amore!»

«Luca Bastardo!» mi chiamò il Rosso esasperato.

«Ma i catari esistono ancora» mi affrettai a rispondere. «Ce n'erano alcuni a Firenze vent'anni fa.»

«Tu vuoi sapere quale legame intercorre tra i tuoi genitori e la mia gente, vero?»

«Voglio sapere chi sono, da dove vengo, perché sono diverso dagli altri e cosa significa tutto questo! Voglio conoscere il segreto delle mie origini e capire se sono diverso anche dai miei genitori!»

Geber mi guardò a lungo. «I catari conoscevano molti segreti. Custodivamo tesori. La nostra purezza ci rendeva meritevoli. Che cosa rende meritevole te, Luca?»

«Ho lottato tutta la vita per rispondere a questa domanda!» urlai.

«La risposta non potrebbe forse essere quella stessa lotta? E che non spetta a me abbreviare la tua ricerca?» mi disse Geber fermamente. «La tua ricerca personale non fa forse progredire la storia, permettendo agli uomini di essere le spade con le quali lo spirito muove la sua guerra? Cos'è, in fondo, la storia? Una concatenazione di eventi o la somma di singole vite? Che cos'è più importante?»

«Luca, muoviti!» gridò il Rosso.

Geber e io ci guardammo. Mi resi conto che quel giorno non avrebbe risposto alle mie domande se non con altre domande, alle quali non ero in grado di rispondere. «Mi avete chiesto di portarvi qualcosa. Ecco.» Sollevai lo stilo e lo deposi sul tavolo.

«Un bastoncino appuntito?»

«Serve per copiare le lettere dell'alfabeto su una tavoletta di cera, un compito che è come il purgatorio sulla terra» risposi. Mi apparve subito il viso impietoso di Rachele. Era una maestra severa.

«Un dono alchemico...» Geber pareva compiaciuto e sorpreso. «Pensieri tramutati in segni, che nuovamente divengono parole e pensieri. La summa dell'alchimia...»

«Bastardo! C'è un ufficiale!» mi incalzò il Rosso. Feci un cenno di saluto a Geber e mi precipitai per le scale. Il Rosso mi attendeva fuori dalla porta, passandosi nervosamente la mano sui radi capelli ispidi. Ci dirigemmo verso alcuni mercenari morti che giacevano sull'acciottolato. Tre ufficiali a cavallo ci raggiunsero al galoppo. I primi due mi fissarono, e io ricambiai l'occhiata in tono di sfida. Adesso ero libero, non dovevo abbassare lo sguardo e svignarmela come un cane randagio all'avvicinarsi delle guardie. Probabilmente la mia audacia li turbò, perché arretrarono. L'ultimo del gruppo portò il cavallo inquieto al mio fianco e mi sputò addosso. Mi trovavo di fronte alla faccia affilata di Niccolò

Silvano. Per un momento, furioso, sgomento e terrorizzato all'idea che qualche diabolico alchimista avesse riunito lo spirito eterno di Silvano al suo corpo mortale, mi parve di riconoscere le sembianze di suo padre. Ma era Niccolò, con indosso la divisa rossa da magistrato e un elaborato cappuccio intorno al collo.

«La città deve essere alla disperata ricerca di ufficiali, se fanno magistrato una feccia come te» sogghignai.

«Tu sei uno stregone, Bastardo» sibilò. «Sto parlando di te in giro, ti stiamo tenendo d'occhio.» Piantò i talloni nei fianchi del cavallo e trottò via con gli altri ufficiali. Furioso, raccolsi una pietra e gliela tirai.

«Attento, Luca» mi ammonì il Rosso. «Silvano è tuo nemico. La paura aumenta al passo con l'epidemia, e la gente fa in fretta a uccidere chi la rende inquieta.» Alzai le spalle, soffocando la rabbia. Prendemmo sotto le ascelle un cadavere ciascuno e li trascinammo sugli onnipresenti mucchi di corpi ricoperti di bubboni.

Nelle settimane seguenti le mie giornate seguirono una rigida tabella di marcia. Rachele mi svegliava prima dell'alba e mi insegnava a leggere e a scrivere, o meglio ci provava. Possedevo i doni della mimica verbale e della memoria uditiva, e non dimenticavo mai un dipinto o una scultura visti anche una sola volta, eppure il significato degli scarabocchi che lei disegnava mi sfuggiva. Per me quei graffi incisi nella cera non avevano alcun senso! Quando dimenticavo come si scriveva una lettera oppure la tracciavo al contrario, cosa che avveniva quasi sempre, Rachele mi pizzicava con le sue dita eleganti e forti.

Appena potevo fuggivo dalle sue lezioni, correvo in casa, davo il buongiorno al resto della famiglia e all'Errante, poi prendevo qualche fetta di pane intinta nell'olio d'oliva e un pezzo di formaggio e mi trovavo con il Rosso in piazza del

Capitano del popolo. Mentre raccoglievamo i cadaveri mi parlava della moglie e dei figli. Mi piaceva ascoltare come il figlio maggiore fosse solito imitarlo, come l'altro lo prendesse in giro e come la femmina usasse le sue bellissime mani per aiutare la madre a cucirgli il lucco. Una volta per scherzo gli aveva cucito il fondo delle brache, e aveva riso sino alle lacrime vedendolo saltellare su un piede cercando invano di far entrare l'altro. Quando il Rosso andava a riposare e a mangiare, io correvo a trovare Geber.

Un giorno Geber mi venne incontro alla porta ridendo. «Di questo passo non imparerai mai a leggere, caro il mio stregone ignorante» mi disse. Aveva la faccia e la tunica nera macchiate di polvere color ocra ed emanava un odore di sale e cuoio bagnato. Dietro di lui, volute di fumo bigio si increspavano serpeggiando tra la pletora di strani oggetti. «Anch'io ti darò una lezione oggi, così magari ti risparmierò qualche pizzicotto.»

«Come fate a sapere tanto di me?» chiesi. A dire il vero, l'interno del mio braccio era costellato di lividi blu e neri lasciati dalle dita magre e forti di Rachele.

«Me lo dice la pietra filosofale» affermò con aria di mistero, ridacchiando. Impaziente, mi fece cenno di avvicinarmi e cominciò a impartirmi la sua lezione aggiuntiva. Da quel momento in poi saremmo stati all'estremità del tavolo su cui gorgogliava la storta a tre becchi: disegnava lettere su piccoli quadrati di lino e poi le combinava tra loro. Quando leggevo correttamente per sette volte di seguito il quadrato, me lo faceva buttare nel camino e osservava l'inchiostro colorare le fiamme di porpora e verde come per magia.

Mio malgrado, dopo qualche mese, mentre Firenze ardeva nella calura della valle dell'Arno, poi rinfrescava nuovamente, e il numero dei cadaveri cresceva come la marea per poi iniziare a diminuire, le doppie lezioni cominciarono a dare i loro frutti.

Seppur non per merito mio, le lettere dell'alfabeto persero il loro mistero e mi parlarono, dapprima a sussurri, poi in toni chiari e ragionevoli. Mentre leggevo le prime sillabe, poi intere parole, Rachele cominciò a scarabocchiare numeri e somme accanto alle frasi. Prima dell'epidemia, e si sperava anche dopo, tra banche e mercanti, Firenze abbondava di persone che sapevano far bene di conto. Come mi aveva detto Silvano, era un'abilità molto preziosa nel commercio, dunque ero lieto di apprenderla.

Quando divenni più rapido nella lettura, Geber mi introdusse altri argomenti. Mi insegnò pesi e misure, mi mostrò le proprietà dei metalli e delle erbe, mi istruì sui quattro elementi – fuoco, aria, terra e acqua – e sulle quattro qualità – caldo, freddo, bagnato e asciutto –, e mi spiegò che ogni minerale proviene dal mercurio e dallo zolfo. Discusse con me le modalità di trasformazione della materia, come l'acqua, che per evaporazione passa dallo stato liquido a quello gassoso e per condensazione torna a essere acqua. Mi istruì sul la differenza tra l'arte mimetica, che imita la natura, e quella perfettiva, che la migliora.

«L'alchimista deve usare ciò che usa la natura, nient'altro. Più imita l'operato della natura, più il suo prodotto sarà naturale» insisteva, come se fossi in disaccordo con lui – quando invece non lo ero affatto. Avevo la sensazione che continuasse a rimuginare su un antico problema.

Sottolineava sempre quanto fosse necessario sperimentare e osservare l'arte alchemica attentamente, senza dare alcunché per scontato. «Non tutti gli alchimisti sono d'accordo con me, ma io trascrivo ogni mia osservazione fin nei particolari» mi confidò. «Ne ho tratto un grande libro, la *Summa Perfectionis.*» Poi mi lanciò uno sguardo triste, e allora sfruttai quel suo stato d'animo per chiedergli ancora dei catari.

«Eravamo un gruppo di fedeli devoti a Dio. Non credevamo nella religione, ma nel contatto diretto con Dio, senza l'intervento del clero.»

«Poi?» lo sollecitai timidamente.

«Poiché eravamo devoti, avevamo accesso all'indivisibile punto interiore, il granello di senape come una brillante perla azzurra...». La voce gli si addolcì, e il suo sguardo si perse nel vuoto.

«Da dove venivano i catari?»

«Direttamente da nostro Signore Gesù» rispose secco. «Le nostre dottrine sono pure e perfette, e provengono da Lui. Sapevamo, per esempio, che nell'anima del mondo esiste una componente femminile di Dio, che questo mondo materiale venne creato da un Dio malvagio e che è nostro compito sfuggire alle trappole materiali seguendo la stella che brilla dentro di noi! Giuda Iscariota non era un traditore, ma un amico intimo di Cristo, che si limitò a fare quel che gli ordinò il Signore perché si potesse compiere la sua missione sulla terra. Giuda era il solo a conoscere la verità di Dio.»

«Giuda tradì Cristo, lo so persino io che non ho studiato catechismo» ribattei.

«Se Giuda non avesse consegnato Nostro Signore, ci sarebbe stata la salvezza?» rispose di scatto Geber.

«Non lo so» dissi, alzando le spalle. «Ma io vi avevo chiesto da dove venivano i catari.»

«Chi ha la testa di legno la usa poco.» Geber mi lanciò uno sguardo penetrante oltre il bordo degli occhiali. «I catari sono stati in ogni luogo e in ogni tempo. Conoscevamo bene la setta dei sethiani prima di ricevere Cristo, la razza segreta e incorruttibile degli uomini, che possiede la grande conoscenza e nasconde...»

«Io vi appartengo?» lo interruppi eccitato. «E in quel caso, cosa significa? Hanno forse un marchio sul petto? Dovrei averne uno anch'io?»

Il volto di Geber di distese all'improvviso. «Non sono io che devo rivelarti certe cose, ragazzo.»

«Almeno insegnatemi come trasformare il vil metallo in oro!»

«Non oggi» scosse la testa. «Lo imparerai, prima o poi.» Era una promessa allettante e, avendo quel fine in testa, Geber trovò in me uno studente volenteroso. Trattò molti argomenti. Srotolò una grande mappa su uno dei suoi lunghi tavoli e mi mostrò dov'era posizionato il Comune di Firenze sullo stivale che si estendeva nel Mediterraneo ed era bagnato a est dal mar Tirreno e a ovest dal mare Adriatico. Quando gli comunicai la notizia che una banda di soldati aveva ucciso tre uomini nel contado e violentato le loro donne, e che le autorità cittadine, decimate dall'epidemia, non avevano fatto nulla, mi illustrò il governo di Firenze e la sua storia, e il fatto che la Signoria di nove uomini che guidava la città fosse in pericolo a causa della peste.

«Per darti la misura della devastazione del morbo, sappi che anche le grandi casate fiorentine stanno soccombendo» disse Geber. «Esse ebbero origine centinaia di anni fa. Le famiglie dominanti sono gli Uberti, i Visdomini, i Buondelmonti, gli Scali, i Medici, i Malaspina e i Giandonati. Gran parte di loro si è trasferita in città, ma ha mantenuto terre nel contado e i diritti di patronato sulle zone di proprietà. Inoltre hanno coltivato uno spirito di vendetta, che ha perseguitato Firenze ed è esploso nella violenza a un banchetto nuziale nel 1216. In quell'occasione un Buondelmonti accoltellò un Uberti. Venne proposto un matrimonio a titolo di riconciliazione, ma il Buondelmonti scelse la vendetta. Cadde in un'imboscata e morì dissanguato sulla strada nei pressi della statua di Marte.»

«Gli Uberti hanno avuto la loro vendetta, dunque il problema è risolto» commentai.

«Quello fu l'inizio di una serie di problemi che si protraggono da oltre un secolo!» sbottò Geber. «Tutti a Firenze si schierarono con una o con l'altra fazione, e la città si ritrovò divisa in due. Chi appoggiava i Buondelmonti divenne guelfo, cioè sostenitore del papa, mentre i sostenitori degli Uberti divennero ghibellini, a fianco dell'imperatore. Le due fazioni di disputarono il potere fin quando i ghibellini non vennero definitivamente sconfitti.

«Tutto questo ha portato alle attuali dispute tra neri e bianchi» proseguì Geber, poi alzò lo sguardo, come se stesse riordinando i pensieri, e notai che aveva una macchiolina nera sul collo. La indicai con un gemito, e lui annuì. «Sì, il morbo mi ha segnato. Ma ora parliamo dei Donati...»

Quella sera, nel capanno, intento a levarmi di dosso il fetore del morbo, ascoltai l'Errante. Stava blaterando qualcosa sull'universo, che era un equilibrio di forze luminose e oscure che parevano diverse tra loro ma in realtà facevano parte entrambe della grande Unità informe. Mi rifugiai nei miei pensieri. Dopo tutto, non poteva insegnarmi a fabbricare l'oro e nemmeno mi avrebbe pizzicato il braccio se mi avesse scoperto a sognare a occhi aperti.

«Sono andato a curare i malati. In città si parla di te, Luca» mi comunicò serio Sforno, appena entrato, togliendomi di mano la liscivia. Grazie alle lezioni di Geber, ora sapevo che il sapone conteneva potassa.

«Come lo chiamano?» chiese l'Errante, seduto su un treppiedi ad accarezzare il gattone grigio. «Ah, ma la vera domanda è: gli danno un nome o glielo tolgono? Perché perdere il nome è forse il primo passo della lunga ascesa fino alla Fonte della vita.»

«Non voglio che nessuno mi porti via il nome» risposi deciso. «Luca Bastardo può rendermi inferiore agli altri, ma è il mio nome. E intendo farci grandi cose!»

«L'essenza ultima non è limitata dal nome» commentò l'Errante «anche se per nostra convenienza ci riferiamo a lei come *Ein Sof*, e colui che la contempla si perde in un mare di luce e va oltre il controllo del proprio intelletto.»

«Lo chiamano Stregone» rispose Sforno.

«I nomi divini si svelano in base a una legge propria.»

L'Errante alzò le spalle e si pettinò la lunga barba grigia con le dita paffute. Nel capanno illuminato dalla candela, gli animali si agitarono emettendo ciascuno il proprio verso; anche il gatto miagolò, quasi in risposta alle sue parole.

Sforno immerse la spazzola nel mastello dell'acqua. «Dicono che pratichi la magia nera per rimanere giovane e bello, e che nessun ragazzo normale avrebbe mai potuto uccidere otto uomini in una notte.»

«Dicono che uccide i bambini cristiani e ne beve il sangue come gli ebrei? Attribuiscono pure a te le corna di Satana?» si vantò l'Errante. «Benvenuto tra noi, cucciolo di lupo! Dio ha scelto anche te, ti attendono lotte e tribolazioni» aggiunse, poi mi diede una pacca sulla spalla.

Sforno alzò le spalle. «Il figlio di Silvano racconta un sacco di storie, e chi è rimasto vivo gli dà retta. Firenze è una città di impiccioni, e quando la gente ha paura, fa in fretta a credere alle sciocchezze.»

«Non possono fare molto ora: è già abbastanza difficile portar via i corpi dei morti» dissi. Sforno si tolse tunica e camicia e si insaponò. Aveva un petto ampio, robusto e villoso. Non era la prima volta che vedevo un uomo senza vestiti, ma distolsi lo sguardo.

«È meglio che eviti i luoghi affollati» affermò Sforno. «La folla può diventare assassina.»

«Dieci uomini diventano una comunità di Dio» disse l'Errante.

«Non ci sono dieci uomini disposti a riunirsi in gruppo» osservai. «Hanno tutti paura del morbo. Mezza città è morta. Signor Sforno, un uomo che conosco ha bisogno di un medico. Verrete?»

«Verrò io» affermò l'Errante sbadigliando. «Ho bisogno di un diversivo. Moshe, pensi che la tua bella moglie preparerà l'agnello per cena?»

«Non so cosa abbia trovato oggi dal beccaio» si accigliò Sforno. «Magari di carne non ce n'era affatto. Dipende da quello che ottiene trattando con le altre donne e con l'unico beccaio ebreo ancora in attività.»

«Gli ebrei sono fortunati a poter fare scambi commerciali fra di loro. Di cibo ce n'è ben poco» dissi. «Anche setacciando l'intera città, è quasi impossibile trovare tre uova. Dal contado non viene più nessuno con cibo e carne fresca. I mercati sono deserti, la gente ha fame.»

«Quando i sopravvissuti all'epidemia cominceranno a morire di fame, ci saranno problemi» disse Sforno, poi lui e l'Errante si scambiarono un'occhiata cupa.

«Gli ebrei sono i capri espiatori del mondo» commentò fiacco l'Errante, la sua tipica allegria di colpo svanita. Il viso parve sciogliersi come cera al fuoco e sembrò vecchio di secoli, come se avesse visto più dolori e sofferenze di chiunque altro. Poi, però, riprese l'abituale ironia. «Pensa che aiuto forniamo a chi cerca qualcuno da incolpare! Dovrebbero ringraziarci, invece ci mandano al rogo!»

«Gli ebrei non sono i soli capri espiatori» dissi. «Anche le streghe vengono accusate e uccise. E pure i catari.»

«I catari? Ecco un nome che non sentivo da tempo» rispose l'Errante con voce profonda. «Viste le gentilezze che hanno ricevuto dai loro fratelli cristiani, non sono tanto diversi da noi ebrei. A dire il vero erano nostri amici, vivevano vicino a noi in Francia.»

«Sapete di dove erano originari?»

«Vagavano per il mondo alla ricerca di un rifugio sicuro, proprio come noi ebrei» disse l'Errante. «Secoli fa c'erano ebrei tra i catari, anche se allora si chiamavano in modo diverso. Non sono rimasti in molti.»

«Quei pochi custodiscono segreti e tesori.»

«Non è forse così per tutti?» mi chiese l'Errante. «I catari non hanno mai nascosto la loro convinzione che il mondo materiale sia malvagio e governato da un Dio altrettanto malvagio, e che il cielo e le anime costituiscano il regno del Dio buono. Hanno separato quello che per noi ebrei, invece, è una cosa sola: "Ascolta, Israele, il Signore nostro Dio è uno solo!".»

Certe astruse questioni di filosofia non mi interessavano. «Tutti abbiamo segreti, è vero, ma non necessariamente tesori» dissi, ma poi mi ricordai della tavoletta di Giotto.

«Dipende da cosa si intende per tesoro» commentò l'Errante con un sorriso scaltro. «Esistono tesori del cuore e della mente, tesori di una vita vissuta in modo da avere significato sia per l'individuo che per la comunità...»

«I tesori di noi ebrei devono essere tangibili, si devono poter contare, sotto forma di oro e pietre preziose o di commercio per quando verremo mandati di nuovo in esilio, come accadrà di certo» disse Sforno cupo.

«Ci sarà sempre un paese dove fuggire» replicò l'Errante.

«L'anno prossimo a Gerusalemme» mormorò Sforno.

«Così sia» disse l'Errante.

10

Il mattino successivo portai Sforno e l'Errante da Geber. Li condussi su per le scale fino alla porta che, misteriosamente, si spalancava sempre al mio arrivo. Sui tavoli campeggiava l'abituale assortimento di oggetti, pentole e contenitori di vetro che sobbollivano, a pelo del soffitto fluttuava un velo di vapore rosato e nell'aria si respirava un miscuglio di odori dolci e pungenti. Geber era di spalle, la testa brizzolata su un grande manoscritto miniato, rilegato in cuoio marrone. Dal gomito faceva capolino una pagina di pergamena ricoperta di minuscole rose e quadrifogli.

Quando si voltò, lanciò un grido vedendo l'Errante, che fece la stessa cosa. Un momento dopo si abbracciarono, strillando esclamazioni di gioia e dandosi grandi pacche sulla schiena.

«Vecchio amico mio! L'ultima volta che ti ho visto stavi barcollando a Montségur, in Linguadoca, con un tesoro in spalla!» disse l'Errante, scoppiando in una risata. «Ti lamentavi del potere di Satana e della carne, e inveivi contro la terribile guerra tra il bene e il male!»

«Il 16 marzo 1244, il giorno dopo che mia moglie e i miei amici, gli altri perfetti, vennero arsi vivi sul rogo insieme a bambini e neonati. "Ammazzateli tutti, Dio saprà distinguere i suoi fedeli", questo disse il rappresentante del papa.» Il viso affilato e intelligente di Geber si trasformò in una maschera di dolore. «Li sento ancora pregare in sogno, e so che lei lo ha fatto mentre moriva.»

«L'amore viene considerato un'eresia dalla Chiesa, e scatena una furia sanguinaria» affermò l'Errante, stringendogli la spalla con la sua manona. In una gabbia posta su un tavolo accanto alla finestra, due colombe andarono a sbattere contro il cancelletto e lo aprirono, poi presero a svolazzare per la stanza tubando, dentro e fuori l'avvolgente nebbia rosa.

«Il papa disprezzava la nostra fede o bramava i nostri tesori?» chiese Geber con amarezza. «La Linguadoca era ricca e fertile, brillava per erudizione e tolleranza, diffondeva le idee dei catari fin nelle Fiandre, nello Champagne e a Monaco. La Chiesa non poteva permetterlo. Non è mai stata una questione di fede, ma di potere secolare, come sempre!»

«Voi due vi conoscete?» intervenni. Lo spazio tra loro vibrava di vecchi ricordi e sensazioni nuove, di idee dibattute e scherzi condivisi. Io, come sempre, ne ero escluso e mi limitavo a osservare da lontano i teneri legami che univano gli altri.

«Ho conosciuto... come ti fai chiamare ora, amico perfetto?» chiese l'Errante in tono di rude affetto.

«Geber.»

L'Errante rise. «Abu Musa Jabir ibn Hayyan ne sarebbe felice!»

«E chi lo sa...» La voce di Geber si addolcì e si fece meno inquieta. «Ho esposto alcuni principi che potrebbe anche non approvare, anche se non lo conoscevo bene come te. E tu, canaglia d'un Errante, hai scelto un nome?»

«Ah, ne faccio a meno. Non voglio dare agli altri gli strumenti per esercitare la loro magia su di me» dichiarò serio l'Errante, e quella fu l'unica volta che lo sentii rispondere direttamente a una domanda. Poi continuò: «Geber, lascia che ti presenti il mio buon amico, il dottor Moshe Sforno».

«Sono onorato di conoscere gli amici dell'Errante» sorrise Sforno, con uno sguardo severo che mi ricordò sua figlia Rachele quando era particolarmente concentrata su qualcosa.

«Piacere mio. Siete venuto perché ve lo ha chiesto Luca, vero?» gli chiese Geber, guardandomi.

«Mi ha detto che un suo amico era malato.» Sforno gli fissò il collo. «Vedo che avete la peste.»

«Non voglio vedervi morire» dichiarai. «Il signor Sforno è un medico eccellente.»

Geber mi minacciò con un dito sottile macchiato d'inchiostro. «Ti fai carico di troppi problemi, ragazzo. Vi avrei risparmiato il viaggio fin qui, dottore. Per me non c'è più nulla da fare. Anche se mi sento molto rincuorato nel vedere il mio vecchio amico!» E strinse il braccio dell'Errante.

«Avrei dovuto capire che eri tu il suo maestro!» gli disse quest'ultimo. «Torna a casa molto più sussiegoso di quanto non dovrebbe essere dopo aver trascinato cadaveri!»

«Non sono sussiegoso» obiettai vivacemente. «Sto svolgendo un lavoro onesto per la città!»

«Il mondo è pieno di ragazzi insolenti, e questo mi dà conferma che le mie vecchie convinzioni, secondo cui il male è pari al bene, erano corrette. Da quanto ho potuto riscontrare, il tempo non intaccherà quella testa dura che si ritrova» affermò Geber ironico.

«Ne avrà a sufficienza per provarci» rise l'Errante. «È uno di quelli che la tua gente proteggeva?»

«È il figlio di una delle famiglie delle quali eravamo custodi» annuì Geber.

«Quali famiglie? Di chi ero figlio?» gli chiesi. «Come mai i catari le proteggevano? State parlando della seconda razza di uomini? Cosa significa appartenervi?»

«Quante domande! Come se le risposte potessero risolvere ogni cosa» sospirò Geber. «Sì, studia con me, ma non sta imparando niente.»

«Le risposte servono a risolvere i dubbi!» affermai. «Voglio sapere della mia famiglia!»

«Le risposte corrette generano altre domande» disse l'Errante, poi guardò Geber. «Magari avessi saputo prima che ti trovavi a Firenze.»

«L'Inquisizione ha mandato al rogo Cecco d'Ascoli solo vent'anni fa» dichiarò Geber. «Era una brava persona, anche se non avrebbe dovuto fare tanto chiasso e affermare che la stella di Betlemme fosse un evento naturale. I sacerdoti proteggono i miracoli della Chiesa. Hanno acceso una grande pira e hanno riso mentre le fiamme scioglievano la carne e il grasso dalle sue ossa. Per noi alchimisti è meglio rimanere nascosti.»

«Mi sarebbe piaciuto trascorrere un po' di tempo con te» affermò malinconico l'Errante fissando la macchia nera sul collo dell'amico.

«Perché non vi avvicinate alla finestra, così che vi possa visitare, signor Geber?» chiese Sforno, accompagnandolo gentilmente. «Vorrei sentirvi il polso e ascoltare la vostra storia. Inoltre, se ne avete, vorrei vedere la vostra urina.»

«Il mio cuore batte ancora, e stavo benissimo fino a quando la peste non mi ha contagiato. La mia urina è solo il fetido piscio degli uomini afflitti dalla morte nera» borbottò Geber.

Sforno trattenne un sorriso. «Se davvero avete più di cent'anni, la vostra storia è ben più complessa. È vero che gli alchimisti hanno scoperto l'elisir della vita?»

«Come già insegnava Ermete Trismegisto, si usa l'intelletto per divenire immortali» affermò Geber.

«Se questo elisir faceva parte delle segrete conoscenze dei catari, la Chiesa avrebbe un motivo per perseguitare la vostra gente» disse Sforno. «Infatti, considera l'immortalità un proprio dominio.»

«Tra segrete conoscenze, tesori, antichi manufatti e l'amicizia con i sethiani, aveva molte ragioni per odiarci» borbottò Geber. Si sedette sulla panca accanto alla finestra, poi Sforno si chinò su di lui e gli esaminò gli occhi e il collo. Parlavano a voce bassa, in tono confidenziale.

L'Errante osservò il manoscritto. «In ogni parola brillano molte luci» disse, facendo scorrere un indice nodoso sulla pagina delicatamente miniata. Al suo tocco, i fiori e gli animaletti fremettero. «Sai cosa significa questa parola, Luca curioso?»

«Pan-ta-re-i» lessi esitante.

«Tutto scorre» dichiarò l'Errante, poi aprì le grandi braccia a indicare il mondo, e il cordone che gli chiudeva il lucco sopra il ventre prominente quasi si aprì. «Anche la lettura. Hai un grande debito di gratitudine con la figlia di Moshe, ma saranno guai se sua madre scopre cosa state combinando voi due. Anche se Leah Sforno non può che biasimare se stessa: ecco cosa si guadagna a istruire le donne.»

«Non abbiamo fatto nulla di male» dichiarai sprezzante, anche se davanti agli occhi avevo l'immagine della bocca di Rachele. «Lei è una ragazza onesta.» Andai al tavolo più vicino e toccai la piramide di piatte pietre grigie accanto a un mucchio di castagne e a una fila di torsoli di mela essiccati con incisi dei volti. Lì accanto c'era una piccola testa raggrinzita, e mi chiesi se fosse davvero umana come sembrava. Era impossibile prevedere cosa avrei trovato sui tavoli di Geber. C'era sempre qualcosa di nuovo e strano, mai lo stesso oggetto due volte. Mi chiesi dove se li procurasse, o forse semplicemente li creava con i suoi alambicchi e matracci. «Come mai avete chiamato il signor Geber "perfetto"? A me non pare perfetto, a voi sì?» gli chiesi.

«Chi sono io per giudicare la perfezione di un altro?» chiese l'Errante sorridendo e sfogliando il manoscritto. Quando lo girò, il bordo dorato della pergamena bianca mandò un bagliore. «Sembro forse l'incarnazione vivente della *sefirah* del *Gevurah*, il giudizio divino?»

«Non credo» risposi. Quanto avrei voluto che si limitasse a rispondere alle mie domande anziché lanciarmene altre, come se fossero pietre destinate a infrangere i contenitori di vetro della mia testa.

«Sbagliato. Io *sono* l'incarnazione vivente del *Gevurah*. Sono l'incarnazione vivente dei dieci sacri attributi di Dio, quanto lo sono gli uomini, ciascuno formato come Adamo Kadmon a immagine di Dio.»

«Parlate in maniera troppo formale, come un prete che salmodia» ribattei con orgoglio. «E cosa ne sanno i preti di Dio? Un grande maestro mi ha detto che Dio rideva di me, e aveva ragione. Dall'alto dei cieli, Dio ride di ogni cosa. Lo sappiamo perché avvengono cose meravigliose nel bel mezzo di qualcosa che è troppo orribile per esprimerlo a parole, come la visione di un quadro mentre si stanno subendo aberranti atrocità. Poi accade qualcosa di terribile quando si è al culmine della letizia, come un morbo che uccide l'amata moglie e gli adorati figli di un brav'uomo. Le contraddizioni sono ovunque. Contraddizioni ineluttabili e senza rimorso. In un certo senso, se non si considerano i sentimenti di una persona, è buffo, tragicomico e buffo.»

«Era ora» disse l'Errante fissandomi con uno sguardo di piena ammirazione sul viso dai tratti marcati, con quegli occhi astuti e la folta barba ispida.

Moshe Sforno si avvicinò scuotendo il capo. «Temo che il signor Geber abbia ragione, non posso fare molto per lui. Luca, mi dispiace; e anche per te» disse poi all'Errante.

«Ci vorrà ancora un po'» affermò Geber, lisciandosi il lucco nero e venendo verso di noi.

«Che grave perdita» sospirò l'Errante.

Rincasavo tardi quasi tutte le sere. I cadaveri da seppellire erano tanti e noi becchini restavamo a scavare fosse fuori dalle mura della città ben oltre il tramonto e l'ora di cena. La signora Sforno non nascondeva di non volermi attorno, quindi, dopo essermi lavato via il puzzo di morte nel capanno, raggiungevo la cucina furtivo quasi fossi invisibile. Lì rimediavo una fetta di pane raffermo e un pezzo di formaggio morbido e profumato, oppure un avanzo di pollo arrostito con le erbe. Talvolta trovavo in tavola cavolo nero e zuppa di croste di pane, o uno stufato di verdure, o un piatto di piselli cucinati con olio e prezzemolo. La signora Sforno preparava anche una deliziosa frittata con i carciofi. Era un'ottima cuoca, anche se seguiva un arcano decalogo ebraico. Le ero grato qualsiasi cosa mi mettesse da parte. Prendevo da mangiare e tornavo al capanno il più in fretta possibile. Lì toglievo dal nascondiglio la tavoletta di Giotto e la contemplavo mentre divoravo avidamente il mio pasto.

Una sera, ancora affamato dopo un piatto di spinaci freschi saltati in olio d'oliva, tornai in casa a cercare qualcos'altro da mangiare. Ero in cucina con indosso solo camicia e brache. Alla fioca luce dorata del lume posato su una cassapanca dell'ingresso, vidi Moshe Sforno uscire dal capanno e venire a cercarmi. Sembrava depresso e provato, il capo chino e le spalle curve sotto un mantello che l'ombra rendeva enorme e scuro.

«Salve» sussurrai. Lui alzò la testa e mi sorrise fiacco.

«Hai una buona parola per me, Luca? Ho appena detto a un uomo che sua moglie e i suoi figli stanno morendo di peste, e che io non posso fare nulla per loro. Il miglior consiglio che ho potuto dargli è stato di non farsi contagiare.»

«Vostra moglie cucina spinaci eccellenti» risposi.

Non c'era altro da dire. L'indomani avrei sepolto le brave persone che aveva visitato quel giorno. Sforno mi augurò la buonanotte.

«Moshe?» mormorò una voce sommessa. «Caro, vieni qui.» Era la moglie che lo chiamava dalle scale, e la sua voce era così dolce e sensuale da farmi arrossire. Dimenticandosi dell'età e della stanchezza, di cui si liberò come una cappa smessa, Sforno raddrizzò le spalle. Non mi guardò neppure; sorrise e si affrettò a salire i gradini. Ero sbigottito all'idea che una donna mi chiamasse a quel modo, le sue braccia morbide e calde ad attendere il mio arrivo. Capii subito che, prima o poi, avrei provato anch'io quella dolcezza, così come anni prima avevo capito che un giorno avrei condiviso lo stesso sorriso consapevole e rassegnato di Giotto. La vita era piena di sofferenze, dispiaceri e orrori, ma se a fine giornata trovava ad attenderlo un dolce richiamo come quello, un uomo poteva affrontare qualsiasi cosa.

I mesi passarono, e le vittime del morbo diminuirono. Un mattino incontrai il Rosso al Palazzo del Capitano del popolo e vidi che aveva un bubbone nero sulla guancia paffuta.

«No, non te...» Ero sgomento.

«Ti fa pensare. Moriranno tutti? L'uomo scomparirà dalla terra, l'ultimo esemplare disteso al suolo con il corpo ricoperto di bubboni neri e la bocca insanguinata?» Sorrise, scoprendo l'incisivo marcio e bluastro. «Se questo morbo uccide tutti, la terrà resterà vuota, senza musica, risate o bambini che scherzano. E a che scopo? Avremo amato, lavorato e costruito case invano.»

«Non tutti moriranno» dichiarai, e lui mi trafisse con lo sguardo.

«No, infatti. Questo morbo non ti ucciderà, Bastardo. Quanto a me, non è poi una tragedia, anzi, finalmente raggiungerò la mia famiglia. Se conosco bene mia moglie, mi sta aspettando in paradiso con una decina di importanti commissioni da affibbiarmi, pronta ad accogliermi con un caldo abbraccio quando le avrò portate a termine. Le mani di mia figlia saranno di nuovo bellissime, e avrà da raccontarmi qualche storiella buffa che san Pietro le ha sussurrato all'orecchio. Accetto di buon grado quel che verrà, anzi ne sono felice. Dio è buono.»

«Per te, forse» risposi, amareggiato da tanta arrendevolezza. Non riuscivo a immaginare di potermi arrendere così facilmente; avevo promesso a me stesso che avrei continuato a lottare. E non credevo nel paradiso di cui parlava il Rosso, e nemmeno nel suo Dio buono. Ma se quella fede gli era di conforto, allora ero felice per lui, che con me era stato sempre gentile.

Due giorni dopo non si presentò al lavoro. Andai a cercarlo e lo trovai sulla scala di una bottega un tempo prospera. Sulla strada ce n'erano due aperte, e addirittura un uomo passò e diede un'occhiata alla merce esposta. Le finestre non erano più chiuse e le campane stavano suonando per la messa, non più solo per mettere in guardia dal contagio. In una mattina d'autunno con il cielo ceruleo, quella città di palazzi di pietra grigia e fosca, di antiche statue greche e romane e di ponti periodicamente spazzati via dall'Arno, si stava risvegliando a nuova vita.

Il Rosso, invece, non respirava più. Gli occhi iniettati di sangue erano vitrei e vacui. Doveva essere morto pochi minuti prima del mio arrivo, perché i pori dilatati intorno ai bubboni sulla faccia trasudavano ancora. Aveva il collo taurino e la mani forti costellati di macchie nere, e il lucco sporco di vomito. Era morto tra atroci sofferenze. Mi dispiaceva non essere stato con lui per alleviargliele.

Trascinai il cadavere dentro la bottega, una stanza spaziosa intonacata di bianco con due lunghi tavoli da lavoro e molti scaffali carichi di tinture e pezze di stoffa. La polvere si era depositata ovunque durante l'assedio del morbo. Mi sedetti su una panca e osservai il corpo ormai vuoto del Rosso. Fuori, passarono due cavalli al trotto che trainavano un carretto. Sopra c'erano alcuni ufficiali, ma non me ne preoccupai: ora che il morbo stava allentando la morsa, erano indaffarati a ricostruire la città. Ricordai i racconti del Rosso sulla moglie e sui figli. Mi aveva chiesto per quale motivo dovevano morire tutti. Per divertire Dio, pensai, per il quale una terra deserta e l'estinzione dell'umanità sarebbero state un ottimo scherzo. A cosa gli servivamo? Dopo un po' mi alzai e guardai fuori. Le alte case di pietra grigia oscuravano ogni cosa tranne uno spicchio di cielo azzurro, che si andava offuscando nella dolce luce dorata del pomeriggio.

«Dio Ridente, fa' che la sua anima si ricongiunga ai suoi cari» pregai.

Poi portai di nuovo il cadavere in strada e lo deposi nella cassa. Gli posai le mani sul cuore, come in preghiera, perché sapevo che ben presto le membra si sarebbero irrigidite. Nelle ore successive, sudando sotto il sole d'autunno, trascinai la cassa lungo le tortuose stradine di ciottoli, fuori dalle mura di pietra e mattoni della città, con gli spalti che avevano visto sfilare tanti eserciti, oltre i cedri e gli uliveti e i vigneti abbandonati, i pesanti grappoli che pendevano dalle viti bruciate dal sole, fino alle colline ondulate di Fiesole con le sue fresche brezze, le rovine romane e il panorama di torri in pietra e tetti rossi. Mi fermai accanto alla cattedrale di San Romolo: il Rosso mi aveva detto di aver sepolto la famiglia lì vicino. Sapevo che non avrei trovato il punto esatto tra i campi di lavanda e i boschi di pini e lecci. A dire il vero, c'erano molte tombe e cadaveri insepolti in decomposizione, ma ero comunque vicino alle ossa di coloro che lui amava. Il suo spirito ne avrebbe tratto conforto. Presi a prestito una pala da una fattoria abbandonata accanto alla chiesa e, trovato un luogo che mi parve tranquillo, dove il cielo era particolarmente azzurro e vasto come quelli dipinti da Giotto, mi misi al lavoro. Avendo passato gli ultimi mesi a scavare tombe, mi si erano irrobustite le braccia, le spalle e la schiena, dunque non impiegai molto tempo. Deposi il cadavere nella fossa il più delicatamente possibile, poi lo ricoprii di terra, pressandola per bene, così che cani e lupi non potessero raggiungerlo. Almeno avrei privato Dio di quella risata.

*

Tornai da Geber più risoluto che mai. Intendevo affrontarlo di petto, chiedergli di me e delle mie origini, del bene e della perdita di persone buone, del bisogno che Dio ha degli esseri umani. Era una notte fresca, una notte stellata con una bianca luna piena che illuminava i suoi mari irreali. Camminai per la città senza temere il coprifuoco. Incontrai alcuni ufficiali a cavallo, che si avvicinarono e poi si arrestarono all'improvviso vedendo il mio volto nella luce argentea, quindi si allontanarono al galoppo. Quella sera era meglio non provocarmi.

Per la prima volta trovai chiusa la porta di Geber. Bussai, ma non ebbi risposta. Lo chiamai, invano. Allora provai a spingere, niente. Pestai pugni, tirai calci, ma non cedeva. Appoggiai la schiena allo stipite e scivolai a terra.

Dopo un po', forse ore o solo minuti, perché il tempo pareva essersi fermato come la corrente di un fiume bloccata da un masso, scesi nuovamente in strada. Accanto al portone c'era la cassa di legno che avevo usato per trasportare il Rosso, e cominciai a sfilare i chiodi di ferro. Mi ferii le dita, che sanguinarono malgrado gli spessi calli cresciuti in mesi di duro lavoro. Infine i chiodi cedettero e la maniglia si staccò. La portai di sopra e la usai per menar colpi alla porta. Quando arretrai dopo il primo tentativo, la ruvida superficie si increspò come uno specchio velato, o come l'Arno. La faccia butterata di Niccolò Silvano mi stava guardando e sogghignava, con l'espressione beffarda di chi sapeva dei miei anni di lavoro nel bordello. Feci per colpire la porta e il suo volto dal naso affilato e il mento sporgente. Silvano mi derise; sapeva che non avrei mai potuto dimenticarlo, sapeva che sarebbe vissuto per sempre dentro di me, come un verme in una mela. Sentii crescere una rabbia incontenibile. Ululai come un lupo e persi la testa, avventandomi contro la porta con la stessa forza sovrannaturale a cui avevo fatto appello per uccidere tutti al bordello. L'asse di legno grezzo mi si frantumò tra le mani. Silvano rise ancora. Gli scaraventai contro tutta la mia rabbia, la frustrazione e l'amara umiliazione. La porta scricchiolò e poi si aprì. Entrai come una furia.

Invece della familiare stanza di Geber, con il fumo e gli strani contenitori in ebollizione, trovai ad accogliermi una grotta umida e buia, che puzzava di escrementi d'animale e di aria stantia. Dovetti chinare la testa per entrare. Davanti a me fluttuò l'orlo di un mantello cremisi che conoscevo bene: provai una violenta emozione nel riconoscerlo, e mi pervase un'ondata di rabbia. Mi precipitai dietro di esso, tenendo tra le mani l'asse scheggiata. Attraversai di corsa un labirinto di basse gallerie che trasudavano umidità e infine intrappolai la figura vestita di rosso contro una parete della caverna. Le lanciai il legno scheggiato, ma quell'uomo con la faccia nascosta da un lussuoso cappuccio rosso si voltò e parò il colpo con una spada. Non era un modello comune, ma una di quelle lunghe, eleganti e costose fabbricate al Nord. Era la spada di un nobile, del tipo che avevo visto pendere al fianco di uomini onorevoli che godevano di ricchezze incommensurabili, quali una moglie, una famiglia, amici e un nome. Combattemmo così, io armato di un legno e lui di una spada lucente, finché mi colpì. Anziché arretrare, lo incalzai. Dovevo usare l'ingegno, come mi aveva consigliato Giotto tanto tempo prima. Alzai la mano sinistra e lo colpii al collo con forza. Lui tossì e allentò la presa sulla spada. Ruotai il bastone in modo da afferrare anche quella. La spada volò via e gli affondai la punta del bastone nel petto, in profondità. Sanguinando copiosamente, dapprima si inginocchiò, poi crollò a terra. Mi chinai per strappargli il cappuccio rosso, fatto con la lana più morbida che avessi mai toccato. Rimasi senza fiato, perché il volto dagli occhi vitrei che mi stava fissando non era quello di Silvano, ma il mio!

Ero ancora molto scosso, quando il fumo grigio della caverna svanì e riapparve la stanza con i tavoli vuoti a eccezione di uno, su cui stava un alambicco. Vidi Geber e l'Errante, l'uno accanto all'altro. A differenza del solito lucco nero e della rozza tunica grigia fissata in vita da uno spago sfilacciato, indossavano semplici lucchi bianchi.

«È giunto il momento di mostrarti la pietra filosofale» dichiarò Geber.

«Non vedo nessuna pietra» risposi, guardandomi intorno. «La grotta di prima è svanita.»

«Non è una pietra nel senso letterale del termine» ribatté Geber in tono di rimprovero, sbattendo il dorso di una mano sul palmo dell'altra per dare enfasi al concetto.

«Allora come mai la chiamate pietra filosofale?»

«È per dare il senso della trasformazione. Attento, ragazzo! Stai per essere nobilitato.»

«Io, nobilitato?» risi amaramente. «Un monello di strada, un orfano, un assassino?»

«So che hai ancora un lungo viaggio da compiere» ammise Geber, la voce velata dalla stanchezza. «Ma sei pronto, nonostante mi resti poco tempo.» Sulla guancia gli era spuntato un nuovo bubbone e sotto gli occhi vivaci si vedevano borse rosso porpora: il morbo aveva cominciato a logorarlo.

«Le vie del cosmo sono splendide» aggiunse l'Errante. «Tu sei lo sposo che incontra la luce. Il tuo fisico si è rafforzato, ora è tempo di rafforzare anche la tua anima.»

«Di che si tratta?» chiesi, guardandoli. «State finalmente per insegnarmi come si trasforma il vil metallo in oro?»

«Il nome di Dio trasforma ogni cosa» rispose solenne l'Errante.

«Prima, il matrimonio segreto» disse Geber, e distese le mani. In una teneva una semplice candela di cera d'api, nell'altra una coppa da vino d'argento con inciso il simbolo di un albero rovesciato coi frutti intrecciati insieme. «Il fuoco è l'elemento che moltiplica; la coppa si riempie e si svuota.» Me li porse, poi mi fece cenno di seguirlo al tavolo su cui ribolliva uno dei suoi alambicchi. Mi strappò qualche capello dalla testa. Protestai, ma lui mi ignorò e mi strappò anche un pezzo di unghia dal dito ferito. Aprì il matraccio e li fece cadere delicatamente nel liquido in ebollizione.

«Cosa state facendo?» gli chiesi.

«Vi sono quattro mondi dell'essere: emanazione, creazione, formazione e azione» rispose l'Errante, mettendosi al mio fianco. Salmodiava in una lingua che non comprendevo, dondolandosi avanti e indietro «Vediamo lo schema, ma non possiamo immaginare chi lo ha creato. Vediamo l'orologio, ma non possiamo immaginare l'orologiaio. La mente umana non è in grado di concepire le quattro dimensioni dell'essere. Come potrebbe concepire un Dio di fronte al quale migliaia di anni e migliaia di dimensioni si riducono a una sola?»

«Io riesco a immaginare solo un Dio che gioca scherzi crudeli, e penso che lo stia facendo anche ora» affermai a disagio. Guardai verso la porta, ma era chiusa, e sulla parete non si scorgeva nemmeno un raggio di luce. Al suo posto apparve un orologio del nuovo tipo meccanico: negli ultimi anni campeggiavano sulle torri di tutta Firenze che, come una donna vanitosa, andava sempre fiera di possedere i ritrovati più innovativi e pregevoli del mondo.

«Questa è la risata del Burlone.» La faccia smunta e intelligente di Geber si distese in un sorriso. L'Errante continuava a salmodiare e a dondolarsi, la chioma ribelle che gli danzava intorno in ciocche canute. Geber versò del vino nella coppa d'argento con inciso lo strano albero e mi fece cenno di bere. Lo assaggiai, ed era dolce, pur con un retrogusto asprigno. «L'Impostore ti spinge a percepire la nullità del desiderio umano e la sublimità e l'ordine meraviglioso che si rivelano sia in natura sia nel mondo del pensiero, dell'arte. L'Impostore ti mostra che la tua esistenza è una prigione, instilla in te il desiderio di vivere il cosmo come un tutt'uno denso di significato» continuò. Geber accese la candela e indossò i guanti di cuoio con le dita rinforzate. «Attento all'Impostore, ragazzo: è lui la tua unica speranza di fuggire dalla prigione.»

«Adesso non sono in prigione, sono libero» risposi ostinato, perché ero confuso e non mi piaceva quella sensazione. «Mi sono liberato. E ho intenzione di rimanere libero!»

«Sostituire il nulla al caos significa garantire la libertà» affermò l'Errante. «Nel Re, tale abisso si accompagna a una pienezza illimitata. Di conseguenza la sua creazione è un atto d'amore liberamente offerto. Così sta scritto. "In principio, quando la volontà del Re cominciò ad agire, incise segni nell'aura celeste"» recitò l'Errante con la voce chiara di un narratore, gesticolando con le manone per illustrare le sue parole.

«Ricordi cosa ti ho insegnato, ragazzo che brama soltanto l'oro?» mi chiese Geber, con una punta di dileggio nella voce. «Mi riferisco al procedimento di distillazione. Dalla storta attraverso il condensatore...» Fece scorrere il dito lungo il tubo. «...E da lì nel distillato!» Tolse il matraccio e lo stappò. Ne uscì una cosa bianca e luccicante dotata di ali, che sbatterono rumorosamente così vicine alla mia faccia da farmi gridare. L'Errante rise e Geber sospirò, poi tirò fuori dal lucco bianco una fiala dorata e versò nel matraccio due gocce di un liquido denso e oleoso. «La natura si delizia della natura; la natura trionfa sulla natura; la natura domina la natura!» intonò con voce melodiosa.

Dentro il matraccio si accese una scintilla. All'inizio era solo un puntino di luce iridescente, ma poi divenne una grossa sfera, che brillava di colori in sequenza: dapprima una strana luce nera, poi bianca, gialla, violetta. Nella stanza echeggiò uno schiocco sonoro, simile a quello di un fulmine che colpisce un albero, e la luce uscì dal contenitore e si diffuse ovunque. Ogni superficie – i tavoli, le pareti grezze, i nostri abiti – era illuminata dai colori dell'arcobaleno. Guardando attraverso la luce vidi le ossa di Geber, ma non la sua carne. Vedevo anche l'Errante sotto forma di scheletro. Alzai il palmo e vidi le mie sottili falangi allargarsi. Sentivo le mani intorpidite come se fossero sotto l'acqua corrente.

«Cosa è mai questa magia?» mormorai, e la luce si dissolse. La stanza tornò a essere come prima, illuminata solo dal bagliore tenue delle candele. Geber versò un liquido fumante in una coppetta di coccio.

«Prima della creazione del mondo, esistevano soltanto Dio e il suo nome» disse l'Errante. «Poiché vieni perfezionato dalla pietra che pietra non è, ripeti nella tua mente la parola che ti dirò all'orecchio e che mai dovrai rivelare ad altri. Si tratta di uno dei nomi sacri!»

«*Prima materia*» profferì Geber. «Bevi, e torna alla tua essenza!»

Tenni la coppa con entrambe le mani. Era bruna, dipinta a foglie verdi e stranamente gelida al tatto. L'Errante si chinò e mi sussurrò qualcosa all'orecchio. Con il suo bisbiglio che mi ronzava ancora nella testa, inghiottii l'amaro elisir.

Geber, con le sue istruzioni caustiche, e l'Errante, con i suoi indovinelli esasperanti, scomparvero. Non c'erano più, come se mai fossero stati di fronte a me. La stanza rimase com'era, illuminata dalle gocciolanti candele di cera collocate sui tavoli nudi, uno nel mezzo con sopra un alambicco che sobbolliva e fremeva. Ero sul punto di soffocare. Colto da una grande debolezza, caddi in avanti. Riuscii ad aggrapparmi al bordo di un tavolo, ma resistei solo un istante. Le ginocchia cedettero – il gentile e predestinato Marco doveva aver provato la stessa sensazione tanti anni prima, quando Silvano lo aveva reso storpio davanti a noi bambini, che guardavamo inorriditi –, poi mi ritrovai disteso sul pavimento. Con le ultime forze rimaste, mi misi a sedere appoggiandomi alla gamba di un tavolo. La stanza vibrò e il mio corpo si dissolse: le mani si incenerirono e scomparvero in un profondo vuoto azzurro, mentre gli arti si separarono dal busto, dalla testa, dal respiro, dai pensieri che mi turbinavano confusi nella mente come oggetti nella bisaccia di un venditore ambulante. Tutto si disgregò e il centro svanì. Capii che stavo per morire.

Provai dolore all'idea di morire solo, dopo aver sperato per tanti anni, con la morte sempre accanto da Silvano, che alla fine avrei lasciato questa vita in pace, con una persona cara al mio fianco. Pensai al Rosso e mi chiesi se il suo spirito aleggiasse nei pressi per potermi accogliere. Quando aveva capito che era inevitabile, si era arreso alla morte con tale grazia che decisi di seguirne l'esempio. Sospirai, o almeno lo avrei fatto se il mio petto paralizzato avesse potuto muoversi, e lasciai che la morte mi prendesse.

Venni percorso da un violento fremito di dolore e smisi di respirare. Il battito costante del mio cuore, che mi aveva sempre accompagnato, rallentò a poco a poco, fino a fermarsi del tutto. Il mio corpo cadde e, guardando il giovane biondo e snello che giaceva a terra rannicchiato sul fianco, mi resi conto di essermene separato. Era bello, e sembrava prossimo a sbocciare nell'età adulta: aveva membra forti, lunghi muscoli torniti sulle spalle e sulla schiena, il viso aggraziato e simmetrico, occhi scuri e fissi e capelli di un biondo ramato, ma ormai non era più parte di me. L'alba scacciò l'oscurità dalla stanza e Geber entrò, lanciando un grido non appena vide il mio guscio vuoto. Si inginocchiò per sentire le pulsazioni sul collo e mormorò tristemente quando le sue dita non sentirono scorrere dentro di me il fiume della vita. Gemendo per lo sforzo, mi trascinò giù per le scale fin sulla strada e attese che giungessero i becchini con una cassa di legno. Misero il mio cadavere sopra quelli di un vecchio e di una donna incinta, le ultime vittime del morbo. Geber se ne andò e, quando mi ebbero trasportato fuori dalle mura al luogo di sepoltura, tornò con gli Sforno. L'Errante non era con loro. Si strinsero insieme mentre un gruppo di becchini scavava una fossa e vi calava una decina di cadaveri, compreso il mio. Vi gettarono sopra la calce viva, poi la buona terra friabile color rosso bruno della Toscana. Rachele, Sara e Miriam piangevano sommessamente; Moshe Sforno cantava, tenendo Rebecca tra le braccia; la signora Sforno spingeva lo sguardo lontano, dalle colline di lavanda alle alte mura di pietra di Firenze con le torri scure che spiccavano contro l'infinito cielo azzurro dell'autunno.

Improvvisamente fui libero. Scoppiò in me una sensazione di gioia: potevo andare ovunque, vedere altri affreschi di Giotto, ammirare lo splendido ciclo di san Francesco d'Assisi di cui mi aveva parlato fra' Pietro. Fluttuavo su una collina con due cattedrali di marmo erette l'una sopra l'altra, da cui emanava un senso di pace. Il grande rosone della basilica superiore era rivolto verso oriente, e mi ci avvicinai per attraversarlo e scendere nel transetto. Mi ritrovai di fronte a un affresco con san Francesco che predicava agli uccelli. Era una figura gentile e vivace, avvolta nel mantello bruno dei monaci, e si rivolgeva con tenerezza ai volatili. Aveva mani ferme, che esprimevano bontà persino nei confronti di quelle creature ottuse, e nell'umiltà del grande santo si percepiva compassione.

D'improvviso non riuscii più a librarmi in aria, perché una forza luminosa premeva su di me, qualsiasi cosa fossi in quel momento. La forza si aprì come una porta, svelando un vortice senza tempo e luogo. Immagini mi passavano accanto come l'acqua che scende da una gronda: le sporche e silenziose strade acciottolate di Firenze, ormai libere dal morbo; il mercato con i barili di grano e le ceste di albicocche mature; i volti delle persone che avevo conosciuto, Paolo dalla carnagione scura, Massimo che mi aveva tradito, e Simonetta con la sua voglia; i volti delle persone che avevo ucciso, gli uomini nel bordello, Marco dalle lunghe ciglia scure, Ingrid dagli occhi cerulei; volti sconosciuti che somigliavano molto al mio; il letto con il materasso di crine nella stanzetta di Silvano; il beato san Giovanni di Giotto che ascende in cielo; il fieno nel capanno degli Sforno e il gattone grigio che miagolava finché non lo lasciavo dormire nell'incavo del mio braccio...

Le immagini fluirono via, e io mi ritrovai a contemplare grandiose visioni di età future, come un manoscritto miniato le cui pagine vengono sfogliate rapidamente per svelare le loro illustrazioni segrete: strani volti e guerre sanguinose, nuove armi che sputavano fuoco, inondazioni ed epidemie, carestie e immense città in terre lontane, macchine meravigliose che volavano in cielo o si immergevano nelle profondità marine e una nave a forma di freccia che si dirigeva verso la luna... Una varietà di immagini incredibili si presentò ai miei occhi; pareva che l'arte dell'uomo potesse creare, sostenere e poi distruggere ogni cosa. Provai la stessa meraviglia sperimentata di fronte agli affreschi di Giotto durante i miei segreti viaggi della mente. Per tutto il tempo, la parola sacra dell'Errante continuava a riecheggiarmi in testa come il rintocco di una campana lontana.

Il mio cuore si aprì all'improvviso. La fiamma cupa dell'alambicco di Geber mi attraversò e mi bruciò nel profondo, aprendo uno squarcio nella parte più intima di me. Mi lasciò debole, esausto, immerso nella tristezza, nella nostalgia, nel dolore, e nella mia infinita e nascosta brama d'amore. Venire spogliato in quel modo mi faceva sentire vivo come mai avrei potuto presagire quando mi spogliavano nel bordello di Silvano, perché quella era la nudità del cuore. Mi beavo nella luminosità del mio essere indifeso, quando mi avvicinò una figura di donna flessuosa e minuta. Indossava un'elegante cottardita turchina e arancio ed era avvolta da una luce argentea, il viso e i capelli nascosti nell'ombra.

«Puoi scegliere» disse una voce che non era la sua. Invero non era giovane né vecchia, maschile né femminile, fiorentina né straniera. Non giungeva da un punto preciso, ma era ovunque, e parlava. Sulla scia di quella voce vidi me stesso divenuto uomo. Ero ancora magro e di media statura, seppur più muscoloso. Mi avvicinai alla donna, le presi la mano delicata, le baciai il palmo morbido che profumava di limoni e lillà come se avesse raccolto fiori nella chiara luce del mattino. La abbracciai. Il suo corpo flessuoso si abbandonò al mio. Era mia moglie, la mia vita, la somma di tutto quello che avevo sempre desiderato: famiglia, posizione sociale, bellezza, libertà, amore. Pulsava in me una felicità così intensa e pungente da divenire tormento.

«Puoi avere il grande amore che brami, ma lei non resterà...» Poi mi vidi e mi sentii solo. Avevo la gola secca per l'angoscia, il fuoco oscuro che prima mi aveva aperto il cuore ora me lo straziava senza pietà, la solitudine mi schiacciava come tra pareti di ferro. Non trovavo più sollievo nei dipinti di Giotto e neppure negli splendidi quadri di artisti non ancora nati che avevo ammirato durante il mio volo nel tempo. Conoscevo bene la sofferenza, ma mai avrei immaginato che potesse essere così devastante. Sentivo la lingua amara e asciutta per aver maledetto Dio. Le mie stesse unghie mi scorticavano i palmi. Poi calò il silenzio.

«...e il tuo amore ti porterà a perdere ciò che hai di più caro e a una morte prematura. Oppure puoi non incontrarla mai e vivere così centinaia di anni in più» continuò la voce. Adesso l'uomo che ero divenuto stava passeggiando con un lussuoso mantello di lana che ondeggiava al vento come se stessi camminando per una strada di campagna. I fiorini d'oro appesantivano la mia sacca, e capii di essere diventato ricco. A dire il vero ero tranquillo, soddisfatto, felice, ma, in un certo senso, incompleto. Avevo le mani fresche e ferme. Intorno a me avvertivo uno spazio aperto, una pacata e immensa libertà. Avrei visto con i miei occhi le macchine meravigliose che mi erano state mostrate. «Devi scegliere ora» proseguì la voce.

«Non c'è niente da scegliere» mi sentii pronunciare ad alta voce. «L'amore, certamente.»

Avvertii una forza impetuosa, poi mi sentii soffocare e mi ritrovai a vomitare sul pavimento. L'Errante mi sosteneva e Geber mi ripuliva la faccia. Tossii e vomitai ancora. Mi asciugai la bocca con la mano e fui sorpreso nel sentirmi avvolgere dal profumo dei lillà. Era forte, come se mi fossi versato addosso una fiala di essenza. Era la prova concreta di quel viaggio inafferrabile, e mi sconvolse. Ero disorientato, inquieto, incerto su come interpretare quel che mi era accaduto. Era reale? Se sì, allora cosa significava? La mia bizzarra giovinezza eterna e i viaggi meravigliosi che avevo compiuto fino agli affreschi di Giotto per sfuggire agli orrori del bordello di Silvano mi avevano spinto a mettere in dubbio cose che le altre persone davano per scontate. Quella visione aveva infranto confini che persino io avevo ritenuto invalicabili.

«Bentornato» disse allegro l'Errante.

«Hai fatto buon viaggio?» mi chiese Geber con un'espressione interrogativa sul sottile viso glabro. Guardai prima uno e poi l'altro, avevo mille domande che mi bruciavano sulla lingua, poi mi chinai nuovamente in preda ai conati.

«Ho il mio asino in strada, lo porterò a casa» affermò l'Errante. Mi issò sulle spalle robuste e arrancò faticosamente per le scale, gli zoccoli che ticchettavano sui gradini facendomi dolere la testa. Geber ci seguì con uno straccio per raccogliere la bile ogni volta che vomitavo. Legato a un anello di bronzo fuori dalla porta c'era un asino che ragliava e l'Errante mi issò sulla bestia puzzolente senza troppe cerimonie, la testa a penzoloni da un lato e i piedi dall'altro. Ondate di nausea mi squassavano la gola e lo stomaco, e vomitai sul pelo grigio e polveroso dell'animale.

«Per fortuna il mio amico non è fissato sulla pulizia come la bella moglie di Sforno, altrimenti dovresti strigliarlo e scusarti per la maleducazione» celiò l'Errante. «Liberati ora, cucciolo di lupo, perché se vomiti sul pavimento di Sforno, sua moglie te le darà con la scopa.»

La mia testa ciondolava inerme, ma la sollevai per guardare i due uomini. Le domande si rincorrevano urtandosi come ciottoli, ma ne uscì soltanto una: «Adesso posso trasformare il vil metallo in oro?».

«Può darsi» rispose Geber, alzando gli occhi al cielo. Mi prese una mano e la osservò alla luce argentea della luna, passando poi le dita sulle linee incise nel palmo. Notai con stupore che dal monte del pollice se ne irradiava una in più. «Sì, può darsi. Ma non stasera, ragazzo impaziente» disse Geber soddisfatto.

L'Errante sbuffò. «Il vero oro è la conoscenza, ma dubito che tu l'abbia sublimata!»

«Almeno è caparbio» affermò Geber. «Va ammirato per questo. Riesce a concentrarsi su un'unica nozione.»

«Penso ci sia parecchio da ammirare nel nostro giovane cucciolo» rise l'Errante. «Mi chiedo se arriverà mai a pensarla come noi. Continuerà a vedere il nemico dentro di sé, oppure vedrà finalmente l'Amico, prima di non avere più modo di aggiustare il mondo?»

«Perché mai dovrei aggiustare il mondo?» grugnii nuovamente, mentre cercavo di sedermi a cavalcioni dell'asino. La bestia allungò il collo e fece per mordermi. L'Errante lo picchiò sul fianco, ma con evidente affetto. «Dopo quello che il mondo mi ha fatto, non mi pare di dovergli alcunché» dichiarai.

«Proprio quando pensavo che dimostrasse buone potenzialità...» sbuffò Geber.

«Cucciolo di lupo, non è importante quello che il mondo fa a noi» affermò l'Errante in tono gentile «ma quello che noi facciamo al mondo. Ci insegnano tutt'altro, ma tu hai avuto la fortuna di vivere per strada, dunque sei a digiuno. C'è speranza per te. Dobbiamo imparare a disconoscere per poter apprendere. È allora che la vista diviene visione. Tu vedi già qualcosa?»

Appoggiai la testa sul collo dell'asino. «Non so cosa ho visto» confessai. «Non so se si tratti di realtà o di ombre. Non so più cosa sia reale.»

«Allora qualche potenzialità ce l'ha davvero» dichiarò Geber, facendo un cenno di saluto. L'Errante tirò l'asino, e il ritmato rumore degli zoccoli sul lastricato mi cullò fino a farmi quasi addormentare. Mi arresi, pensando che in seguito ci sarebbe stato tempo per porre le mie domande e per avere da Geber e dall'Errante le risposte su quanto mi era appena accaduto. Mi sbagliavo. Il tempo non è come immaginiamo. È inafferrabile, incommensurabile, inaspettatamente breve, persino per un uomo la cui vita supera di molto in lunghezza quella concessa alla gran parte degli uomini.

11

All'alba del giorno dopo, Rachele entrò stizzita nel capanno e mi svegliò per la solita lezione. Io mugugnai e mi girai dall'altra parte, nascondendo la testa nel braccio. Il gatto grigio miagolò in segno di protesta.

«Alzati, Bastardo, oggi leggerai le *Favole* di Esopo» mi ordinò, pungolandomi con la punta della scarpa, tutt'altro che delicata.

«Uffa» risposi, sprofondando ancora di più sotto la coperta e tra la paglia. Avevo la lingua gonfia e impastata, i muscoli mi dolevano e il minimo rumore mi scatenava un dolore pulsante alla fronte come se mi stessero prendendo a calci con zoccoli dalla punta di ferro. Avevo sepolto il Rosso, a cui volevo bene, poi ero morto io stesso. Tutto ciò mi sconcertava. Le visioni della notte precedente mi si ripresentarono, suscitando strane idee e aspirazioni amorfe. Geber aveva detto che la pietra filosofale mi avrebbe nobilitato, e avevo la sensazione che fosse così, anche se in un certo senso non me lo meritavo. Mi era rimasto il desiderio di svolgere un lavoro migliore, di cui andare fiero, che avrebbe avuto un significato per il mondo e che avrebbe onorato l'amore promessomi nella visione, sempre che la scelta compiuta si fosse concretizzata nei fatti. Tale ambizione era al di là della mia portata, ma crebbe anziché scemare. Non riuscivo a capire come realizzarla. E così non mi alzai fino al tardo meriggio, quando Moshe Sforno venne a prendere gli abiti per uscire. Staccò il lucco da un piolo. Mi balenarono in testa i frammenti di una visione della pietra filosofale, e vidi me stesso trascinarmi dietro Sforno che usciva a curare i malati.

«Aspettate, signore, devo venire con voi» bofonchiai, lottando per alzarmi. «State andando a curare un appestato?»

«Non questa volta. Si tratta del figlio di un nobiluomo con un'infezione al braccio per una ferita da spada.»

«Posso venire con voi?» gli chiesi. «Potrei aiutarvi, portarvi gli strumenti o altro.» L'idea era abbastanza allettante da schiarirmi le idee almeno in parte, dunque mi alzai, malfermo sulle gambe.

«Bene, non avrei mai pensato che mi potessi aiutare» rispose Sforno riflettendo.

«Non posso fare il becchino per sempre» osservai. «La città non ne ha più bisogno ora che il morbo va regredendo. E voi avete quattro figlie e neppure un maschio che vi accompagni.»

«Già, non ho nessuno a cui insegnare ciò che so» sospirò Sforno.

«Inoltre avrete bisogno di qualcuno che vi aiuti a tenere fermo il ragazzo se dovrete amputare il braccio.»

«È vero, tu lavori sodo, sei forte e per niente schizzinoso» affermò. Poi sorrise. «Sarai un bravo assistente, forse un giorno diventerai persino un medico. Vestiti.»

Scostai la coperta di lana marrone con la quale dormivo sempre, la piegai, poi ripulii la camicia dalla paglia e dai peli di gatto. I miei abiti da lavoro – brache, farsetto e mantello – erano appesi a un piolo accanto alla porta. Li indossai e dissi: «Non ci ho mai pensato prima d'ora, ma potrebbe piacermi fare il medico. È un bel lavoro».

«È un lavoro duro» disse Sforno. «C'è molto da imparare.»

«Non mi spaventa il duro lavoro, e sono pronto a imparare» risposi. In realtà ero più che pronto. I mesi di lezioni con Rachele e Geber avevano suscitato in me il desiderio di apprendere. E dopo la pietra filosofale volevo dare una nuova direzione alla mia vita. Dichiarai: «Sono avido di conoscenza!».

Sforno studiò il mio viso, poi annuì. «Comincerai guardando me, poi passerai a fare pratica sotto la mia stretta sorveglianza. Se dimostri di avere talento, ti darò da leggere le opere di Galeno e i trattati di Aristotele, naturalmente; inoltre posso richiedere una copia del grande *Canone* di Avicenna. Ha scritto su molti argomenti importanti di medicina, come la natura contagiosa della tisi e della tubercolosi, la diffusione delle malattie attraverso l'acqua e il suolo, l'interazione tra mente e salute. Dovrai imparare il latino. Quasi tutti i grandi studiosi di medicina erano saraceni, alcuni greci, ma le loro opere sono state tradotte. Ti troverò un tutore e imparerai in fretta. Rachele dice che sei sveglio, tuo malgrado» commentò Sforno con un sorriso ironico. L'aria autunnale era fresca, e si strinse nel mantello. «Ti voglio mettere in guardia ancora una volta: non pensare che fare il medico sia facile.»

«Nessun lavoro è facile, ecco cos'ho imparato.» Fare il medico era di certo più facile che prostituirsi o raccogliere e seppellire cadaveri, comunque. Mi sorprese la rapidità con la quale il mio passato si ripresentava, persino dopo una notte come quella appena trascorsa. La mia storia mi perseguitava ancora, ma dovevo accettarla. L'Errante si era chiesto se mai avrei trovato un amico dentro di me. Chi altri, se non io stesso, poteva essere quell'amico?

Vestito, percorsi con Sforno il sentiero di pietra che attraversava il giardino fino alla casa. Passammo dalla cucina, dove presi una fetta di formaggio e un pezzo di pane nero. Sul camino cuoceva una torta al miele. La signora Sforno era accanto al tavolo e stava parlando con un'altra donna ebrea. Moshe mi lanciò uno sguardo divertito. «Mia moglie è una negoziatrice impietosa, mi piace guardarla.»

«Posso offrirvi in cambio una ciotola grande delle mie albicocche essiccate» stava dicendo.

«Quelle mele sono fresche e mature, non ce ne sono di così belle in città, la gente è troppo malata per prendersi cura del proprio orto» rispose l'altra, indicando una cesta di frutti dalla buccia scintillante. Era paffuta, e dal fazzoletto giallo le spuntavano ciocche di capelli ricci e scuri. «Per di più, ieri ho accettato le vostre albicocche essiccate in cambio della farina, e dopo la signora Ben Jehiel mi ha detto che per quella mi avrebbe dato della carne secca!»

«Che volete, signora Provenzali? Cosa pensate che mi sia rimasto? Credete che la gente paghi mio marito per i suoi servigi? Fa giusto in tempo a vederlo una volta prima di morire. Inoltre il banco dei pegni di vostro marito è rimasto aperto nei terribili momenti dell'epidemia...» La signora Sforno concluse la frase in tono allusivo. Poi prese due mele dalla cesta e le lanciò a Sforno, che me ne passò una.

«Mia moglie ha un bel caratterino» commentò allegramente mentre uscivamo. «Ha dovuto lavorare sodo in questi ultimi mesi, ma la nostra domestica tornerà presto ad aiutarla, ho saputo che è sopravvissuta. Comunque, come ti dicevo prima...» addentò la mela con gusto «...non è una professione facile. Ci sono i guaritori dei villaggi che pensano di saperne più di un medico preparato e offrono amuleti e incantesimi anziché medicine. Se molti non fossero stati uccisi dal morbo, oggi ci sarebbero più maghi a sfruttare le paure e le superstizioni della gente. E non dimenticare che devi avere lo stomaco forte per amputare arti e asportare tumori, cauterizzare ferite ed eliminare gangrene.» Prese dalla scala una grossa borsa di vitello, l'aprì e mi mostrò i suoi strumenti da lavoro: coltelli, rasoi, bisturi, una cannula d'argento, un ferro per cauterizzare, aghi di varie misure e pinze. Poi tirò fuori una sega macchiata di sangue. Annuii e lui, con una smorfia, la ripose nella borsa.

«La gente distingue tra medicine e amuleti» affermai, seguendolo per strada.

«Mai» brontolò Sforno, sputacchiando pezzettini di mela. «Raramente, in verità. Il peggio è che spesso gli incantesimi funzionano come qualsiasi altro rimedio. Alcuni sacerdoti propongono l'esorcismo come cura, e nessun ebreo può contraddire un prete, o rischia di finire al rogo! Poi ci sono i barbieri-chirurghi, che curano qualsiasi malattia con i salassi, ma non mi pare che siano molto efficaci.»

«La gente muore quando perde molto sangue» commentai. L'avevo visto di persona da Silvano.

«È quel che penso anch'io» mi confidò Sforno, gettando il torsolo in un rigagnolo. Uscimmo dal quartiere ebraico e attraversammo le strette strade di Oltrarno racchiuse tra muri di mattoni, dove la costruzione dei nuovi palazzi dei nobili e dei ricchi mercanti si era fermata con l'arrivo dell'epidemia. Vidi i soliti fornai e le botteghe degli artigiani, in gran parte chiuse, ma non tutte. Tre bambini seguivano due donne che stavano spettegolando sul mercato. Alcuni ufficiali a cavallo passarono al trotto. Un uomo vestito del rosso cremisi dei magistrati si stava dirigendo in fretta dal maniscalco, da dove giungeva un clangore metallico. Sforno commentò: «Adesso che l'epidemia va scemando, la gente sta tornando in città. Ma l'Errante non si è visto a colazione. Tornerà, è come una verruca che non si stacca mai».

«Credevo che fosse vostro amico.»

«Quell'attaccabrighe è forse amico di qualcuno?» chiese Sforno in tono così sarcastico che scoppiammo a ridere. «Ogni volta Leah si innervosisce. L'altro giorno ha cominciato con Rachele, ed è riuscito a farla arrabbiare. È una ragazza seria, e non ama essere sfidata. Pensavo che gli avrebbe tirato una tazza!»

«È una specie di imbroglione, e fa un sacco di domande» commentai lentamente. Non riuscivo a trarre un senso dalla mia esperienza della sera prima – la grotta, la battaglia con

Silvano, che poi era diventato me, e le visioni del futuro – dunque decisi di fare come sempre e di concentrarmi sul lavoro che mi attendeva.

«L'Errante comparirà nel momento meno opportuno. Nel frattempo» mi disse Sforno brusco «devi imparare a conoscere le erbe. Conosco una donna a Fiesole che è un'esperta erborista. Molte donne sono eccellenti guaritrici» mi rivelò in tono confidenziale. «Gran parte dei medici che hanno frequentato l'università non le considera, ma io preferisco una guaritrice a un chirurgo macellaio assetato di sangue. Inoltre ogni medico deve poter contare su una brava levatrice, perché non sempre può essere presente a sgravare ogni vacca del contado.» Era di ottimo umore e mi diede una pacca sulla schiena. «Di validi testi medici dei cristiani ce ne sono molto pochi, ma una certa Hildegard ne ha scritti di ottimi. Insomma, nel campo della medicina le donne non vanno trascurate.»

Giungemmo a un palazzo nuovo nei pressi del Ponte alla Carraia, da dove i carri venuti dalla campagna entravano in città, e mi tornò in mente il ricordo dolceamaro di Marco e di quando, tanto tempo prima, avevamo progettato di incontrarci lì dopo essere fuggiti dal bordello. Raramente pensavo a lui o a Bella, ma in quel giorno di ricordi dopo una notte di preveggenze mi chiesi se mai mi sarei perdonato per la parte che avevo avuto nella loro morte. Forse davvero meritavo di perdere l'amore che mi era stato promesso nella visione, se mai lo avessi trovato. Mi chiesi come sarei sopravvissuto alla perdita di qualcosa a cui anelavo da tutta la vita. Forse a casa di Geber avevo fatto la scelta sbagliata. Ma perché mi era stata offerta? Come mai aveva fatto compiere proprio a me il fantastico viaggio della pietra filosofale? A causa dei legami della mia famiglia con i catari? Sapevo che a Geber restava ancora poco tempo, ed ero deciso a strappargli informazioni sulla mia famiglia. E anche il segreto per trasformare il metallo in prezioso oro. Le mie meditazioni vennero interrotte dal signor Soderini, che ci attendeva sul portone.

«Vi stavo aspettando, signor Sforno» ci salutò angosciato il nobile, un uomo robusto dai capelli scuri. Gesticolò freneticamente con le braccia avvolte in voluminose maniche dorate. «Dovete aiutare mio figlio!» Ci condusse attraverso la casa sontuosamente arredata fino a una camera al piano superiore, dove un ragazzo di circa tredici anni giaceva sul letto. Pareva forte, e aveva i capelli scuri e l'alta fronte del padre. Il viso ovale era pallido per la febbre. La madre, una donna bassa e paffuta con i capelli castani e un copricapo verde pallido, gli inumidiva il viso con pezzuole immerse in un catino d'acqua.

«Voi siete il medico ebreo che ha studiato a Bologna» dichiarò, guardando Sforno di sottecchi. «Mio cugino Lanfredini parla bene di voi. Ci ha consigliato di tornare in città e di mandarvi a chiamare per curare Ubaldo.»

«Vostro cugino è un brav'uomo» rispose Sforno educatamente. «Signora, vorreste farvi da parte così che possa parlare con il giovin signore?»

Lei si alzò, raccogliendo in una mano la gonna di seta color lavanda. Sforno depose la borsa di vitello accanto al letto e si posizionò a fianco del ragazzo.

«È l'ultimo figlio che ci rimane» sussurrò la donna, il mento che tremava. «Gli altri due maschi e la femmina sono morti di peste. Dovete salvarlo!»

Sforno la guardò con compassione. «Anch'io ho figli. Farò tutto il possibile per salvare il vostro, signora.» Mi fece cenno di avvicinarmi. Lo osservai mentre salutava il ragazzo con voce amichevole. «Adesso ti visiterò, Ubaldo. Questo è Luca, il mio apprendista» disse, poi gli abbassò le palpebre inferiori per guardare il bulbo oculare. Gli avvicinò l'orecchio al petto, quindi gli afferrò il braccio destro fasciato. Il giovane strinse gli occhi neri, simili a quelli della madre, ma non gridò. Sforno disfece le bende.

«Sei coraggioso, Ubaldo» commentò, mentre il lezzo della carne putrefatta ci saliva alle narici. Mi indicò il punto dove la spada lo aveva trafitto, ma non avevo bisogno di un medico per capire che la ferita era infetta. La pelle tutt'intorno era gonfia e andava dal color porpora al bronzo, circondata da righe rosso scuro. L'infezione era inarrestabile e aveva raggiunto il polso e il gomito. Ubaldo gemeva e scuoteva la testa.

«Ubaldo, adesso parlerò con i tuoi genitori» disse Sforno in tono gentile, poi mi lanciò un'occhiata eloquente e capii che il braccio era perduto.

«Sei fortunato, i tuoi genitori ti vogliono davvero bene» gli sussurrai quando Sforno si allontanò. Benché non sapessi se poteva o voleva rispondermi.

Il giovane sollevò la testa e, pur soffrendo, fece un coraggioso tentativo di sorridere. «Non sono così tutti i genitori? Lo saranno di certo anche i tuoi. Devi avere all'incirca la mia età. Stavo giocando con le spade insieme a mio cugino. Non voleva farmi male, è poco più che un bambino. Sono stato incauto, ma non mi aspettavo che fosse così forte.»

«Ti fa male?» chiesi, guardando la ferita. Mi formicolavano le mani come la sera prima da Geber. Davanti agli occhi mi passarono in rapida successione immagini rarefatte del tempo futuro, eppure ero sveglio. Mi sentii pesante, e il respiro si fece più lento.

«Mi fa male quando sono sveglio.» Cercò di sorridere, ma gli uscì solo un lamento. «Probabilmente non hai mai sofferto tanto, non sei mai stato così sciocco da ferirti in questo modo.»

«Conosco la sofferenza» risposi. Mi bruciavano le mani, e mi prese un impulso incontrollabile di toccarlo. Quasi per volontà propria, andarono verso il braccio malato. Gli misi una mano sul polso e l'altra sul gomito. Il calore si fece più forte, fin quando non divennero fiamme di carne. Poi avvertii la sensazione di qualcosa che fluiva, come acqua dolce pompata da un pozzo sotterraneo. La carne color porpora e bronzo intorno alla ferita si gonfiò come una vescica e poi spurgò. Ne uscì una sostanza appiccicosa dall'odore dolciastro, che cominciò a colare lungo il braccio, macchiando le lenzuola di lino bianco. Senza sapere perché, ma fidandomi del mio intuito, mantenni salda la presa e fissai la ferita. Dopo pochi attimi, il liquido divenne più fluido e lattiginoso, poi trasparente e infine il gonfiore sparì come una marea che si ritira. La pelle si fece meno arrossata, dal porpora sfumò gradualmente fino a tornare rosa – fu come assistere a un tramonto al contrario o a un fiume che inverte il corso per fluire verso la sorgente. «Ah!» esclamò Ubaldo, poi la testa gli ciondolò di lato e chiuse gli occhi neri.

«Ecco perché bisogna amputare» stava dicendo Sforno nel tipico tono contrito ma deciso di un medico esperto. Tornò con i genitori al capezzale di Ubaldo e rimase a bocca aperta. «Luca, che stai facendo? Cos'è quella roba?»

«Devo smettere?» dissi sgomento, mollando il braccio.

«No!» gridò Sforno. «Qualsiasi cosa tu stia facendo, continua!» Allora ripresi a concentrarmi sul braccio di Ubaldo: il colore acceso della pelle continuava a sfumare, il gonfiore andava calando e le linee cremisi si ritraevano come se fossero un filo avvolto intorno a un fuso. La madre di Ubaldo trattenne un grido. Fissavo il braccio, che lentamente stava tornando alla normalità. Il taglio c'era ancora, ma la pelle era rosea ed elastica.

«Santa Madre di Dio!» esclamò il signor Soderini. «Grazie, Madonna!»

«Un miracolo» mormorò la madre. «C'è una donna a Fiesole che sa fermare le emorragie con le mani e i preti tranquillizzano le persone inquiete con la preghiera, ma non ho mai visto nulla di simile!» Baciò Ubaldo, che adesso russava sonoramente, e premette la guancia contro la sua. Gli invidiai tanta tenerezza. «È fresco!» gridò la madre. «Niente più febbre!»

«Se hai questo potere, devi essere benedetto da Dio» esclamò Soderini. «Ho sentito persone affermare che hai stretto un patto col diavolo. Quel verme del figlio di Silvano, il tenutario del bordello, ha diffuso storie maligne su di te, ti chiama stregone...»

«Niccolò Silvano mente» risposi allarmato, poi mi ritrassi verso la porta, in caso fossi dovuto fuggire. Ricordavo fin troppo bene l'ultima volta che mi avevano chiamato stregone, in piazza Ognissanti: era mancato poco che mi mandassero al rogo! «Non sono uno stregone» mormorai a disagio, ma con un pizzico di paura, perché in effetti il viaggio della notte precedente poteva anche essere frutto di qualche stregoneria. Geber avrebbe detto che l'arte dell'alchimista non era la stregoneria, bensì un'attenta metodologia e la sua applicazione agli elementi, ma non ero certo che altri ci avrebbero creduto. «Non sono uno stregone!» ripetei.

«Nessuno stregone guarirebbe così un ragazzo, lo testimonierò a tutti!» tuonò Soderini.

«Forse fareste meglio a non parlarne» suggerii.

«Ma la gente vorrà sapere» disse senza fiato la madre di Ubaldo. «I fiorentini parlano, si sa, e le cose che sono state dette su Luca Bastardo basterebbero a farlo impiccare, o forse peggio.»

«Meno si dice, meglio è» affermai risoluto.

«Luca ha ragione» intervenne Sforno. Sbatteva le palpebre rapidamente e aveva un'espressione perplessa. «Il mio giovane apprendista ha molto talento. Luca non è uno stregone, non è impegnato in nessuna diavoleria. È solo un giovane intelligente che finora ha avuto una vita difficile.»

«Farò come desiderate. Se volete che manteniamo il silenzio sulle abilità di Luca, lo faremo» rispose Soderini con voce rotta. «Dottore, non potrò mai ringraziare a sufficienza voi e il vostro apprendista. Vi siamo estremamente grati che il braccio di mio figlio sia salvo e che lui sia rimasto tutto intero!» Poi strinse Moshe Sforno in un forte abbraccio. Lui borbottò e si schernì e alla fine Soderini, in lacrime, lo lasciò andare. Il nobile venne quindi verso di me, ma io mi nascosi dietro Sforno. Non amavo gli abbracci degli uomini. Cercai la porta, ero pronto ad andarmene.

«Siamo lieti di esservi stati di qualche utilità» commentò Sforno, lisciandosi il lucco. Poi si chinò nuovamente su Ubaldo e gli esaminò il braccio. «Ormai la fasciatura non serve più, e neppure un unguento. Basta che controlliate di tanto in tanto per assicurarvi che non si infetti ancora.»

«Poiché non volete lasciarci difendere il buon nome di Luca, dovete prendere questi.» Soderini mise due fiorini d'oro nel palmo di Sforno, poi gli richiuse le dita su di essi.

«È ben più della mia parcella abituale» obiettò l'ebreo.

«Molti medici hanno tratto abbondante profitto dalla peste, pur non avendo salvato nessuno» rispose Soderini. «Voi avete portato qui l'apprendista che ha guarito mio figlio!»

Sforno scosse la testa. «Non ho alcun desiderio di trarre profitto dalla pestilenza.»

«Dovete accettarli» dichiarò seria la madre di Ubaldo. «È una misera ricompensa per la vita dell'unico figlio che ci è rimasto!» Poi gli mise una mano tremante sul braccio e a quel punto Sforno si inchinò e accettò il denaro. La donna mi fece un sorriso dolcissimo, ma io mi ritrassi dietro il medico.

«Luca» disse Sforno «adesso lasciamo che questi bravi nobili si occupino di loro figlio.»

«Parleremo bene di voi, ebreo» dichiarò poi Soderini col tono di chi sta elargendo un grande regalo. Si trattava di una generosa concessione, perché tutti sapevano che gli ebrei erano accecati dal diavolo e non riconoscevano la vera fede. In quel momento decisi che ero stato fortunato. La mia vita per strada e nel bordello, nonostante le difficoltà e le umiliazioni, mi aveva permesso di coltivare soltanto semplici nozioni riguardo a Dio, la cui grazia perniciosa mi era apparsa con certezza solo nei dipinti dei maestri. Non ero ostacolato da preconcetti, quindi non ero incline a denigrare altre persone per la loro fede.

«Siete molto gentile» si congedò Sforno, affrettando il passo giù per le scale.

«E saremo sempre a favore del permesso di residenza per gli ebrei» lo rassicurò Soderini. Avevamo raggiunto l'ingresso, quando Sforno si voltò a guardarlo.

«Non tutti i ragazzi singolari sono stregoni, e non tutti gli ebrei sono cinici usurai che applicano tassi di interesse elevati» affermò brusco. Lui e Soderini si scambiarono un'occhiata dura, che rivelava quanto fossero simili, poiché entrambi genitori, e quanto fossero diversi, poiché l'uno ebreo e l'altro cristiano, l'uno emarginato e l'altro autorità cittadina, l'uno straniero e l'altro fiorentino puro. Poi c'ero io, che stavo nel mezzo ed ero sempre solo. La capacità di vedere entrambe le posizioni era un dono che proveniva dalla mia vita di strada. L'Errante aveva ragione: le mie umili origini erano preziose.

«Certo che no» rispose Soderini sommesso. Prese la mano di Sforno. «Fatemi sapere se avrete bisogno di qualsiasi cosa, dottore. Ho un debito con voi.» Poi si voltò verso di me e mi strizzò l'occhio. «E tu, ragazzo che non sei uno stregone, sarai sempre il benvenuto qui!» Infine aprì la porta e noi uscimmo nel fresco pomeriggio autunnale. Guardai Sforno, ma non aveva voglia di parlare. Imboccò la strada da cui eravamo venuti, accarezzandosi la barba e aggrottando le sopracciglia. Infine si voltò verso di me con un'espressione perplessa. «Luca, ma come hai fatto?»

«Non lo so» mormorai. Ero felice di aver aiutato quel giovane, ma spaventato ancora una volta dalle stranezze che compivo mio malgrado. Neppure nelle visioni della notte prima avevo intravisto qualcosa di simile, ma avevo la sensazione che ci fosse un legame. Geber e l'Errante mi avevano trasformato ben più di quanto immaginassi. Scossi la testa. «Ma so a chi chiederlo.» Sforno mi scrutò intensamente, poi annuì. Gli feci un cenno di saluto e corsi via.

*

La porta di Geber si spalancò, e trovai ad accogliermi l'abituale confusione della sua stanza. I tavoli erano ingombri di oggetti strani e meravigliosi. Non vidi la coppa di vino né la tazza di terracotta della sera precedente. E regnava un silenzio sconcertante: gli alambicchi erano freddi, a pelo del soffitto mancava il solito fumo dai colori vivaci e gli oggetti erano immobili. Geber non c'era e, quando lo chiamai, non ebbi risposta. Feci un giro e infine vidi nell'angolo una piccola rampa di scale che non avevo mai notato prima, anzi, avrei potuto giurare che non ci fosse mai stata. Mi precipitai di sopra e trovai una stanzetta. Geber era sdraiato su un piccolo giaciglio, protetto da una sottile coperta bianca. Pareva rattrappito e floscio sotto di essa. Aveva gli occhi infossati e la faccia cosparsa di bubboni. Su un tavolino accanto al letto, vicino alla tremolante fiamma di una candela, c'erano i suoi occhiali e una pila di carte legate con una cordicella color porpora.

«Non stare lì impalato, spegni la candela» mormorò Geber. «La luce mi dà fastidio.»

«Signore, state bene?» chiesi ansioso, inginocchiandomi accanto a lui.

«Dipende» disse lui, aprendo gli occhi. La sclera si era ingiallita, e aveva le pupille dilatate nonostante sul suo viso fosse calata l'oscurità. «Se intendi che, morendo, completo la mia purificazione, raggiungo la perfezione e mi riunisco alla mia amata moglie, allora sì, sto bene. Altrimenti no, e lo puoi vedere da te. È ovvio, sono coperto di bubboni e la mia carne si è avvizzita. Non fare domande quando già conosci le risposte o queste sono evidenti. Devi imparare, sperimentare e apprendere più cose possibili da solo e senza intermediari. Devi farlo! Ricordalo, ragazzo, quando me ne sarò andato!»

«Non si può fare nulla?» dissi sconsolato. «Avete tante

pozioni ed elisir, non ce n'è uno che possa prolungare i vostri giorni?»

Geber tossì, e il suo corpo minuto e scheletrico tremò. «Anche il miglior elisir alla fine fallisce.»

«Mi resta ancora tanto da imparare» esclamai sgomento. «Ho molte domande da porvi!»

«Almeno sai di avere molto da imparare» rispose con un debole sorriso. «Questo è il primo passo verso la conoscenza. Le domande, come ti ho detto, devi affrontarle da solo. Questo renderà il viaggio ancora più stimolante, non credi?»

«Ma voi avete le risposte.»

«Io ho le mie risposte, tu devi trovare le tue.»

«Come posso trovare quelle sui miei genitori e sulla mia famiglia?»

«A tempo debito, non potrai evitarlo.» Girò la testa verso il muro e tossì nuovamente, poi si voltò verso di me. «Vorrei che imparassi lo zodiaco e il significato delle costellazioni e delle luci. Nel tuo viaggio l'astronomia sarà importante. Ti vedo insegnarla a una persona che ti è cara, una donna bellissima... Fra le mie cose troverai qualche libro sull'argomento.»

«Le vostre cose?» domandai.

«Attento» ordinò, ritrovando per un istante il rigore di un tempo. «Tu sei l'erede. Quello che possiedo, compresa questa casa, è tuo. L'ho formalizzato presso un notaio.»

Caddi all'indietro sui talloni. «Non li voglio i vostri beni!»

«Lo so, tu vuoi i miei segreti!» Rise, e quell'ansimo si spense in brevi rantoli. Dopo qualche attimo di silenzio, dichiarò soddisfatto: «Tu vuoi la mia conoscenza».

«Sì» ammisi. «Voglio sapere cosa sanno i catari della mia famiglia!»

«I catari hanno molti segreti. Possediamo oggetti per i quali la Chiesa e altri sarebbero disposti a uccidere, oggetti potenti descritti nella Bibbia. Siamo i guardiani dei segreti alchemici e dei tesori del mondo antico. Poiché li abbiamo protetti con la vita, ci sono stati affidati anche altri segreti.»

«La Bibbia non mi interessa» affermai. «Voglio sapere come si trasforma il piombo in oro! Voglio sapere cosa mi è accaduto la notte scorsa e che cosa sapete delle mie origini!» Preso dall'emozione lo afferrai per le spalle e, quando vidi le mie mani su di lui, pensai a Ubaldo Soderini e al motivo per cui ero andato a trovare Geber. «Forse posso aiutarvi» esclamai con entusiasmo. Alzai le mani: quel giorno avevano già compiuto una magia, potevano farlo ancora. Gliele posai delicatamente sul petto e lo fissai speranzoso, ma non accadde nulla. Non fremevano, non bruciavano, non provavo la sensazione dell'acqua che scorre. Geber rise di nuovo.

«Il tuo *consolamentum* non mi aiuterà» sussurrò. «E comunque non è così che l'otterrai. Ti devi arrendere, sciocco, quando lo capirai?»

«Ma io voglio aiutarvi!»

«No, tu vuoi aiutare te stesso» mi rispose sorridendo. «Se puoi invocare il *consolamentum*, sarai in grado di ottenere quello a cui aspiri. Sono la stessa cosa.»

«Il *consolamentum*... è forse il calore nelle mani che oggi ha guarito il figlio del nobile?» chiesi. «Come ho fatto? Posso rifarlo?»

«Il *consolamentum* è molto più del calore e della guarigione, implica il completamento e la perfezione.» Il corpo di Geber fu squassato dalla tosse, poi voltò la testa e sputò sangue sul cuscino.

«Per questo l'Errante vi chiamava "perfetto"?» Avrei preferito tornare allo scambio di idee delle nostre lezioni che vederlo spegnersi davanti a me. E avevo la stolta, vana speranza di poterlo convincere a restare, a vivere, se mi fossi rifiutato di abbandonarlo come maestro. «Perché voi potete usare il *consolamentum* non solo per guarire, ma per mutare il piombo in oro?»

«Non siamo noi a usare il *consolamentum*, è lui che usa noi!» Geber parlava con occhi stanchi ma feroci, a cui la fiamma tremolante della candela dava un riflesso giallastro. Si sollevò su un gomito, come per ammonirmi, ma ricadde all'indietro, sconfitto ed esausto. Ero addolorato nel vederlo così debole e allungai il braccio per sostenerlo, ma mi respinse. «L'Errante usava un termine derivato dalla bellissima fede dei catari, la stessa fede di mia moglie, anche se lei e io non vivevamo più come marito e moglie dopo avere pronunciato il voto di rinunziare al mondo carnale...»

«Come mai? Ho visto quanto conforto possa dare una donna a un uomo nei momenti difficili» affermai.

«Il regno della carne è il regno di Satana» sussurrò Geber «e il peccato più grave è perpetuarlo. Quindi abbiamo rinunciato a congiungerci carnalmente per perfezionarci. Il nostro amore è rimasto intatto, come sempre accade quando il sentimento è vero, ma le scorie carnali che servono il re del mondo si sono dissolte. Vedi, ragazzo che vivrai più a lungo di me, gli uomini sono le spade della grande battaglia tra il bene e il male, la luce e l'oscurità, lo spirito e la materia. È una lotta ad armi pari, e il Dio della luce è puro spirito, puro amore, non lordato dalla materia e separato dalla creazione materiale. Il re del mondo è la materia stessa, ed è malvagio.»

«No, in questo regno c'è anche bellezza!» insistei. «È un peccato non godere della bellezza che ci circonda! È forse l'unico bene che conosciamo.»

«Tale e quale agli ebrei...» sorrise Geber. «Non mi meraviglio che tu abbia trovato la strada fino a loro, era il tuo destino. Ti diranno che godere della Sua creazione è uno dei comandamenti più sacri di Dio. "E Dio vide che era cosa buona."»

«La creazione di Dio sarà anche buona, ma lui? È meglio stargli alla larga» affermai un po' contrariato, perché l'alchimista stava morendo e il segreto per produrre l'oro mi stava scivolando dalle mani. E insieme a quel segreto se ne andavano anche le risposte a tutte le mie domande... La mia stizza nascondeva un immenso dolore, ma non volevo lasciarle troppo spazio, poteva affrettare la dipartita di Geber. «È stato il caso a condurmi dagli ebrei» risposi. «Sono capitato in un gruppo di gente che stava per lapidare Moshe Sforno e la figlia più piccola.»

«Il caso non esiste» affermò Geber. «Sotto la superficie di ogni cosa si cela una fitta trama di significati!»

«Il significato è uno scherzo crudele, e noi ne siamo le vittime!»

«Quando tornerò, discuterò di questo con te» sussurrò Geber.

«Temo che stavolta non tornerete, maestro Geber» mormorai dolcemente, ormai incapace di contenere il mio dolore. «Siete troppo malato. Ho visto la morte tante volte, riconosco quando sta per arrivare.»

«Il ritorno è assicurato per chi ancora ha dei desideri» ansimò. «Ricordalo quando verrai sopraffatto dal desiderio dell'oro.» Poi tossì e sputò sangue, ormai troppo debole per girare la testa. Usai la coperta per pulirgli la faccia febbricitante.

«Volete un poco d'acqua, signore?» gli chiesi dolcemente. Mi resi conto che avrei dovuto assisterlo, non discutere con lui, e provai una fitta di dolore. Che bravo medico sarei diventato! Geber scosse la testa. «Volete qualcosa per alleviare il dolore? Un vino con un poco di quel liquore distillato dai fiori di papavero? So dove lo tenete.»

«Ho avuto tutta la vita per imparare come morire» sussurrò. «Perché mai dovrei perdere i sensi nel momento cruciale del viaggio?»

«Perché la morte è una cosa certa, mentre la sofferenza non è necessaria» risposi con tristezza. «Ve ne libererò.»

«Sarai un bravo medico, perché vuoi liberare gli esseri coscienti dalla sofferenza. Ricordalo quando...» Geber smise di sussurrare, poi fece un debole sorriso e mi guardò con occhi luminosi. Chissà se li avevo mai visti senza quegli strani occhiali, mi chiesi. Capii che non riusciva più a parlare. Gli misi il braccio dietro il collo per sostenerlo e con la mano libera presi la sua, perché io stesso avrei desiderato quel conforto in punto di morte. Senza che lo volessi, mi attraversò un fremito di calore. Mi corse nel petto, scese lungo le braccia e nelle mani, ed entrò in lui. Colsi una fugace scintilla nei suoi occhi, che poi si offuscarono mentre lui veniva scosso da uno spasmo. Il respiro usciva sempre più flebile fino a divenire un impercettibile alito sulla punta della lingua, come lo sbatter d'ali di una farfalla. Nel momento della fine sorrise e mi strinse la mano.

C'era ancora luce quando uscii con il cadavere di Geber avvolto nella coperta macchiata di sangue. Mi sorprese, perché la stanzetta era così buia che pensavo fosse calato il sole. L'Errante aspettava insieme all'asino grigio.

«Credevo ve ne foste andato» dissi, mentre caricavo il corpo di Geber sull'asino. Solo la notte precedente ero stato io stesso in quella posizione, ma adesso camminavo sulle mie gambe, a differenza dell'alchimista. Avevo perso un altro amico prezioso.

«Ho pensato che avessi bisogno di aiuto» mi rispose, accarezzando con dolcezza la schiena di Geber.

«Non sono io ad aver bisogno di aiuto» dissi in tono triste e amaro al contempo. Avevo rimesso gli occhiali a Geber, volevo seppellirlo così come l'avevo conosciuto, con indosso quello strano apparecchio per vedere meglio, ma l'Errante glieli tolse, ripiegò le stanghette e me li porse.

«Non credi che avrebbe voluto che tu vedessi come lui?» mi chiese scherzosamente.

«Vedrò sempre come vedo ora, e non come tutti gli altri» risposi. Misi gli occhiali nella tasca interna del farsetto, pensando di nasconderli insieme alla tavoletta di Giotto. Poi tirai fuori il fascio di fogli e glieli diedi. «Avrebbe voluto che li aveste voi, credo. Voi due vi capivate.»

«*Summa Perfectionis Magisterii*» lesse sulla copertina. «Tipico del mio vecchio amico. So io a chi darlo.» Prese la corda dell'asino con la manona nodosa e arrancò accanto a me. «Morire è come trasferirsi da una casa a un'altra. Se siamo saggi, e il mio amico perfetto lo era, la renderemo bellissima.»

«Voi credete che le visioni siano reali?» gli chiesi. «La scorsa notte è accaduto a me, ho compiuto un viaggio e mi è stata offerta la possibilità di scegliere, ma era reale?» La mia faccia era rigata di lacrime quando gli afferrai la manica.

«Lo scopo del lutto è vuotare il sé dal sé» rispose, stringendomi la mano. «Poi, lentamente, goccia dopo goccia, riempirai di nuovo te stesso con te stesso. Ci vuole tempo.»

Per me, tuttavia, il tempo scorreva diversamente, e adesso non avevo più nessuno a cui chiedere perché. Mi sarebbero mancate le lezioni caustiche di Geber. Mi sarebbe mancata la sensazione di essere in compagnia di qualcuno che, come me, era diverso da tutti gli altri.

«Visto che mi hai domandato cosa è reale e cosa, invece, è illusione, voglio raccontarti una storia» disse l'Errante, illuminandosi. «Allora, c'era una volta un uomo che stava camminando per strada quando vide...»

«Come si chiamava?» lo interruppi. Malgrado il dolore per la perdita di Geber, non riuscii a reprimere l'impulso di canzonare l'Errante. Anch'io potevo partecipare al gioco degli inganni. Una volta Geber mi aveva detto che possedevo quel minimo di intelligenza che mi rendeva curioso. Potevo usare la mia curiosità per ripagare l'Errante con la sua stessa moneta.

«Come si chiamava l'uomo? Non ha importanza.»

«Per me sì» ribattei testardo.

«Giuseppe.» L'Errante alzò la mano. «Dicevo, a un certo punto vide una donna...»

«Come si chiamava?»

«Debora» rispose, strabuzzando gli occhi. «Allora, vide questa Debora, che era bellissima. Rimase folgorato all'istante, doveva averla. Così andò dal padre di lei – *che si chiamava Leone* – e la chiese in sposa. Lui accettò e i due si sposarono. Erano molto felici. A tempo debito la coppia ebbe tre bellissimi figli...»

«Che si chiamavano?»

L'Errante borbottò qualche frase in una lingua straniera, ma non mi serviva la traduzione per capire che si trattava di imprecazioni! Poi intonò: «Abramo, Isacco e Anna. Quando il ricchissimo suocero morì, Giuseppe ereditò i suoi beni. Adesso aveva tutto: una moglie bellissima che lo amava, tre figli bellissimi, una casa bellissima, terre, pecore, bestiame e oro».

«Mi piace questa storia.»

«Bene, bene. Un giorno, però, ci fu un'alluvione, una grande, terribile alluvione, e la terra...»

«Come quella del novembre 1333» osservai. «È stato terribile. La pioggia cadde ininterrottamente per quattro giorni e quattro notti, si vedevano lampi spaventosi e si sentivano tuoni fragorosi. Eravate a Firenze a quel tempo? Non credevo ai miei occhi, e da allora non ho più sentito tuoni così forti» proseguii. «Le campane di tutte le chiese suonavano in continuazione. Un monaco che si chiamava fra' Pietro mi disse che era un'invocazione perché l'Arno non si alzasse ancora. Nelle case picchiavano sulle pignatte e invocavano Dio. "Misericordia, misericordia" gridava la gente, ma lui rideva. L'acqua continuò a salire. Le persone passavano di tetto in tetto e di casa in casa su ponti improvvisati. E le loro grida quasi soffocavano i tuoni!»

«Esatto, un gran baccano. Difatti nella mia storia...»

«Sapete, ha spazzato via tutti i ponti» dissi, quasi in tono confidenziale. «Ho visto Ponte Vecchio venire trascinato via con i negozianti ancora nelle loro bottegucce di legno. È stata una tragedia terribile!» Spalancai gli occhi e lanciai all'Errante uno sguardo innocente, e lui ricambiò fissandomi come se fossi lo scemo del villaggio. Sapevo che lo stavo irritando, così gli feci un sorriso insolente.

«Non è andata meglio al Giuseppe della mia storia» continuò, digrignando i denti. «L'acqua gli spazzò via casa, raccolti, animali e tutto ciò che possedeva. Poi all'orizzonte apparve un'onda gigantesca e allora lui si mise una figlia sulla testa e con una mano tenne i due maschi e con l'altra la moglie. L'onda lo travolse, strappandogli la bambina, e per cercare di afferrarla perse gli altri. Infine si ritrovò sulla spiaggia: aveva perso tutto. Ecco, questa è illusione» terminò, con un gesto enfatico.

«Quale parte della storia?» ribattei costernato.

«Quale parte non lo è, vorrai dire.» L'Errante ridacchiò, palesemente soddisfatto di sé per la battuta. «Era tutto un'illusione, quello che aveva e quello che non aveva.»

«Questa storia non mi piace» mugugnai scontento.

«Ti dovrebbe piacere, invece, è la storia della tua vita. A dire il vero, è la storia della vita di ognuno di noi.»

«La vita dovrebbe essere diversa.»

«E come?»

«È solo morte, perdita e domande senza risposta» dissi triste. Restammo in silenzio. Mentre la luce svaniva, il sole al tramonto tingeva le nubi d'arancio e la fresca aria autunnale prendeva il colore della lavanda, percorremmo le strette strade dominate da abitazioni simili a fortezze, con le severe facciate grigie coronate da cornici merlate, alte torri di mattoni e tetti rossi, punteggiate di reggitorcia di ferro inseriti in rozze bugne di pietra, fino alle mura alte venti braccia che circondavano la città. Era la terza cerchia, mi aveva spiegato Geber durante le nostre lezioni. La prima, un quadrato irregolare di cui restavano ancora alcuni tratti, l'avevano eretta gli antichi romani. La seconda fu voluta dal Comune nel 1172, quando i sobborghi della città si estesero al di fuori delle quattro porte romane originarie e i cittadini temevano che gli invasori vi appiccassero il fuoco. La terza cerchia, invece, era stata completata vent'anni prima. Ci fermammo, perché tre cavalli stavano avanzando al galoppo verso di noi, con Niccolò Silvano, le maniche rosse da magistrato, in prima fila.

«Non la passerai liscia, Bastardo, non importa quanto erediterai» dichiarò, girandomi intorno. «So cosa sei: uno stregone amico degli ebrei» e sputò in direzione dell'Errante, che teneva gli occhi sul lastricato. Fissai la ripugnante faccia scarna di Niccolò, con il mento sporgente e il naso adunco. Ci raggiunsero anche gli altri cavalli.

«Sei tu il Luca Bastardo che negli ultimi mesi è stato impiegato dal Comune come becchino?» chiese un ufficiale e io annuii. «Hai ricevuto un'eredità» disse, poi si accorse del cadavere. «Di chi è il corpo sull'asino?»

«Geber» risposi.

«Antonio Geber, il mercante. Allora le eredità sono due» mi spiegò con garbo, come se mi stesse informando che il sole splendeva alto nel cielo. «Ci saranno tasse da pagare. Vieni al Palazzo del Capitano e...»

«Due?» chiesi perplesso.

«Una di questo tale Geber, l'altra di Arnolfo Ginori. Ti hanno visto mentre lo seppellivi. Entrambi ti hanno lasciato i loro beni e i depositi in banca.»

«Ginori?» chiesi stupito.

«Qualcuno al quale hai fatto un incantesimo, stregone» sogghignò Niccolò. «Qualcuno che hai frodato con le tue arti magiche, le stesse che ti mantengono giovane quando invece dovresti essere un uomo adulto!»

«Ginori ti ha lasciato la sua bottega di tintore» mi spiegò l'ufficiale. «Prima dell'epidemia gli affari gli andavano a gonfie vele. Era cugino di una famiglia molto in vista e aveva un'eccellente clientela.»

Una bottega di tintore... Il Rosso! «Non ho mai saputo come si chiamasse» mormorai, commosso perché aveva pensato a me. Solo ieri avevo sepolto lui, e ora stavo per seppellire anche Geber. Gli ultimi due giorni mi sembrarono lunghi dieci anni. Il tempo pareva completamente stravolto, ora dilatato, ora accorciato.

«Adesso sei ricco» affermò l'ufficiale con un sorriso. «Dovresti cercarti una moglie.»

«Una moglie?» ripetei lentamente, quasi stordito. La pietra filosofale mi aveva dato la possibilità di sceglierne una, e ora forse avevo i mezzi per trovarla.

«È giusto» disse l'ufficiale. «In questo momento è tutto un fiorire di promesse di matrimonio. Chi è sopravvissuto non vede l'ora di maritare le proprie figlie. Tu sei giovane, ma puoi legarti a una fanciulla ricca e bellissima, forse anche nobile. Puoi far strada. Ci sono grandi opportunità per chi è sopravvissuto al morbo.»

«Non è giovane come sembra» sibilò Niccolò, guardandomi di traverso.

«Intanto occupati delle questioni legali e delle tasse» mi consigliò il primo ufficiale, poi lanciò un'occhiata all'Errante e disse: «Adesso che hai proprietà tue, non devi più vivere con gli ebrei». Infine girò il cavallo e proseguì: «Devo avvisare altri fortunati». Lui e il secondo ufficiale partirono insieme al trotto. Sentii il secondo chiedergli: «Secondo te è davvero una specie di stregone?».

Niccolò rimase indietro. Anche lui aveva sentito la domanda. «Non posso ucciderti ora, Bastardo; gli ufficiali della città rimasti in vita sono ben decisi a proteggere chi è sopravvissuto. La mia ambizione deve avere la precedenza. Ma alla fine ti avrò!»

Aveva lo stesso ghigno che avevo visto sul volto del padre e che mi aveva reso prigioniero. Venni percorso da un'ondata di rabbia. Magari lo avessi ucciso quando ne avevo avuto l'opportunità e la determinazione, ed ero assetato di sangue! Poi mi resi conto di aver visto troppi morti e di esserne nauseato. Neppure per vendetta avrei voluto partecipare nuovamente a quel banchetto avvelenato. Mi sarei accontentato di cancellargli quel ghigno dalla faccia.

«Tuo padre sorrideva allo stesso modo un attimo prima che gli torcessi il collo e lo uccidessi come il ratto di strada che era» ribattei.

«Goditela fin che puoi, Bastardo, perché presto ti porterò via tutto!»

«Non puoi farmi del male» risposi, poi distolsi lo sguardo con indifferenza. Volevo che si sentisse una nullità, proprio come mi ero sentito io nel bordello di suo padre. «Se ci provi, troverò un altro uccello da farti inghiottire. Ma questa volta non sarà rosso. Pensi che sarà altrettanto buono?»

«Ti farò pentire di aver mai visto un uccello rosso, anzi, di essere nato. La gente saprà che sei un abominio. Firenze non apprezza gli scherzi della natura. Brucerai al rogo, Bastardo!»

Niccolò spronò il cavallo con gli speroni aguzzi e rincorse gli altri due ufficiali.

«Quel gentiluomo non si è congratulato con te, dunque lo farò io» dichiarò l'Errante. «Se conosco bene il mio vecchio amico cataro, aveva fiorini in abbondanza. Sei ricco, adesso: è quello che hai sempre voluto. Considerato che ti piacciono tanto, ecco una domanda per te: cosa fai quando ottieni ciò che vuoi?» Ridendo, l'Errante mi diede la corda dell'asino. All'improvviso rividi una scena di tanto tempo prima al Mercato vecchio, quando Silvano aveva dato un fiorino al mio amico Massimo. «Ho vinto io!» aveva sussurrato lui allora. Invece no, a meno che vincere non significasse morire per mano di un avido mercenario. Io avevo sopportato inimmaginabili tormenti, vergogne e infelicità, ma alla fine avevo vinto, perché adesso non avrei più dovuto preoccuparmi della fame o della povertà. L'Errante mi osservava assorto, come se i miei pensieri fossero per lui trasparenti. Tolse una sacca dal dorso dell'asino e se la caricò in spalla. Improvvisamente capii che se ne stava andando. «Vi rivedrò mai?» gli chiesi.

«Pensi che sia così facile liberarsi di me?» Scosse la testa. «Ci incontreremo ancora, Bastardo, ma fra molto tempo e lontano da qui.»

«Vi auguro ogni bene, Errante» lo salutai. Lui alzò la mano in un gesto di addio e si incamminò trascinando i piedi lungo la strada acciottolata che portava in città. Dopo qualche passo si voltò.

«Abbi cura dell'asino, Bastardo. Anche lui è un vecchio amico!» gridò. Gli feci un gesto vagamente osceno e lui scoppiò a ridere. Lentamente ricambiai il sorriso. Poi l'Errante andò per la sua strada e io ripresi il mio cammino verso le colline toscane per seppellire un altro amico.

12

Mi ritrovai con più denaro di quanto non avessi mai sperato di possedere, nemmeno nei miei sogni più rosei. Il pomeriggio dopo aver sepolto Geber mi recai al Palazzo del Capitano del popolo. L'Errante aveva ragione: l'alchimista aveva un conto di un migliaio di fiorini, accresciuto dall'avere investito in un laboratorio manifatturiero di lana e da una vigna nei pressi di Anchiano. Ginori possedeva circa un terzo di quella somma, tuttavia era proprietario dell'edificio dove abitava e dove si trovava la bottega, e inoltre aveva un inventario di tinture, pezze di stoffa e altri accessori del suo mestiere. Adesso ero ricco, e disponevo di tutti gli strumenti per avviare un'attività remunerativa. Avrei dovuto pagare le tasse, ma potevo attingere ai beni di Geber e alla casa di Ginori quando avessi voluto. Poiché metà degli abitanti di Firenze era morta, le questioni legali riguardanti le eredità e i lasciti venivano risolte in fretta. Chi era rimasto in vita voleva tornare al più presto al lavoro tessile e agli scambi con gli altri paesi, al commercio del grano e ai profitti dell'artigianato, alle banche e agli investimenti, al carnevale e alle arti che avevano fatto di noi fiorentini, secondo papa Bonifacio, il quinto elemento dell'universo.

Uscii dal palazzo come stordito. Quel denaro mi dava la

libertà che avevo sempre desiderato ma mai avrei pensato di ottenere. Avevo i mezzi per sostentarmi onestamente, non avrei più dovuto seguire direttive altrui, avrei scelto dove andare e quando. Mi ero buttato alle spalle la fame e il freddo e potevo soddisfare ogni mio desiderio.

Era una fredda giornata invernale, l'ampio cielo era giallognolo come il siero del latte. Reggevo un foglio di carta di lino che sanciva la mia eredità e mi dava il diritto di ritirare fondi dai miei nuovi conti. Sulla piazza, un soffio di vento me lo strappò di mano, facendolo finire a terra. Mentre mi abbassavo a raccoglierlo, giunse un cavallo al galoppo. Stavo giusto per sfiorare la carta, quando la punta di una spada la infilzò a un soffio dalle mie dita. Niccolò Silvano si chinò sghignazzando, con il braccio della spada teso.

«Stai raccogliendo la tua eredità, stregone?» mi disse. «Quanto pensi che ci vorrà prima che la gente si renda conto di chi sei, ovvero la progenie di qualche antico male sacrilego? Mio padre mi disse di averti salvato una volta che la folla voleva mandarti al rogo perché non invecchiavi mai!»

«Non è vero, tuo padre non ha mai compiuto un'azione buona nella sua miserabile vita» risposi freddamente. «È stato un grand'uomo a salvarmi. Per caso tuo padre era nei paraggi e mi ha visto.»

«Anche mio padre era un grand'uomo! Il tuo cos'era, uno scherzo della natura come te? Non ti sei mai chiesto, Bastardo, quale genere di creatura malvagia potrebbe generare uno splendido abominio come te e poi perderti?» rise Niccolò. «Mio padre se lo chiedeva spesso.»

«Quel che mi chiedo io non ti riguarda» affermai. Osservai come stava in sella. Teneva la spada goffamente, come se non vi fosse abituato, e sapevo che non aveva mai preso lezioni di scherma. Mi raddrizzai di scatto e le assestai un calcio. Mancò poco che gli cadesse di mano, riuscì a evitarlo solo con uno scatto sgraziato in avanti. Carponi, afferrai il foglio e mi scostai per non finire sotto i pesanti zoccoli del cavallo.

«Avrai anche una spada, ma non sarai mai un nobile» lo dileggiai. «Resterai sempre il figlio di un delinquente tenutario di un bordello che schiavizzava i bambini!»

«Grazie alle autorità cittadine, adesso sono un nobile» proclamò, drizzandosi in sella, poi afferrò la spada e mi girò intorno. «Mio padre sarebbe orgoglioso di me, adesso realizzerò i suoi sogni.» Cercò di travolgermi col cavallo, ma diedi una pacca sul posteriore della bestia, che si alzò sulle zampe posteriori e per poco non lo disarcionò.

«Solo un serpente può andare orgoglioso di un serpente.»

«Sei geloso perché io ce l'ho, un padre» sogghignò Niccolò. Si raddrizzò facendo un sorrisetto e prese le redini con la mano in cui teneva la spada. «Sono tornato al palazzo di mio padre, Bastardo. Ho preso un certo documento che ti riguarda, una lettera che a tempo debito mostrerò alle autorità ecclesiastiche. Allora ti manderanno al rogo!» Poi si chinò e mi diede un pugno in faccia con la mano libera. Mi infuriai. La forza sovrumana che avevo invocato prima crebbe dentro di me, allungai il braccio e lo tirai giù da cavallo, strappando le staffe di cuoio. Lui gridò, cercando di colpirmi con la spada, ma la allontanai con un calcio. Poi lo stesi a terra, afferrai la spada e gliela puntai alla gola.

Respirava affannosamente, gli occhi spalancati e arrossati. Percepii un olezzo pungente oltre al suo profumo stucchevole: era l'odore della paura. Volevo ucciderlo, e potevo farlo. Gli premetti la punta della spada sul pomo d'Adamo e ne uscì un rivolo di sangue. Mi tremò la mano al ricordo di suo padre, che una volta aveva fatto la stessa cosa con me. Non volevo essere come Bernardo Silvano! E soprattutto – ciò che più mi premeva – non intendevo attirare su di me l'attenzione di Dio.

Che di solito Dio fosse crudele, lo sapevo per esperienza diretta. Quel che ignoravo, invece, era se uccidere Niccolò, che era la progenie della crudeltà e del male, lo avrebbe compiaciuto o indispettito. In entrambi i casi, di sicuro avrebbe provocato la sua ilarità. E ne avevo abbastanza.

Feci un passo indietro, non per compassione, ma per timore delle sofferenze che Dio avrebbe potuto infliggermi, senza sapere che ne avrei patite di peggiori risparmiando Niccolò. Ora non mi troverei in questa angusta cella, pesto e sanguinante. Non rinnego il mio viaggio, tuttavia, perché, come disse Geber, chi intralcia la ruota della vita nuoce al funzionamento del mondo e spreca la propria esistenza.

«Sei un debole» mi derise Niccolò. «La tua debolezza sarà la mia vittoria, Bastardo!» Indietreggiò e montò a cavallo, e io feci un balzo per evitare gli zoccoli. Poi corse via ridendo.

Tornai a casa con un labbro rotto e un occhio nero. Moshe Sforno era in cucina accanto al fuoco. Alzò le sopracciglia, posò il bicchiere di vino e venne a esaminarmi le ferite. Aveva una mano ferma e delicata e decisi che, quando fossi divenuto medico, avrei fatto altrettanto con i miei pazienti. Le ultime tracce della tensione rimasta dopo l'incontro con Niccolò svanirono grazie alla sua benevolenza.

«Lavati e starai bene» disse. «Niccolò Silvano?»

«Sì, signore. Adesso sono un uomo ricco: ho una casa e un'attività mia, una bottega di tintore.»

Sforno sorrise. «Molto bene. Te ne andrai là, allora?» Andò alla botte del vino e ne spillò una coppa per me.

«Non c'è fretta» dichiarò la signora Sforno. Entrò nella stanza con un semplice grembiule marrone, portando un cestino colmo di cavoli e carote. Non mi guardò, ma si mise a pelare e affettare le carote con un coltellino, ammucchiando in breve un bel po' di scarti arancioni. Il suo copricapo giallo era piegato sul tavolo. «Sei ancora giovane, Luca. È meglio che resti qui e impari quel che Moshe ha da insegnarti. Dice che hai talento e che sarai un bravo medico.»

«Vi ringrazio, signora» mormorai, felice di sentirmi accettato, seppur in modo così brusco.

«Inoltre tu non sai cucinare o lavare» proseguì «e ci sono

ben pochi servi in città da poter assumere. Potresti affittare la bottega di tintore e...»

«Lo sapete?» le chiesi sorpreso.

«Il fatto che le donne restino in casa gran parte del tempo non significa che non possano ottenere informazioni» rispose acida, e mi sembrò di sentire Rachele. «Dunque affitterai la bottega di tintore?»

«Non sarà facile trovare qualcuno, con tutti questi morti» osservò Sforno.

«Tra pochi mesi lo sarà» affermò la signora Sforno. «Mezza Firenze è morta, ma da fuori giungerà nuova gente. Molte città sono state decimate dalla morte nera, e i forestieri verranno da noi a rifarsi una vita.» Sembrava sicura e saggia. «I proventi della bottega li depositerai in banca, dove già c'è il tuo denaro. Non voglio che lo butti via in scommesse, dadi o...» La candida mano che teneva il coltello si fermò, poi riprese ad affettare. «...O in qualsiasi altra attività indegna.»

«Sì, signora» risposi solennemente, perché sapevo cosa intendeva, ma non doveva preoccuparsi. Molto tempo prima avevo giurato a me stesso che non avrei mai pagato per avere favori sessuali, se mai ne avessi voluti, cosa che pareva improbabile, vista la mia storia.

«Quando sarai cresciuto te ne andrai e avrai una professione onorevole e molti risparmi» concluse con fermezza.

«Leah, sei così pratica oltre che gentile.» Moshe Sforno cinse la vita della moglie con un braccio e la coccolò. Io mi voltai. Mi lusingava che quella donna avesse abbastanza a cuore il mio benessere da prendere certe decisioni per me, ma al contempo mi irritava che altri volessero guidare la mia vita, anche se la loro invadenza era certo più benevola di quella di Silvano. Mi chiesi tuttavia se sarei mai stato libero come quando vivevo per strada, e se avrei sempre avvertito quella tormentosa sensazione di non appartenenza, insistente come il mal di denti. «Luca» disse la signora Sforno. La sua voce aveva un tono di rimprovero e mi girai di scatto. «Assumi un tutore per le tue lezioni. Rachele non deve venire più nel capanno e restare sola con te. Non è decoroso!»

Ero stupefatto e anche un po' spaventato all'idea di contrariare la signora, dunque ci misi un attimo a rispondere. Deglutii. «Sissignora!» Poi fuggii nel capanno.

Dopo essermi lavato, uscii e tornai nelle strette strade del lungofiume vicino al Ponte Santa Trinita dove aveva vissuto Geber, un tempo affollate ma ora deserte. Salii le scale, e ancora una volta mi colpì la sensazione di vuoto che già lì si avvertiva. La porta non si aprì da sola come prima, dovetti spingere. Mi guardai intorno nella stanza dove avevo trascorso tante ore confuse e stimolanti. In apparenza non era cambiato nulla, i tavoli carichi di strani oggetti, gli alambicchi e le sacche, le scatole e gli animali morti, le pietre e i mortai, ma mentre prima era tutto in movimento, come se la stanza stessa respirasse, adesso era tutto fermo, svuotato, senza vita. Andai a un tavolo dove una grossa farfalla arancione giaceva con le ali aperte. La raccolsi e la esaminai da vicino. Non appena il mio respiro le sfiorò le antenne, la farfalla divenne una fine polvere bruna che mi scivolò fra le dita e si depositò sul tavolo e a terra. Gridai di stupore e in quel momento tutti gli altri oggetti di fronte a me si sbriciolarono: fiori secchi, rocchetti di filo, zolle di argilla, un serpente morto, una boccia piena di liquido trasparente. Restò solo un mucchio di polvere. Mi voltai di scatto e vidi che sugli altri tavoli stava accadendo lo stesso: vasi di vetro pieni di erbe o liquidi, fiale di colore o di inchiostro, pezze di lino e coppe svanirono in una sottile polvere bruna. Bastarono pochi istanti. Poi nella stanza rimasero solo semplici tavoli di legno, con sopra nient'altro che polvere, i manoscritti miniati di Geber e i fasci di carte su cui lui scriveva. Persino la storta a tre becchi di Zosimo, di cui Geber andava tanto orgoglioso, era scomparsa. Radunai i manoscritti su un tavolo e tornai dagli Sforno.

*

Nei quattro anni successivi continuai a vivere nel capanno e a seguire il mio apprendistato con Moshe Sforno. All'inizio mi limitavo a imparare osservandolo al lavoro. Visitava pazienti con ogni malattia o disturbo immaginabili, dalla lebbra all'idropisia all'alitosi, dalle ossa rotte al catarro all'epilessia. Lo aiutai ad aggiustare ossa, curare febbri, medicare e cauterizzare ferite, amputare arti in gangrena, curare mal d'orecchi mediante l'inserimento di strani strumenti, utilizzare coppette riscaldate per concentrare gli umori in specifiche zone del corpo, somministrare purghe ed emetici. Mi istruì sulle erbe e sulle medicine e mi insegnò la preparazione e l'utilizzo di cataplasmi, impiastri, unguenti a base di grasso e filtri, anche se in gran parte li preparava uno speziale di fiducia.

Assunsi un tutore che mi insegnò latino e greco, e poi studiai, tra gli altri, i ponderosi trattati di Galeno *Dell'utilità delle parti del corpo, Degli umori* e *Ars Parva*, il lunghissimo *Canone* di Avicenna e gli *Aforismi* di Ippocrate. Sforno si diede un gran daffare per procurarmi i manoscritti faticosamente copiati, e insisté perché li leggessi fino alla fine. Mi occupai anche di autori più recenti, come Gentile da Foligno, morto durante la peste per aver curato i malati; Alberto Magno, esperto di anatomia umana; Arnaldo di Villanova, che aveva discusso l'importanza per la salute dell'aria e dei bagni, dell'esercizio fisico, del sonno, del cibo e delle bevande, delle evacuazioni e delle emozioni. Lessi in ebraico i *Dieci trattati sull'occhio* di Hunain Ishaq e gli scritti di Haly Abbas, Rhazes e Maimonide.

Mi piaceva leggere, e nonostante lo facessi la sera, fin quando non si esauriva l'olio nella lampada, al mattino mi svegliavo riposato e allegro. Tuttavia non mi dimenticai dei problemi più pratici. Assunsi un maestro di scherma, e andavo nella sua casa di Santa Croce per esercitarmi con spada, pugnale e bastone. Sforno e le sue figlie mi prendevano in giro, era un'attività a cui gli ebrei non erano avvezzi. Sapevo che Niccolò Silvano mi aveva giurato aperta ostilità. Come per tacito accordo, nessuno dei due intendeva mettere in pericolo la propria posizione sociale, e in quegli anni restammo lontani. Io studiavo, e lui lavorava nell'amministrazione della città. Sembrava non diffondere più voci su di me, per il momento. E non so se per la sensibilità sviluppata nel bordello o per la mia conoscenza degli uomini, non mi serviva osservare Niccolò per sapere che anche lui si stava allenando con la spada, al fine di usarla contro di me il giorno del nostro scontro finale.

Anche se avevo superato la trentina, sembravo un ragazzo di diciotto anni, e tale mi sentivo. Ero ancora snello e di media altezza, anche se avevo i muscoli ben sviluppati. Avevo i capelli biondi ramati, che portavo lunghi e raccolti sotto una comune foggetta, copricapo da me scelto perché semplice e dimesso. Non volevo dimenticarmi chi ero e da dove venivo: non ero nessuno, e non venivo da nessun luogo. Sul petto non avevo marchi che indicassero l'eresia, nonostante le parole di Silvano. Mi chiedevo se appartenessi davvero alla famiglia di quei nobili che aveva visto, malgrado la donna avesse i capelli del mio stesso, insolito colore.

In un'uggiosa giornata d'inverno, quando le mura di pietra grigia di Firenze erano lucide di umidità e lungo le strette strade era calato il gelo, uscii con Sforno per una visita come facevo spesso. Non lo sapevo ancora, ma la mia vita stava per cambiare. Girammo intorno all'enorme basilica di Santa Maria del Fiore, ancora incompiuta, e andammo quasi a sbattere contro un gruppo di persone intente a parlottare, come accade di frequente nelle piazze cittadine.

«C'è davvero bisogno di questa confraternita?» stava dicendo un signore alto e robusto, riccamente abbigliato. Aveva un aspetto familiare e stava accanto a un altro uomo slanciato con i capelli scuri, il cui volto mi ricordava qualcuno. Di fronte a loro, tre magistrati dal mantello rosso.

«Signor Petrarca, la Confraternita della piuma rossa compirà importanti opere per la Chiesa, sradicherà i semi dell'idolatria smascherando stregoni, astrologi, alchimisti, auguri, venditori di incantesimi, satanisti e streghe di ogni genere!» esclamò uno di loro. «Li bruceremo e ripuliremo Firenze!»

«Certe cose esistono soltanto nelle fantasie del popolo ignorante, perché dunque dovremmo fondare una società per scovarle e combatterle?» chiese il primo uomo. Era di mezza età, la faccia espressiva e gradevole, e improvvisamente lo riconobbi: certo, Petrarca, l'amico di Giotto, che era intervenuto anni prima in piazza Ognissanti quando la folla stava per mandarmi al rogo come stregone. Da allora era invecchiato e dimostrava una cinquantina d'anni. «Vi sono problemi più gravi: l'unificazione d'Italia, il rientro del pontefice a Roma, sua sede naturale...»

«So di uno stregone che usa le arti oscure per perpetuare la propria giovinezza» affermò uno degli uomini col mantello rosso che mi dava la schiena. Riconobbi la lamentosa voce acuta e stridula. Cercai la spada, invano.

«Se praticasse realmente le arti oscure, avrebbe lanciato un incantesimo su di voi, Niccolò Silvano!» dissi e lui si girò, gettandosi il mantello rosso sulla spalla.

«Bastardo!» esclamò sorpreso. «Ecco lo stregone in carne e ossa! Si parla del diavolo e spuntano le corna.» Mi guardò con un sogghigno, incurvando le labbra proprio come suo padre, di cui aveva conservato anche l'aguzzo naso sottile, il mento prominente, la barba corta e ben pettinata. Emanava pure il suo stesso profumo. Ribollivo d'odio dalla testa ai piedi.

«Guardate bene la faccia di questo stregone» dichiarò sprezzante. «Non cambierà mai!»

«Meglio la mia faccia del tuo brutto muso» lo provocai.

«Non mi pare affatto uno stregone» commentò Petrarca, sollevando la testa e stringendo gli occhi per guardarmi meglio. «Sembra un bel giovane privo di buongusto per i copricapi. Per l'appunto, non riuscite a trovare qualcosa un poco più elegante di una comune foggia?»

«Fino a quando avrà ancora questo aspetto?» alzò la voce Niccolò. «Quando lavorava per mio padre, e lo ha fatto per quasi vent'anni, pareva un tredicenne! Questa è stregoneria!»

«È più vecchio di voi, vero?» ribatté Petrarca in tono misurato. «Come potreste sapere che aspetto aveva prima che voi nasceste?»

«Ho sentito voci sulla sua insolita giovinezza» dichiarò un uomo accanto a Niccolò. Era basso e tozzo, con la pelle bisunta. Gli lanciai un'occhiata sprezzante e sotto il mantello rosso da magistrato notai il saio dei domenicani. Aveva modi altezzosi.

«Le voci sono come le fantasie delle fanciulle» esclamai in tono più calmo del previsto. «Prive di fondamento. Siete voi forse una fanciulla, frate, per fidarvi delle fantasie?»

«Esattamente» ribadì il grande Petrarca. «Dovremmo dubitare di ciò che sentiamo in giro fin quando non possiamo controllarne la veridicità. A dire il vero, dovremmo abbracciare il dubbio stesso come unica verità, senza affermare alcunché a sproposito, e dubitare di ogni cosa, a eccezione di quando il dubbio è sacrilegio!»

«Luca, dobbiamo andare» sollecitò Moshe Sforno, prendendomi il gomito.

«Ma io posso provarlo, signor Petrarca» disse Niccolò allusivamente. «In una lettera si afferma che i suoi genitori lo stanno cercando e che si accompagnavano a un gruppo di eretici. Il documento è stato scritto trent'anni fa.»

«Con il dovuto rispetto, una lettera vecchia di trent'anni non prova alcunché» obiettò Petrarca.

«Guardategli il petto! Dovrebbe portare il marchio dell'eresia!» urlò Niccolò. Il domenicano che lo accompagnava mi scrutò inarcando le sopracciglia, e persino Petrarca chinò la testa incuriosito. Io sorrisi con freddezza, aprii il mantello, slacciai il farsetto e, lentamente, sollevai la camicia. Niente macchie. Niccolò non si lasciò scoraggiare. «Nasconde il marchio con la magia nera! Guardategli da vicino il viso e andate a esaminare un pannello conservato dalle monache di San Giorgio. Lo riconoscerete subito e vedrete che è soltanto un poco più giovane di adesso!»

«Ha un bel volto, qualsiasi pittore vorrebbe dipingerlo» ribatté Petrarca, scuotendo le spalle.

«Ma lo ha dipinto Giotto!» urlò Niccolò con un gesto enfatico. «E Giotto è morto dieci anni prima della morte nera. Avrete così la conferma che non invecchia come le persone normali, è una sorta di scherzo della natura, un demonio in sembianze umane. Ha lanciato un incantesimo sul grande Giotto perché lo ritraesse!»

Niccolò sfoderò la spada e me la puntò al collo. Non provai paura incontrando il suo sguardo: non mi avrebbe mai ucciso sotto gli occhi dei presenti, non era nel suo stile. Per infilzarmi avrebbe atteso che fossimo soli e che gli voltassi le spalle. Dovevo stare attento a non trovarmi in quella situazione. Premette un po' di più e una goccia di sangue mi colò lungo il pomo di Adamo.

«Metti via la spada prima di farti male, Nicoletta» lo schernii.

«Ho lasciato un regalo per te al bordello di mio padre» sussurrò, così che solo io potessi sentirlo. «Vai a prenderlo!»

«Questo orribile episodio deve avere termine» dichiarò Petrarca, mettendosi tra noi, poi posò l'indice sul piatto della lama e la allontanò. Niccolò abbassò l'arma, ma continuò a fissarmi con i suoi occhi spietati.

«Non è possibile fermare la Confraternita della piuma rossa» disse Niccolò. «Daremo la caccia alle streghe e agli stregoni e li bruceremo, distruggendo il male a Firenze!»

«Che mi dici dei serpenti, Niccolò?» chiesi. «Farai meglio a includere qualche garanzia per loro nel tuo proclama, altrimenti dovrai eliminare te stesso.»

«Sarebbe d'uopo che ripensaste alla vostra posizione, messer Petrarca» affermò il domenicano, poi mi guardò severo. «Se liberiamo Firenze dalle creature malvagie che porta in seno, forse potremo prevenire un possibile ritorno della morte nera.»

«Non sono incline a pensare che quella soluzione avrà successo» rispose pacato Petrarca.

«Venite, Silvano, i vostri progetti mi interessano» continuò il domenicano. «Conosco un cardinale, amato dal Santo Padre Innocenzo VI, che vedrebbe di buon occhio la vostra confraternita. Desidera ripulire il mondo per poter instaurare la volontà di Dio. Personalmente è distrutto dal dolore per la macchia che il peccato di Eva ha gettato sull'umanità, e opera da decenni per sradicarlo!»

«Vi sosterrò con tutto il potere che ho a disposizione» aggiunse il primo magistrato, poi trascinò via Niccolò. Il domenicano rimase accanto a loro.

Niccolò, tuttavia, si voltò. «Bastardo, porgi i miei omaggi a Simonetta quando la vedrai» mi gridò. «Dille che presto la raggiungerai!» Buttò la testa all'indietro e rise.

Che cosa aveva fatto alla dolce Simonetta? Una nebbia rossa mi oscurò la vista. Borbottai qualcosa e mi lanciai verso di lui, ma Moshe Sforno e Petrarca mi trattennero.

«Lasciate perdere, non lo seguirò» dissi rabbioso e frustrato, e allora Sforno mi lasciò andare.

Petrarca mi fissò assorto. «Cari signori, vogliate scusarci. Vieni con me, ragazzo!» Mi cinse le spalle con un braccio e mi condusse verso il Battistero. Non profferì parola fin quando non giungemmo di fronte al campanile di Giotto. Quel silenzio mi aiutò a calmarmi. Ero quasi sorridente quando osservai la bellezza che Giotto aveva creato a caro prezzo per le autorità cittadine, e rammentai il suo buonumore e la sua benevolenza.

«Sembri un uomo perso nel ricordo» osservò Petrarca. «Anch'io ho un ricordo, che risale a dodici anni fa, quando mi fermai a Firenze mentre mi recavo a Roma.» Si accigliò e si tastò il mantello. «Ricordo un ragazzo di undici anni che stavano per bruciare sul rogo e che era vincolato per contratto a un uomo malvagio. Sarebbe possibile che quel ragazzo ora avesse soltanto diciotto anni? Se anche non portasse marchi sul petto?»

Le sue parole erano esattamente quelle che temevo, ma questa volta non mi irrigidii per la paura. Rimasi rilassato e inerme. «La mia vita è un tributo al crudele umorismo di Dio, a partire dall'infanzia per le strade di Firenze, per proseguire con l'esperienza in un bordello di perversioni, e poi con l'ospitalità trovata presso gli ebrei, anch'essi con una posizione precaria a Firenze. Per quanto concerne le mie origini, conosco soltanto pochi frammenti, e alcuni tasselli non si combinano fra loro. Non ho nessuna certezza.»

«Tu hai l'aura dell'eletto. È certo che sei figlio di persone raffinate. Sei troppo intelligente per non esserlo.»

Certo che sembravo intelligente. Le porte della mia mente erano state aperte da persone della statura di Giotto e Moshe Sforno, fra'Pietro, l'Errante e Geber l'alchimista. Persino Bernardo Silvano, per quanto ripugnante, era riuscito a insegnarmi qualcosa. «Delle mie origini non ricordo nulla, a eccezione di quando mendicavo per le strade di Firenze.»

«Non ha importanza alcuna. "Non si estrae già dalla memoria la realtà dei fatti, che sono passati, ma le parole generate dalle loro immagini, quasi orme da essi impresse nel nostro animo mediante i sensi al loro passaggio." Lo disse Agostino nelle sue *Confessioni*, e io sono d'accordo» affermò Petrarca serio. «Con i nostri pensieri e i nostri scritti conferiamo forma e significato al nostro viaggio. Un giorno narrerai la tua storia, Luca Bastardo, e solo allora ne troverai il significato. In tal modo scoprirai chi e cosa sei.»

Infilò la mano in una sacca di cuoio che portava in spalla e ne trasse un oggetto. «Ecco» disse, lanciandomelo. «Un dono per te, per i tuoi ricordi. Vorrei vivere abbastanza a lungo per poterli leggere.»

Lo afferrai a mezz'aria. Si trattava di uno dono munifico da parte di un estraneo: un taccuino rilegato in cuoio con pagine di pergamena bianca. Era spesso e ben rifinito, la carta morbida, e tenerlo tra le mani mi dava una sensazione di piacere. Una sensazione che provo ancora adesso, mentre me ne sto seduto tra le quattro mura opprimenti della mia cella. Ora le pagine sono quasi terminate, le ho riempite in attesa della mia esecuzione. Il tempo qui, seppur breve, sarebbe trascorso ancora più lentamente se non fosse stato per il dono di Francesco Petrarca e per la tavoletta di Giotto con san Giovanni: me li ha portati Leonardo, il Maestro in persona, dopo che i soldati dell'Inquisizione mi hanno trascinato in questa cella. In quel momento mi profusi in ringraziamenti a Petrarca; quel taccuino era raro e costoso. Lui schermì la mia farfugliata gratitudine nel suo solito modo brioso.

«Siamo di fronte al frutto dell'ingegno di Giotto, non eri forse il suo protetto? Ho conosciuto il Maestro solo di sfuggita, ma la sua amicizia era onorevole, e l'ho serbata fedelmente nell'animo. Se tu gli eri caro, per me è più che sufficiente.»

Allora si rammentava di me anche grazie a Giotto! Deglutii. «Voi conoscete il mio segreto e non mi reputate uno stregone? Non siete tentato da Niccolò Silvano e dalla sua confraternita?»

Petrarca scosse la testa. «Quel tizio dal profumo greve e tante superstizioni è decisamente poco gradevole.» Scrollò le spalle. «Se l'Autore di ogni tempo ed età ti consente di aggirarti sulla terra più a lungo della maggior parte di noi, chi sono io per contrastarlo? E chi sei tu per negare la grazia del Suo dono?»

Per la prima volta, la mia eterna giovinezza mi veniva presentata alla luce della grazia di Dio. Fissai Petrarca incapace di parlare. Cominciai a considerare me stesso in modo del tutto nuovo. Lui rise ancora, mi toccò il braccio e disse che avremmo dovuto essere buoni amici, poiché entrambi avevamo goduto dell'amicizia di Giotto.

Più tardi, quando stava sopraggiungendo la sera, dopo aver trascorso ore a rimuginare amaramente su cosa potesse mai intendere Niccolò come regalo, mi recai al bordello. Ero riluttante, ma la contraddittoria logica del cuore mi spingeva ad andarci: volevo vedere la mia antica prigione con gli occhi nuovi della libertà. E dovevo affrontare qualsiasi cosa Niccolò avesse lasciato lì per me. Mi affrettai in direzione delle mura sul lato orientale della città, correndo per stradine tortuose dove il vuoto creato dalle casette incuneate tra le massicce torri lasciava filtrare chiazze di luce sull'acciottolato scuro e umido. Giunsi infine al palazzo dove mi ero ripromesso di non entrare mai più. Le finestre della facciata erano nude, io stesso avevo strappato le cortine tanti anni prima. Il luogo pareva deserto, come lo erano molti altri edifici quattro anni dopo il primo, feroce attacco del morbo che aveva devastato Firenze. Mi avviai con passo tranquillo verso l'ingresso, ma la mia sensibile peluria sulla nuca si rizzò e cominciò a pulsare. C'era qualcosa di strano. Spinsi la porta del bordello con mano tremante.

L'interno era silenzioso, esattamente come durante il lungo dominio di Silvano. Ma non lo avevo lasciato così: quando me ne ero andato con il petto e le braccia macchiati del sangue di otto uomini, i bambini curiosavano in giro e le serve spettegolavano raccogliendo i cadaveri. Il mio gesto aveva ridato vita al palazzo. Simonetta mi aveva abbracciato, augurandomi ogni bene nella mia nuova casa, e io l'avevo rassicurata che Niccolò non sarebbe tornato perché lo avevo minacciato di spaventevoli conseguenze.

Chiamai ad alta voce, ma nessuno rispose. Passai nell'atrio e percepii l'odore dolce e nauseante della carne in decomposizione. Tutte le porte erano chiuse e, aprendo la prima, vidi una piccola sagoma sul letto. «No!» gridai. Il cuore mi batteva forte mentre mi avvicinavo. Era la delicata bambina del Catai, uno degli ultimi acquisti di Silvano. Non si trovava da molto a palazzo quando l'avevo liberato, e il suo spirito non era ancora stato spezzato. Aveva una risata argentina, come il suono di tante piccole campanelle. Era cresciuta ben poco negli anni della mia lontananza, e i suoi occhi obliqui mi fissavano vacui dal visetto triangolare con la pelle gialla. Le aveva tagliato la gola.

Vomitai, poi uscii barcollando. Entrai quindi nella stanza di un giovane biondo che giaceva a faccia in giù sul pavimento. Anche lui aveva la gola tagliata. Piangendo corsi di sopra, nell'ala privata. Spalancai la porta della stanza di Simonetta e vidi la sua figura paffuta sul letto. Sembrava che dormisse, con la lunga treccia bionda che pendeva dal lussuoso cuscino di velluto, una delle caratteristiche del palazzo. Il petto era immobile e gli occhi contornati da rughe profonde erano chiusi. Non si vedevano né sangue, né tracce di violenza sul collo, ma era morta. Il suo dolce viso segnato dalla voglia rossa era chino su un lato, le mani sciupate piegate sul petto. Probabilmente Niccolò l'aveva avvelenata. Crollai sul pavimento. Simonetta era stata gentile con me, e per questo era morta. Da vile mostro qual era, Niccolò aveva ucciso sua madre, un'atrocità impensabile. Se non me ne fossi andato a vivere dagli Sforno, forse Simonetta sarebbe sopravvissuta, non avrei dovuto abbandonarla! Rimorso e rabbia, ormai, non l'avrebbero più salvata. Non cercai neppure di trattenere le lacrime che mi scendevano sul viso.

Cadde la notte, e con essa le dense ombre violacee disegnate dagli archi delle alcove. Un vento freddo sibilava alle finestre. Feci il giro del palazzo ad accendere lumi e candele. Quasi in ogni stanza giaceva un bambino morto, a terra o sul letto. Gran parte aveva la gola tagliata, ma qualcuno era stato pugnalato. Nessuno aveva opposto resistenza; sapevo per amara esperienza che avevano insegnato loro a non farlo, e che neppure anni di libertà erano sufficienti ad abbattere certe barriere mentali. Lasciai la mia stanza per ultima. Sul mio letto c'era un cagnolino dal pelo fulvo, un bastardino di quelli che scorrazzavano per la città in cerca di cibo. La testa era mozzata, la bocca aperta con la lunga lingua rosa a penzoloni, e giaceva accanto al torso che era stato pugnalato svariate volte. Le gambe e i genitali mancavano: era un chiaro avvertimento per me. Anziché spaventarmi, mi infuriai. Avrei dovuto uccidere Niccolò quando se ne era presentata la possibilità: se fossi stato uno stregone come lui affermava, lo avrei ucciso con il pensiero in quello stesso istante.

C'erano quasi cinquanta cadaveri da seppellire, un lavoro di qualche giorno per una persona sola. Ma avevo finito di sotterrare morti, i miei giorni da becchino erano terminati. Il Dio ridente, alla ricerca di un ennesimo scherzo, mi aveva colpito come fa un gatto col topo anche in quella nuova fase della mia vita. Mi sedetti sul letto accanto al cane mutilato. Mi ci volle un momento, poi la risposta giunse in tutta la sua cruda semplicità. Avrebbe richiesto un enorme sacrificio da parte mia – l'esilio –, ma in quel momento era l'unica soluzione possibile. Tolsi una torcia da un candelabro a muro e l'accostai alle pesanti cortine che un tempo avevano impedito alla luce di entrare in quella stanzetta, la mia prigione per tanti anni. Presero rapidamente fuoco, e le fiamme gialle risalirono fino a sfiorare il soffitto. Tenni poi la torcia accanto al letto con il materasso di crine, e anche le lenzuola si incendiarono sibilando. Una fiammella corse lungo il muso del cane, e io mi precipitai di sopra e diedi fuoco al letto di Simonetta. Osservai per un attimo le fiamme avvolgersi teneramente intorno al suo corpo come una coperta, poi mi allontanai prima che l'odore di carne bruciata mi nauseasse.

Entrai in una stanza dopo l'altra e appiccai il fuoco a lenzuola e tendaggi. Non pregai, perché ero nuovamente adirato con Dio per aver permesso a Niccolò di compiere tanti omicidi. Mi affidai semplicemente al fuoco, perché guidasse i bambini in un aldilà migliore, qualsiasi potesse essere. Dubitavo che fosse il noioso paradiso millantato dai preti, ma era probabile che ci fosse davvero qualcosa dopo la morte. Uomini migliori di me, uomini battezzati, erano certi della loro fede nel paradiso.

Ben presto il palazzo crepitò, scricchiolò e sibilò per il fuoco. Volute di fumo nero invasero il soffitto e intense folate d'aria rovente mi sfiorarono il viso. Un bagliore dorato si diffuse sulle pareti, rammentandomi le sfolgoranti aureole delle opere di Cimabue, il maestro di Giotto. Cimabue aveva dipinto la splendida pala d'altare della Madonna di Santa Trinita, che era ritratta come una regina assisa su un trono sfarzoso e monumentale, circondata da otto angeli adoranti e con quattro severi profeti sotto di lei. Esisteva nell'oro che era lo sfondo della sua divina essenza materna, e teneva sulle ginocchia Gesù bambino con la mano alzata in segno di benedizione.

Forse furono l'odore di fumo e di carne bruciata a confondermi i sensi, o forse fu la straordinaria Madonna di Cimabue a esaltarli ma, per un attimo, ritrovai la sensazione di totale libertà della pietra filosofale. Il tempo divenne un vortice, come la ruota sferragliante che si stacca dall'asse di un carro, e le scene del passato presero vita davanti ai miei occhi. Le fiamme svanirono come nuvole che si disperdono sulla superficie di un fiume e rividi me stesso, un bambino sporco e scheletrico, condotto attraverso la porta da un sogghignante Bernardo Silvano. Vidi il primo cliente entrare nella mia stanza, e poi gli infiniti altri che lo seguirono. Vidi ciascuno dei loro volti tanto odiati. Li odiavo ancora, sentivo ancora il fuoco della rabbia scorticarmi per quel che mi avevano fatto. Era un tormento, e mi sentii nuovamente violato.

All'improvviso il tempo smise di turbinare e mi ritrovai circondato dai quarantotto bambini di cui avevo consegnato i cadaveri al fuoco. Erano tranquilli, solenni, riverenti. Indossavano semplici tuniche di seta turchina e avevano aureole dorate, proprio come gli angeli di Cimabue. La ragazzina del Catai era la più vicina a me e, quando incontrai il suo sguardo, mi sorrise. Si unì anche Ingrid, che avevo avvelenato con un dolce per salvarla dalle attenzioni di un cardinale. Apparve Bella dagli occhi azzurri, con le mani miracolosamente intatte, poi vidi Marco. Bello, elegante, irradiava gentilezza, come prima che Silvano lo brutalizzasse. Ero così felice di vederlo sano e radioso che lo chiamai, e lui mi fece l'occhiolino con il suo antico spirito. Un suono che pareva un canto salì dalla gola dei bambini esaltandomi, e scorsi Simonetta in piedi tra loro. Era di nuovo giovane, e senza i segni della frusta di Silvano che tanto spesso portava sulla pelle. Mi sorrise e mi fece un cenno...

Crack! Una trave in fiamme si schiantò dietro di me, così vicina che le scintille mi colpirono in piena faccia, svegliandomi dal mio fantasticare. Deposi la torcia sul tappeto e uscii dal portone. Camminai per un breve tratto, accertandomi di poter vedere ancora l'ombra rossastra del palazzo riflessa nella notte. Scalai il muro di un edificio abbandonato accanto a Porta Santa Croce che, come tutte quelle di Firenze, di notte era chiusa. Incurante del coprifuoco e di un ufficiale di passaggio, mi arrampicai sul tetto per osservare lo spettacolo del bordello di Bernardo Silvano che si inceneriva. In fondo stava bruciando anche la mia vita, e non mi dispiaceva vederla andarsene. Una vita migliore, un Luca migliore, sarebbero rinati dalle ceneri. Forse la gabbia del cane bastonato doveva finire in fiamme per svanire dalla mia mente.

Ne era valsa la pena, anche se adesso avrei dovuto lasciare Firenze. Le autorità cittadine avrebbero perdonato la strage degli innocenti compiuta da Niccolò, ma non il mio gesto: l'incendio doloso era un reato da impiccagione. Gli edifici di Firenze erano preziosi, molto più di cinquanta bambini senza famiglia e di una vecchia che si prendeva cura di loro. I governanti, in realtà, sarebbero stati grati a Niccolò per aver liberato la città da quei fastidiosi reietti, imbarazzanti ricordi di un vizio al quale troppi esponenti del governo comunale erano inclini. Incendiare un edificio che avrebbe potuto essere utilizzato per la città era invece un atto imperdonabile. Sapendo come stavano le cose, e che né il cielo né gli uomini avrebbero vendicato i bambini ai quali avevo acceso la pira funebre, non potevo più credere in alcun Dio. Persino un Dio crudele avrebbe dovuto provare tenerezza per dei bambini schiavizzati e per un'anima dolce come quella di Simonetta. Era chiaro che non c'era alcun Dio a eccezione della malvagità umana.

L'alba spuntò fredda e umida. I primi, esitanti raggi di sole squarciarono l'orizzonte color indaco e le porte della città vennero aperte. Entrarono gli uomini del contado con i carri carichi di prodotti per il mercato. Per le strade, i carri e le bestie da soma si mescolarono ai devoti che si affrettavano verso la prima messa. Dovevo tornare dagli Sforno e preparare le mie cose. Quando arrivai stava cadendo una pioggia leggera. Attraversai silenzioso la casa e uscii, diretto al capanno per lavarmi. Rachele mi stava aspettando, seduta sulla paglia dove avevo dormito per tanti anni e dove non mi sarei più coricato. Aveva le ginocchia raccolte contro il petto e avvolte nella mia coperta di lana.

«Ero in ansia per te, Luca, non ti ho visto tornare a casa la notte scorsa» disse. Le labbra rosee e piene erano tirate per la preoccupazione, e i lunghi capelli ramati e lucenti sciolti sulle spalle, le ciocche arricciate intorno al viso. I grandi occhi erano sottolineati da mezzelune rossastre. La risoluta

Rachele pareva stranamente vulnerabile persino ai miei occhi esausti. Negli ultimi quattro anni era diventata molto bella: aveva gli zigomi alti, la pelle chiara e gli occhi che brillavano di intelligenza e vitalità.

«Rachele, tua madre non vuole che resti sola con me» le sussurrai dolcemente. Mi trattenni sull'uscio e tirai a me lo sgabello per sedermi in attesa che se ne andasse.

«Dove sei stato?» mi domandò.

«Fuori. Penso che te ne dovresti andare, o tua madre si arrabbierà con me.»

«A volte scompari» mormorò, stringendosi ancor più le ginocchia al petto. «Dove vai, Luca Bastardo? Vai al mercato, a trovare gli amici del passato, a cercare i genitori che non hai mai conosciuto? Mamma dice che non dobbiamo farti domande sulla tua vita, che una persona che ha fatto quel che hai fatto tu ha dei segreti che il resto di noi non dovrà mai conoscere.»

«Me ne vado» dichiarai, guardando altrove. «È accaduta una cosa e non posso più restare a Firenze. Non è sicuro per me, né per la tua famiglia: gli ufficiali verranno qui a cercarmi.»

«No, Luca! Perché?» Balzò in piedi, lasciando cadere la coperta e mettendosi di fronte a me con indosso la sottile sottoveste color albicocca. Volevo distogliere lo sguardo perché era sconveniente che la vedessi così: una donna indossava la sottoveste soltanto nell'intimità della casa, con i membri più stretti della famiglia. La luce tenera dell'alba, però, rendeva diafana la veste di Rachele, e rivelava sotto la seta sottile il seno pieno e sodo e la vita snella. Ero eccitato, stupito e sconvolto nel ritrovarmi così, non riuscivo ad allontanare gli occhi da lei.

«Luca, cosa c'è che non va? Cos'è accaduto? Devi dirmelo! Noi possiamo aiutarti, io posso aiutarti!» gridò Rachele. Corse verso di me e mi fece alzare dallo sgabello. Respiravo a fatica, tremavo. «Non sei più solo, ci siamo noi!» Mi afferrò per le spalle e mi strattonò. Mentre si muoveva, la seta della veste si tese a evidenziare le curve del suo corpo. Mi sentii attraversare da una strana apatia, e mi accasciai anche se mi stava ribollendo il sangue. Certo, conoscevo tutto del desiderio, avendolo sperimentato negli altri in tutti quegli anni da Silvano, ma non l'avevo mai vissuto in prima persona. Non mi aspettavo di sentirmi così, bramoso, svenevole e caldo. Avevo le guance in fiamme, mi vergognavo. Il desiderio mi ingannava il cervello, proprio come lo avevo visto farsi beffe di uomini con mogli e figli e far compiere loro stupri e violenze. Che differenza c'era tra loro e me, in fondo? Era una domanda irritante. Non volevo ferire Rachele come io ero stato ferito, soprattutto in quel giorno in cui avevo acquisito una nuova padronanza di me. Chinai la testa.

«Luca?» Mi posò dolcemente una mano sotto il mento e mi sollevò la testa, cercando i miei occhi con i suoi.

«Devi andartene da qui» dissi con voce roca. «Adesso!»

Mi feci da parte per lasciarla passare. Prima che potessi reagire, lei mi prese la faccia tra le mani e mi baciò. Notai che era alta quanto me e non doveva mettersi in punta di piedi. Le sue labbra avevano un dolce sapore di burro. Poi le dischiuse per farmi sentire la lingua morbida e calda, e ogni mio pensiero svanì. Un momento dopo si ritrasse.

«Sei così bello, Luca» mormorò. «Ti desidero da tanto!»

«Davvero?» chiesi debolmente, sorpreso e grato. «Mi desideravi?»

«Solo se anche tu mi vuoi» sussurrò, e in quel momento compresi la differenza tra me e i clienti: Rachele desiderava me quanto io desideravo lei. Mai avevo invitato i clienti nella mia stanza; mi ero sottomesso a loro con rabbia, disperazione e disprezzo. In lei non vi era sottomissione, ma soltanto tenerezza ricambiata. Non riuscivo a parlare, così la baciai di nuovo.

Non so come, ma ben presto lei si sollevò la veste e io mi tolsi la camicia. In tutti quegli anni da Silvano, mai avrei immaginato di avere tanta fretta di spogliarmi! Ero maldestro, e Rachele ridacchiò, poi mi accarezzò e riuscii soltanto a gemere. Nel corso dell'ora seguente trasse piacere dal mio corpo, come tanti avevano fatto prima, ma anche lei mi diede piacere senza riserve con le mani, la bocca e tutta se stessa. Era riuscita a guarire qualcosa che il mio lavoro di un tempo aveva lacerato. Le cicatrici per ciò che avevo fatto sarebbero rimaste, ma ora potevo essere un uomo, con tutto ciò che implicava. Quello di Rachele fu un grande dono.

«Non te ne andrai ora, Luca?» mi chiese dopo un po'. Eravamo l'uno nelle braccia dell'altra in mezzo alla paglia. La stavo stringendo a me, meravigliato della sua bellezza, della sua dolcezza e della sua forza. Non so come, ma sapevo che non era Rachele la donna che mi era stata promessa nella notte della pietra filosofale, eppure provavo gratitudine e tenerezza per lei.

«Se non me ne vado vi metterò in pericolo» risposi, e venni assalito da un senso di colpa mentre realizzavo appieno il significato delle mie parole. Allora più che mai, dopo aver amato Rachele, non potevo nuocere agli Sforno. Gli ebrei erano tollerati a stento a Firenze. Il cuore mi balzò in petto quando mi accorsi di un altro problema: né gli ebrei, né i cristiani, né soprattutto i suoi genitori avrebbero perdonato ciò che avevamo fatto. «Non solo per quello che è avvenuto stanotte, ma anche per questo» dissi, accarezzandole dolcemente il seno. «I tuoi genitori mi uccideranno se lo scoprono, e uccideranno anche te!»

«Non lo scopriranno, non glielo diremo» mi implorò.

«I tuoi genitori non sono sciocchi, basterà loro un'occhiata per capire» dissi, allontanandomi da lei e fissando le travi sul soffitto. Il cuore mi doleva: avevo scoperto con Rachele quella cosa meravigliosa, e l'avevo già perduta. Avevamo tradito la fiducia dei suoi genitori e infranto una regola importante. E tutto dopo che io avevo dato fuoco a un palazzo, un'impresa che avrebbe attirato su di me la rabbia della città. Non riuscivo a dispiacermi per aver fatto l'amore con lei, perché mi pareva sano e giusto, ma gli altri ci avrebbero giudicati e condannati, lei ancor più di me. Poteva persino essere uccisa. Feci un respiro profondo: «Moshe e Leah si vergogneranno. Penseranno che tu abbia disonorato loro, la vostra famiglia e la vostra comunità. Potreste venire emarginati».

«Nessuno lo saprà mai» ripeté Rachele ostinata. Le baciai la fronte.

«La gente scopre sempre tutto» risposi. Mi addolorava, ma per il suo bene dovevo lasciarla. Mi alzai goffamente, cercando la camicia. «Mi verranno a cercare, e non voglio mettere nei guai la tua famiglia. Questa notte ho fatto una cosa... Gli ufficiali mi impiccheranno senza attendere il processo. Già non piaccio a causa di Niccolò Silvano e della sua Confraternita della piuma rossa.»

«Lo hai ucciso?» Rachele mi fissò con gli occhi sgranati.

«Magari!» esclamai. «Vorrei che le cose fossero così semplici.» Finii di vestirmi e poi salii sullo sgabello per prendere la tavoletta di Giotto. Rachele mi osservò, gli occhi intelligenti pieni di curiosità. Misi il dipinto insieme al taccuino di Petrarca e agli occhiali di Geber in una sacca che avevo da poco acquistato al mercato, poi mi strinsi nel mantello.

«Non andartene, Luca» mi pregò Rachele. «Per favore, non andare, io ti amo!» Balzò in piedi e si aggrappò a me.

«Vorrei restare» dissi, accarezzandole i folti capelli ramati. Per un momento, mi concessi di immaginare di restare. Avrei potuto averla... ma i suoi genitori mi avrebbero odiato per aver gettato la vergogna su di loro agli occhi della comunità. Poi gli ufficiali sarebbero venuti a cercarmi accusandomi di incendio doloso, un crimine ben peggiore degli omicidi compiuti da Niccolò Silvano. E se il governo della città avesse accusato gli Sforno per avermi ospitato? E se avessero fatto del male a Moshe e Rachele per causa mia?

«Devo andare, Rachele, perché ti voglio bene» sussurrai con voce rotta. «Altrimenti gli ufficiali mi impiccheranno, e potrebbero punire anche la tua famiglia. Sai come trattano gli ebrei. Potreste essere espulsi da Firenze, o peggio! Proprio ciò che tua madre ha sempre temuto. Non vi metterò in pericolo.»

«Per favore, Luca, resta» mormorò lei. La baciai ancora una volta sulla bocca rossa e piena, poi uscii dal capanno. Lasciai Firenze e andai in esilio.

Parte seconda

13

Fu una lettera a riportarmi a Firenze. Non una lettera di Petrarca, anche se mi scrisse regolarmente fino alla sua morte, avvenuta nel 1374. Non so come, ma le sue lettere mi giungevano ovunque mi trovassi, che fosse nel mare Adriatico a comandare una nave pirata, in Spagna a sostenere Edoardo il Nero e ad aiutare gli ebrei espulsi a fuggire e a insediarsi altrove, a Kulikova a battermi contro i tatari, lungo la via della Seta percorsa dal veneziano Marco Polo a trasportare stoffe lussuose e spezie esotiche, in Grecia a mettere in salvo testi antichi dai monasteri, in Portogallo a pescare. Lavorai dapprima come medico, un'abilità che possedevo ed era abbastanza considerata perché gli altri mi pagassero, ma mi incuriosivano anche altre professioni. Prestai servizio come condottiero, anche se evitai rigorosamente di uccidere perché di assassinii ne avevo visti abbastanza. Preferivo combattere per il piacere di disarcionare i nemici a cavallo. Fui anche bandito, mercante, pescatore, falsario e commerciante di antichità e di qualsiasi altra cosa si potesse acquistare e rivendere a un prezzo più elevato. Non c'erano limiti a quel che potevo fare, a eccezione della mia coscienza, poiché ero libero dalle nozioni di paradiso e perdizione.

Nei decenni tra il 1353 e il 1400, dunque, vissi da uomo

libero, soddisfacendo ogni mio capriccio. Facevo ciò che volevo e andavo dove mi portava il desiderio. Vidi tutte le meraviglie del mondo, sia naturali sia costruite dall'uomo. Incontrai grandi personaggi e andai a letto con donne bellissime. Mi pareva innaturale negarmi il piacere quando dolore e sofferenza erano pronti a colpire e a richiedere un pegno. Pertanto rispondevo agli inviti delle donne e le adoravo tutte, anche se nessuna era quella della visione e non ero più così certo di meritarla. Sapevo, tuttavia, che l'avrei riconosciuta all'istante, che avrei sentito il suo lieve profumo di lillà e che non avrei mai più voluto toccare un'altra donna. Nei miei sogni c'era una consapevolezza di fondo che non voleva andarsene, una certezza che mi accarezzava la pelle come una brezza calda: un giorno o l'altro l'avrei trovata. Avevo compiuto una scelta che il fato avrebbe onorato. Quello che non sapevo, invece, era se io fossi riuscito a onorare il fato. Mi accorsi solo in seguito che il tempo trascorso nell'attesa era vuoto, che nulla legava il mio cuore alla vita. Fluttuavo, sognavo, parevo mezzo assopito, perché è l'amore a risvegliarci.

In quel periodo guadagnai e persi molto, anche se evitavo di restare senza un soldo e mi facevo scrupolo di mettere in banca parte dei miei guadagni. Grazie ai suoi contatti nella Chiesa, Petrarca venne a conoscenza di un banco di Firenze guidato da un uomo giovane ma capace di nome Giovanni di Bicci de' Medici, originario da un'antica famiglia fiorentina. Di Giovanni mi piacque subito che sapesse comunicare con la gente comune: provava simpatia per gli indigenti ribelli della città, forse perché suo padre vivacchiava grazie a un modesto patrimonio e agli interessi sui prestiti concessi ai contadini dei dintorni. Per le strade di Firenze era come a casa sua, e gli volevano tutti bene, anche se in genere le sue simpatie politiche erano sgradite alle classi elevate. A Firenze, sempre affollata e attenta a ogni singolo fiorino, ricchezza era sinonimo di onestà e virtù, mentre essere poveri significava assoggettarsi alla miseria. Mi colpì inoltre come quel giovane fosse così abile a diversificare gli affari di famiglia, e a occuparsi di fattorie, seterie, lanifici e del commercio con altri paesi. Inviavo regolarmente agenti al banco dei Medici con fondi da depositare.

Accettai i consigli di Petrarca, ma non mi dedicai allo studio come mi aveva suggerito. Gli inviai antichi manoscritti quando li recuperai in Grecia e in Egitto, ma non studiai i classici come mi invitava a fare nelle sue missive. Apprezzai alcuni poeti perché facevano appello alla mia segreta nostalgia per la misteriosa donna del futuro, e imparai a suonare la viola da gamba, seppur maldestramente. Affrontai con la spada e il pugnale qualsiasi uomo che avesse un buon braccio forzuto. Andai in cerca di artisti per esaminare le loro opere. Avevo la sensazione che, una volta tornato a Firenze e trovato moglie, avrei collezionato dipinti.

Con discrezione condussi investigazioni su una famiglia legata ai catari che avesse perduto un figlio e di tanto in tanto chiedevo anche di persone insolitamente longeve con un marchio sul petto. Le risposte non furono incoraggianti, anche se devo confessare che i miei sforzi furono tiepidi. In quella fase intermedia priva di complicazioni, che trascorse senza la presenza di alcuna divinità, ero poco incline a mettere in dubbio me stesso o le mie origini. Le domande erano contrarie al mio stile di vita, basato sulla semplice ricerca del piacere. Quando cominciavano a sorgere dentro di me, proseguivo il mio viaggio, come se avessi potuto metterle a tacere trasferendomi in un'altra città o dedicandomi a una nuova occupazione. Volevo soltanto continuare a guadagnare col mio lavoro e stare in movimento, spinto dalla mia naturale curiosità, ma anche perché la mia eterna giovinezza suscitava inevitabili commenti e costernazione. Sembravo un uomo di venticinque anni, non invecchiavo né mi ammalavo, e qualsiasi mia ferita guariva con singolare rapidità. Accettavo di essere diverso, come sempre, e non me ne davo pensiero.

Se mi trattenevo troppo a lungo in un luogo, tuttavia, la gente cominciava a sparlare di me. Questo in genere attirava l'attenzione della Confraternita della piuma rossa, che si reputava il braccio segreto della Santa Inquisizione romana ed era in costante crescita. I membri portavano cucita sugli abiti una piccola piuma rossa e si salutavano con gesti noti solo a loro. Per mia esperienza, la paura e la ricerca istintiva di un capro espiatorio erano più contagiosi della peste. Talvolta Niccolò Silvano, ormai non più nel fiore degli anni, e suo figlio Domenico, con la piuma rossa cucita sul farsetto, seguivano le voci e mi trovavano, che fossi a Roma, a Vienna o a Parigi, quasi possedessero lo stesso mio sesto senso di un tempo, che mi diceva dove si trovava Bernardo Silvano, solo che adesso il bersaglio ero io. Imparai a sgattaiolare via dalle città non appena un Silvano vi metteva piede. Ben presto, già i primi accenni alla stregoneria divennero per me il segnale che dovevo cambiare luogo ed evitare prima Niccolò e poi suo figlio.

In tutti quegli anni mi tenni informato di ciò che avveniva a Firenze. L'anno prima della sua morte, Petrarca mi scrisse che Boccaccio aveva letto la *Divina Commedia* nella chiesa di Santo Stefano e che gli uomini colti di Firenze si erano scagliati contro di lui per aver servito Dante alle masse come se fosse pane secco. La peste nera si abbatté nuovamente sulla città nel 1374, e quattro anni dopo i ciompi, operai lanieri che lavoravano nelle botteghe con gli zoccoli ai piedi, si ribellarono per protestare contro i salari da fame. Nello stesso anno venne eletto un antipapa, gettando in profonda angoscia la Firenze papalina. La ricca famiglia degli Albizzi controllava la città grazie a una rete di amici e persone designate della Signoria e sfruttò il tipico ingegno fiorentino per espandere il proprio territorio. Poi, sul finire del secolo, Firenze venne minacciata da Pisa e da Milano.

A quel tempo vivevo sulla costa nordoccidentale della Sardegna, a Bosa, un piccolo villaggio di pescatori sulla foce del fiume Temo, dove avevo ripreso a esercitare la mia antica professione di medico. Giunto con la nave di un mercante genovese per commerciare in corallo, avevo trovato molti paesani malati di dissenteria; persino il medico locale era morto. Ebbi pietà di loro e cercai di curarli al mio meglio. Quando la città guarì, rimasi incantato dal fascino dei suoi rigogliosi aranceti e uliveti, dei cespugli di bacche, delle antiche foreste di sughero e degli opulenti vigneti da cui si ricava il delizioso Malvasia, un vino color dell'ambra; dei grifoni e delle aquile pellegrine che si libravano sopra le alte rocce vulcaniche; delle barche da pesca dipinte di rosso, giallo e blu, e dell'ampio villaggio dipinto di rosa e abbarbicato a semicerchio sul dorso di una collina, da cui dominava un mare azzurro e scintillante. Il centro abitato si arrampicava lungo stradine e scalette verso la fortezza rosata del Castello dei Malaspina. Comprai una casetta nei pressi del centro, in un dedalo di vicoli, portici e piazzette dove le donne tessevano o ricamavano instancabili. Un caldo pomeriggio di inizio estate, una voce familiare risuonò nell'ingresso.

«È questa la tana del cucciolo di lupo?»

«Non sono riuscita a fermarlo, Luca» sussurrò Grazia, la mia domestica, assistente e compagna di letto, comparendo sulla soglia. Era una donnina minuta e graziosa con i capelli scuri, spagnoleggiante nei tratti. Aveva un fascino vivace e un'intelligenza acuta. Dall'adolescenza non aveva più il ciclo mestruale, dunque non poteva restare incinta. Avevo aspettato che fosse lei a compiere il primo passo, poi godetti dei suoi servigi senza sensi di colpa e la pagavo profumatamente per i lavori di casa.

«Va tutto bene, Grazia» sorrisi. «Non c'è modo di tenere gli ebrei fuori dalle nostre case!»

«A che serve?» sospirò. «Ovunque si insediano, portano istruzione e commercio.»

«È vero» mormorai. Avevo appena finito di ricucire il braccio di un giovane pescatore che si era ferito con il coltello quando un pesce si era dibattuto all'improvviso. Sospettavo che fosse una frottola, tuttavia, e che avesse litigato con un'altra testa calda come lui. Stavo per ammonirlo, quando Grazia mi aveva informato del visitatore.

«Venite, a meno che non abbiate timore di essere morsicato» dissi. L'Errante entrò e io corsi ad abbracciarlo, gridando dalla gioia. Lui mi strinse, poi si ritrasse per guardarmi.

«Non sei più un cucciolo» osservò ridendo, e mi pizzicò un bicipite. «Guarda che muscoli robusti. Luca Bastardo, il cucciolo biondo ferito, è cresciuto ed è diventato un animale feroce!» In lui, invece, non era cambiato nulla: le grandi spalle tarchiate su cui portava una sacca rigonfia, le braccia e le cosce tornite, la lunga e grigia barba incolta, gli occhi scuri dai quali si irradiavano rughe profonde e che brillavano di buonumore, tristezza e di un tempo vissuto troppo a lungo.

«Voi, invece, non siete cambiato per niente, Errante» risposi, e me ne rallegrai: non ero l'unico che invecchiava in modo bizzarro, dunque.

«E mai cambierò» ribattè spensierato. «Proprio come te, ora che sei un lupo cresciuto.»

«Uno strano vezzo, non c'è che dire, come una freccia con troppe piume» commentai a bassa voce, per non svelare i nostri segreti.

«Alcuni hanno doni insoliti» esclamò Grazia allegra, senza rivolgersi a nessuno in particolare. «Tommaso, ora va', e non litigare più con Guglielmo! La prossima volta potresti tagliarti chissà cosa oltre al braccio.» Poi lo accompagnò fuori, tra le proteste del giovane. Come assistente era utile, una donna concreta e decisa, e i sardi la rispettavano.

«Cos'è mai il tempo, per dovercene preoccupare? Che cosa vedi nell'oscuro passato e nell'abisso del tempo?» mi chiese l'Errante, lanciandomi le solite domande di un tempo come se fossero una rete per catturarmi. Ero così felice di vederlo che sorrisi e scossi la testa.

«Voi e io ne abbiamo in gran copia, mentre agli altri manca. Come mai?»

«Perché dovrebbe essere altrimenti? Perché ne hai timore? Hai paura che proveniamo dal paese dei folletti, dei desideri del cuore, dove nessuno invecchia, devoto e grave, dove la bellezza non ha moti e il decadimento non ha corso, e il tempo e il mondo sono in perenne volo» intonò col suo sorriso particolare, che mi era mancato più di quanto credessi.

«Indovinelli su cose alle quali non penso da anni» ridacchiai.

«Perché non vuoi» replicò deciso. «Dunque sono venuto a bussare alla tua porta. Che ne hai fatto del mio asino? L'hai mangiato, lupo?»

«Quell'asino ha vissuto a Firenze come un gran signore, e che io sia dannato se quella cocciuta, sordida, vecchia creatura non era ancora viva quando me ne sono andato.»

«Allora è questo che ne hai fatto del mio dono? L'hai abbandonato e denigrato?» rise l'Errante. «Eppure è uno di noi, condannato da Dio a sopravvivere alla sua inutilità. Avresti dovuto portarlo con te. È leale e fidato, un buon alleato da avere al fianco in un combattimento.»

«È un principe tra gli asini» dissi, alzando gli occhi al cielo. «Ma sono certo che ormai sia morto.»

«Non metti mai in dubbio le tue certezze?» chiese l'Errante. «Comunque, che ci fai in questo piccolo villaggio di pescatori in mezzo al nulla?»

«Qui c'è il ciclo di affreschi più bello di tutta la Sardegna, dipinto da un toscano proveniente dalla corte dei papi di Avignone. Vanta un'*Adorazione dei Magi* che vi fermerà il cuore e...»

«Ti stai burlando di me, vero? Un ciclo di affreschi? Ascolta, ho una storia da raccontarti.»

«Una storia? Non vi vedo da... quanto, cinquant'anni? E volete narrarmi una storia?» esclamai. «Se devo ascoltare una delle vostre storie infernali, è meglio che mi beva un buon vino! Venite di sopra, chiederò a Grazia di prepararci il pranzo.»

«Quella donna sarà anche piccola, ma è bella quanto la moglie di Sforno, e probabilmente più veloce con un coltello» affermò l'Errante. «Meglio non contrariarla!» Risi, d'accordo con lui, quindi gli feci strada. Sedemmo al tavolo da pranzo e Grazia ci portò una brocca di vino.

«Siete il primo del vostro popolo a venire in Sardegna?» gli chiese. «Ho sentito dire che gli ebrei sono gente di ampie vedute. Forse più che altro intelligenti. Molti bosani pensano ai vantaggi che ne trarrebbero se qui da noi si insediasse una comunità ebraica.»

«Gli ebrei sono sempre in cerca di un luogo dove stabilirsi» rispose lui cupo. «Sia fatta la volontà di Dio.»

«Com'è possibile conoscere la volontà di Dio?» lo sfidò, e l'Errante le fece un gran sorriso.

«E tu, cosa stai cercando?» replicò, rispondendo a una domanda con un'altra domanda, come sempre.

Non mi aspettavo che Grazia rispondesse. Aveva un fascino vivace tutto suo, ma era la tipica donna sarda, volitiva, operosa e riservata, poco incline a rivelare troppo di sé e sospettosa verso gli estranei. Con mia sorpresa si zittì e chinò la testa di lato, e i suoi occhi ardenti si addolcirono. Non era la prima volta che l'Errante faceva quell'effetto sulle persone; avevo già avuto modo di constatarlo decenni addietro. «L'amore» disse piano. «Un bambino. Me stessa. Voi cosa volete, ebreo?»

La faccia rozza e barbuta dell'Errante assunse una rara espressione pensierosa. «Pace per la mia gente» replicò con dolcezza, sorprendendomi per la seconda volta. «Pace per la terra.»

«Allora nutriamo desideri simili. Se ognuno avesse ciò che

voglio io, regnerebbe la pace.» Il suo bel viso spagnoleggiante si chiuse nell'abituale stoicismo sardo. «Vado a prendervi da mangiare.»

La risposta di Grazia mi aveva ammutolito; non avevo mai pensato di chiederle cosa desiderasse. I desideri erano fastidi che avevo evitato negli ultimi decenni. Si affrettò a preparare il pranzo con le guance appena arrossate. Versai un bicchiere di vino per me e uno per l'Errante. Lui sollevò la coppa in un brindisi silenzioso ed entrambi bevemmo una lunga sorsata. Picchiai la mia coppa sul tavolo facendo danzare il bel liquido ambrato che vi era rimasto, poi restammo seduti in silenzio. Percepii all'improvviso la miriade di impressioni sensoriali intorno a me: Grazia che si muoveva in cucina, la fragranza delle albicocche quasi mature sull'albero fuori casa, il grido stridulo di un gabbiano che scendeva in picchiata su una roccia della costa, il riso distante degli uomini che lavoravano nei campi, i belati di un gregge di pecore che attraversava la strada davanti alla mia porta. Vissi il momento più pieno e ricco da molti anni a quella parte, come se tutto il tempo trascorso a distrarmi fosse stato soltanto un'ombra tremolante di quel che poteva essere davvero la vita. E mi sentii vicino all'Errante, seduto con me, attento e silenzioso.

«Siete venuto fino in Sardegna per narrarmi una storia?» gli chiesi infine.

«E non varrebbe un viaggio così lungo?»

«Dipende dalla storia» risposi sornione, e lui ridacchiò.

«Non c'è forse un dono alla fine di ogni bella storia? Allora, tu sei un medico come lo era il vecchio Moshe Sforno e...»

«*Era?*» esclamai, non appena mi resi conto che aveva usato il verbo al passato.

«Moshe è morto vent'anni fa» rispose l'Errante. «Ha avuto una bella morte, era vivo quando morì. Ora, tu sei un medico: guariresti un malato che venisse da te, vero?»

«Se potessi, certo, sempre» dichiarai, rammentando con un'improvvisa stretta al cuore quanto fosse stato gentile con me Sforno. Pensai a Rachele, al suo calore e alla sua dolcezza tra le mie braccia. Non sapevo come, ma in tutti quegli anni non avevo mai chiesto notizie sugli Sforno, e ora che Moshe era morto, mi domandai il perché. Avevo messo il cuore in attesa così che il tempo non trascorresse, come se fosse un fiore coperto di ghiaccio, mentre le persone alle quali volevo bene vivevano una vita che, inevitabilmente, dall'estate della giovinezza sfumava nell'autunno della vecchiaia? Non potevo fare miglior uso dei giorni in più che mi erano stati donati? «Che ne è stato di Rachele?» chiesi, sentendomi di colpo senza fiato.

«Non so nulla di lei» rispose «ma devo raccontarti la storia che ti ho promesso. C'era un tale...»

«Come si chiamava?» lo sollecitai, suscitando in lui una fragorosa risata.

«Il lupo perde il pelo ma non il vizio, vero, Bastardo? Ma questa volta non rovinerò una bella storia soffermandomi sui nomi propri. Ti basti sapere che quell'uomo era malato e soffriva terribilmente, così andò da un grande rabbino. "Rabbi, guariscimi" gli disse. Il rabbino era molto triste.»

«Certo, soffrire non è necessario» mormorai senza slancio.

«Soffrire fa parte della vita, è inevitabile» commentò Grazia, servendoci un piatto con formaggio sardo morbido e dolce, prosciutto di cinghiale, sardine sotto sale, olive e i primi fichi, accompagnato da una ciotola d'olio d'oliva verde pallido, una coppetta di sale e due pagnotte piatte. Staccai un pezzo di pane e lo intinsi nell'olio.

L'Errante annuì, pettinandosi la barba grigia. «Essere vivi implica vedere le sofferenze del mondo e le nostre, e rimanere intatti. Non può esserci integrità senza sofferenza. Non possiamo spezzare Dio a metà.»

«Dio, quale Dio? Se ci fosse un Dio, l'uomo sarebbe troppo gracile per spezzarlo!»

«Luca non dice le preghiere» spiegò Grazia all'Errante, scuotendo la testa.

«Sono le preghiere a dire "Luca"» le rispose lui, poi mi guardò. «Essere completi è tutto.»

«Pur di evitare quello che ho passato, mi sarei anche fatto tagliare a metà!» scherzai.

«Non è forse vero che hai mangiato liberamente il frutto dell'albero della vita per poi ricevere quello agrodolce dell'albero della conoscenza del bene e del male?» mi chiese, alzando la mano callosa. «Nella tua vita hai forse vissuto sofferenze alle quali vorresti rinunziare ora che sei dall'altra parte? Non ti hanno forse fatto divenire ciò che sei?»

Fuori dalla finestra vidi un passerotto svolazzare intorno ai fiori che Grazia aveva piantato sul davanzale. Pensai a Silvano e al bordello, a Massimo e Paolo e agli anni vissuti per strada, a Moshe e Rachele Sforno e al tempo trascorso nel loro capanno. Il passato esercitava ancora la sua forza, ne ero ancora segnato, ma dentro di me non sentivo più gli stessi legami di allora. Potevo afferrarlo senza stringere, come l'aria col passerotto. C'era stato qualcosa nei miei anni di vagabondaggi che mi aveva spinto a farmi una ragione della mia storia. Persino il ruolo che avevo avuto nella morte di Marco, Ingrid e Bella aveva allentato la presa. «Fate domande che nessuno mi poneva da molti anni, Errante.»

«Le domande sono sempre in agguato» rispose. «Puoi andare in esilio, ma loro sono sempre lì. Esistevano prima della creazione del mondo e continueranno a esistere anche dopo che ogni cosa cesserà di esistere.»

«Non è stato un esilio, anzi, non ho rimpianti, è stato un periodo felice per me.»

«È sulla gioia che si regge il mondo» rispose, alzando le spalle. «Allora, fammi riprendere la mia storia. Al rabbino dispiaceva, ma rispose che non lo avrebbe guarito. L'uomo era terribilmente deluso e si lamentò affranto. Alla fine il rabbino sospirò e gli disse: "Va' a trovare il rabbino Taldeitali, vedrai che lui saprà aiutarti". Il secondo rabbino era meno importante, meno saggio, meno istruito e meno sagace dell'altro, ma il malato ci andò lo stesso e quello lo guarì.»

«Qual è il significato di questa storia? Perché dopo tutti questi anni avete fatto un così lungo viaggio per raccontarmela?» gli chiesi spazientito. Addentai una succosa oliva verde, mi sputai il nocciolo in una mano e lo buttai sul tavolo. Grazia, che si aggirava nei pressi, origliando, borbottò, mi portò una ciotola per i noccioli e mi lanciò un'occhiataccia, anticipando il rimprovero che mi sarei beccato dopo. Le sorrisi, disarmandola. Poi la osservai come se la vedessi per la prima volta. L'Errante le aveva fatto domande importanti, e lei aveva risposto onestamente e con intelligenza. Non mi era mai passato per la testa di intavolare con lei simili discussioni, anche se l'avevo trattata con gentilezza. Grazia non era la donna delle mie visioni, tuttavia era un'anima gentile. Si meritava qualcosa di reale da me in cambio della generosità con cui si donava. Mi chiesi se l'avessi tenuta a distanza per non affrontare l'abisso che mi separava da lei e da chiunque altro, non soltanto perché il tempo per me scorreva in modo diverso, ma perché comprendevo il potere del maligno, che nulla poteva contenere.

L'Errante si chinò verso di me, grattando lievemente sul tavolo per attirare la mia attenzione. «Ora dimmi, come mai pensi che il grande rabbino non abbia guarito l'uomo, ma lo abbia indirizzato altrove?»

«Perché non si era offerto di pagarlo a sufficienza?» chiesi e lui mi lanciò un'occhiata gelida.

«Il grande rabbino aveva percepito qualcosa di importante nel dolore dell'uomo» rispose Grazia «ma sapeva che l'altro rabbino non l'avrebbe colto!»

«Sì, il grande rabbino sapeva che la sofferenza dell'uomo era la grazia di Dio e non voleva privarlo di essa» concluse l'Errante, sbattendo la mano sul tavolo. «La grazia di Dio!»

«La risata crudele di Dio, volete dire» urlai, incapace di

trattenermi. Mi versai altro vino e lo tracannai in un sorso. «Un altro dei meschini scherzi di Dio!»

«Luca, gli scherzi di Dio sono abbracci d'amore» commentò Grazia con compassione. Il suo bel viso si addolcì, ma io non volevo sentire ragioni.

«Non è quello che ho visto» risposi.

«Allora i tuoi occhi sono ciechi» replicò l'Errante. «Questa donna, invece, ci vede benissimo. La malattia dell'uomo era il mezzo con cui avrebbe pagato il suo debito. Dio gli consentiva di estinguerlo perché potesse tornare a essere completo!»

«Debito? Quale debito?»

«Insomma, ma devo spiegarti tutto?» chiese l'Errante, alzando le spalle. «Si tratta di un debito di questa vita o di un'altra, chissà... Il grande rabbino sapeva che il debito poteva essere ripagato con la sofferenza e che, così facendo, l'uomo avrebbe compiuto un passo in avanti verso la propria trasformazione. Non voleva privarlo di quell'opportunità, ma nemmeno voleva che continuasse a soffrire, così lo ha indirizzato verso l'altro rabbino, perché sapeva che non avrebbe colto la grazia di Dio nelle sue sofferenze.» Si appoggiò nuovamente alla sedia e incrociò le braccia sul petto, distese le gambe pesanti e scosse i piedi, come per rilassarsi.

«Un'altra vita? Quale vita?»

«Geber non ti ha parlato della trasmigrazione delle anime?» domandò l'Errante, all'apparenza sorpreso. Bevve un lungo sorso di vino, poi prese un'oliva dal piatto e l'addentò. «Geber aveva letto il *Sefer Bahir*, il "libro del fulgore"» disse, sputando il nocciolo. «Sapeva che le anime devono tornare sulla terra fino a quando non hanno adempiuto il loro compito. Presumo che non abbia avuto il tempo di insegnarti tutto quello che dovevi sapere. Adesso dovrai continuare da solo. Era quello lo scopo della pietra filosofale.»

«Volevo sapere come trasformare il piombo in oro, ma

non ha fatto in tempo a insegnarmelo» replicai, con una punta di stizza. Rimpiangevo di non essere riuscito a conoscere il più grande segreto di Geber. Mi alzai e camminai distrattamente per la stanza che, all'improvviso, mi parve troppo piccola, troppo lontana dalla sostanza delle cose.

«Sei di mente così ristretta, Luca Bastardo?» mi rimproverò l'Errante. «L'oro? Procurarselo è facile. Io sto parlando dell'educazione dell'anima! Del destino dell'uomo e dell'ordine divino! Di tutte le anime che rispettano ogni comandamento con la dovuta consapevolezza e nel rispetto del sacro linguaggio, perché se qualcuna di esse è stata manchevole nell'azione, nella parola e nel pensiero, dovrà continuare a trasmigrare fin quando non rimedierà!»

«Ho sentito parlare della trasmigrazione delle anime in Catai, mentre cavalcavo un cammello... sì, di anime che entrano in un corpo nuovo come quando si indossa un abito nuovo. Non sono convinto! È una bella favola per consolare la gente. Noi siamo soltanto giocattoli di polvere e sangue, balocchi di un Dio crudele che non esiste. Chi siamo per meritare una nuova vita? Anzi, chi siamo per meritare la vita? È già un miracolo, o uno scherzo abbastanza pesante, l'esser nati. Più di questo non possiamo sperare!» dissi con veemenza. «La nostra gioia più grande è contemplare la bellezza. La vostra storia non fa per me, Errante!»

«Vuoi decidere prima di vedere che dono ti ho portato?» mi chiese, poi tirò fuori qualcosa dalla camicia grigia rammendata. Era una lettera. Gliela strappai dalla mano nodosa con le vene in rilievo.

«È di Rebecca Sforno, e la data è recente» esclamai meravigliato. Al pensiero di avere notizie di Rachele, il cuore prese a battermi più forte. «La situazione non è rosea per gli Sforno. Il morbo è tornato, e la guerra infuria alle porte di Firenze. Due suoi nipoti sono malati, e mi chiede di tornare ad aiutarla! Si è ricordata di quello che le aveva detto suo padre riguardo al *consolamentum*, il mio dono di guarire le persone col tocco delle mani, e mi chiede di aiutare i suoi nipoti.»

«Ti aspetterò mentre prepari la bisaccia» dichiarò l'Errante. «C'è una nave che salpa questa sera, e il capitano mi deve un paio di favori.»

«Non ho detto che andrò» risposi. «Voglio aiutare Rebecca, è una vecchia amica. Gli Sforno sono stati buoni con me, mi hanno cambiato la vita, e mi sono sempre chiesto che ne fosse stato di Rachele... Lo so, li ho abbandonati, ma non volevo che soffrissero per causa mia. A Firenze ci sono persone che mi vogliono morto.»

«Come puoi voltare le spalle ai tuoi vecchi amici?» mi interruppe Grazia in tono arguto e intrigante. «Qualche anno fa, quando sei arrivato a Bosa, le tue mani hanno dato conforto a molti malati: dev'essere questo il *consolamentum* che chiede la tua amica. Se puoi aiutare i suoi nipoti, devi farlo. Vado a prenderti i vestiti.» E uscì dalla stanza prima che potessi rispondere. A suo parere la questione era decisa e, probabilmente, aveva ragione. Mi richiamavano a Firenze facendo appello a forti legami di amicizia, dovevo andare. Ero riluttante, ma anche eccitato: non tornavo a casa da anni.

«Di' a quella bella ragazza che ci vede tanto bene di aggiungere anche qualche pezzo di formaggio» disse l'Errante. «Anzi, dille di mettere nel bagaglio un cestino di cibo. La cucina sarda è deliziosa.»

E così presi qualche vestito, la tavoletta di Giotto, gli occhiali di Geber, il taccuino di Petrarca e li misi in una bisaccia che aveva visto decine di porti diversi negli ultimi cinquant'anni, un lasso di tempo che all'improvviso mi parve vuoto come le pagine bianche del taccuino. Grazia preparò le provviste. Prima di andarmene, strappai una pagina dal fondo del taccuino ancora intonso di Petrarca e scrissi una lettera in cui le cedevo la mia casa e quel che possedevo. Le diedi anche tutto il mio denaro e le schioccai un rapido bacio. Con mia sorpresa, però, lei mi prese la faccia con tutte e due le mani e mi baciò a lungo e con tenerezza sulle labbra.

«Sei stato buono con me, Luca Bastardo.»

«Com'è possibile, se neppure ti conoscevo?» le chiesi dolcemente.

«Conoscevi forse te stesso?» rispose, sorridendo. «Va'ora, ho sempre saputo che te ne saresti andato. I tuoi genitori dovevano essere dei viaggiatori che ti hanno generato sotto una stella inquieta.» Il suo bel viso spagnoleggiante era pensieroso, gli occhi scuri limpidi. «Sarebbe sbagliato non lasciarti partire. Sarebbe volere che diventassi chi non sei.»

«Addio, Grazia» la salutai dolcemente. La strinsi a me e sentii il suo corpo minuto e caldo e le ossa forti. Le augurai ogni bene, soprattutto di trovare l'amore e il figlio che cercava. Pensavo che avesse già se stessa, ma era interessante che lo avesse incluso nel suo elenco di desideri. Se fossi rimasto, le avrei chiesto cosa intendeva.

Mi misi in viaggio con l'Errante e ridiscesi la ripida china verso la costa. Passammo per vicoli acciottolati e scendemmo scalette scavate nel fianco della collina, attraversammo campi di fichi, ulivi e mandorli, spaventammo gatti selvatici, cinghiali e pernici che si aggiravano nel fogliame lussureggiante e giungemmo infine a una spiaggia a mezzaluna, la cui sabbia nera pareva avesse proprietà curative, almeno secondo i locali. Avevo sentito di persone con dolori articolari che dopo aver fatto sabbiature si sentivano meglio, più sciolte e agili. La natura era continua fonte di meraviglie. In virtù di ciò, era poi così strano che qualche essere umano fosse particolarmente longevo? O che il tempo passasse diversamente per alcuni rispetto ad altri? Ero immerso in quelle meditazioni mentre camminavamo sotto l'implacabile sole della Sardegna.

«Adesso non vorresti aver tenuto con te il mio asino, Bastardo?» chiese l'Errante.

«In qualcuno dei posti che ho visitato negli ultimi cinquant'anni me lo avrebbero cucinato per cena» risposi, asciugandomi il sudore dalla fronte. «Adesso è il momento di distrarmi con una delle tue storie, Errante.»

«Pensi di potermi chiedere storie come a un cane che abbaia a comando?» mi domandò indignato.

«Allora parlami del *Sefer Bahir*. Cosa dice quel libro?»

«Tu cosa vorresti ci fosse scritto? Gli uomini non traggono dai libri ciò che già si trova nei loro cuori?»

«Avete ragione, ma vi ostinate a rispondere alle domande con altre domande. Negli ultimi cinquant'anni avevo dimenticato quanto fosse gratificante» ribattei con una punta di sarcasmo.

L'Errante fece uno dei suoi sorrisi scaltri e mi si avvicinò tanto che sentii sulla guancia i suoi ricci grigi e incolti. «Dice che l'unione tra uomo e donna è la strada che porta al divino. La bella Grazia ti ha forse condotto più vicino a Dio?»

«Oh, sì. In alcuni momenti con lei ho invocato a gran voce il suo nome» risposi in tono scherzoso, poi gli strizzai l'occhio.

«Un'unione sacra, dunque» dichiarò lui solenne. «Il fatto che non abbiate avuto figli significa che entrambi trasmigrerete per tornare di nuovo insieme e rimediare. Solo così adempirete al comandamento.»

«Se mai trasmigrerò per stare con una donna, non sarà per Grazia. È carina, ma non è quella che cerco. Lo capite, Errante? Non è colei che mi è stata promessa nel corso di quella folle notte di visioni ispirate dalla pietra filosofale! Ho risparmiato il mio cuore per quella promessa!»

«L'hai risparmiato o l'hai nascosto?» Quella domanda parve risvegliarmi, ma non sapevo cosa rispondere. Proseguimmo quindi in silenzio finché non raggiungemmo una nave catalana, sulla quale fummo trattati come due gran signori.

*

Ero tornato a Firenze. Già, Firenze... Il centro del mondo, le cui mura argentee ispiravano madrigali, definita da un papa il quinto elemento dell'universo. Naturalmente faceva un gran caldo. Sotto il sole estivo le pietre grigie si scaldavano e le strade parevano forni. Poi, naturalmente, c'era la peste. Nonostante tutto ero a casa: respiravo l'aria della città, sorridevo alle donne abbigliate alla moda, cenavo a base di zuppa di pane e legumi, spinaci freschi saltati nell'olio toscano e costata di manzo. Avrei brindato alla salute della città con il nobile vino di Montepulciano. Attraversai Oltrarno, ammirando i molti palazzi nuovi costruiti per i ricchi mercanti e i membri delle corporazioni. Via San Niccolò, che collegava Porta San Giorgio e Porta San Niccolò, era quasi una facciata compatta di marmo e stucco senza un varco. Le case, alte e strette, si alzavano per quattro o cinque piani ed erano più profonde che larghe, una caratteristica del luogo. Le strade erano ancora una vivace mescolanza di palazzi e casette, di laboratori di tessuti e botteghe, di chiese e monasteri. Scalpellini e calzolai erano accanto a banchieri e commercianti, artigiani e prostitute. Per via del morbo, le strade erano tranquille, ma non desolate come all'epoca della morte nera: la gente aveva imparato che, con la morte in agguato, era inutile nascondersi.

Giunsi al quartiere ebraico e mi feci strada fino al portone intarsiato degli Sforno. Bussai con il batacchio di ottone e, un attimo dopo, una donna ingobbita dall'aspetto benevolo mi aprì la porta. «Luca!» trillò.

«Rebecca?» chiesi titubante.

«Ma certo» rise. «Entra, levati dalla strada prima che il morbo ti trovi. Fatti guardare...» Mi tirò per la manica e così entrai, più o meno come avevo fatto la prima volta, più di cinquant'anni prima. Rebecca mi stava accanto e mi sorrideva. I capelli ricci erano ormai bianchi, il viso molto segnato, ma gli occhi erano chiari e allegri come sempre e la voce non le tremava. Percepivo la vivacità e la dolcezza della bambina che avevo visto aggrappata alle braccia del padre mentre cercava di schivare le pietre che volevano ucciderla. Mi chiesi che effetto le facesse vedere il suo vecchio amico ancora giovane; chissà se provava invidia oppure odio. Adesso la mia diversità era ancora più evidente, e la distanza fra noi era di gran lunga maggiore di quella che separava un ebreo da un cristiano.

«Sono venuto non appena ho ricevuto la tua lettera» dissi esitante. Guardai alle sue spalle per vedere se Rachele era in casa, anche se sapevo che ormai si era trasferita altrove.

«Allora sei venuto volando» si meravigliò. «Dov'è il nostro vecchio amico, l'Errante?»

«A tormentare qualcun altro con le sue domande» sorrisi, scuotendo le spalle. «È sparito non appena abbiamo varcato le porte della città.»

«È la sua caratteristica andare e venire a suo piacimento, senza avvisare.» Rebecca mi trascinò allegramente in casa, tirandomi per la manica. «Sono così felice di vederti. Sapevo che saresti venuto anche se non abbiamo tue notizie da anni!»

«Certo che sono venuto» risposi dolcemente, commosso e grato per l'accoglienza.

«Nonna, chi è?» chiese un giovane accigliato nell'ingresso, lanciandomi un'occhiata severa. Era più alto di me, forte e con le spalle larghe, i capelli ricci e scuri e un lungo viso ovale dagli zigomi alti che mi ricordò Leah Sforno. Strinse gli occhi azzurri e mi osservò attentamente dalla testa ai piedi.

«Ti presento Luca» sorrise Rebecca. «È quello che mi ha salvata e che mio padre ha istruito come medico! Gli ho chiesto di venire per guarire tuo fratello e tua sorella, per dar loro il *consolamentum*.»

«Davvero?» borbottò il ragazzo. «Avrà fame, perché non lo accompagni a tavola?»

«Certo, Aaron, hai ragione» rispose Rebecca, illuminandosi in viso. «Che sciocca sono a stare qui imbambolata. Vieni, Luca, di certo ti ricordi dov'è la cucina!» E si avviò briosa e ridente. La seguii, ma il ragazzo mi fermò con una mano sulla spalla.

«Se davvero foste chi dice la nonna, allora si tratterebbe di una magia sacrilega. Sareste un golem, e i vostri genitori dei demoni» affermò a bassa voce. «Credo invece che siate solo un avventuriero che cerca di estorcere denaro a una vecchia debole di mente.»

«Non ho bisogno del suo denaro» risposi, allontanandomi. «Sono venuto per aiutare tuo fratello e tua sorella.»

«Ormai non li può aiutare più nessuno» disse. «Li ho sepolti una settimana fa insieme alla prozia Miriam, ai miei genitori e a mia zia Ruth, la figlia di Miriam. Questa volta la peste ci ha colpiti duramente, forse perché le altre volte ci aveva risparmiati. Io e la nonna siamo gli unici sopravvissuti. Lei, però, non se lo ricorda, dunque non diteglielo, la fareste soffrire e basta.»

«Non voglio causarle dolore» commentai rattristato. Entrai nella sala da pranzo, mi sedetti sulla vecchia panca e lasciai che Rebecca mi colmasse di attenzioni. Mi portò un piatto di pollo lesso freddo e un carciofo fritto, e mi versò una coppa di vino bianco. Nel frattempo mi toccava i capelli e mi pizzicava le guance. Aaron era fermo sulla soglia, le braccia conserte, e ci fissava minaccioso.

«Dimmi, che notizie hai di Rachele?» chiesi, col cuore che all'improvviso mi batteva forte.

«Rachele, Rachele... Se ne è andata» replicò Rebecca scoraggiata.

Aaron mi guardò e scosse la testa, poi chiese alla nonna di portare del pane. Quando uscì, mi disse: «La mia prozia ha lasciato questa casa ormai da decenni. Miriam mi ha detto che è successo un mese dopo che ve ne siete andato. Pensava che vi avesse seguito. In famiglia è scoppiato uno scandalo». Poi mi fissò con occhi gelidi.

«Non l'ho mai più rivista» affermai, distogliendo lo sguardo e chiedendomi cosa ne fosse stato di lei. Viveva in qualche posto con gente amica? Aveva trovato un marito, avuto figli e condotto una vita appagante lontano da Firenze? Lo speravo, meritava di essere felice. Mi sovvenne che poteva essere morta, da sola e in un luogo sconosciuto. E il mio cuore si fece gonfio di dolore mentre ricordavo la giovane e briosa Rachele, con la sua intelligenza svelta, la lingua affilata, i modi diretti e il bellissimo viso dagli zigomi accentuati. Ricordai la sua tenerezza mentre eravamo uno nelle braccia dell'altra, e sperai che fosse piena di energia e che vivesse amata in qualche luogo, oppure che avesse avuto una morte non violenta e che l'Errante potesse dire che era viva quando era morta, proprio come suo padre. Pensai che la mia inspiegabile giovinezza eterna non fosse necessariamente un dono. Portavo ancora dentro di me il ricordo della fame patita per strada e del bordello, come un omuncolo sempre alla ricerca di qualcosa in più lungo il suo cammino. Malgrado i miei continui vagabondaggi, non facevo che legarmi a persone di cui mi prendevo cura e che poi vedevo morire.

14

Rimasi qualche notte nel capanno degli Sforno, anche se ora Rebecca aveva un cognome diverso. Era tutto come allora, ma il gatto del momento aveva il pelo fulvo e se ne stava seduto sulle travi, muovendo la coda a scatti e fissandomi impassibile con gli occhi color ambra. Nel muro sopra la porta c'era ancora la nicchia dove avevo nascosto la tavoletta di Giotto. Vi trovai una bambola di legno, messa lì da qualche bambina. Sorrisi al pensiero che una piccola Sforno avesse scoperto il mio nascondiglio: i miei segreti venivano sempre scoperti. Trascorsi molto tempo con Rebecca, che alternava momenti di lucidità ad altri di totale follia. A volte mi ripeteva continuamente le stesse domande: «Sei appena tornato, Luca? Hai mangiato?». Allora la prendevo per mano e le parlavo del passato e lei tornava piano piano in sé, o almeno fin dove riusciva, considerando che le sorelle, i figli e gran parte dei nipoti erano morti di peste. Fu un periodo dolce e amaro, che mi straziò il cuore più di quanto mi aspettassi. Poi accadde qualcosa che mi costrinse a nascondermi di nuovo, quella volta per altri sessant'anni.

La giornata cominciò e finì con uno scontro, e nel mezzo comparve la morte, come spesso era avvenuto nel corso della mia vita. All'alba Aaron entrò nel capanno seguito da un asino che ragliava. «Un mio amico ha tenuto questa bestiaccia rognosa mentre mi prendevo cura della mia famiglia. Appartiene a voi.»

«No» mugugnai. Mi misi a sedere, togliendomi la paglia dai capelli. «È dell'Errante!»

«In famiglia si diceva che fosse vostro e che sareste venuto a reclamarlo, sempre che voi siate chi dite di essere. Ecco dunque il vostro nobile destriero, non desideriamo ritardare ulteriormente il vostro viaggio.» Aaron parlò con fredda determinazione, poi mi fece un cenno deciso col mento volitivo.

«Non ho turbato tua nonna.»

«Sì, invece» affermò risoluto. «È agitata e confusa, il tempo le ruota intorno. Voi avete lo stesso volto dell'uomo che ha conosciuto da bambina...»

«Sono io, quell'uomo» dichiarai placido.

«Forse la Piuma rossa dovrebbe saperlo» rispose Aaron a denti stretti. «Cercano streghe e prodigi. Un ebreo che ne consegnasse uno, otterrebbe favori per l'intera comunità. Abbiamo bisogno di tutta la benevolenza possibile. Gli ebrei sono i primi a essere accusati dei problemi della città!»

«Andrò via oggi stesso.»

«Prendete l'animale. È più vecchio di me, ma non ne vuole sapere di morire. Non lo voglio nella stalla di famiglia» dichiarò. «Se fossero in cerca di stregonerie, potrebbero arrivare qui e chiedere conto di quest'asino, e per noi sarebbero guai. Quella confraternita di assassini vuole gettare scompiglio in città.» Fece una breve pausa. «Magari ci hanno già preso di mira. Miriam mi ha raccontato che corrono voci secondo le quali Rachele sarebbe stata presa da Niccolò Silvano. L'avrebbe tenuta prigioniera e poi uccisa di botte qualche anno dopo.»

Rimasi sconvolto da quell'affermazione e fissai Aaron inorridito. Davvero? Per quale motivo Rachele avrebbe dovuto abbandonare la famiglia e avere un destino tanto orribile?

Cosa le era capitato perché andasse di propria volontà da Niccolò Silvano? Le avevo forse fatto qualcosa? «Non ho mai sentito nulla di simile» risposi turbato, sentendomi in colpa.

«La mia prozia non l'ha mai detto ai suoi genitori, ma solo a me sul letto di morte. Sono certo che abbia a che vedere con l'ostilità di Silvano nei vostri confronti. Avete causato abbastanza sofferenze a questa famiglia, andatevene prima di provocarne altre.» Poi mi lanciò la corda dell'asino, si girò e corse fuori.

Qualche ora dopo, sotto il vivace cielo azzurro di un mattino d'autunno, il sole non ancora alto all'orizzonte e una lieve brezza ad agitare il mio mantello, mi ritrovai ad attraversare Firenze con l'asino. Ero alla ricerca di una locanda aperta che avesse una stalla. A causa della peste, molte avevano chiuso: gli stranieri non erano i benvenuti in epoca di morte nera. Molte cose erano cambiate a Firenze e, al contempo, non era cambiato nulla.

Condussi l'asino oltre Ponte Vecchio, le cui botteghe erano tutte chiuse, poi mi avviai verso il centro. Non avevo una meta e provavo sentimenti contraddittori. Ero felice di essere tornato a Firenze e mi dispiaceva aver dovuto dire addio a Rebecca Sforno, perché non l'avrei mai più rivista. Mi chiesi cosa fosse accaduto a Rachele, e se avessi un motivo ulteriore per sentirmi in colpa. Avevo pensato di riallacciare i contatti con gli Sforno come fa una donna quando riprende il lavoro al telaio, ma mi ero sbagliato. Vivevo il tempo in modo diverso rispetto agli altri. Non volevo vederne le conseguenze, invece ce le avevo davanti agli occhi, ineluttabili, e insieme alla gioia per essere tornato nella mia incomparabile Firenze, provavo un senso di malinconia e di estraneità. Le voci su Rachele, poi, mi angustiavano e soffrivo per il suo possibile destino. Questo rinfocolò la mia antica furia nei confronti di Niccolò Silvano.

Un ragazzino ben vestito corse goffamente verso di me, gli occhi spalancati e il viso pallido. C'era qualcosa di strano nel modo timoroso in cui si muoveva, e mi guardai intorno per vedere che cosa lo allarmasse.

Due uomini nerboruti, con la barba sporca e un farsetto volgare e strappato, lo stavano rincorrendo. La peste favoriva la presenza di criminali, i quali, giustamente, ritenevano che meno ufficiali pattugliassero la città mentre i cittadini morivano a frotte. Lo afferrai per un braccio e lo buttai sull'asino. Non sopportavo di vedere qualcuno far del male a un bambino, ed era chiaro che fosse quella l'intenzione delle due canaglie.

«Vi prego, vogliono farmi male» strillò. Mi portai un dito alle labbra e cominciai a cantare una canzonaccia sguaiata, vacillando come se fossi ubriaco. I due farabutti rallentarono per darsi un contegno. Con voce stridula, intonai strofe che parlavano di una prosperosa donna napoletana e delle mie straordinarie prodezze in qualità di suo amante.

«Il ragazzo viene con noi» dichiarò uno di loro, avvicinandosi. Io alzai ancor più la voce e presi a gesticolare con la mano che teneva la briglia, mentre con l'altra cercavo furtivamente di sfoderare il pugnale fissato alla coscia sotto il lucco. A prendere la squarcina non ci provai neppure, mi avrebbero scoperto subito.

«"Il mio arnese enorme amava, e mai le sue grazie mi negava!"» sbraitai, sfilando il pugnale dal fodero e nascondendolo dietro la schiena.

«Guarda, è sbronzo» ghignò l'altro furfante. «Tu lo stendi e io prendo il ragazzo.» La prima canaglia fece un sorrisetto astuto e cercò di afferrarmi. Io mi contorsi come se davvero fossi ubriaco e diedi un calcio all'asino, fingendo di cadere ai piedi del furfante. L'uomo emise un debole grugnito di sorpresa quando il mio pugnale lo colpì in pieno petto. Mentre crollava a terra, estrassi la lama. Il secondo si voltò per vedere come mai il compagno avesse borbottato, ma ebbe appena il tempo di esclamare qualcosa che gli trafissi la gola. Sferrai un colpo veloce, e altrettanto rapidamente estrassi la lama. Il bandito cadde, e io pulii il pugnale sul suo mantello. Li lasciai lì, tanto i becchini che giravano a raccogliere le vittime della peste avrebbero caricato anche loro sui carretti.

«Meritavano di morire, stavano per rapirmi» dichiarò fiero il ragazzo con voce alta e dolce. Lo guardai e annuii. Era magro, con un colorito olivastro, fini capelli castani e il naso aguzzo, non bello, ma di modi onesti e placidi che gli conferivano una compostezza insolita per l'età che aveva. L'asino si calmò e il ragazzo fece per smontare, ma lo fermai.

«Ti riporterò dalla tua famiglia» dissi. «Resta pure in groppa all'asino.» Lui sorrise, e gli si illuminò il volto serio. «Dove andiamo?» chiesi. Il ragazzo mi indirizzò verso il Battistero, e ci avviammo in direzione della cupola che costituiva il cuore di Firenze. Improvvisamente ero smanioso di vederlo, il Battistero, con le sue armoniche forme geometriche di marmo bianco e verde. Erano decenni che non mi deliziavo gli occhi con le splendide formelle scolpite che rappresentavano la vita di san Giovanni. Create nel 1330 da Andrea Pisano, erano state fuse in bronzo a Venezia e posizionate sul lato orientale nel 1336, quando ancora vivevo in città.

«Volevano chiedere un riscatto a mio padre, che è molto ricco» affermò il ragazzo.

Gli guardai il viso pulito, i capelli curati e gli abiti dal taglio perfetto. «Avrebbe pagato.»

Lui annuì. «Mi avrebbero ucciso in ogni caso. Il problema di avere tanti soldi è che la gente vuole prenderteli. Meglio non farsi notare.»

«Forse hai ragione» risposi, alzando le spalle.

«Ma come si fa a starsene tutto il tempo chiusi in casa?» chiese, quasi fosse una questione di grande importanza filosofica.

«Una volta un amico mi disse di leggere e studiare i grandi uomini del passato, i filosofi greci e latini che sapevano molte cose sulla natura dell'uomo» risposi.

«Sì, apprendere la natura dell'uomo dagli antichi maestri è una cosa sensata» replicò lui in tono meditativo. Trattenni un sorriso per non offendere la sua immensa dignità. A Petrarca sarebbe piaciuto. Suo figlio, che era intelligente ma non amava i libri, l'aveva deluso; il ragazzo fiero e riflessivo che avevo di fronte, invece, aveva l'aura di uno studioso e gli sarebbe stato simpatico.

«Come vi chiamate?»

«Luca Bastardo.»

«Mio padre conosce un signore che fa parte dei Sei di Mercanzia, che potrebbe presto diventare gonfaloniere ed è amico del podestà. Una volta l'ho sentito dire che da tutta la vita cercava un certo Luca Bastardo.»

«E com'era quell'uomo, sgradevole, col naso aguzzo e il mento sporgente?»

Il ragazzo annuì. «Mio padre lo chiamava Domenico. Siete voi quel Luca Bastardo?»

«No, non lo conosco» risposi brusco, cercando di nascondere il timore. Mi guardai intorno guardingo. Dunque, pur essendo il nipote del tenutario di un bordello, Domenico Silvano aveva fatto carriera. Aveva potere, era influente, sedeva nel prestigioso consiglio dei Sei di Mercanzia e rischiava di essere eletto gonfaloniere, capo della Signoria che governava Firenze, oltre a essere amico del podestà, il responsabile della giustizia. Niccolò aveva sfruttato le possibilità che si erano aperte con l'epidemia per accrescere la fortuna della sua famiglia, proprio come aveva detto tanto tempo prima, e adesso il figlio Domenico ne godeva i benefici. Di sicuro la Confraternita della piuma rossa lo aveva aiutato, essendo considerata con favore anche dalla Chiesa. Cambiai argomento. «Come ti chiami?»

«Cosimo» rispose, raddrizzando le spalle. In quel momento l'asino decise di mettersi a sedere sulle zampe posteriori e mancò poco che il ragazzo cadesse. Lo afferrai al volo, e mi sorrise. Strattonai la coda per fare alzare l'asino che, pur con una certa riluttanza, obbedì. Nel frattempo eravamo giunti al Battistero, e mi guardai intorno di soppiatto alla ricerca di persone con una piuma rossa cucita sul farsetto o sul lucco. Non vedendo nessuno, mi fermai di fronte alla meravigliosa porta di Pisano, ciascun battente con quattordici formelle quadrate. Venti rappresentavano la vita di san Giovanni Battista, le altre otto le virtù: Fede, Speranza, Carità, Umiltà, Fortezza, Temperanza, Giustizia e Prudenza, tutte le grandi doti alle quali Firenze aspirava e che purtroppo non era riuscita a fare proprie. Di sicuro era più carente in Temperanza, perché la città era abituata a dirimere ogni questione con la violenza. Con quegli ideali davanti agli occhi, espressi attraverso personaggi scolpiti che si muovevano come persone reali, abbigliati con stoffe che ricadevano intorno al corpo come panneggi di tessuti veri, pareva tuttavia plausibile che i fiorentini potessero incarnare tali virtù.

«Avete gli occhi umidi» osservò il ragazzo, scendendo a fatica dall'asino e mettendosi accanto a me. Poi mi prese la mano nella sua.

«La cosa più importante è l'arte e la bellezza che essa ci regala» affermai con riverenza. «È l'unico paradiso a cui possiamo aspirare. Se esiste, la grazia divina è nelle opere di grandi maestri quali Pisano, Giotto, Cimabue...»

Il ragazzo fissò la formella in cui veniva dato il nome al Battista. «Ecco la Vergine che presenta il bambino perché riceva il nome; si capisce che è lei dall'aureola.» Annuii e allora lui rifletté: «È un grande onore per il Battista che sia la Madre di Cristo a presentarlo, gli conferisce una maggiore dignità».

«Non ci avevo mai pensato» ammisi. «Ma guarda con quale tenerezza si china sul bambino, così come farebbe per qualsiasi neonato, poiché lei è la madre dell'umanità. E guarda come paiono forti le sue spalle e le sue braccia sotto l'abito, perché possano reggere le sofferenze del mondo.»

«Sì, lo vedo» mi rispose con la voce meravigliata di chi ha appena compreso qualcosa di grande. «In questa formella con Giovanni che battezza Cristo, l'angelo è intimorito, ed è l'unico che guarda: ci fa pensare a quanto sacro sia quel momento! E qui Cristo, che parla ai discepoli di Giovanni e li benedice dolcemente con la mano, non ha l'aureola, perché i discepoli non si sono ancora accorti di quel che Giovanni sa già, e cioè che Cristo è il Salvatore! Fra un momento lo capiranno e tutto cambierà.»

«Hai occhio per l'arte, Cosimo.» Sorrisi. «Vai a vedere gli affreschi di Giotto a Santa Croce, ti sorprenderanno.»

«Sono belli come queste?» chiese, indicando le formelle.

«Giotto è stato il maestro di questo scultore, e i suoi dipinti sono sublimi, belli da non credere» risposi. «Firenze non sarebbe ciò che è senza i dipinti di Giotto e i bassorilievi di Pisano, senza tutti i grandi artisti che sono venuti qui ad arricchirla di colori, forme e carattere, a colmarla con le bellezze che tutto il mondo ci invidia.»

Cosimo mi condusse intorno al Battistero e mi indicò la porta nord. «Come mai su questa non c'è nulla di bello? Dovrebbe essere altrettanto splendida!»

«Perché sarebbe costoso» disse una voce energica «e bisogna trovare un artista che faccia un lavoro mirabile come quello di Pisano, ma com'è possibile?» Si trattava di un giovane corpulento dal viso paffuto. Dimostrava meno di vent'anni, ma i capelli gli si stavano già diradando. Scrutai i suoi abiti alla ricerca della piuma rossa, ma non ne vidi alcuna. Il giovane accennò un inchino. «Vi ho visto ammirare la porta di Pisano. La sua bellezza mi stringe il cuore!»

«Con la peste, tutti oziano a eccezione dei becchini» affermai.

«Sono venuto qui anche se ho un lavoro da terminare.» Sorrise. «Sono Lorenzo.»

«Ho un fratellino che si chiama Lorenzo. Io sono Cosimo» gli rispose il ragazzo con tono altezzoso e saggio al contempo, un connubio gradevole.

«Io sono Luca Bastardo» dissi. «Siete forse un artista, Lorenzo, così sensibile alla bellezza?»

«Sono orafo, ma dipingo anche» rispose con modestia, il viso che prendeva colore. «Il mio sogno è scolpire una porta che possa eguagliare quella di Pisano e dare maggior lustro a Firenze!»

«Quali scene faresti?» gli chiesi.

«Qualsiasi cosa mi venga richiesta» rispose, ignorando la mia domanda. «Non si tratta di cosa farei, ma di come la farei. Vedete quanto è statica l'opera di Pisano? Io, invece, vorrei creare personaggi esuberanti, che trasmettano vita! Riempirei lo spazio rendendolo al contempo un importante elemento compositivo...» Era di fronte alla porta spoglia e gesticolava come se avesse davvero realizzato la sua idea. Forse fu un gioco di luci, ma per un attimo riuscii quasi a vederla, la porta di Lorenzo: ventotto formelle, la prima in alto che presentava uno splendido Gesù con la croce sulle spalle... Poi sbattei le palpebre, e l'immagine sparì.

«Forse ce la farai» mormorai assorto «hai ottime idee.»

Lui ridacchiò. «Sono un orafo sconosciuto. Se mai dovessero commissionarla a qualcuno, sceglierebbero un celebre maestro.»

«Non si può mai sapere cos'ha in serbo la vita per noi. A volte i sogni importanti si realizzano.» Scrollai le spalle. «Forse verrà bandito un concorso e lo vincerai.»

«Un concorso? Che bellezza!» gridò Cosimo, portandosi le mani sui fianchi e sporgendo il petto in fuori come un adulto. «Mio padre ha buoni amici nell'Arte di Calimala, che si occupa del Battistero. Ne parlerò con lui.»

Lorenzo si accarezzò i radi capelli. «Una committenza ora, con Milano che abbaia come un cane rabbioso alle nostre porte e la morte nera che uccide i nostri concittadini? La Corporazione sarebbe disposta a spendere denaro?»

«Forse non subito» disse pensieroso Cosimo «ma ne parlerò a mio padre per il futuro. Mi ascolta, sapete?»

«Ne sono certo» rispose Lorenzo senza ironia. Cosimo, in effetti, dava quella sensazione: benché molto giovane, aveva una risolutezza che spingeva la gente a prenderlo sul serio. Negli anni seguenti, da adulto, lo avrei visto sfoggiare la stessa fermezza, seppur con maggiore efficacia.

«A Firenze l'arte è sempre stata una questione di orgoglio civico» aggiunsi. «Il denaro offerto dall'Arte di Calimala sarebbe ben speso per dare speranza alla città che deve affrontare tanti problemi.»

«È così» convenne Lorenzo «l'arte è l'anima di Firenze.»

«L'arte, e il denaro» lo corressi, e ricambiai il suo sorriso sardonico.

«L'arte, il denaro e il popolo di Firenze» intervenne Cosimo.

«La bocca della verità... Devo tornare alla mia bottega. La gente vuole collane anche se ha il collo pieno di bubboni» sospirò Lorenzo. «Presumo che serva a far colpo sui vicini di bara.»

«Non dimenticare il tuo sogno, Lorenzo...»

«Ghiberti, Lorenzo Ghiberti.» Si inchinò cerimonioso, poi si avviò in direzione dell'Arno.

«Mi piace, Luca. Voglio che sia lui a realizzare la porta, so che la farà bella come la porta del paradiso!» Cosimo mi lanciò un'occhiata intensa. «Un giorno governerò Firenze» dichiarò con la voce sicura di un uomo che esprime un voto. «E porterò qui i migliori artisti del mondo! Mi credete, Luca, quando dico che governerò Firenze, vero?» mi chiese con orgoglio. «So che ho l'aspetto di un ragazzino pelle e ossa, ma si vede che ho qualcosa di speciale? L'aspetto esteriore è la cosa meno importante, quel che conta davvero sono le nostre qualità interiori!»

Mi tornarono alla mente le parole che mi aveva detto Giotto tanto tempo prima. Come avevo potuto dimenticare la prima cosa che mi aveva insegnato il Maestro, che mi aveva cambiato la vita e salvato migliaia di volte?

«Quello che hai dentro ti aprirà tutte le porte. È quello che divieni, quello che fai della tua vita» concordai, ripetendo le parole di Giotto come se mi stessi risvegliando.

«Esattamente» gridò Cosimo. «Voi capite! Dunque mi credete quando dico che governerò Firenze e la renderò più grande che mai?»

Gli occhi del ragazzo brillavano tanto di convinzione da sciogliermi il cuore. Sì, con una saggezza così precoce, avrebbe governato Firenze. Mi inginocchiai accanto a lui come se fossi un suo suddito e lo fissai attentamente nel viso giovane e olivastro perché sapesse che ero sincero. Ritrovai i suoi tratti nella memoria, e nella mia mente qualcosa si mosse, come frammenti di vetro che cadono a terra: rividi Geber l'alchimista e la notte della pietra filosofale. Dopo aver assistito alla mia morte, quando il futuro mi era passato davanti agli occhi, avevo visto parecchi volti. Uno era quello di un uomo potente, un dominatore, il giovane Cosimo ormai adulto. Fu per me la conferma che quel ragazzino era dotato di un talento eccezionale. Come avrebbe detto Petrarca, aveva l'aura degli eletti.

«Ti credo. E quando governerai Firenze, Cosimo, non dovrai mai dimenticare che la sua bellezza, la sua arte, appartengono a tutti i fiorentini, ricchi o poveri che siano, senza distinzioni di classe.»

«Me ne ricorderò. E quando governerò, voi sarete mio amico» decise. Mi alzai, portai entrambe le mani al petto e feci un inchino, e non per burla. Il volto della mia visione era quello di Cosimo. Avevo sempre creduto che la pietra filosofale mi avesse mostrato la verità, e che le parole di Giotto fossero il mio destino. In tutti gli anni in cui per capriccio avevo vagabondato per il mondo, non avevo vissuto appieno. Ora che ero tornato a Firenze, quel capriccio svanì come un mantello vaporoso, sostituito da qualcosa di più ricco e concreto: la determinazione. Ero lì per *lei*, per la donna della visione. Non sapevo se ne fossi degno ma, ancora una volta, provai la pulsione incontenibile di un uomo che anela a una moglie e a un amore. Mi parve di sentire che sarebbe arrivata lì, in quel momento, accanto al Battistero, e che mi avrebbe salutato. Mi guardai intorno per cercarla, il cuore che mi batteva all'impazzata. Poi mi riebbi e scoppiai a ridere. Meravigliato, mi ritrovai a percepire anche l'ardente tensione della risata divina. Avevo errato senza meta per decenni, ma adesso ero sulla strada giusta per incontrarla.

«Cosimo, Cosimo!» gridò una voce. «Figlio mio, dove sei stato?» Un uomo tarchiato con indosso un lucco verde e arancio di squisita fattura corse verso di noi, seguito da un folto stuolo di servitori, mercenari, ufficiali e sacerdoti. Aveva l'aria stanca e preoccupata, ma non appena prese il figlio in braccio, i lineamenti duri si addolcirono e gli occhi socchiusi si intenerirono. «Temevamo che dei furfanti ti avessero rapito. Uno schiavo ha visto due uomini che ti afferravano...»

«In effetti è così, ma quest'uomo mi ha salvato!» gridò Cosimo, stringendo forte il padre, che mi lanciò un'intensa occhiata di sollievo e gratitudine. «Due uomini cattivi mi hanno trascinato sul loro carretto e mi stavano portando fuori città, ma ho dato un morso a uno e sono saltato giù. Poi mi sono messo a correre, anche se le ginocchia mi facevano male, ma quelli mi hanno inseguito! Erano enormi e sporchi. Quest'uomo li ha uccisi, per fortuna! Meritavano di morire perché hanno cercato di farmi male. Ho avuto paura, babbo, ma ho cercato di essere coraggioso!»

«Ne sono certo, Cosimetto» mormorò l'uomo, poi posò a terra il ragazzo e mi guardò serio. Aveva il naso importante e il mento prominente, ma la nobile avvedutezza che aveva trasmesso al figlio gli conferiva un certo fascino. «Ho un grande debito con voi, signore. Sono Giovanni di Bicci de'Medici. Comandate quel che volete, sono servo vostro» disse.

Scossi la testa. «Non mi dovete nulla, chiunque aiuterebbe un bambino in pericolo. E vostro figlio, signore, è molto coraggioso. Ma forse è il caso di mandare qualcuno a disporre dei cadaveri, onde evitare malintesi. Riguardo al mio ruolo nella loro morte, intendo.»

«Mi accerterò che non siate importunato per il servigio reso a me e a mio figlio» rispose, stringendo gli occhi penetranti. «Avete un che di familiare... Posso chiedere il vostro nome?»

«Babbo, facciamo due passi?» disse Cosimo con la sua vocina acuta e gradevole. Guardò di proposito tutti gli uomini a portata di orecchio: un folto gruppo che attendeva con ansia servile di congratularsi con il padre per il ritorno del figlio sano e salvo. Poi Cosimo posò nuovamente lo sguardo sul padre. Si capirono al volo, l'uomo prese la mano del figlio e gliela strinse.

«Venite, signore, passeggiamo con mio figlio» mi disse, e alzò una mano con autorità. «Noi tre andiamo a fare una passeggiata!» Tra la folla sibilò il disappunto, e molti occhi bramosi si fissarono su di me. Malgrado il sole stesse salendo alto nel cielo e facesse molto caldo, mi strinsi nel mantello.

«Da questa parte» indicò Giovanni, tenendo il figlio per mano, e ci condusse verso Santa Maria del Fiore, ancora incompiuta, con i suoi originali motivi a rettangoli e fiori in marmo verde, bianco e rosso. «Dobbiamo mettere una cupola sopra questa enorme cattedrale!» mormorò, e si passò una mano sulla faccia spigolosa. «È indegno che il tempio più splendido e nobile della Toscana sia praticamente in rovina!»

«Bisogna indire un concorso per trovare chi la costruirà, babbo» gli suggerì Cosimo. «Ma prima serve qualcuno che faccia la porta del Battistero.»

«Un concorso, eh, ometto?» Giovanni sorrise e gli diede un pizzicotto sul naso. «Non è una cattiva idea.» Poi si voltò verso di me. «Signore, la vostra identità vi crea qualche problema?»

«No, per niente.»

«Babbo, il mio amico si chiama Luca Bastardo!» intervenne ansioso Cosimo.

Giovanni mi guardò, le folte sopracciglia aggrottate ad accentuare le marcate rugosità della fronte. «Ho sentito pronunciare questo nome in situazioni che, al vostro posto, mi lascerebbero sconcertato, ma l'ho anche visto sui registri del banco della mia famiglia accanto a regolari depositi. Siete un uomo prudente, Bastardo, se avete risparmiato il vostro denaro con tanta attenzione e così a lungo.»

«Non abbastanza da evitare di farmi dei nemici» risposi. L'asino dell'Errante ragliò forte e si rifiutò di procedere, così gli diedi una pacca sul posteriore. Il sole di settembre splendeva caldo in uno sconfinato cielo azzurro, e la mia ombra si era ristretta fino a divenire una pozza d'inchiostro ai miei piedi. Mi tolsi il mantello, lo arrotolai e lo misi nella bisaccia legata all'asino.

«La Confraternita della piuma rossa sarebbe felice di avervi» commentò Giovanni tristemente. «Affermano di essere in possesso di una vecchia lettera che vi riguarda, in cui si legge che voi sareste figlio di eretici e avreste poteri particolari, di certo poco edificanti. La prudenza vi dovrebbe indurre a lasciare la città.»

«Sono stato lontano molto a lungo, e sono fiorentino!»

«Personalmente, non amo una società fondata su superstizione e torture» disse Giovanni, alzando le spalle. «Un fiorentino può svolgere attività molto più lucrose. Ma la Chiesa è ben disposta verso la Piuma rossa. Sin dalla prima epidemia di morte nera, rideva dei penitenti che si flagellavano per espiare i peccati. La Confraternita della piuma rossa spera di ottenere una bolla papale che la dichiari un braccio dell'Inquisizione e le conceda l'immunità per le persecuzioni, proprio come la bolla di Alessandro IV, centocinquant'anni fa, ha permesso di perpetrare ogni genere di tortura verso chi era sospettato di eresia, con la clausola che vi assistessero almeno due sacerdoti. E il vostro nome è citato fra gli obiettivi più rilevanti!»

«So come nascondermi per le strade di Firenze» insistei.

«Per le strade di Firenze basta un fiorino per comprare qualsiasi cosa, persino il luogo dove si trova un nemico. E voi ne avete due implacabili: Domenico Silvano e il suo anziano e crudele padre, Niccolò.» Giovanni emise un sospiro di frustrazione. «È vero che siete molto più vecchio di quanto non dica il vostro aspetto, Bastardo? Sui nostri registri i vostri depositi risalgono ad almeno trent'anni fa, eppure sembrate un giovanotto! È possibile che la presunta lettera della Confraternita sia veritiera?» Sostenni il suo sguardo con fermezza e dopo qualche istante Giovanni scosse la testa. «Forse è meglio che non lo sappia, visto che vi sono debitore per aver salvato mio figlio e che voi vi rifiutate di mettervi al sicuro. I vostri genitori devono essere stati davvero bizzosi per mettere al mondo un figlio tanto irragionevole!»

«Non li ho mai conosciuti, non saprei. I Silvano, piuttosto, sono gente malvagia, quello lo so per certo.»

«Luca non è cattivo, babbo. Mi ha salvato! E quelli erano in due, molto più grossi di lui!» affermò Cosimo tutto d'un fiato. «Non ha usato la stregoneria per ucciderli, è stato solo più astuto di loro. E poi è velocissimo con il pugnale.»

«Oh, Cosimo...» Giovanni strinse al petto la testa del figlio e chiuse gli occhi. «Ero preoccupato per te. In altre circostanze, Bastardo, la vostra eccentricità mi allarmerebbe, ma mi avete riportato mio figlio sano e salvo... D'altra parte, devo nuovamente invitarvi a considerare l'idea di lasciare Firenze. Si dice che presto Domenico sarà gonfaloniere almeno per un mandato. I fiorentini non dimenticano mai un amico, ma ancor meno un nemico.»

«Se non lo farete voi, da me non saprà che ci siamo incontrati» replicai.

«Figlio mio, cosa dobbiamo fare col tuo testardo salvatore?» chiese Giovanni, afferrando le spalle del ragazzino come a chiedergli consiglio. Per un momento li invidiai. Giovanni aveva un figlio speciale del quale andare orgoglioso, e Cosimo era molto amato e apprezzato dal padre. Mi chiesi se avrei avuto mai un figlio dalla donna della visione. L'antico desiderio di avere una famiglia tutta mia mi scoppiò in petto come un grosso uccello che sbatte le ali. Ero deciso a non consumare ulteriormente il tempo che mi era concesso.

«Dovremmo aiutarlo a lasciare la città quando la Piuma rossa lo cercherà e prenderci cura del suo denaro in modo che ne abbia in abbondanza ogni volta che gli servirà» rispose Cosimo sollecito, dimostrando ancora una volta la sua insolita perspicacia. «Mandiamo una missiva a tutti i nostri uffici in modo che abbia accesso ai conti ovunque vada senza che nessuno gli faccia domande.»

«Eccovi l'eccellente piano del mio eccellente figliolo! Cosimetto, posso aggiungere al piano un invito a cena per il nostro amico Luca? Queste discussioni mi hanno messo appetito, e tu devi essere affamato dopo tante traversie! Anche voi, Luca, visto come avete affrontato quelle canaglie. È il minimo che possa fare per dimostrarvi la mia gratitudine!»

«Oh, sì, babbo!» Cosimo batté le mani. «E poi dovresti sentirlo parlare di Giotto, è così interessante!»

«Ne sarei onorato» risposi. «Poiché siete tanto gentile, signore, ho un favore da chiedervi.»

«Qualsiasi cosa» giurò Giovanni.

«Trovategli una stalla» dissi, affidando la briglia di un asino longevo ma con un pessimo carattere a uno degli uomini più ricchi e potenti di Firenze.

*

Era ormai sera quando tornai in strada, stavolta senza quel maledetto asino. Il cielo si stava tingendo di un blu intenso profilato di rosa, come un raffinato mantello. Avevo la pancia piena dopo aver consumato un pasto regale a base di melone verde, minestra di ceci, faraona arrosto con salsa rossa alla cannella, vitello alle spezie, porri e barbabietole rosolati. Avevamo cenato in un ambiente intimo, come era solita fare la famiglia in occasioni non ufficiali, lasciando aperta la porta che dava sul giardino per godere della gradevole brezza mentre il pomeriggio sfumava nella sera e la luce si faceva color miele con pennellate di lavanda. Eravamo seduti sulle cassepanche, e i musicisti suonavano in un angolo lontano. Fu un momento piacevole: le risate di Cosimo e del fratello Lorenzo, le premure di Giovanni, le parole di Giotto che mi echeggiavano ancora nell'animo. Pensai che forse ero stato troppo frettoloso a dissolvere Dio nel male che dimora nel cuore degli uomini come lo zucchero si scioglie in un infuso bollente. Per certo, dove vi erano affetto e amore come quelli che avevo di fronte, lì c'era Dio. Un Dio, almeno. In fondo, forse aveva ragione il mio vecchio amico Geber a sostenere che ci fossero un Dio buono e un Dio malvagio. E se fino a quel momento ero caduto sotto il dominio del Dio inferiore, venerando il capriccio e credendo soltanto nella capacità degli uomini di compiere il male, potevo pur sempre cercare il Dio buono, quello che sapeva ridere con dolcezza e non per crudeltà. Ero ancora in tempo.

Giovanni mi invitò a fermarmi nella sua casa per la notte, ma non volevo arrecare disturbo. Mi bastava che ospitasse il mio asino, dissi, e andai alla ricerca di una qualsiasi locanda aperta. Altrimenti mi sarei sistemato sotto un ponte, del resto negli ultimi cinquant'anni avevo dormito in posti ben peggiori delle argentee rive dell'Arno.

Sentii il verso di un uccello. Attirò la mia attenzione perché era molto insolito a quell'ora. Qualcuno stava fischiando, comunicando un messaggio in modo discreto. Mi si rizzarono i peli sulla nuca e mi venne la pelle d'oca sulle braccia, così tesi i tricipiti, pronto a impugnare la spada. Continuai a camminare, ma svoltai all'improvviso alla prima traversa. Udii un rumore di passi alla mia sinistra. Accelerai, e chi mi stava inseguendo fece altrettanto. Poi sentii un leggero scalpiccio alla mia destra. Il cielo era ormai color indaco e in città non erano ancora state accese tutte le torce. Lungo le strade acciottolate si allungavano come dita ombre nere e purpuree, oscurando i movimenti. Iniziai a correre per le anguste stradine, sotto arcate di pietra che sostenevano alti edifici e intorno a palazzi ancora da terminare e a vecchie casette in rovina che sembravano pronte a essere abbattute per far posto al nuovo.

Alle mie spalle i passi si fecero più rapidi e vicini. Svoltai dietro un angolo. A metà strada di fronte a me, nella luce aranciata delle torce che sporgevano dai supporti bronzei fissati agli edifici di pietra grigia, vidi delinearsi due figure avvolte in un mantello. Avevano le spade sguainate. Tornai indietro verso l'incrocio, ma mi trovai la strada sbarrata da altri tre uomini. Girai su me stesso alla ricerca di un vicolo, un passaggio, qualsiasi cosa. Ero vicino al vecchio Palazzo del Capitano del popolo e mi fiondai verso sud, diretto all'Arno. Entrai come un fulmine nella piazza del Palazzo della Signoria. Lì mi attendevano sei sagome disposte a semicerchio. I tre dietro di me, insieme agli altri due, mi raggiunsero intrappolandomi.

«Siete voi Luca Bastardo?» gridò una voce sonora nell'oscurità.

«Chi lo vuole sapere?» chiesi. Cercai di prendere il pugnale dal fodero legato alla coscia, ma due uomini mi afferrarono da dietro e me lo strapparono di mano. Poi mi slacciarono anche la cinta della spada, lasciandomi disarmato. Infine mi presero per le braccia. Dalle buie strade circostanti accorsero i rinforzi.

«Io» affermò querula la voce di una persona anziana. Alcuni uomini alzarono le loro fiaccole e, alla tremula luce giallastra, chi aveva parlato si abbassò il cappuccio. Se anche non ne avessi già identificato la voce beffarda e nasale, lo avrei riconosciuto all'istante dalla faccia, malgrado fosse invecchiato. Le rughe profonde e i segni del tempo non avevano cancellato il mento sporgente e il naso adunco tanto simile a quello del padre. Niccolò Silvano sogghignò. «Sei Luca Bastardo, uno stregone, che usa la magia nera per sfidare il tempo e la morte! E possiedo una lettera di ottant'anni fa che identifica anche i tuoi genitori come stregoni amici degli eretici!»

«Sono trent'anni che ti do la caccia, Luca Bastardo, e da quando io ero bambino, tu non sei invecchiato» dichiarò una seconda voce. Altre fiaccole illuminarono la faccia di Domenico Silvano, e mi mancò il respiro, risucchiato in un freddo vuoto di paura nello stomaco. «È la stregoneria che ti mantiene giovane! La stregoneria prolunga la tua giovinezza, e a causa del tuo peccato Dio scatena la sua collera su Firenze!» Volevo rispondere, ma quando feci per aprire bocca l'uomo alla mia destra mi diede un pugno così violento che caddi in avanti e vomitai. «Non lo nega!» urlò Domenico. «Non c'è tempo per sottoporre questo stregone alla ruota o allo stivaletto per estorcergli una confessione. Dobbiamo agire subito per liberare la nostra città da questo malvagio flagello! Legatelo e preparate il rogo! La lettera che mio padre ha conservato tanto a lungo servirà come accusa!»

Molte mani mi afferrarono e mi trascinarono via. Le mie brache si lacerarono sull'acciottolato sconnesso, e la pelle già livida delle ginocchia prese a sanguinare. Sentii il rumore stridente di legna che grattava il suolo, e quando gli uomini davanti a me si scostarono, vidi che la stavano accatastando in piazza della Signoria. Venne issato un palo. Una decina di uomini stava lavorando alla pira, dunque ci vollero pochi istanti perché fosse tutto pronto per la mia esecuzione. Mi misero in piedi e mi sputarono addosso e mi picchiarono con ferocia. Più che il dolore fisico, udii il rumore delle costole che si spezzavano, in mezzo alle tante voci che gridavano «Stregone!» e «Mago!». Vestito solo di stracci e sangue, mi buttarono contro il palo, avvolgendomi una spessa corda intorno alle spalle e al petto.

La folla rabbiosa si divise e Niccolò Silvano venne verso di me, trascinandosi per l'età. Non parlò fin quando non mi fu accanto. «Sapevo che sarebbe giunto questo giorno, Bastardo. Pensa a mio padre mentre le fiamme ti sfiorano i piedi, poi ti lambiscono le gambe e ti arrostiscono i testicoli, fino a consumarti tutto! È la punizione per aver dato fuoco al palazzo che avrei dovuto ereditare!» Si chinò, avvicinandosi al punto che il suo alito fetido mi sfiorò la guancia. «Spero che ti sia piaciuto il regalo che ti ho lasciato là. Salutami Simonetta e le altre ragazze quando le vedrai all'inferno!»

Una nebbia rossastra mi oscurò la vista, poi l'antico desiderio di uccidere Niccolò Silvano si impadronì di me. All'improvviso non provavo più odio né paura, ero privo di emozioni. «Avrei dovuto ucciderti mentre tremavi terrorizzato sul cadavere di tuo padre!» dissi, sputandogli addosso.

«Anche la tua prostituta ebrea mi ha sputato addosso quando l'ho picchiata a morte» rispose lui. Sentii montare la rabbia, e Niccolò se ne accorse. Scoppiò a ridere. «Sì, ho goduto a ucciderla» disse, poi urlò: «Bruciatelo! Bruciatelo lentamente, così che soffra!». E rise di nuovo, esaltato. I suoi sgherri impilarono ai miei piedi grossi ceppi insieme a ramoscelli per appiccare il fuoco, poi un uomo si avvicinò tra le grida entusiaste della folla e consegnò la torcia a Domenico Silvano, che si inumidì le labbra e mi sorrise.

All'improvviso, una canzone si levò nella notte buia come se provenisse dai ciottoli di pietra della strada. «"Il mio arnese enorme amava, e mai le sue grazie mi negava!"» stava intonando a squarciagola un gruppo di ubriachi con un pesante accento straniero. Le persone intorno a me si voltarono a guardare. Attraverso una fessura nella linea delle loro teste vidi una squadra di condottieri barcollanti che si reggevano l'un l'altro. La luce delle torce illuminava sui loro mantelli i colori dei soldati di ventura del Nord.

«Ehi, c'è una festa!» urlò una voce, ansimando. Un raglio fastidioso rimbombò nella piazza e vidi che il mercenario in fondo alla fila stava tirando un asino grigio.

«Andatevene!» urlò Domenico Silvano. «Questo è un processo privato!»

«Ci piacciono le feste! Niente donne, vedo, ma possiamo procurarcene! Le pecore fiorentine non mi dispiacciono!» gridò il mercenario. I suoi compagni schiamazzarono e lui lasciò andare la briglia dando una forte pacca all'asino, che sgroppò, chiuse di scatto i denti e partì a tutta velocità tirando calci. La folla che avevo davanti rimase sgomenta.

«Il mio asino! Prendete il mio asino!» urlò un'altra voce.

«Accidenti, Hans, hai detto che lo tenevi stretto, zuccone minorato che non sei altro.» Si udì lo stridio di una spada sguainata e il padrone dell'asino si avventò sullo sventurato Hans, che sfoderò a sua volta l'arma. Scoppiò un feroce combattimento. «Prendo io l'asino» gridò un terzo condottiero «ha le gambe come quelle della sorella di Karl! Lei ha un bel culo, certo, ma il muso dell'asino è più bello della sua faccia! Basta prenderla da dietro!» Detto questo, si staccò dagli altri e si precipitò tra la folla a caccia dell'asino.

«Ehi, che ne sai tu di mia sorella?» intervenne Karl. «Ti strappo il cuore se hai rubato il suo fiore!» E sguainò la spada anche lui, lanciandosi tra i compagni. Insomma, scoppiò il finimondo. I mercenari lottavano tra loro, urlando e correndo da ogni parte. L'asino ragliò e cominciò a mordere e a menar calci all'impazzata. Gli sgherri di Niccolò si ritrassero, mormorando sconvolti, incapaci di porre fine a quella baraonda.

Domenico imprecò. «Indietro! Andate via!» urlò, agitando la torcia, ma dovette arretrare, perché i soldati erano ormai mescolati ai suoi uomini. Nell'oscurità gli era impossibile lanciare la torcia e appiccare il fuoco. Il condottiero che cercava di prendere l'asino mi balzò accanto, menando la spada come per parare i colpi di Karl, un omone dai capelli biondi che mi strizzò l'occhio e, mentre guardava avanti, menò un fendente all'indietro, tranciando di netto le corde che mi tenevano legato al palo. La sua spada era così veloce che pareva una macchia nella notte stellata, come se il colpo che mi aveva liberato non fosse mai stato sferrato. Nel frattempo continuava a lanciare insulti: «Stefan, ce l'hai moscio, e tua madre è ancora più brutta di tua sorella. Ma perché ti scaldi tanto? Non dirmi che non l'hai assaggiata anche tu, quella roba! Ti assicuro che aveva già un bel da fare molto prima che arrivassi io!».

Non attesi un invito formale per balzare giù dal palo e scavalcare la pira sfruttando un momento in cui l'attenzione di tutti era concentrata altrove. Un condottiero mi porse un fagotto. «Mettitelo!» disse, poi mi si parò davanti proprio quando la torcia di Domenico mi avrebbe illuminato la faccia. Il mercenario cantava a squarciagola la mia canzone sulla prosperosa signora napoletana e menava fendenti con la spada per tenere lontani gli uomini di Niccolò. Srotolai il mantello che aveva i colori dei mercenari stranieri, lo indossai e mi calai il cappuccio. L'asino trotterellò verso di noi, seguito da un altro condottiero che mi si buttò addosso, abbracciandomi in lacrime. «Friedrich, sei un bravo ragazzo. Non vorrei altri a coprirmi le spalle mentre ci battiamo contro quei pulciosi, pidocchiosi milanesi!» Di nascosto mi mise in mano uno spadino, poi alzò la testa e i suoi duri occhi azzurri incontrarono i miei. «Non usarla!» sussurrò senza il minimo accento.

Balbettò qualche parola di scuse e, all'improvviso, tutti gli altri mercenari si abbracciarono. Sapevo cosa fare. Gli posai la testa sulla spalla, come per unirmi al coro di lamenti, e con una mano presi la briglia dell'asino. Mi allontanai dalla folla vacillando come un ubriaco, la faccia premuta sulla spalla muscolosa del condottiero. Da sotto il cappuccio vidi Niccolò a qualche passo di distanza. Comunque ne avrei percepito la vicinanza anche se fossi stato cieco: era la presenza gelida e vuota del male. Mi si accapponò la pelle e mi fremevano le dita dal desiderio di infilzarlo con la spada e di versarne il sangue sull'acciottolato, per vendicare la morte di Rachele, di Simonetta e dei bambini del bordello. Il soldato percepì la mia tensione e mi diede un pizzicotto sulle costole incrinate, continuando a piagnucolare. Credo che anche Niccolò avesse intuito la mia presenza, perché si voltò a guardare me e il condottiero in lacrime. Non disse nulla, ma ci guardò torvo e sospettoso. Il cuore mi batteva così forte che ero certo che potesse sentirlo.

Dopo qualche passo ci riunimmo al gruppo. Gli altri stavano cominciando a prendersi sottobraccio. Un mercenario afferrò la briglia dell'asino mentre un altro urlava: «Ehi, lo so io dove trovare una vera festa! Ci sono le donne più belle della città, e quasi tutte hanno i denti. Be', non sono all'altezza della nonna di Karl, ma ci divertiremo!».

Affrettammo il passo, con l'asino che ci trotterellava accanto. Un attimo dopo sentimmo urla provenire dalla piazza.

«Lo scherzo è finito» mi disse il mercenario dagli occhi azzurri. «Vieni con me!» aggiunse, e partì di corsa allontanandosi dagli altri. Lo seguii lungo l'Arno in direzione del Ponte alla Carraia. Giunti laggiù, invece di salire, mi condusse verso il fiume. Due figure aspettavano in una barchetta che dondolava sull'acqua illuminata dal chiaro di luna. Una era molto più piccola dell'altra.

«Cosimo» ansimai, mentre io e il soldato li raggiungevamo. «Hai sbagliato la melodia!»

Cosimo abbassò il cappuccio del suo mantello. «È vero! Voi avevate posto l'accento su "enorme", non su "arnese".» Mi fece un largo sorriso e io gli scompigliai i capelli.

«Nella barca troverete fiorini e armi» disse Giovanni di Bicci de' Medici. «Alberto, il mio uomo, vi guiderà fuori città.

Farà in modo che possiate ritirare denaro da qualsiasi mio agente.»

«Signore, è molto gentile da parte vostra aiutarmi» risposi. «Anche da parte tua, Cosimo. L'idea è stata tua?»

«In parte.» Il ragazzino annuì felice e il padre sorrise orgoglioso, cingendogli le spalle con un braccio. «Tu sei mio amico!»

«Se non fossimo arrivati al momento giusto, sarebbe finito arrosto» disse cupo Alberto. «Lo avevano legato alla pira e stavano per appiccare il fuoco.»

«Un arrivo tempestivo» commentai. In verità, quel tempismo perfetto mi fece pensare all'umorismo divino; quale altra mano poteva organizzare la mia liberazione con tanta abilità se non quella del Dio gentile, di cui poco prima avevo percepito la presenza?

«Mi avete riportato vivo mio figlio» dichiarò Giovanni. «Vi aiuterò sempre.»

«Anch'io» aggiunse Cosimo. «Luca, mi impossesserò di quella lettera che dovrebbe avere la Confraternita e te la darò, così poi sarai al sicuro.»

Giovanni strinse con tenerezza le spalle del figlio. «Ma ora, Luca, è giunto il momento di lasciare Firenze, e il mio consiglio è...»

«Lo so» lo interruppi «non tornare mai più.» Mi confortava ritrovarmi in compagnia di Dio dopo decenni di assenza. Sapevo che grazie alla sua amicizia, seppur fragile e sospetta proprio per la sua essenza divina, il mio obiettivo e il mio desiderio non sarebbero svaniti. Quindi salii sulla barca con Alberto e a mezzanotte abbandonai la città che amavo tanto.

15

«Vorrei entrare, ma ho paura» disse il ragazzino con voce armoniosa. Se ne stava rannicchiato con le mani sulle ginocchia e la schiena curva, poi girò la testa bionda verso di me e scorsi per la prima volta il suo viso. Era di una bellezza sorprendente, e poco mancò che mi lasciassi sopraffare da un ricordo che era in realtà una fantasia da incubo: vidi Bernardo Silvano, con il naso aquilino e il mento sporgente, posargli deliziato la mano avida sulla testa, esultando al pensiero di quanto denaro gli avrebbe fruttato. Scacciai quegli strani pensieri e rivolsi nuovamente la mia attenzione al ragazzino. Non la vanità, ma la pura e semplice osservazione mi porta ad affermare che non avevo mai visto un viso più bello del mio prima di posare gli occhi sui delicati lineamenti di quel ragazzo di undici o dodici anni.

Richiamato a Firenze dal mio protettore Cosimo de' Medici dopo sessant'anni, mi ero recato dapprima ad Anchiano, poco fuori Vinci. Volevo controllare la vigna che avevo ereditato oltre cent'anni prima dal Rosso, Arnolfo Ginori, con il quale avevo lavorato come becchino all'epoca della morte nera. La bella giornata mi aveva indotto a salire sul Monte Albano, che digradava da un lato verso la valle dell'Arno e Firenze, e dall'altro saliva verso alture scoscese costellate di enormi massi tondeggianti, gelidi torrenti e grotte misteriose. Vagabondando, mi ero imbattuto in quel ragazzo che stava osservando l'ingresso di una grotta, la mano alla fronte per proteggersi gli occhi dal caldo sole di inizio estate. La luce abbagliante era in parte assorbita e in parte riflessa dalla pietraia e dalle rocce sporgenti sopra di noi.

«Di cosa hai paura?» gli chiesi, inginocchiandomi accanto a lui.

«È buia e minacciosa» rispose, e improvvisamente mi si sedette vicino.

«Dentro potrebbero esserci cose meravigliose.»

«Sì, sì» gridò. «Voglio vedere!»

«È questo il problema, vero? Sfidare il buio che ti opprime con tutte le sue inquietanti possibilità per scoprire le meraviglie che ci sono dentro?» domandai. Strappai alcuni fili d'erba e li ridussi a strisce ancora più sottili. «Le ombre sono molto importanti: danno profondità alla luce.»

Lui corrugò la fronte. «Non state parlando solo della grotta» replicò, arrotolandosi su un dito un ricciolo biondo. «La domanda è: state parlando di voi o di me?»

«Intelligente quanto bello!» risi e lui fece altrettanto. Nell'aria si diffuse la sua ilarità argentina e fu come quando il sole appare da dietro nuvole tempestose. Non potei fare a meno di fissarlo, stupito per la sua bellezza e per la sua voce melodiosa.

«Anche voi siete bello» mi disse. Aveva gli occhi ben distanziati sul viso perfettamente scolpito. «E non solo. Siete vivace, e cambiate spesso espressione. Mi piacciono le facce interessanti come la vostra, che siano brutte o bellissime. Ditemi, signore, vorreste cambiare il vostro aspetto? Siete grato ai vostri genitori per avervi dato questa bellezza? Quanto vi ha condizionato la vita? Avete forse trovato più amore grazie a essa? Per voi è stata una benedizione o una maledizione?»

Fissai la grotta buia. «Entrambe.» Quel ragazzino mi poneva domande che scavavano troppo a fondo nel mio cuore esitante. Stavolta per scampare il pericolo rappresentato dai Silvano ero rimasto lontano da Firenze per sei lunghi decenni, ma ecco che i problemi si ripresentavano nel momento stesso in cui vi avevo fatto ritorno. Non so come, ma la città toscana di pietra della mia infanzia mi spingeva sempre a confrontarmi con me stesso. Da bambino mi aveva imprigionato nel bordello di Silvano, eppure mi aveva insegnato a volare grazie all'arte di Giotto. Con Geber l'alchimista e il medico ebreo Moshe Sforno mi aveva concesso un'istruzione, ma poi mi aveva cacciato, e non una volta, bensì due. Mi prometteva un grande destino di amore e passione, ma continuava a rimandarlo. Mi obbligava a essere testimone della propensione innata nell'uomo a uccidere, ferire, tradire, sapendo che io stesso ero capace di compiere quelle azioni. E ora, ormai a un passo dalle mura della città, le solite domande ineluttabili tornavano a colpire con reiterata ferocia il mio cuore chiuso: da dove venivo? Qual era il senso delle mie doti e della mia diversità? Quando si sarebbe manifestata la promessa della pietra filosofale? Domande, sempre domande, e mai nessuna risposta. Vorrei presentare all'Errante questo ragazzino singolare, pensai; potrebbero interrogarsi a vicenda.

«Una volta ho affrontato una grotta buia» gli dissi.

«E cosa avete fatto?» Mi sembrò perplesso.

«Sono entrato e ho lottato con me stesso» risposi, chiudendo gli occhi e stringendo i pugni. «Ho avuto una visione straordinaria di cose che verranno.»

«Parlatemene» ordinò sereno, certo che gli avrei obbedito.

«Come mai vuoi saperlo?» gli chiesi per canzonarlo.

«Voglio conoscere tutto» esclamò con entusiasmo. «Voglio esplorare, esaminare e indagare ogni cosa. Voglio scoprire i segreti della vita e della morte, della terra, della natura, di tutto!» Balzò in piedi, gesticolando appassionato con le mani aggraziate. «Voglio capire come vede l'occhio, come volano gli uccelli e come funzionano la gravità e la leggerezza, qual è la natura delle forze, di cosa sono fatti il sole e la luna, l'esatta struttura interna del corpo umano, l'esperienza del nulla e...»

«Ho capito!» lo interruppi, alzando una mano. «Vuoi sapere tutto!»

«A eccezione del latino» dichiarò, portandosi i pugni chiusi alle tempie. «In quello non sono bravo. È come se lo sapessi e l'avessi dimenticato, come se ci fosse in me una porta segreta che rimane chiusa e mi impedisce di impararlo alla perfezione. Ma tutto il resto voglio conoscerlo!»

«Un amico una volta mi disse di sfruttare ogni momento per imparare da solo, fare esperienze da solo, apprendere senza intermediari» spiegai.

«Il vostro amico era saggio» commentò serio. «Ci ho pensato spesso, e ritengo che, anche se la natura inizia con la ragione e finisce con l'esperienza, noi dobbiamo fare l'opposto. Dobbiamo cominciare dalla nostra esperienza, e da lì arrivare a indagare la ragione.»

«Sono pensieri impegnativi per la tua età» osservai solidale, perché io stesso da bambino ero stato gravato da pensieri opprimenti. Forse per questo li avevo evitati da adulto in esilio, ma si ripresentavano, pronti a trafiggermi, quando tornavo a casa.

«E dovrei aspettare fino a quando sarò vecchio per avere pensieri profondi?» replicò, poi strinse gli occhi luminosi. «Avete un aspetto familiare, come se già vi conoscessi... Il vostro saggio amico vi disse quelle parole sul letto di morte?»

Annuii, rammentando con affetto e amarezza Geber, l'alchimista cataro, fragile e malato di peste nel suo laboratorio. Poi mi sforzai di tornare alla pace che avevo goduto negli ultimi sessant'anni, durante i quali avevo viaggiato per il mondo praticando la mia arte medica, offrendo il *consolamentum* a chiunque ne avesse bisogno, cercando di guarire il dolore e alleviare le sofferenze mentre eludevo la Confraternita della piuma rossa. «Il mio amico è morto di una bella morte: era vivo quando morì» dissi infine.

«Capisco cosa intendete. Forse, mentre pensiamo di imparare a vivere, in realtà stiamo imparando a morire. Se siamo onesti, certo. Allora, parlatemi della vostra visione con onestà» insisté con un sorriso accattivante, e capii che non potevo sfuggirgli.

Sorrisi e sospirai. Fissai la montagna e la colorata profusione di fiori selvatici. Un'aquila ci volteggiava sopra la testa. Mi sdraiai a osservare l'infinito cielo azzurro; avevo le spalle tese e la spina dorsale stretta tra i muscoli della schiena, come se mi fossi appena rialzato dopo una caduta da cavallo, illeso ma pesto. Cosa mi aveva detto quel ragazzo così particolare? Voleva comprendere il nulla? Non riuscivo a concepire una simile aspirazione. Il mio desiderio più intimo era sempre stato quello di conoscere la pienezza, la pienezza dell'amore e del senso di appartenenza. Un tempo l'avevo provata tra le braccia di Rachele Sforno, e ora, a pochi minuti da Firenze, quell'antico desiderio tornava con prepotenza.

«Signore?» mi sollecitò il ragazzo, sedendosi di nuovo accanto a me.

«Il mio amico era un alchimista, ed è stato il mio maestro. Una sera ero sconvolto e smarrito per la morte di una persona cara, e lui mi ha dato la pietra filosofale.»

«Cos'è?» mi chiese con gli occhi spalancati, malgrado il sole abbagliante.

«Un magico elisir che ti trasforma» risposi. «Mi ha condotto dentro me stesso, e sono morto. Dopo la morte ho visto tante cose...»

«Sì, è quello che voglio sapere! Cosa avete visto?» mi domandò, avvicinandosi a me fino a toccarmi il braccio con le ginocchia.

Feci un profondo respiro. Nonostante fossero passati centosedici anni da quegli eventi, temevo che parlare della notte della pietra filosofale ne avrebbe evocato la magia. «Ho visto il presente e il futuro, ho visto re, artisti e armi sputafuoco. Ho visto macchine che volavano in cielo e si inabissavano sotto il mare. Ho visto una freccia che volava sulla luna! E ho visto guerre, epidemie e carestie, e nuovi stati che mutavano il destino del mondo. Non è ancora accaduto quasi nulla di tutto ciò, ma accadrà. Ci vuole tempo perché le visioni si avverino.»

«Io voglio volare» confessò il ragazzo. «Voglio imparare come volano gli uccelli e le farfalle. Amo gli uccelli, e anche i cavalli, perché quando galoppo mi sembra di volare. Mi piacciono tutti gli animali, ma soprattutto gli uccelli e i cavalli!»

«Allora forse sarai tu l'uomo che costruirà la macchina volante» mormorai con gli occhi ancora chiusi.

«È la mia ambizione!» gridò. «Osservo gli uccelli cercando di apprendere i segreti del volo, così un giorno potrò costruire una macchina volante! Avete visto questo nella vostra visione? Avete visto me?»

Aprii gli occhi, come se quella domanda mi avesse destato da un sogno. «No, non ho visto te» ammisi, mettendomi a sedere. Osservai attentamente il suo viso minuto, gli occhi intelligenti e i ricci biondi con i riflessi ramati. «Almeno non da ragazzo. Come sarai da vecchio?»

«Avrò i capelli lunghi e una gran barba lunga» rispose sicuro «e sarò ancora bello, ma non come adesso. Anch'io vedo il futuro: sarò importante e rispettato, e tutti conosceranno il mio nome anche molto tempo dopo la mia morte. Sono Leonardo, figlio di messer Piero da Vinci.»

«Io sono Luca Bastardo, ma non so chi fossero i miei genitori» replicai, anche se li avevo cercati ancora durante l'ultimo esilio.

«Anch'io sono un bastardo» mi confidò con una maliziosa strizzata d'occhi. «Mia madre si chiama Caterina e fa la serva. È molto graziosa, divertente e gentile, mi ha allattato e le voglio bene. Ma non ha molta importanza se siamo bastardi, vero? Tutti hanno figli bastardi, preti, papi e persino re. Non credete che la cosa più importante sia cosa si diventa? Chi semina virtù, raccoglie onori, a prescindere dalle origini.»

«Sono d'accordo» commentai pacato, ma volsi lo sguardo altrove, imbarazzato. Nessuno mi aveva mai parlato così. Quel ragazzino continuava a rievocare le questioni pungenti che avevo fatto di tutto per evitare. Cos'ero divenuto negli ultimi cento anni? Un ricco avventuriero, l'amante di donne bellissime, un bravo spadaccino e un medico esperto. Avevo avuto il privilegio di conoscere uomini che avevano plasmato il mondo, visionari come Giotto, Petrarca, Boccaccio e Cosimo de' Medici, e di imparare da uomini di genio e intuito come Geber l'alchimista, l'Errante e Moshe Sforno. Avevo avuto il dono della bellezza e dell'eterna giovinezza. Cosa mi avevano portato tutti quei privilegi, insegnamenti e doni?

Era giunto il momento di prendere posizione e dare una svolta al mio destino. Dio, non so se quello buono o quello malvagio, aveva riso di nuovo di me. In quel momento, non lontano da noi, vidi un cucciolo di lupo arrampicarsi sulle rocce calde. Un attimo dopo lo seguirono due lupi adulti. Poco sotto di noi Ginori, il mio cavallo, nitrì per avvertirmi: ne aveva sentito l'odore. Presi dalla cinta la squarcina. I lupi parevano interessati solo al cucciolo, ma io ero dell'idea che fosse meglio essere preparati alle conseguenze inattese di certi segni divini.

«Potete cercare i vostri genitori» mi stava dicendo Leonardo, poi si voltò a guardare il cucciolo spensierato, seguito dai genitori. «Forse anche loro vi stanno cercando e vi troveranno nel giorno più importante della vostra vita, allora sarete felice come mai prima!» continuò. «Come si chiamava il vostro amico, l'alchimista che vi ha dato la pietra filosofale?»

«Un altro amico una volta mi disse che limitarsi ai nomi rovina una bella storia» risposi.

«Non è giusto!» replicò indignato, balzando in piedi e portandosi le mani sui fianchi. «E inoltre non è vero: una storia è più bella se arricchita di particolari, come i nomi!»

«Si chiamava Geber!» cedetti ridendo. «O almeno questo è il nome che usava allora.»

«Geber, l'alchimista che è stato il vostro maestro» mormorò. Si passò una mano sulla faccia, fissò la grotta, poi si voltò verso di me con occhi brucianti. «Voi dovete essere il mio maestro, Luca Bastardo!» Per un attimo lo fissai, pensando che sarebbe stato lui il mio maestro, che mi avrebbe aperto la mente. Poi, malgrado avessi pensato di trattenermi a Firenze, rammentai che la mia vita sarebbe stata in pericolo. Aprire la mente era un pensiero secondario se la Confraternita della piuma rossa voleva ancora mandarmi al rogo: ogni volta che scoppiava una pestilenza e la gente cercava un capro espiatorio, il suo potere cresceva. Non avevo alcun desiderio di finire sotto la sua inquisizione, non ero ancora pronto a morire.

«Non sono un maestro» replicai deciso, alzandomi. «Sei un ragazzo interessante, Leonardo, ma io ho un compito da assolvere. Poi lascerò la Toscana. Ne va della mia vita.» Cominciai ad allontanarmi dalla grotta. «E poi non saprei cosa insegnarti» proseguii.

«Potete onorare il vostro impegno mentre mi fate da tutore» ribatté ostinato. «E avete molto da insegnarmi. L'alchimia, per esempio, come ha fatto Geber con voi.»

«Sono un alchimista mancato! Non ho mai imparato a trasformare il piombo in oro.»

«Pazienza, tanto io non ci credo all'alchimia, mi insegnerete altro.» Si fermò all'ombra di un cipresso, sulla cresta erbosa sotto la grotta. «Non credete che valga la pena rischiare la vita per insegnare e condividere i vostri segreti? Sempre che questo rischio esista. Non sembrate un assassino o un ladro...»

«Lo sono stato, e ho fatto anche di peggio. Ho compiuto azioni che non puoi nemmeno immaginare.»

«...sul cui capo penda una sentenza di morte, e poi non ho mai sentito parlare di un Luca Bastardo esiliato per motivi politici. Tutti sanno chi sono i nemici dei Medici» terminò, come se non avessi parlato. «Restate e fatemi da tutore!»

«Il pericolo è troppo grande. Un giorno rischierò la vita, la donerò, ma sarà per amore, per il mio unico grande amore che verrà» dissi turbato.

«Forse è proprio a Firenze che lo dovreste...» insisté in tono malizioso. Leonardo aveva sempre la risposta pronta.

Sfilai il pugnale dal fodero che tenevo legato alla coscia e glielo lanciai ai piedi, conficcando la punta nel terreno. «Qui si aggirano lupi. Tieni, portalo con te nella grotta.»

Leonardo lo prese, tornò all'imboccatura della grotta e gridò: «I lupi sono qui perché così dev'essere. Proprio come voi, Luca Bastardo. Sotto la superficie di ogni cosa si cela una fitta trama di significati». Non appena sparì nel buio, uno dei lupi si mise a ululare triste. Le veementi parole di Leonardo e quel lento, lungo ululato riecheggiarono all'unisono tra le rocce fino a divenire un'unica parola che scivolò via lungo il pendio della montagna. Somigliava misteriosamente a quella che l'Errante mi aveva sussurrato all'orecchio oltre un secolo prima, la notte della pietra filosofale. Poi, il giorno successivo, Geber era morto dopo avermi sussurrato la stessa frase appena pronunciata da Leonardo. Ebbi la sensazione che il tempo continuasse a girarmi intorno come un serpente su un caduceo. Forse il giovane Leonardo aveva ragione, dovevo essere il suo maestro. Ma prima dovevo andare a Firenze a porgere i miei omaggi all'anziano e sofferente Cosimo de' Medici.

«Se ne sono andati tutti, Luca» disse Cosimo con voce tremula. Giaceva in un letto sfarzoso, tra biancheria ricamata in oro e argento. Non eravamo a Palazzo Medici a Firenze, ma nella raffinata villa di Careggi, sulle colline a nord della città. Cosimo si era stabilito lì per evitare la nuova epidemia di peste. Come facevano da oltre cent'anni, alla prima comparsa dei bubboni, i nobili e i ricchi mercanti fuggivano nei loro possedimenti in campagna. Non si era ancora trovata una cura per la temuta morte nera.

«Mi dispiace vederti così sofferente, Cosimo» dissi, osservandone il viso con tristezza. L'uomo famoso per le notti insonni e le giornate di digiuno non aveva certo un bell'aspetto. Era sempre stato di colorito olivastro, ma adesso era gottoso e artritico. Aveva le guance avvampate, il sudore gli velava la fronte e, guardandolo, capii subito che non urinava a dovere. Gli insegnamenti di Moshe Sforno e la pratica medica durante l'esilio mi tornarono utili e cominciai a pensare a come alleviare le sue sofferenze.

«Mi sento meglio ora che sei qui» rispose lui con un sorriso sincero. «Sono felice che tu sia venuto, volevo vederti un'ultima volta. Ci siamo incontrati spesso fuori Firenze, ma non ero certo che saresti tornato a casa, neppure per me.»

«Farei qualsiasi cosa per te, Cosimetto.» Nell'udire il nomignolo datogli dal padre, mi fece un gran sorriso, ma poi sul suo volto passò un'ombra di dolore.

«Se ne sono andati tutti, Luca» ripeté. «Mio figlio Giovanni è morto lo scorso anno, mio nipote Cosimino due anni fa, e non aveva ancora sei anni. Non potevo più vivere nel palazzo di via Larga: era troppo grande per la piccola famiglia che è rimasta.»

«È duro perdere coloro che amiamo» risposi dolcemente. Gli toccai la fronte e notai che aveva la febbre, poi gli sentii il polso.

«Una volta, durante un incontro con ambasciatori inviati da Lucca per discutere di questioni di Stato – lo sai come è tesa la situazione con Lucca...» Fece una pausa, come a chiedermi conferma. «Una volta, dicevo, Cosimino entrò e mi chiese di fischiare!»

«Immagino che tu lo abbia accontentato, e subito.» Sorrisi.

«Mi conosci fin troppo bene» confermò, stringendomi la mano. «Ho aggiornato l'incontro e abbiamo fischiato insieme. Ho ripreso le consultazioni con Lucca solo quando mio nipote era soddisfatto. I delegati erano molto contrariati!» Ridacchiò sommesso, e mi unii a lui. «E sono contento di averlo fatto, Luca, perché non potrò più giocare con lui. Non mi salterà più in grembo, non interromperà più una riunione, non mi nasconderà più un rospo nella tasca del mantello e non scoppierà più a ridere quando ci infilo la mano e urlo di paura.»

«Hai usato al meglio il tempo che ti è stato concesso con tuo nipote, gli hai voluto molto bene» commentai. «Questo ti può essere di conforto.»

«Sì» disse Cosimo, con la faccia ormai floscia e segnata che si illuminava. «Gli ho voluto bene, e l'amore non muore mai. Solo l'amore ci rende immortali, Luca. Spero che tu lo abbia trovato.»

«Lo sto cercando. Provo grande affetto per gli amici di un tempo, però, e tu sei uno di loro, Cosimo. Mi spiace vedere che non stai bene. Dobbiamo pensare a come guarirti.»

«Guarirmi? No, sono pronto ad andarmene» sospirò.

«Non sono queste le parole che voglio sentire da te!» replicai con fermezza. «Come medico, ho sempre riscontrato che quando un uomo è pronto a morire, morirà.»

«E perché dovrebbe essere tanto brutto morire, Bastardo? Accettare la morte non è poi così terribile.»

«A volte no, a volte è la fine del dolore e il principio della libertà. Ma non bisognerebbe concederle neppure un minuto di anticipo rispetto al tempo dovuto» affermai. «La vita è troppo preziosa per arrendersi facilmente alla morte!»

«Non è una resa se un uomo supera le proprie paure e si

libera di questa, questa...» Sollevò un braccio bianco e tremante con l'altra mano, come se fosse un bastone. «...di questa carcassa! Ma non preoccuparti nel caso in cui muoia. Ho lasciato istruzioni su di te: il tuo denaro godrà sempre degli interessi più favorevoli e vi avrai sempre accesso, ovunque tu vada a vagabondare per il mondo, Bastardo» celiò, e nei suoi occhi si colse un barlume dell'antica scintilla.

«Senti come sei saggio! Non possiamo privare il mondo di un uomo dotato di tanto buonsenso» replicai in tono scherzoso. Posai una mano sul braccio che Cosimo aveva trattato con tanto disprezzo e sentii la fragilità umana. Prima o poi non saremmo tutti arrivati a quel punto? Dentro di lui, all'interno delle ossa, forse nel midollo, qualcosa andava spegnendosi lentamente, come una melodia che stava per finire. Mi si aprì il cuore, e un gradevole calore mi scese nel petto, lungo le braccia e uscì dalle mani per entrare in Cosimo. Il *consolamentum* di Geber si stava impadronendo di me, coma acqua che scorreva attraverso il canale vivo del mio corpo. Cosimo sospirò.

«Le tue mani comunicano una sensazione gradevole, Luca» mormorò piano, e la sua faccia si rilassò a mano a mano che il dolore passava. Le labbra grigiastre si aprirono e presero un poco di colore. Attesi fin quando il flusso del *consolamentum* cessò, poi parlai.

«Dimmi, amico mio, riesci a urinare?»

«Non bene» rispose, alzando le spalle e voltando la faccia dal naso importante. «Possiedo quadri meravigliosi che dovresti vedere. Qui c'è qualche pannello di fra'Angelico...»

«Quel fraticello pio di cui mi hai parlato ad Avignone dieci anni fa?» chiesi. «Quello che pregava prima di prendere il pennello e dipingere i santi?»

«Proprio lui» confermò Cosimo, felice che me ne fossi ricordato. Certo che lo ricordavo: non dimentico mai un artista o un'opera d'arte. «Fra'Angelico piangeva mentre dipingeva Cristo in croce. Era un uomo semplice e santo, un artista disponibile e generoso. Molti sono complicati e oltraggiosi, sono come eterni bambini, eppure li devi trattare con il massimo rispetto.»

«Comprendono la bellezza e la sanno comunicare, quindi bisogna mostrarsi comprensivi.»

«L'ho imparato da un altro pittore, un uomo dal temperamento totalmente diverso rispetto a fra' Angelico, tale fra' Filippo Lippi. Era un artista di talento, ma preda di desideri terreni e carnali, non sapeva star lontano dalle donne! È persino fuggito con una monaca. Mi è costato parecchio farlo spretare, ma neppure la sua gratitudine per me poteva indurlo a lavorare quando era in preda alla lussuria. Una volta ho provato a chiuderlo nella sua stanza per fargli terminare un dipinto, ma ha tagliato le lenzuola, le ha annodate ed è fuggito dalla finestra!»

«Gli uomini trovano sempre una via di fuga» osservai, chiedendomi se fossi davvero riuscito a sfuggire a Bernardo e Niccolò Silvano. Non era forse quello che Leonardo mi chiedeva di fare? Lasciarmi alle spalle la prigione della paura e della rabbia e crearmi una nuova vita a Firenze?

«Alla fine è quel che fanno tutti» sospirò Cosimo. «Fuggono dalla loro prigione, qualunque essa sia. Penso che fra' Angelico, pio com'era, ritenesse una prigione la vita terrena, e che la pittura fosse la sua fuga. Ha fatto un lavoro splendido a San Marco, quando ho ristrutturato il convento.»

«Il vecchio convento dei domenicani» rammentai, e d'improvviso ebbi un forte desiderio di tornare a Firenze, entrare dalle porte imponenti, vedere le chiese e le piazze affollate, le mura di pietra, gli eleganti palazzi e i grandi, maestosi edifici pubblici.

«Ho finanziato molti lavori pubblici, proprio come fece mio padre» annuì Cosimo. «La *Crocifissione con santi* dell'Angelico occupa tutta la parete settentrionale della sala capitolare. È un'opera straordinaria: tre croci che spiccano sul cielo azzurro con tutti i santi schierati sotto. Comunica pace e innocenza pur presentando la tragedia della Crocifissione. Ogni artista dipinge se stesso: lo vedi nei volti di fra' Angelico, tutti traboccanti di timore reverenziale. Non vedo l'ora di trovarmi in presenza del Dio che ispira quel timore, Luca. Ora che sei tornato a Firenze devi vederla quella Crocifissione! Ma rimani, Luca mio? Mi accompagni fino alla fine?»

«Spero che non sia la fine» risposi cupo, evitando la domanda.

«Siamo amici da troppo tempo per dileggiarci» affermò. «Ricordo ancora quando, tanto tempo fa, all'epoca in cui ero un comune ragazzino, tu mi hai salvato da due furfanti.»

«Cosimo, tu non sei mai stato comune.»

«Questo è un segreto!» proclamò Cosimo con occhi fiammeggianti. «Devi fingere di non saperlo e ascoltare i ricordi di un vecchio malato! Ricordo che mi sei sembrato un santo o un angelo quando mi hai messo a cavalcioni di quell'asino orribile. Poi hai sfoderato il pugnale e ucciso quegli uomini, che se lo meritavano proprio.»

«Che ne è stato dell'asino?» domandai.

«Avevo quindici anni quando si è presentato un ebreo con una lunga barba incolta che affermava di essere tuo amico; ha chiesto l'animale e io gliel'ho dato. Lo ricordo ancora, era un omone che faceva mille domande. Non è buffo quello di cui ti ricordi quando diventi vecchio? Eppure tu sei qui, e sei sempre esattamente uguale, non sei invecchiato affatto. Che strano dono hai ricevuto: ti invidio, Luca.»

«Non farlo» dissi brusco. «Morirei per conoscere l'amore e avere la famiglia che hai avuto tu.»

«Li avrai» sorrise, come se già condividesse lo scherzo con qualsiasi Dio stesse ridendo in quel momento. «Anche la morte, perché tutti ci arriviamo. Ma mi chiedo se mai conoscerai le tribolazioni della vecchiaia. Non sono per i codardi: comportano dolore e umiliazione, e non è una condizione adatta a chi ha in orrore le gabbie.»

«Ho avuto la mia parte di dolori e umiliazioni» risposi con un'occhiata seria. «Cosa si dice in questo periodo della Confraternita della piuma rossa?»

«Non molto, ma non giro per Firenze di questi tempi. Ci sono ancora i Silvano... dunque, un giovane che si chiama Pietro ed è uguale a Domenico, ha lo stesso naso e lo stesso mento. Domenico ha anche avuto una figlia, che si è sposata e ha avuto figli, ma ho dimenticato i loro nomi. Ormai devono essere adulti. Ma, Luca, sono passati sessant'anni: non sarà molto per te, ma è una vita intera per il resto di noi. Forse l'antica inimicizia si è spenta...»

«Siamo fiorentini, l'inimicizia non si spegne mai!» risi. «E tu lo sai meglio di chiunque altro, Cosimo. L'odio, come l'inferno, dura per l'eternità.»

«Non siamo dunque tutti all'inferno perché proviamo sempre un odio profondo e intenso? E tutti in paradiso con il nostro amore?» scrollò le spalle. «Adesso sono abbastanza vecchio, e abbastanza malato, e ho trascorso abbastanza tempo in contemplazione negli ultimi tempi per avere qualche rimorso, Luca. Forse, in certe occasioni, avrei dovuto mostrare un po' di pietà.»

«Non provi pietà per una vipera, le tagli la testa.»

Cosimo sospirò e mi strinse ancora la mano. «Forse hai bisogno della tua lunga vita per imparare quello che noi impariamo in sessant'anni. Parlami dei tuoi viaggi, Bastardo. Quell'antico manoscritto che mi hai fatto avere tramite il tuo messo... oh, solo tre anni fa? L'hai trovato in Macedonia, vero? La tua lettera diceva che aveva una storia...»

«Il *Corpus Hermeticum*» risposi. «L'ho trovato in un monastero in Macedonia.»

«Il titolo lo conosco» affermò Cosimo sornione. «Non ero certo che lo sapessi tu. Ti dispiacerebbe distrarre un uomo morente con la storia della tua scoperta?»

*

Ore dopo, quando ormai era calata la notte buia, feci per andarmene, ma Contessina de' Bardi, la moglie di Cosimo, mi fermò. Era una donna grassoccia, chiassosa e allegra, e l'avevo incontrata una sola volta, perché avevo sempre visto Cosimo lontano da Firenze. Lui, quando viaggiava, portava con sé una schiava circassa di cui era sin troppo innamorato. Anche a me piaceva: la trovavo graziosa, gentile e accomodante. Cosimo aveva avuto un figlio da lei: si chiamava Carlo ed era cresciuto con i figli di Contessina, che non aveva avuto nulla in contrario. Come aveva detto Leonardo, gli uomini potenti avevano spesso figli bastardi. Contessina mi posò la mano sulla spalla.

«È particolarmente affezionato a voi» sussurrò.

«Anch'io a lui» risposi.

«È sconveniente» disse una voce nasale e vigorosa. Mi voltai e vidi un ragazzo alto e forte di circa quindici anni. I capelli folti e scuri gli scendevano fin quasi alle spalle, il naso lungo e camuso pareva rotto e riaggiustato in malo modo, e aveva una mascella pesante e sporgente. Eppure la combinazione di quei tratti poco gradevoli colpiva, addirittura affascinava, e gli occhi penetranti brillavano di volontà e intelligenza. «Molti professano amore per il nonno ora che sta morendo, ma tutti sappiamo che è stato tanto spietato quanto caritatevole.»

«Non spetta a me criticare un grand'uomo» replicai sommesso.

«Siete rimasto rinchiuso con il nonno per ore, e ora parlate con la lingua scaltra di una spia» disse Lorenzo. Un lampo di paura gli attraversò lo sguardo, subito mascherato dall'arroganza. «Riferite a quello stolto di Pitti, o a quel traditore di Agnolo Acciaiuoli, i cani che straziano i fianchi del vecchio grande leone cercando di ucciderlo? I Medici non tollerano la slealtà! Nonno e papà saranno malati, ma presto l'autorità sarà mia, e la eserciterò con mano ferma!»

«Lorenzo, per favore!» cinguettò Contessina. Si voltò verso di me. «Vi prego di scusare il mio suscettibile nipote; i Medici sono molto criticati, e Lorenzo è estremamente protettivo nei confronti del nonno.»

«Lodevole dote» commentai con garbo guardando Lorenzo diritto negli occhi. «Sono amico di vostro nonno, signore. Mi chiamo Luca Bastardo.»

Il sospetto gli svanì dalla faccia e i suoi occhi assunsero un'espressione guardinga mentre mi esaminava da capo a piedi. Poi si avvicinò con le gambe larghe e il petto in fuori. «Ho sentito il vostro nome, e mi dicono che avete doni speciali. Il nonno parla bene di voi: molti invidierebbero i copiosi elogi che ricevete da Cosimo de' Medici, un uomo che non si fa impressionare facilmente. Io stesso mi sforzo sempre di eccellere e ottengo soltanto qualche briciola delle lodi che a voi elargisce tanto liberamente.»

«Cerco di essere degno della sua buona opinione» risposi senza riuscire a trattenere una punta di sarcasmo nella voce. Il giovane Lorenzo era un guerriero, un leone, e somigliava più al nonno che al padre, il malaticcio e gottoso Piero. Lorenzo, tuttavia, aveva denti e artigli, e voleva mostrarli, mentre Cosimo era un uomo profondamente riservato che nascondeva il proprio potere.

«Sono certo che ne siete degno quanto lo sono io. Il nonno non sbaglia mai» replicò avvicinandosi, lo spazio intorno a noi che vibrava di un complesso intreccio di rivalità e faticosa accettazione, curiosità e rivendicazioni. Ben presto Lorenzo sarebbe succeduto a Cosimo. Era dotato di una meravigliosa energia che rendeva inevitabile la sua ascesa al potere, e io desideravo che mi proteggesse dalla Confraternita della piuma rossa così come aveva fatto Cosimo. Non sapevo ancora, però, cosa Lorenzo volesse da me.

«Signore, sono rimasta fuori dalla camera di mio marito e l'ho sentito discorrere animatamente con voi» interruppe Contessina mettendosi tra noi. «Ne sono stata felice: trascorre gran parte del tempo da solo e in silenzio. Gliene ho chiesto ragione e mi ha risposto: "Quando ci spostiamo impieghi quindici giorni a preparare il trasferimento. Poiché ben presto dovrò passare da questa vita a un'altra, non capisci a quante cose devo pensare?".» Contessina scosse la testa grigia e il suo dolce viso anziano si afflosciò. «Si sofferma troppo sul passato, su pensieri cupi che non lo rafforzano. Vi prego, venite spesso a distrarlo!»

Nella sua implorazione sentivo gli echi del divertimento divino, e dovetti rispondere a una domanda: sarei rimasto in Toscana? Non sapevo se chi rideva fosse il Dio buono o il Dio malvagio, ma mi resi conto di dovermi fermare per scoprirlo. Dovevo sapere, una volta per tutte, quale fosse il Dio che aveva posato la sua mano su di me.

«Certo, qualsiasi cosa per Cosimo: gli voglio bene!» risposi infine: avevo preso la decisione di restare. Incurante delle conseguenze, sarei rimasto accanto al mio vecchio amico Cosimo fino alla sua morte. Feci prevalere l'amicizia sulla paura e, anche se allora non lo sapevo, questo mi avrebbe condotto al grande amore che bramavo da tutta la vita, e anche al dolore più grande. «Resterò ad Anchiano. Lì farò da tutore a un ragazzo. A cavallo non è lontano.»

«Ho una splendida idea!» esclamò Lorenzo schioccando le dita. «Fra qualche giorno daremo una cena in vostro onore, Luca Bastardo. Sarà una tregua dal morbo. Inviterò alcuni amici di famiglia; avete conosciuto il filosofo Marsilio Ficino, mio tutore e uno dei più cari amici del nonno, con il quale gioca ancora a scacchi? Ficino viene ogni giorno: da qui si può vedere la sua villa. Domani arriva mio fratello Giuliano, e chiamerò anche alcuni giovani amici e qualche cugino. Comunque sono tutti in campagna a causa dell'epidemia. Possiamo fare una bella partita a calcio!»

«Non mi piacciono i giochi» risposi.

«Se non sapete giocare a calcio, vi insegnerò. Al nonno piace guardarci, e gli solleverà il morale. Farà bene al morale di tutti con la peste in giro» disse Lorenzo disinvolto. «Un uomo del vostro talento imparerà in un baleno.» Mi guardò diretto, quasi sprezzante, come a lanciarmi una sfida. Sapevo di non poter evitare il calcio, e che la partita sarebbe stata giocata in modo mortalmente serio. Lo sapeva anche Contessina, che sospirò e mi mise una mano sulla spalla.

«Signor Bastardo, non c'è modo di contraddire questo mio testardo nipote; dovete rassegnarvi alla cena e al calcio. Sembrate abbastanza robusto con quei muscoli, e sono certa che non avrete problemi.» Fece un largo sorriso e mi guardò chinando la testa di lato come una fanciulla civettuola, poi mi ritrasse la mano paffuta.

«Ho del lavoro da fare per il mio nuovo incarico» dichiarai per cambiare discorso.

«Portate anche il ragazzino» sorrise Lorenzo. «Dovrebbe imparare a giocare a calcio.»

«Vi fermerete per la notte» affermò Contessina aggiustandosi le lunghe maniche di seta. «È deciso.»

Era una tipica sera di giugno nella campagna toscana: le lucciole accendevano le colline, che esalavano il profumo delle viti, delle foglie e dei boccioli chiusi per la notte. Mi stavo rilassando e inspiravo il dolce odore della terra mentre, alla luce tremolante di una lanterna, attendevo che mi portassero il cavallo, un bello stallone sauro che avevo battezzato Ginori perché il rosso del suo manto mi ricordava il vecchio amico dei miei giorni da becchino. Lo stallone era stato lavato, strigliato e spazzolato mentre ero nella casa dei Medici. Aveva una sella nuova e finemente lavorata, che immaginai fosse un dono di Cosimo. Vi passai sopra la mano, ammirando il cuoio costoso, le decorazioni, e le rifiniture in metallo lavorato con grande perizia. Era una sella adatta a un re, una sella con cui cavalcare orgogliosamente verso il mio destino. Era bello averla, se dovevo rischiare la vita per restare a Firenze. Controllai il sottopancia e mi preparai a montare Ginori.

«Ve ne intendete di cavalli» disse una voce acuta e scoppiettante.

«L'ho pagato una fortuna, e vale ogni soldo che ho speso» risposi montando in sella. «È intelligente, ben addestrato e non mi ha mai abbandonato in battaglia.»

«Lodevoli doti» ribatté Lorenzo. Usci dall'oscurità nell'alone di luce della lampada, e le fiamme tremolanti distorsero, dissolsero e ricrearono i suoi lineamenti marcati e sgradevoli, rendendolo ora demoniaco e, un momento dopo, divinamente bello. «Il nonno ha un occhio simile al vostro per gli amici. Sto cercando di imparare, dovrò essere alla sua altezza. Data la mia posizione, mi circondo di amici che, come il vostro cavallo, ho messo alla prova e hanno dimostrato il loro valore. Amici che resteranno.»

«I vostri amici avranno da fare con tutte le battaglie che combatterete» affermai. Sollevò un angolo della bocca in un sorriso sghembo. Toccai Ginori su un fianco con il tallone, il cavallo portò le orecchie in avanti e partì immediatamente a passo spedito.

«Godetevi la sella. L'avevo fatta fabbricare per me, ma il vostro cavallo la meritava più del mio» gridò. Per un attimo fui troppo sorpreso per replicare, poi mi voltai per ringraziarlo, ma Lorenzo era già svanito nell'oscurità. Un altro Medici complicato, pensai, solo che lui era imprevedibile. Il suo dono, in realtà, era una prova, e decisi di portargli qualcosa per ricambiare la cortesia quando fossi tornato. Decisi inoltre di scoprire quanta influenza avesse ancora la Confraternita della piuma rossa: dovevo saperlo, per la mia salvezza e perché Lorenzo lo avrebbe saputo. Era un uomo che non temeva di esercitare il proprio potere, e la mia libertà era troppo preziosa perché accettassi di consegnarla a chiunque, persino a un Medici.

16

L'indomani mi svegliai col sole dorato e color lavanda della Toscana che per la prima volta dopo più di mezzo secolo mi accarezzava la faccia come una vecchia amante. La notte l'avevo passata nell'unica locanda di Anchiano, una stamberga ricoperta di edera con annessa una comoda taverna. Svegliarsi fu un sollievo, perché un lungo incubo mi aveva attanagliato: Niccolò Silvano stava predicando da un pulpito, il dito puntato contro di me, e rideva come un pazzo isterico. Poi mi ero ritrovato avvinto in una vasta ragnatela rosa e verde, dentro cui strisciavano altre persone. Mi dibattevo e cercavo di strapparla, e d'improvviso ero nel bel mezzo di un ballo in maschera. La musica suonava per gli invitati, ciascuno con un costume favoloso. Si era avvicinata una graziosa figura femminile, e avevo provato un tuffo al cuore: era la donna della visione. Irradiava una luce accecante, il volto in ombra. La consapevolezza di quell'incontro, che tante volte negli ultimi cento anni mi aveva preso allo stomaco, si era finalmente tradotta nella sua presenza, leggera, dolce, delicata. Ma quando avevo fatto per toccarla, lei era indietreggiata. Il cuore mi batteva all'impazzata dal desiderio. Poi avevo sentito dita calde sulle guance e, quando avevo aperto gli occhi, mi ero accorto che non si trattava della mano della mia amata ma di un lungo raggio di sole.

Mi ritrovai nudo e indifeso, ma quel sogno era inevitabile. Lo avevo capito già il giorno prima, quando avevo raccontato al giovane Leonardo della mia visione, che lo stavo invocando, ormai ammaliato. Mi vestii in fretta e scesi a fare colazione. Una deliziosa donna bionda mi servì pane croccante, semolino d'avena fumante, fette di prosciutto e una pera bianca. Ero ansioso di spezzare quell'incantesimo di vulnerabilità che il sogno aveva lanciato su di me e mi concentrai su di lei per distrarmi. Aveva lunghi capelli ricci che portava sciolti sulla schiena, così belli da far venir voglia di infilarci le dita. Non appena incrociò il mio sguardo, le si illuminarono gli occhi nocciola e sorrise, mostrando le labbra carnose rosate e i denti bianchi. Le osservai i grandi occhi e il viso ovale, e la riconobbi all'istante.

«Caterina» dissi.

«Siete avvantaggiato, signore. Io non so come vi chiamate» rispose roca.

«È Luca Bastardo» spiegò una voce melodiosa. «Adesso è il mio tutore.» Era Leonardo, con indosso un lucco verde smeraldo dall'orlo irregolare, tanto che sembrava esserselo accorciato da solo. Entrò e venne a sedersi accanto a me sulla panca.

«Davvero, ometto?» disse la donna, arruffandogli i capelli. «Ti porto un po' di pane col miele, bambino mio.» Se ne andò, ondeggiando i fianchi rotondi sotto la giornea senza maniche.

«Non credo che dovreste guardare mia madre a quel modo» mi fece notare Leonardo. Posò il mio pugnale sul tavolo e poi si prese la ciotola del semolino. Lo osservai avventarsi sul cibo e mi tornò in mente quando mangiavo da Silvano. I pasti erano deliziosi e abbondanti, ma la compagnia sempre scarsa e soprattutto scadente: me stesso. Leonardo era estraneo a quella povertà di spirito, e ignorava fino a che punto ci si potesse spingere pur di alleviarla. Qualcos'altro aveva generato la sua vita, qualcosa di splendente e libero dentro di lui.

«Non ho mai detto che sarei diventato il tuo tutore» presi tempo e distolsi lo sguardo. C'era qualcosa nella sua bellezza che mi ricordava gli orrori a cui il mio aspetto mi aveva destinato da bambino. Negli ultimi decenni avevo serbato solo un vago ricordo del bordello, ma adesso mi stava tornando tutto alla mente con estrema nitidezza. Sicuro com'era dei suoi privilegi, Leonardo non aveva idea di cosa volesse dire soffrire tanto. Se non fosse stato così gioviale e affettuoso, e se da lui non si fosse irradiata una serenità simile alle aureole degli angeli nei quadri, l'avrei considerato un insolente.

«Siete qui, dunque mi farete da tutore» rispose, tra una cucchiaiata di semolino e l'altra. «Cominciamo oggi. Sono pronto a imparare, professore.»

«Oggi vado a Firenze a vedere il duomo» dissi, un po' indispettito, perché non mi garbava l'idea che qualcuno mi manovrasse, e ultimamente accadeva spesso. Il mio pugnale era ancora sporco di sangue, così lo pulii nel lucco prima di riporlo nel fodero che tenevo sulla coscia.

«Firenze, che splendida idea!» strillò. Sua madre tornò con un piatto di pane spalmato di burro e traboccante di miele. «Mamma, oggi Luca mi porta con sé a Firenze!»

«Tu galoppi troppo con la fantasia, ragazzo» iniziai.

«A proposito di galoppare, è vostro quel bellissimo stallone color nocciola nella stalla?» mi domandò con foga Leonardo. «Mi piacerebbe fargli un ritratto! Comincio subito!»

«Non credi che dovremmo parlare col babbo del tuo nuovo tutore?» chiese Caterina. Gli mise il piatto davanti e si sedette di fronte a noi, il grembiule giallo sopra la giornea azzurra tirato sul petto generoso e il colletto aperto a mostrare la gola bianca. Oltre alla fragranza floreale che portava, si coglieva un lieve sentore di carne arrosto, lievito e vino, e sul labbro inferiore luccicava una gocciolina di miele. Si sporse verso di me e mi domandò: «Quanto chiedete, signore? Messer Piero è sempre molto attento alle spese».

«Non so quanto guadagni un tutore» risposi. Il suo fascino mi accelerò il battito del cuore e per dissimulare la mia reazione bevvi un lungo sorso d'acqua.

«Ci parlo io col babbo, lo pagheremo bene» si infervorò Leonardo. «Be', non troppo, che altrimenti poi si arrabbia...» Prese il prosciutto dal mio piatto, infine guardò sua madre e poi me, facendo un gran sorriso. Era impossibile resistergli, e lo sapeva. Non avevo idea di cosa insegnargli, lui invece sì. Mi sarei dovuto adeguare ai suoi voleri. Se si fosse trattato di qualsiasi altra persona, ciò mi avrebbe lasciato sgomento. Da quando ero fuggito dal bordello, la mia libertà era sempre stata di primaria importanza. Per nessuno avevo accettato di scendere a compromessi, per quanto piccoli. Perfino il grande amore della mia visione era stato relegato a un futuro nebuloso. Adesso che Leonardo mi aveva chiesto di restare e Cosimo stava morendo, seppur girovago nell'animo, volevo bene a entrambi e non mi sarei più sottratto alla mano di Dio, crudele o benevola che fosse, così decisi volentieri di stabilirmi in una città dove rischiavo di essere messo in prigione e ucciso. Non era una situazione rosea, però.

«Ho una cosa da sistemare» dissi, poi mi alzai.

«Tornerete presto?» gridò Leonardo. Mi voltai e annuii, e vidi Caterina portarsi la mano del figlio alle labbra mentre mi fissava. Trattenni la pancia e raddrizzai la schiena. Sì, Anchiano si sarebbe rivelata una cittadina interessante...

Raggiunsi a cavallo il mio piccolo vigneto e mi presentai ai fattori come il discendente del primo proprietario. Per Leonardo e Cosimo, dunque, divenni il figlio di me stesso. La proprietà era gestita da una coppia anziana con due figli adulti. All'inizio si mostrarono scettici, e allora snocciolai le cifre degli ultimi dieci anni, la quantità di grappoli raccolti, gli otri di vino venduti, chi aveva acquistato cosa e così via. Ero molto preciso, perché nel corso degli anni avevo tenuto i conti con estrema scrupolosità. Ben presto si convinsero che non fossi un ciarlatano e allora si diedero tutti un gran daffare per compiacermi. Spiegai che mi sarei trattenuto ad Anchiano per un po', poi scoppiò una breve discussione su dove mi sarei sistemato. Con la fortuna che avevo accumulato nel corso degli anni, potevo permettermi qualsiasi cosa, ma evitai di dirlo, perché il vigneto soddisfaceva al meglio i miei bisogni. Non volevo sperperare denaro né attirare l'attenzione su di me acquistando una ricca dimora. La coppia e uno dei figli vivevano nella costruzione principale, mentre l'altro figlio, che aveva moglie e un bambino, si era sistemato nel piccolo casolare accanto. Venne stabilito che avrebbero raggiunto gli altri, lasciandolo a me. Li pregai di prendersi cura del mio cavallo. Il figlio più giovane, un robusto ragazzotto di campagna dalle ossa forti, all'incirca coetaneo di Lorenzo, si illuminò e promise di occuparsi di Ginori «meglio di quanto non farebbe un marito con la propria moglie».

Sistemata la faccenda, tornai alla locanda. Leonardo era nel prato lì accanto e stava giocando a campana. Saltava nei riquadri disegnati per terra reggendo un foglio.

«Luca, volete vedere il vostro cavallo?» mi chiese non appena smontai.

«Dove hai trovato la carta?» gli domandai, trattandosi di un costoso lusso. Il foglio era cosparso di piccoli disegni di volti umani, uccelli e insetti, e c'era anche il profilo lontano del Monte Albano. Il carboncino usato era di scarsa qualità, si vedeva, ma la mano che aveva tracciato quelle linee era straordinariamente raffinata e sensibile, fin troppo esperta per un dodicenne. In particolare, l'uso delle ombreggiature a creare profondità e sottolineare ogni minimo cambio di superficie era così sofisticato da mettere i brividi. «Chi li ha fatti?»

«Ma io, naturalmente. La carta me la compra la mamma,

quando ha denaro a sufficienza. A volte riesco anche a convincere il babbo» rispose felice, poi raccolse qualche sasso grigio e se lo mise in tasca. «Mi piace disegnare.»

«E il cavallo dov'è?» gli chiesi divertito, osservando le miniature, deliziose espressioni di un'appassionata abilità artistica. Da ogni curva elegante delle ali traspariva l'amore di Leonardo per i volatili; nella forma di una guancia o nell'espressione di un occhio palpitava la gioia che traeva dalle persone. Sarebbe bastato un minimo apprendistato per trasformare quel ragazzo in un maestro. Sapevo che avevo da insegnargli ben poche cose: lui era destinato a docenti e a uomini migliori di me.

«Ecco, tenete» disse, e girò il foglio. Sotto lo schizzo di un bambino paffuto col cane, c'era un cavallo. «Vi piace? Come si chiama il vostro cavallo? A Firenze si va al galoppo? Quando si parte? Quanto ci vorrà? Si va subito?»

Aveva completato solo il collo, la testa, il garrese e una zampa. Le altre tre zampe e il corpo erano solo accennati. «È bello, ma non l'hai finito» sottolineai. Leonardo alzò le spalle. Tornai a guardare il foglio e notai che anche quasi tutti gli altri schizzi erano incompleti. Metà faccia risultava superba, l'altra parte era solo abbozzata, oppure un'ala di un uccello era deliziosa e dell'altra si intravedeva solo qualche linea sparsa. «Non finisci mai quello che cominci?»

«C'è così tanto da vedere» rispose. Agli angoli della bocca, aperta in un largo sorriso, così simile a quello della madre, comparvero due fossette da monello. «Non è meraviglioso come l'occhio assorba le immagini, Luca?»

Scossi la testa. «Devi imparare a finire le cose, è importante.» Mi lanciò un sorriso beato e pensai che almeno avrei potuto insegnargli la perseveranza, qualità che mi contraddistingueva. In seguito avrei riso della mia vanità. Qualsiasi cosa lui apprese da me, da Leonardo imparai che insegnare significa tirare fuori dagli uomini ciò che già hanno nel cuore e che si impara solo ciò che si vuole.

«Potete tenerlo» mi disse con un gesto della mano. Ho sempre tenuto i doni in gran conto, e quello non faceva differenza. Tornai nella locanda. Quel foglio disegnato da un ragazzino era prezioso, lo avrei conservato. Salii le scale di corsa fin nella mia stanza e aprii la sacca di pelle che avevo comprato pochi anni prima in un bazar di Costantinopoli, dove si vendevano merci a poco prezzo dopo la caduta della città. Tirai fuori il taccuino di Petrarca, che tenevo sempre con me, come la tavoletta di Giotto, con ritratto san Giovanni e il cane dal pelo fulvo ai suoi piedi, e gli occhiali di Geber. Aprii a metà il taccuino rilegato in cuoio.

«Che cos'è? Un taccuino? Perché le pagine sono ancora bianche?» chiese una voce melodiosa alle mie spalle. Naturalmente quel curiosone di Leonardo mi aveva seguito.

«Sono bianche perché ancora non vi ho scritto nulla.»

«Perché?»

«Non lo so.»

«Invece dovreste» insisté, e io sospirai.

«Sto aspettando che accada qualcosa di speciale, poi lo farò.»

«Qualcosa di speciale... tipo?» mi incalzò. «Qualcosa che riguarda la vostra visione del futuro? Quel grande amore di cui mi avete davanti alla grotta, la prima volta che ci siamo visti?»

«Ficchi troppo il naso in questioni che non ti riguardano» risposi, cercando di sembrare più brusco possibile.

«Fatemelo vedere» ordinò, prendendo il taccuino. Si sedette per terra e guardò ogni pagina di fine pergamena come se fosse ricoperta di parole, che riusciva a leggere anche se appartenevano a un futuro lontano. Ma se c'era un uomo che sapeva leggere nel futuro, quello era Leonardo. «Disegnerò qualcosa per voi sulla prima pagina, per incoraggiarvi a scrivere.» Mi sorrise con furbizia e tirò fuori un vecchio carboncino consunto e nodoso.

«Fermo, cosa vuoi disegnare?»

«Qualcosa di speciale, solo per voi» mormorò. Mi fissò con la testa piegata da un lato, e poi mosse rapido la mano sul foglio.

«Sei mancino» osservai, seduto sul letto.

«Uhm» borbottò lui, chinandosi sul taccuino. Rimasi lì a osservarlo disegnare. Era una calda giornata di giugno, fuori dalla finestra cantava un uccellino e nella stanza filtrava il profumo dei fiori di campo. La luce si rifletteva sui placidi poggi, sulle rocce del Monte Albano e sulla superficie increspata dei fiumi, riempiendo la stanza di una fine nebbiolina dorata. Mi tornò in mente quel giorno di tanti anni prima a Bosa, in Sardegna, quando l'Errante mi aveva portato la lettera di Rebecca Sforno. Come allora, le ombre tremolanti della mia vita passata illanguidirono, e rimase solo il presente, completo e limpido.

Alla fine mi guardò. «Questo taccuino è bellissimo, mi piacerebbe averne uno uguale. Me lo comprerete?» Lo chiese con un'aria di supplica così sincera che mi ritrovai a rispondere di sì ancor prima di avere ponderato la richiesta. Sorrise raggiante. «Ottimo. Grazie, professor Luca. Siete tanto bello quanto generoso!»

«Mah...» esclamai con un certo scetticismo. Lo capivo al volo quando qualcuno mi prendeva in giro. Leonardo buttò indietro la testa e rise.

«No, dico sul serio!» protestò. «Il mio taccuino, però, non resterà bianco! Lo riempirò di formule magiche e poi ne prenderò un altro e un altro ancora!»

«Mah...» ripetei, ma stavolta con meno scetticismo di prima. Non era un'idea così astrusa che la magia fosse al servizio di Leonardo. Anzi, mi domandai se potevo fidarmi di lui, considerato che la magia pareva perseguitarmi da una vita, date la mia eterna giovinezza e longevità. Nel corso del mio instancabile vagare, avevo conosciuto solo una persona longeva quanto me, l'Errante. Sì, c'erano alchimisti come Geber che possedevano il segreto della lunga vita, ma nessuno lo aveva mai ammesso, almeno in mia presenza. E mi ero informato. «E come farai?» chiesi a Leonardo, con maggiore noncuranza del previsto.

Lui balzò in piedi e mi restituì il taccuino. «Non lo so. Scriverò al contrario, o qualcosa del genere.» All'improvviso spalancò gli occhi e rise. «Mi avete raccontato della vostra visione del futuro» disse. «Anche io a volte vedo qualcosa. È tutto confuso, come uno specchio annebbiato. Vedo uomini che cercano di decifrare la mia scrittura al contrario. Sono disorientati e spaventati. Qualcuno penserà che i miei scritti siano magici, invece c'è una spiegazione semplice e naturale. C'è sempre una spiegazione semplice e naturale per la magia, non trovate?» Non risposi ma fissai il suo schizzo. Era un bel giovane sulla ventina, dai tratti simmetrici e sottili, non delicati ma senz'altro eleganti. Lo sguardo era pensieroso e triste, e sulla bocca carnosa si intuiva un sorriso ironico e quasi amaro. L'uomo era snello e muscoloso, con due paia di braccia aperte e tese all'interno di un cerchio inserito in un quadrato, come se si stesse muovendo. Aveva anche quattro gambe, le prime due divaricate.

«Con quattro braccia, dev'essere un ottimo spadaccino.» Sorrisi. Ma come fa a camminare, trotta come un cavallo?»

«Non siate sciocco!» Ridacchiò. «Non ha quattro braccia. L'ho disegnato mentre passa da una posizione all'altra.»

«Il cerchio e il quadrato cosa rappresentano?»

«Mostrano che in natura le forme sono perfette, e il concetto è esemplificato dalle proporzioni geometriche del corpo di un uomo» rispose. «Come il vostro, Luca. Siete ben proporzionato. Questo discorso delle proporzioni non l'avevo mai colto appieno, ma quando vi ho visto la prima volta sul Monte Albano sono rimasto colpito. Anche se non siete molto alto. Spero di diventare più alto, quando sarò un uomo.»

«Sono così triste?»

«Perché, no?» mi chiese innocente.

«No.»

«Forse lo sarete.» Alzò le spalle. «Forse non riuscirete a trovare il vostro grande amore e vi sentirete tristissimo! Ma allora non siete felice di farmi da tutore? Magari non avrete il vostro amore, ma di sicuro la mia amicizia.» Gli scoccai un'occhiata beffarda. Attese che appoggiassi con cura lo schizzo degli animali sul mio, chiudessi il taccuino di Petrarca fermandolo col cordino di cuoio e lo riponessi nella sacca. Poi mi chiese allegro: «Allora, adesso si va a Firenze? Cosa si va a vedere? In sella al cavallo posso stare davanti?».

Il duomo era finito. Non l'avevo mai visto così. La raffinata cupola rossa era la più grande della Cristianità e si elevava sopra Firenze come se la sua ombra potesse abbracciare tutta la Toscana. Non era necessario stargli davanti per vederlo, perché dominava le anguste stradine in pietra, spuntando maestoso da ogni angolo e piazza. Mi fece pensare a cosa mi fossi perso in tutto quel tempo. Se Niccolò Silvano non era riuscito a mandarmi al rogo sessantaquattro anni prima, di certo mi aveva derubato di una vita di ricordi di Firenze, di casa mia, delle strade che parevano avermi generato con la mia inumana giovinezza. Chiese e palazzi erano miei fratelli e sorelle, e l'Arno mi aveva battezzato.

«È stato costruito cerchio dopo cerchio» disse Leonardo, interrompendo i miei pensieri «così che la tensione delle forze non si rompa. La forma circolare permette di raggiungere nuove altezze prima inimmaginabili!»

«È ottagonale.»

«Ma all'interno è circolare» insisté. «La cupola è costituita da due gusci fra i quali si trova una serie di cerchi concentrici che diminuiscono di ampiezza a mano a mano che si sale. Così il maestro Brunelleschi è riuscito a costruirla senza impalcature. Si è affidato alle forze convergenti all'apice della cupola, dove il lucernario poteva assorbire la forza interna e dirigerla all'esterno. Ha sfruttato lo schema a lisca di pesce degli antichi romani, incastrando ogni nuova fila di mattoni in quella inferiore, così che la struttura fosse in grado di sostenersi da sola. Il duomo si regge grazie all'integrità del progetto stesso!»

«E come fai a sapere tutte queste cose, bambino?» gli chiesi, arruffandogli i soffici capelli mentre guardavo la cupola. Malgrado fosse una bella giornata estiva, per via della peste in giro c'era poca gente.

«Tutti parlano del duomo» rispose «e io ascolto! Per realizzare quello che vedete Brunelleschi, che è molto intelligente, ha inventato un gran numero di macchine ingegnose. Non è sorprendente?» gridò Leonardo. «Anche io voglio inventare cose! Per trasportare e sollevare carichi pesantissimi a quelle altezze, ha inventato un paranco spinto da buoi. Ve lo immaginate? Ha portato marmo, mattoni, pietra e malta fino in cielo! Il suo paranco era una meraviglia, enorme e potente, e poi aveva una specie di favolosa retromarcia...»

«Basta così!» dissi, alzando una mano. «Non sono un architetto né un matematico, non ne so niente di questioni tecniche. Se vuoi studiare quello, ti serve un altro maestro!»

«Ma non vi affascinano questi problemi di forza, movimento, peso e geometria?» Indicò il duomo. «Se li risolviamo, allora l'uomo potrà realizzare qualsiasi cosa! Possiamo costruire la macchina volante che avete visto nella vostra visione e poi quella che va sott'acqua e altre meravigliose e incredibili invenzioni! Non capite quant'è importante?»

Stentavo a credere che fosse lo stesso ragazzino che sfregava tra loro i sassi in tasca dopo aver giocato nel prato. Mentre descriveva il paranco sembrava così maturo. «A me interessa di più l'aspetto estetico delle cose» dissi. «Guarda com'è bello quell'ottagono, delicato eppure forte e imponente, come una scultura...»

«Scultura? Puah! Quella è un'arte inferiore alla pittura» rispose. «La pittura supera ogni attività umana perché offre molteplici possibilità. Alla scultura manca tutto quel potenziale, e poi non è in grado di rendere l'effetto di corpi trasparenti o luminosi.»

«Allora andiamo nelle cappelle di Santa Croce ad ammirare gli affreschi di Giotto. Quella è la vera bellezza!»

Tre giorni dopo io e Leonardo raggiungemmo a cavallo Careggi per cenare a Villa Medici. Avevo chiesto a Neri, il robusto secondogenito dei miei fattori, di accompagnarci, pensando che fosse prudente avere un rinforzo per la partita di calcio, anche se era solo un contadino analfabeta. L'esperienza mi aveva insegnato che il valore di un uomo non dipendeva dalla posizione che occupava nella società.

Era una limpida giornata di giugno, un lieve venticello agitava la lavanda nei campi della Toscana. Superammo dolci colline e passammo accanto a ordinati vigneti, uliveti verdeargento e odorosi cipressi. Incontrammo uomini al lavoro, ma nessuno ci rivolse la parola. Come sempre, la peste aveva reso tutti sospettosi nei confronti degli sconosciuti. Portai con me un falco che mi aveva dato un condottiero con cui avevo combattuto in qualche battaglia. Il burbero soldato anziano era di lingua franca, ma si era ritirato nella campagna fiorentina dopo avermi sentito descriverla. Quando gli avevo detto che mi serviva un dono degno di un re, si era quasi rifiutato di prendere i miei soldi. Io però avevo insistito: dopo tutto non era più in attività e ne aveva bisogno. Così mi aveva venduto il suo miglior falco pellegrino, un bell'esemplare bene addestrato che si lasciava docilmente incappucciare. E così eravamo in viaggio per offrirlo in dono a Lorenzo de' Medici.

Leonardo mi stava davanti sulla sella, reggendo nella mano guantata la pastoia che teneva legato il falco. Era eccitato per quel compito e, tra una parolina dolce e una lode al pennuto, mi incalzò perché lanciassi il cavallo al galoppo. Gridò di gioia quando esaudii la sua richiesta. Ginori allungò il passo, e così ci inerpicammo svelti sui poggi verso Villa Medici.

Arrivammo a Careggi e girammo intorno a un gruppo di carri pieni di donne che chiacchieravano tra loro. Ci arrestammo di fronte a una calca di cavalli con la criniera e la coda intrecciata. Un magistrato alto e minaccioso stava controllando che quella gente non mostrasse segni del contagio. Con un cenno della mano ci lasciò passare, poi arrivò un servitore a prendere Ginori e il cavallo di Neri.

«Luca Bastardo, l'ospite d'onore» mi salutò Lorenzo con la sua acuta voce nasale. «Benvenuti!» Passò in mezzo a un gruppo di uomini sorridenti che rispettosamente si fecero da parte. A quindici anni emanava già un'aura di comando di fronte alla quale tutti si inchinavano. Si avvicinò, i capelli neri che ondeggiavano, raggiante. O almeno in apparenza, benché avessi il sospetto che con Lorenzo le cose non fossero mai come sembravano.

«Signore» dissi, accennando a un inchino. Lorenzo rise e mi abbracciò con affetto.

«Siete un amico di famiglia e il nonno vi vuole bene. Non penserete di farla franca con un saluto così tiepido, spero! E chi è questo giovane furfante con un 'sì bel falco?» chiese, indietreggiando per esaminare Leonardo. Davanti a tanta bellezza, ammutolì, una reazione tipica. La paura che vidi scintillargli negli occhi, invece, mi sorprese. Mi chiesi cosa mai ci fosse da temere.

Leonardo gli sorrise sereno; raramente in lui c'era paura, solo calma rassegnazione. «Diventerete un uomo molto importante» gli disse. «Governerete il mondo intero.»

Lorenzo fece un doppio inchino. «Il nonno ti ha già visto? Ti farò conoscere la nostra famiglia.»

«Volentieri. Mi chiamo Leonardo, figlio di messer Piero da Vinci» si presentò con aria grave. «Questo è un dono per voi da parte del mio professore, Luca Bastardo.» Porse il falco a Lorenzo, a cui si illuminarono gli occhi. Mentre lo esaminava, sembrava che gli mancasse il respiro. Slegò la pastoia e poi gli levò il cappuccio con un rapido movimento delle dita. Infine prese la mano di Leonardo e lo liberò. Il falco si librò alto nel cielo. I presenti alzarono gli occhi e calò il silenzio. La splendida creatura volteggiò sopra i poggi, una macchiolina nera contro il sole, a sottolinearne il profilo una sottile e luminosa linea viola. Così doveva essere il mio spirito, pensai, quando andava ad ammirare i dipinti di Giotto tanti anni prima, mentre lavoravo da Silvano, anche se allora non ero il predatore ma la preda. All'improvviso il falco richiuse le ali e si lanciò in picchiata a velocità mozzafiato, diventando sempre più grande, finché non si avventò su qualcosa in un poggio vicino alla villa. A quel punto si levò un grido e tutti corsero al luogo dell'atterraggio.

«Una lepre!» gridò Lorenzo, portandosi naturalmente in testa al gruppo. «Una lepre! Bravo!» gridarono in tanti. Leonardo corse da Lorenzo, che gli prese il guanto e recuperò il falco. Li raggiunsi, facendomi strada tra gli spettatori.

«Ci serve un po' di carne per questa meraviglia» cantilenò Lorenzo. Aveva i capelli di lato e il respiro affannoso. Tolsi il pugnale dal fodero e glielo porsi, tenendolo in punta. Lui rise e mi tirò la lepre. «Fatelo voi» disse. «Non siete il tipo da temere sangue e interiora!» Alzai le spalle e squartai l'animale.

«Ora, maestro, procedendo con delicatezza potrete vedere la sottile membrana che separa la pelle dalle viscere» mi disse Leonardo schioccando la lingua, come se fosse stato lui il precettore. «Non la sventrate a quel modo. Piano! Gli organi interni sono favolosi da ammirare, la macchina della natura!»

Lo fulminai con un'occhiata e chiesi a fior di labbra: «Chi è l'insegnante tra noi, ragazzino?». Lui ridacchiò. Estrassi le interiora della lepre e lanciai un pezzetto di carne sanguinante a Lorenzo, che lo diede al falco.

«Un dono di grande pregio» mi disse, chinando la testa.

«Degno di un re. Lo accetto con piacere!» Ma aveva gli occhi fieri come quelli del falco e sapevo che con me non aveva ancora finito, benché avessi superato la prima prova rispondendo al suo dono della sella.

«Non sprecate la lepre. Fate cucinare un buon stufato ai vostri servitori» gli suggerii. Lui rise e mi indicò un moro, che si inchinò non appena gli ebbi lanciato l'animale.

«Devo mostrare a questa principessa il suo palazzo» disse Lorenzo. «Poi potremo giocare a calcio!» Si allontanò con un seguito di gente che si congratulava con lui per la bellezza e l'abilità del falco.

«Come si gioca a calcio?» domandai a Leonardo, che si portò la mano alla bocca per non ridere.

«Non avete mai provato?»

«Chi ha tempo per giocare quando bisogna guadagnare soldi, combattere la carestia e le sfortune, le rovine, gli abomini e la morte?» gli domandai. Dopo che Massimo, il mio vecchio amico di strada, mi aveva venduto a Bernardo Silvano, i giochi non mi interessavano più. Sapevo come certa gente prendesse sul serio la competizione, seppur a scopo di intrattenimento.

«Calma, professore, calma!» disse Leonardo con un rassicurante gesto delle mani. «Il calcio è un gioco semplice. C'è una palla di cuoio e l'obiettivo è buttarla oltre la linea della squadra avversaria: così segnate una caccia. Dovete correre portando la palla, o passarla a qualcun altro che corre con voi. Potete anche calciarla.»

«Sembra facile» convenni. «Quali sono le regole?»

«In che senso? Dovete buttare la palla oltre la linea avversaria. Se sbagliate, è mezza caccia per gli altri.»

«E come si fa a buttare la palla oltre la linea avversaria?»

«Con ogni mezzo possibile» rispose Leonardo, alzando le spalle.

*

«Voi siete in squadra con me, naturalmente, mi servono uomini forti» disse Lorenzo allegro, lanciandomi un lucco verde. Il colore della squadra avversaria era il bianco. «Voglio vederlo coi miei occhi quell'ardore bastardo che il nonno lodava sempre, e sfruttarlo altrettanto bene!» Allora era quella la seconda prova da superare: giocare bene per lui. Non mi piaceva per niente, né la prova né l'intenzione. Se avessi dimostrato di essere valido, Lorenzo avrebbe insistito per avermi al suo servizio e a quel punto la mia libertà di scelta sarebbe stata limitata. In caso contrario, si sarebbe liberato di me, revocando la protezione di cui godevo da tanto tempo grazie a suo nonno Cosimo. Nessuna delle due soluzioni mi garbava.

«Date un lucco verde anche a Neri» risposi, indicando il ragazzo col pollice. Lorenzo gli lanciò uno dei suoi sguardi fulminei.

«Rinforzi» commentò. «Astuto.» Mi diede un altro lucco. Feci cenno a Neri, che stava succhiando un filo d'erba, in piedi sotto il sole con Leonardo. Mi fece un gran sorriso e avanzò dinoccolato. Si levò il farsetto consunto e rattoppato e si infilò il lucco che gli passai. Io feci altrettanto.

«Avete davvero una bella camicia. Spero che non vi siate affezionato come al vostro cavallo. Volete che Ginori sia trattato bene e tenuto pulito, vero?» disse Neri con fervore. «Durante una partita di calcio, le camicie si sgualciscono.»

«Hai mai giocato?» gli domandai e lui si illuminò.

«Ma certo, un sacco di volte. Sono bravo» disse. «E poi non mi faccio male tanto facilmente, data la mia stazza.»

«Allora, quali sono le regole?»

Si grattò la testa incolta. «Bisogna buttare la palla oltre la linea avversaria e segnare una caccia.» Indicò le due palizzate alte fino al busto che correvano lungo le opposte estremità del campo, uno spiazzo sterrato dietro la villa.

«Questo l'ho capito» risposi a denti stretti. Vidi che stavano disponendo panche di legno tutt'intorno al campo, sotto tendoni colorati e abbelliti da nastri. Dalla casa e dai campi giungevano a prendere posto donne vestite a festa che parlottavano fra loro, bambini chiassosi e anziani farfuglianti. Mi sorprese vedere tanta gente riunita in tempo di peste. Si levò un roco grido di entusiasmo ed ecco avanzare zoppicando Cosimo, sorretto per un braccio da Contessina e per l'altro da un trentenne basso. Cosimo alzò la mano in gesto di saluto. Mi vide e mi fece un cenno. «Come si fa esattamente a segnare una caccia?» domandai a Neri.

«Ci sono due squadre di ventisette uomini ciascuna» rispose Lorenzo. Chiamò a raccolta i verdi. Agli altri giocatori, molti dei quali avevano nomi nobili di antiche casate, mi presentò solo come "Luca". «Lo scopo del calcio» spiegò «è buttare la palla oltre la linea avversaria. Si può farlo correndo, tirandola con le mani, calciandola o passandola a un compagno. Devi evitare i difensori dell'altra squadra, che cercheranno di fermarti con ogni mezzo possibile: abbattendoti, picchiandoti, prendendoti a calci e chi più ne ha più ne metta...»

«In che senso?»

Lorenzo si toccò il naso sgraziato. «Secondo te come me lo sono procurato questo?» Mi fece l'occhiolino. «Non avrai paura, vero, Bastardo? Dopo tutto quello che ho sentito su di te dal nonno... O forse risparmi il tuo coraggio per lui?»

«L'unico onore è la vittoria» risposi secco.

«Bravo!» gridarono i verdi attorno, dandomi pacche sulla schiena. Avendo colto l'ironia, Lorenzo mi strizzò l'occhio e annuì.

«Sei il mio giocatore ideale» disse. «Duro e determinato. Per me nulla conta più di vincere. Chi mi aiuta, lo tengo al mio fianco.» Avvicinò la bocca al mio orecchio, così che potessi sentire quelle parole. «Chi, invece, non lo fa, viene allontanato.» Fissò i bianchi e io feci altrettanto. Vidi un giovane snello correre in campo e unirsi al gioco. Era ricco e ben voluto dagli altri nobili, che lo stavano prendendo in giro perché era in ritardo. Poi si voltò e sentii un crampo allo stomaco. Era il volto che infestava i miei incubi: un naso aguzzo sopra un mento appuntito e sporgente. Mi voltai di scatto prima che potessimo incrociare lo sguardo. Sapevo che i Silvano si sarebbero ricordati di me.

«Pietro Silvano» sussurrai, e mi si chiuse la trachea.

«Sono felice di sentire che hai capito quale sia la posta in palio» disse Lorenzo.

«Forza verdi!» gridò qualche spettatore. «Forza bianchi!» gli fece eco qualcun altro. Giuliano de' Medici, il grazioso e precoce fratello di Lorenzo, capitanava i bianchi. Era più giovane di qualche anno e non faceva che pavoneggiarsi, mandando baci alle donne, che ridacchiavano. Una grassa matrona si alzò e gli gridò qualcosa sulle sue gambe scheletriche, allora lui si prese il cavallo delle brache tra le mani, scatenando così risate e grida. Lorenzo strabuzzò gli occhi. Non era tipo da perdere tempo a mettersi in mostra, piuttosto gridava istruzioni. Mi assegnò alla difesa e ordinò a Neri di ricevere i passaggi. Poi un tamburo rullò e una tromba suonò una musica solenne, e tra gli spettatori calò un silenzio di attesa. I giocatori presero posto in campo. Io restai nelle retrovie, registrando dove fosse Pietro Silvano, deciso a stargli alla larga. Il divertimento era svanito; quello per me non era più un gioco.

Un giovane col lucco verde e in mano una bandiera dello stesso colore si posizionò davanti alla palizzata di legno a un'estremità del campo, mentre un altro vestito di bianco e con la bandiera bianca andò a sistemarsi in quella opposta. Erano quelle le linee avversarie. I compagni gridarono loro di tenere alte le aste perché ciascuna squadra ne andasse orgogliosa, e loro arrossirono. Si udirono tre veloci squilli di tromba. Il pallaio, un omone tarchiato con la piuma sul cappello, lanciò la palla in alto, e scoppiò il finimondo.

Lorenzo era più alto di Giuliano e naturalmente desideroso di saltare e colpire più di lui per conquistare la palla. La lanciò verso uno dei verdi e gli altri giocatori presero a correre in tutto il campo. Io gli andai incontro, allo scopo di tenere lontani i bianchi, intuendo che fosse quello il compito di un difensore. Neri mi seguì, ma due bianchi mi placcarono. Rovinai a terra pesantemente e venni colpito senza pietà. Per fortuna Neri mi aveva visto. Scaraventò via i due avversari e mi lanciò un largo sorriso.

«Dovete fare lo stesso» gridò, così che lo sentissi tra il frastuono dei giocatori e gli schiamazzi degli spettatori.

«Lo terrò presente» risposi a gran voce, asciugandomi il sangue dal labbro. Neri scattò in avanti e io mi guardai intorno in cerca di Lorenzo, di Silvano o della palla. Attardarmi fu un errore, perché vidi un bianco tuffarsi su di me. Mi travolse e finimmo a terra rotolando. Non mi feci immobilizzare, però. Gli sferrai una ginocchiata tra le cosce e quello squittì e si allontanò. Allora balzai in piedi e presi a correre a zigzag. Non sapevo dove andare esattamente, ma era meglio muoversi in fretta che farsi placcare di nuovo. Silvano mi corse incontro ma poi cambiò direzione. Subito dopo mi beccai la palla di cuoio nello stomaco. Mi ritrovai senza fiato, come se mi schizzassero gli occhi dalle orbite, ma non smisi di correre. Tenni la palla stretta al petto e cercai qualcuno a cui passarla. Neri stava prendendo a calci qualcuno per liberare un compagno. Continuai a correre seguendo uno schema bizzarro e poi Lorenzo, col lucco strappato e la faccia insanguinata, si alzò da terra accanto a Neri. Mi fece un cenno e gli lanciai la palla con più forza possibile. Era pesante, ma la prese al volo e cominciò a correre ancor prima di averla portata al petto.

Quattro bianchi gli si scagliarono contro, ma io mi tuffai per ostacolarli. Lorenzo si liberò e lanciò la palla oltre la linea avversaria. Scoppiarono grida di esultanza e il tamburò rullò di nuovo mentre trombe e corni suonavano un altro motivo marziale.

Riprendemmo posizione in campo e io rimasi nelle retrovie, vedendo dov'era Silvano. Aveva il lucco bianco strappato e la faccia insanguinata come la maggior parte di noi. Volevo sorprenderlo alle spalle e atterrarlo senza che mi vedesse.

Il pallaio lanciò di nuovo la palla in alto. E di nuovo scoppiò il finimondo. Ormai sapevo che non dovevo attardarmi. Quattro bianchi mi chiusero. Erano inferociti perché avevo aiutato un compagno a segnare una caccia. Per eluderli e stare alla larga da Silvano sfruttai tutti i trucchetti che avevo imparato da bambino per strada e da condottiero, ma un bianco mi afferrò il braccio da dietro e mi fece girare come un tappo. Inciampai tra gli avversari, che mi buttarono a terra, mi saltarono sopra e mi colpirono in faccia e al costato. Mi sembrarono secoli, invece quell'attacco durò solo pochi secondi prima che venissi liberato e che i bianchi fossero scaraventati a terra come sacchi di grano. Balzai in piedi, assestando un pugno a un avversario. Lo presi sul naso, che esplose in uno schizzo di sangue scarlatto. L'uomo crollò, afferrando i nastri della mia tunica. Il fido Neri ansimava accanto a Lorenzo.

«State imparando» mi disse Lorenzo, poi lui e Neri ripartirono in opposte direzioni, e io mi lanciai contro un bianco che era inciampato su se stesso.

Si levò un'altra ovazione, ma a favore dei bianchi, che avevano segnato una caccia. Suonò la tromba, il giudice arbitro si levò il cappello e il loro portabandiera attraversò il campo coi compagni a ruota. La maggior parte aveva il lucco bianco punteggiato di macchie cremisi e molti, a cui era stata strappata la divisa, stavano a petto nudo. Silvano era tra loro, accanto a Giuliano. A quanto sembrava, non mi aveva visto né riconosciuto. Io mi nascosi dietro qualche compagno. Leonardo fece un cenno a Lorenzo. Solo il magico Leonardo avrebbe potuto comandarlo a quel modo, perché l'altro lo raggiunse al trotto e si accucciò per sentire meglio. Uno gesticolava e l'altro annuiva, poi Lorenzo andò a parlare con Neri e con gli altri verdi. La tromba suonò per avvisarci di riprendere posizione in campo.

Il pallaio tirò la palla in alto e Lorenzo si acquattò invece di saltare, permettendo così a Giuliano di colpirla. Il giovane non se lo aspettava, così fece un tiro maldestro. La palla finì a terra e Lorenzo la prese, corse verso i bianchi e poi deviò per tirarla a Neri, che lo aveva seguito, abbattendo gli avversari come avrebbe fatto un toro con un gregge di pecore. Neri non la trattenne ma la lasciò andare e la calciò. Fu una grande prova di forza perché era pesante. La palla descrisse un arco a mezz'aria e atterrò tra le braccia di un verde veloce vicino alla linea dei bianchi. Il verde si affrettò a lanciarla e la folla esultò. Un'altra caccia per i verdi, e subito dopo la segnatura della squadra avversaria. Lorenzo guardò Leonardo col pollice alzato e quel piccolo sfacciato gli fece un largo sorriso e allungò la mano in un elaborato inchino. Già allora capii che stavo assistendo alla nascita di una solida amicizia. Mi chiesi se il mio ritorno a Firenze non stesse favorendo il destino di altri piuttosto che il mio. Perché mai l'avevo fatto?

Più tardi – fra la brutalità del gioco e la necessità di tenermi alla larga dalle grinfie di Pietro Silvano avevo perso la cognizione del tempo –, il punteggio era di quattro a quattro. Ero ammaccato e sporco di sangue, per lo più degli altri concorrenti. Avevo una costola incrinata ma, come sempre, avevo dato il meglio di me. L'uomo che mi aveva ferito era uscito dal campo zoppicando e con un braccio rotto. I bianchi avevano appena segnato una caccia e Lorenzo si voltò a guardare Leonardo, in piedi accanto a Cosimo, che invece se ne stava seduto. Leonardo uscì di corsa dalla tenda e Lorenzo gli andò incontro. I due confabularono, poi il ragazzo mi indicò. Lorenzo mi fece un cenno.

«Adesso farete il corridore, cioè giocherete in attacco» mi disse laconico.

«Cosa? Ma non ne sono capace. È stato un colpo di fortuna se sono riuscito a passarvi la palla» risposi sgomento. «Sto solo cercando di evitare botte a ogni scambio!»

«Andate avanti alla mia sinistra. Vi tirerò la palla.»

«Avanti? State scherzando? I bianchi mi uccideranno! Sono inferociti perché ho rotto un braccio a uno di loro!»

«Si chiama Leopetto Rossi, erede di una delle famiglie più ricche e antiche di Firenze, promesso sposo di mia sorella Maria» mi spiegò Lorenzo, guardandomi di sottecchi. Era contuso e ammaccato, come tutti noi. Sopportava il sangue con superba indifferenza, come un trionfale cavallo di guerra, e a ogni scambio si gettava nel cuore della mischia, suscitando l'entusiasmo delle donne e degli anziani che gridavano: «Bravo, Lorenzo!». Credo che non essere sanguinante e ferito sarebbe stata un'umiliazione per lui. Poteva sembrare indifferente alla sua posizione. Ed era ciò che temeva più di ogni altra cosa.

«Sì, il vostro futuro cognato ha molti amici e sono tutti lì per me» dissi cupo. Sperai che le inimicizie sorte durante la partita non si protraessero anche fuori dal campo.

«Non c'è niente di personale.» Lorenzo mi strinse il braccio. «Il calcio è così.»

«E Silvano?» replicai a fior di labbra, così che nessun altro potesse sentire.

«Non vi preoccupate della lettera che la sua famiglia possiede.» Lorenzo alzò le spalle. Ebbi un sussulto e lui mi fece un sorriso di traverso. «Il nonno si confida anche con me, Bastardo. Ma la vittoria richiede sacrifici, giusto? Quando il pallaio lancia la palla in alto, correte avanti e aspettate. Sarete l'eroe della mia squadra!» La tromba suonò e ci disponemmo in campo. Io corsi in avanti, come mi aveva ordinato Lorenzo, e l'uomo che dovevo sostituire fece un ghigno e indietreggiò. Diversi bianchi mi videro, compreso Pietro Silvano, che sorrise insieme ai compagni. Provai una stretta al cuore. Mi avrebbero attaccato. Peggio ancora, mi avrebbero riconosciuto. Se fossi sopravvissuto al massacro, lui e la Confraternita della piuma rossa mi avrebbero portato via con la forza per mandarmi al rogo. Il pallaio lanciò la palla in alto e Lorenzo spiccò un balzo per prenderla. Io caricai la linea difensiva dei bianchi, una decina dei quali mi placcò. Mi mancò l'aria nei polmoni. Lottai senza alcuna speranza di liberarmi dalla mischia sopra di me, e con minori probabilità di mettere le mani sulla palla. Poi, sotto quell'ammasso di corpi ansanti che menavano colpi a destra e a manca, mi resi conto che non ero io quello che avrebbe dovuto prendere la palla. No, non era quello lo schema. Dovevo fare esattamente quello che avevo fatto, cioè correre verso la difesa dei bianchi e distrarli. Mi avevano usato. Anzi, peggio: avevo permesso che mi usassero, nonostante mi fossi ripromesso che non sarebbe accaduto mai più. A Lorenzo de' Medici non importava nulla dei voti che gli uomini facevano a se stessi e al loro Dio. Restando a Firenze per Cosimo, mi mettevo nella posizione di essere una pedina nelle mani del nipote senza scrupoli.

La tromba suonò. Il piano di Leonardo aveva funzionato e i verdi avevano segnato una caccia. Poi la tromba e il tamburo annunciarono all'unisono la fine della partita. I due bianchi che mi erano più vicini nella mischia continuavano a colpirmi, e un altro mi ficcò il gomito nel ginocchio. Ero accecato dalla rabbia. Misi le mani attorno al collo di qualcuno e strinsi. Non era la gola di Pietro Silvano, ma lui era poco distante, forse proprio tra quelli che mi erano addosso, e il solo pensiero mi infuse una forza malvagia. L'uomo si contorceva, incapace di parlare. I corpi sopra di me diminuirono e poi qualcuno mi afferrò le braccia e liberò il povero malcapitato, che rotolò a terra e rimase lì disteso, imprecando con voce roca e massaggiandosi la trachea dolorante. Molti compagni di squadra gli si inginocchiarono accanto, tra cui Silvano, che mi dava le spalle. Neri e Lorenzo erano in piedi davanti a me.

«Piano, professore» mi mise in guardia Lorenzo, poi si

chinò per aiutarmi ad alzarmi. «Era una partita amichevole! Oggi non si ammazza nessuno, soprattutto non Francesco de' Pazzi.»

«Allora lo farò un altro giorno» grugnii.

Lorenzo fece ballare gli occhi vivaci. «Rallegratevi, siete un eroe! I verdi hanno vinto!»

«Perché sono andato all'attacco e ho eliminato dalla contesa una decina di bianchi» dissi arrabbiato.

«Un sacrificio astuto. Non siete malconcio, dunque stasera riceverete decine di inviti dalle signore!» esclamò Lorenzo.

«Avrei preferito sapere che mi stavate usando!» risposi seccato. Poi guardai Leonardo, che stava festeggiando da bordo campo, e lo additai. Lui ridacchiò, batté le mani e si mise a saltellare, incantato dalla mia rabbia. Cosimo incrociò il mio sguardo e si portò le mani giunte sopra la testa. «Bravo, Luca!» gridò.

«Io e Leonardo sapevamo che l'avreste capito. Quel ragazzino mi interessa» disse Lorenzo, in tono tenero ma deciso. «In qualche modo è fuori dal comune.» Poi la squadra dei verdi si radunò intorno a noi, dandomi pacche sulla schiena. Lorenzo lasciò che i compagni lo abbracciassero e si unì entusiasta alle congratulazioni. Lo persi di vista quando i bianchi ci raggiunsero e tutti si abbracciarono e si baciarono. Indietreggiai. Non ero dell'umore adatto per fingermi ben disposto. Non volevo rischiare di ritrovarmi faccia a faccia con Pietro Silvano.

«Bella partita, Luca Bastardo.» Cosimo rise. Leonardo, che non era uno sciocco, mi vide arrivare e si affrettò a nascondersi dietro la sua sedia. Cosimo mi diede le mani grigie e tremanti. «Ben fatto, amico mio! Una mossa davvero coraggiosa quell'ultimo assalto alla difesa dei bianchi. È stato decisivo!»

«È stata una mia idea» disse Leonardo. «Non la trovate una strategia eccellente?»

«A proposito di strategia, noi due dobbiamo fare un bel discorsetto» gli dissi cupo.

«Di strategia e di arte potete parlare anche più tardi.» Cosimo rise. «Venite, Luca, voglio presentarvi uno dei miei più cari amici, il capo dell'Accademia Platonica, che è l'istituzione filosofica più raffinata del mondo, lo studioso, fisico e musicista di talento Marsilio Ficino!» Un uomo basso, smilzo e un po' ingobbito avanzò e mi fece un inchino.

«Signor Cosimo, non do-dovreste mai scoraggiare un uomo dal pa-parlare di arte» disse sorridendo, con una leggera balbuzie. Aveva il colorito rubizzo e i capelli biondi ondulati, che gli si arricciavano sulla fronte. Gli occhi erano vivaci e pensierosi, mi ricordavano quelli di Petrarca. «L'arte ricorda all'anima immortale le sue origini divine tracciando somiglianze con quel mondo. Parlare di arte è come parlare di Dio e delle nostre origini divine; ci ricorda che abbiamo il potere di divenire ogni cosa, che un uomo può creare il paradiso e ciò che vi appartiene disponendo degli strumenti adatti e del materiale divino. Parlando di arte reclamiamo la nostra dignità!»

«Se abbiamo il potere di divenire ogni cosa e di creare il paradiso, secondo voi riusciremo mai a costruire macchine volanti?» chiese Leonardo, facendo capolino da dietro la sedia di Cosimo. Tentai di afferrarlo, ma scappò via prima che riuscissi a prenderlo per la collottola. Si affacciò dall'altro lato della sedia e mi mostrò la lingua. Mi accigliai inferocito, ma lui ridacchiò e si nascose.

«Giovane Leonardo, credo che, potendo l'anima volare, non passerà molto tempo prima che l'uomo inventi un modo perché il corpo possa seguirla. È nella natura umana» rispose Ficino.

«Non esiste discussione con Ficino che non cominci e non finisca con l'immortalità dell'anima» disse Lorenzo, avvicinandosi. «A meno che non inizi e finisca con Platone!»

«Lorenzo, il mio allievo migliore, così giovane e già un distinto poeta, diplomatico e atleta.» Ficino fece l'occhiolino al suo allievo. Con la faccia contusa, le spalle nude ricoperte di sangue e sudore e le vene azzurre in rilievo sulle braccia, Lorenzo sembrava un'antica divinità guerriera.

«Qualsiasi cosa faccia è un tributo al nonno e agli eccellenti insegnanti di cui mi ha circondato» disse con affetto. «Ma adesso devo portare il nostro eroico Luca da mia madre, che è rimasta molto colpita da lui.»

Conducendomi verso il campo, continuò: «Mia madre, Lucrezia Tornabuoni, è una donna eccezionale. L'adorano tutti, tranne mia nonna, ma è così in ogni famiglia, le donne bisticciano tra loro.» Alzò le spalle. Qualcuno lo chiamò e lui fece un cenno di saluto. Poi abbassò la voce, così che potessi sentirlo solo io. «Mi piacete, Luca Bastardo. Siete forte, intelligente e pronto a fare ciò che serve per vincere. Dovete essere il figlio di un uomo pericoloso e di una donna con una mente fredda e lucida. Un uomo come voi mi potrebbe tornare molto utile.»

«Per cosa?»

«Missioni delicate, incarichi che richiedono discrezione, come sovrintendere alle ambasciate, raccogliere informazioni. Insomma, una gran varietà di compiti che richiedono uomini avveduti e leali, mi capite?» disse Lorenzo, alzando le spalle. «A un uomo così abile e fedele potrei offrire in cambio la mia protezione.»

«E in cosa consisterebbe la vostra protezione?» gli chiesi a fior di labbra, domandandomi fin dove si sarebbe spinto pur di avermi al suo servizio.

«Nel mettere le mani su una certa lettera che potrebbe mandare un certo uomo al rogo perché figlio di due stregoni, a riprova della stregoneria che egli stesso pratica per rimanere giovane» disse sottovoce. «Gli sforzi del nonno di impossessarsene e metterla al sicuro sono stati vani, ma io non ho tanti scrupoli come lui. Non ho paura di usare qualsiasi mezzo necessario per fermare la Confraternita della piuma rossa, che sarà anche caduta in disgrazia, ma continua a operare in segreto.»

Mentre salivo zoppicando le scale della locanda fino alla mia stanza, avevo uno sguardo torvo. E biascicavo invettive nelle varie lingue che avevo imparato durante i miei viaggi. I saraceni avevano imprecazioni colorite, espresse in frasi arzigogolate, che davano molta soddisfazione. Stavo brontolando quando sentii qualcuno chiamare il mio nome. Di sotto, al chiaro di luna, distinsi il profilo arrotondato di Caterina.

«Luca, siete ferito? Scendete, mi prenderò cura di voi» disse. Non me lo feci ripetere due volte e mi affrettai a raggiungerla, per quanto mi consentiva il mio corpo dolorante. «Ma guardate, avete il labbro rotto.»

«Abbiamo vinto» risposi.

«Allora è tutto a posto» replicò sarcastica. «Vediamo cosa posso fare per alleviare il dolore che vi fa zoppicare come lo storpio del villaggio.» Mi condusse nella taverna, dove accese qualche lanterna. Quella luce delicata intorno ai suoi riccioli sembrava l'aureola degli angeli negli affreschi di Giotto. Ravvivò la brace nel camino. Poi le sue mani gentili mi accompagnarono a una panca. Mi sedetti e lei appoggiò una lanterna sul tavolo di fronte a me.

«Leonardo non è con voi?» mi chiese, poi mi strappò delicatamente la camicia che mi aveva prestato Lorenzo.

«È voluto restare a Careggi.»

«Il mio ometto ottiene sempre quello che vuole» rispose, e le si illuminarono di gioia gli occhioni nocciola. «Immagino che si sia fatto invitare.»

«Da Lorenzo de' Medici in persona.» Annuii, poi ci scambiammo un'occhiata divertita. Mi passò le dita sulla spalla ammaccata finché non trovò un punto che mi faceva male. «Ahia!» gridai. Fu così sollecita nel massaggiarmi che gridai di nuovo, ma più forte, e ottenni un'altra morbida carezza.

Quindi gemetti pietosamente. Era bello avere qualcuno che si prendesse cura di me.

«Siete tutto rotto» mormorò solidale. «Di sicuro avete giocato a calcio!» Mi accarezzò la guancia e poi andò a prendere un panno umido e un vasetto di unguento.

«È un'antica ricetta di famiglia» disse. «Erbe in lardo depurato. Dovrebbe funzionare e farvi passare il dolore.» Me lo spalmò delicatamente sulle spalle e sul petto. Evitai di dire che di erbe e cure forse ne sapevo ben più di lei, altrimenti dove sarebbe stato il divertimento?

«Le ferite più gravi le devo a Leonardo, sappiatelo.»

«Fatemi indovinare...» Sospirò. «Ha ideato qualche strategia che vi ha spinto al limite della resistenza.»

«Lo conoscete bene, vostro figlio» risposi. Le toccai un lungo ricciolo biondo che le dondolava tra i seni prosperosi. Era così delicato e morbido che lo sentii come seta attorno al dito.

«E probabilmente avete vinto grazie a lui» disse, mettendosi altro unguento sul palmo della mano. Aspettò un istante che si riscaldasse, poi mi massaggiò le spalle. Il calore mi filtrava nei muscoli. Mi rilassai.

«È stato lo scambio vincente» dissi e le passai l'altra mano tra i riccioli setosi. «Ma mi hanno picchiato orribilmente!» Mi lanciò un'occhiata divertita e mi massaggiò l'altra spalla, poi passò al petto. L'aria della sera era viola e granulosa, increspata dalla luce delle lanterne. Quel bagliore mellifluo le illuminava gli zigomi scolpiti e le saturava la pelle. Il tocco di quella donna mi eccitava e non mi presi nemmeno la briga di nasconderlo. Quando ebbe finito con l'unguento, si allontanò per asciugarsi le mani nel panno. La afferrai per la vita. Sollevò gli angoli delle labbra rosa in un sorriso e la feci sedere sulle mie ginocchia. Le presi la testa tra le mani e la baciai.

«Attento, o ti farai male al labbro gonfio!» Rise.

«Ne vale la pena» risposi, e la baciai di nuovo.

«Ma, Luca, non stai aspettando il grande amore della tua visione?» mi chiese, ritraendosi. «È quello che hai detto a Leonardo.»

«Certo, ma nel frattempo non mi voglio negare niente.» Le strofinai la faccia contro la guancia.

«Ma non devi restarle fedele?»

«Infatti.» Le morsi delicatamente il lobo dell'orecchio.

«E non dare il tuo cuore a nessuna?» mi chiese piano. Alzai la testa e incrociai i suoi occhi.

«Il mio cuore è tuo, Caterina» dissi triste, e allora ci credevo davvero. Mi lanciò uno sguardo così penetrante che ebbi un fremito, e capii da dove Leonardo aveva preso il suo insolito potere di osservazione. Mi domandai se fosse Caterina che avevo inseguito tanto a lungo come una stella lontana, la donna il cui amore mi avrebbe completato e realizzato in tutti i modi segreti che desideravo da quando ero un piccolo orfanello affamato.

Dopo qualche istante sospirò. «Sì, ma non fin nei recessi più nascosti.»

«Tanto tempo fa avevo un amico che parlava sempre dei luoghi dentro di noi» dissi, stringendola un po' più a me, ma lasciandole la possibilità di liberarsi, se lo avesse voluto.

«La porta del santuario è dentro di noi» mormorò. Si chinò su di me e mi sfiorò la bocca ferita con le labbra. «Va bene, Luca. È così. Ognuno di noi ha un musico segreto che suona una canzone per farci danzare, una canzone che solo noi sentiamo e conosciamo. La tua è la donna della visione. Lo accetto.» Poi mi buttò le braccia al collo e alleviò le mie sofferenze con più efficacia di qualsiasi unguento.

17

Cosimo de' Medici morì pochi mesi dopo. Era il primo di agosto e Leonardo mi aveva chiesto di aiutarlo in un progetto. Il padre, messer Piero, accoltomi controvoglia come precettore del figliolo precoce e concessami ancor più controvoglia una misera provvisione, aveva dato a Leonardo un piccolo scudo in legno di fico, una rotella, chiedendogli di dipingervi qualcosa. Con il suo fare delicato e attento, Leonardo aveva esaminato la rotella, trovandola rozza e malfatta. Si occupò lui stesso di raddrizzarla a caldo, quindi la portammo da un tornitore perché la levigasse. Leonardo applicò uno strato di gesso e la preparò per dipingerla. Poi, entusiasta come un bambino, decise di raffigurarvi qualcosa di terrificante, capace di infondere una paura tale da pietrificare chiunque vi avesse posato lo sguardo, come la Medusa. A tal fine battemmo tutto il Monte Albano in cerca di lucertole, grilli, serpi, farfalle, locuste, nottole e qualsiasi altra creatura bizzarra in cui ci fossimo imbattuti. Raccogliemmo gli esemplari e li portammo nello studio di Leonardo, a casa del padre.

Leonardo si spostava a piacimento fra le dimore dei genitori, ma preferiva lavorare dal padre; con la calura estiva, ben presto lo studio in casa di messer Piero fu saturo del fetore emanato dalle carcasse in putrefazione. I servitori e la matrigna di Leonardo protestarono, e lui allora mi ammonì con parole dure per la mia eccessiva indulgenza. Mi limitai a stringermi nelle spalle: quando Leonardo si metteva in testa una cosa, era impossibile fermarlo. Così le carcasse degli animali rimasero dov'erano, e le donne si limitarono a coprirsi la bocca con lo scialle quando passavano davanti allo studio. Eppure Leonardo non era soddisfatto. Era assai esigente, e non aveva ancora trovato la perfetta combinazione di tratti orripilanti per la sua chimera. Ci ritrovammo a vagare carponi fra i grappoli d'uva acerba del mio vigneto di Anchiano alla ricerca di lombrichi e scarabei rari. Per tutti gli anni in cui rimasi con Leonardo in qualità di suo precettore, la mia giornata tipo consisteva nel seguirlo ovunque, dargli una mano con i suoi progetti e assicurarmi che non si facesse male per la troppa foga. Mi ero inginocchiato a esaminare le foglie della vite, per assicurarmi che la vendemmia non fosse minacciata dalla muffa, quando Leonardo mi tirò un sassolino.

«Professore, siete qui per cercare creature spaventose» mi rimproverò.

«Trovo che la muffa sia una creatura spaventosissima.»

«Sapete cosa voglio dire!» Mi tirò un altro sasso. «Professore, avete mai sentito cosa dice Ficino sull'amicizia e sul convivio?»

«Ficino? Certo. Platone, Platone, Platone, l'anima, la musica, le buone maniere, ancora l'anima, un mucchio di ciance.»

«Professore!» Leonardo rise. «Ficino è un grande filosofo! Sarete d'accordo con quello che dice sull'arte e sull'amore...»

«L'arte, sicuro, ma perché l'amore?»

«Perché aspettate un grande amore che vi è apparso in una visione, no?»

«Non mi limito ad aspettare» rivelai con un sorriso pensando in segreto a Caterina, che deliziava le mie notti dopo che Leonardo era andato a dormire. Non era la donna della visione, ma era premurosa e dolce e la sua presenza mi arricchiva la vita. Staccai da una foglia un ragno bruno e peloso e lo tenni fra le dita. Leonardo scosse la testa. «Visto? Sto cercando!» esclamai.

«Se cercaste davvero» soggiunse Leonardo malizioso «non sareste qui a farmi da precettore.»

«Può darsi... È solo che ognuno di noi ha un musico segreto che suona una canzone per farci danzare, una canzone che solo noi sentiamo. Lei è la mia» spiegai con aria vaga, riprendendo le parole che Caterina mi aveva rivolto.

«State spandendo più letame di Ginori!» disse Leonardo ridacchiando. «Secondo me volete che il vostro amore rimanga una visione.»

«La troverò» affermai. «Quando, non lo so. Quando piacerà al Dio benevolo che ci colma di gioia o al Dio malvagio che ci grava con la sua crudeltà. Il grande amore sarà mio allorché questa amara ironia getterà le armi, non un minuto prima.»

«Caro professore, non è l'ironia che deve gettare le armi. È il vostro cuore» mi corresse Leonardo. Colse alcuni acini e li mangiò, sputando poi la buccia. «Quando il cuore è pronto, ecco che compare anche la donna amata! Secondo me non volete trovarla perché siete ferito, perché avete vissuto una vita bizzarra e dolorosa e non siete pronto a incontrare il grande amore. Ma questo non è Dio a deciderlo, siete voi, con il libero arbitrio. Dovete anteporre l'amore alla paura.»

«Io ho sempre anteposto l'amore alla paura» ribattei. «Tant'è che nella visione avevo la possibilità di scegliere fra amare e morire o vivere a lungo, e ho scelto l'amore, anche se dovrò morire molto prima!»

«È stata una scelta teorica» obiettò Leonardo. «Nel mondo reale il vostro cuore non ha scelto così. Per questo vi ronzano intorno tutte quelle donne.»

«Questo scarabeo non l'abbiamo mai visto, vero?» mi affrettai a rispondere. Lanciai uno sguardo di sottecchi a Leonardo sperando non avesse capito che al momento la donna della mia vita era Caterina.

«Non volete parlare dei vostri segreti» riconobbe lui. Prese lo scarabeo che gli porgevo e lo esaminò tenendolo sul palmo della mano. «Luca, credo che voi siate diverso dagli altri uomini. Ho sentito Lorenzo bisbigliare qualcosa a suo nonno a proposito di voi.»

«Ti sei messo a origliare discorsi che non ti riguardano» ringhiai. «Pensa ai tuoi mostriciattoli.»

«Ficino dice che l'amicizia scaturisce dall'anima» proseguì Leonardo. «Viviamo in una rete di rapporti di cui l'anima si nutre.»

«Ho passato gran parte della mia vita in profonda solitudine» ammisi.

«Ma non siete più solo, Luca. Avete me, Cosimo e Lorenzo...»

«Cosimo sta morendo e, quanto a Lorenzo de'Medici, direi che è lui ad avere me» borbottai.

«Lorenzo non è cattivo, è solo un calcolatore. Sarà un grande politico» rifletté Leonardo, lanciando lo scarabeo fra le viti.

«Cosa vorresti dire?» chiesi con una punta di irritazione.

«Perché rifuggite la gente? Perché avete diviso in due l'unico Dio attribuendo a ciascuno compiti diversi? Per via della vostra storia? Davvero non sapete nulla dei vostri genitori, delle vostre origini?» domandò Leonardo.

Sospirai. Non c'era verso di cambiare discorso. «Sui miei genitori ho qualche indizio. Da giovane ho sentito certe voci su un gruppo di catari al seguito di una coppia di nobili forestieri che cercavano un figlio scomparso. I catari sono...»

«Lo so chi sono i catari!» esclamò Leonardo. «Anche se nessuno ne parla.»

«Ragazzo, come fai a saperlo?»

«La famiglia di mia madre discende da un cataro scampato alla crociata del papa.»

«Caterina è di stirpe catara?» domandai, sbigottito. Magari io le avevo impedito l'accesso ai luoghi più segreti del mio cuore, ma anche lei mi aveva taciuto qualcosa.

«È quello che ho detto, no? In segreto, mia madre mi parla del nostro credo. Noi non accettiamo che la crocifissione abbia davvero ucciso Cristo, perché lui era puro spirito, e lo spirito non può essere ucciso. Crediamo nell'esperienza e non nella fede, perché ciascuno può fare esperienza di Dio per conto proprio. Il nostro scopo sulla terra è trascendere la materia e unirci all'amore divino.»

«Leonardo, non farne mai parola con nessuno» dissi, posandogli la mano sulla spalla. «Certi uomini vengono mandati al rogo per molto meno! E pure le donne!»

«Già, donne...» Leonardo sospirò. «Rispetto a Roma, i catari le tenevano in maggiore considerazione. Anche se mia madre mi ha raccontato una storia su una bellissima donna di nome Lilith, creata da Satana per sedurre gli altri angeli e convincerli a lottare con lui contro Dio. Gli angeli si batterono fieramente e distrussero il paradiso, ma i loro corpi erano troppo deboli e le loro anime caddero. Poi, nove giorni e nove notti opprimenti e interminabili precipitarono dal cielo, più fitti dei fili d'erba e delle gocce di pioggia, finché Dio non si adirò e non decise che le donne non avrebbero mai più varcato le porte del cielo. Mi piace l'idea che il tempo cada dal cielo come una stoffa, creando il mondo, ma la storia sembra contraddire il modo in cui i catari trattavano le donne, visto che permettevano il sacerdozio femminile.»

«Be', un buon motivo per indire una crociata.»

«E l'altro sono i tesori dei catari.» Leonardo alzò le spalle.

Sgranai gli occhi. «Cosa sai di quei tesori?»

«Non so dove siano, ma so che esistono. Sacre reliquie come l'Arca dell'Alleanza, manoscritti del Tempio di Gerusalemme, oggetti antichi e potenti ancora oggi tenuti nascosti dai catari. Mi chiedo quale fosse il segreto dei vostri genitori» si domandò Leonardo. «Forse si trattava di un tesoro, qualcosa come l'Arca? O qualche altra cosa dell'Antico Testamento? Che ragno è quello? Lo vedete, Luca, quello là, a strisce marroni?»

Leonardo sgattaiolò in un groviglio di viti lasciandomi lì seduto immobile a interrogarmi sulle strane coincidenze della vita che mi avevano condotto fino a un ragazzino con un talento straordinario e di stirpe catara. Mi venne la pelle d'oca. Poi in lontananza, sulla cresta di un poggio, comparve un cavallo al galoppo che mi distolse da quei pensieri.

«Un cavallo, ecco cosa dovrei fare» strillò Leonardo, sbucando da sotto una vite. Un grappolo d'uva nera brunito dal sole gli si era avvolto intorno all'orecchio. Con i riccioli dorati e le mani piene di insetti, a torso nudo per la calura, assomigliava in tutto e per tutto a un Dioniso bambino. «Dovrei fare un cavallo di creta, come Ginori, un modellino...»

«Finisci la rotella» lo interruppi. «Accontenta tuo padre. È già abbastanza afflitto perché deve pagarmi il salario. Se si può definire tale... Farei più soldi mendicando per le vie di Firenze, e i fiorentini non sono generosi con i mendicanti, te l'assicuro!»

«Voi non dipendete dal denaro di mio padre per vivere» ribatté Leonardo malizioso. «Siete ricco. Questo vigneto è vostro, e avete un sacco di soldi nel banco dei Medici, ho sentito il signor Cosimo che lo diceva al signor Ficino.»

«Ovvero hai origliato un'altra conversazione che non ti riguardava.»

Gli spuntarono due fossette sulle guance. «Siete più ricco di mio padre, non vi serve il suo denaro.»

«È una questione di principio» insistei. «Un uomo dovrebbe essere pagato se fa un lavoro duro.»

«Ah, dunque per voi io sarei un lavoro duro?» Leonardo gettò la testa all'indietro e la sua risata si riversò intorno a noi come una musica. «Ieri siamo stati tutto il giorno a nuotare nel laghetto sul Monte Albano. Ieri l'altro ci siamo arrampicati sugli alberi per tirare le ghiande alla gente che veniva al pozzo!»

«Certo, sono la tua balia.» Alzai le spalle. «Dovrei essere pagato per questo!»

«Non siete la mia balia, siete il mio professore e, siccome siete ricco e lo diventerete ancora di più, penso che dovreste regalarmi qualcosa. Un taccuino, per esempio. Lo avevate promesso, quand'è che manterrete la parola?»

«Presto» replicai. «Magari quando avrai finito la rotella.» Gli rivolsi un sorriso radioso e lui mi rispose con una smorfia. Poi raccolse da terra una biscia.

«Non è spaventosa?»

«Sto tremando di paura» dissi in tono distaccato, e allora me la lanciò. L'acchiappai con una mano e di colpo, mentre ne osservavo il corpo verdebruno contorcersi assumendo forme bizzarre ed eteree contro la luce gialla del sole, seppi che la morte, la mia cara, intima amica, mi stava facendo visita. «Quel cavaliere viene da me» affermai con calma. Lanciai la biscia al ragazzino e mi rimisi in piedi scrollandomi di dosso la polvere. Leonardo si districò dalle viti, si tolse il grappolo dall'orecchio e si rimise il lucco verde smeraldo che aveva accorciato lui stesso e ora gli arrivava alla vita. Restammo in attesa mentre il cavallo ci veniva incontro al piccolo galoppo. Era il servitore moro della villa dei Medici.

«Presto, venite» ci esortò ansimando appena. «Il signor Cosimo è morto.»

Io e Leonardo giungemmo alla villa all'imbrunire. Smontai da cavallo e affidai a un servitore il mio gagliardo Ginori, mentre Leonardo saltava giù e sgambettava dietro di me. Mi accompagnarono subito negli appartamenti di Cosimo, dove erano radunati uomini e donne cupi in volto. Marsilio Ficino corse ad abbracciarmi.

«Luca, il Signore l'ha pre-preso co-con sé» balbettò fra le lacrime. «Ma era in gra-grazia di Dio. Qualche giorno fa, è sceso dal letto, si è vestito e si è co-confessato al priore di

San Lorenzo.» Quell'uomo minuto mi affondò la faccia nel petto e singhiozzò senza ritegno. Lo consolai con goffe pacche sulla schiena.

«Poi il nonno ha fatto dire la messa» aggiunse Lorenzo, avvicinandosi. Il volto segnato del giovane aveva i tratti induriti, gli occhi intelligenti erano arrossati e gonfi. «Mio padre ci ha detto che ha risposto a tutte le preghiere, come se stesse benissimo.»

«Non c'è mai stato u-un governante co-come lui! Un uomo così in contatto con la sua anima divina, immortale, da cui traeva po-potere e saggezza! Ora sa-sarà con il suo caro Cosimino e con suo figlio Giovanni» balbettò Ficino tirando su col naso, mentre lo staccavo da me. Si passò un braccio sulla faccia, poi mi rivolse uno sguardo angosciato. «Luca, dovete dire qualche parola di conforto a Contessina, non fa che piangere.»

«La nonna può aspettare» intervenne Lorenzo, torvo. «Devo parlare con Luca.» Mi condusse nel giardino, uno spazio raccolto dietro un alto muro. «Michelozzo, l'architetto tanto caro al nonno, non è riuscito a ristrutturare tutta la villa affinché rispecchiasse i nuovi principi che gli stavano a cuore: ordine, elementi classici, simmetria, una mole che fosse...» Lorenzo si interruppe, toccandosi il grosso naso camuso con un dito, la cui finezza contrastava con tutto il resto. «Che fosse invisibilmente visibile, come il palazzo di via Larga. È una descrizione calzante per il nonno, vero?»

«Sì.» Sorrisi. «È sempre stato più grande di quanto desse a vedere il suo aspetto dimesso.»

«Diceva che voi eravate un amico» riprese Lorenzo. «Mi ha raccontato certe cose su di voi di cui nemmeno mio padre è a conoscenza.» Passeggiavamo nel crepuscolo sotto i mirti, i pioppi, le querce e le piante di agrumi, attorniati da fiori rigogliosi, orchidee selvatiche e rose e lavanda e gigli ben curati.

«La storia della confessione del nonno non è finita» soggiunse in ultimo Lorenzo. «Si è messo a chiedere scusa alla gente per i torti fatti.» Lorenzo tacque e mi guardò. Io non dissi nulla. «Anche voi come me sapete bene che ha ferito fin troppe persone per poter ottenere il perdono da tutte!» sbottò.

«Vostro nonno esaltava gli amici e schiacciava i nemici.»

«Esatto. Adesso le cose saranno difficili.» Lorenzo colse una prugna da un albero e, prima di continuare, diede un morso vorace. «Gli avversari dei Medici vedranno la nostra debolezza e cercheranno di colpirci. Ci sarà già qualche congiura in atto. Non posso permettere che il casato dei Medici venga rovesciato! Devo essere all'altezza del nonno e del suo lascito, e proteggere quello che ha costruito!»

«Vostro padre non conserverà a lungo il potere» convenni. «Non ha né la tempra né lo stomaco necessari. Sarà fortunato se resisterà altri cinque anni.»

«Non dite così!» gridò Lorenzo. Gettò via il nocciolo della prugna, poi si passò le dita affusolate fra i capelli neri. «Voglio bene a mio padre, ma avete ragione. Quando inizieranno gli attacchi contro di noi, non so se avrà la forza di rispondere con decisione. Luca Bastardo, ora più che mai abbiamo bisogno dei nostri amici!» Mi mise le mani sulle spalle e mi voltò verso di lui.

«Io sono amico dei Medici e lo sarò sempre» dichiarai, guardandolo dritto negli occhi, e lui mi lasciò andare con fare brusco.

«Bene. Ecco cosa voglio che facciate: andate in giro per Firenze e scoprite se ci sono congiure contro di noi. Socializzate, mescolatevi alla gente.»

«Se possibile lo eviterei, dato il mio passato.»

«Ho mandato Pietro Silvano lontano da Firenze per affari, e sto prendendo accordi per comprare cariche ecclesiastiche a due giovani della famiglia. I Silvano verranno dispersi. A breve otterrò la lettera che vi fa tanta paura; ho incaricato certi ladri estremamente abili. Luca Bastardo, sarete al sicuro dalla Confraternita della piuma rossa.»

«Preferirei che quella lettera fosse in mano mia» commentai torvo.

Lorenzo sorrise e distolse lo sguardo, e capii che non me l'avrebbe mai consegnata. La possibilità di ricattarmi era troppo importante per lui. «Noi due ci vedremo con discrezione. Fingerò una certa freddezza, un certo distacco. Niente di eccessivo, ma la gente penserà che sia sorto un piccolo dissapore. Vi farà sembrare degno di fiducia agli occhi di coloro che complottano contro di noi» spiegò.

«Lorenzo, mi mandate di nuovo in prima linea per far vuotare il sacco agli oppositori?»

«Stavolta non vi pesteranno.» Sorrise. «E anche se fosse, siete un sopravvissuto, ve la caverete. Ma la vostra fama di eroe crescerà!»

«Torniamo dentro» dissi con voce stanca, consapevole del fatto che allearsi con Lorenzo de' Medici significava solo esporsi a rischi e intrighi. «Vorrei porgere l'estremo saluto a vostro nonno e fare le mie condoglianze a vostra nonna e a vostro padre.»

Rientrammo nella villa in silenzio. Quando giungemmo agli appartamenti di Cosimo, una melodia dolce e triste ci accarezzò l'orecchio. Qualcuno cantava accompagnandosi con il liuto, e il timbro lirico della voce comunicava un dolore così profondo che nella stanza erano tutti in lacrime. Feci scorrere lo sguardo sui presenti in subbuglio: si trattava di Leonardo, naturalmente. Era in piedi accanto al letto di Cosimo, su cui era stata composta la salma. Il ragazzino teneva una lira fra le mani e cantava a occhi chiusi, tremando per l'affetto e la perdita, che sono inseparabili e ci incalzano per tutta la nostra vita terrena.

Come era suo desiderio, Cosimo de' Medici venne sepolto con discrezione, benché nelle intenzioni della città l'omaggio dovesse essere molto più sfarzoso. Fu inumato in mezzo a una folla immensa e compunta di suoi concittadini davanti all'altare maggiore di San Lorenzo, la chiesa dei

Medici. La semplice lastra posta sulla tomba recava il suo nome e la scritta "Pater Patriae", padre della patria. Preferisco ricordarlo come un bambino dal viso serio che faceva grandi sogni, tutti diventati realtà.

In Toscana iniziai una nuova vita. Era una vita amena, e per qualche tempo i due volti di Dio sembrarono stabilire una tregua, mantenendo la pace nel campo di battaglia della mia esistenza. Caterina, magnanima, mi dava tutta se stessa e chiedeva poco in cambio, e ciò rendeva le cose ancora più piacevoli. Ben presto le domandai dei suoi legami con i catari. Eravamo alla locanda, nella camera che prendevo per stare con lei, ritenendola più al riparo dalle intrusioni di Leonardo, e soprattutto di messer Piero, rispetto alla sua stanza. Sdraiati insieme, facevo scorrere le dita sulla sua schiena perfetta sorridendo al pensiero di lei ad Anchiano, una bambina che giocava spensierata, quando mi sovvenne ciò che Leonardo mi aveva raccontato dei suoi antenati.

«Caterina, è vero che discendi dai catari?» le chiesi.

Lei alzò la testa e una cascata di riccioli dorati ondeggiò sul cuscino. «Hai parlato con mio figlio.» Annuii. Si girò su un fianco per guardarmi in faccia. «È una questione privata.»

«I miei genitori viaggiavano in compagnia dei catari, o così si dice» confessai, accarezzandole le spalle candide, ben tornite per via dei vassoi pesanti che serviva alla taverna.

«Davvero?» chiese, sostenendosi la testa con il palmo della mano. «Cosa sai dei catari?»

«Erano mistici cristiani comparsi all'epoca di Cristo e stabilitisi dopo un lungo peregrinare in Linguadoca, dove praticavano la carità e la castità. Furono massacrati dal papa.»

«L'assedio di Montségur.» Sospirò. «Le truppe papali ne bruciarono vivi più di duecento. Ma alcuni si salvarono e fuggirono. Il mio avo, per esempio. Quei pochi cercarono di tenere vivo l'antico sapere e l'antico lignaggio, di conservare l'antico spirito di tolleranza e carità.»

«Ho sentito dire che una volta fra loro c'erano anche dei giudei.»

«È vero, sebbene noi abbiamo una visione diversa della creazione» spiegò. «Noi crediamo in un Dio benevolo che è puro spirito e in un Dio inferiore, un Dio cieco e illuso, che ha creato la terra. Per noi il Dio ebraico Geova era uno stolto e il Serpente un benefattore che rivelò a Eva la verità sullo spirito e sulla materia. Eva a sua volta la rivelò ai suoi figli, a tutta l'umanità.»

«Se non esistessero due divinità, perché nel mondo avremmo la sofferenza, la malattia, l'inganno, l'omicidio, la crudeltà?» riflettei. «Nelle credenze catare dev'esserci un fondo di verità.»

«Luca caro, questo mondo è pieno di dolore.» Abbassò il capo. «Ma mi interrogo spesso sulle due divinità. Penso sia un'interpretazione troppo semplice. Magari c'è il Dio conosciuto da tutti, quello della Bibbia, che è geloso, che è padrone e re e creatore e giudice, e poi c'è un'interpretazione più profonda di Dio come la fonte di tutto l'essere.»

«La maggior parte della gente si ferma al primo Dio» osservai.

«Sì» ammise lei, appoggiando la bella guancia sulla mano. «Ma forse quella è solo un'immagine di Dio, non è davvero Dio.»

«Alla Chiesa non piacerebbe il vostro punto di vista» dissi, lisciandole i capelli soffici. «I vescovi pretendono di governare il mondo al posto di Dio, per mezzo della stessa gerarchia con cui Dio governa la terra dal cielo. Se la gente non accettasse più Dio come sovrano, non accetterebbe più nemmeno l'autorità degli ecclesiastici, i rappresentanti del re sulla terra. Quanti mettono in discussione la loro autorità e il loro ordine, vengono mandati al rogo.»

«I miei pensieri li tengo per me.» Sorrise. «Non ho raccontato a nessuno le storie della mia gente, solo a mio figlio. Ma voglio che ne rimanga memoria. Alcune risalgono a prima di Cristo. Abbiamo sempre custodito segreti, fin dalle origini del mondo. Per noi Cristo è stato il compimento non solo delle profezie ebraiche, ma di tutte le tradizioni remote e segrete che parlavano della scintilla divina. La scintilla accesa da quella Fonte che credo sia Dio. Cristo è venuto perché l'uomo riacquistasse la conoscenza di quella scintilla, simile a una stella, intrappolata nell'umanità dai tempi di Adamo. Cristo era un'incarnazione di Set, uno dei figli di Eva, padre di una razza di uomini incredibilmente longevi.»

Mi drizzai a sedere di scatto. «Incredibilmente longevi?»

«Luca caro, ti ho spaventato?» Mi accarezzò la coscia. «È una vecchia tradizione della mia gente. Si dice che i sethiani avessero il dono di vivere per secoli.»

«Portano il marchio dell'eresia sul petto?» domandai.

«Tranquillizzati, caro. Non hanno nessun marchio sul petto, è solo una stupida voce messa in giro dalla Chiesa, come la superstizione per cui i giudei avrebbero le corna. La Chiesa diffonde storie ridicole sulle cose che non capisce o di cui ha paura! Ma forse questa voce è nata perché il sacerdote Melchisedek, che era un sethiano, aveva sul petto un marchio a forma di sole. Inoltre possedeva le vesti di Adamo e le lasciò ad Abramo, che gli aveva dato la decima di tutti i suoi beni.»

«Cosa è capitato a questo Melchisedek?» proruppi. «C'erano altri come lui?»

«Calmati, Luca.» Caterina si mise a sedere e scivolò dietro di me per massaggiarmi le spalle. «Non so molto altro. La mia famiglia non conosce per intero le vecchie storie.»

«Io sono calmo! Non sai nient'altro su questi uomini longevi?» la implorai.

Mi premette i seni morbidi e caldi contro la schiena e mi abbracciò. Il suo respiro profumato mi sfiorava la guancia. «Un'altra cosa, caro» soggiunse con voce dolce. «Melchisedek viaggiava in un modo tutto particolare. Era in grado di attraversare il tempo e lo spazio con la mente per vedere qualsiasi cosa.»

Vissi ad Anchiano per due anni. Forte del nuovo impulso ricevuto dai racconti di Caterina sui catari e rassicurato da lei sull'assenza di marchi dal petto dei sethiani, ripresi l'abitudine di inviare emissari alla ricerca di informazioni sui miei genitori. Speravo che la donna vista da Silvano al mercato fosse mia madre, e forse qualcuno sapeva dell'altro, sebbene fosse passato tanto tempo: un frammento di storia familiare, una leggenda su un neonato fuori dal comune, un alchimista che aveva battezzato un bambino con la magia, qualsiasi cosa. Sembrava logico che io e i miei genitori fossimo imparentati con questo Melchisedek, e che i miei genitori avessero come me il dono della longevità e della resistenza fisica. Le mie indagini rimanevano sul vago, ma il loro scopo era attirare l'attenzione di catari nascosti o di individui particolarmente longevi. Non ottenni alcuna risposta, come se provenissi dal nulla e fossi germogliato nelle vie di Firenze, il frutto dell'unione fra le sue pietre grigie e l'Arno.

Sogni ricorrenti turbavano il mio riposo. Non vedevo mai il volto della donna che compariva nella visione, ma la desideravo. Ne avvertivo persino il profumo, una fragranza fresca e delicata di lillà in un mattino primaverile e di limoni e di cose bianche, come la luce vivida e le nuvole quando fa bel tempo. Era come se la conoscessi già per averla scelta durante la visione ispirata dalla pietra filosofale, e ora mi mancava. Era uno struggimento segreto per una donna che non avevo ancora incontrato. Ne ero pervaso, benché fossi molto affezionato a Caterina. Riflettevo sulle sue parole a proposito della canzone segreta che nessun altro sente e su quanto aveva detto Leonardo riguardo al fatto che non fossi pronto per l'amore, un'eco della domanda postami dall'Errante decenni prima, quando avevo lasciato Bosa: stavo lesinando il cuore o lo stavo proteggendo? E se lo stavo proteggendo, era per questo che non l'avevo ancora incontrata? Come potevo prepararmi per lei? Poiché questi interrogativi rimanevano senza risposta, mi tenevo occupato esercitandomi con la spada e cavalcando per ore nella campagna toscana in sella a Ginori. E soprattutto mi dedicavo al mio giovane allievo.

Alla fine Leonardo completò la rotella, dipingendovi una creatura fantastica e orripilante che emergeva da una fenditura nera in una roccia. Sprizzava veleno dalla gola squarciata, fuoco dagli occhi e fumo mortifero dalle narici, formando un insieme raccapricciante. Quando Leonardo la mostrò a messer Piero, dopo averla posta su un cavalletto in un angolo buio dello studio, la spaventevole creatura sembrava emergere dalla parete. L'uomo sussultò ed emise un urlo. Leonardo gongolava. Messer Piero si asciugò la fronte e si profuse in elogi per il figlio, arrivando a darmi una pacca sulla spalla e a complimentarsi con me per il buon lavoro svolto con il ragazzino.

«Non lo intralcio e lascio che impari da solo» gli dissi con franchezza. «Vostro figlio è un autentico genio ed è pronto per maestri migliori di me.» Mentre ascoltava, l'uomo strinse gli occhi. Era alto, forte, di nobile aspetto e con una mente sveglia che qualcuno avrebbe definito accorta o scaltra, più che speculativa. Afferrò all'istante la portata delle mie parole.

Quando Leonardo vide la mente del padre al lavoro, gli si avvicinò di corsa e gli posò la mano sul braccio. «Non ancora, padre! Mi piace il professore. E devo finire di esplorare i dintorni!»

«Hai davvero un grande talento» rifletté lui, afferrando la rotella. La esaminò da vicino, sorridendo. Da bravo fiorentino, messer Piero serbava un cuore mercenario, e vedevo la sua mente intenta a fare calcoli. Qualsiasi fossero state le sue intenzioni prima, ora aveva in animo di vendere la rotella. Decisi che avrei mandato un emissario ad acquistarla in mia vece.

«Posso andare a Firenze quando compio sedici anni» disse Leonardo. «Sto imparando così tanto da Luca! È poi costa molto meno di qualsiasi maestro fiorentino!»

«Sta bene, se desideri rimanere.» Messer Piero annuì con una smorfia. «E poi non voglio che la tua bella mamma senta la tua mancanza!» Mi fece l'occhiolino e io mi sforzai di restare impassibile. Ad Anchiano tutti sapevano che messer Piero, una moglie sterile dopo l'altra, era ancora molto affezionato alla dolce Caterina, che gli aveva dato quel figliolo straordinario. Andava ancora a trovarla e talvolta mi era capitato di dover sgattaiolare fuori dalla finestra, appena in tempo, seguito a ruota dalla tunica e dalle scarpe che lei mi lanciava.

Così Leonardo restò ad Anchiano sotto la mia risibile tutela, anche se in realtà seguiva il suo personale programma di scoperta dell'intero mondo naturale. Era ossessionato dal volo e, come un novello Icaro, si costruì innumerevoli paia di ali con i materiali più diversi: legno, ossi di animali, cera, cartapecora, cuoio, su cui poi incollava penne vere. Più di una volta lo strappai da un precipizio pochi istanti prima che spiccasse un salto. Gli regalai un taccuino, come promesso, e lui lo riempì di schizzi e di idee, scrivendo con la grafia piccola e rovesciata che a suo dire era magica. Qui, ora, in questa cella minuscola, in attesa dell'esecuzione, mi rendo conto di quanto fossero idilliaci quei giorni. Con Leonardo vissi la fanciullezza che non avevo mai avuto.

Nello stesso periodo fui introdotto nella politica di Lorenzo de' Medici. A soli quindici anni gli erano state affidate responsabilità schiaccianti. Stava già componendosi un gruppo di amici e consiglieri fidati. Fu inviato in missione diplomatica a Napoli per incontrare Federico, il figlio di re Ferrante; a Milano come rappresentante dei Medici alle nozze del figlio maggiore di re Ferrante con Ippolita, la figlia di Francesco Sforza; a Venezia per incontrare il Doge; a Napoli per vedere il re in persona. Quasi sempre mandava me in avanscoperta. Dovevo tastare il polso della situazione e ascoltare le chiacchiere della gente. Sapevo mescolarmi alla folla, scherzare con i ciabattini e gli accattoni e i signori, e corteggiare le cameriere delle nobildonne, che avevano sempre le informazioni più succulente.

Lorenzo mi ordinò di raccogliere notizie anche a Firenze. Nel 1466, dopo la morte di Francesco Sforza, governatore di Milano e fedele alleato di Cosimo, scoprii una congiura che covava sotto la cenere. Quel giorno avevo portato Leonardo a Firenze e avevamo visitato Santa Maria del Fiore, discutendo dei dipinti e delle sculture al suo interno. Ci eravamo fermati a sinistra della navata, davanti all'affresco di Paolo Uccello raffigurante Giovanni Acuto, il grande condottiero che aveva reso buoni servigi a Firenze e si era guadagnato la stima della città. L'opera mi piaceva, e così pure l'uomo, che avevo conosciuto nel 1393, un anno prima della sua morte. Leonardo non era d'accordo.

«Mi piace il verde terra, che richiama le antiche statue equestri e rende onore al condottiero come successore dei grandi generali romani» disse. Ormai aveva quattordici anni ed era cresciuto così in fretta da essere quasi alto come me. «Però, vedete, professore, l'affresco ha due diversi impianti prospettici» aggiunse. «Il sarcofago sembra spuntare fuori dalla parete, mentre cavallo e cavaliere sono ritratti con un punto di vista frontale, ben delineati contro lo sfondo scuro.»

«Ai tempi di Paolo Uccello lo studio della prospettiva era solo agli inizi.» Mi strinsi nelle spalle compiacendomi, come sempre, dello scambio di battute con quel giovinetto precoce.

«È ancora così» mi corresse Leonardo, compiendo ampi gesti con le mani eleganti. «Sarò io a perfezionarla. Diventerò famoso per questo, la gente parlerà del mio lavoro per generazioni e generazioni.»

«Ne sono sicuro. Come sono sicuro che continuerò ad apprezzare Paolo Uccello.»

«State pure qui a rimirare quest'opera mediocre, io vado a vedere il suo orologio dipinto: il tempo e la sua misurazione mi incuriosiscono» ribatté Leonardo con sussiego. Si allontanò e poco dopo andai a sedermi in un banco e alzai lo sguardo per osservare il meraviglioso duomo del Brunelleschi. La riverenza che riservavo dentro di me alle opere d'arte più belle quando le studiavo, ammiravo e adoravo, era il mio modo di pregare. Le credenze, la fede, i miti del concepimento verginale e della crocifissione valevano poco per me, convinto com'ero che la vita umana fosse uno scherzo destinato a suscitare il riso di un'entità divina irascibile o di una compassionevole, a seconda dei capovolgimenti di una guerra incomprensibile per l'uomo. Nella bellezza, nell'arte, trovavo la pace. Trovavo la libertà e la redenzione.

Erano passati solo pochi minuti, quando Leonardo tornò. «Luca, Luca» sussurrò. Sul volto contratto si leggeva la preoccupazione. «Laggiù ci sono uomini che confabulano, dovreste ascoltare. Credo che stiano complottando contro il padre di Lorenzo! Li ho sentiti, e poi ho avuto una di quelle premonizioni: sangue sulla strada per Firenze!»

Mi diressi con lui verso la controfacciata della chiesa. Ci muovemmo senza dare nell'occhio e, una volta arrivati davanti all'orologio di Paolo Uccello, con la lancetta a forma di raggio di stella e il ciclo di ventiquattro ore della giornata, udimmo un bisbigliare di voci maschili. In qualche modo la forma della cattedrale faceva sì che le parole giungessero fino a noi. Rimasi immobile, in ascolto. Quando il mormorio cessò, sapevo cosa dovevo fare.

«Devo andare subito a Careggi» dissi a Leonardo. «Prima, però, ti riporto a casa.»

«Vengo con voi» replicò. «È sempre un piacere parlare con il signor Ficino.»

*

Io e Leonardo arrivammo alla villa dei Medici nel pomeriggio, con i cavalli in un bagno di sudore. Cercavo di evitare sforzi simili a Ginori, ma quello era un caso della massima urgenza. Il servitore moro prese in custodia le bestie e mi informò che Lorenzo era in giardino insieme a Ficino e altri. Feci il giro di corsa fino a un ingresso laterale, con Leonardo dietro. Ficino e alcuni studiosi greci in visita erano seduti sulle panchine sotto i pioppi, le spalle screziate dalla luce densa del pomeriggio. Li salutai con fare sbrigativo e chiesi di Lorenzo.

«Lorenzo si è ritirato» mi informò Ficino, poi si rivolse a Leonardo. «Mio giovane Leonardo, diventi sempre più alto! Dimmi, sei tornato per finire la nostra conversazione sulla ricerca del demone che guiderà la tua vita?»

«I demoni sono gli spiriti senza nome che danno impulso e direzione all'esistenza.» Leonardo sorrise. «Voi dite che per trovare il proprio demone basta guardarsi dentro. Io dico che immergersi in se stessi serve a capire quanto è profondo il luogo da cui sgorga la vita. Ecco come vivere un'esistenza piena!»

«Io dico che devo trovare Lorenzo de' Medici all'istante» ringhiai spazientito «o la vita non scorrerà affatto per nessuno di noi!»

«Sta in casa. Piero è di nuovo malato. È arrivato in portantina da Firenze un'ora fa.» Ficino agitò la mano con fare indolente.

Mi precipitai dentro dirigendomi verso i vecchi appartamenti di Cosimo, ora occupati da Piero, sempre così cagionevole. Al mio arrivo lo stavano sistemando a letto. Lorenzo era seduto sul bordo e parlava al padre, mentre tutt'intorno si affaccendavano i servitori.

«Perdonatemi, signori» gridai. «Ho notizie urgenti per voi!»

«Calma, Bastardo, va a fuoco la casa?» Lorenzo mi sorrise.

«Piacesse al Signore di darmi la vostra energia» mormorò

Piero. Con il mento volitivo e i lineamenti armoniosi, non aveva un brutto aspetto, specialmente per essere un Medici, ma le palpebre pesanti e le tonsille gonfie gli davano un'aria stanca e malata. Lo conoscevo come un uomo paziente e affabile e, dalla mia lunga esperienza di medico, intuivo che quanto agli altri appariva come una certa freddezza di carattere derivava in realtà da un malessere persistente. Quando serrò le labbra, capii che era di nuovo in preda alla sofferenza e mi assalì lo sconforto. Firenze aveva bisogno di lui, di una reazione decisa alla minaccia incombente.

«È il casato dei Medici che potrebbe andare a fuoco» ribattei, facendo segno ai servitori di uscire. «Io e Leonardo abbiamo sentito alcuni uomini in Santa Maria del Fiore parlare della pazzia del figlio dello Sforza, a Milano. Dicevano che, con Piero malato e Milano sua alleata nelle mani di un folle, la fiducia nei Medici è crollata, e che è tempo di colpirli!»

«Il nonno considerava l'alleanza con Milano il caposaldo della sua politica estera» disse Lorenzo, balzando in piedi accanto a me. «Non aveva previsto i rischi che avremmo corso dopo la morte dello Sforza! Luca, chi erano quelle persone?»

«Dietisalvi Neroni e Niccolò Soderini. Li ho sentiti, ma non li ho visti» ammisi. «Anche altri sono coinvolti, e hanno chiesto alla repubblica di Venezia e a Borso d'Este, marchese di Ferrara, di inviare i loro eserciti per marciare contro di voi. Il marchese ha acconsentito.»

«Gli altri cospiratori saranno Agnolo Acciaiuoli e Luca Pitti» rifletté Lorenzo, battendo il pugno sul palmo. «Padre, dobbiamo agire!»

«Potrebbero essere solo chiacchiere» sospirò Piero rifugiandosi sotto il lenzuolo di lino. «La gente parla, fa caldo, siamo in agosto, agli eserciti non piace marciare con quest'afa.»

«Padre, il nonno era affezionato a Luca Bastardo e si fidava di lui! E anch'io ho appurato che Luca è un uomo degno di fiducia. Devi ascoltarlo» lo incalzò Lorenzo. «È la conferma di altre voci che non ti ho riferito per non farti preoccupare durante la malattia!» Gli afferrò il braccio. Piero sbatté più volte le palpebre pesanti, poi lasciò che Lorenzo lo aiutasse a mettersi seduto.

«Ci servirà una scusa per spiegare come sono venuto a saperlo» borbottò Piero, accarezzandosi la fronte sudata. «Non so perché, ma tuo nonno ha sempre protetto l'identità di Luca Bastardo.»

«Ho segreti pericolosi...» iniziai, sperando che la mia confessione lo spronasse all'azione.

«Non li voglio sapere.» Piero sospirò e agitò la mano. «Li sapeva mio padre, li sa Lorenzo, a me non serve. A me serve solo una scusa.»

«Perdonate, signori» disse Leonardo dalla soglia, con quel suo sorriso angelico che lo toglieva sempre d'impaccio. «Non ho potuto fare a meno di sentire. Un messaggero appena arrivato con una lettera non sarebbe una scusa perfetta?»

Lorenzo schioccò le dita, esultante. «Sì! Una lettera dal governatore di Bologna, che è amico dei Medici. Il messaggero dice che la lettera è urgente, è in atto una congiura contro di voi!»

Meno di un'ora dopo, io e Lorenzo galoppavamo verso Firenze. Piero si era ripreso, aveva fatto preparare la portantina e mandato avanti noi, sorpresi ma sollevati, ad approntare tutto per il suo arrivo. Per risparmiare Ginori, avevo scelto uno stallone nero e vigoroso della scuderia dei Medici. Sapevo che il mio prode destriero si sarebbe speso per me finché non gli fosse scoppiato il cuore, ma non volevo fargli correre questo rischio. Lorenzo cavalcava un baio dalle zampe lunghe e dal passo sciolto e correvamo verso Firenze quasi avessimo le ali. Ci inerpicammo su per un poggio e nella luce densa e obliqua del vespro vidi alcune sagome scure sulla strada davanti a noi. Nelle figure sinuose dei cavalli, nere contro il campo colore dell'ocra e dell'oro, c'era qualcosa che mi fece rizzare i peli sulla nuca. Il mio senso del pericolo, radicato e sempre all'erta, si ridestò e mi attraversò la spina dorsale con un brivido freddo. Leonardo aveva parlato di sangue sulla strada per Firenze. Ero incline a fidarmi del suo presentimento, perché anch'io avevo visto il futuro.

«Lorenzo» esclamai «rallentate! Quegli uomini sono pericolosi!» Il giovane mi lanciò un'occhiata al di sopra della spalla. Quando vide la mia espressione seria, rallentò fino a passare al trotto, come me. Erano sei cavalieri. Dovevamo superarli. Dopo un momento di vuoto mi si affacciò alla mente, come un fantasma del passato, una canzonetta popolare. «"Il mio arnese enorme amava, e mai le sue grazie mi negava!"» attaccai con voce roca e stentorea. Sbigottito, Lorenzo strabuzzò gli occhi, ma era sveglio e astuto, e capì all'istante. Nascose i capelli neri sotto il berretto, poi si abbassò sulla sella assumendo una posa scomposta. Si unì a me simulando un timbro da basso, ben diverso dal suo solito tono acuto, e pensai che era una fortuna avergli insegnato le parole. A Lorenzo piacevano le canzoni oscene e i motti e le storie licenziose, e in quel momento furono la sua salvezza.

«"Quella napoletana con i meloni succosi e la fica dolce e matura"» intonammo, passando proprio in mezzo al tramestio dei cavalieri. Fra loro intravidi Luca Pitti, un uomo non più giovane dall'aria nervosa, e Niccolò Soderini, cui si leggeva in volto la determinazione, ma nessuno dei due sapeva chi fossi. Aspettavano qualcuno, era chiaro: o gli alleati e i rinforzi che si sarebbero uniti a loro, o i Medici. Se avessero riconosciuto Lorenzo, sarebbe finita male. Agitai la mano con fare maldestro e finsi di avere il singhiozzo. «"Il mio arnese enorme amava"» sbraitai, poi mi accasciai come se fossi ubriaco. Gli uomini sghignazzarono, tranne Pitti, per il quale l'età delle tresche amorose era ormai finita da anni. Io e Lorenzo non ci fermammo, ma continuammo a trottare, e solo dopo aver oltrepassato il crinale successivo Lorenzo raddrizzò la schiena.

«Quelli erano Soderini e Pitti, avete visto? E i loro viscidi amici! Vi devo una botte di Chianti per come l'abbiamo scampata!»

«Solo se è più buono di quello che ci siamo bevuti la sera che vi ho insegnato la canzone» scherzai. Le gote del giovane Lorenzo ardevano di sdegno per i cospiratori. Anche a distanza avvertivo il fuoco della sua ira. I nemici di Lorenzo avrebbero pagato per la loro slealtà.

«Tornate indietro ad avvertire mio padre di passare per un'altra strada» gridò. «Io vado a Firenze!»

Lungi dall'essere rovesciati, i Medici consolidarono il proprio potere. Nel mese successivo intrapresero azioni decisive. Il primo giorno, su mio consiglio, Piero studiò una strada alternativa e poco frequentata. La sua comparsa inattesa a Firenze innervosì i cospiratori e nelle settimane seguenti chiamò a raccolta i suoi uomini d'arme, chiese aiuto a Milano e procurò che dalle imminenti elezioni uscisse vincitrice una Signoria favorevole ai Medici. La Signoria, frutto di una scelta accurata, fu puntualmente eletta e i Medici si assicurarono il potere. Niccolò Soderini, Dietisalvi Neroni e Agnolo Acciaiuoli furono banditi da Firenze, mentre Luca Pitti implorò perdono e giurò fedeltà ai Medici.

Quello stesso anno Lorenzo mi portò a Roma. Aveva l'incarico di rendere omaggio a papa Paolo II per la sua recente elezione. Naturalmente, benché fosse ancora un ragazzo, doveva concludere anche certi affari riguardo le preziose miniere di allume di Tolfa. L'allume era essenziale per la tintura, una delle attività più importanti per la produzione dei tessuti fiorentini. Fino a poco tempo prima, la pregiata sostanza proveniva soprattutto dall'Oriente, in particolare da Smirne; ma nel 1460 ne erano stati scoperti enormi giacimenti a Tolfa, vicino a Civitavecchia, nello Stato Pontificio. Il potente banco dei Medici aveva fiutato i possibili guadagni e quindi voleva controllare e sfruttare la straordinaria scoperta. Lorenzo fu mandato a discuterne di persona con il papa. Con mia meraviglia, mi portò con sé a un incontro privato con il Santo Padre.

Il pontefice era un bell'uomo dall'aspetto maestoso, che si mise a ridere quando gli rivelai di non sapere se fossi stato battezzato.

«A questo si può rimediare» affermò in tono scherzoso. Mi pose la mano sulla testa e pronunciò con voce forte e chiara: «Io ti battezzo nello Spirito Santo, nel nome del Padre, del Figlio e dello Spirito Santo». Avvertii un lieve flusso scorrere dalla sua mano dentro di me, come una ventata di aria pulita. Mi ricordò il *consolamentum* di Geber: era un autentico scambio spirituale. Non rientrava nella mia fede e ne fui spaventato. Mi sedetti sui talloni e lo guardai con occhi sgranati.

Paolo II fece un grande sorriso. «Bastardo, eh? Sono certo che i vostri genitori fossero bravi cristiani, Luca. Non potrebbe essere diversamente, con un viso bello e delicato come il vostro. Non siete costretto a tenere questo cognome. Ve ne posso concedere uno più onorevole, da tramandare con orgoglio ai vostri figli.»

«Santo Padre, siete troppo generoso» replicai con rinnovato rispetto «ma credo che sia compito mio garantire l'onore e l'orgoglio del mio nome, non viceversa.»

Il papa alzò le sopracciglia. «Non sarete uno di quegli umanisti pagani?»

«Sono un uomo cresciuto per le vie di Firenze che cerca di non sciupare la propria vita.»

Il papa annuì. «Avete qualcosa di nobile. La vostra sembra un'anima buona, cristiana. Voglio incoraggiare il vostro cammino di fede. Il giovane Lorenzo mi diceva che vivete fuori Firenze. Non avete una dimora in città?»

«No, signore» risposi; avevo venduto tutte le mie proprietà a Firenze molto tempo prima.

«La Chiesa ha diversi possedimenti a Firenze. Provvederò affinché vi venga ceduto un palazzo adeguato» affermò il papa.

«Cosa?» esclamai, senza fiato per l'incredulità.

Paolo II rise. «È un incentivo del papa a una vita retta e cristiana. Mi aspetto che prendiate moglie, abbiate figli e li battezziate e insegniate loro il catechismo, come si conviene.»

Era fuor di dubbio che volessi crescere come si deve i miei futuri figli nella società fiorentina. «Santo Padre, grazie della vostra generosità!»

«Certo, certo.» Sorrise. «Comportatevi bene con il giovane Lorenzo. Come me, avrà bisogno di amici che lo proteggano. Si farà dei nemici, anche se prevedo una carriera lunga e illustre per lui.» A quel punto sospirò e si passò una mano sulla faccia. «Vorrei poter dire lo stesso di me» mormorò. Poi ci congedò.

E così io e Lorenzo facemmo ancora una volta ritorno a Firenze, e io iniziai l'ennesimo nuovo periodo della mia vita, nella città che mi aveva visto nascere, in uno splendido palazzo donatomi da un papa, capo della Cristianità e vicario di Cristo sulla terra.

18

Per Leonardo, ormai sedicenne, giunse il momento di separarsi da me. Un giorno, come capitava spesso, messer Piero lo portò nel palazzo che era diventato la mia residenza cittadina. All'inizio pensai si trattasse di una visita come tutte le altre, ma mi bastò uno sguardo al suo volto altero e solenne per capire che c'era qualcosa nell'aria e che Leonardo ne era all'oscuro.

«Benvenuti» li accolsi. Mi rivolsi al giovane allievo, ora più alto di me. «Ragazzo mio, il tuo amico Ficino dice che nella biblioteca dei Medici sono arrivati nuovi manoscritti. Perché non corri a dare un'occhiata?» Non se lo fece ripetere due volte. Si illuminò, salutò con la mano e si precipitò al palazzo dei Medici di via Larga, poco distante dal mio, una dimora ariosa scelta per me da papa Paolo II.

«Per pranzo la cuoca ha preparato una zuppa eccellente» dissi a messer Piero, che scosse la testa e si lasciò cadere su una panca nell'atrio. Avendo lui rifiutato un invito simile, ebbi la certezza che stava per accadere qualcosa di grave. Mi sedetti su una panca di fronte a lui, in attesa.

«Ho mostrato alcuni disegni di Leonardo a Verrocchio, il pittore» esordì. Nonostante fosse una fredda giornata di marzo, si asciugò il sudore dalla fronte con un fazzoletto.

«Quando inizierà?» gli domandai in tono neutro per nascondere la tristezza. Sapevo che quel giorno sarebbe arrivato, solo non immaginavo così presto. Il legame con Leonardo era quanto di più simile avessi a un rapporto di parentela. Le uniche informazioni emerse dalle indagini sui miei genitori riguardavano la scomparsa del figlio di una coppia di nobili accompagnati da un gruppo di catari intorno al 1320. Sospettavo che la vecchia lettera in cui se ne parlava fosse nelle mani di Lorenzo de' Medici, ma lui non me l'avrebbe mai consegnata. E, per la mia frustrazione, la donna della visione indotta dalla pietra filosofale restava lontana da me, quasi trattenuta dal tempo che nella storia catara di Leonardo cadeva dal cielo come una stoffa. La bramavo ancora di più adesso che vivevo a Firenze e non vedevo mai Caterina, di cui sentivo la mancanza. Leonardo era la mia famiglia, una specie di figlio per me. Anche lui mi sarebbe mancato.

«Domani, dopodomani... Verrocchio era sbalordito. Gli ho chiesto se a mio figlio avrebbe giovato studiare con lui e, dopo aver guardato un istante i disegni del ragazzo, mi stava già implorando di fargli iniziare l'apprendistato oggi!» Messer Piero mi guardò pieno di orgoglio. Cercai di sorridere, ma non ci riuscii. «Non siete sorpreso» aggiunse.

«No, signore.»

«Certo, conoscete bene la sua straordinaria intelligenza» mormorò lui, rivolto più a se stesso che a me. Poi alzò gli occhi. «Ha fatto progressi con il latino?»

«Non molto. Ci ha provato anche Ficino. È come se nella sua mente ci fosse un cancello chiuso che impedisce l'accesso alla lingua» risposi con franchezza. «Come se avesse deciso fin dall'inizio di non impararla. Non gli ho fatto pressioni. Leonardo è come un vecchio cavallo giudizioso che sa già come inerpicarsi per la montagna: bisogna lasciare le briglie sciolte e non interferire.»

«Capisco. E poi è così bravo in tutto il resto.» Fece un ampio gesto con le mani.

«Specialmente nella matematica» osservai. «Gli ho insegnato tutto quello che sapevo in pochi mesi, e adesso i miei deboli tentativi di discuterne con lui lo fanno ridere!»

«Signore, avete fatto un ottimo lavoro. Gli è sempre piaciuto studiare con voi.» Messer Piero si rimise faticosamente in piedi e si avvicinò alla porta con una rapidità formidabile data la sua stazza. «Ho certi affari da sbrigare, Luca. Glielo dite voi al ragazzo, vero?»

«Non gliel'avete detto che andrà a bottega da Verrocchio?» Ero sconcertato.

«È il vostro lavoro, non vi pare?» asserì sgattaiolando fuori dalla porta prima che potessi ribattere.

Il palazzo dei Medici, un cubo inespugnabile con tre piani immensi e dieci campate sulla facciata, dava direttamente sulla strada. I piani diminuivano via via in altezza come quelli del Palazzo della Signoria, a sottolineare il legame dei Medici con la vita politica della città. Michelozzo, l'architetto preferito di Cosimo, aveva progettato ogni singolo dettaglio per impressionare l'osservatore. Erano state abbattute venti case per far posto all'enorme mole, che ricordava le imponenti torri fortificate di cui un tempo Firenze era punteggiata e dove nei secoli passati, ancora prima della mia nascita, vivevano le famiglie nobili in guerra tra loro. In questo modo i Medici erano riusciti a dimostrare non solo la loro supremazia, ma anche il legame con le tradizioni remote dell'aristocrazia fiorentina. Varcai il portone e fui investito dal profumo delle piante di agrumi e dall'odore gradevole della pietra umida dove non arriva il sole. Quindi mi ritrovai in uno splendido cortile interno con un porticato di colonne corinzie. Il fregio al di sopra del loggiato era decorato da medaglioni scolpiti simili agli antichi intagli romani conservati nella ricca collezione dei Medici, e ovunque si scorgeva lo stemma della casata, uno scudo con sette sfere.

Le sfere erano in numero variabile, non fisso, e si diceva rappresentassero le ammaccature sullo scudo del capostipite, un cavaliere di nome Averardo che aveva combattuto al servizio di Carlo Magno e aveva ricevuto quei colpi durante un'eroica battaglia contro un gigante che terrorizzava le campagne toscane. Secondo altri le sfere richiamavano le coppette per i salassi, poiché in origine i Medici erano speziali. Altri ancora sostenevano che in realtà si trattasse di monete. A mio parere quel significato indefinito era una brillante trovata degli astuti Medici. Permetteva alla gente di vedere nelle sfere tutto ciò che voleva. I Medici sapevano come avvincere l'immaginazione, e con essa il cuore, dei loro concittadini.

Su un piedistallo al centro del cortile era posta la statua del David di Donatello. Ne ammirai la perfezione tecnica e l'audacia: era il primo nudo a tutto tondo mai realizzato dall'antichità. L'erotismo della figura, con i fianchi sinuosi da fanciulla e la postura maliziosa messa in risalto dai seducenti calzari al ginocchio, era però immotivato. Perché la posa del David doveva essere così provocante? Solo per compiacere gli uomini attratti da altri uomini. Ricordavo fin troppo bene i clienti di Silvano, e dopo tanti decenni volevo solo dimenticare. La natura del desiderio era un oscuro labirinto.

I miei, di desideri, non erano affatto complessi. Mi piacevano le donne, con la loro pelle morbida e i lunghi capelli setosi, ecco tutto. Perciò soddisfacevo quei semplici desideri e non giudicavo gli altri, se non quando diveniva necessario. Era d'obbligo, dato il mio passato misterioso e le azioni inconfessabili compiute per sopravvivere. Inoltre, prima della sua morte, avvenuta nello stesso anno in cui Piero aveva rischiato di essere rovesciato, Donatello era stato un buon amico. Nondimeno, a causa di Silvano, mi sentivo a disagio con gli uomini attratti da altri uomini.

Trovai Leonardo, la cui vitalità non conosceva posa, in un angolo soleggiato del cortile, intento a chiacchierare con uno scrivano seduto su una panca di marmo che stava lavorando all'aperto. I Medici avevano al loro servizio decine di scrivani per copiare i manoscritti, venduti poi a caro prezzo o recati in dono a potenze straniere per conquistarne i favori. Era impossibile visitare Palazzo Medici senza imbattersi in uno di quegli individui altezzosi.

«Professore!» esclamò Leonardo. «Non siete stato voi a mandare questo manoscritto a Cosimo?»

«Il *Corpus hermeticum*?» intervenne lo scrivano, un uomo segaligno dalle labbra sottili con le mani macchiate di inchiostro e il naso adunco. Sbuffò. «Non credo proprio. Questo manoscritto è stato acquisito dai Medici nel '61. All'epoca il vostro professore, con quei muscolacci volgari» – alzò gli occhi al cielo, trovava comico che fossi un insegnante – «doveva essere un giovinetto della vostra età!»

«Sono più vecchio di quel che sembra» ribattei.

«E più avveduto?» Lo scrivano sorrise guardandomi dall'alto in basso, una bella impresa considerando che lui era seduto e io in piedi.

«Non saprei» risposi con disinvoltura. «Ma sono abbastanza avveduto da sperare che abbiate altre capacità, signore, oltre a quella di copiare manoscritti. Ho sentito dire che hanno inventato una nuova tecnica di stampa a caratteri mobili che ben presto renderà sorpassate le vostre doti.»

«Le mie doti non saranno mai sorpassate» replicò l'uomo con voce stridula. «È una tecnica grossolana, praticata dai barbari di qualche città tedesca. Per i veri collezionisti come i Medici sarebbe una vergogna possedere un libro stampato con un rozzo metodo meccanico!»

«A Napoli e a Roma le macchine da stampa sono già arrivate. Presto ce ne sarà una anche a Firenze. Sono una bella invenzione; producono i libri in fretta e a buon mercato. Prenderanno piede» affermai. «Dovreste imparare un nuovo mestiere, tanto per andare sul sicuro. Magari la pastorizia.»

«Signore, i vostri sono pensieri meschini e volgari» sibilò

lo scrivano. Si strinse il manoscritto al petto e se ne andò stizzito. Presi il suo posto e mi sedetti accanto a Leonardo.

«Non siete stato gentile con il povero Armando» mi rimproverò il ragazzo.

«Non mi piacciono gli scribi presuntuosi.»

«Credo che abbiate ragione sulla macchina da stampa. Sapete che quando sogno a occhi aperti mi sembra di cogliere immagini fugaci del futuro. Ho visto il mondo pieno di libri, tanti e poco costosi, che tutti possono leggere, grazie alla macchina da stampa.»

«Hai visto un mondo interessante.»

«Anche voi; penso spesso alla visione che mi avete raccontato il giorno in cui ci siamo conosciuti. Ma c'è qualcosa che non va. Luca, avete qualcosa da dirmi, e non ne siete contento» azzardò all'improvviso. Portava un lucco giallo e rosa che aveva accorciato da solo dandogli una forma stravagante, probabilmente dopo aver strappato il permesso a Caterina, che non gli negava nulla, e brache grigie lise e piene di buchi. Sapevo che ne possedeva almeno due paia nuove e di seta fine, perché avevo accompagnato io stesso il riluttante messer Piero dal sarto per ordinarle, ma si guardava bene dall'indossarle, preferendo quei vecchi stracci. In fatto di vestiti aveva un gusto tutto suo.

«Sei troppo perspicace, ragazzo» riflettei. «Leggi i miei pensieri come il manoscritto di Armando.»

«Anche meglio, spero.» Leonardo ridacchiò. «Armando copia testi latini, e io lo leggo malissimo, il latino! È come se l'avessi imparato in passato e ora non m'importasse più.»

«Tuo padre ti ha messo a bottega da Verrocchio» prorup-pi, per non indugiare oltre.

«Però riesco a leggere dentro di voi» mormorò Leonardo, come se non avessi parlato. «A volte è come se dalle persone sgorgasse una luce, e io la distinguo appena. I vostri occhi sono come veli strappati da cui filtra la luce, quasi senza volerlo. Le cavità non sono vuote, ma piene. Piene di segreti. Luca Bastardo, voi nascondete segreti. Doni segreti, paure segrete. E a guidarvi è la mano del fato.»

«Tutti gli uomini hanno dei segreti.»

«Non come i vostri.» Scosse la testa dai capelli dorati. Scrutai il suo volto cesellato e notai che una prima peluria ramata gli scuriva la guancia e il mento. Gli stava crescendo la barba. Era mio compito portarlo da un barbiere a farsi radere e insegnargli a curarla. Avrei dovuto farlo prima. Ero stato negligente. Lo consegnavo a Verrocchio incompiuto, proprio come uno dei suoi schizzi. Una parte di me aveva sempre saputo che Leonardo mi era stato affidato solo per un breve periodo, ma un'altra pensava che il nostro tempo si sarebbe protratto all'infinito, come sembrava essere per la mia vita. Malgrado i molti anni che mi erano stati inspiegabilmente concessi, il tempo sfuggiva alla mia comprensione. C'erano cose che avrei voluto insegnare al mio giovane allievo, che avevo pensato di dirgli, e ora non ne avrei più avuto l'occasione. Distolsi lo sguardo e mi ritrovai a fissare il David.

«La scultura di Donatello non vi piace» osservò Leonardo.

«Mi piaceva l'artista.»

«Perché non vi piace?» domandò.

«Non è proprio così» risposi. Chiusi gli occhi, per cercare di essere più onesto con lui, ora che stavamo per separarci. «Mi ricorda qualcosa della mia infanzia. Mi mette a disagio.» Quando aprii gli occhi, il giovane mi guardava intensamente.

«La vostra infanzia... È stata tanto tempo fa, non è vero, Luca Bastardo? C'è una vecchia tavola nel convento di San Giorgio. Si vede un fanciullo, uno spettatore, che ha il vostro volto. L'ho studiata tante volte, per esserne sicuro. I colori, i lineamenti... potete essere solo voi, professore. Lo so. Quanto avete detto allo scrivano è vero: siete molto più vecchio di quel che sembra.»

Espirai adagio, abbassai il capo, volsi gli occhi al cielo ricordando la splendida tavola di Giotto raffigurante l'assunzione di san Giovanni, l'azzurro infinito verso cui il santo ascendeva con tanta grazia. «Quella tavola è di Giotto. Me la mostrò senza dirmi che mi aveva ritratto, e quando mi riconobbi si mise a ridere e disse che un uomo che conosceva se stesso sarebbe andato lontano» sussurrai. Era un sollievo confessarlo a qualcuno di cui mi fidavo, qualcuno che non avrebbe usato il mio passato per ricattarmi. Dopo più di un secolo in cui avevo protetto il mio segreto tacendo a tutti l'ineluttabile e sconcertante verità sulla mia vita, ora parlarne a viso aperto e senza paura mi dava i brividi.

«Anche Ficino dice cose del genere» riprese Leonardo con voce neutra. «A lui piace invitare gli amici ai banchetti per discutere, e parla dell'anima immortale. Che cos'è l'anima? La si può conoscere? È una cosa o è pura essenza? È uguale allo spirito, incorporeo e invisibile? Io penso che l'anima sia una qualità o una grandezza, che abbia a che fare con l'immaginazione e l'amore e la natura. Non mi interessa granché parlarne, quando in natura c'è così tanto su cui indagare, e meno nebuloso.

«Secondo Ficino l'essenza di ciascuno di noi si origina come una stella nel firmamento. Ma cos'è una stella? Questa è la domanda. Cos'è il sole, cos'è la terra? Sulla base di quali leggi operano? Qualsiasi uomo dotato di intelligenza, studiando il cielo notturno, si rende conto che è la terra a girare intorno al sole, e non viceversa! Le stelle sono oggetti naturali; davvero possono determinare il destino dell'uomo? Per comprendere la vostra inusitata longevità, Ficino vi rimanderebbe all'oroscopo. È un uomo brillante, ma la sua astrologia, come pure la negromanzia, è un'assoluta sciocchezza.» Il ragazzo scrollò il capo. «Caro professore, una stella potrebbe mai assicurarvi una vita superiore a cento anni?»

«Qualcuno dice che la mia lunga vita e la mia giovinezza derivano dalla negromanzia e dalla magia» ammisi.

«Questo è il punto» esclamò Leonardo con una certa soddisfazione. «La negromanzia e la magia esistono solo nella mente degli stolti! Dietro la vostra veneranda età dev'esserci un motivo naturale. Forse all'interno del vostro corpo.» Mi scrutò da cima a fondo, esaminandomi come se fossi un campione su un tavolo, uno di quelli che vedevo nel laboratorio di Geber. «È un peccato che non possiamo analizzare i vostri genitori per verificare se ne avete ereditato le qualità, come si eredita il colore dei capelli o la forma del naso, o se la longevità è vostra soltanto. Ricordo che quando ci siamo conosciuti mi avete detto che i vostri genitori erano serviti dai catari. Forse il grande segreto che li aveva portati a unirsi ai catari, loro stessi custodi di segreti, era questa longevità.»

«Ho cercato i miei genitori. Avrei un paio di domandine insignificanti da porgli» dissi con ironia e rimpianto e una traccia dell'antico anelito.

«So bene che li avete cercati.» Leonardo sorrise. «Facevate l'interrogatorio a me e mia madre sui catari, e il giorno dopo incontravate i vostri emissari alla casetta nel vigneto. Io restavo nascosto fuori e origliavo le vostre istruzioni.»

«Che ragazzaccio! Impicciarti dei fatti altrui...»

«Non potete farci niente.» Gli spuntarono le fossette sulle gote e mi mostrò lo stesso sorriso di quando era bambino, offrendomelo come il sole quando fa capolino dalle nuvole. «Vi racconterò un'altra leggenda catara. Dopo che la ribellione di Satana aveva dato origine al mondo, Dio mandò sulla terra un angelo che gli era rimasto fedele. Quell'angelo era Adamo, il diretto antenato del popolo di mia madre. Ma Satana lo catturò e lo costrinse ad assumere forma umana. Poiché Adamo visse così contro la sua volontà, fu salvato insieme a tutti i suoi discendenti. E Adamo era il padre di Set, che a sua volta generò una razza di uomini longevi. Forse voi siete uno dei suoi figli.»

«È quel che mi domando da quando Caterina me ne ha parlato» rivelai. «Ma non ho la certezza che i nobili a cui era scomparso un figlio fossero i miei genitori. Non so come risolvere l'enigma della mia età, tutto qui. Forse la mia anima è troppo mondana per liberarsi» azzardai, una battuta ironica e insieme balzana. Se non conoscevo le mie origini, almeno conoscevo me stesso. Sapevo di non essere particolarmente spirituale, com'erano stati Giotto e Petrarca, e com'erano Leonardo e Ficino, e persino Lorenzo il Magnifico, il manipolatore, con le sue poesie e l'abilità di statista e le doti atletiche. Io ero prosaico, testardo, non troppo creativo, anche se ammiravo la creatività negli altri uomini. Non sapevo dipingere né scolpire né comporre versi. Per il mio unico dono non potevo vantare alcun merito, ma solo sminuirlo, considerandolo il raffinato scherzo di un Dio desideroso di divertirsi.

«Il *Corpus hermeticum* lascerebbe intendere che in voi la Quintessenza supera i quattro elementi; direbbe che il vostro arcano ha qualcosa di particolare, che è in grado di raccogliere in maggiore abbondanza gli effluvi celesti che si rovesciano come un fiume in piena nell'anima di tutte le specie e di tutti gli individui. Ma io non la penso così.» Leonardo alzò le sopracciglia ramate. «Io credo che la vostra longevità dipenda da un fattore naturale, analizzabile e misurabile. Forse i vostri organi sono in grado di rigenerarsi, o hanno una struttura atipica, o i vostri fluidi corporei sono diversi per quantità e stato di salute. È una questione interessante. Magari ne sapessi di più sugli organi! Un giorno compirò un grande studio sulla meccanica dell'uomo, per rivelarne i misteri interni. Allora saprò tutto di voi, Luca. Sono convinto che in qualche modo l'anima mistica di Ficino torni indietro per fondersi con il corpo. Non vorrei passare per eretico, ma credo...» Si interruppe, gli occhi che gli brillavano. «Sì, credo che l'anima risieda dov'è il discernimento, e che esso risieda nel luogo in cui tutti i sensi convergono, ovvero nel buonsenso; e che i sensi, l'udito e la vista e l'olfatto e il tatto, passino attraverso il corpo; il corpo è il veicolo...»

«Presto inizierai da Verrocchio. Forse già domani. I tuoi

schizzi l'hanno profondamente colpito e ha chiesto a tuo padre di farti iniziare prima possibile» lo interruppi. «Diventerai un grande artista, ragazzo mio. Il mondo conoscerà il tuo genio. La fama e la fortuna ti attendono!»

«Invecchierò prima di voi, Bastardo» replicò lui con una punta di tristezza. Mi fissò quasi vedesse con chiarezza l'essenza luminosa come una stella che gli altri uomini avvertivano ma non erano in grado di cogliere del tutto. «Anche se non sono sicuro che morirò prima di voi...» aggiunse meditabondo. «Penso che abbiate altri segreti, segreti pericolosi che Lorenzo de' Medici conosce e sfrutta per tenervi legato a lui. Vedo come lo guardate, con un misto di diffidenza e rabbia e rispetto.»

«Sarò sempre tuo amico» risposi con dolcezza. Non aveva intenzione di parlare del suo apprendistato e della nostra separazione, gli causava troppo dolore. Dopo tutto, era stato lui a scegliermi come suo precettore. Mi alzai e rimasi lì fermo.

«Passerà qualche anno prima che ti riveda, ragazzo. Gli apprendisti lavorano giorno e notte per imparare il mestiere. Devono essere sempre a disposizione del maestro. Verrocchio ti terrà occupato, com'è giusto che sia.» Gli misi la mano sulla spalla e con mia sorpresa sentii iniziare il *consolamentum*, un fluire lieve ed estatico, un trasferimento dello spirito o di qualsiasi elemento naturale con cui Leonardo volesse identificarlo. Nasceva dal battito caldo e luminoso del mio cuore e si riversava nel giovane seduto sulla panca di marmo davanti a me. Il volto gli si addolcì e sorrise, chiuse gli occhi e si abbeverò dal flusso. La radiosità che lo avvolgeva facendolo apparire sempre più vitale delle altre persone sembrò espandersi e aumentare di intensità. Aspettai che il flusso rallentasse, poi gli levai la mano dalla spalla e la portai al cuore. «È stato un piacere e un onore passare del tempo con te. Hai arricchito la mia vita.»

Leonardo aveva gli occhi lucidi; sbatté più volte le palpebre e distolse lo sguardo. Non riuscì a rispondere e alla fine me ne andai dal cortile. «Scoprirò i vostri segreti, professore» mi gridò. «E troverò il modo di aiutarvi!»

Così Leonardo fu affidato a un insegnante migliore di me. Ora avevo molto più tempo a disposizione per Lorenzo, e lui ne approfittò. Quando compì diciannove anni, la madre Lucrezia decise che avrebbe preso in moglie l'aristocratica romana Clarice Orsini, suscitando lo sdegno di Firenze. Sposarsi fuori dalla Toscana equivaleva a un tradimento, anche perché le toscane erano le donne più belle e intelligenti dell'intera Cristianità! Ma l'astuto Lorenzo preferiva offendere tutta la città anziché scatenare l'ira di determinate famiglie scegliendo una sposa toscana piuttosto che un'altra. A fargli gola erano anche i vantaggi dell'alleanza con una ricca famiglia di antico lignaggio e che contava su legami importanti a Roma e a Napoli.

Nel giugno del 1469 furono celebrate le nozze.

Pochi mesi dopo, all'inizio di dicembre, Piero il Gottoso morì. Due giorni dopo la sua morte una delegazione ufficiale chiese a Lorenzo di assumere la guida della città. Lui accettò, benché avesse solo vent'anni e il nerbo e le voglie di uno sposo novello di quell'età, e dimostrò subito la propria intelligenza e l'attitudine a ricoprire la posizione ereditata più dal nonno Cosimo che dal padre infermo nominando un consiglio di uomini esperti, me compreso, con cui consultarsi. Malgrado ciò, io restai nell'ombra.

I Silvano erano stati allontanati da Firenze, ma sarebbero potuti tornare. E avevano amici potenti. La Confraternita della piuma rossa attendeva una ripresa dell'Inquisizione e degli altri strumenti con cui la Chiesa mostrava la propria intolleranza. Inoltre la gente avrebbe potuto notare che non invecchiavo come tutti gli altri. Dovevo muovermi con circospezione. Così Lorenzo mi teneva occupato con incarichi riservati, missioni diplomatiche delicate, messaggi segreti da consegnare ad ambasciatori e principi forestieri e così via. A volte gli organizzavo qualche convegno amoroso; Lorenzo aveva un appetito insaziabile per il gentil sesso, come me, anche se io avevo intenzione di essere fedele una volta sposato. Non lo giudicavo per il suo adulterio. Avevo compiuto troppe azioni inconfessabili per ergermi a giudice di altri uomini, e per di più i fiorentini ricchi ritenevano un loro diritto avere una o più amanti. Lorenzo si considerava il primo tra i fiorentini, con tutti i privilegi del caso. Progettava di accrescere il prestigio di Firenze, sia per la città sia per i Medici, quando il corso della storia deviò. Nel 1471 il generoso papa Paolo II, suo buon amico, morì e al soglio pontificio salì Francesco della Rovere, proveniente dall'ordine francescano, che assunse il nome di Sisto IV.

Un bel giorno d'estate, nel giugno del 1472, Lorenzo mi mandò a chiamare. Pensai che volesse organizzare un'altra delle feste con tanto di carri allegorici con cui intratteneva Firenze e si ingraziava i suoi abitanti, grandi amanti dei piaceri. Andavo in giro per il Mercato vecchio con Sandro Filipepi, che inspiegabilmente si faceva chiamare Botticelli, in realtà il soprannome del fratello. Passeggiavamo fra le bancarelle di fragole rosse, lamponi vermigli, prosciutto affumicato, pesce argenteo appena pescato e i tavoli di selvaggina fresca come cervi e fagiani. Stavamo contrattando con battute scherzose il prezzo di un tondo raffigurante una Madonna con il Bambino che volevo comprare. Non per devozione, o forse sì, considerato il mio amore per l'arte. Sandro dipingeva con grazia, ritraeva corpi eterei e voluttuosi insieme; le sue figure di donna celebravano la bellezza e la femminilità, la luce e la fecondità. Avevo intenzione di acquistare una delle sue opere per aggiungerla alla mia collezione personale e tributarle gli omaggi che meritava.

«Non importa quanto vi pago; tanto ci piscereste sopra comunque» dissi.

«Allora dovreste pagarmi una fortuna, così potrei pisciare come uno stallone!» esclamò Sandro ridendo. Era un uomo intelligente e gioviale, oltre che cortese e affascinante, con gli occhi infossati e lunghi riccioli fluenti di cui andava fin troppo orgoglioso, il naso importante e il mento all'infuori con una fossetta nel mezzo.

«Cinquanta fiorini sono una fortuna.»

«Cento fiorini sono una fortuna doppia.» Fece un gesto osceno. «Potrei lasciare una pozza molto più grossa!» Alzai le mani e mi misi a ridere, quando il servitore moro di Lorenzo mi salutò. Sandro mi diede una pacca sulla spalla. «Adesso correte dal nostro Magnifico, lui sì che eviterebbe di cavillare per cinquanta fiorini... Ma ci vediamo a Careggi tra qualche giorno, a cena da Ficino?»

«Ci sarò. Sessanta fiorini» gli gridai mentre andavo incontro al moro. Dopo tutto, un giorno avrei donato il dipinto di Botticelli a mia moglie. Sentivo di essere pronto per lei, e Leonardo, di cui rimpiangevo la compagnia, mi aveva detto con tono profetico che quando il cuore fosse stato pronto sarebbe comparsa anche l'amata.

«Settantacinque!»

«Andata!» accettai. Sandro rise e strinse le mani sopra la testa in segno di vittoria.

«Sarei sceso a cinquanta, mi piace discutere con voi!» confessò.

«E a me piace il vostro lavoro, ve ne avrei dati cento!»

«Potreste darmeli comunque» replicò con bonomia. Gli avrei risposto, ma il moro mi sfiorò la manica.

«Il signor Lorenzo richiede la vostra presenza. Volete prendere il mio cavallo?» mi propose, e indicò il limitare del mercato, dove stavano i cavalli impastoiati.

Feci segno di no con la testa e tirai fuori una moneta per comprare alcune delle albicocche dalla polpa arancio che il venditore mi passò con alacrità. Affondai i denti in un frutto dolce e succoso, masticai e solo allora risposi: «È una bella giornata per andare a piedi, e non ci metterò molto. Dì al tuo padrone che fra poco sarò da lui».

Quando arrivai a Palazzo Medici ed entrai nel sontuoso studio di Lorenzo, con il pavimento di marmo e il soffitto a cassettoni, Tommaso Soderini e Federico da Montefeltro, duca di Urbino, erano già lì. Stavano in piedi vicino a uno dei tre dipinti di Paolo Uccello sulla battaglia di San Romano, un tipo di quadro in genere appeso nei palazzi del governo per celebrare le vittorie militari della città. La sistemazione delle opere nello studio personale di Lorenzo faceva assomigliare la stanza al salotto di un principe o a una camera di consiglio pubblica. Ma la magnificenza dell'insieme non cancellava la mia sensazione che ci fossero problemi in vista.

«Molto gentile da parte vostra unirvi a noi, Bastardo» esordì Lorenzo con freddezza, e capii che era contrariato perché l'avevo fatto aspettare. «Stavamo parlando del nuovo papa, Sisto.»

«Ha dimostrato cortesia rinnovando ai Medici l'incarico di amministrare le finanze pontificie» iniziai con fare cauto avvicinandomi a Soderini, che era scuro in volto.

«Cortese ma distaccato» mi corresse quest'ultimo, un uomo anziano fedele a Lorenzo. Il tentativo di rovesciare i Medici l'aveva turbato profondamente e da allora era divenuto uno dei più intimi amici e più leali sostenitori del Magnifico. Alcuni ritenevano Soderini l'unico in tutta Firenze a poter contestare le decisioni di Lorenzo; in realtà i due lavoravano insieme in perfetta concordia, affettando solo una cordiale rivalità per mantenere intatta l'illusione di una repubblica, tanto cara ai fiorentini. Ora Soderini si rivolse a me. «I nostri vecchi rivali, i Pazzi, stanno cercando di farselo amico. E lui gradisce le loro profferte.»

«I Medici sono i banchieri del papa fin dai primi anni del governo di Cosimo» osservai. «Perché mai Sisto dovrebbe interrompere questo accordo legittimato dal tempo? Si è dimostrato vantaggioso per tutti.»

«Inoltre Sisto è preso dalle smanie di espansione» aggiunse Federico. Era un nobile sulla cinquantina, noto sia come abile condottiero sia come protettore delle arti e del sapere. Si diceva che il suo palazzo di Urbino fosse il più bello dell'intera penisola e la sua biblioteca rivaleggiava con quella dei Medici. Aveva la mia stessa corporatura, magra ma con muscoli compatti ad avvolgere le ossa, e il lato sinistro del volto era abbastanza gradevole, anche se il destro era privo dell'occhio e recava le cicatrici di una ferita ricevuta in gioventù durante un torneo. Lo conoscevo come un uomo d'onore, che manteneva la parola data, ma non mi fidavo del tutto di lui. Per la brama di vincere ogni battaglia cingeva d'assedio le città e lasciava morire gli abitanti più deboli, ovvero donne e bambini. La volontà di un uomo, qualunque fosse, doveva essere applicata a persone di pari livello e consenzienti, non imposta con la forza ai più piccoli e indifesi. Ne ero convinto con ogni fibra del mio essere. «Il papa sostiene la crociata contro i turchi e l'autorità della Chiesa oltralpe, laddove Luigi XI pretende l'indipendenza della Chiesa francese. Vuole anche la riunificazione con Roma della Chiesa ortodossa» continuò Federico.

«Avete dimenticato la sua campagna più importante: quella per gli interessi dei nipoti» intervenne Lorenzo con voce tesa. «Vuole affidare il controllo di Firenze a quegli stolidi incompetenti.»

«Qual è il problema impellente?» domandai, sapendo che doveva essercene uno, altrimenti Lorenzo non mi avrebbe mandato a chiamare. Misi le mani dietro la schiena, in attesa.

«Volterra è in rivolta» disse Soderini. «Dobbiamo inviare le truppe.»

«Il problema sono le miniere di allume» affermò Lorenzo con il suo tono nasale e contegnoso «il denaro e l'allume. Qualche anno fa, alla scoperta dei giacimenti, il banco dei

Medici ha fornito i capitali per lo sviluppo delle miniere. In cambio, l'appalto per estrarre l'allume è andato a un consorzio formato da tre fiorentini, tre senesi e due volterrani. I fiorentini erano uomini di fiducia, naturalmente. Adesso le miniere sono diventate un affare redditizio e i volterrani, sostenuti dalla città, vogliono una fetta più grossa dei profitti.»

«È sempre questione di soldi» spiegò Soderini camminando in cerchio intorno a noi. «Gli appaltatori sottoporranno la questione al governo della Signoria. Parlando con loro sono venuto a sapere che la Signoria voterà perché i profitti finiscano nelle casse dell'intera repubblica di Firenze.»

«È ovvio che i volterrani vogliano il denaro per sé» commentai.

«È quello che speriamo. Quando insorgeranno, marcerò subito sulla città per sedare la ribellione» annunciò Federico con tono lieve. Veniva da un'illustre famiglia di capitani di ventura, tutti comandanti di grandi compagnie di soldati mercenari, e aveva fatto la sua fortuna con le guerre. «La vittoria è più schiacciante quando è rapida, e il mio esercito è già pronto a muoversi!»

«Un momento, volete dire che i volterrani non si sono ancora ribellati?» domandai stupito.

«Lo faranno» rispose Lorenzo. Lui e Federico si scambiarono uno sguardo carico di significato. «Sono gente facinorosa, lo sanno tutti. Da tempo cercano una scusa per rivendicare la loro indipendenza. Pensano che io sia troppo giovane per agire con decisione, che li accontenterò perché sono debole.»

«In Consiglio sosterrò che una prova di forza sia inutile e provocatoria» rifletté Soderini annuendo. «Raccomanderò metodi concilianti; ricorderò l'antico proverbio: "Meglio la pace magra che la guerra grassa". Così metterò in risalto il coraggio di Lorenzo. La sua determinazione e la sua avvedutezza avranno una dimostrazione pubblica.»

«I volterrani saranno un bell'esempio di quel che succede

quando si contesta la mia autorità» disse Lorenzo soddisfatto. «Servirà da lezione a tutte le città nella sfera d'influenza della repubblica di Firenze. Non permetterò che Firenze perda i territori annessi con tanta fatica da mio nonno! Rafforzando i confini, proverò di essere degno del suo lascito! In più, Sisto vedrà che non ho alcuna esitazione, che ho la volontà e la capacità di chiamare a raccolta un esercito per difendere i miei interessi. Sarà un messaggio anche per lui.»

«Avete intenzione di mandare le truppe contro una città che non si è ancora ribellata, nella speranza che lo faccia per poterla schiacciare? Aspetterete la rivolta, almeno? Quanti volterrani inermi moriranno per mettere in chiaro il vostro punto di vista?» domandai con rabbia.

«Il meno possibile.» Lorenzo alzò le spalle.

«Ma alcuni moriranno, e saranno donne e bambini!» sbottai.

«Un sacrificio per il bene comune.» Fece un gesto sventolando la mano. «Bastardo, voi andrete con Federico.»

«Io non combatto contro gente innocente» ringhiai. «Ne ho vista morire fin troppa. Non ne viene nulla di buono! Si crea solo odio, e l'odio genera altra distruzione! Esistenze rovinate! Intere generazioni ne porteranno il fardello!»

«Potrei rovinare la vostra, di esistenza, con i documenti che ho in mano!» gridò Lorenzo. Gli lanciai uno sguardo truce e lui si addolcì. «Non vi chiedo di combattere, mio caro Luca. Voglio che facciate ciò per cui siete così portato. Tastate il polso della situazione, tenete le orecchie aperte. Riferitemi gli sviluppi. Sarete i miei occhi e le mie orecchie a Volterra. Hanno imparato la lezione? Mi ritirerò non appena si sottometteranno. Voi potete contribuire a limitare le perdite.»

Udivo il rombo di una battaglia all'orizzonte, ma non era la lezione impartita da Lorenzo ai suoi territori. Era la vecchia ostilità fra il Dio benevolo e il Dio malvagio. Non c'era modo di eluderla, mai. Potevo solo schierarmi dalla parte della compassione, nella misura in cui ne ero capace. Se avessi obbedito a Lorenzo, forse avrei potuto salvare delle vite e aiutare i volterrani. «Se scoprirò che lo scontro non è necessario, mi darete ascolto?» domandai, a disagio.

«Io vi do sempre ascolto, Luca. Mi fido di voi» promise Lorenzo. «Fatemelo sapere, e il mio esercito se ne andrà! I combattimenti saranno finiti!»

«Quanto a me, non combatterò contro i volterrani» affermai. «Spero che capiate.»

«Certo, Luca, voi sarete là come osservatore e moderatore» replicò Lorenzo. «Non voglio colpire persone innocenti, lo sapete.»

Era un limpido mattino di giugno accarezzato dalla brezza proveniente dal mare, e le colline ondulate che ci circondavano avevano il colore verdeoro degli uliveti, delle vallate di cipressi e dei vigneti. Ma l'aspro paesaggio intorno a Volterra non era del tutto domato. Qua e là si scorgevano forre desolate e minacciose, calanchi argillosi, alti dirupi, boschetti bui, e la vista si spingeva fino al mar Tirreno. Sulla collina di arenaria più alta, all'incrocio dei fiumi Era e Cecina, si stagliava la città. Mura di pietra grigia vecchie di secoli o forse di millenni le serpeggiavano intorno. Cavalcavo Ginori alla testa dell'esercito di Federico, ma mi tenevo in disparte rispetto allo schieramento principale, a una distanza che mi preservasse dal fetore e dallo strepito delle truppe.

Gli eserciti sono bestie rumorose, sporche, rozze. Nemmeno da lontano sfuggivo al frastuono: gli zoccoli dei cavalli pestavano il suolo e i piedi marciavano; si udiva il clangore delle armature e lo scricchiolio degli scudi e lo stridio delle picche trascinate per terra; le ruote grandi e pesanti dei cannoni in ferro massiccio di Federico rimbombavano lungo la strada; i carri per il trasporto delle vettovaglie traballavano nella retroguardia, e dai tamburini e dai trombettieri che si esercitavano durante il cammino salivano note stridenti. Al di sopra di tutto emergeva la babele di voci, grida, risate, canti, come se la morte, la distruzione e l'assassinio andassero festeggiati. La polvere sollevata riempiva l'aria. Come pure l'odore rancido dei corpi sudati e il puzzo di urina di uomini e animali, il fetore di escrementi e di muco emanato da qualsiasi esercito in movimento. Dietro i ranghi dei soldati venivano le maestranze ausiliarie indispensabili alle truppe: preti, medici e cerusici, fabbri, maniscalchi, armaioli, conciatori per mantenere le selle in buono stato, stallieri per i cavalli e così via. Almeno l'esercito di Federico non aveva donne al seguito. Da condottiero serio qual era, e conoscendo il proprio mestiere, si guardava bene dal portare un manipolo di prostitute per i soldati, come voleva la consuetudine. Avevo rivolto di nuovo lo sguardo all'alta collina su cui era accoccolata Volterra, quando Federico si allontanò al trotto dalla formazione principale per affiancarsi a me.

«È splendida» esclamò.

«E molto ben difesa» osservai. «Si può entrare solo da un lato, vicino alla chiesa di Sant'Alessandro. Sugli altri lati le fortificazioni sono solide. Che strategia userete?»

«Arriviamo proprio davanti al lato accessibile e domandiamo gentilmente di aprire le porte» disse, sorridendo con la metà buona della bocca.

«Chiederete per favore?» replicai con un certo scetticismo.

«Sarebbe un tocco da maestro, non trovate?»

«E pensate che obbediscano come se niente fosse?»

«Di certo ho buoni argomenti.» Mi strizzò l'occhio, l'unico rimasto. Certo che aveva un bel coraggio per essere un uomo con un occhio solo a cavallo di un animale mastodontico, uno stallone grigio che trottava di buon passo. In fin dei conti, nessuno poteva accusare di codardia Federico da Montefeltro.

Mi voltai sulla sella a guardare le truppe composte da diecimila fanti e duemila cavalieri. «Di buoni argomenti ne avete dodicimila» lo corressi.

«Niente affatto. Ne ho mille» affermò. «Ma prima faremo una sosta. Voglio far dire messa per le truppe. È meglio che i soldati si concentrino su nostro Signore. Nel caso si debba combattere.» Spronò il cavallo e si diresse di nuovo verso l'esercito.

«Perché mille?» gridai.

«Sono i mercenari assoldati dai volterrani per difendersi!» rispose prima di partire al galoppo e scomparire tra le schiere armate.

Proprio come previsto da Federico, i volterrani gli aprirono le porte. Il duca aveva radunato l'orda dei suoi esperti soldati davanti al lato accessibile. Lungo le mura erano rimbalzati i motteggi e gli insulti, come di consueto. Poi aveva mandato un messaggero per invitare i capi della città a parlare. Non ero presente al colloquio, ma in seguito venni a sapere che Federico aveva fatto notare ai volterrani che i loro mercenari, in netto svantaggio rispetto al suo esercito, avrebbero potuto scatenare la propria violenza sugli abitanti della città. A eccezione dei suoi, i mercenari erano gente inaffidabile, poco più di bande organizzate di briganti avidi di denaro, capaci di cambiare schieramento per salvarsi la pelle. Doveva essere stato convincente, perché i governatori si affrettarono a tornare in città e aprirono le porte senza scoccare una freccia né sguainare una spada. E fu allora che la morte colpì Volterra. Alla luce della resa, fu del tutto immeritata e ancora più crudele.

Quando entrai nella città con il corpo centrale delle truppe, non ero preparato alla devastazione che si stendeva davanti ai miei occhi. Mi turbò nel profondo. Dalle case e dalle botteghe guizzavano fiamme rosse, arancio e azzurre. Sul terreno irregolare delle vie in pendenza erano sparsi i resti del saccheggio: mobili sfasciati, cocci di piatti, vestiti ridotti a brandelli, botti di vino e anfore di olio d'oliva rovesciate, il contenuto colato sulle pietre. Gli animali erano scappati dai recinti e cavalli, maiali, pecore, capre, vacche e galline vagavano per le vie mandando versi disperati. I soldati di entrambi gli eserciti scorrazzavano da una parte e dall'altra, sfondavano porte, pugnalavano uomini disarmati, davano la caccia alle donne, portavano via gli oggetti di valore. I soldati si riversavano nelle strade e fracassavano le finestre dall'esterno con le picche e le spade o spingevano fuori i mobili. Urlavano come animali sovrastando il crepitio del fuoco e i gemiti delle donne e le grida degli anziani e gli strilli alti e terrificati dei bambini. In un vicolo vidi tre mercenari rincorrere una fanciulla e con un balzo smontai da Ginori per inseguirli. Il vicolo sboccava in un dedalo di stradine e vidi uno dei tre separarsi dagli altri e afferrare per i capelli una donna rannicchiata in un angolo, così sfoderai la spada e la affondai nella nuca dell'uomo. Crollò senza emettere un suono e la donna mi cinse le ginocchia e farfugliò qualcosa. «Nascondetevi!» le raccomandai, l'unica cosa che potevo fare per lei, poi ripresi a cercare la fanciulla. Dovevo proteggerla.

Imboccai di corsa uno dei vicoli e dopo una curva scoprii che era senza uscita, così tornai indietro, imprecando, e mi precipitai nel vicolo successivo, e in quello dopo ancora. Finalmente, addossati al muro di pietra di un palazzo, vidi gli altri due soldati. Era troppo tardi. Uno dei due ribaldi stava sistemandosi le brache fra risa sguaiate, mentre l'altro, i calzoni abbassati alle caviglie, era in ginocchio con le cosce pelose in bella vista e una gamba della fanciulla allungata sotto di lui. Sogghignava e brandiva un pugnale insanguinato. Aveva già preso quello che voleva. Ora si stava divertendo a sfregiare la giovane. Mi avventai su di lui facendo ruotare la spada. Una forza sovrumana montò dentro di me come un'onda e gli tagliai di netto la testa con un solo fendente. La testa rotolò in un canale di scolo e dal corpo, che si accasciò sulla fanciulla, zampillarono fiotti di sangue vermiglio. L'altro mercenario urlava cercando a tentoni l'arma, e lo trafissi con la spada sventrandolo come un pesce.

Mi girai verso la fanciulla. Non profferiva parola e temetti che fosse morta, ma quando scostai il corpo del soldato si drizzò a sedere. La veste era ridotta a brandelli, la gonna strappata in vita. Era coperta di sangue e altre sostanze, e il mercenario le aveva inciso sulla coscia un marchio a forma di croce. Mi guardò con il viso straziato e bagnato di lacrime e mi resi conto che aveva appena dodici o tredici anni, l'età a metà strada fra l'infanzia e la giovinezza, sebbene il volto cesellato lasciasse già trapelare che sarebbe diventata una donna di eccezionale bellezza. Era a forma di cuore, con gli zigomi alti, gli occhi grandi nei quali si scorgevano pagliuzze dorate, benché ora fossero colmi di terrore, e la bocca larga e rosea aperta in un urlo silenzioso. Prese il pugnale dalla mano del soldato decapitato. Sapevo che voleva farsi del male. Glielo strappai.

«Lasciatemi morire» disse piangendo, ma l'angoscia nella voce non ne nascose la roca melodia.

«No, no!» esclamai. «Devi vivere. E vivrai. Sembra la fine di tutto, ma non è così. Ce la farai.»

«Non sono degna di vivere. Ormai non sono più nulla» singhiozzò.

«Smettila» le ingiunsi con severità. «Sei viva, e dopo oggi molte persone non lo saranno. La tua città avrà bisogno di te. La tua famiglia avrà bisogno di te. Devi aiutarli.» Mi guardai intorno in cerca dei resti della gonna, e una volta trovati ne feci lunghe strisce di stoffa. «La ferita è profonda, ma non sei in pericolo di vita. Ti faccio una fasciatura. Nei prossimi giorni bada che non si infetti.»

«Come possono esserci altri giorni dopo oggi?» gemette.

«Ci saranno e basta; il tempo non si ferma» risposi. La osservai con attenzione. «Va' a nasconderti. Devo accertarmi che non ci siano altre fanciulle da aiutare.»

«Non siete un condottiero?» sussurrò. Feci segno di no

con la testa. «Altre fanciulle, avete ragione, avranno bisogno di aiuto, vengo con voi...» aggiunse.

«No! Nasconditi! Ora come ora non sei in grado di aiutare nessuno, e se non ti nascondi ti faranno di nuovo del male. Rifugiati in un vicolo o in un canale, non in una casa, potrebbero incendiarla.» Avevo finito di strappare le strisce di stoffa e feci un respiro profondo cercando di posarle le mani sulla gamba con la massima delicatezza. Chiusi gli occhi e mi sentii pervadere dalla tenerezza. Sperai di riuscire a invocare il *consolamentum* mentre mi abbandonavo alla compassione per quella bambina. E così avvertii il flusso caldo e dolce, che scaturiva come acqua limpida dal mio cuore e mi attraversava le braccia. La fanciulla si acquietò, smise di piangere. Quando il *consolamentum* terminò, le bendai la gamba. «Forse ti farà male, ma fermerà il sangue.»

«Hanno ucciso mio padre» disse a fior di labbra. «Ridevano. Era disteso sul pavimento, aveva gli occhi così vuoti. Non ho altri parenti. Non c'è nessuno che mi può dare la dote, così non mi sposerò mai, e comunque chi mi vorrebbe adesso? Sono rovinata, sporca. Ormai non valgo più nulla.»

«Non puoi pensarla così» la rimproverai con voce roca, mentre annodavo una delle strisce. Mi assalì di nuovo il ribrezzo per la crudeltà con cui uomini fatti potevano trattare una bambina.

«La mia vita non ha più significato, senza genitori, e dopo quello che mi hanno fatto, e con questo dolore!» Si strinse nelle spalle minute cullandosi la testa fra le braccia. Aveva una folta chioma di soffici capelli neri, ma quando volse il capo e la luce del sole li colpì, vidi che non erano affatto neri. Erano di un castano cangiante, screziato di ciocche fulve, terra bruciata, nere e persino dorate. Non avevo mai visto nulla di simile.

«Puoi deciderlo tu il significato della tua vita!» replicai con furia. «Tu non sei quello che ti hanno fatto, sei molto di più! Ci sarà lavoro da fare qui a Volterra per ricostruire la città e per aiutare donne e bambini. Concentrati su questo, aiutali. Sarà questo a farti andare avanti!» Lei annuì, ma il suo volto era talmente cereo e pesto che non ero sicuro che mi avesse sentito. Avevo finito di bendare la ferita e mi raddrizzai. «Nasconditi in un posto sicuro... sai dove sono i nascondigli migliori, i bambini li conoscono sempre... e non uscire per nessun motivo finché non senti i condottieri marciare fuori da Volterra!» A fatica, si mise carponi e poi in piedi. Barcollò, guardò in basso e si coprì le nudità con le mani. Mi levai il lucco azzurro e glielo porsi, e lei lo infilò.

«Vai» dissi, raccogliendo la spada. Corse via e io tornai sulla strada principale. Davanti agli occhi mi si presentò uno spettacolo di rapina e saccheggio. Trafissi alla spalla un condottiero che mi passò davanti inseguendo una donna con un neonato al seno. Crollò con un urlo e lo misi a tacere tagliandogli la gola con un fendente repentino. «Nascondetevi» gridai alla donna, che scomparve in un vicolo.

Fui costretto a ripetere quell'ammonimento un migliaio di volte. Era l'unico aiuto che potevo offrire. Dovevo contrappormi da solo a un esercito di dodicimila uomini, ciascuno impegnato, a quanto pareva, a compiere le più spaventevoli atrocità. Persi il conto di quanti ne uccisi, non facevo che accorrere alle grida. I mercenari erano selvaggi libidinosi, ebbri della loro stessa brutalità. Agivano come un branco di animali, senza regole né giudizio.

Avevo appena mandato un condottiero all'altro mondo, dove avrebbe fatto buona compagnia al Dio malvagio, quando con la coda dell'occhio vidi balenare una tunica azzurra che conoscevo bene. Era la fanciulla, con un lattante in braccio, intenta a guidare quattro bambini da una casetta di legno in fiamme a un palazzo di pietra dall'altra parte della strada acciottolata. I piccoli la seguivano in fila come anatroccoli dietro alla madre. Ovunque c'erano ancora persone che urlavano e correvano in tutte le direzioni, e pensai che sarebbero giunti a destinazione sani e salvi. Poi si levarono delle grida. Tre condottieri si avvicinarono di buon passo, ridendo. Il capo iniziò a correre con la spada sguainata, l'estremità sporca di sangue puntava dritto verso la pancia sporgente del bambino più piccolo, che trotterellava dietro agli altri. Sapevo che voleva passarlo da parte a parte. Fui più veloce di lui. Invece del corpicino paffuto, il soldato trovò la mia spada ad attenderlo. Gli altri due strepitarono e si gettarono su di me. Ma io maneggiavo la spada da un secolo e loro, seppure in due, non avevano alcuna speranza di uguagliare la mia abilità e la mia esperienza. Mi attaccarono insieme. Al primo guizzo dei muscoli delle cosce mi avvidi dei fendenti in arrivo e li evitai con un balzo. Poi una parata fulminea, un mandritto, un rovescio, ed entrambi caddero a terra, morti.

La fanciulla continuò ad attraversare la strada con gli altri bambini. Mi lanciai dietro di loro.

«Vi avevo detto di nascondervi» la rimproverai torvo non appena le fui al fianco.

«Occupatevi di loro due.» Indicò il frugoletto che aveva rischiato di essere ucciso e il bambino davanti a lui, poco più grande. Ne presi uno sotto ciascun braccio e seguii la fanciulla fino al palazzo di pietra. Fece il giro sul retro ed entrò in un piccolo magazzino per le vettovaglie. «Quaggiù c'è una cantina» esclamò. La raggiunsi mentre spingeva via sbuffando una lastra di pietra sul pavimento. «Non sono l'unica» commentò indicando con il dito. Mi affacciai su un rifugio angusto scavato nella terra. Dalla buca nera si levarono molti occhi; era già gremita di donne e bambini.

«Fate spazio» ordinai mentre calavo il frugoletto. In silenzio le donne si spostarono per accogliere gli altri bambini. La fanciulla andò per ultima. Le posai la mano sulla testa con dolcezza. «Adesso rimanete nascosta!»

«I mercenari hanno trascinato via la loro madre, non potevo lasciarli morire tra le fiamme» rivelò, con gli occhi che brillavano, e capii che avrebbe superato la giornata conservando un cuore puro. Lo scotto da pagare era atroce, ma sarebbe sopravvissuta. Rimisi a posto la lastra per coprire l'entrata, addolorato per quelle persone, ma anche sollevato perché quella singola ragazzina non avrebbe lasciato distruggere la propria essenza.

Per il resto della lunga, spaventevole giornata del sacco di Volterra rimasi in quella via senza nome, nei pressi della cantina. Con i sensi sospesi, entrai in un luogo spaventoso dentro di me, un luogo di frenesia e pazzia in cui non penetrava nemmeno la risata di Dio. Uccisi tutti i soldati che si avvicinarono al nascondiglio della fanciulla. Non erano uomini, erano sagome nere in movimento che imploravano il bacio della mia spada. Non ero più Luca Bastardo. O meglio, ero il Luca Bastardo che da ragazzino aveva ucciso sette clienti e il proprietario di un bordello.

Un rumore mi colpì le orecchie. Ero coperto di sangue e sudore, instancabile e indurito come una roccia. Un uomo gridava. L'uomo contro cui stavo combattendo gridava. Era un rivale capace, temibile, un'impresa ardua. Cercava di dirmi qualcosa. Feci un salto indietro, spada in pugno. «Cosa!» esclamai. Davanti agli occhi avevo una nebbia rossastra, poi dal cielo coperto discesero raggi di luce grigia e incerta. Con la vista riacquistai anche l'udito.

«Santa Maria, Madre di Dio, quanti dei miei uomini avete ucciso, Bastardo?» domandò Federico. Mi guardava con l'orrore scritto sulla metà buona del volto.

«Quante donne e bambine hanno violato i vostri uomini?» replicai. «Quanti vecchi sono stati ammazzati mentre cercavano di difendere i nipoti?»

«Lo so, lo so, è orribile» borbottò. All'improvviso dal cielo iniziarono a cadere grosse gocce di pioggia, che un istante dopo divennero scrosci violenti. Federico si asciugò l'acqua dal viso con la mano libera dalla spada.

«Come avete potuto permetterlo? Violenze e assassinii indiscriminati... Lo riferirò a Lorenzo!»

«Chi credete che l'abbia ordinato?» ribatté. Per un attimo il mondo si fermò, come se l'ascia di un condottiero mi avesse tagliato in due. Certo, Lorenzo ne era capace, e quando aveva detto che non voleva la morte di persone innocenti, mi aveva mentito. «Non piace neanche a me» aggiunse Federico distogliendo l'occhio sano. «Ma non ne capite la necessità? Il papa vuole il controllo di Firenze, i territori progettano di liberarsi, tutti pensano che Lorenzo sia troppo giovane per guidare la repubblica con mano ferma: siamo sull'orlo del baratro. Lorenzo deve farsi valere! Deve dimostrare al mondo che è in grado di governare e difendere Firenze come solo un Medici sa fare. Buon Dio, signore, non sapete cosa succederà se il papa mette quegli sciocchi dei nipoti a capo di Firenze? Rovineranno la nostra città, e tutto quello che hanno fatto i Medici, come promotori delle arti e del sapere e creatori dell'Accademia Platonica, non esisterà più!»

«E per questo si possono distruggere delle vite?» domandai amareggiato. «Il diritto di Ficino di farneticare sull'anima è così importante da lasciare che delle bambine vengano violate dopo aver visto uccidere il proprio padre?»

«È della civiltà che stiamo parlando» affermò Federico con impeto. «È il prezzo dovuto. Lorenzo de' Medici è un grande uomo che non si tira indietro quando bisogna pagarlo. È una fortuna che abbia questa forza, e le generazioni future lo ringrazieranno!»

«Non capisco come la civiltà possa dipendere dal massacro di persone innocenti!»

«Invece è così, perché scoraggerà coloro che vorrebbero sostituirsi a Lorenzo per smembrare la Toscana» replicò Federico. «Firenze è al centro di ogni cosa, di tutti i progressi dell'arte e della filosofia. È nostro dovere proteggerla! Lorenzo non ne è certo contento. Pagherà le riparazioni di guerra. Verrà qui e dichiarerà che non sapeva cosa sarebbe accaduto.»

«Riparazioni? Ai bambini mutilati? Alle donne che tra nove mesi partoriranno figli bastardi di cui nessuno vorrà occuparsi? Ci sono persone morte, vite distrutte! Per la civiltà? Voi giustificate l'orrore con questo metro, come se niente fosse?»

«Io ve l'ho spiegato, ora potete decidere se capire o no» ringhiò Federico. «A Lorenzo serviva un lavoro sporco e ha scelto me per eseguirlo! Mi ha pagato e io ho obbedito!»

«Ecco perché vi chiamano mercenari» riflettei con pacatezza. Federico alzò la spada e, immaginando che stesse per colpire, mi preparai a rovesciarlo. Mi sarebbe anche piaciuto.

Imprecò, poi distolse il viso increspando il labbro in una smorfia di spregio. Rinfoderò la spada e corse a ripararsi sotto la gronda di un palazzo poco distante. Lo seguii e lo vidi armeggiare per tirare fuori qualcosa da sotto il mantello. «Non voglio che la pioggia la rovini, è una rara Bibbia poliglotta...» mormorò ansioso curvandosi sul libro.

«Avete preso una Bibbia?»

«Colleziono manoscritti, ho una biblioteca, e questa è una rara, splendida Bibbia...»

«Avete saccheggiato la biblioteca di un volterrano rubando un oggetto sacro? È un altro esempio di quella civiltà che siete pronto a difendere a ogni costo? A cosa serve la vostra civiltà se non vi impedisce di infliggere sofferenze alla gente?» Ero disgustato, e sotto il mio sguardo Federico si corrucciò. «Non siete migliore delle bestie che comandate!» sbottai.

«È la guerra, Bastardo, non c'è niente di bello!» inveì lui.

Avvertii l'elsa fredda e liscia nella mano e provai il desiderio di ucciderlo. Ma non sarebbe servito a nulla. Avrebbe solo scatenato l'ira di Lorenzo contro di me. Mi avrebbe punito, ma senza nemmeno occuparsene di persona. Gli sarebbe bastato richiamare i Silvano, che aveva allontanato dalla città con vari pretesti. «Quanto durerà ancora il sacco?»

«Fino al tramonto. Tra poco farò ritirare gli uomini. Anche la pioggia li placherà, e spegnerà gli incendi.»

«Non lasciate venire i vostri uomini in questa strada» dissi a denti stretti. «Teneteli lontani. Chiunque metta piede qui è un uomo morto.»

19

Dopo il sacco di Volterra la mia vita mutò di nuovo. Quella sera la pioggia scese con tanta forza da provocare una colata di fango che causò altra devastazione. Al tramonto le truppe di Federico lasciarono la città a passo di marcia e, una volta che le porte si furono chiuse dietro di loro, spostai la lastra di pietra per liberare le donne e i bambini nascosti nel rifugio sotterraneo. Una vecchia raggrinzita, le vene blu visibili sotto la pelle, era morta nell'attesa. La portai fuori e la affidai alle altre donne perché la seppellissero. Passai la notte ad aiutare i volterrani ad assistere i feriti. C'erano uomini mutilati e donne violate dalla tipica disumanità generata dalla guerra nella mente esaltata dei soldati. Sembrava che da quella battaglia fosse uscito vincitore il Dio malvagio.

Il mattino dopo la pioggia cessò, anche se il cielo rimase coperto. Avevo sentito dire che l'infuso di ruta serviva a evitare le gravidanze e lo somministrai a molte donne, scusandomi di non ricordarne l'esatta preparazione. Ricondussi i bambini dalle madri e aiutai le mogli a ritrovare i mariti e i padri e i figli, morti o feriti che fossero.

L'indomani, a metà mattina, stanco e affamato, mi sedetti a riposare contro le pietre grezze di un lato delle mura cittadine. Mi doleva ogni singola parte del corpo: le braccia, le spalle e la schiena per aver brandito la spada, le cosce per gli affondi, la gola per le urla, la mascella per aver digrignato i denti dalla rabbia davanti alla distruzione cui avevo assistito. Ero coperto di fango e sangue e non ricordavo quando avevo mangiato l'ultima volta. Chiusi gli occhi e gettai la testa all'indietro, adagio, ma con forza sufficiente da avvertire gli spigoli irregolari delle pietre. Poi qualcosa mi sfiorò la mano e, a fatica, aprii gli occhi. Mi stavano porgendo un piatto di cibo.

«Dovete mangiare.» Era la fanciulla che non avevo fatto in tempo a salvare dai mercenari. Si era lavata, i lunghi capelli non le coprivano più il visino a forma di cuore, ma erano intrecciati dietro la testa, e indossava una veste graziosa con sopra una giornea rosa pallido, un colore che sembrava fuori posto in tanta desolazione.

«Coraggio, è buono, prosciutto e formaggio stagionato e pane con olio d'oliva» disse con dolcezza. Aveva ragione, dovevo mangiare, anche se lo stomaco mi bruciava ancora per la brutalità gratuita di cui ero stato testimone. Presi un boccone di prosciutto. Lei mi osservava con gli occhi grandi e intelligenti, di un marrone chiaro punteggiato di verde e di oro e anche di nero contro la sclera bianchissima. *Ha gli occhi screziati come i capelli,* pensai, ma allora non sapevo che quegli occhi mi avrebbero ossessionato per il resto della vita. Li vedo ancora adesso, nelle centinaia di emozioni che esprimevano: stretti e scintillanti quando rideva, oppure eccitati da un pensiero fulmineo, o spalancati in un gioco malizioso, o con le pupille nere gonfie di amore e desiderio. Era come argento vivo, nessuno rivelava più espressioni e stati d'animo di lei. Ma all'epoca era solo una ragazzina leggiadra che mi guardava mangiare, e io avevo quasi orrore dell'attrazione che provavo per lei. Da lungo tempo avevo giurato sull'arte di Giotto e su quanto avevo di più sacro di non soddisfare mai i miei appetiti con una bambina. Mi sforzai di ignorarla e masticai con più gusto. Lei mi rivolse un sorriso esitante, a cui non risposi, e se ne andò.

Dopo aver vuotato il piatto, appoggiai la testa contro le pietre e dormii per un'ora. Fui svegliato da qualcuno che mi leccava con delicatezza l'orecchio. In quello stato di dormiveglia pensai che fosse la bella fanciulla, così sorrisi e girai la testa, insonnolito ma curioso. Poi mi ricordai della sua giovane età e balzai in piedi gridando allarmato, ma l'amico lascivo altri non era che Ginori, il mio fidato destriero.

«Ginori!» Lo abbracciai con slancio. Nitriva e pestava gli zoccoli, voleva tornare a casa. «Non possiamo andarcene adesso, c'è del lavoro da sbrigare» gli dissi. Mi diede un colpetto con il muso, comprensivo.

«Sapevo che era un vostro amico» esclamò la fanciulla spuntando da dietro il cavallo. «L'ho visto trottare qui intorno, fiutando l'aria, e ho capito che seguiva il vostro odore forte!»

«Chiunque avrebbe un odore forte dopo aver combattuto come me.»

«Non è questo che intendevo!» Avvampò. «Volevo dire che siete forte, forte e gagliardo per come avete aiutato me e tanti altri, e il vostro odore non potrebbe essere altrimenti!»

«L'odore non conta, Ginori mi troverebbe in capo al mondo. È uno dei grandi cavalli della storia» replicai ridendo e grattandogli il collo. Era sudicio e chiazzato di sangue, ma passandogli le mani sul corpo constatai che non aveva ferite.

«Posso lavarlo e strigliarlo per voi» propose lei timidamente. Mentre teneva le mani dietro la schiena e si dondolava sugli zoccoli, era graziosa in modo intollerabile.

«Hai altro da fare, piccola» risposi in tono serio, rifiutandomi di cedere alle sue malie. «Volterra ha bisogno di te. Ginori è un veterano, ha visto molte battaglie. Sa essere paziente.»

«Volete qualcos'altro da mangiare? O un po' di vino? Che ne direste di cambiarvi? Siete bagnato e sporco, posso cercarvi vestiti puliti!» Le sue parole si accavallavano l'una sul l'altra.

«Mi è già successo tante volte di essere bagnato e sporco, o peggio.»

«Ora non più. Ho raccontato alla gente di come mi avete aiutato. I volterrani sono molto riconoscenti. Vi daranno tutto quello che vi serve.»

«So badare a me stesso. Quello che mi serve me lo procurerò.» Alzai le spalle. A quel punto lei arricciò il naso e se ne andò a lunghi passi, mentre le sottane le si increspavano dietro in una maniera che di lì a pochi anni avrebbe portato solo guai. Mi rivolsi di nuovo a Ginori, che mi strofinava il muso contro in cerca di cibo. «Tra qualche anno saranno guai» gli dissi. Lui rispose con un nitrito. Lo condussi lungo la via per cercare un po' di biada. Dopo che si fosse rifocillato, intendevo riprendere ad aiutare i volterrani a ricostruire la loro vita.

Lorenzo fece il suo ingresso a Volterra nel tardo pomeriggio. Annunciato da squilli di tromba, comparve in sella a uno dei suoi magnifici stalloni neri, circondato dal cicaleccio di un'accolita di amici, consiglieri e adulatori vari. Il gruppo era composto da una trentina di uomini, lindi e ben pasciuti e con il viso inespressivo e ciarliero di chi non è stato toccato dalla tragedia. Arrivato alle porte della città, Lorenzo smontò ed entrò a piedi, lanciando acute grida sgomente per lo spettacolo che gli si presentò davanti. Io mi stavo occupando del braccio rotto di una giovane bionda che era stata violata, presa a botte e, data per morta, abbandonata in un vicolo. Ma la resistenza di ciascuno di noi supera ogni umana immaginazione: la donna si era trascinata fino alla zona di raccolta improvvisata dove io e il medico della città e alcune levatrici assistevamo i feriti. Quando udimmo Lorenzo e il suo seguito entrare in città, lei alzò il volto pesto verso di me. Io alzai le spalle e lei increspò le labbra tumide scoprendo i buchi lasciati dai denti persi a causa dei pugni. Le tastai l'osso del braccio: sembrava dritto, così lo bendai con strisce di stoffa perché si aggiustasse. La bella fanciulla arrivò con una caraffa di vino e alcune coppe infilate in una bisaccia che le pendeva dalla spalla, e ne offrì una alla donna.

«Isabella, avete i capelli in disordine, perché non vi lasciate pettinare?» la blandì la fanciulla, accarezzandole dolcemente la testa mentre l'altra beveva il vino.

«Ho finito» annunciai mentre annodavo l'ultima striscia. «Non credo che ci sia un'emorragia interna, ma non posso esserne sicuro. Rimanete a riposo, non fate sforzi e vedete come vi sentite di qui a tre giorni.»

«Avete sentito, Isabella?» le disse la fanciulla. «Con un po' di riposo starete meglio. Venite, vi lavo il viso e vi pettino i capelli.» La bionda Isabella si alzò, vacillante. Le porsi la mano per sorreggerla, ma lei si ritrasse. Le ci sarebbe voluto del tempo per poter tollerare di nuovo il tocco di un uomo, anche di uno che cercava di aiutarla, come me. La fanciulla infilò la gracile spalla sotto il braccio sano di Isabella e le due si incamminarono barcollando. Mentre si allontanavano, lei mi lanciò un'occhiata severa.

«Queste violenze sono orribili, insopportabili» disse una voce dietro di me.

«Non era questo l'obiettivo, signore?» domandai pacato fissando Lorenzo de' Medici negli occhi neri e luminosi. Sul suo volto balenò qualcosa che si affrettò a nascondere. Assunse un'espressione contrita e indicò con un cenno del capo Isabella e la fanciulla, che arrancavano insieme verso un palazzo dove riposavano i feriti.

«Tutto ciò è spaventoso. Non immaginavo che sarebbe successo! Le truppe hanno perso il controllo!»

«Lo immaginavate eccome.»

«Come potete dire una cosa simile? Sono inorridito! Tutti i cittadini di Firenze sono inorriditi!»

«Sì, ne sono sicuro. Come il resto dei territori fiorentini e Sisto.»

«Bastardo, cosa state insinuando?» gridò. Si diresse a lunghi passi verso un vecchio avvizzito e cencioso seduto su una panca. L'anziano uomo era piegato su se stesso e Lorenzo, affettando una sensibilità di cui era privo, gli sollevò il braccio solcato da tagli di spada per esaminarli. Per fortuna del vecchio, i tagli erano superficiali. Tuttavia sapevo che erano dolorosi, e lui aveva aspettato pazientemente per farsi visitare da me. Lorenzo serrò la mano insanguinata dell'uomo nella sua e la portò al petto. Poi si rivolse alla folla crescente di volterrani.

«Io e i fiorentini siamo sconvolti! Siamo profondamente dispiaciuti; le parole non possono esprimere l'orrore per le violenze subite da Volterra. Sono venuto a offrire una riparazione.» Lorenzo fece un cenno con il capo a Tommaso Soderini, che si avvicinò in fretta e rimase accanto a lui. Soderini era accompagnato da due nerboruti servitori mori che trasportavano con difficoltà un pesante forziere. A un altro cenno di Lorenzo, Soderini lo aprì. Il Magnifico prese un fiorino d'oro e lo sollevò: senza il sole a illuminarlo, era solo un disco giallo opaco nelle sue mani, la cui finezza contrastava con tutto il resto. Fece scorrere lo sguardo sulla folla, ma nessuno profferì parola.

«Pagherò le riparazioni di guerra e distribuirò denaro a chi ha subito perdite» proclamò a voce alta. Le poche decine di vecchi, donne e bambini in piedi davanti a lui non fiatavano. Erano tutti sporchi e bagnati: i più indossavano vestiti insanguinati, molti avevano fasciature sul corpo. Fra loro non c'erano uomini adulti. La testa di capelli neri di Lorenzo si voltava a destra e a sinistra mentre scrutava i presenti in cerca di una risposta, ma loro si limitavano a fissarlo in un silenzio di tomba. Gettò il fiorino a Soderini, che si infilò tra la gente e lo porse con entusiasmo a una donna mora con la testa fasciata. A differenza di Lorenzo, io sapevo che aveva perduto un orecchio, strappatole con un morso dal condottiero che voleva violarla allorché non era riuscito a possederla. Tuttavia era tra le più fortunate, perché il marito era ancora vivo: lo avevano pugnalato alla coscia e soffriva per la ferita, ma sarebbe sopravvissuto, sempre che non fosse insorta un'infezione. La donna prese la moneta senza sorridere né parlare, poi distolse lo sguardo. Soderini fece un cenno frettoloso ai servitori mori. Lo raggiunsero con il forziere e l'uomo vi affondò le mani, rovesciò altre monete su di lei, poi le distribuì a tutte le persone radunate intorno a lui. Nessuno diceva una parola. Lorenzo osservava la scena da lontano. Io mi avvicinai a Ginori e gli levai la sella. Era la stessa donatami da Lorenzo otto anni prima: realizzata con grande perizia, di cuoio morbido e resistente, con le finiture in metallo di pregiata fattura e staffe eccellenti, valeva il tesoro di un re, e come tutte le cose belle che mi erano state donate l'avevo trattata con la massima cura.

«Le vostre monete non possono risanarli» affermai. La gettai nel fango davanti a Lorenzo. «Né compreranno i miei servigi.» Lui la fissò e poi girò la testa di lato, quasi avesse un solo occhio buono, come Federico.

«Ho sentito che avete ucciso oltre cinquanta degli uomini più valorosi di Montefeltro» mi disse Lorenzo con un tono a metà fra l'invidia e il biasimo. I suoi occhi andarono alla spada che mi pendeva dal fianco, intenti a un rapido calcolo. Sapevo che si stava chiedendo se sarebbe stato in grado di eguagliarmi.

«Come potete definirli valorosi quando hanno fatto tutto questo, se anche avessero agito dietro precisi ordini?» esclamai pieno di sdegno, indicando con un ampio gesto del braccio la città distrutta e la gente malconcia intorno a me.

Lorenzo annuì adagio. «Voi capite, mio longevo amico, che non posso proteggervi se siete voi a non volervi mettere sotto la mia protezione.»

«Preferisco avere la protezione del demonio.»

«Anche i Silvano la pensano così, no? E presto avranno in

mano una lettera a testimoniarlo.» Fece un sorriso sprezzante, e capii di essermi appena conquistato un acerrimo nemico. Non m'importava. Gli posai la mano sulla spalla parlando con voce ferma ma bassa, perché fosse l'unico a sentirmi.

«Il mio caro amico Cosimo de' Medici non si sarebbe comportato come voi» dissi. Lorenzo indietreggiò come se l'avessi pugnalato, e in effetti era così. Era cresciuto all'ombra di un uomo che valeva il doppio di lui, un uomo il cui genio e la cui grandezza lui poteva solo sperare di uguagliare, mai di superare, e lo sapeva bene.

Era scesa la notte e lunghe ombre livide ricadevano in un reticolo di nebbia attorno alla città fradicia e insanguinata. Non facevo che piegare e ripiegare il cuscino della sella cercando un modo per proteggermi le parti intime durante il viaggio di ritorno a Firenze in groppa a Ginori. Sobbalzare sul dorso di un cavallo senza alcuna protezione non era piacevole per un uomo. Avevo sentito parlare di gitani e levantini che cavalcavano sempre a pelo; forse non era un'impresa ardua per chi come loro nasceva e veniva allattato in arcione.

«Maddalena» sussurrò una voce melodiosa alle mie spalle.

«Cosa?» Mi voltai e l'alone di luce bianca delle torce disposte nei supporti d'ottone fissati alle mura di pietra rischiarò il viso della ragazzina la cui bellezza fuori del comune mi aveva affascinato.

«Mi chiamo Maddalena.» Sorrise e alzò una grossa sella di foggia antiquata. Strabuzzai gli occhi, esterrefatto. Lei me la lanciò. «Pesa!»

«È per me?» domandai afferrandola e sentendomi ridicolo.

«Dicono che avete dato la vostra a Lorenzo de' Medici. Ho pensato che vi servisse. Era di mio padre.» Sospirò. Le lanciai un'occhiata furtiva e vidi che era triste ma non prostrata. Ne ero lieto; ho sempre elogiato le persone che sopportano le sofferenze con buona grazia. È una dote preziosa in questo mondo, dove il Dio crudele si fa beffe del dolore permesso dal Dio benevolo. Appoggiai la sella sul dorso di Ginori, la assestai e strinsi il sottopancia.

«Perché avete dato la vostra sella al signore?» chiese Maddalena.

«Ho le mie buone ragioni» risposi, vago.

«Non avete molta fiducia nel prossimo, vero?»

«Credo che le persone siano quello che sono sempre state.»

«Hanno forse scelta? Come mai non mi avete detto il vostro nome? È così che si dovrebbe fare quando qualcuno si presenta!» Aveva un tono indignato e non potei fare a meno di sorriderle, pur sapendo che avrei dovuto scoraggiare il suo interesse. Di certo dovevo sembrare un eroe a quella ragazzina che avevo salvato dalla lama di un soldato.

«Sono...»

«Luca Bastardo» mi anticipò. «L'anno prossimo ci saranno parecchi bastardi in giro per Volterra. Magari si chiameranno tutti "Bastardo" e formerete una grande famiglia!» esclamò con voce melodiosa e sbatté le ciglia; mi stava prendendo in giro.

«Proprio quello che ho sempre voluto» replicai, alzando gli occhi al cielo, poi divenni serio. «Forse le levatrici possono evitare le nascite indesiderate.»

«Lo spero. Ma non credo che possano aiutare me. Anche se sono troppo giovane per restare incinta, una donna mi ha detto che forse dopo quanto è successo non potrò mai avere figli.» Il tono era neutro, ma si avvertiva una punta di angoscia. «Ho sempre voluto diventare madre, e tra poco sarò in età da marito, certe ragazze si sposano a quattordici anni e io li compirò l'anno prossimo! Certo, ormai nessuno vorrà sposarmi, ma se qualcuno...»

Balzai in sella. «Troverai marito e avrai dei figli.»

Mi guardò fisso. «Come fate a saperlo?»

«Secondo la mia esperienza, è la mente a determinare le sorti del corpo» risposi tirando le redini di Ginori, che scalpitava dalla voglia di tornare a casa. «Se qualcuno è pronto a morire, morirà. Se qualcuno vuole vivere, vivrà. Se qualcuno vuole un'esistenza piena, l'avrà. Non è tanto complicato.»

«Spero che abbiate ragione» disse timidamente, poi fece una risatina. «Di certo riuscirò a sposarmi, perché ho preso un mucchio di fiorini d'oro del signore e li metterò da parte per la dote!» Si coprì la bocca con la mano piccola e affusolata come se avesse detto un'indecenza, e mi sovvenne di nuovo la sua giovane età. Era giovane ma pratica: mettere da parte il denaro per la dote era una decisione avveduta. Per una donna il matrimonio era tutto. Accarezzò Ginori sul collo e alzò gli occhi. «Tornerete a Volterra, Luca Bastardo?» Allungò le sillabe del mio nome come a intonare un canto, con il fare seducente di una donna adulta quando vuole un uomo. Deglutii. Maddalena si avvide della mia reazione e aggiunse, civettuola: «Mi farebbe molto piacere!».

«Ragazza, per te sono il signor Bastardo» la redarguii, sforzandomi di non cedere al suo fascino troppo acerbo. Ma ero attirato dalla bella Maddalena, non potevo evitarlo e, mentre mi allontanavo dirigendo Ginori verso la porta della città, mi voltai a sorriderle. «Metti da parte la dote per dieci anni, può darsi che io faccia ritorno!»

Mentre mi avvicinavo alle mura di Firenze nell'alba lattiginosa, lungo la strada notai una figura che si aggirava fra i carri dei contadini diretti ai mercati della città. Alla luce pallida sembrava una fiamma color indaco e arancio, eppure c'era qualcosa di familiare in quella sagoma corpulenta, in quell'uomo che conduceva un asino grigio di continuo fermo a pascolare. Spronai Ginori e mi accostai al lui. L'asino scoprì i denti ingialliti e ragliò verso di noi.

«Non riesco a credere che quella bestia sia ancora viva» esordii.

«Perché no?» replicò l'Errante, i denti bianchi che scolpivano un sorriso nel folto della barba. «Secondo te siamo le sole creature ad avere la fortuna di rimandare l'inevitabile?»

«La mia domanda è se la nostra sia fortuna o sfortuna» lo punzecchiai, sopraffatto dalla gioia di vederlo, e per giunta in quel momento, quando ero così avvilito per le vicende di Volterra.

«Non è forse questa l'eterna domanda?» proclamò con voce stentorea. Smontai da cavallo e ci abbracciammo, ridendo e dandoci pacche sulla schiena. Poi fece un passo indietro e mi guardò. «Il lupo sta diventando uomo. Finalmente dimostri qualche anno in più, Bastardo. Hai un bel po' di rughe sotto gli occhi.»

«Non sono gli anni, è la fatica.» Feci una smorfia. Afferrai la cavezza di Ginori e ci incamminammo insieme. Avvertivo l'odore dell'asino anche se c'era l'Errante a separarmi da lui; ne avevo dimenticato il fetore. Scrollai il capo. «Perché siete tornato a Firenze?»

«E tu? Cosa pensi di fare adesso che hai fatto indispettire il tuo protettore?» ribatté, passandosi le dita nodose sulla barba folta.

«Come fate a sapere sempre tutto? Dove prendete le informazioni?»

«Il mondo intero trabocca di informazioni, se si è disposti ad ascoltare» rispose con uno scintillio negli occhi. «Te l'ho già detto: "In principio, quando la volontà del Re cominciò ad agire, Egli incise segni nell'aura celeste". Non esistono segreti, esistono solo uomini non disposti a prestare attenzione ai segni intorno a loro!»

«Lasciatemi indovinare, avete già qualche idea su quel che dovrei fare» dissi con voce stanca.

«Sei soddisfatto della tua erudizione? Non hai mai approfondito quanto hai iniziato con il mio vecchio amico Geber» attaccò. «Ora è trasmigrato nell'anima del tuo giovane amico artista...»

«Non ci credo, ve l'ho già detto una volta!» esclamai, un poco spazientito.

L'Errante alzò le spalle. «Come spieghi tante cose, altrimenti?»

«Scherzi di un Dio ridente!»

«Tu e la risata di Dio...» Scrollò il capo. «Un giorno ti riconcilierai con lui, e non troverai più la sua risata, ma un cuore che racchiude un canto vivo... È un dato di fatto, la presenza dell'anima nel corpo significa che essa non ha concluso l'opera, e che deve trasmigrare finché l'opera è completa, finché tutto è accomodato, finché si è avvolta su ogni ramo dell'albero della vita. L'opera della creazione consiste nel dirozzare a poco a poco lo specchio dell'esistenza portandolo a una condizione più elevata e sensibile, al fine di riflettere in ogni uomo un'immagine più nitida di Dio. Allora l'anima può tornare alla fonte.»

«Voi e Marsilio Ficino con i vostri discorsi sulle anime scaturite dalla Divinità» recriminai. «A cosa servono? Migliorano forse la nostra vita? Impediscono la guerra, la violenza, la rapina, l'assassinio, la morte degli innocenti? Ficino non fa che deprimersi, e solo la musica gli dà sollievo!»

«Mi piace questo Ficino.» L'Errante sorrise. «Ha del potenziale.»

«Dovreste conoscerlo, davvero.»

«Sembra un invito... accetto! Hai un palazzo a Firenze, vero? Ma non ancora una moglie. Io e il mio asino ti terremo compagnia. Ti aiuteremo ad allestire un laboratorio come quello di Geber, così potrai tornare ai tuoi cicli di studio.» L'Errante mi fece l'occhiolino.

«Proprio quel che mi ci voleva: ospiti» borbottai, ma non ero dispiaciuto. Ora che non rendevo più i miei servigi a Lorenzo de' Medici, dovevo pur passare il tempo in qualche maniera. Pensai a Geber, con la sua lingua tagliente, e ai mesi trascorsi con lui mentre a poco a poco soccombeva alla peste. Era morto senza insegnarmi ciò che davvero mi premeva, cioè come trasmutare il piombo in oro. Mi sarebbe stato utile, soprattutto ora che Lorenzo mi aveva in odio. Non potevo sapere se il mio denaro, messo da parte con cura per tanti anni, sarebbe stato al sicuro nel banco dei Medici o se Lorenzo avrebbe trovato il modo di confiscarlo per punirmi. Era vendicativo, e Volterra ne era la dimostrazione. «Adesso l'alchimia potrebbe interessarmi» dissi pensoso.

«La trasformazione di cui parlo non riguarda la semplice materia» affermò l'Errante, lisciandosi il lucco grigio e strappato. «Sebbene sia possibile trasformare ciò che è vile quando il lavoro e il culto diventano una cosa sola. Comincia tutto dal cuore, bisogna imparare a sottomettere il cuore.»

«Non amo essere sottomesso, ma sono un gran lavoratore.»

«Comincia da lì, allora.» Alzò le spalle. «Poi si apriranno tutte le porte.»

Così feci ritorno al mio palazzo di Firenze e iniziai una nuova fase della mia vita con due ospiti in casa, l'Errante e il suo asino, anche se a onor del vero l'animale viveva nella stalla. L'Errante mi aiutò a trasformare una stanza inutilizzata in un laboratorio identico a quello di Geber. Spariva dopo colazione e all'ora di cena si presentava con oggetti trovati al banco dei pegni o dietro la bottega di uno speziale, fra i rifiuti: coppe, una storta, un alambicco, ampolle, un giorno un raro mortaio di ebano e quello dopo un bel pestello di alabastro. Io setacciavo le bancarelle e consultavo i mercanti e i procacciatori di merci rare per rimediare altre cose, cartapecora, fiale di tintura e di inchiostro, argilla, polveri ed elisir vari, cere e pigmenti e oli, sali e minerali, corpi essiccati di animali e insetti, piume, conchiglie e uova di una grande varietà di specie, sia di uccelli che di rettili. Raccolsi campioni di zolfo, mercurio e vetriolo, anzi, di tutti e sette i metalli alchemici: piombo, ferro, stagno, argento vivo, rame, argento e oro. Mi procurai anche certi libri utili. Non cominciai a fare esperimenti sulla trasmutazione del piombo in oro, ma approntai tutto il necessario per l'impresa.

Alcuni mesi dopo l'inizio dei preparativi, arrivai a casa dal mercato con una fiala di incenso. Ero lieto di essere riuscito a ottenere quella sostanza rara e preziosa, e ansioso di mostrarla all'Errante. Mi precipitai nel laboratorio e lo trovai lì accanto a un giovane alto, barbuto e dai capelli ramati, entrambi intenti a esaminare un libro aperto sul piano del tavolo.

«Non sapevo che aveste compagnia» dissi, ed entrambi alzarono gli occhi. Scrutai il volto del giovane barbuto e poi esclamai: «Leonardo!».

Quasi scavalcò il tavolo per venire ad abbracciarmi, era incredibile quanto fosse cresciuto. Ormai, a vent'anni, era un uomo fatto. Si mise a ridere. «Caro professore, ce ne avete messo a riconoscermi! E io che ho sempre in mente il vostro volto!»

«Come stai? Cosa ci fai qui? Come sta tua madre?» Feci un passo indietro ma gli tenni una mano sul braccio, tanto ero felice di vederlo. Indossava un lucco opulento di seta fine, arancio con ricami argentei, cui aveva aggiunto due maniche gonfie a strisce gialle e nere. Notai che il lucco era molto più corto e stretto di quanto consentisse l'uso dell'epoca e immaginai che ricorresse ancora ai vecchi trucchi per modificare gli abiti che Caterina gli confezionava.

«Mia madre sta bene, vi manda i suoi saluti. E io sono stato ammesso nella Compagnia di San Luca, la corporazione degli speziali, dei medici e dei pittori» spiegò. «Ora ho più tempo libero, così ho pensato di venire a trovarvi. L'altro giorno ho sentito il nostro vecchio amico Lorenzo de' Medici fare il vostro nome, in un modo che non mi è piaciuto.»

«Quell'uomo non è più mio amico.»

«Questo spiega tutto» disse Leonardo, guardandomi dritto negli occhi. «Ero da Verrocchio, quando è entrato. Stavo lavorando a un angelo per uno dei quadri del maestro. Con lui c'era Soderini, e parlavano. Di certo sapevano che li avrei sentiti.» Si interruppe alzando un sopracciglio ramato per vedere se lo seguivo, e io annuii. «Lorenzo parlava di richiamare qualcuno a Firenze. Qualcuno che non vi ha in simpatia» continuò.

Dunque sarebbe andata come avevo sospettato. Lorenzo non si sarebbe esposto in prima persona, ma avrebbe richiamato la famiglia Silvano perché se ne occupasse. Assunsi un tono neutro e domandai a Leonardo: «Com'è venuto l'angelo?».

«Bene.» Sorrise e distolse lo sguardo, come se fosse compiaciuto ma non volesse vantarsi. Non solo era cresciuto in altezza, ma era diventato anche muscoloso, con le spalle larghe e le braccia di cui si intuiva il vigore persino sotto le maniche vistose che gli piacevano tanto. Tornò dietro il tavolo e restò in piedi accanto all'Errante.

«Ho sentito dire che l'angelo mandava in estasi chi lo guardava. Quando l'ha visto, Verrocchio ha giurato di non prendere più in mano un pennello» disse l'Errante, descrivendo ampi gesti nell'aria con le dita tozze.

«Tutta scena...» Leonardo gesticolò per sminuire le parole dell'Errante. «Luca, vi ho portato un regalo. E quando sono arrivato, c'era qui il vostro amico.» Indicò l'Errante, che alzò le folte sopracciglia brizzolate. Leonardo rise. «È come se l'avessi già visto da qualche parte; ci avete forse presentati quando eravate il mio insegnante?»

«Sì, noi siamo vecchi amici» rispose l'Errante con l'ampio sorriso che gli tagliava la barba in due. Scrollai il capo, sperando di bloccare sul nascere una discussione sulla trasmigrazione dell'anima.

«Non dovevi portare nulla, la tua presenza è già un grande regalo per me!»

«Ho pensato che vi sarebbe piaciuto: è il *Corpus hermeticum*, nella traduzione di Ficino.» Leonardo indicò il libro sul tavolo. «Una copia pregiata fatta a mano, anche se sono sicuro che vi piacciono i nuovi libri a stampa! Ne abbiamo parlato una volta... Vedo che avete allestito un bel laboratorio, professore. Perché? Avete intenzione di darvi al mestiere di speziale o alla preparazione dei colori?»

«I colori li lascio a te. Mi piacerebbe realizzare vecchie aspirazioni da alchimista.»

Leonardo scrollò il capo. «L'alchimia? Bah! È una tale assurdità. Sapete come la penso in proposito. Ma mi incuriosiscono alcuni degli animali che avete qui. Come questo... Cos'è, un gatto selvatico? O un cane?» Indicò uno dei miei ultimi acquisti, procuratomi da un mercante che faceva rapide puntate in estremo Oriente e portava cose mai viste. A dire il vero, né io né lui eravamo riusciti a capire di che specie si trattasse. Mi piaceva quell'enigma e l'avevo comprato per il laboratorio.

«Non so cosa sia, Leonardo. Perché?»

«Mmm, curioso» rifletté, curvandosi a osservarlo meglio. «Vi dispiacerebbe se lo aprissi, per studiarne i visceri?» E già si stava guardando intorno alla ricerca di un coltello.

«Immagino che ti fermerai a cena» dissi.

«Probabilmente anche di più» mormorò mentre girava la bestia per esaminarne la spina dorsale.

«Ti farò preparare una camera dalla domestica. Mettiti un grembiule, non vorrai rovinare il lucco.»

«Guardate queste unghie, e i denti! Davvero bizzarro!» esclamò come se non mi avesse sentito. Alzò gli occhi. «Lavorerò il più in fretta possibile, ma mi ci vorrà l'intera notte per esaminare tutti i tessuti e gli organi. Sapete che inizierà a mandare cattivo odore.»

«Prenditi tutto il tempo che vuoi, non m'importa del puzzo.» Feci un sorriso radioso, felice di averlo lì.

«Non direte la stessa cosa domani, quando l'intera casa ne sarà appestata.» Si mise a ridere. «Per rimediare potreste bruciare rami di pino o di cipresso.»

«Spero che gradiate la compagnia» disse l'Errante. «Credo che ora ne avrete parecchia.»

E fu così per qualche anno.

20

«Sodomia, Leonardo?» sbottai. Mi stavo allontanando a lunghe falcate dal Palazzo della Signoria, così austero con il suo campanile di pietra che puntava verso il cielo come un dito adirato e ammonitorio. Leonardo camminava al mio fianco, appena assolto grazie al mio intervento da un consiglio che si occupava della morale pubblica. Se l'accusa fosse stata dimostrata, sarebbe finito in cella.

«Cosa volete che vi dica, caro professore?» domandò con pacatezza, la voce melodiosa arrochita dall'agitazione. «Sono già abbastanza a disagio anche senza la vostra riprovazione. È un'offesa oltraggiosa. Perché devo essere l'unico a subire accuse pubbliche, quando ci sono tanti uomini che si danno convegno con altri uomini? Molti ne parlano a viso aperto!»

«Tu e i tuoi amici avevate intenzione di pagare un... un ragazzino?» balbettai, così furioso da non riuscire a guardarlo. Il mio stomaco si torceva come la corda spezzata di una lira, vibrando con un suono grottesco e innaturale. «Sai che significa sottomettersi a una cosa del genere? Ti rendi conto che per tutta la vita non avrà più alcun rispetto di sé per aver venduto il suo corpo?»

«Non si tratta di un ragazzino, ma di un uomo.»

«È lo stesso! Un uomo! Sodomia!»

«Sono un uomo adulto, e come tale ho passioni e bisogni!»

«L'amore di un uomo, è questo che vuoi?»

«Luca, possibile che non lo sapevate?» disse con voce tesa. «Siamo amici da tanti anni, abbiamo passato tanto tempo insieme... La settimana prossima compio ventiquattro anni, siete il mio insegnante da quando ne avevo dodici... Non vi siete mai reso conto di quello che sono?» Mi posò una mano sulla spalla e io la scrollai via.

«È intollerabile. Che tu possa essere... questo.»

«Non costringo nessuno, e nessuno costringe me. Non si tratta di uomini che desiderano bambini. Si tratta di uomini che desiderano altri uomini, loro pari.»

«Non giudico spesso gli altri uomini.»

«E non dovete. Voi avete una donna diversa tutti i mesi. Vi trastullavate con mia madre quando mio padre giaceva ancora con lei!» Il suo sguardo era fermo e limpido. Volsi il capo. «Lascio la bottega di Verrocchio» aggiunse avvolgendosi nel mantello di lana color verde e pesca bordato di ermellino. Era aprile, il cielo era coperto e minacciava pioggia, e un vento freddo spazzava le vie di pietra grigia di Firenze. Svoltai in direzione dell'Arno affrettando il passo sul lastricato. Leonardo si adeguò alla mia andatura e disse: «È ora che abbia uno studio mio. Sto raccogliendo commissioni per potermi permettere la pigione».

«Sai che se ti serve denaro te lo posso prestare io» mormorai con voce mesta, avvertendo le note distanti della risata divina. Una piccola parte di me voleva rifuggire Leonardo; il resto gli voleva un bene incondizionato. Arrivammo al Ponte alle Grazie, formato da sette arcate interamente in pietra che attraversavano il fiume nel tratto più ampio. Oltrepassammo la cappella posta sopra uno dei piloni e le sparute botteguce costruite ai lati, poi ci fermammo a guardare l'Arno, cupo e increspato, mentre i picchi delle onde si agitavano come a voler ferire l'aria.

«No, Luca caro, voi il denaro non lo prestate, lo regalate.» Sorrise. «Non potrei accettarlo. Sono un uomo ormai. Mi guadagnerò da vivere.» Superò il ponte e arrivò in Oltrarno. Lo seguii borbottando. Dall'altra parte si stendeva un piccolo mercato. C'erano bancarelle con grosse uova di colore bruno, pagnotte appena sfornate dalla crosta spessa, frutta essiccata, sottaceti e formaggi caserecci e tocchi di burro fresco avvolti nella tela cerata. Leonardo si lanciò avanti correndo verso una bancarella con una tortora in gabbia. Si frugò in tasca e tirò fuori una moneta, la guardò, poi la porse alla vecchia dietro la bancarella.

«Ne hai altre o è l'ultima?» domandai in tono di rimprovero.

«Guardate il suo volto, sarebbe un soggetto meraviglioso, in pratica è deformato dalla vecchiaia!» sussurrò. Gettai un'occhiata furtiva e mi sembrò che il tempo, da cui io ero stato abbandonato, avesse avvolto lei. Le aveva trascinato il naso verso il basso e modellato in tante pieghe la pelle punteggiata di macchie, come soffice pasta. Leonardo notava sempre quel tipo di dettagli umani. Probabilmente sarebbe tornato più tardi a osservarla meglio, finché la sua fisionomia gli si fosse impressa nella mente. Poi sarebbe andato a casa a farne uno schizzo. La vecchia, bramosa, aveva chiuso la moneta nel palmo con cupidigia. Gli rivolse un sorriso sdentato, poi gli cacciò la gabbia in mano. Leonardo tirò fuori la tortora. Tenendola stretta, la portò alla guancia e appoggiò la barba contro l'ala. Sembrava intento a cantare con una voce troppo bassa perché lo sentissi. Un istante dopo chiuse gli occhi e con riverenza posò le labbra sul capino grigio dell'uccello. Poi lo lanciò in aria, con un grido quando spiegò le ali. Il suo splendido viso era illuminato di gioia e struggimento, tutto il corpo teso per seguire la tortora che si librava in cielo.

«Ricordate la prima volta che mi portaste alla villa di Careggi dei Medici e ci fermammo a comprare un falcone da recare in dono a Lorenzo?» Gli occhi grandi di Leonardo brillavano. «E mi lasciaste tenere quel magnifico uccello mentre galoppavamo in sella a Ginori, il vostro stallone baio? Con il cavallo e il rapace, era come volare! Ricordate, Luca Bastardo?»

Stavo per rispondere, quando una voce acuta e fanciullesca esclamò: «Bastardo, che nome strano!». Mi volsi con un sorriso al bambino dietro di me. Ma a quel punto mi si raggelò il cuore, mi si serrò la gola. Il mento sporgente e appuntito e il naso affilato: quel ragazzino tarchiato, avrà avuto sei anni, era la copia di Niccolò Silvano alla stessa età. Il bambino mi guardò a sua volta con occhi sinceri e curiosi. Le mie vicende con la sua scellerata famiglia riecheggiavano nell'aria che ci separava come il ronzio delle vespe, e il piccolo inclinò la testa, quasi l'avvertisse anche lui. «Gerardo, dove sei?» gridò una donna. Il bambino gettò un'occhiata dietro le spalle.

Non dissi nulla, ma girai sui tacchi e mi allontanai alla svelta. Leonardo mi rincorse.

«Luca, c'è qualcosa che non va?» domandò, preoccupato. Gli rivolsi uno sguardo incredulo. Leonardo si fermò di colpo. «Dovrete pacificarvi con le mie inclinazioni, e imparare a volermi bene per l'uomo che sono, non per quello che vorreste che fossi. Ma perché siete scappato via dal bambino?»

«Assomiglia a qualcuno che conoscevo» mormorai.

«Oggi il vostro passato sta tornando a tormentarvi come un cagnolino» rifletté con pacatezza. «Badate bene che un giorno non vi morda. Visto che covate vecchie ferite, dovrei raccontarvi una cosa. Di recente mi sono fatto nuovi amici...»

«Ah sì?»

«Smettetela!» disse arrossendo. Poi continuò con voce di nuovo calma. «Ho sentito certe voci. Notizie appena sussurrate, in realtà, a proposito di una congiura contro Lorenzo de' Medici. Sono i Pazzi a incoraggiarla.»

«I Pazzi sono soddisfatti, hanno sottratto ai Medici l'amministrazione delle finanze pontificie.»

«Sì, ma Lorenzo si è vendicato promulgando una legge che priva dell'eredità le figlie senza fratelli, trasferendola ai cugini maschi. Così la moglie di Giovanni de' Pazzi, contro ogni loro aspettativa, non ha ricevuto l'ingente eredità del padre. I Pazzi tramano una congiura. Il papa li appoggia, vuole affidare al nipote il controllo di Firenze. E il re di Napoli è con loro. Sarebbero in molti a trarre vantaggio dalla morte di Lorenzo. Il progetto non è ancora completo, per lo più si tratta di voci e pettegolezzi. Ma in capo a qualche anno potrebbe maturare. Magari volete avvertirlo.»

«Sono quattro anni che non rivolgo la parola a Lorenzo, dal sacco di Volterra. Non ho intenzione di cominciare adesso» ringhiai. «Lui non è ben disposto nei miei confronti. Sarò fortunato se con i suoi intrighi non riuscirà a mandarmi al rogo. Che m'importa se i Pazzi o il papa vogliono rovesciarlo?»

«È il nipote di un vostro caro amico; potrebbe ancora darvi una mano, magari salvarvi dal rogo, se voi salvate lui. E ho la sensazione che un giorno il suo figlioletto Giovanni sarà papa. Vi tornerebbe utile coltivare amicizie nelle alte sfere» commentò Leonardo.

«Quel bambino ha soltanto un anno, potrebbe diventare qualsiasi cosa» dissi scrollando il capo.

Leonardo alzò le spalle muscolose. «È una sensazione, viene da uno dei miei sguardi fugaci nel tempo a venire. Ascoltate, quando avrò sistemato lo studio in maniera adeguata a ricevere ospiti, vi inviterò a pranzo. Verrete, non è vero, Luca? Se riuscite a ritagliarvi un po' di tempo dal vostro lavoro logorante, la trasformazione del piombo in oro...» E la voce si affievolì, divenne incerta, gli anni scivolarono via, finché sembrò molto giovane, come il ragazzino che avevo incontrato all'ingresso di una grotta buia. Quel ragazzino aveva mutato la mia vita. Mi aveva nominato suo tutore e poi era stato lui a impartirmi le lezioni più preziose: cosa significasse essere legato a qualcuno, come condividere pensieri e segreti in completa sicurezza. Lungo il cammino c'erano state persone a cui avevo voluto bene e di cui mi ero in parte fidato, uomini come Giotto e Petrarca e Cosimo de'Medici. Ma prima di Leonardo non c'era stato nessuno di cui mi fossi fidato ciecamente. Dovevo accettarlo con le sue inclinazioni, malgrado la profonda repulsione che provavo. Non sapevo come conciliarle con l'affetto per quel giovane che era come un figlio per me. In un modo o nell'altro ci sarei dovuto riuscire.

«Certo che verrò a pranzo nel tuo studio» risposi. E mi si spezzò il cuore, ma mi si allargò anche. Nessuna azione di Leonardo, per quanto la trovassi ripugnante, mi avrebbe impedito di essere suo amico. E ora, con il senno di poi, volgendo lo sguardo ai lunghi anni della mia vita, capisco che anteporre l'amore alla paura, anteporre l'affetto per Leonardo al timore dei desideri umani, mi conquistò finalmente il favore del Dio benevolo, che è amore. Così mi rese degno di Maddalena.

Il mio primo incontro con Maddalena adulta avvenne una domenica di aprile del 1478. Leonardo si era presentato al palazzo interrompendo il mio tentativo di ricostruire la storta di Zosimo. «Luca caro, venite alla messa con me» gridò dalla soglia in direzione del laboratorio.

«Messa? Io non ci vado.» Avevo abbandonato quella abitudine. «E poi oggi sto facendo progressi, con il processo di sublimazione, e ne verranno grandi cose.»

«State facendo progressi con il processo di sublimazione, e basta» mi corresse ridendo.

«No, ragazzo, oggi potrebbe essere il giorno in cui trasformerò il piombo in oro! Poi non dovrò mai più preoccuparmi del denaro!»

«Professore, voi non dovete preoccuparvi del denaro, siete ricco come Creso» replicò Leonardo. Squadrò la storta con cui stavo armeggiando. «La fiamma è troppo alta» osservò.

Si aggirava nella stanza, irrequieto, toccando gli oggetti vari disposti sui tavoli di legno grezzo che avevo comprato perché mi ricordavano il vecchio laboratorio di Geber. Malgrado ciò, non ero riuscito a riprodurre del tutto quel luogo magico. Non c'era fumo colorato che si insinuava dovunque come dita curiose, né bicchieri che tintinnavano a voci alterne come se parlassero fra loro. Ma avevo tempo; alla fine ne avrei ottenuto una copia perfetta. Leonardo sospirò. «Spero che dalla vostra alchimia non vi aspettiate altro che un po' di svago. È come l'astrologia. Non ha senso, è uno spreco di tempo per gli uomini.»

«Dici così solo perché hai Marte in Acquario» dichiarai soddisfatto. «E quindi una natura ribelle e contraddittoria.»

«No, anche l'astrologia!» gemette Leonardo.

«Ficino mi dà lezioni e mi presta i libri» confessai. La fiamma sotto la storta divampò con una luce arancio e azzurra facendo traboccare il liquido, così che l'intero strumento si mise a tremare e poi la fiamma, con un suono simile all'aria espirata, si estinse. Proruppi in un gemito costernato.

«Adesso non avete scuse» canterellò Leonardo. «Venite alla messa con me. Oggi sarà interessante. Davvero, penso che dovreste venire!»

«Non porterai con te uno di quei bei ragazzi che ti ronzano intorno?» domandai.

«Saremo solo io e voi» mi assicurò, così andai con lui. Passare il tempo con Leonardo era sempre un piacere. Il solo fatto di stare in sua compagnia ed essere messo a parte dei suoi pensieri era una gioia, anche se significava andare alla messa.

Non eravamo lontani dall'imponente cattedrale di Santa Maria del Fiore e percorrevamo senza fretta via Larga, su cui si affacciava il palazzo dei Medici. «Credo che a nessuna delle due facce di Dio importi nulla se gli uomini vanno alla messa oppure no» iniziai con tono cupo, ma prima di poter completare la mia invettiva, Leonardo prese a cantare un inno basso e dolente con la sua voce dolce e incantevole da tenore. Una volta giunti alla chiesa, scorgemmo un assembramento di uomini abbigliati con sfarzo.

«Il cardinale di San Giorgio, Lorenzo de' Medici, l'arcivescovo di Pisa, il conte di Montesecco, i Pazzi e i Salviati» disse Leonardo con un filo di voce interrompendo il canto. In tralice, mi lanciò uno sguardo imperscrutabile. «Caro professore, sapete che la mia lealtà va innanzitutto a voi, vero? Fin dal giorno in cui vi ho scelto come insegnante.» La voce era decisa ma bassa, quasi un sussurro. «Se qualcuno si opponesse a voi, anche se fosse mio amico, non gli renderei i miei servigi!»

«Ne sono lieto, ragazzo. Non ho mai dubitato della tua lealtà nei miei confronti» affermai chiedendomi che cosa avesse in mente. Con Leonardo non si poteva mai sapere. Mi strinse il braccio, poi mi condusse nella chiesa.

«Giuliano de' Medici non è con loro» mormorò con tono perplesso. Prendemmo posto in un banco e poco dopo iniziò la messa. Mentre osservavo la cupola di Brunelleschi che ci sovrastava, le parole in latino mi fecero scivolare in un sogno a occhi aperti sulle mie ricerche alchemiche. La trasformazione del vil metallo in oro aveva qualcosa a che fare con la proporzione tra lo zolfo e il mercurio, stavo pensando, quando Leonardo mi diede una gomitata nelle costole. «Ecco Giuliano!»

«*Ite missa est*» proclamò il sacerdote. A seguirlo fu un'esclamazione soffocata: «Prendi, traditore!». All'improvviso si sentì un urlo. Leonardo balzò in piedi sul banco per vedere; mi strattonò per la manica finché lo imitai. Giuliano de' Medici barcollava, dal torace trafitto sgorgavano rivoli di sangue. Alcuni uomini a spada sguainata fecero cerchio intorno a lui. «La cupola sta crollando!» strillò qualcuno, e fu ripreso da un coro di voci. La gente proruppe in grida e sul pavimento di marmo risuonò lo scalpiccio di centinaia di piedi. L'ampia cattedrale era piena di fedeli in tumulto e uomini, donne e bambini correvano in tutte le direzioni per uscire. Leonardo indicò il lato meridionale del duomo, vicino alla vecchia sacristia, dove Lorenzo, la spada corta sguainata e il collo sporco di sangue, scavalcò con un salto il basso parapetto di legno ed entrò nel coro ottagonale. Altri uomini lo ripararono mentre sfrecciava davanti all'altare maggiore, dove il cardinale di San Giorgio, che sembrava non avere più di diciassette anni, si era inginocchiato a pregare. Uno dei Pazzi sbraitava scuse sconnesse, altri inseguivano Lorenzo brandendo pugnali insanguinati.

«Usciamo di qui» suggerì Leonardo. Saltò a terra tirandomi giù con lui. Ci demmo alla fuga unendoci alla massa di persone che dalla grande cattedrale si riversava nella piazza. Leonardo allentò la presa sul mio braccio e fu ingoiato dalla folla. A furia di spintoni arrivai al Battistero e mi fermai. Mi ci appiattii contro per sottrarmi alla calca. Una donna inciampò uscendo dal flusso compatto della gente e la afferrai per le maniche prima che cadesse. Il suo profumo mi stordì: lillà, limoni, luce vivida, e ogni cosa bella avessi mai visto, udito, odorato, toccato o immaginato nei miei centocinquanta anni di vita. Poi alzò il viso e i suoi occhi screziati incontrarono i miei. In quel singolo istante seppi di lei. Tutto di lei, l'essenza, la natura vitale, lo spirito, l'anima, comunque si chiami il punto di luce infinita che ciascuno di noi ha al centro del proprio essere. Fu un cataclisma e un miracolo. Fu un fulmine che mi trapassò incendiando i luoghi più profondi, più nascosti della mia essenza. Generò una musica che riecheggiò fra noi come un canto silenzioso. Fu molto più intimo di qualsiasi rapporto fisico e avvenne senza alcun contatto fra la nostra carne.

«Maddalena» dissi a fior di labbra. Ormai aveva circa diciannove anni, era minuta ma flessuosa e forte, e sul viso a cuore di cui serbavo il ricordo da Volterra era sbocciata una straordinaria bellezza. La strinsi a me e avvertii la vibrazione vitale come un fiume gorgogliante nel suo corpo, avvolto in una cottardita rosa della seta più fine, con ampie maniche bianche decorate con fili d'oro e lucenti perle rosee cucite lungo la scollatura.

«Signor Bastardo» esclamò lei arrossendo. Cercò di divincolarsi, così la spinsi con la schiena contro il Battistero, accanto a me, e le feci scudo con il braccio. Mi assalì un'ondata di paura: ora che l'avevo ritrovata, non volevo che le accadesse qualcosa di male. Seppi con certezza che in quel momento la mia vita era mutata. All'improvviso, quando meno me lo aspettavo, si era compiuta la promessa della notte della pietra filosofale. Mi attendevano l'amore e la morte, e guardando Maddalena negli occhi capii che tanti decenni prima avevo fatto la scelta giusta.

«Entriamo!» suggerì liberandosi dal mio braccio e spingendo la porta scolpita dall'orafo Lorenzo Ghiberti dopo aver vinto il concorso proposto dal giovane Cosimo al padre. Si infilò nell'edificio e la seguii. L'interno era deserto e tranquillo e lei si sedette in un banco, ansante.

«Giuliano de' Medici è morto, era coperto di sangue» esordì. «Ma Lorenzo stava scappando, dunque dev'essere ancora vivo. Mobiliterà i milanesi e chiamerà i rinforzi. I Medici resteranno al potere nonostante i fatti di oggi.»

«È probabile» convenni, senza fiato, incapace di staccarle gli occhi di dosso, nemmeno per guardare lo splendido mosaico del giudizio universale che ricopriva il soffitto o le intricate geometrie del pavimento intarsiato. Per una volta, ecco una donna più interessante dell'arte di un maestro! Rimasi in piedi mentre Maddalena sedeva con le mani piccole e affusolate intrecciate in grembo. Teneva la testa inclinata sul collo da cigno con fare pensoso e vedevo la vena blu pulsarle sulla gola. Fuori, il mondo intero poteva essere giunto alla fine tra fuoco e terremoti e fragore di tuoni, e potevano calare i cavalieri dell'Apocalisse portando con sé la morte, ma non mi sarebbe importato. Per me esisteva solo quel momento alla presenza di Maddalena. Fu il momento più sacro della mia vita. Era la nascita di qualcosa di prodigioso la cui maturazione si era protratta per oltre un secolo. Era acconcio che avvenisse nel Battistero. La mia carne era tutta un formicolio e l'aria fra di noi palpitava, colma di un fulgore invisibile e di un migliaio di sogni che prendevano vita.

«È incredibile! Talmente spaventoso e irreale, un incubo! Sangue versato durante la Santa messa, la grande cattedrale profanata! Firenze non sarà mai più la stessa. Mi chiedo chi possa aver incoraggiato tutto questo, e a quale scopo» disse, mentre la voce roca, all'inizio piena di terrore, assumeva una sfumatura riflessiva.

«I Pazzi, il papa, il re di Napoli. Per denaro, potere, vendetta. I Medici hanno molti nemici. Lorenzo non governa la nostra città con la stessa capacità di Cosimo di tenersi stretti gli amici e ancora più stretti i nemici» risposi senza pensarci. Non riuscivo a credere che stessimo discutendo di politica, quando tutto ciò che volevo era sedermi accanto a lei e toccare la sua pelle meravigliosa.

«Volterra va considerata fra i suoi nemici, anche se la mia città natale non oserebbe mai attaccarlo dopo il sacco che ci ha riservato.» Abbassò il capo, poi mi rivolse un sorriso timido, e il cuore mi balzò in gola e le ginocchia iniziarono a cedermi. «Sembra che ci incontriamo quando c'è di mezzo il sangue, signore. Stavolta, per fortuna, non si tratta del mio. E sono vestita. Sono pure lieta di trovarvi bene. Non siete affatto cambiato in tutti questi anni, da quando mi avete salvata dai mercenari!»

«Cosa ci fate a Firenze?» domandai.

«Mi sono trasferita qui sei mesi fa» rispose distogliendo lo sguardo. Poi la porta di Ghiberti si spalancò.

«Maddalena? Carissima, sono in pena da quando vi ho persa tra la folla» esclamò un uomo anziano e ben vestito che si infilò nel banco e strinse Maddalena tra le braccia baciandola in fronte. Aveva i capelli bianchi e la barba grigia e curata. Lei appoggiò un istante il capo contro di lui, poi posò con delicatezza la mano sul petto dell'uomo, e io avrei dato tutto il mio denaro depositato nel banco e un secolo della mia vita per essere la stoffa del farsetto di quell'uomo e sentirmi accarezzare dalla mano di lei.

«Rinaldo, questo gentiluomo è una mia vecchia conoscenza, il signor Luca Bastardo. Mi ha salvata quando sono caduta poco fa. Sarei morta calpestata. Signore, questi è Rinaldo Rucellai, mio marito.» Gli sorrise, mentre io non mi ero mai sentito così sconvolto in tutta la sovrannaturale durata della mia vita. Finalmente l'avevo trovata, l'Unica e Sola della mia visione – il fulmine che aveva mandato in pezzi la mia anima era innegabile –, e lei era sposata con qualcun altro. Era il compimento di ogni mio anelito. Come poteva avere un marito? Il Dio benevolo mi aveva forse offerto una scelta tra amore e morte di cui il Dio malvagio non mi avrebbe mai permesso di godere a causa dell'intimo senso di emarginazione cui non riuscivo mai a sfuggire del tutto?

«Signor Bastardo, vi sarò eternamente grato per aver salvato mia moglie!» affermò Rucellai balzando in piedi per stringermi la mano tra le sue con vigore. «Dovete venire a cena da noi! Insisto, signore, per ripagarvi della premura verso mia moglie!»

«Sarebbe meraviglioso.» Maddalena si era alzata ed era accanto al marito, che le cingeva la vita con il braccio. Mi sentii invadere dal tormento per la sicurezza con cui mostrava di appartenere a un altro.

«Siete ferito, signore?» domandò Maddalena con tono preoccupato.

«Scusate?» dissi a denti stretti.

«Avete una faccia terribilmente sofferente, siete stato ferito nella ressa?» chiese Rucellai. Feci segno di no con la testa e l'uomo mi strinse la spalla. «Le conseguenze degli sporchi atti di oggi saranno atroci, e ora devo offrire i miei servigi a Lorenzo de' Medici. Ma verrete a cena, magari tra un paio di settimane?»

Si accomiatarono. Io mi sedetti nel Battistero. In tutta la

città risuonavano le campane e i rintocchi vennero ripresi nei sobborghi e anche oltre, nel contado: Firenze era in armi. Attraverso i muri del Battistero udivo il trambusto, gente che correva e strillava in preda al terrore, truppe che marciavano, condottieri a cavallo che attraversavano le vie al trotto. Dopo un po' sentii due esclamazioni diverse riecheggiare nelle strade: «Libertà!», il grido con cui secondo la tradizione veniva rovesciato un tiranno, e «Palle! Palle!», un riferimento allo stemma dei Medici, da parte dei sostenitori della famiglia. Tutto ciò non significava nulla per me. Ero concentrato su due fatti salienti: avevo trovato Maddalena; era sposata.

Alla fine mi incamminai verso casa, curvo contro le raffiche di vento, gelato fino alle ossa nella luce grigia di un sole oscurato da minacciose nuvole plumbee che si gonfiavano a riempire il cielo. Evitai gli uomini che correvano a spada sguainata per le vie. Alcuni di loro tenevano infilzata sulla punta della lancia o della spada una testa insanguinata; nel Palazzo della Signoria avevano trovato e ucciso un gruppo di soldati perugini. Nessuno badò a me e, una volta giunto a destinazione, mi precipitai di sopra, nel laboratorio. Stralunato, afferrai una fiala vuota e la scagliai contro la parete. Il rumore del vetro infranto e le schegge luccicanti che cadevano a terra mi fecero sentire bene, così presi un recipiente pieno di sale marino e lo scaraventai sul pavimento. Andò in pezzi con uno scricchiolio sordo e appagante e una pioggia di cristalli. Lanciai un urlo. Iniziai ad aggirarmi per il laboratorio agguantando oggetti di vetro e ceramica e gettandoli contro le pareti con tutta la forza che avevo. Un fiasco di vino rosso lasciò sul pavimento una macchia come di sangue. Infine mi fermai, ansimante, al centro della stanza, un'isola in mezzo a un mare di cocci taglienti.

«Vi costerà parecchi fiorini ricomprare tutto» disse Leonardo, in piedi sulla soglia a braccia conserte. Non sapevo da quanto tempo fosse lì a guardarmi.

«Al diavolo il denaro!»

«Non avrei mai pensato di sentire certe parole uscire dalla vostra bocca!» commentò Leonardo. «Io sto bene, grazie di averlo chiesto. Sono riuscito a tornare sano e salvo dopo che la folla ci ha separati. Sì, avevo sentito dire che per oggi era programmata un'azione drastica. No, non ho avvertito Lorenzo de' Medici. Negli ultimi tempi non è stato gentile con voi.»

Non volevo essere informato sugli eventi politici di Firenze né sulle scelte di Leonardo. Avevo un problema più grave. «Una donna.» Mi picchiai la fronte con il pugno. «Oggi ho incontrato una donna! Di nuovo. L'ho conosciuta da bambina.»

«Una donna, eh? Ora capite perché resto fedele agli uomini. Le donne fanno male alla salute.» Leonardo si accarezzò la barba e sorrise. Io scoprii i denti e feci un ringhio. Allora alzò le sopracciglia ramate e portò avanti le mani in un gesto che voleva placarmi. «Calma, calma, professore! Venite a bere un po' di buon vino con me, manderemo una serva a pulire questo disastro.»

«Il vino non mi aiuterà a sentirmi meglio!» esclamai, messo di fronte a due verità contrastanti: l'una, che Maddalena mi aveva colpito al cuore in modo irreparabile, e l'altra, che stare con lei era impossibile. Non avrebbe tradito suo marito. Sapevo che era fedele, perché nell'istante in cui l'avevo sorretta davanti al Battistero avevo colto la sua essenza. In quel momento ne avevo percepito la fedeltà, così come l'intelligenza, il coraggio, la dolcezza, l'arguzia, la gentilezza. Quando l'avevo guardata negli occhi, avevo saputo tutto di lei. Nessuna donna mi era mai sembrata così bella. Mi bruciava e mi raggelava e mi lacerava e mi condensava attorno al mio desiderio, tutto nello stesso tempo.

«Sarà vostra.» Leonardo alzò le spalle. «Siete l'uomo più affascinante di Firenze, dopo di me. Potete avere qualsiasi donna. Avete conquistato mia madre, che pure avrebbe fatto di tutto per non irritare mio padre, e lui non aveva nessuna intenzione di lasciarla andare nonostante la sua sfilza di mogli.»

«È sposata.»

«E allora?»

«Non è il tipo di donna che tradisce il marito!» replicai disperato.

«In effetti questo complica le cose» convenne Leonardo. Mi circondò saldamente le spalle con il braccio vigoroso per dirigere i miei passi. «Venite, Luca caro, vi verso del vino. Se restate qui vi farete del male. Venite con me di sopra, nella loggia, ce ne staremo seduti al buio a sentire gli uomini che combattono per il controllo di Firenze. Mi racconterete di questa donna straordinaria. Ho tutto il tempo che volete; resterò qui, nella stanza che tenete pronta per me. Non voglio trovarmi per via in questa notte di sangue. Ditemi, come si chiama?»

«Maddalena Rucellai» risposi lasciandomi condurre fuori dal laboratorio.

Leonardo schioccò la lingua. «Avete l'occhio fine. Conosco la signora. È incredibilmente graziosa. È di Volterra, la nuova moglie di Rinaldo Rucellai. Lui è cugino del suocero di Nannina, la sorella di Lorenzo de' Medici. La prima moglie è morta qualche anno fa. Ho sentito dire che ha visto Maddalena mentre visitava Volterra su incarico di Lorenzo e se ne è innamorato all'istante, l'ha sposata subito. Per lei è un buon partito; è piuttosto ricco e non ha figli, e viene da una famiglia antica e rispettata. Molte giovani di Volterra non riescono a trovare marito, perché sono state violate o perché il padre è stato ucciso o la famiglia è caduta in miseria a causa del sacco e non ha denaro per la dote.»

«Forse Rucellai non supererà la notte» dissi con freddezza. «Forse posso abbreviare il suo viaggio per raggiungere la prima moglie in cielo. Dov'è la mia spada corta?»

«Luca, non vi permetterò di fare una sciocchezza» mi ammonì Leonardo con voce ferma. «Ma posso dirvi dove abita.»

*

Il mattino dopo aspettai fuori dal palazzo di Rinaldo Rucellai finché Maddalena uscì. Firenze era in fermento per l'assassinio di Giuliano de' Medici e l'attentato alla vita di Lorenzo. In un modo o nell'altro erano coinvolti tutti. Lorenzo sarebbe stato furioso e implacabile, avrebbe dispensato morte per mesi. Non m'importava. Volevo solo vedere Maddalena.

Dopo un'ora comparve accompagnata da una cameriera. Sorrisi; una cosa da nulla come tumulti e omicidi per le vie cittadine non l'avrebbe trattenuta in casa. In fin dei conti, quando era una fanciulla ancora sanguinante per la violenza subita, aveva sfidato il pericolo per salvare altri bambini. Aveva coraggio. Il palazzo del marito si trovava nei pressi del Mercato vecchio, e lei si incamminò in quella direzione. La seguii tenendomi a distanza, perché lei e la cameriera non si accorgessero di me.

Al limitare del mercato un monello di strada le corse incontro con la mano tesa. La conosceva, perché esclamò: «Maddalena! Maddalena!». La cameriera ben pasciuta le passò un borsellino e Maddalena ne tirò fuori una moneta. La porse al ragazzino cencioso, che la ringraziò a gran voce e scappò via. Vidi la scena ripetersi più volte. Quando finalmente Maddalena arrivò nella piazza rettangolare dove si svolgeva il mercato, la cameriera paffuta si fermò e si chinò ad allacciarsi una scarpa. Era la mia occasione. Affrettai il passo e mi accostai alla donna.

«Il signor Rucellai ha urgente bisogno di voi a palazzo» le dissi. «Immediatamente!»

«Ma la signora...» Indicò Maddalena con la mano.

«Le dirò che suo marito vi ha mandato a chiamare» replicai. Lei sembrava dubbiosa. Alzai le spalle. «Se preferite spiegare al signor Rucellai per quale motivo gli avete disobbedito...» Scosse la testa e con la sua andatura ondeggiante tornò nella direzione da cui era venuta. A lunghi passi mi misi alla ricerca di Maddalena. Quel giorno la piazza era affollata, la gente era lì più per i pettegolezzi che per le mercanzie. Quando la raggiunsi, stava dando una moneta all'ennesimo monello. Mi fermai accanto a lei a guardare. Il mio cuore si dibatteva come un pesce preso all'amo e trascinato a riva. Non sapevo se sarei riuscito a parlare, tanto avevo la gola secca. Lei accarezzò sulla testa il ragazzino sudicio.

«Siete molto generosa, Maddalena» iniziai, la voce solo un poco arrochita.

«Signor Bastardo, non vi avevo visto» disse lei. Abbassò lo sguardo sul borsellino di broccato blu, gonfio di monete, poi arrossì e rise. «I fiorentini sono sempre così oculati, penserete che sia una sciocca. Sono solo denari, ma ci tengo ad avere qualche moneta da dare ai mendicanti, specialmente ai bambini. Dopo tutto, avrei potuto essere una di loro. Se non fosse stato per le riparazioni di guerra e qualche vicino gentile, avrei mendicato anch'io per strada, con mio padre morto e la casa distrutta. Sono stata fortunata. Così mi sento in dovere di aiutare queste anime sventurate. Mio marito è molto buono e mi asseconda riempiendomi il borsellino quando vado al mercato.»

«Il signor Rucellai è con voi?» domandai.

«Oh, no, è andato a offrire il suo sostegno a Lorenzo de' Medici» rispose guardandosi attorno. «Ero con la mia cameriera, ma è scomparsa» aggiunse con aria perplessa.

«Oggi c'è molta gente, forse vi ha perso di vista» suggerii. «Dopo i fatti di ieri potrebbe essere pericoloso per voi. Perché non vi lasciate accompagnare?»

«Non voglio incomodarvi» rispose arrossendo appena e distogliendo lo sguardo.

«Non è affatto un disturbo» dichiarai con voce ferma, e con un gesto la invitai a riprendere la passeggiata.

«Suppongo che oggi sia meglio non girovagare da sola» rifletté lanciandomi un'occhiata furtiva. Si avviò e ne approfittai per chinarmi sui suoi capelli e inspirarne il profumo di lillà. Ci facemmo largo tra i capannelli di persone intente a chiacchierare e passammo davanti a una fila di bancarelle su cui erano esposti fiori primaverili dai colori vivaci provenienti dal contado. I mercanti erano meno interessati a vendere che a discutere fra loro: cosa sarebbe successo a Firenze? Maddalena si girò verso di me.

«Così, signor Bastardo...»

«Chiamatemi Luca» la interruppi, sapendo che era sconveniente e decidendo di non curarmene. Lei abbozzò un sorriso e abbassò le lunghe ciglia nascondendo gli occhi. Quel giorno portava una cottardita di velluto indaco ricamata con fili d'argento e con il corpetto tempestato di perle. Sulle spalle si era gettata un mantello di candida lana. Con la pelle chiara, i capelli screziati nelle ricche tonalità di castano, fulvo, oro, prugna e nero e gli occhi dalle venature simili all'agata, l'effetto era vivido e inusitato.

«In effetti si può dire che siamo vecchi amici. Mi avete visto nelle condizioni peggiori! Allora, Luca, avete un aspetto magnifico, siete identico a come vi ricordavo. È meraviglioso vedere che, dopo tutto, i miei ricordi di voi non erano fantasie fanciullesche.» Fece una breve risata, le gote le si arrossarono di nuovo.

«Che tipo di fantasie facevate su di me? Piacevoli?» Le rivolsi un sorriso allusivo.

«Non è questo che intendevo!» Avvampò dalla radice dei capelli, disposti a formare una punta perfetta sulla fronte, fino alle clavicole delicate.

«So cosa intendevate. Volevo solo capire gli altri possibili significati.»

«L'allusione è la figlia bastarda delle cattive intenzioni.»

«Siamo parenti» dissi giocando con il mio cognome.

«Vi prego, signore, non sono sofisticata come le vostre fiorentine. Trovo che questa conversazione sia disdicevole!» Fece un respiro profondo. «Non... non ve l'ho mai chiesto all'epoca, di cosa vi occupate a Firenze? Quella notte a Volterra vi siete battuto come un condottiero, ma dalle cure che avete prestato ai feriti ho pensato che foste una specie di medico.»

«Ho fatto il medico e il soldato. Ora mi dedico all'arte alchemica.»

«L'alchimia, com'è interessante!» Si illuminò. «Giusto un paio di settimane fa eravamo a cena a Palazzo Medici e ho ascoltato un discorso di Marsilio Ficino sull'argomento. È un uomo affascinante, così erudito e spirituale. Vorrei imparare l'alchimia. E anche l'astrologia. Non sono istruita come le vostre fiorentine, che sono così intelligenti, e non vedo l'ora di mettermi in pari. Imparare mi diverte. Ho un appetito vorace per i libri. Mio marito è stato così gentile da offrirsi di pagare un precettore per seguirmi.»

La gentilezza ve la meritate, pensai, e mi ritrovai diviso fra la gratitudine per la generosità di Rucellai e l'invidia perché lui era l'unico a potergliela dimostrare. «Anche a Firenze, sono poche le donne che studiano l'alchimia e l'astrologia» fu ciò che dissi ad alta voce.

«A me piacerebbe» dichiarò lei rivolgendomi uno sguardo pensoso. «Magari potreste insegnarmi voi.»

Ero quasi sopraffatto dal desiderio di toccarla e non provai nemmeno a dire qualcosa di sensato sulla proposta. «Che cosa dovete comprare? Se non sapete a chi rivolgervi, posso mostrarvi i venditori migliori» suggerii invece.

«Mio marito è stato molto premuroso e mi ha portato in giro per Firenze per presentarmi i bottegai.» Descrisse un gesto nell'aria con la mano sottile. «E poi, in realtà oggi sono venuta a sentire cosa dice la gente. I Rucellai sono profondamente coinvolti nella vita politica di Firenze. Voglio tenermi informata sui fatti, per avere qualcosa da dire ai miei nuovi parenti quando siamo a tavola.»

«Sono sicuro che vostro marito apprezza il vostro impegno» affermai senza riuscire a nascondere l'asprezza del tono. Maddalena sollevò la testa di scatto e mi guardò. Aggrottò le sopracciglia.

«Vi ho forse offeso?» domandò, mentre il suo viso incantevole assumeva un'espressione preoccupata.

Scrollai il capo. Poi, non riuscendo a trattenermi, aggiunsi: «Pensavo che avreste aspettato finché fossi tornato a Volterra per voi».

«Aspettato?» Aveva un'aria sbigottita. «Vi riferite alla nostra ultima conversazione, mentre stavate montando sul vostro cavallo... come si chiamava, Ginori... per andarvene da Volterra?»

«Mi chiedeste di tornare per voi. Risposi che l'avrei fatto.»

Lei arrossì, le sfuggì una risatina e si portò la mano alla gola. «Signore, non potevo prendere sul serio le parole gentili rivolte a una fanciulla ferita!»

«Ma avreste dovuto» dissi con tono pungente, e lei distolse lo sguardo.

«Maddalena, Maddalena! Che cosa fate fuori?» esclamò una voce familiare. Rinaldo Rucellai, a spada sguainata, correva verso di noi affiancato da una coppia di uomini, pure armati, nei quali riconobbi due amici di Lorenzo: un altro cugino del ramo Rucellai e un Donati.

«Carissima, non dovreste uscire con un tumulto in corso» riprese Rucellai con una certa ansia, dopo aver baciato la moglie in fronte. «Nella cospirazione è coinvolto un cittadino di Volterra» proseguì affannato. «Si tratta dell'uomo che ha ferito Lorenzo al collo. Dovreste stare in casa, la gente potrebbe collegarvi a lui e vendicarsi! Non voglio che restiate uccisa nelle strade di Firenze. Impazzirei di dolore se dovessi perdervi!»

«Il mercato è tranquillo, la gente è radunata solo per scambiarsi le ultime notizie, qui sono al sicuro» obiettò Maddalena con un gesto che abbracciava gli sciami di persone attraversati da un brusio eccitato.

«Maddalena cara, ora sono io a rispondere della vostra vita» affermò Rucellai con un'aria di altezzosa determinazione che gli si confaceva, con la sua statura e la barba grigia tenuta corta e i capelli bianchi.

«Scorterò io la signora fino a casa» mi offrii.

«Ve ne sarei molto grato» disse Rinaldo Rucellai stringendomi il braccio per ringraziarmi. «Sono di nuovo in debito con voi. Devo occuparmi di questioni urgenti per Lorenzo, ma presto vi unirete a noi per cena, vero, signor Bastardo? Per permetterci di esprimervi la nostra riconoscenza?»

«Volentieri» risposi. Io e Maddalena guardammo i tre uomini allontanarsi in fretta. «Venite, signora, obbediamo al vostro signore e padrone.» Lei serrò le labbra un istante, poi le distese. «Io non comanderei mia moglie con mano così pesante» commentai senza livore. «Un uomo dovrebbe lasciare libera la moglie di governarsi da sola.»

«Allora vostra moglie potrebbe farsi male quando ci sono tumulti per le strade» osservò lei con tono lieve, sbattendo le ciglia nere e folte. «È il suo amore per me a rendere mio marito così protettivo.»

«L'amore non prevede la carcerazione» replicai con freddezza.

«Signor Bastardo, per me non è una carcerazione, è un piacere fare la volontà di mio marito. È così saggio, e questi sono tempi incerti!»

La saggezza non si giudica dai capelli bianchi, pensai, e poi mi vergognai della mia gelosia. Ero contento che Rucellai si prendesse cura di Maddalena. Solo che desideravo farlo io. Ma non dissi nulla. Non lo diedi a vedere, anche se dentro di me fremetti quando le strinsi il gomito per scortarla. Era piccolo e sottile, un incastro di ossa delicate come quelle di un uccellino, un diletto per la mia mano. Se non potevo toccarla in nessun altro punto, almeno sapevo com'era il contatto con il suo gomito, attraverso la manica.

«Ho scritto una sacra rappresentazione per i miei figli dedicata ai santi Giovanni e Paolo» stava dicendo Lorenzo mentre i servitori portavano via i piatti del dolce. «Ognuno ha una parte, me compreso. È oltremodo divertente recitare con loro! Indossiamo il costume e ridiamo tutto il tempo mentre la loro madre fa da pubblico. Mi mancano da morire. Una brava moglie e una prole numerosa sono la più grande benedizione che la vita e Dio possano offrire.» Bevve un sorso di vino e poi mi lanciò una lunga occhiata sardonica attraverso il tavolo, con gli occhi neri che luccicavano sopra l'orlo del calice d'argento. «Luca, dovreste decidervi a prendere moglie. Siete ricco e alleato con le famiglie più illustri.» Indicò Rinaldo Rucellai, che rispose chinando la testa, compiaciuto dell'attenzione di Lorenzo. «Non sarebbe ora di cominciare a metter su famiglia? Malgrado l'età avete sempre un aspetto giovanile, ma alla fine un uomo deve sistemarsi e generare degli eredi.»

«Ultimamente ci sto pensando» ammisi.

«Un uomo affascinante come voi, e virile come si dice in giro, ha bisogno di una moglie» continuò Lorenzo giocando come suo solito al gatto e al topo con me. «È vero, come sostengono certe voci, che talvolta visitate diverse signore nella stessa notte? Che energia eccezionale! Sono invidioso!» Maddalena, seduta a capotavola con il marito da un lato, rovesciò la coppa sul tavolo. Un servitore si affrettò ad asciugare il vino dalle sfumature granata che si era rovesciato.

«La virilità è una dote diffusa tra i fiorentini, che prendono esempio dai loro governanti» replicai guardando Lorenzo negli occhi. «Io non do credito alle dicerie.»

«Forse ha solo intenzione di diffondere il suo nome» intervenne Sandro Filipepi. «Firenze sarà invasa dai bastardi! Luca, dovete essere figlio di un uomo gagliardo e di una donna insaziabile!»

«Di bastardi in giro ce ne sono parecchi» replicò Leonardo. «Ma di Luca ce n'è uno solo.» Era tarda sera e nella sala da pranzo del sontuoso palazzo di Rinaldo Rucellai c'era una decina di ospiti. La cena, ormai al termine, era riuscita bene e il vino aveva creato un'atmosfera distesa e conviviale. Poiché in teoria il banchetto era in mio onore, io sedevo alla sinistra di Maddalena, che si trovava a capotavola, mentre alla sua destra c'era Rucellai. Le ero abbastanza vicino da essermi inebriato per l'intera serata del profumo di lillà e limoni, che mi consumò i lembi della ragione riducendoli a brandelli. Lorenzo sedeva alla destra di Rucellai, dall'altra parte del tavolo rispetto a me. Dal sacco di Volterra, avvenuto sei anni orsono, era la prima volta che Lorenzo e io ci trovavamo nella stessa stanza, la prima volta che ci parlavamo. Ero a disagio. Lorenzo, con il suo intuito da cane randagio, se n'era accorto.

«Ebbene, Luca, c'è un matrimonio in vista?» mi incalzò Lorenzo.

«Prima o poi» dissi.

«Una futura sposa in particolare?» domandò Rucellai. A Firenze le nozze, con gli immensi capitali che passavano di mano tramite le doti, erano un argomento di massimo interesse.

«Forse» risposi.

«Potrei presentarvi le madri di alcune delle giovani che ho conosciuto qui a Firenze, ammesso che vi lasciate distogliere dalla vostre signore» propose Maddalena. Le ciglia lunghe erano abbassate e rendevano imperscrutabili gli occhi cangianti. Mi sforzai di non dare a vedere la mia repulsione per le sue parole. Lo scaltro Lorenzo notò qualcosa e drizzò la schiena.

«Credo che al momento il caro Luca sia fin troppo impegnato a trasformare il piombo in oro per pensare al matrimonio» intervenne prontamente Leonardo sviando l'attenzione degli altri ospiti.

«Come mi piacerebbe studiare l'alchimia!» esclamò Maddalena.

«Luca sarebbe l'insegnante ideale» dichiarò Leonardo come se stessero parlando da soli. «Se ne sta tutto il giorno nel suo laboratorio a studiare e a lavorare fino a tardi. Non fa che leggere la traduzione di Ficino del *Corpus hermeticum*. E nel laboratorio ha altre opere sull'argomento. È ossessionato dalla scoperta del grande segreto dell'alchimia!»

«Pensavo che il grande segreto dell'alchimia fosse l'immortalità» commentò Lorenzo rivolgendomi un sorriso mentre giocherellava con il gambo del calice.

«Una volta vostro nonno mi disse che la sola immortalità in cui possiamo sperare si trova nell'amore che proviamo per gli altri» replicai, ben sapendo che il riferimento a Cosimo avrebbe punto Lorenzo sul vivo. Infatti spinse via il calice d'argento con un movimento brusco.

«Mi piace pensare che i miei dipinti godranno di una sorta di immortalità, come la condizione eterna della natura» disse Leonardo con tono pacato, salvandomi di nuovo da attenzioni indesiderate. «Giacché la pittura racchiude in sé tutte le forme universali della natura. Per questo è così importante dipingere dal vivo, imparare dalla natura. A tale scopo ho preso a modello una giovane contadina e il figlio neonato per i miei ultimi studi sulla Madonna con il Bambino. La donna è bellissima di aspetto e vorrei catturare l'essenza della sua bellezza per rapire l'osservatore. E non solo la bellezza, ma anche il mistero della femminilità e della grazia!»

«A essere immortale è l'anima, protesa verso Dio e sospinta dall'amore» commentò Sandro. «Quella spinta è la grazia. Secondo Ficino, l'anima è così sensibile alla bellezza da rendere la bellezza terrena un mezzo per accedere a quella divina, che è carità e armonia universale.»

«Se c'è qualcuno in grado di ritrarre la bellezza universale, siete voi, Leonardo» dichiarò Maddalena con calore, e nel vederla difendere Leonardo la amai ancora di più.

«Sicché io dovrei considerarmi un pittorucolo di second'ordine cui la natura nega i propri favori, come un marito respinto dalla moglie che serra le gambe!» esclamò Sandro.

«No, signor Filipepi, non è questo che intendevo; le vostre opere sono piene di grazia» si corresse in fretta Maddalena. «La vostra *Adorazione dei Magi* in Santa Maria Novella è straordinaria, con i raggi della stella a indicare la testolina aureolata di Gesù Bambino, tenuto in grembo con tanta dolcezza dalla madre, e il modo in cui avete colto il viso colmo di emozione di Cosimo de' Medici nel ruolo del saggio, e il signor Lorenzo, e il giovane Pico della Mirandola di cui Ficino è tanto entusiasta...»

«Signora, non badate a Sandro, è un gran burlone e sta approfittando del vostro punto debole» disse Leonardo con garbo, rivolgendole un sorriso.

«Insomma, non rovinatemi il gioco» borbottò Sandro, ma tornato subito di buonumore levò in alto il bicchiere alla salute di Maddalena.

«Sapete cosa dovrebbe fare un marito quando la moglie serra le gambe?» intervenne Lorenzo con un'espressione seria sul volto. «Dovrebbe girarla a pancia in giù!» Sandro scoppiò in una risata sguaiata, Leonardo cercò di contenersi, ma gli andò di traverso il vino, e Rinaldo Rucellai, con la sua barba grigia e curata, arrossì e fece un grande sorriso. A merito di Maddalena, lei non batté ciglio.

«Povera Clarice, cercherò di consolarla la prossima volta che la vedo zoppicare» disse con un tono impassibile. Il suo commento scatenò le grida e le acclamazioni dei presenti, e solo quando all'altro capo del tavolo le mogli di Donati e di Tommaso Soderini applaudirono esclamando: «Brava! Bravissima!», lei avvampò e abbassò gli occhi. In quell'istante era così adorabile che non riuscivo a crederci. Non potei fare altro che trattenermi dallo stendere il braccio per toccarla.

«Un brindisi a vostra moglie, Rucellai, è tanto spiritosa quanto bella!» la lodò Sandro.

«È un tesoro» convenne Rucellai allungando la mano per stringere quella di lei. «Mi piacerebbe avere un ritratto di Maddalena, Sandro; magari potremmo discuterne.»

Rimasi senza fiato al pensiero di Maddalena ritratta da Sandro Botticelli, e decisi all'istante che quel dipinto sarebbe stato mio. Da quel momento presi a escogitare un sistema per entrarne in possesso e non ascoltai il resto della conversazione. Ma osservai Maddalena, eccome. Nel giro di pochi minuti sul suo volto espressivo si riflettevano decine di emozioni e di idee, come le note create dalle corde di una lira. Anche le mani sottili erano animate: accompagnavano le parole, toccavano il braccio del marito, facevano un cenno ai servitori perché rabboccassero i calici. Non volevo fissarla, ma non potevo farne a meno. Riuscii a distogliere lo sguardo solo quando Leonardo mi diede un calcio di avvertimento sotto il tavolo. Dopodiché feci in modo di confinarla quasi all'angolo degli occhi. Quasi.

Io e Leonardo fummo gli ultimi ad andarcene. Fermi davanti alle massicce porte intagliate di Palazzo Rucellai, ringraziammo il padrone di casa e la sua signora e prendemmo commiato.

«Signor Luca, ho parlato con mio marito dell'idea di studiare con voi. È favorevole, se ne avete il tempo» iniziò Maddalena. Era in piedi sulla soglia accanto al marito, mentre la luce gialla e tenue delle candele proveniente dall'atrio si dissolveva lungo le curve del suo corpo.

«Vi pagherò per il vostro disturbo» aggiunse Rucellai. Aprii la bocca per dirgli che non volevo denaro, volevo sua moglie, ma Leonardo mi agguantò e mi trascinò via.

«È una proposta su cui riflettere» disse Leonardo. «Di nuovo grazie per l'ospitalità!» I due ci salutarono. Avevo ancora lo sguardo rivolto all'indietro quando la grande porta si chiuse lasciando me fuori e Maddalena dentro con quell'uomo, suo marito. Non riuscivo quasi a sopportare il pensiero di loro due insieme, anche se sapevo che lui era un buon partito e che la adorava.

«Smettetela!» esclamò Leonardo con tono brusco. «Luca, siete patetico!» Mi afferrò per la spalla del farsetto e mi diede una scrollata mentre percorrevamo la via al chiaro di luna. «Siete completamente rapito dalla bellezza di quella donna.»

«Credi che l'abbia notato qualcun altro?» chiesi.

Leonardo fece una risatina, poi scrollò il capo. «Forse Lorenzo. Non gli sfugge nulla.»

«Non sarà mai mia» riflettei sconsolato. Come potevo giungere così vicino all'amore e vedermelo negare? Era forse lo scherzo divino più crudele di tutti? E, in tal caso, quale Dio stava ridendo? Alzai gli occhi al cielo, di un indaco cupo punteggiato di stelle lattiginose.

«No, mai! È così... qual era la parola, Luca caro... "insopportabile" che non sia vostra?» domandò Leonardo. Si fermò di colpo e mi voltai verso di lui. Allungò la mano per prendere la mia e le alzò, strette insieme nell'aria frizzante della notte. Il chiaro di luna gli inargentava i capelli ramati e gli conferiva un'aureola indistinta, come quella di un santo. Mi fissava con uno sguardo intenso e rapito sul volto cesellato.

«Leonardo?» dissi con voce incerta. Lui mi lasciò andare la mano.

«Non capite quello che provo per voi?» domandò con dolcezza, guardandomi dall'alto della sua statura. «Quello che ho provato dal giorno in cui vi ho visto, più bello di un angelo, mentre superavate la cresta del Monte Albano per raggiungermi davanti alla grotta? In tutti questi anni non ho fatto che amarvi. Solo voi, Luca. Non riuscite a immaginare come sarebbe potuta andare fra noi?» Aveva il fiato corto e avvertii la sua presenza virile, la sua essenza carnale. Era infiammato e tenero insieme; da lui prorompevano la forza e la vulnerabilità di un uomo che mi si offriva in quanto tale. Dopo quanto avevo passato da bambino nel bordello di Silvano, pensavo che un momento come quello mi avrebbe nauseato, mandato in collera, spinto a sfoderare il pugnale che tenevo legato alla coscia. Ma si trattava di Leonardo, e gli volevo bene. Nessuna azione compiuta da lui avrebbe potuto ripugnarmi. Ero commosso dalla sua onestà, di cui avevo grande stima, e dalla sua volontà di mettersi a nudo, una volontà che nella mia vita non sono riuscito quasi mai a imitare.

«No, ragazzo mio, io non sono così» dissi con voce dolce. Non indietreggiai. Mi limitai a restare lì, avvertendo anche la mia essenza carnale. Quell'essenza era pervasa da Maddalena, forse fin dalla prima volta che l'avevo vista. La capivo, e mi resi conto che per tutto il tempo, in tutti quei decenni, avevo aspettato qualcuno in grado di capirmi a sua volta. Solo una donna che aveva vissuto atrocità simili uscendone viva ne sarebbe stata capace.

«Voi non siete come me» esclamò, prostrato. «Io vi amo ed è impossibile perché voi non siete come me, non siete affatto come me!» La sua voce era piena di un vivo dolore. Annuii. Lui arretrò come davanti a un serpente. Poi si ricompose e sollevò la testa dall'aspetto nobile. «È tempo sprecato. Ho molto lavoro, la pittura, l'osservazione, lo studio dell'anatomia; la sensualità ostacolerebbe i miei sforzi. La passione intellettuale me la farà dimenticare.» Il suo sguardo era lontano e distaccato.

«Leonardo, amerai di nuovo» dissi con pacatezza, provando pena per lui.

«Tra pochi anni, comunque, lascerò Firenze. Forse andrò a Milano, o a Venezia. Ho qualche idea per delle nuove armi» disse come parlando tra sé. Accelerò il passo e dovetti affrettarmi per non rimanere indietro. «Idee per delle invenzioni. Scriverò una lettera, cercherò un nuovo impiego. Ma non subito.»

«Leonardo, saremo sempre amici» dichiarai. Mi fermai prima di svoltare nella mia via. Lui mi lanciò un'occhiata da sopra la spalla, vide che ero all'incrocio di casa mia e si fermò.

«E voi, Luca? Voi? Amerete di nuovo? Giacché non potete avere Maddalena?» domandò nella sua voce profonda e melodiosa con un tono amaro che non avevo mai sentito, e non sentii mai più. Non risposi, poiché per me era ovvio. Esisteva solo Maddalena. Se non potevo avere lei, non esisteva nessun'altra. Leonardo annuì. «Come pensavo! L'amore è uno solo, ed è per sempre!»

21

Alcune settimane dopo, mentre stavo entrando nella bottega di uno speziale vicino a Santa Maria Novella, Maddalena mi affrontò. La facciata della basilica era stata rifatta una ventina d'anni prima da Leon Battista Alberti, un restauro finanziato da Giovanni Rucellai, il cugino di Rinaldo. Con quell'intervento, l'Alberti aveva raggiunto l'obiettivo degli umanisti, e forse di tutti noi: l'unione perfetta tra passato e presente. Il rosone, la complessa decorazione a tarsie e le nicchie arcuate della chiesa originaria ben si inserivano in una splendida struttura classica in linea con i tempi.

Nella fattispecie, la bottega di quello speziale, situata nella parte occidentale della città, vicino alle mura massicce, disponeva di un vasto assortimento di ampolle e fiale, e io non avevo ancora finito di sostituire quelle rotte dal mio accesso d'ira. Feci per entrare.

«Luca» mi chiamò una voce roca e seducente. Chiusi gli occhi senza rispondere, perché lei ripetesse il mio nome e avessi il piacere di sentirlo pronunciare di nuovo dalle sue labbra. «Luca Bastardo!»

«Maddalena» risposi. Lei attraversò la piazza a passo svelto. Quel giorno indossava una cotta di broccato verde chiaro, con le maniche di seta gialla e blu e ricami cremisi; il mantello di lana pesante era di un porpora acceso e bordato di candida pelliccia. Il vestito le si intonava, traboccava di colori ed energia, proprio come lei.

«Dobbiamo parlare» annunciò, fermandosi al limitare della piazza. La raggiunsi, incapace di dominare il respiro affannoso. Mi tenni a una certa distanza, perché non mi fidavo a starle vicino. Avrei potuto stringerla e coprirle il viso e il collo di baci e suppliche e promesse. Lei deglutì, poi iniziò: «Signore, so cosa provate per me».

«Davvero?»

«Non è cosa da dirsi ad alta voce, ma mi preoccupa. Vorrei studiare l'alchimia con voi. Mio marito è d'accordo. È un uomo buono, e non ho intenzione di recargli disonore.» Gli occhi erano seri e quel giorno vi scorgevo pagliuzze grigie, il grigioverde dell'Arno quando esonda e spazza via i ponti. «Merita la mia fedeltà a ogni costo. Ho un immenso debito con lui per avermi sposata in condizioni che avrebbero scoraggiato chiunque altro.»

«Non proprio» la interruppi. «Non avrebbero scoraggiato me.»

Lei arrossì, ma continuò come se non avessi aperto bocca. «Ero senza famiglia e avevo poco denaro per la dote. Potevo offrire solo me stessa. Eppure ogni giorno Rinaldo mi fa sentire come se fosse lui quello fortunato. Gli sono grata e lo sarò sempre. Spero di dargli molti figli e di renderlo orgoglioso e felice.»

È così, Maddalena, volevo dire, *è Rucellai quello fortunato. Offrendo voi stessa, gli avete dato tutto.* Avvertii una fitta al cuore, ma la ignorai. «Che cosa volete da me?»

«Voglio che siate il mio insegnante e che vi atteniate strettamente alle regole del decoro. Senza più mandare via la mia cameriera! La mia fame di sapere è insaziabile; voglio essere rispettabile come tutte le fiorentine, con le loro famiglie illustri e la loro buona cultura. Voglio che mi insegniate tutto quello che sapete!» Infervorata, fece un passo verso di me con le labbra socchiuse. Le vedevo la punta rosea e morbida della lingua. Mi domandai come sarebbe stata nella mia bocca.

«Non è la cultura a rendere rispettabili le persone. Le persone nascono rispettabili, e nel corso della vita possono accrescere quel rispetto oppure no» affermai. Era la sola cosa fondamentale che avevo imparato nella mia lunga esistenza, un dono che ora porgevo a Maddalena, che lo accettasse o meno.

«Devo dimostrarlo a me stessa» replicò.

Alzai le spalle. «Come alchimista sono un fallito.»

«Ho grande stima di Leonardo; è un uomo straordinario. Dice che siete il migliore alchimista in circolazione, escludendo Ficino, che è troppo impegnato e troppo importante per darmi lezioni.»

«Io non sono importante.» Feci un sorriso amaro volgendo lo sguardo alla facciata bianca e verde di Santa Maria Novella, per concentrarmi su qualcosa di diverso da lei e per impedirle di vedere la fame manifesta nei miei occhi.

«Non è questo che intendevo!» esclamò. «Sono sicura che siete molto importante. Quando parlo di voi e chiedo di voi alla gente...»

«Maddalena, perché chiedete di me alla gente? Che cosa volete sapere? Vi dirò tutto di me. Tutto. Basta chiedere.»

«Vi prego, signore, lasciatemi spiegare!» Maddalena avvampò e scrollò il capo. «Ficino è a capo dell'Accademia Platonica. La gente dice che voi, a parte frequentare pochi amici, ve ne state per conto vostro, non partecipate alla vita politica, questo intendevo con "importante".»

«So cosa intendevate.»

«Quel che mi preme sapere è se volete essere il mio insegnante, come amico e niente di più, tenendo sempre presente che sono una donna sposata e fedele al marito.»

No, gridai con il corpo e l'anima e la mente e ogni singola particella del mio essere. «Sì» risposi invece. Riportai gli occhi su di lei e in quell'istante giurai che le avrei detto sempre di sì. Se non potevo darle l'amore che volevo, almeno le avrei dato il conforto di sapere che avrei sempre esaudito i suoi desideri. Per lo meno quelli che mi avesse confessato.

Il suo bellissimo viso si illuminò e mi posò la mano sul petto, entusiasta. Poi se ne rese conto e subito la levò. «Grazie, signore! Possiamo iniziare domani? Verrò da voi dopo colazione. Devo portare qualcosa? Mio marito mi ha detto di comprare tutto l'occorrente per i miei studi!»

«Portate voi stessa. Non serve altro» risposi. La sua bocca grande e animata s'incurvò in un sorriso. Scappò via come una ragazzina, ma in fondo diciannove anni non erano molti, anche se a quell'età tutte le giovani fiorentine le cui famiglie potevano permettersi una dote erano già sposate. Proprio in quel momento un gruppo di bambini passò di corsa inseguendo una ruota di legno. Erano ben pasciuti, indossavano vestiti di lana fine e ridevano tutti. Mentre sfrecciavano via, una fanciulla si girò verso di me con le bionde trecce ondeggianti e gli occhi accesi per le risate.

«Che spasso!» strillò indicando con il dito, ma a cosa si riferisse non avrei saputo dirlo. Poi capii che non importava, le sue parole erano un segno: una delle due divinità voleva farmi sapere che lo scherzo era in atto. Come sempre, il bersaglio ero io. Pregare non serviva. Sotto la superficie di ogni cosa c'era una fitta trama di significati. In ultima istanza, era quello lo scherzo.

Per alcuni anni, quando Maddalena era a Firenze, ci vedemmo una volta alla settimana. I nostri incontri venivano sospesi allorché si spostava con il marito nella villa del contado, periodi di tetra solitudine che potevano durare anche un mese. Le lezioni iniziarono dagli esercizi di latino, poiché i testi alchemici, compreso il *Corpus hermeticum* tradotto da Ficino, erano scritti per lo più in quella lingua. Maddalena imparava in fretta e in capo a un anno era diventata più brava di me. Se tentennavo su una declinazione, mi scherniva senza pietà. Certo, aveva un marito ricco e anziano che le comprava manoscritti in latino per integrare i miei insegnamenti: era quella la sua arma segreta.

Fu così anche quando cominciai a illustrarle lo zodiaco, ancora prima di completare la mia formazione con Ficino. Prosaico com'ero, lei colse la metafora dei segni, delle case e dei sette pianeti molto più in profondità di me. Un giorno, mentre le mostravo le immagini delle costellazioni riprodotte in un vecchio bestiario donatomi da Leonardo, ne nacque una discussione.

«Questo è il Leone, un animale splendido e nobile, simbolo di regalità» esordii, indicandolo con il dito. Maddalena era accanto a me, china sopra il mio braccio, cosicché potevo osservare la morbida colonna bianca del suo collo da cigno. Ne ero ammaliato, come del resto da ogni singola curva e linea della sua carne e dalla dolce sensualità che portava con naturalezza, come un comodo mantello.

«Rappresenta l'ambito della vita in cui l'anima è al massimo della sua magnificenza» replicò lei. «Luca, dovete riflettere sul significato di ciascun segno e pianeta. Il Sagittario rivela che l'anima è impegnata in una ricerca.»

«Il Sagittario è un centauro con un bell'arco robusto in mano» commentai. «Questo invece è Marte, annunciatore di morte e distruzione.»

«Marte è il principio d'azione» obiettò «non importa se per costruire o per devastare.» Inclinò il capo per guardarmi dal basso con la coda dell'occhio.

«Venere è la dea dell'amore e della bellezza» continuai, cercando di trattenere un sospiro, poiché per me lei ne era l'incarnazione. Voltai il fianco per celare il rigonfiamento che avvertivo nei calzoni. Dalla ricomparsa di Maddalena non avevo più toccato una donna. Per un uomo uso a frequenti incontri amorosi non era facile diventare casto, nemmeno per scelta. Dopo tutto era una condizione innaturale. A differenza di Geber l'alchimista, io ero convinto che la carne esistesse per goderne, con delicatezza e rispetto, certo, ma anche con trasporto. La terra era un banchetto colmo di delizie – dipinti splendidi e donne bellissime e cibi succulenti – e non apprezzarle equivaleva a un peccato grave. In fondo le tragedie e le sofferenze erano in agguato dietro ogni angolo, pronte a esigere il fio.

«Venere attesta la capacità di amare e di apprezzare la bellezza» mi corresse Maddalena.

«Troppo astratto» ribattei. «Con un'interpretazione simile, si perde di vista il fine pratico dell'astrologia: prevedere eventi specifici! Venere in posizione dominante può mostrare il momento esatto in cui nasce un amore.»

«Luca, gli eventi specifici sono l'ultima cosa che conta in astrologia!» disse, raddrizzando la schiena. Il vestito di seta le scivolava addosso come un velo d'acqua e ne lambiva le sinuosità lasciandomi senza fiato. «Il mondo materiale è governato dalle stelle, ovvero dalle leggi dell'astrologia, nella misura in cui le persone cercano la rivelazione, la comprensione del divino e la salvezza!»

«Per comprendere il divino, basta guardare un bambino che strappa le ali a una mosca. Per sapere quando avverranno eventi specifici, si usa l'astrologia» affermai. «L'astrologia è utile se può essere letta come l'orologio di un campanile. La terra e il cielo sono intrecciati in una grande tela, cosicché ciò che accade lassù accade anche quaggiù. Ma si tratta di un fenomeno generale. La salvezza individuale non è che una macchinazione con cui Dio si prende gioco di noi quando ha voglia di divertirsi. Se siamo fortunati è il Dio clemente, e in mezzo al dolore troviamo un dono a noi destinato. Se siamo sfortunati è il Dio malvagio, e l'unica cosa che ne deriva è l'orrore.»

«No, Luca, non potete credere che Dio sia diviso in questo modo, e per di più freddo e indifferente!»

«Potrebbe essere altrimenti?» domandai. «Se ci fosse un unico Dio benevolo, come potrebbe permettere la sofferenza e il male?» Mi spostai sull'altro lato del tavolo. Il suo profumo di acqua fresca e lillà mi dava alla testa, e il desiderio mi sarebbe bruciato in petto per ore, senza tregua. Semplicemente, dovevo sopportarlo; solo lei avrebbe potuto appagarmi. «Come potete credere nell'esistenza di un unico Dio benevolo, dopo quanto vi è capitato a Volterra?» chiesi.

«Non so spiegare perché accadono fatti in grado di rovinare l'esistenza» rispose con voce cupa. «Non sono così saggia. Ma so che in ogni istante la terra è pregna del divino. La terra vive e si muove insieme a Dio, le stelle sono creature viventi di Dio, il sole brucia con il potere di Dio e non c'è niente nella natura che non sia buono, perché tutto è parte di Dio.»

«Pensavate a questo mentre i soldati vi usavano violenza?» sbottai, diretto e crudele a un tempo. Nell'istante stesso in cui pronunciai quelle parole, me ne vergognai.

Maddalena non batté ciglio. «Certo che no» disse. «Ero una bambina e speravo solo che non mi ammazzassero dopo aver finito.» Si staccò dal tavolo e si sollevò le sottane fino alla vita. Non portava le calze e le cosce magre erano nude. La cameriera balzò in piedi e cacciò uno strillo di sgomento. «Zitta, lui era là quando è successo, mi ha fasciato la ferita!» Con un cenno della mano Maddalena le impose il silenzio, poi si rivolse a me.

«Ho ancora il marchio di quel giorno, quando il soldato mi scavò nella carne come avrebbe fatto con un pollo arrosto, dopo essersi approfittato di me.» Indicò con il dito la cicatrice sottile a forma di croce in alto sulla gamba e la fissai. Che bellissima gamba... Al ricordo della piccola Maddalena sfregiata dai bruti agli ordini di Lorenzo de' Medici mi assalì di nuovo la tristezza. Volevo stringerla e toccarle la cicatrice con devozione e dirle quanto era bella, quanto la ammiravo per l'onestà con cui si era messa a nudo. Quello slancio di tenerezza rischiava di sfuggire al mio controllo, perciò abbassai gli occhi e lei lasciò cadere le sottane. «Pensavo che questo marchio mi rendesse indegna.»

«No, impossibile» commentai torvo. Sapevo cosa voleva dire sentirsi sviliti.

«Anche Rinaldo dice così» riprese con voce pacata. «Quando mi ha chiesto di sposarlo, gliel'ho mostrato. Con le lacrime agli occhi mi ha detto che per lui mi rendeva soltanto più bella, e che mi amava ancora di più per quello che avevo passato.»

«Rucellai non è poi così stupido» riconobbi.

Maddalena sorrise. «È un uomo buono, e questa cicatrice me ne ha dato un'ulteriore dimostrazione. Alla fine non tutti i mali vengono per nuocere. Quando prego, e quando rievoco quel giorno spaventoso, penso a questo, al bene che nasce dal male, e alla presenza di Dio in tutte le cose. A volte quando prego provo una sensazione indefinita che forse non può essere espressa a parole, sulla perfezione di Dio in ogni momento, anche in quelli che paiono crudeli. La grazia è accettare l'amore di Dio in un mondo in apparenza dominato dall'odio e dalla paura.» Abbassò lo sguardo sul bestiario e con il dito delicato seguì il profilo della criniera dorata del leone. Le sue labbra s'incurvarono in un mesto sorriso. «Quando accade il peggio, come succede in tante vite... una violenza, l'uccisione di un genitore, la morte di un figlio, la perdita di tutto ciò che conta... è allora che abbiamo più bisogno della fede.»

«È allora che il Dio crudele ride.»

«Dio non è crudele, Luca caro, e nell'universo non operano due forze, il bene e il male. È sempre e solo un grande potere benevolo ad agire. Testimoniarlo è il compito di ogni cuore magnanimo. Dopo tutto, se Volterra non fosse stata saccheggiata e quei soldati non mi avessero ferita, avrei mai conosciuto voi?»

La dolcezza straziante della domanda minacciava di farmi perdere la ragione e non mi arrischiai a rispondere. Se avessi parlato del nostro primo incontro le avrei dichiarato il mio amore, e lei aveva messo in chiaro di non volerlo. Era fedele al marito. E forse lui se lo meritava. Il mio silenzio non la impensierì, perché si mise a sfogliare il bestiario e mi chiese della condizione della luna, in esaltazione o in caduta. Ben presto sarebbe diventata un'astrologa molto più brava di me. Io avevo intrapreso lo studio di quella disciplina perché pensavo che le stelle mi avrebbero detto quando sarei riuscito a trasformare il piombo in oro. Maddalena se ne serviva per quello che era forse il suo scopo autentico: fungere da mappa dell'anima.

Finalmente, dopo lo studio del latino e alcuni rudimenti di greco e di astrologia, meditai di passare ai grandi testi dell'alchimia: il *Corpus hermeticum*, che Ficino chiamava *Pimander*; il *Sermo perfectus* di Lattanzio; l'*Ars magna* di Raimondo Lullo. Un giorno, prima del suo arrivo, li sistemai sul tavolo. Quando entrò con la cameriera, non dissi nulla. Restai in attesa accanto alla mia ricostruzione del *kerotakis* di Zosimo. Maddalena mi guardava speranzosa, ma io non mi mossi. «Che cosa sono quei manoscritti?» domandò alla fine.

«L'alchimia è la ricerca di ciò che ancora non esiste, l'arte del mutamento, il vaglio dei poteri divini nascosti nelle cose» affermai con voce solenne.

«Che cosa c'entra con quei manoscritti?» chiese, mentre le si dipingeva sul volto un'espressione irritata. Mi affrettai a spostarmi per timore che mi tirasse qualcosa. Era già successo una volta, quando non le era piaciuto il modo in cui le avevo corretto le coniugazioni in greco. «Spero che sia l'opera di Ficino; dopo due anni di latino e astrologia sono pronta a studiarla!» esclamò.

«Ditegli di darvi questo libro» tuonò una voce familiare che non sentivo da qualche tempo, e sorrisi. «Perché ci vuole così tanto per arrivare alle cose interessanti? Gliel'avete chiesto?» disse l'Errante, la sua figura dalle spalle larghe ferma sulla soglia. Entrò arrancando e si lasciò cadere sullo sgabello accanto a Maddalena. Mentre lei lo esaminava da capo a piedi, lui la guardava dritta negli occhi. Dopo qualche istante, Maddalena allungò la mano per toccare la barba grigia e incolta. Lui rise e si tirò indietro per sfuggirle.

«Quanto ci è voluto per farla crescere?» domandò lei, per nulla offesa.

«Quanto ci vuole per compiere una grande impresa?»

«Dipende dall'impresa» rispose lei aggrottando le sopracciglia scure. «Potrebbe trattarsi di pochi giorni o di centinaia di anni. Potrebbe volerci un attimo o un millennio!»

«Esatto!» esclamò lui, lisciandosi la tunica grigia e rattoppata.

«E dunque quanto ci avete messo?» insistette Maddalena rivolgendogli un sorriso pieno di fascino.

L'Errante sogghignò. «Voi quanto pensate che ci abbia messo?»

«Millenni, è ovvio! Non circolano forse leggende su uomini che vivono quasi in eterno vagando sulla terra fino al ritorno del Messia?»

«Fino alla venuta del Messia» replicò l'Errante con aria maliziosa. «Ma le vostre leggende parlano di un ciabattino che offese il grande rabbi Gesù lungo la via della crocifissione, e per questo il rabbi lo condannò a peregrinare da solo sulla terra fino alla fine del mondo.»

«Pensavo che derivassero dal discepolo che Gesù amava, a cui Lui aveva detto: "Alcuni di coloro che son qui presenti non gusteranno la morte, che non abbiano veduto il Figliuol dell'uomo venir nel suo Regno"» spiegò Maddalena. «Voi per quale propendete?»

«Dipende se pensate che i millenni siano una condanna o una benedizione» rispose l'Errante.

«Errante, avete messo nella stalla il vostro fetido asino?» domandai per cambiare argomento. Io non avevo ancora stabilito se la longevità fosse una benedizione o una condanna, e mi mancava il coraggio di sentire discutere della questione la donna che amavo e quell'uomo sempre così misterioso ed esasperante, il quale con ogni probabilità conosceva le mie origini, ma alle domande avrebbe risposto solo con altre domande.

«Che dite, potrei mai fargli un simile affronto? È giù nell'atrio!» esclamò l'Errante. Non ero sicuro che scherzasse – con lui tutto era possibile – perciò feci un cenno precipitoso alla cameriera affinché scendesse a controllare. L'Errante sfoggiò un gran sorriso e mi porse un volume ponderoso, rilegato in pelle, dai lucenti bordi dorati.

«*Summa perfectionis*» lessi. Poi capii cosa avevo in mano e iniziai a strepitare. «Il manoscritto di Geber, il lavoro di una vita... L'avete fatto stampare!»

«Quel che conta è che te l'ho portato, per ricordarti che l'obiettivo dell'alchimia non è la creazione dell'oro! Ti sei applicato. Ora sei pronto a riaccomodare il mondo?»

«Che cos'è questo manoscritto?» domandò Maddalena. «Come fate a conoscerlo?»

«Il nostro Bastardo conosce molte cose. Le hai parlato del *consolamentum*?» mi chiese l'Errante.

«Il *consolamentum*? Che cos'è?» sbottò Maddalena. «Luca, ditemelo!»

«È un trasferimento dell'anima o dello spirito, qualcosa del genere» sospirai. «Avviene attraverso le mani. L'ho usato per dare sollievo ai sofferenti.»

«È quando le mani vi diventano calde e il loro tocco provoca un formicolio e tutto sembra luminoso e indistinto» esclamò Maddalena. «Quel giorno a Volterra, quel giorno spaventoso, mi deste il *consolamentum*! Mi fece sentire meglio. Forse mi salvò persino la vita.» Mi lanciò uno sguardo dolce, quasi con riluttanza, come se non riuscisse a trattenersi. Io mi sciolsi.

«C'è un asino nell'atrio!» gridò la cameriera dalle scale. L'Errante scoppiò a ridere gettando indietro la schiena, mentre gli occhi neri guizzavano e l'immensa barba sobbalzava come la pelliccia di un animale in fuga. Maddalena, simile a Leonardo nella sua inesauribile curiosità, saltò giù dallo sgabello e andò a vedere.

Di una notte in particolare serbavo un dolce ricordo, una notte che per me fu una grande vittoria, anche se mi espose al pericolo che da sempre minacciava i miei passi. Avvenne durante una delle celebrazioni patrocinate da Lorenzo per risollevare il morale di Firenze negli anni successivi alla congiura dei Pazzi. I bagordi erano iniziati il mattino, ma io uscii di casa al tramonto, mentre la luce diventava cristallina e il cielo s'imporporava e si riempiva di una fragranza simile a quella dei lillà. Come tutti, ero in maschera. Portavo gli indumenti di cuoio di un condottiero. Ero stato invitato ad alcune feste, almeno una delle quali sarebbe degenerata in un'orgia, ma preferii rimanere solo con i miei pensieri su Maddalena.

Comprai un otre di vino da un mercante e mi misi a passeggiare lungo la riva dell'Arno, ora opalescente, ascoltando le note delle lire, lo zufolare dei flauti, gli squilli delle trombe, i rimbombi dei tamburi e le risate acute, la cui eco rimbalzava sulle pietre. Gruppi di giovani nobili sfilavano per le vie cantando ballate così oscene da far arrossire perfino un marinaio. In via Larga passava un corteo di carri allegorici tirati da cavalli, un progetto di Leonardo; alcune delle scene in legno e gesso ricreavano con attori in carne e ossa la storia dell'incontro dei Re Magi con Gesù Bambino. Era un riferimento ai Medici, che si consideravano i Magi di Firenze.

Non avevo fretta di andare a vedere il corteo, poiché ne avevo discusso ogni dettaglio con Leonardo. Lui mi aveva mostrato i disegni dei carri fin dai primi schizzi. Ne avevo anche seguito la costruzione in base alle sue indicazioni rigorose. Sicché attraversavo con calma il Ponte Santa Trinita, sorseggiando il vino con il desiderio che Maddalena fosse lì con me, e mi sentivo doppiamente avvilito, non soltanto perché ero uno scherzo della natura con un passato nebuloso, ma anche perché ero solo, incapace di conquistare il grande amore che mi era stato promesso. All'improvviso una donna vestita con una splendida cottardita ornata di piume, bordata di pelliccia e tempestata di gemme mi si gettò fra le braccia. Aveva corso ed era senza fiato.

«Salve, straniero!» Si mise a ridere. Il viso era coperto da una maschera con bizzarre decorazioni di piume che doveva esserle costata una fortuna e i capelli erano nascosti sotto un copricapo stravagante, la testa di un gatto selvatico. Ma avrei riconosciuto ovunque quella figura minuta e procace. Fece una risatina e mi domandai quanto avesse bevuto. «Non mi salutate?»

«Oh, sì» dissi. La cinsi con le braccia stringendola a me e le diedi un bacio profondo malgrado la maschera. Lei socchiuse le labbra e io spinsi la lingua, avvertii il sapore fruttato del vino nella sua bocca umida e morbida. Ogni singola particella del mio essere anelava a un momento come quello e lo godetti appieno. Lei si abbandonò, le sue cosce serrarono le mie, e fui sul punto di possederla lì, sul ponte. Alla fine la lasciai andare. Il suo profumo di lillà e limoni e aria frizzante di un mattino primaverile mi era rimasto sulle braccia e sul petto come un mantello incantato.

«Non è questo che intendevo.» Sospirò.

«So cosa intendevate.»

«Provateci di nuovo!» disse con voce alticcia facendo un passo verso di me. Stavo per soddisfare la sua richiesta, quando fummo circondati da un'allegra compagnia di persone, tutte mascherate da animali.

«Guardate, un soldato!» gridò Rinaldo Rucellai, che portava una testa di leone sul capo e un lucco di pelliccia fulva. Mi staccai da sua moglie. «Soldato, avete ucciso qualcuno oggi?» domandò con ilarità da ubriaco.

«Non ancora» risposi. «Ma ci sto pensando.» Le mie parole provocarono scrosci di risa e il gruppo, con Maddalena in mezzo, si allontanò verso un altro ponte.

Durante le nostre lezioni non parlammo mai di quel momento, perché i fatti del carnevale, impalpabili come piume, non erano cose di cui discutere. E Maddalena non fu l'unica persona vestita di piume che vidi durante quella notte di follie. Più tardi, su un altro ponte, quando per il troppo vino bevuto le stelle sembravano rotolare giù dal cielo indaco come se venissero scrollate da una coperta, mi ritrovai faccia a faccia con un ragazzino. L'avevo già visto una volta. Il naso affilato e il mento prominente erano inconfondibili. Ora aveva all'incirca dieci anni, poco più di me quando il suo antenato mi aveva imprigionato nel bordello. Portava piume rosse cucite sulla tunica e anche lui mi riconobbe subito. Mi guardò dall'alto in basso con palese disprezzo.

«Luca Bastardo» disse, e mi salutò.

«Gerardo Silvano» risposi.

«A presto.» Fece un cenno col capo, accarezzando tra le dita una delle piume rosse, e si allontanò. Mi si gelò il sangue, ma non rimpiansi mai di essere uscito quella sera, giacché per stringere Maddalena, seppure pochi minuti, sarebbe valsa la pena di morire.

Ogni cosa finisce, me compreso, ma la fine è sempre un inizio. Qui nella mia cella, in attesa dell'esecuzione, non so quale sarà il mio inizio dopo essere stato bruciato sul rogo, ma so che ci sarà. La fine giunse anche per il meraviglioso periodo in cui fui l'insegnante di Maddalena. Una sera, poco dopo il carnevale, sentii bussare alla porta. Era tardi e indossavo solo una camicia aperta. I servitori dormivano, così scesi le scale, socchiusi la porta e sbirciai fuori. Era Maddalena, da sola, con indosso una semplice sottoveste rosa. Non l'avevo mai vista così discinta. La schiena e la fronte mi si imperlarono di sudore. Ebbi un brivido. Attraverso la stoffa sottile vedevo il profilo del seno e i punti scuri e voluttuosi dei capezzoli. *È venuta per stare con me,* pensai al colmo della gioia. Un'euforia mai provata prima mi pervase dandomi il capogiro. Mi resi conto di non aver mai conosciuto la felicità fino a quel momento. Spalancai la porta, incurante della mia nudità e del rigonfiamento nelle parti intime con cui la stavo accogliendo. Allargai le braccia per trascinarla dentro il palazzo e attirarla a me.

«Luca, venite, presto. Rinaldo sta male, sta per morire! Dovete dargli il *consolamentum* e salvarlo!» esordì Maddalena, stordendomi con il suo profumo.

No, pensai lasciando cadere le braccia. Dentro di me tutto si raffreddò. *Che muoia pure.*

«Vi prego, Luca.» Mi afferrò per un braccio. I capelli lunghi e soffici le ricadevano intorno al viso e sul collo, e anche alla luce della candela scintillavano di rosso e porpora e oro. «I dottori non sanno cosa fare. Ma voi sì! Non lasciatelo morire. È sempre stato buono con me!» esclamò.

No. Non chiedetemi questo.

«Siete la mia sola speranza, Luca, la mia ultima speranza! Siete mio amico. Vi prego, venite con me, salvate mio marito!» mi implorò. Le lacrime, come cristallo trasparente, rendevano ancora più grandi i suoi occhi limpidi, quegli occhi straordinari il cui ricordo rimase a lungo con me anche dopo che lei ebbe lasciato il laboratorio e le lezioni di alchimia. «Vestitevi e venite con me!» mi supplicò. «Forza! Verrete?»

«Sì» risposi. Mi ero ripromesso di dirle sempre di sì, e il valore di un uomo si misura solo dalle promesse che mantiene.

Rinaldo Rucellai era in pessime condizioni. Pallido e sudato, era steso sul letto che divideva con Maddalena. I capelli bianchi erano in disordine, il volto dalla barba grigia prostrato. Gli misurai il polso, era debole e irregolare. Notai l'affanno nel suo respiro e capii che era allo stremo. Rucellai stava morendo. Finalmente Maddalena sarebbe stata mia. I due anni in cui le avevo fatto da insegnante mantenendomi alla distanza richiesta dalla sua fedeltà e consentita dalla sua amicizia erano stati un purgatorio. Ora, infine, ascendevo al paradiso. Me l'ero guadagnato. Avevo atteso la donna promessami nella visione. Era mia per diritto divino, lo sentivo con la stessa certezza con cui sapevo che il Dio malvagio aveva una risata crudele e il Dio benevolo amava specchiarsi negli affreschi di Giotto.

Lei, tuttavia, voleva che lo salvassi. Mi lasciai cadere sul bordo del letto prendendomi la testa fra le mani. Dentro di me tutto – organi e ossa e sangue – vibrava, si dissolveva. Maddalena mi aveva chiesto di aiutare suo marito a vivere.

«Abbiate cura di lei» sussurrò Rucellai.

«Cosa?» Sollevai la testa di scatto. Lui mi guardava con gli occhi scuri e pietosi infossati nel volto pallido come un cencio. Il respiro si fece ancora più affannoso. Mi rivolse un debole sorriso d'intesa.

Sapeva ciò che provavo per la moglie e mi dava la sua benedizione. Maddalena poteva donarsi a me senza impedimenti, con la coscienza pulita, la fedeltà intatta. Ma lei voleva che lo salvassi. Lanciai uno sguardo a Rucellai, pensai a tutte le persone che avevo visto morire: Marco, Bella, Bernardo Silvano, Geber. La Morte non mi era estranea, sebbene lei e la sorella, la Vecchiaia, mi avessero lasciato in pace per più di centosessanta anni. Non avevo paura di assistere al trapasso di Rinaldo Rucellai.

Maddalena, tuttavia, voleva che il marito vivesse. Sulla cassapanca ai piedi del letto c'era un vaso in vetro di Murano, blu e oro, in cui era infilato un mazzo di rose rosse, rosa, gialle e bianche. Era come se lei le avesse sistemate lì per rallegrare la stanza del marito. Il suo tocco era evidente: la profusione dei colori, insieme vivaci e delicati, ma non incerti; i petali in tutti gli stadi della fioritura, dal bocciolo chiuso al fiore cadente prossimo ad appassire; la fragranza dolce; le spine.

Che cos'era l'amore, se non rinunciare a se stessi per l'amata? Avvertivo l'intensità con cui volevo possederla, sopraffare i suoi desideri con i miei. Sapevo di essere egoista. La mia vita era ancora un campo di battaglia in cui si affrontavano il Dio benevolo e quello malvagio. L'unica speranza di giungere a una tregua era affidarmi all'amore e arrendermi.

Posai le mani sul petto di Rucellai. Non sapevo se sarei riuscito a salvarlo; stava molto male. E non avevo mai avuto il pieno controllo del *consolamentum*. Sgorgava da me quando lo decideva lui, non io. Ma avrei fatto un tentativo. Cosa aveva detto Geber? "Si tratta di arrendersi, sciocco, quando lo capirai?" Chiusi gli occhi e mi arresi. Rinunciai ai miei desideri. Lasciai che la mia essenza si dissolvesse. L'idea di perdere di nuovo Maddalena – la avvertivo come un'altra perdita – mi sprofondava nella disperazione e il cuore mi palpitava per la sofferenza, lo struggimento, l'amore. I due gemelli immortali a guardia della vita umana, l'amore e la perdita, mi inondarono e non riuscii quasi a contenermi.

Dentro di me si spalancò una porta. Il *consolamentum* eruppe con una forza tale che tutto il mio corpo si mise a tremare. L'avrei raccontato a Leonardo; le manifestazioni della forza lo interessavano sempre. Era una piena che mi attraversava e si riversava dalle mie mani nel petto di Rucellai. Lui ansimò, inarcò la schiena e poi ricadde sul letto. Ansimò di nuovo. Il volto riprese colore. Ansimò una terza volta e ora a fondo, a pieni polmoni. Quando espirò, fu come il suono delle onde che si frangono mentre il fiume della vita riprende il suo corso.

Rucellai sarebbe sopravvissuto. Il *consolamentum* scaturì dal mio corpo, ormai un contenitore schiantato, poi rallentò fino a fermarsi, come la marea quando si ritira. Levai le mani e mi alzai, un uomo svuotato, poi mi trascinai nell'atrio dove Maddalena era in attesa. Bastò un cenno del capo. Lei capì. Mi gettò le braccia al collo mormorando parole di ringraziamento. Era una tortura sentire il suo corpo contro il mio e prima di precipitare nella pazzia le spostai le braccia, la spinsi via.

«Non posso più vederti» affermai con voce aspra, senza guardarla negli occhi. Perché alla fine ero solo un uomo, e c'era un limite a quello che potevo sopportare. Tutti i miei anni gravavano su di me come pietre che mi schiacciavano sul fondo di un pozzo. «Cercati un altro insegnante.»

Me ne andai con il volto bagnato di lacrime. Mai nella mia vita, nemmeno quando vivevo nel bordello di Silvano, mi ero sentito così solo come in quel momento, a mezzanotte, mentre tornavo al mio palazzo. Prima avevo sempre tratto conforto dai sogni. Adesso erano perduti, i miei sogni d'amore e la promessa della pietra filosofale, tutti i tesori nascosti nel profondo del cuore cui mi ero aggrappato con ostinata speranza, soffiati via come pula da uno dei forti venti della Toscana. Era una primavera umida e la notte era troppo fredda e nebbiosa anche solo per scorgere le stelle.

Mi infilai nel mio palazzo e salii di sopra. Avevo intenzione di ritirarmi subito, ma mi fermai sulla soglia del laboratorio, meravigliato, perché dalla porta socchiusa faceva capolino un filo di fumo verde che strisciava lungo il soffitto. Aprii la porta e scoprii che dentro tutto brulicava di vita: le storte sobbalzavano, le fiamme ondeggiavano sui lucignoli delle candele, i pezzi di metallo luccicavano, il sale frusciava nel suo recipiente e i liquidi gorgogliavano di risate e ribollivano come se si stessero fondendo, come se fossero pieni di creature che vi nuotavano dentro. Perplesso e incuriosito, attraversai la stanza fino a raggiungere i miei ultimi esperimenti con lo zolfo e il mercurio. Sollevai l'ampolla tra le mani, ancora formicolanti per il *consolamentum*. Al suo interno si formò una nebbiolina che si avvolse a spirale. La fissai. Di colpo ne balenò una luce nera che trasformò gli oggetti immersi nell'ombra in forme di luce lattiginosa, mentre lo spazio vuoto al di sopra, illuminato dalle candele, si addensò diventando solida tenebra. Uno schianto fragoroso come un tuono lacerò la stanza, poi la luce tornò come prima. Dentro l'ampolla c'era una pepita d'oro scintillante.

A poco a poco mi abituai a vivere senza Maddalena. Non fu facile. Malgrado i lunghi decenni passati in solitudine, non mi ero mai reso conto prima di quanto fosse vuota la mia vita. Per mesi fui inconsolabile. Poi in collera. Poi indifferente a tutto. Mi trascinavo per la città senza più curarmi delle mie occupazioni di un tempo. Nell'immaginazione continuavo a vedere il suo viso cesellato illuminato dalla passione per lo studio, o raggiante per le risa, o concentrato su un passaggio involuto. Al mercato udivo una risata come la sua, ma scoprivo che apparteneva a un'altra donna. Scrutavo i finestrini delle carrozze di passaggio in cerca del suo volto, sbirciavo nelle botteghe e nelle locande con la speranza di scorgere la sua figura snella e minuta. Mi flagellavo perché pensavo a lei. Ormai nulla importava. Persino la trasformazione del piombo in oro aveva perso ogni attrattiva. Mi trasferii nel podere di Anchiano e vi passai diversi mesi aggirandomi come un'anima in pena, finché giunsi ad avere in odio me stesso. *Basta,* dissi tra me; *è troppo*. Sellai Ginori e feci ritorno a Firenze.

Era la primavera del 1482 e dopo la guerra seguita alla congiura dei Pazzi, malgrado la pace precaria, Firenze viveva un periodo di prosperità. Lorenzo aveva pagato un'indennità consistente al duca di Calabria per ostacolare le mire di papa Sisto, che voleva affidare ai nipoti il controllo della Toscana. La città era tranquilla, ma l'attività ferveva. Le botteghe erano aperte, i lanaioli lavoravano senza sosta, i fabbri picchiavano e martellavano, i mercati brulicavano. Nelle vie lastricate passavano carrozze tirate da cavalli al trotto e ovunque si vedevano carri colmi di mercanzie provenienti dal contado. Ero contento di essere tornato. Il mio palazzo era chiuso, perché non avevo fatto avvisare i servitori, ma non importava. Sistemai Ginori nella stalla ed entrai. Aprii le finestre e accesi le lampade, poi salii di sopra fino al laboratorio, dove non mettevo piede dalla notte in cui ero riuscito a trasformare il piombo in oro. La stanza era silenziosa, fredda e immobile, come il mio cuore, pensai con amara ironia. I ripiani erano velati di polvere, perché lì le domestiche non avevano il permesso di pulire.

«Ho visto il luccichio delle lampade e sono entrato» disse Leonardo. «Pensavo che sareste tornato prima.» Nella sua voce melliflua avvertivo una punta di curiosità. Si avvicinò fermandosi al mio fianco. «Vi aspettavo un mese fa. Non arrivavate, così questa settimana avevo in mente di venire a trovarvi ad Anchiano.»

«Ragazzo mio, come stai?» gli chiesi, abbracciandolo al colmo della gioia.

«Bene.» Annuì. «Lascio Firenze. Mi accolgono alla corte di Milano, e Lorenzo è impaziente che vada a consolidare i rapporti tra Firenze e Ludovico Sforza.»

«Sono tutti al servizio delle brame di Lorenzo» commentai in tono pungente.

«A me sta bene.» Leonardo alzò le spalle. «Suonerò il liuto. E in una lettera Sforza ha accennato a una commissione per un cavallo di bronzo; è un progetto interessante.» Mi lanciò un sorriso sicuro. «Ho pensato di usare i miei vecchi disegni di Ginori. Non c'è un destriero più nobile di lui!»

«Il suo cuore è ancora nobile, ma sta diventando vecchio» osservai.

«Non vale forse per tutti? Tutti tranne voi. Voi siete eternamente giovane e bello. Ma per me non è così. Tra poco compirò trent'anni. Non sono più un ragazzo, professore, nemmeno per voi. Il tempo consuma ogni cosa.» Si accostò al tavolo più vicino, passò un dito sul piano tracciando una linea nello spesso strato di polvere, poi giocherellò con i vasi della storta di Zosimo e li mise in riga. «A volte ripenso alle leggende catare di cui discutevamo, a come il popolo di mia madre credesse che le nostre anime siano scintille divine intrappolate in una tunica di carne. Ricordate, Luca?»

«Anime angeliche catturate da Satana, *Rex mundi*, il Re del mondo.» Sorrisi. «Come se Satana non fosse altri che il buffone preferito di Dio!»

Leonardo era di umore insolitamente malinconico e non mi restituì il sorriso. «Forse l'idea dei catari racchiudeva un briciolo di verità. Forse dobbiamo perfezionarci per liberare l'angelo dentro di noi. Negli ultimi tempi ho capito che, se non teniamo a freno la lussuria, siamo sullo stesso piano delle bestie. La mia è stata frenata dalla mancata disponibilità del mio amato, sicché spero in una ricompensa.»

«Leonardo, troverai l'amore.»

«L'ho già trovato, grazie all'impossibilità di stare con voi: amo la natura e le sue leggi. La corteggerò per il resto della vita, sarà il mio unico pensiero. E alla fine mi offrirà i suoi segreti come una prostituta le sue curve morbide!» Sogghignò, ma io mi irrigidii. Sul suo volto comparve un'espressione di sorpresa consapevolezza. Era perspicace come sempre. Parlò con la consueta gentilezza. «Luca caro, ho forse involontariamente toccato uno dei segreti del vostro oscuro passato?»

Arrivai in fondo alla stanza. «Da bambino rimasi prigioniero di un bordello per lunghi anni.»

«Questo spiega molte cose» mormorò. «Mi dispiace tanto, Luca...»

«Quanto tempo resterai a Milano?» domandai con fare brusco.

«Non lo so. Penso che alla lunga Sforza sarà un mecenate migliore di Lorenzo. La gente dice che le sue fortune si stanno prosciugando.»

«Mai sottovalutare un Medici» affermai. «Lorenzo potrebbe ancora accumularne dieci volte tanto.»

«È un politico scaltro, ma quanto al denaro non è certo come Cosimo» rifletté Leonardo.

«Allora fatti amico Sforza. Verrò a trovarti a Milano, non è lontana» aggiunsi, il cuore di nuovo dolente. Tanto tempo prima si era trattato di Rachele; poi Maddalena; ora Leonardo; ero destinato a perdere coloro che amavo di più.

«Non avrete da fare qui?» chiese con aria perplessa.

«Non lo so, l'alchimia non mi interessa più così tanto.» Risi. Mi sedetti su uno sgabello, allungai le gambe davanti a me. «Rimarrò a Firenze finché la calura estiva diventerà insopportabile, poi forse andrò in Sardegna. C'è un villaggio di pescatori, si chiama Bosa...»

«Un villaggio di pescatori? Maddalena vuole trasferirsi in un villaggio di pescatori in Sardegna?»

«Maddalena? Cosa c'entra lei?» domandai, confuso.

«È che pensavo ci sarebbe stata lei con voi...» La voce si affievolì nell'incertezza. Poi rise. «Oh, non avete saputo! Non è buffo? Credevo foste rimasto in campagna ad aspettare che passasse il tempo dovuto, per non scatenare i pettegolezzi!»

Balzai in piedi. «Saputo cosa?»

«Rinaldo Rucellai è morto serenamente nel sonno un mese fa. Ora Maddalena è vedova.»

Quando arrivai, sedeva nella sala con la cameriera. Aveva in mano un libro. Portava una cottardita di seta nera damascata che metteva in risalto la sua pelle color crema e le sfumature cangianti degli occhi e dei capelli. Alzò lo sguardo, spaventata dal mio ingresso. «Signore...»

«Fuori» intimai alla cameriera, che alla vista della mia espressione truce lasciò cadere il ricamo. Sgattaiolò via dalla stanza con il passo più rapido che le gambe corte e paffute le permettevano. Io restai dov'ero, perché non mi fidavo.

Non sapevo cosa sarebbe successo se mi fossi avvicinato troppo a Maddalena. Ero capace di una reazione violenta, non contro di lei ma contro il palazzo, perché non mi aveva mandato a chiamare non appena il marito era morto.

«Credevo mi aveste dimenticata» iniziò con un filo di voce.

«Come se fosse possibile! Ho l'aria di uno che perde la memoria?»

«No, intendevo perché non potevate stare con me...»

«So cosa intendevi. Sposiamoci.»

«Luca...» disse Maddalena arrossendo. Aveva l'aspetto di una ragazzina vulnerabile.

«Sposiamoci *adesso*» ribadii. «Non voglio starti lontano un minuto di più!»

Sul volto, lentamente, le comparve un sorriso. «Quando non sei venuto, ho pensato di essere solo il capriccio di un momento e che tu fossi occupato con altre donne.»

«Non ci sono state altre donne da quando ti ho vista il giorno del tentato assassinio di Lorenzo» le rivelai. «Non tocco una donna da quattro anni!»

«Non so se riceverò una parte dell'eredità di Rinaldo» spiegò lei. «Non abbiamo avuto figli, e ci sono cugini maschi di mezzo. Non so cosa potrò portarti in dote.»

«La dote non mi serve. Sono ricco, più ricco di Rucellai. Vivrai in uno splendido palazzo. Te ne costruirò uno più grande di questo, grande come il duomo. Ti darò tutto, e anche di più.»

«Ti sposerei anche se fossi povero» disse con dolcezza. «Con te potrei vivere per strada!»

«Morirei pur di non ridurci in quelle condizioni» affermai. Attraversai la distanza che ci separava come se avessi le ali. La strinsi al petto, deliziato dal suo tepore e dal mormorio della vita che vibrava dentro di lei come la corda melodiosa di una lira. Quando mi prese il volto fra le mani e le sue labbra morbide sfiorarono le mie, capii che ne era valsa la pena. La lunga attesa. La rinuncia. Ogni cosa.

Ma ora non potevo più aspettare, e lei mi guidò di sopra. Imbruniva, e ombre verdi e violacee delineavano i profili degli oggetti e li dissolvevano. Maddalena mi condusse in una camera diversa da quella dove avevo dato il *consolamentum* a Rucellai. Capii subito che si trattava della sua stanza personale. Dappertutto c'erano stoffe e colori. Ai lati delle finestre ondeggiavano tende in cui pannelli smeraldini trasparenti si alternavano a strisce di pesante velluto cremisi, e alle pareti erano appesi splendidi dipinti di Botticelli, insieme a un antico arazzo logoro che rappresentava la predica agli uccelli di san Francesco. Lei mi fece chinare finché le nostre labbra si incontrarono e a quel punto mi chiusi la porta alle spalle con un calcio.

«Sei così bello. Ho pensato tanto a questo momento» sussurrò.

«Credevo di essere l'unico!» Iniziai a toglierle i pettini dai capelli. Senza fretta, perché volevo pregustare il momento in cui le folte chiome sarebbero ricadute sulle spalle perfette.

«Non potevo rivelarti ciò che provavo. Ero sposata! E Rinaldo era così buono con me.» Si alzò sulle punte per sfilarmi il lucco dalla testa. La lasciai fare e poi tornai ai suoi capelli, soffici e pesanti nelle mie mani come il raso più prezioso. Mentre mi slacciava il farsetto le tremavano le dita, e io me lo scrollai di dosso gettandolo sul pavimento. Levai l'ultimo pettine e i capelli scivolarono in una cascata bruna e fulva e nera che spandeva un profumo di lillà e limoni e rugiada e ogni cosa buona mai creata da Dio o dall'uomo. Ero felice ed ebbro. Mi cedettero le ginocchia, mi si seccò la lingua e la stanza iniziò a girare.

«È troppo» dissi con voce roca. «Sei troppo.»

«Vuoi fermarti?»

«No! Non intendevo questo, intendevo che sei così bella!» esclamai.

«So cosa intendevi.» Il suo sorriso fu quasi il colpo di grazia.

«Se ti posso toccare, Dio dev'essere benevolo, ora quasi ci credo» mormorai, cercando i bottoni della cottardita. «Un Dio solo, un Dio benevolo.»

«Credici» rispose aiutandomi a sfilarle la sottoveste di seta. Finalmente era davanti a me, minuta e luminosa, come l'avevo immaginata negli ultimi quattro anni. Sulla coscia spiccava la cicatrice, bianca sul bianco, il suo passato scritto sulla carne come capita a noi fragili umani, fatti a somiglianza di Dio per racchiudere in un solo istante la totalità del tempo. La presi fra le braccia e la portai sul letto. La fragranza e la morbidezza della sua pelle erano ineffabili. Feci scorrere la lingua sulla sua spalla tornita. Lei sorrise. «Mi sono sempre detta che, se fossimo mai riusciti a stare insieme, se avessi mai avuto la fortuna di stringerti, ti avrei sempre detto di sì. Non ti avrei mai rifiutato nulla, non ti avrei mai negato nulla. Quindi lo dirò: sì, Luca Bastardo!»

Lo disse di nuovo undici mesi dopo, quando ci sposammo. E disse sempre sì negli anni felici del nostro matrimonio, gli anni più felici della mia vita.

22

Il tempo per me e Maddalena fluì sinuoso come l'Arno, mentre il fulgore e la forza del governo di Lorenzo de' Medici giungevano alla fine. Le nozze furono celebrate all'apice del potere e dell'influenza di Firenze, poi vivemmo insieme in un beato oblio senza accorgerci che tutto intorno a noi si disfaceva. Non mi resi conto dei segni del Dio ridente finché non fu troppo tardi. La tragedia si abbatté, e tutto quanto avevo di più caro andò perduto. Presto avrei dovuto rinunciare anche alla mia stessa vita, è questo il prezzo imposto a chi trascura le note della risata divina. Forse ero stato creato solo per assistere alla vita che fluiva. Forse non ero stato creato per essere intessuto nelle trame dell'esistenza umana come gli altri. Dopo tutto ero uno scherzo della natura, generato, a quanto pareva, dalle pietre grigie di Firenze e dal suo fiume crudele, l'imperscrutabile Arno. Forse il dono della longevità consisteva solo nel poter osservare un po' più a lungo degli altri.

Maddalena mi diede ciò che avevo sempre desiderato al di sopra di ogni cosa: una famiglia mia. All'inizio del 1487 mise al mondo una bella bambina, nostra figlia. Ignoravamo i motivi per cui era passato tanto tempo, cinque anni, prima che la concepisse; supponemmo che la violenza di Volterra avesse compromesso la sua capacità di procreare. Quando finalmente scoprì di essere incinta, eravamo entrambi entusiasti. Essendo un medico, ero presente quando la levatrice fece nascere una splendida bimba che urlava a pieni polmoni. La chiamammo Simonetta. Aveva la carnagione color pesca e i capelli fulvi come me, ma i meravigliosi occhi screziati della madre. Mi chiedevo se avrebbe avuto una vita lunga quanto la mia, un discorso che non avevo affrontato con Maddalena. Non volevo oscurare la nostra felicità con l'ombra di quel tratto bizzarro della mia natura. Né avevo intenzione di affrettare la perdita indagando su enigmi irrisolvibili. Sicché tacqui su questioni importanti di cui avrei dovuto discutere con mia moglie, che aveva il diritto di sapere tutto di me.

Una sera di primavera, uscito per il carnevale alla luce argentea della luna piena che delineava forme misteriose sulle vie acciottolate, fui messo di fronte ai miei segreti. Le notti come quella, all'insegna della lascivia più sfrenata, sembravano aumentare di continuo via via che Lorenzo de' Medici alimentava la smania dei fiorentini per i bagordi. Erano trascorsi pochi mesi dalla nascita di Simonetta e passeggiavo in compagnia di Sandro Filipepi, che era venuto in visita da noi e, gioviale come sempre, aveva insistito perché andassimo a goderci i festeggiamenti.

«Non potete permettere alla vostra bella moglie di legarvi alla colonna del letto per farsi montare tutte le notti» mi sbeffeggiava. «Dovete passare un po' di tempo fra uomini!»

«Andate avanti, non fate che prendervi gioco di me.» Mi misi a ridere.

«Siete cotto di vostra moglie, le battute sono scontate» ribatté.

«Le sopporto volentieri.»

«Non desiderate altro, direi.» Sandro ridacchiò. «Con una puledra così magnifica, chi può biasimarvi? Meglio cavalcarla finché è giovane e sana. La bellezza sfugge, lo sapete. E anche l'abilità del cavaliere. Niente dura per sempre.»

«Il cambiamento è l'unica costante» mormorai. La radiosa dolcezza della vita non poteva durare. In preda al turbamento, mi sovvenne l'imminenza della seconda parte, la parte crudele, della scelta compiuta la notte della pietra filosofale: avrei perduto Maddalena. E ciò avrebbe significato perdere tutto.

«Ma la vita non cambia voi» osservò Sandro. Bevve un sorso dal boccale di vino che aveva con sé e poi mi diede una gomitata nelle costole. «C'è forse un fondo di verità in quelle dicerie a mezza voce, secondo cui non invecchiate come tutti noi?»

«Solo le fanciulle credono ai pettegolezzi» borbottai. Una frotta di giovani ci superò di corsa: ridevano e urlavano, ubriachi, e di certo avrebbero fatto danni. Il giorno dopo la città sarebbe stata piena di sporcizia e scritte sui muri, si sarebbero scoperti furti di cavalli e finestre rotte, qualche fanciulla privata del suo bene più prezioso avrebbe visto andare in fumo i progetti di matrimonio e tutti si sarebbero ritrovati con un gran mal di testa: i festaioli per le gozzoviglie, le autorità cittadine perché avrebbero dovuto ripulire il pasticcio di Lorenzo.

Ma Sandro pensava ad altro. «Fareste bene a sperare di invecchiare, Luca, se volete tenervi stretta vostra moglie.»

Mi voltai in modo tanto brusco, conficcandogli il dito nel petto, che fece un salto indietro. «Perché dite così?»

«Calma, calma, amico. Non m'importa delle dicerie. Vi conosco. Siete Luca Bastardo, un collezionista d'arte che non mercanteggia troppo se il pittore è onesto, un bravo medico, un gran compagno di bevute, un uomo pazzamente innamorato della moglie. Solo che conosco anche le donne, e sono tutte ricolme della vanità di Venere, anche se noi le vorremmo con la virtù della Madonna.»

«Che cosa avete contro le donne?» domandai girando sui tacchi e riprendendo a camminare. Passammo accanto a una compagnia di musici intenti a contrattare con alcune prostitute. I primi volevano divertirsi in cambio di nulla, ma anche a carnevale bisognava pur guadagnarsi da vivere.

«Una bella donna teme la vecchiaia più della morte» spiegò Sandro tirandosi indietro i lunghi capelli. «E la vostra Maddalena è molto, molto bella.»

«Per me Maddalena sarà bella anche con i capelli bianchi e la gobba!» esclamai.

«Ne sono convinto.» Sandro fece un ghigno. «Ma lei non la penserà così.»

«Non vi credo» dissi con una punta di asprezza nella voce. Ma era vero. Maddalena si era trovata una ruga sotto gli occhi. E non le piaceva affatto. Malgrado le avessi assicurato che non le servivano, era andata in cerca di creme e belletti. Con la sua intelligenza, avrebbe presto iniziato a chiedersi perché lei invecchiava e io no. Avrei dovuto affrontare il discorso con lei molto tempo prima. Ma la gioia del presente era troppa per scavare nel passato e rimuginare sul futuro. La discussione poteva aspettare. Mi assalì un'ondata d'ansia che cercai di reprimere negando. «Sandro, dite un mucchio di sciocchezze. La mia Maddalena è una donna con i piedi per terra.»

«Vedrete» replicò Sandro con aria compiaciuta. Eravamo giunti al Ponte alle Grazie, che luccicava argenteo come se le pietre avessero assorbito la luce lunare e la restituissero all'esterno, moltiplicata. Sotto il ponte l'Arno risplendeva e turbinava come un fiume d'oro bianco e nelle vie spirava l'aria odorosa proveniente dal contado. Sandro respirò a fondo e disse: «Magnifica notte per il carnevale! Meglio del mese scorso. Ditemi, come sta la bambina? Cresce bene?».

Di colpo divenni tutto un sorriso. Simonetta era l'incarnazione della mia gioia con Maddalena. «È strabiliante» mi infervorai. «Adesso sorride. Ha dieci settimane, è bella e intelligente!»

«I primogeniti sono sempre così» canterellò. «Al terzo, la

prole non fa più lo stesso effetto ai genitori. Pensate di averne altri? Vi siete già messo all'opera?»

«Dopo il parto il marito deve aspettare qualche tempo prima di tornare fra le braccia della moglie» affermai con più severità di quel che volevo.

«Davvero? Vi ha bandito dal letto per settimane? Come fate ad andare avanti?» scherzò Sandro. «State visitando tutte le cortigiane di Firenze?»

«Sono fedele a mia moglie» asserii. «Per me non c'è altra donna all'infuori di Maddalena!»

«Ebbene, stanotte è carnevale, le solite regole non valgono! E più feste indice Lorenzo, più la gente è libera! Potete indulgere al vizio, senza conseguenze. A carnevale anche le donne rispettabili perdono ogni freno. Come quella laggiù che viene verso di noi dal ponte, scommetto che deve sembrarvi piuttosto attraente...»

Farfugliai qualcosa sulla fedeltà a mia moglie, ma non potei fare a meno di guardare nella direzione indicata da Sandro. Un gruppo chiassoso di persone in maschera mi si fermò davanti bloccandomi la visuale. Quando si spostarono, davanti a me c'era una delle dee dipinte da Sandro, circonfusa dell'alone brillante del chiaro di luna. Era minuta e formosa, e i seni così voluttuosi da tendere la veste impalpabile, ben visibile sotto il mantello di seta fine. Poi osservai i capelli lunghi e folti, ornati da tanti piccoli fiocchi, che le cadevano sulle spalle e dietro la schiena. Neri, castani, fulvi, dorati, tutti scintillanti alla luce color platino della luna piena. Sandro rise. «Amico mio, credo che la vostra attesa sia finita. E come vi invidio!»

Sandro sgusciò via e la donna avanzò verso di me, come sospesa nell'aria. A colpirmi per primo fu il suo profumo: lillà, limoni, vaniglia, la schiuma bianca del mare, e qualcos'altro, un aroma di muschio. L'odore di una donna che vuole il suo uomo. Allungai la mano per toccarla, ma lei si fermò appena oltre le mie dita.

«Maddalena, devo parlarti di certe cose» esordii soffocando un gemito di desiderio. Ma la mia non era solo concupiscenza. Amavo quella donna completamente, con tutta l'anima. «Non voglio avere segreti con te. Non voglio tenerti nascosto nulla, mai! È giunto il momento di rivelarti i fatti oscuri del mio passato.»

«Io penso che il momento di parlare venga più tardi, dopo il carnevale» replicò lei, la voce roca piena di allegria. «Vieni, godiamoci la serata! Non ricordi quella notte di carnevale quando ero ancora sposata con Rinaldo, e tu mi hai baciata? Volevo così tanto stare con te! E ora posso!»

«Aspetta» ripresi. «Devi sapere... Ho delle qualità che mi rendono diverso dagli altri uomini, e si dice in giro che sia uno stregone! I miei presunti genitori si accompagnavano ai catari, una setta annientata dalla Chiesa perché eretica. Lo afferma una lettera che era in mano ai Silvano, poi Lorenzo de' Medici ne è entrato in possesso e penso che l'abbia restituita a loro...»

«Amore, non è il momento di parlare di lettere e segreti» mormorò. Adagio, con fare provocante, si slacciò il mantello e lo lasciò cadere a terra con uno svolazzo. Ebbi un brivido. Lei si avvicinò, mi permise di accarezzarle i capelli gonfi e pesanti. Ero un fuoco. Poi mi si gettò fra le braccia e io le afferrai le natiche sode e la sollevai. Quando mi cinse con le gambe, la gonna si alzò fino alla vita; sotto non portava nulla. Proruppi in un gemito di impellente desiderio.

«Sei comoda?» le domandai con voce roca.

Per tutta risposta mi abbassò la testa e mi baciò. La sua lingua sfiorava la mia, si muoveva sulle mie labbra. Una delle sue mani piccole e abili mi accarezzava il viso, l'altra mi stringeva la spalla. Si inarcò gettandomi i seni sotto gli occhi e persi del tutto la ragione. Mi voltai e la spinsi contro il muro del ponte, mi calai le brache in fretta e furia e facemmo l'amore lì, in piedi. Non eravamo gli unici, naturalmente. Quella notte la stessa scena si ripeteva in tutta Firenze.

Non ci accorgemmo della figura incappucciata nascosta fra le ombre finché non l'ebbi rimessa a terra allungando una mano per lisciarle la chioma fluente, ora arruffata, con la sua infinità di colori ribelli lucenti al chiaro di luna.

«Ci arresteranno per oscenità in pubblico, ma ne è valsa la pena.» Sospirai.

«Dovrebbero arrestarvi!» strepitò allora la figura emergendo dall'ombra.

Maddalena afferrò il mantello da terra e cercò di coprirsi. Io affrontai il disturbatore. Era un frate, un domenicano, secco e ripugnante, con il naso adunco e gli occhi fin troppo accesi. Aveva un'aria stravolta e infiammata. Non staccava gli occhi dal viso di Maddalena, con la stessa bramosia che avevo visto nel bordello di Silvano. Ebbi l'assurda sensazione che il frate la volesse, che non l'avrebbe più dimenticata.

«Fratello, è mia moglie» dissi con freddezza.

«E la trattate come una volgare prostituta, possedendola qui, all'aperto, sul ponte?» Scrollò il capo, lo sguardo ancora fisso su Maddalena. «Vengo in questa città dove un tempo ho predicato, per vedere con i miei occhi uno di quei carnevali sfrenati di cui la gente mormora ovunque, e cosa trovo? Immoralità e dissolutezza. Prostitute, bagordi, depravazione, il male in ogni sua forma e aspetto; Dio castigherà questo luogo con atroci tormenti!»

«Fratello, è carnevale!»

«È la follia di Satana!» gridò. «Lorenzo de' Medici ha passato il limite!»

«Torniamo subito a casa, non avete di che preoccuparvi» lo interruppi in modo brusco.

«Tutta Firenze mi preoccupa, l'anima corrotta del popolo mi preoccupa» sibilò avvicinandosi. Maddalena si appiattì contro di me. La cinsi con un braccio. Il religioso mi trafisse con gli occhi. «Peccatore, stavate per confessare certi fatti oscuri. Confessateli come si conviene, a me, e io vi darò una penitenza severa perché Dio perdoni la vostra iniquità!»

«I fatti oscuri della mia vita sono una cosa fra me e Dio» dissi.

«Che ne è stato della lettera di cui parlavate? Che legame c'è tra i vostri genitori e i catari? I vostri genitori appartenevano forse a quel popolo di fastidiosi eretici che meritarono di bruciare sul rogo? Siete un simile blasfemo, oltre che un... un fornicatore?» Fece un passo avanti di troppo e gli misi la mano sul petto per fermarlo. Non si scoraggiò, anzi, continuò a sbraitare, quasi con la schiuma alla bocca. «Il giovane Gerardo Silvano, che farà molta strada nelle gerarchie ecclesiastiche, mi ha riferito di un abominio che vive a Firenze. Siete forse voi? Dio ha predisposto che la giustizia divina vi raggiunga tramite me?»

«Fratello, noi andiamo per la nostra strada, potete dimenticarvi di averci visto» esclamai con fare deciso.

«Vi ordino di confessare!» gridò con furia, e gli spruzzi di saliva mi colpirono in pieno volto. Presi per mano Maddalena per superarlo. Il frate mi sbarrò il passo farneticando a proposito dei catari e del flagello della stregoneria e della fornicazione. Cercavo di aggirarlo in tutti i modi, ma lui continuava ad attaccarmi. Poi si rivolse a Maddalena. «Meretrice, concubina di Satana, fornicate con uno stregone!» Le strappò il mantello e con quello la veste, scoprendole i seni.

«Basta così!» tuonai, fremendo di rabbia. Gli diedi un ceffone così violento da rovesciarlo a terra. «Non osate toccare mia moglie!» Sguainai la spada.

«La vostra è una forza sacrilega» disse il frate ansimando. «La stregoneria che praticate potrebbe minare tutto il bene e l'ordine del mondo!»

«Frate, di bene e ordine nel mondo ce n'è ben poco» replicai. «Mia moglie è la cosa migliore sulla faccia della terra!»

«Vostra moglie è una meretrice, si fa possedere in pubblico, ed è sposata con un seguace di Satana!» inveì. Gli puntai la spada alla gola ed ebbi la tentazione di usarla. Volevo ucciderlo. In quel momento avrei potuto farlo senza difficoltà, l'avrei passata liscia. Le feste di carnevale organizzate da Lorenzo lasciavano dietro di sé un numero crescente di vittime; nessuno si sarebbe interrogato su quel gesto. Ma sebbene la fede del frate fosse nefanda, non volevo essere come la Confraternita della piuma rossa e fare del male a chi era diverso da me. Negli ultimi anni mi ero riconciliato con un Dio benevolo. Uccidere un frate avrebbe di certo compromesso il delicato equilibrio della mia tregua con il cielo, avrebbe di certo provocato quel ghigno divino che era cessato e che non volevo udire mai più, soprattutto ora che avevo Maddalena e Simonetta. Abbassai la spada. Da allora mi sono chiesto spesso cosa sarebbe accaduto se invece l'avessi usata. Mia moglie e mia figlia sarebbero ancora con me? Firenze sarebbe ancora la città più grandiosa della terra? Oppure la ruota era già in movimento, avrebbe girato lo stesso con un altro mezzo che non fosse quel fanatico?

«Frate, tenete a freno la lingua, se non volete perderla» dissi. «Noi ce ne andiamo.» Con una mano tenevo la spada, non rinfoderata, e con l'altra presi la mano a Maddalena. Gli occhi del frate scintillavano, incollati al suo viso. Lei camminava a testa alta, sebbene avesse le gote arrossate, e raggiungemmo la riva opposta con portamento dignitoso. Per tutto il tempo sentimmo su di noi il suo sguardo.

«Dio vi punirà!» urlò il frate, incapace di contenersi. «La vostra stregoneria vi porterà alla distruzione! Non c'è scampo per i seguaci di Satana e i fornicatori come voi!»

Senza rispondere, prendemmo una via laterale affollata di persone festanti. Ci facemmo strada fra loro e una volta riusciti a venirne fuori ci lanciammo in una corsa.

A casa ci colse un accesso di riso che si protrasse finché ci trascinammo a letto, dove cercai di togliermi dalla mente l'immagine del frate dagli occhi fiammeggianti. La determinazione a rivelare a Maddalena i segreti della mia lunga vita era scomparsa, mandata in pezzi dalle minacce del frate, che volevo dimenticare. Così mi limitai a stringere mia moglie, grato, e i miei segreti rimasero tali.

Simonetta aveva ormai cinque anni quando fui convocato alla villa di Careggi dei Medici. Sellai un cavallo nuovo che avevo chiamato Marco. Il fedele Ginori, il mantello baio punteggiato di bianco, era ancora vivo, ma era tormentato dall'artrite e dalla vecchiaia, disgrazie che io, invece, non avrei mai conosciuto. Conoscevo solo la felicità: per l'impareggiabile Maddalena, la donna della mia vita; per la dolce Simonetta, mia figlia; per la mia cerchia ristretta di amici, il mio palazzo e l'ingente capitale conservato nel banco. Percorrevo le vie lastricate fischiettando un motivetto. Firenze era casa mia, la città più radiosa del mondo, e finalmente mi ci trovavo bene.

Era l'aprile del 1492, una primavera mite accompagnata da frequenti temporali. Indossavo un mantello di lana leggera e la cavalcata in campagna fu corroborante. Un servitore mi accolse nella villa e mi condusse alla camera di Lorenzo. Era ancora giovane, aveva una quarantina d'anni, ma era gravemente malato. Lo consumava un malessere che colpiva non solo le arterie e le vene ma anche i nervi, le ossa e il midollo. La vista iniziava a indebolirsi e le articolazioni erano gonfie per la gotta. Restava ben poco del Magnifico, un maestro in ogni ambito della sfera umana: signore di una vasta fortuna, padre di una prole numerosa, abile statista, cavaliere, compositore, poeta, collezionista d'arte, promotore di alleanze, protettore di artisti e filosofi, esperto di falconeria, giocatore di calcio, seduttore.

«Non ero certo che sareste venuto» sussurrò.

«Se volete giocare al gatto e al topo, me ne vado» replicai. Le mie parole lo fecero ridere.

«È stata una gran bella partita, non è così, Bastardo?» disse Lorenzo.

«Le partite non mi piacciono granché.»

«È vero, non avete mai avuto il senso dell'umorismo.» Sospirò e distolse il volto pallido, gonfio e deformato, poi tornò a guardarmi. «Ricordate il nostro primo incontro?»

«È stato qui, vostro nonno era malato.» Mi sedetti sul bordo del letto.

«Sì. Ho pensato spesso a quel giorno» continuò Lorenzo. «Compariste con l'aspetto di un giovane dio, identico a come siete adesso, e mio nonno era entusiasta di vedervi. Ero così geloso.»

«Eravate suo nipote. Io forse lo divertivo, ma voi eravate la luce dei suoi occhi.»

«Avete fatto ben altro che divertire Cosimo de' Medici. Vi era molto affezionato. È vero che eravate con lui a Venezia, quando da giovane lo mandarono là in esilio?» domandò Lorenzo, il volto sgradevole distorto dalla sofferenza e dalla malattia. Annuii. «Non mi perdonerete mai, è così?» domandò, come per un pensiero improvviso. Scossi la testa.

«Mi sono comportato male con voi, Luca Bastardo. Ma sarete voi ad avere l'ultima parola. Sapete che sto morendo, vero? Non guarirò da questa malattia. Ci sono presagi infausti. Due dei leoni di Firenze si sono uccisi fra loro nella gabbia. La notte si odono gli ululati delle lupe. Nel cielo lampeggiano strane luci colorate. In Santa Maria Novella una donna è stata colta dalla follia divina e ha iniziato a correre durante la messa gridando che un toro con le corna fiammeggianti stava demolendo la chiesa. La cosa peggiore» si passò la mano sul viso «è che la sfera dorata in cima alla lanterna del duomo è caduta in direzione del mio palazzo. La palla dei Medici è precipitata: questo è un cattivo segno.»

«I segni dipendono dalla lettura che se ne dà. Per lo più sono scherzi di Dio.»

Lorenzo fece un'altra risata, ma più debole. Il volto era devastato dalla sofferenza. «Dunque amate il lato comico della vita, e dire che vi ho sempre ritenuto privo del senso dell'umorismo.»

«Lorenzo, cosa volete da me?» domandai, ma non senza garbo.

«Appena prima di morire, mio nonno mi disse che avevate un potere straordinario nelle mani. Quando lo toccaste, il suo cuore si acquietò. Lo aiutaste. Disse che gli avevate dato qualche giorno di vita in più!»

«Non è potere. È il contrario. Accade quando si rinuncia al potere.»

«Potete toccare anche me?» sussurrò. Fissai il suo volto sgradevole con gli occhi scuri, fieri e brillanti. Malgrado l'agonia che vi leggevo, non riuscivo a immaginare di aprire il mio cuore per lui, come esigeva il *consolamentum*. Il sacco di Volterra, gli anni in cui mi aveva tenuto in pugno ricattandomi con la minaccia dei Silvano, il modo in cui usava le persone come pedine per i propri scopi... Non mi fidavo di lui. Mi avvicinai alla finestra e osservai i pioppi frondosi piantati da Cosimo.

«Che ne avete fatto della lettera trafugata ai Silvano, quella sulle mie origini?»

«L'ho tenuta. Qualche anno fa ne feci una copia che resi ai Silvano.»

«C'è un frate che ne ha sentito parlare» commentai torvo. «Non promette niente di buono per me e la mia famiglia. E voi volete che vi dia il *consolamentum*?»

Lorenzo rise malgrado l'affanno. «Capisco, Bastardo, per voi è impossibile. Quella lettera è solo l'ultimo tempo delle partite che odiate tanto, cominciando dalla partita di calcio giocata qualche settimana prima della morte di mio nonno. Almeno vincemmo. Abbiamo avuto le nostre vittorie, anche se alla fine è la morte a vincere su tutto.»

«Potrei fare un tentativo con il *consolamentum*» dissi con riluttanza. Lorenzo era il nipote di Cosimo, che era stato un amico sincero.

«Ma ci provereste per fare un favore a me o a lui?» mormorò Lorenzo, leggendomi nella mente con la consueta arguzia. «Non voglio gli avanzi di Cosimo! Non li ho mai voluti!»

«Allora cosa posso fare per voi?»

«Potete testimoniare» rispose inumidendosi le labbra aride. «Ricordare la gloria del mio operato. La vostra giovinezza sembra non avere fine. Forse vale anche per la vostra vita. Sarete come uno dei remoti patriarchi nominati nella Bibbia, vissuti per centinaia di anni. Forse vostro padre e vostra madre erano due di loro, e per questo avevano al loro seguito quei misteriosi catari. Ficino ha tradotto un documento che pare indicare tutto questo.»

«Lorenzo, quale documento? E come fate a sapere tante cose dei miei genitori? Solo grazie alla lettera?»

«Dovevo sapere tutto di voi. Seguivo i vostri spostamenti, pagavo i vostri emissari perché mi rivelassero cosa facevano per voi e cosa scoprivano. Ero geloso, geloso dell'affetto di mio nonno per voi e dei servigi che voi gli rendevate. Volevo che mi voleste bene come volevate bene a lui.»

«Non si può estorcere l'affetto alle persone. Dev'essere donato liberamente.»

«Mi è stato affidato il governo della più grandiosa città della terra. Non potevo perdere tempo a preoccuparmi della libertà altrui, quando la sicurezza di Firenze richiedeva tutto me stesso» sbottò, ansimando poi per lo sforzo. «Io rispondo alla storia, non ai singoli individui! Per questo Volterra doveva essere sacrificata. Se non avessi agito con il pugno di ferro, ciò che mio nonno e suo padre avevano creato con tanta fatica qui a Firenze, tutta l'arte e le lettere, tutto il sapere dell'Accademia Platonica, ciò che di nobile abbiamo conseguito, sarebbe stato estirpato e negato alle generazioni future! Cos'è la libertà a confronto?»

«La libertà è tutto, è ciò che ha creato l'arte e le lettere e il sapere di cui andate tanto orgoglioso. Ogni singola vita è importante.» Distolsi lo sguardo, avevo la nausea. «Avrei gradito che quella lettera fosse stata in mano mia. E gradirei leggere il documento di Ficino. Lorenzo, vi siete intromesso nel destino di altri uomini. Come potete aspettarvi di ricevere affetto comportandovi così?»

«Mi sono preoccupato più delle alleanze che degli affetti» ammise. «Ma il mio dono è guidare il destino degli uomini! Creare la storia, plasmare il futuro. Il vostro è la longevità. Giacché non potete darmi il *consolamentum*, voglio che usiate il vostro dono per testimoniare i miei doni a Firenze.»

«Può darsi che la malattia regredisca e che torniate con le vostre gambe a governare la città» riflettei. «Può darsi che il *consolamentum* non serva.»

«Non ditemi quello che voglio sentire; non l'avete mai fatto, e non vi si addice!»

«Quando a Volterra non vi dissi quello che volevate sentire, mi ricordaste il giuramento dei Silvano di uccidermi!» sbottai.

«Foste voi a lasciare il mio servizio a causa di Volterra!» replicò Lorenzo. «Perché siete ancora così adirato? Non fu lì che incontraste la vostra bella Maddalena? L'ho sentito dire in giro. L'avreste mai conosciuta e ve ne sareste mai innamorato se non fosse stato per il sacco di Volterra?»

«Furono colpite persone innocenti. Furono *uccise* persone innocenti!»

«Non esistono persone innocenti!» rimbeccò lui. «Essere nati in questa vita ci destina tutti alla sofferenza, e non sappiamo mai quale gioia ne può derivare!»

«Ed è questo a scatenare la risata di Dio» dissi con più ferocia di quanta chiunque altro avrebbe mai osato rivolgere a Lorenzo de' Medici.

«Se Dio ride, adesso sta ridendo di me, che sto morendo! A voi ha concesso il suo abbraccio: il rispetto e l'amicizia di Cosimo, l'eterna giovinezza e la bellezza di Apollo!» ribatté Lorenzo. Ci scambiammo occhiate furiose che a poco a poco divennero dolenti. Avevamo entrambi sofferto. Lo vedevamo l'uno nell'altro. Senza parlare, giungemmo a un'intesa. Non gli avrei comunque dato il *consolamentum*, per via di ciò che aveva fatto a me e a Volterra, ma non provavo più odio nei suoi confronti. Da allora, alla luce dei fatti successivi, mi sono chiesto come sarebbero trascorsi il tempo e gli eventi se in quel momento di intesa mi fossi limitato a imporgli le mani, senza pensare né giudicare. Il *consolamentum* sarebbe scaturito per salvarlo, come aveva resuscitato Rinaldo Rucellai? E se l'avesse guarito, avrei potuto evitare le tragedie, personali e civili, che ebbero luogo dopo la morte di Lorenzo il Magnifico? Sono in parte responsabile dei fatti che mi hanno spinto a desiderare di morire, non solo perché ho scelto l'amore e la morte in una visione, ma anche perché non ho modificato il corso della storia quando ne ho avuto la possibilità, uccidendo Niccolò Silvano e Savonarola o salvando Lorenzo de' Medici? Avrei potuto stravolgere il fato se avessi anteposto l'amore alla rabbia, alla paura, mentre Lorenzo de' Medici, il controverso protettore di Firenze e di tutto il suo mondo, attendeva la morte nel proprio letto? Oppure semplicemente la ruota stava girando?

«Ascoltate dunque, Luca Bastardo, voi che riponete le speranze di salvezza nella risata di Dio. Ascoltate ciò che ho compiuto. Ho guidato Firenze fino alla gloria nei commerci, nelle lettere e nelle arti. Ho conferito con i papi e sono stato scomunicato. Al di sopra di tutto, sono stato l'ago della bilancia d'Italia» raccontò Lorenzo con voce sognante.

«È stata la mia più grande impresa. Ho impedito a Milano e a Napoli di scendere in guerra, ho conservato l'equilibrio con Venezia e Roma. La pace da me promossa ha rafforzato la penisola. E questa forza ha permesso alla cultura toscana di fiorire. Ha garantito ai nobili e ai mercanti il denaro necessario per sostenere gli artisti, che hanno potuto dipingere e scolpire e creare. Ha consentito ai dotti di incoraggiare l'erudizione, lo studio del passato, la filosofia e la scienza. I frutti di questo periodo di concordia alimenteranno l'umanità per mille generazioni! Non lo capite, Luca?»

Tacqui un istante, poi annuii. «Nelle vostre parole c'è un fondo di verità.»

Sul volto di Lorenzo balenò il vecchio piacere per la vittoria. Subito fu sostituito da un'espressione addolorata. «Ma la forza e la pace non resisteranno a lungo senza di me. Il re di Francia invaderà la nostra terra. Gli stati italiani sono divisi, lui ha unificato quelli francesi sotto un'unica corona. C'è una sola Francia, ma non una sola Italia. Attraverserà tutta la penisola a passo di marcia. Le città stato cadranno una dopo l'altra sotto le sue armate. Se anche non si arrendesse tutta la penisola, sottrarrà a Firenze il suo potere. Vedrete. Voglio bene a mio figlio Piero, ma non riuscirà a mantenere l'equilibrio. Forse, se potessi vivere altri dieci anni, lui avrebbe tempo di maturare, di diventare degno del nome dei Medici. Ma ora è troppo giovane. Sciocco e pauroso. Debole.»

«Voi eravate giovane quando vostro padre vi lasciò la guida di Firenze» osservai tornando a sedermi sul bordo del letto, dove tanto tempo prima mi ero seduto a parlare con un Cosimo debilitato.

«Troppo giovane.» Lorenzo sospirò. «Forte quanto bastava. Ma ho fatto degli sbagli.»

«Non avrei mai pensato di sentirvi confessare una cosa simile!»

«Ho richiamato a Firenze certe persone che non dovrebbero essere qui.»

«I Silvano.»

Fece una debole risata, chiudendo gli occhi per il dolore. «Non solo loro. Ma mi dispiace per il ritorno di quella famiglia, Luca Bastardo. Davvero. Quando avete sposato Maddalena, ho gioito per voi. Ho capito che l'amavate nel momento in cui vi ho visto seduto accanto a lei quella sera a cena da Rucellai. Avete ricevuto il dono di nozze che vi ho mandato?»

«Diverse botti di ottimo vino» risposi alzando le sopracciglia. «Le ho fatte assaggiare tutte per timore che fossero avvelenate.»

Lorenzo rise di nuovo, questa volta fino a tossire. Quando riprese a parlare, la sua voce acuta e nasale sembrava quasi allegra. «Così dopo tutto avevo ragione su di voi, Luca Bastardo. È una consolazione. Non avete alcun senso dell'umorismo. Uccidervi avrebbe rovinato la partita, sarebbe finita troppo presto. Non l'avete ancora capito?»

«È più divertente guardarmi mentre mi contorco come un verme.»

Lorenzo abbassò il capo, adagio. «Se fossi in voi, non mi preoccuperei più di tanto della famiglia Silvano. Siete riuscito a eluderli per tanto tempo... centocinquant'anni? Di più?» Si interruppe, scrutandomi, ma non risposi. Fece un profondo sospiro. «Due anni fa ho richiamato a Firenze qualcuno che non avrei dovuto. Causerà problemi. Un predicatore domenicano nato a Ferrara.»

«A mia moglie piace fra Mariano, quell'agostiniano così eloquente.»

«Piace a tutte le classi alte, ma il popolo minuto ha gusti diversi» spiegò Lorenzo. «A loro piace sentire parlare della malvagità. Vogliono sentire denunciare la vanità delle classi alte. Loro non possono permettersela, quella stessa vanità che ha condotto Firenze alla grandezza, così vogliono sentirla condannare.»

Strinsi gli occhi, pensieroso. «Parlate di quello stolto che predica contro l'arte e la filosofia platonica e spaventa tutti dicendo che il mondo finirà se non torniamo all'istante sulla retta via? Non l'ho mai visto, ne ho solo sentito parlare.»

«Non è uno stolto, anche se è persino più brutto di me. Sostiene che Dio parla tramite lui, e i suoi sermoni sono diventati così popolari che San Marco non contiene più i suoi accoliti. Si è spostato in Santa Maria del Fiore. Non fa che criticare i Medici. Vuole riformare la costituzione di Firenze ispirandosi a quella veneziana, ma senza la figura del doge!»

Alzai le spalle. «Io non mi darei pena. Noi fiorentini siamo quello che siamo: un popolo che ama i piaceri e il denaro e la buona tavola e genera grandi artisti, pensatori e banchieri. Nessun frate, per quanto battagliero, può mutare la natura di fondo di Firenze e dei suoi abitanti.»

«A lungo andare, no» sussurrò Lorenzo. «Ma ha infiammato l'immaginazione della gente, e per qualche anno provocherà il caos, aspettate e vedrete. Conosco la gente. So cosa vuole. Approfitterà dell'avanzata francese per rimodellare Firenze nel suo stesso stampo. Caccerà i Medici. I suoi sermoni penetreranno nella Chiesa e la scuoteranno dalle fondamenta; ha già definito la Chiesa una prostituta; attirerà la collera di Roma su Firenze. Vuole una riforma, della Chiesa e della nostra città. Con lui e i francesi, Firenze perderà la sua influenza. Non sarà mai più il quinto elemento, la città più grandiosa della terra. Se restassi in vita, questo frate lo manderei in esilio o, meglio ancora, lo farei assassinare nel sonno. Tenetelo d'occhio e state in guardia, Luca. Il vostro è un dono singolare e non appena uno dei Silvano richiamerà l'attenzione su di voi, Savonarola vi sospetterà di praticare il culto del demonio. Guardatevi da lui, Luca. Se fossi in voi, temerei per me stesso e per la mia famiglia.»

«So già come guardarmi da chi mi accusa di stregoneria» dissi con voce fredda.

Lorenzo alzò il capo. «Ma non è come il culto del demonio, Luca. Io lo so. Prima, quando mi avete chiesto come facevo a sapere della vostra famiglia, vi ho accennato a un documento tradotto da Ficino. È un vangelo proibito, un libro sacro dei catari, intitolato *Ultima Apocalisse di Set*. Parla di una razza segreta di uomini che discende da Set, uno dei figli di Adamo. Sono individui incredibilmente longevi, ma non per un patto con il maligno. È perché si nascondono e mantengono puro il proprio sangue.»

«Il sangue puro non è mai servito a ingraziarsi la Chiesa» ribattei.

«No, avete ragione.» Lorenzo scrollò il capo. «La storia dice che questi individui dal sangue puro sono stati perseguitati e uccisi per secoli, soprattutto dagli eserciti papali. Sono la prova vivente di un passato che la Chiesa non vuole rendere noto. Ma, Luca, la vera minaccia per la Chiesa è ben più grande di voi, e questo è il dono che vi faccio.» Si interruppe e io lo osservai con attenzione, chiedendomi che cosa stesse per rivelarmi. Sorrise. «Non siete l'unico rimasto di questo popolo. Sul manoscritto tradotto da Ficino c'è una nota aggiunta di recente. Dice che su certe remote montagne si nasconde una comunità numerosa. Aspetteranno finché non saranno abbastanza forti, poi usciranno allo scoperto. La vostra famiglia verrà a cercarvi, Luca. State il più possibile lontano dai guai, e potrete ricongiungervi alla vostra gente.»

23

Lorenzo morì tre giorni dopo. Non partecipai alla cerimonia funebre, ma mandai una lettera in cui esprimevo il mio cordoglio e chiedevo una copia dell'*Ultima Apocalisse di Set* tradotta da Ficino. Dalla risposta secca inviatami appresi che Lorenzo aveva lasciato istruzioni precise, secondo le quali l'unica cosa da corrispondermi alla sua morte era una vecchia sella, consegnatami a casa a tempo debito. Si trattava, naturalmente, della stessa sella donatami decenni prima e da me restituita dopo il sacco di Volterra. Rimasi con l'inquietante certezza che avesse saputo più di me sulle mie origini, nient'affatto un buon segno, e che la partita con lui non fosse ancora chiusa, qualunque fosse il purgatorio in cui era stato accolto.

E le parole pronunciate da Lorenzo sul letto di morte divennero realtà. Dopo la sua scomparsa i sermoni di Savonarola si fecero ancora più infervorati e apocalittici. Il frate era deciso a sradicare da Firenze l'immoralità e la corruzione, a suo dire incoraggiate dai Medici. Profetizzò l'avvento di sciagure e il flagello della guerra. Nel 1492 aveva preannunciato la morte di Lorenzo e di papa Innocenzo VIII, e il compimento delle predizioni lo rese baldanzoso. Dal pulpito del duomo proclamava con voce tonante che Firenze sarebbe stata mondata per mano delle armate francesi. Come previsto, e come aveva detto Lorenzo, nel 1494 Carlo VIII guidò un vasto esercito nella penisola. I soldati valicarono le Alpi reggendo vessilli di seta bianca con la scritta *Voluntas Dei*. Ludovico Sforza, il governatore di Milano, intravide la possibilità di realizzare le proprie ambizioni e li accolse a braccia aperte, malgrado l'alleanza della città con Firenze.

Le truppe marciarono verso sud e Piero de' Medici, il figlio di Lorenzo, cercò di preservare la pace cedendo a Carlo la città di Pisa e altre piazzeforti sulla costa tirrenica. Firenze, che aveva fatto del dominio di Pisa un motivo d'orgoglio, si indignò per quell'atto di viltà. Lorenzo de' Medici non l'avrebbe mai permesso. La Signoria sbarrò le porte a Piero e scacciò i Medici. La folla irruppe nello sfarzoso Palazzo Medici di via Larga e lo saccheggiò. Savonarola sfruttò la sua influenza sulle masse per proclamare la repubblica. Bandì il gioco d'azzardo, le corse dei cavalli, le canzoni volgari, il linguaggio osceno, il lusso eccessivo e il vizio in tutte le sue forme istituendo pene severe: ai bestemmiatori veniva tagliata la lingua, i sodomiti subivano la castrazione. Poi il frate accolse il sovrano francese come un liberatore. In veste di rappresentante di Firenze pregò Carlo di non oltrepassare le massicce mura di pietra della città. Ma il 17 novembre 1494 l'opera di persuasione di Savonarola si rivelò vana; il re fece il suo ingresso trionfale a Firenze accompagnato da dodicimila uomini.

Io e Maddalena assistevamo al corteo dal balcone del nostro palazzo. Mentre un immenso esercito si insinuava nelle vie lastricate anguste e tortuose, in tutta la città riecheggiava il rumore degli zoccoli e dei passi. Carlo VIII era alla testa delle truppe.

«Guardalo, infilato in quell'armatura, un omuncolo in sella a un cavallo da guerra così grosso da farlo sembrare un bambolotto» commentai. Cinsi Maddalena con un braccio e mi resi conto che tremava. «Carissima, hai freddo?» Levai il mantello e la avvolsi, rimboccando il lembo sotto il suo bel mento per proteggerla dal vento gelido.

«No» sussurrò. «Non mi piace vedere un esercito marciare dentro una città.»

«Maddalena, non è come a Volterra» dissi, attirandola a me.

«Penserai che sia una sciocca ad avere paura.» Rise, ma le tremava la voce.

«Mai» dissi, baciandola sulla sommità del capo. La sua vulnerabilità la rendeva ancora più amabile. Maddalena si voltò, ancora stretta nel mio abbraccio, e mi guardò negli occhi con candore, permettendomi di vedere dritto nel cuore della fanciulla spaventata ancora viva dentro di lei. Quella fanciulla era così dolorosamente reale e palpitante da far emergere pure il bambino che ero stato. Adesso il piccolo Luca abbandonato, tradito, maltrattato era insieme alla giovane Maddalena ferita e terrorizzata. Il mio dolore e il suo dolore, la mia gioia e la sua gioia, il mio amore e il suo amore, la mia paura e la sua paura esistevano insieme come le onde di un unico fiume dolce e amaro, e tra noi non c'erano barriere. Restammo a lungo in silenzio. Un esercito invadeva la città e ovunque risuonavano le grida, ma noi fluttuavamo nella profonda comunione delle nostre anime. Poi Simonetta arrivò di corsa, le trecce fulve svolazzanti. Si infilò in mezzo a noi finché io e Maddalena non la abbracciammo ridendo.

«Che bei costumi portano, babbo» osservò Simonetta. Aveva sette anni e una scorta inesauribile di domande. Arricciò il naso e inclinò la testa. «I soldati sono così belli anche quando combattono?»

«No, tesoro, in un combattimento vero i costumi non restano così lindi» risposi.

Maddalena si irrigidì. «Lo so io cosa fanno i soldati ai bambini!» sussurrò al di sopra della testa di nostra figlia.

«Per voi due affronterei un esercito» affermai con energica risolutezza.

«E vinceresti!» esclamò Simonetta. Mi rivolse uno sguardo adorante e mi si allargò il cuore. Qualcosa nel modo in cui una figlia ama il padre mi rendeva determinato a proteggere mia moglie e la nostra bambina a ogni costo. La mia vita non aveva altro scopo che servire la loro.

«Babbo, ma anche tu devi andare a combattere?» domandò Simonetta.

«Non credo» risposi, tirandole una treccia. «L'esercito non rimarrà a lungo. Firenze ha lasciato entrare le armate francesi, ma i cittadini non si faranno trattare come prigionieri di guerra. Carlo li minaccerà e i delegati fiorentini scopriranno il suo gioco; il re non vuole combattere dentro le mura. Le vie sono così strette che l'esercito non ha la possibilità di spiegarsi in tutta la sua forza. Gli abitanti sono avvantaggiati, perché conoscono la città. Le truppe rischiano di restare bloccate sulle rive dell'Arno. Carlo non lo permetterà. Prenderà il denaro e se ne andrà.»

«Spero che tu abbia ragione» disse Maddalena con voce ansiosa. Prima la presa di potere di Savonarola e poi l'occupazione francese: fu un momento difficile per tutta Firenze. Anche dopo la partenza dell'esercito, di lì a dieci giorni, la città rimase sottosopra. Le taverne e i bordelli erano chiusi, i giovani intonavano inni religiosi anziché canzonette scurrili, e squadre di ragazzini turbolenti battevano la città per imporre il rispetto delle severe disposizioni di Savonarola. I commerci languivano, i raccolti scarseggiavano; e Firenze, la città dei banchieri e dei mercanti, andò in rovina.

In qualche modo io e Maddalena non fummo toccati dalla tensione di quei giorni. La nostra era una vita semplice e tranquilla, volta a non richiamare l'attenzione. L'amore reciproco e l'orgoglio per la nostra diletta figlia ci assorbivano e ci facevano da scudo. Maddalena accettò senza lagnarsi le rigide leggi sull'abbigliamento imposte da Savonarola, ma non frequentava i suoi sermoni. In segreto pensavamo entrambi che la sua austerità fosse insana, e ci tenemmo alla larga da lui e dalla sua cerchia. Poi, un giorno di febbraio del 1497, Maddalena venne a casa e chiese a me e a Simonetta di accompagnarla a uno dei carnevali di temperanza e sacrificio promossi da Savonarola.

Al suo arrivo io e nostra figlia eravamo impegnati in una lezione di latino. Avevo escluso di ricorrere a un precettore, preferivo passare il tempo con lei. Ero un valido maestro. Avevo insegnato alla madre di quella bambina intelligente. Ero stato il professore niente meno che di Leonardo, del cui operato a Milano si dicevano grandi cose. Mi aveva mandato una lettera con uno schizzo dell'*Ultima cena*, l'affresco da lui realizzato su una parete del refettorio di Santa Maria delle Grazie. Progettavo di andare a Milano per ammirarlo. Sandro Botticelli l'aveva visto e il viso gli si era rigato di lacrime mentre descriveva quella rappresentazione sconvolgente e magistrale di un unico, drammatico istante, il momento successivo alle parole di Cristo: "Uno di voi mi tradirà". L'espressione di ciascun discepolo era colta appieno, dallo stupore di Andrea, a bocca aperta, all'ardore con cui Pietro proclamava la propria innocenza afferrando un coltello con fare aggressivo, fino a Giuda, la carnagione scura, gli occhi sbarrati, isolato e schiacciato dal senso di colpa mentre si ritraeva da Cristo. "Il buon pittore ha da osservare due cose principali, cioè l'uomo, e il concetto suo della mente. Il primo è facile, il secondo difficile, perché s'ha a figurare con movimenti delle membra" mi aveva scritto Leonardo stesso.

Ma nell'affresco Leonardo aveva tratteggiato alla perfezione il concetto, ovvero l'anima, di ciascuno, insieme a un Cristo di una bellezza e serenità commoventi. Ai ritratti, eccelsi, si aggiungeva una sublime composizione di triangoli nascosti e una tensione suggestiva fra gli oggetti comuni, eppure trasfigurati, dell'ultimo pasto e della prima Santa Eucarestia: le coppe di vino, le pagnotte, i piatti di peltro. Il pane della vita presagiva la morte. Ma tangibile nell'*Ultima cena* era anche la sacralità dell'Eucaristia, un dono perenne per i credenti. E così la morte è parte della vita e i momenti più ordinari racchiudono a un tempo la redenzione e la tragedia.

Uno di quei momenti ordinari colse me e Simonetta di sopra, nel laboratorio trasformato nella sua stanza dei giochi. Eravamo intenti a una traduzione di Cicerone. Per una bambina di dieci anni poteva essere ostica, ma Simonetta era brillante e se la stava cavando bene. Udimmo qualcuno trafficare alla porta e corremmo di sotto a vedere.

«Mamma! Come sono contenta di vederti!» Simonetta rise e si lanciò ad abbracciarla.

«Simonetta mia.» Maddalena strinse la bambina. «Come vanno le lezioni?»

«L'ora di latino è stata una tortura per la nostra cara piccolina» intervenni. Mi sporsi sopra la testolina bionda per baciare Maddalena, inspirare il suo profumo di lillà e limoni e accarezzarle la morbida guancia. Toccavo mia moglie appena potevo, e questo in seguito mi fu di conforto.

«Luca, fra' Savonarola celebra un altro carnevale» disse lei con voce allegra.

«Carnevale, è così che chiama quegli eventi tetri? Carnevale è quando una bella donna in maschera bacia un uomo su un ponte e lo fa sentire unico al mondo!»

Maddalena rise. «Questo vale la pena di vederlo; oggi ci sarà tutta la città ad ascoltare la predica e a partecipare alla processione. Perché non andiamo anche noi?»

Avevo evitato il frate fin da quando lo scaltro Lorenzo mi aveva messo in guardia, ma da molto tempo mi ero ripromesso di dire sempre di sì a Maddalena. Perciò acconsentii, indossai un lucco e un mantello dai colori spenti, i più sobri che avevo, e uscimmo tutti e tre.

Per le vie di Firenze divampava il furore, il furore per la purezza, la perfezione, l'obbedienza cieca a un folle proclamatosi la voce di Dio. Avrei dovuto sapere che una simile insistenza sulla purezza avrebbe inevitabilmente condotto alla tragedia, alla morte e al dolore. Frotte di persone vestite di grigio ondeggiavano verso piazza della Signoria. Non appena svoltammo in via Larga, una squadra dei giovinastri al servizio di Savonarola ci venne incontro di corsa.

«Dateci una vanità!» ci intimò un ragazzino moro sui dodici anni. «Un bene materiale che impedisce al vostro cuore di seguire la retta via!» Una decina di bambini, tutti vestiti di bianco, strepitava e ci spintonava, e Simonetta, con i suoi dieci anni, ne fu incuriosita. «Non vi lasceremo andare finché non ci consegnate una vanità, le stiamo raccogliendo per il santo Savonarola in persona!» minacciò il ragazzino.

«Ecco.» Maddalena rise. Si levò il mantello, quindi staccò le maniche dell'abito, verde smeraldo e della seta più fine, e le sfilò. Le aveva messe pensando che sarebbero rimaste coperte dal mantello. I bambini esultarono e le afferrarono. Alla vista delle belle braccia di Maddalena, candide e snelle, sorrisi e fui preso da pensieri infuocati e licenziosi che di certo il pio Savonarola non avrebbe mai approvato.

«Avrete la vostra ricompensa nei cieli!» esclamò il ragazzino, e il gruppo scappò via.

«Maddalena, sei troppo generosa» dissi in tono secco mentre la aiutavo a rimettersi il mantello grigio.

«La cara mamma è sempre tanto buona, ma stavolta non credo che avesse molta scelta» commentò Simonetta con la solita sagacia. «Quei bambini erano molto determinati! Credete che se leggessero Cicerone imparerebbero le buone maniere?» Le sue parole ci fecero ridere, la abbracciammo e tenendoci stretti ci dirigemmo verso la piazza.

Era gremita di gente oltre ogni misura. La calca mormorante aveva un'aria risoluta, così sinistra che l'ansia mi serrò il petto. Sapevo per esperienza come gli assembramenti di persone degenerassero fin troppo facilmente nella crudeltà. Ricordai le torme che avrebbero voluto mettermi al rogo con l'accusa di stregoneria e la folla che aveva preso a sassate

Moshe Sforno e la piccola Rebecca durante la prima epidemia di peste. Pensai all'esercito che aveva depredato Volterra. Qualcosa nella natura umana permetteva alla distruzione immotivata di diffondersi senza limiti là dove erano riunite abbastanza persone. Avremmo potuto voltarci e tornare a casa, ma la moltitudine era troppo fitta e molesta. Maddalena, Simonetta e io fummo spinti avanti dalle frotte dietro di noi. Tenevo saldamente per mano la bambina, e Maddalena le stringeva l'altra mano.

Al centro della piazza ci si presentò uno spettacolo orribile: una piramide imponente di oggetti gettati alla rinfusa alta come un palazzo di dieci piani. Via via che ci spingevano verso il limitare della piramide, gli oggetti assumevano forme distinte mostrandosi come gli splendidi prodotti che avevano reso Firenze così ricca e piena e famelica: libri, parrucche, dipinti, maschere di carnevale del tempo di Lorenzo, specchi, piumini per la cipria, carte e dadi, vasi di belletto, boccette di profumo, berretti di velluto, scacchiere, lire e un'infinità di altri manufatti. Alcuni erano ninnoli senza valore, altri erano preziosi. Nel cumulo vidi dipinti di Botticelli, alcuni di Filippino Lippi, un altro del Ghirlandaio e uno che era senza dubbio un'opera giovanile di Leonardo, e mi si strinse il cuore. Vidi cottardite sfarzose e mantelli bordati di pelliccia, cassapanche dipinte, braccialetti d'oro, calici d'argento e persino crocifissi tempestati di gemme. La folla continuava a lanciare oggetti nella pila, eliminando le vanità preziose e raffinate per le quali Firenze era stata la regina incontrastata delle città italiane. Se Lorenzo de' Medici fosse stato vivo, avrebbe scatenato il suo esercito contro Savonarola e quella plebaglia per impedire una simile profanazione della città e di tutto il suo mondo. Mi domandai fino a che punto avessi contribuito a quella indecenza, giacché mi ero rifiutato di dare a Lorenzo il *consolamentum* che avrebbe potuto prolungargli la vita.

«Al rogo, al rogo tutto l'oro e gli orpelli, al rogo il corpo che è cibo per i vermi!» gridò una voce, e mi resi conto che era Savonarola in persona. Non l'avevo mai visto, non mi era mai interessato frequentare i suoi sermoni, non volevo avere nulla a che fare con lui, e lo stesso valeva per Maddalena, ma ora mi allungai per guardarlo in faccia. Dopo tutto, quel frate stava rivoltando Firenze da cima a fondo. Il clamore suscitato dal suo discorso quasi coprì le parole successive: «O Firenze, pentiti! Indossa le candide vesti della purificazione! Non attendere oltre, perché potrebbe essere troppo tardi per il pentimento! Il Signore mi manda avanti a dirti: pentiti!».

Finalmente riuscii a scorgere il suo volto. Lo riconobbi all'istante. Era il frate segaligno dagli occhi fiammeggianti che anni prima aveva spiato me e Maddalena mentre facevamo l'amore sul Ponte alle Grazie, per poi strapparle il vestito e redarguirci. Il mio antico istinto per il pericolo si risvegliò. Ricordavo ancora il modo in cui lui l'aveva guardata. Ricordavo le sue minacce. Avrei dovuto ucciderlo quando ne avevo avuto la possibilità. Avvertii un formicolio nel collo e nel retro delle braccia e mi si annodò lo stomaco. «Maddalena, dobbiamo andarcene!» esclamai trafelato. «Subito!»

Non mi sentì. Alla nostra sinistra stava nascendo una gazzarra, poiché un uomo con l'accento veneziano si era messo a gridare offrendo ventimila scudi per tutte le opere d'arte nella pila. Qualche persona intelligente in mezzo a tante bestie c'è, pensai, ma la folla impazzita vomitò un orrendo ruggito di disapprovazione. Il veneziano fu messo a tacere con modi bruschi. Urlai di nuovo chiamando Maddalena, invano. Gli squilli di tromba e i rintocchi delle campane soffocavano le mie parole. Mi sporsi verso di lei, ma Simonetta mi lasciò la mano. Indicò qualcosa e iniziò a correre, trascinandosi dietro Maddalena. Feci per seguirle, ma fui bloccato da un gruppo di persone inferocite che avevano assalito il veneziano rubandogli la giubba e ora stavano preparando un fantoccio di paglia a sua immagine e somiglianza sorretto da un manico di scopa. Menai calci e pugni, ma riuscii a liberarmi solo parecchi minuti dopo, quando ebbero gettato il fantoccio nella pila. A quel punto non c'era più traccia di mia figlia e di mia moglie.

In preda al panico, mi guardai intorno e urlai i loro nomi, ma nella piazza stavano affluendo le guardie che avrebbero circondato il falò e io stesso non udivo le mie parole al di sopra del frastuono della folla e dei rintocchi di tutte le campane cittadine. Sembrava che l'intera popolazione di Firenze, centomila persone, si fosse riunita nella piazza e nelle vie circostanti. Mi feci largo a furia di spintoni, scrutando i volti con affanno. Chiamai mia moglie e mia figlia fino a perdere la voce. Le guardie appiccarono il fuoco alla piramide delle vanità, mentre la sventurata Signoria guardava dal balcone. Mi arrampicai sui muri e sulle porte per osservare la folla dall'alto, ma invano. Dopo qualche ora mi avviai verso casa, sapendo che Maddalena e Simonetta sarebbero tornate là; forse erano già arrivate.

A passi lenti camminai contro la marea di persone che si spingeva verso il falò di Savonarola, una pira funeraria per Firenze che ardeva rossa e arancio illuminando la volta celeste. Quando finalmente giunsi al mio palazzo, Sandro Filipepi aspettava sulla soglia. C'era qualcosa che non andava, lo capii nell'istante in cui posai gli occhi su di lui. Sandro, il compagnone sempre allegro, piangeva.

«Non entrate» disse con voce rotta, e mi abbracciò. Sentii il suo volto bagnato di lacrime contro la guancia.

«Cos'è successo?» gridai. «Dove sono Maddalena e Simonetta?»

«Luca, fatevi forza» singhiozzò Sandro tenendomi fermo per le braccia. «Pensavo che Savonarola avrebbe guarito la Chiesa dagli eccessi, che ci offrisse una soluzione, ma ora!»

Mi precipitai oltre la porta spalancata e nell'ingresso trovai un gruppetto di persone in piedi, mute: i servitori, la cameriera paffuta di Maddalena, due delle sue amiche e alcuni sconosciuti. Piangevano tutti. Lanciai un gemito con un tremendo presentimento. Si spostarono ai lati per farmi passare. Distese sul pavimento c'erano Maddalena e Simonetta. Erano inzuppate d'acqua, i vestiti scuri aperti a ventaglio sembravano fiotti di un fiume nero come l'inchiostro sui corpi di un pallore abbacinante. Con un solo sguardo capii che erano morte, ma tastai comunque il polso a entrambe. Prima mi inginocchiai accanto a Simonetta, perché Maddalena avrebbe voluto così. I capelli di nostra figlia, dello stesso colore fulvo dei miei, erano fradici, come pure la semplice cottardita marrone imposta da Savonarola. Non aveva il mantello e le spostai una folta ciocca di capelli dal viso prima di posarle le dita tremanti sul collo. Niente. Niente nemmeno in corrispondenza del polso. Lo stesso per Maddalena. Tornai da Simonetta, le sollevai la testolina graziosa, la piegai all'indietro e le soffiai aria nella bocca. Non so quante volte ripetei il gesto, convinto di poterla risvegliare, prima che Sandro mi strappasse via da lei.

«Basta! Luca, non ci sono più» esclamò con il volto rigato di lacrime. «Ma dipingerò i bei capelli di vostra figlia e il viso dolce di vostra moglie finché il Signore non mi chiamerà a sé, così vivranno per sempre!»

«Com'è successo?» domandai stordito dal dolore. Le fiaccole ardevano nelle forcelle alle pareti, ma io ci vedevo a fatica. Davanti a me tutto si scioglieva, le persone e le pareti si fondevano le une nelle altre, un turbinio di colori che crollava come un muro di pietra e mi schiacciava. Avevo la vista annebbiata. Senza aria, senza respiro, il mio corpo era come sigillato.

«Io ho visto tutto, per puro caso» sussurrò la cameriera di Maddalena fra le lacrime. «Savonarola in persona l'ha indicata tra la folla. Alcuni uomini l'hanno issata sulle spalle perché il frate la vedesse bene, poi si è messo a inveire contro il libro che lei aveva in mano, un libro che aveva cercato di salvare dalle fiamme. Doveva essere di astrologia, perché lui ha gridato: "Meretrice! Astrologa! Moglie di un eretico!". Poi è scivolata dalle spalle degli uomini e una folla impazzita l'ha inseguita spingendola fin dentro l'Arno. Gridavano che era una meretrice, che l'astrologia è blasfema e che dovevano mondarla. Simonetta era dietro di loro e si è gettata nell'Arno per aiutare la madre, quando dalla superficie dell'acqua si è alzata un'onda enorme che le ha trascinate giù! Poco dopo il fiume le ha portate a riva.»

«La bambina li ha seguiti anche se Maddalena continuava a dirle di scappare e salvarsi» aggiunse Sandro, mesto. «Simonetta era decisa e non sentiva ragioni.»

«Certo che era decisa» dissi con voce roca. «Voleva bene a sua madre e a me.» Volti affranti mi si strinsero attorno e con un gesto chiesi loro di andarsene. Li mandai via, anche la cameriera di Maddalena, che urlava di dolore e dovette essere portata fuori dagli altri servitori.

Quando fui solo, mi distesi a terra fra mia moglie e mia figlia. Mentre mi infilavo nel mezzo, udii lo stropiccio della stoffa pesante e bagnata dei loro abiti. Presi la mano a entrambe. L'acqua del fiume aveva creato una pozza sul pavimento che mi penetrò nei vestiti, nella pelle e nelle ossa, come per dissolvere quanto restava di me dopo essere stato spogliato degli affetti: il corpo materiale, vuoto e inutile. Restai in silenzio, aspettando la morte, pregando che venisse. Pregai come avevo fatto solo due volte prima: davanti agli affreschi di Giotto sulla vita di san Giovanni Evangelista in Santa Croce e dopo aver sepolto sui colli di Fiesole Ginori, il mio corpulento amico dai capelli rossi. Lo invidiai, perché era morto poco tempo dopo la sua famiglia, e pregai per quello. Pregai di morire. Pregai di raggiungere mia moglie e mia figlia, ovunque fossero. Implorai Dio, lo supplicai, gli promisi qualsiasi cosa, purché mettesse fine al suo scherzo.

Le mie preghiere non furono ascoltate. Quando fu chiaro che non sarei morto quella notte, parlai a Maddalena e Simonetta. Dissi loro quanto le amavo. Dissi loro quanto significavano per me, quanto erano importanti, quanto mi ritenessi incredibilmente fortunato per averle potute amare. Glielo ripetevo spesso, una magra consolazione. E poi raccontai loro i miei segreti. I segreti che avrei dovuto raccontare alla mia amata Maddalena quando ne avevo la possibilità, ma non ci ero riuscito per la paura che mi pervadeva.

«Mi chiamo Luca, e credo di essere immortale» dissi. «Ho più di centosettantacinque anni. Non invecchio come tutti gli altri. Ho conosciuto Giotto e sono stato venduto a un bordello dal mio migliore amico, Massimo. Ho ucciso molte persone.» Mentre la mia voce intesseva ombre sulle pareti chiazzate dalla luce delle fiaccole, mi parve che loro due si mettessero a sedere accanto a me ad ascoltarmi.

Il mattino dopo, quando Sandro venne a vedermi, avevo perso la ragione.

Al funerale di mia moglie e mia figlia ero in preda al delirio. Sandro mi vestì e mi trattenne durante la cerimonia, per evitare che mi spogliassi e mi mettessi a correre urlando per tutta la navata della chiesa. Poi abbandonai il mio palazzo e ripresi a vivere per strada. La ricchezza e il cibo abbondante e una casa confortevole non avevano più alcun significato per me. Come da bambino, dormivo nelle piazze e sul sagrato delle chiese, sotto i quattro ponti che attraversavano l'Arno e lungo le massicce mura in pietra della città. Mangiavo il poco che trovavo o che mi davano. Ero di nuovo un mendicante, vestito di stracci, con i capelli lunghi e sporchi e un cespuglio di barba incolta.

Ebbi un breve momento di lucidità allorché una pira funeraria scostò i veli dalla mia mente lasciandone solo uno strato sottilissimo. Il fuoco illuminava piazza della Signoria. Nel punto in cui Savonarola aveva celebrato il falò delle vanità era stato eretto un patibolo circondato da ramaglie. Il suo corpo fu bruciato con quello di altri due frati dopo l'impiccagione decretata dagli inquisitori. Mentre le fiamme lambivano il cielo, ero quasi tornato in me. In uno stato che rasentava a un tempo la pazzia e la ragione, vidi con chiarezza l'errore del frate. Savonarola non aveva colto un fatto essenziale. Benché sia vero che le cose ultraterrene danno significato a questa vita, è vero anche il contrario. La verità fondamentale del cuore umano è che, pur essendo divini, come credeva Ficino, siamo anche polvere e fango, il fango fertile color terra bruciata dei fianchi delle colline e del sottobosco verde e dei campi neri arati per la semina. Siamo creature del cielo e della terra insieme. Non è la purezza a salvarci, ma la fecondità.

Nel giro di poche ore i tre frati bruciarono e gli arti anneriti si staccarono uno dopo l'altro. I cadaveri mutilati rimasero a penzolare dalle catene con cui erano stati legati al palo, e la folla li prese a sassate per farli cadere. Poi il boia e i suoi aiutanti demolirono il patibolo a colpi di scure e lo bruciarono sul posto, aggiungendo sterpi e attizzando il fuoco sui cadaveri per consumarne anche gli ultimi resti. I carri portarono via la cenere e la sparsero nell'Arno, nei pressi del Ponte Vecchio, affinché non restassero spoglie da venerare per gli stolti di Firenze che avevano innalzato al potere il loro distruttore.

Il tempo per me era aggrovigliato in un nodo privo di significato, sicché non so quanto passò prima che il prete venisse a prendermi. Trascorrevo le giornate lungo l'Arno a fissarne le profondità, in cui era contenuto il cosmo. I bellissimi volti di mia moglie e di mia figlia si dispiegavano sulla superficie dell'acqua come uno strato di pigmenti sciolti, arcobaleni iridescenti. Talvolta, se socchiudevo gli occhi, vedevo anche Marco, l'amico di tanto tempo prima, che mi aveva dato dolciumi e buoni consigli. Di lui ricordavo le ciglia lunghe e il passo elegante. Nelle onde scorsi pure altre persone: Massimo, con il suo corpo deforme e il suo acume; Ingrid, dalle chiome bionde e lo sguardo ferito; Bella, cui avevano tagliato le dita per punire me dopo il tentativo di fuga dal bordello; Giotto, che traboccava di calore umano e vivace intelletto; il medico Moshe Sforno e le figlie, soprattutto Rachele, che mi aveva insegnato a leggere e schernito e amato; Cosimo e Lorenzo de' Medici; Geber e l'Errante e Leonardo. Maddalena era sempre lì, con gli occhi ammalianti e le chiome screziate, folte e lucenti, che non mi stancavo mai di accarezzare e baciare. Talvolta, quando dall'acqua mi restituiva lo sguardo, sentivo anche il suo profumo: quella fragranza di lillà in una luce vivida accompagnata da tracce di limone. Mi svegliavo nel pantano con il suo profumo nelle narici e sulla lingua, come se l'avessi amata nel sonno. Non volevo svegliarmi. E non dimenticavo la mia piccola, dolce Simonetta, per cui nutrivo tante speranze. Sarebbe stata una studiosa e una filosofa, come Ficino, e una pittrice, come Leonardo o Botticelli, e avrebbe sposato un re; con la sua bellezza e il suo fascino e l'immensa dote che le avrei procurato, non c'erano limiti alle sue possibilità. E sarebbe stata per sempre giovane, come me.

In una tiepida giornata di primavera mi si fece incontro una donna. Quando mi porse una pagnotta, le dissi: «Grazie, signora. Ma non ho fame». Cercai di restituirgliela, ma non volle.

«Non mi piace vedere la gente ridotta così» disse. «Vi prego, mangiate.»

«Non ho più fame.» Sorrisi. «Da bambino, quasi due secoli fa, ero sempre affamato.»

«Due secoli?» domandò trasalendo. «Sapete quello che dite? O siete pazzo?»

«Forse. Non importa. Avevo una bellissima figlia con i capelli dello stesso colore dei miei, e una moglie che avevo scelto in una visione, e Dio me le ha portate via. Ormai niente ha più importanza.»

«Dovete venire con me!» esclamò, di colpo sconvolta. Fui turbato dai suoi occhi, viola e luccicanti, d'un tratto accesi.

«No» affermai. «Devo stare vicino al fiume, Maddalena è qui, tutti sono qui, ogni cosa è qui!» La donna insisté e mi afferrò per un braccio, ma io mi liberai e fuggii. Il pane cadde per terra e fu un cane a prenderlo, ma così va il mondo: ciò che è essenziale va perduto.

Il giorno dopo venne il prete. «Luca Bastardo, è ora» disse. Sorrideva soddisfatto. Aveva all'incirca trent'anni e il suo volto aveva un che di familiare, ma non riuscivo a ricordare dove l'avessi visto. Gli unici volti che riconoscevo erano quelli di Maddalena, mia moglie, e di Simonetta, mia figlia, mentre cantavano per me dal fiume che tutto racchiudeva.

Il sorriso del prete divenne ancora più largo. «È ora.» Non capivo, e lui era poco più di un riverbero su una lastra di pietra rovente in una torrida giornata estiva, ma andai con lui di mia spontanea volontà. Mi resi vagamente conto di essere stato condotto in un refettorio. Un servo mi lavò, mi fece la barba, mi mise vestiti puliti. Poi mi portò davanti al prete, seduto a un grande tavolo, e iniziai a comprendere che si trattava di una persona importante. Mi guardai intorno e mi accorsi di essere nel monastero di San Marco, per il quale i Medici avevano investito tanto denaro. C'era una squisita pala d'altare di fra'Angelico, quel pittore così devoto da piangere prima di accostare il pennello alla sacra figura di Cristo. L'opera rappresentava la Madonna con il Bambino su un trono dorato, una composizione mirabile cui faceva da sfondo un paesaggio toscano di cedri e cipressi.

Nella mia testa la nebbia si diradò e lasciò entrare un po' di luce. Mi volsi al prete e ne esaminai con attenzione i lineamenti: i capelli neri, il volto allungato, il mento sporgente e il naso affilato come una lama. Sapevo chi era: un Silvano. Di colpo la ridda di immagini e ricordi confusi in cui avevo vissuto si lacerò come un albero colpito da un fulmine e tutto tornò nitido. La ragione si riappropriò di me, e con essa il tormento della perdita. Lanciai un grido e caddi in ginocchio.

«Già, proprio così.» Il prete aveva un'aria compiaciuta. «Sapete chi sono, vero?»

«Silvano» mormorai senza fiato, perché la morte di mia moglie e di mia figlia mi straziava il petto. Non riuscivo a respirare ed ero piegato in due sul pavimento, scosso da conati di vomito.

«Gerardo Silvano.» Annuì. «Sono il lontano nipote di Bernardo Silvano, di Niccolò Silvano. Ho visto la vostra faccia in un dipinto di Giotto, e fin da bambino mi hanno spiegato quanto sia importante distruggervi. La mia famiglia aspetta da lungo tempo di vendicarsi di voi. Siete uno scherzo della natura, una creatura blasfema, uno stregone dalla longevità sacrilega, un assassino! La morte di vostra moglie e di vostra figlia ha indebolito i vostri poteri demoniaci e vi ha preparato. Ora vi consegnerò alla giustizia e porterò a compimento la maledizione scagliata contro di voi dai miei antenati. E a questo scopo mi servirò di voi. Sarete voi stesso la causa della vostra sciagura. Incontrerete un cardinale inviato dal papa, e gli proclamerete la vostra colpevolezza.»

«Sono pronto.»

«Capite quello che dovete fare? Quello che succederà?»

«Sì» risposi. «Dichiarerò il mio nome e quanti anni ho vissuto, e il cardinale mi farà giustiziare con l'accusa di stregoneria.» La mia vita, inutile senza Maddalena, sarebbe giunta al termine. Mi avrebbero risparmiato il tormento per la perdita di mia moglie e di mia figlia. Fui pervaso da un profondo senso di sollievo; finalmente sarei stato con loro. Trovavo meraviglioso che fosse un Silvano lo strumento della mia liberazione, uno scherzo degno della Divina Provvidenza. Guardavo a Gerardo Silvano con riverenza e gratitudine. Ora udivo con maggiore chiarezza gli scrosci delle risate divine che mi avevano accompagnato per quasi due secoli e capii finalmente, al far dei conti, ciò che la mia bizzarra vita aveva tentato di insegnarmi: Dio non ride con crudeltà, ma con amore. Anche nella peggiore delle situazioni, la grazia di Dio è completa. Forse non è espressa in una forma semplice, nella lingua dell'uomo, né è visibile dall'esterno. Di certo non segue una logica. Tuttavia può essere avvertita, percepita, compresa, da quella parte dell'anima umana, più grande e priva di parole, che nondimeno Gli appartiene. Dio è uno, Dio è buono, Dio è amore, solo amore.

Ero nella piazza del duomo e l'ineguagliabile cupola di Brunelleschi proiettava la sua ombra su di me. Sotto il lucco era infilata una piuma rossa. Gerardo mi aveva dato istruzioni precise su quanto dovevo fare, e io avevo afferrato al volo. Ero persino impaziente. Giovanni, il figlio di Lorenzo, diventato un eminente cardinale, era in visita a Firenze con alcuni membri dell'Inquisizione. Dopo la messa sarebbero usciti da Santa Maria del Fiore. A quel punto li avrei avvicinati.

Era una giornata tiepida e ventilata, una di quelle deliziose giornate toscane in cui il cielo si leva con infinite spirali di azzurro e bianco e il contado intorno a Firenze è punteggiato dalle sfumature vivaci dei fiori primaverili. Ero salito su una cassetta di legno, fremevo di impazienza. Mi avevano lavato e dato da mangiare e indossavo un bel lucco di seta. Il cuore mi batteva all'impazzata nel petto gonfio ed ero ebbro di felicità. Presto avrei raggiunto Maddalena. Presto il mio amore mi avrebbe unito a lei e alla dolce Simonetta nel grande fiume d'amore che era Dio. I fedeli si riversarono fuori dall'immensa cattedrale, donne con le cottardite di seta e velluto e le figlie attaccate alle sottane, bottegai e lanaioli, un gruppo di soldati mercenari, notai e banchieri e orafi e fabbri e armaioli e mercanti e alcuni monelli di strada che si sedevano nei banchi in fondo e al termine della funzione mendicavano una moneta, confidando nella carità cristiana ispirata dalla messa.

Giovanni, il figlio di Lorenzo de'Medici, vestito con sfarzo, uscì dalla cattedrale. Una volta Leonardo, grazie alle sue facoltà profetiche, mi aveva rivelato che Giovanni sarebbe diventato papa. Quel che vidi fu un uomo alto e robusto con il volto pallido, il naso all'insù e gli occhi stretti di chi non ci vede bene da lontano. Assomigliava a Clarice, la madre venuta da Roma. Si muoveva adagio, circondato da preti in abiti dimessi e con l'espressione seria che sapevo essere gli inquisitori. Fra loro c'era Gerardo Silvano, e gli rivolsi uno sguardo pieno di affetto.

«Sono Luca Bastardo!» gridai. Tutti si fermarono e si volsero verso di me, compreso il gruppo austero con il cardinale nel mezzo. «Ho vissuto più di centottant'anni! Venero il Dio ridente, e solo Lui! Sono Luca Bastardo!»

A eccezione del fatto che la mia era stata una scelta precisa, compiuta tanto tempo prima durante una notte di fenomeni alchemici e trasformazioni, la storia della mia carcerazione e delle torture subite è uguale a quella delle migliaia di vittime dell'Inquisizione. Fui condotto in una cella e interrogato. Nel 1484 papa Innocenzo VIII aveva promulgato una bolla contro la stregoneria e per estorcere le confessioni i domenicani applicavano una serie di procedure seguite alla lettera e con estrema determinazione. Mi spogliarono e rasero e mi esaminarono per accertare la presenza di marchi del demonio. Poiché sul mio corpo non trovarono nulla, due preti mi conficcarono aghi ovunque, in cerca di punti insensibili che avrebbero provato un'invulnerabilità occulta. Nacque una disputa sull'opportunità di usare il cavalletto, con cui sarei stato legato per i polsi e le caviglie a un tavolo e allungato finché tutte le articolazioni si fossero slogate, o la corda, con la quale mi avrebbero legato le braccia dietro la schiena e sollevato mediante una carrucola per poi lasciarmi cadere più volte fino a slogarmi braccia e spalle. Gerardo Silvano preferì ricorrere alle pinze, con cui mi strapparono le unghie, quindi mi infilarono aghi arroventati nella carne viva. Giovanni, venuto ad assistere, perse la pazienza e mi fece frustare: duecento scudisciate. Non aveva il coraggio di sopportare oltre e se ne andò quando le tenaglie poste sul fuoco furono giudicate abbastanza incandescenti da bruciarmi.

Il primo giorno giunse al termine, in realtà il secondo, perché l'interrogatorio era durato tutta la notte. Finalmente gli inquisitori si stancarono del trastullo e desistettero. In ogni caso non si erano divertiti molto con me. Avevo ammesso prontamente tutte le accuse. Sì, ero uno stregone e un eretico; sì, adoravo il diavolo; sì, praticavo la negromanzia; certo che avevo bevuto il sangue di neonati cristiani in un rito satanico che dileggiava la Santa Eucaristia. Mi gettarono in una cella minuscola, sanguinante per le frustate ricevute su tutto il corpo, con le bruciature in suppurazione. Mi avevano spezzato le dita del piede sinistro con lo schiacciapollici e fracassato la caviglia sinistra con un martello fino a ridurre l'osso in poltiglia e la pelle a brandelli. Mi sdraiai sul pavimento, il respiro affannoso, senza curarmi delle lacrime che mi rigavano le guance. Anzi, mi ritenevo fortunato ad avere ancora gli occhi. Gerardo avrebbe voluto cavarmeli con un ferro rovente.

Per qualche tempo, un giorno, forse due, mi ignorarono. Attraverso le sbarre della porta mi passavano acqua e croste di pane ammuffite. Poi udii una voce trafelata chiamarmi per nome. «Luca, Luca caro!» Seppure stordito dal dolore, riconobbi la voce melodiosa di Leonardo. A fatica mi alzai a sedere con la schiena contro la parete di pietra della cella.

«Ragazzo mio, come stai?» riuscii a mormorare.

«Meglio di voi» rispose Leonardo. Infilò il braccio tra le sbarre per accarezzarmi la testa con dolcezza. I suoi splendidi occhi si riempirono di lacrime, sul volto nobile comparve un'espressione dolente. «Farò tutto il possibile. Dirò a Sforza di mandare una supplica al papa perché vi risparmi, farò intervenire i nobili più ricchi, qualsiasi cosa!»

«Come mai sei qui?» domandai stringendo gli occhi per il dolore intenso, che mi assaliva a vaste ondate palpitanti.

«Quando vi hanno arrestato, Filipepi ha inviato un messaggero a Milano. Gli ci è voluto qualche giorno per trovarmi. Sono partito subito. Ho pagato il carceriere e i preti perché mi lasciassero entrare a vedervi. Oh, Luca, come è potuto succedere?» sussurrò con voce rotta.

«Non importa» sospirai. «Senza Maddalena e Simonetta non voglio più vivere.»

«Perché non mi avete mandato a chiamare dopo la loro morte?» esclamò angosciato. «Sarei venuto a darvi conforto! L'ho scoperto solo mesi dopo, e a quel punto eravate scomparso!»

«Ho perduto il senno» dissi con voce pacata, allungando la mano per prendere la sua. «Aspetto di essere libero per raggiungerle. Maledico la mia lunga vita che mi tiene lontano da loro.»

«La vita non è una maledizione» replicò lui fra le lacrime. «E voi non siete uno stregone, Luca. Dobbiamo salvarvi!»

«Perché non dovrei essere uno stregone?» domandai. «Porto il marchio di questa dannata giovinezza che ho cercato per tanto tempo di nascondere. Forse i domenicani hanno ragione, è la stregoneria a mantenermi giovane contro ogni legge di natura, una magia maligna che mette a repentaglio il mondo.»

«No! Esiste una spiegazione naturale per la vostra vita! I vostri organi e i vostri fluidi si rigenerano, qualcosa di questo tipo! Ora non so di cosa si tratta, ma in futuro gli uomini di scienza vi studieranno e scopriranno come funziona la vostra anatomia!»

«Chi lo sa, la natura è capricciosa, forse si è divertita a creare uno come me.» Alzai le spalle. «Uno che ha vissuto più del dovuto, che ha vissuto troppo. E un uomo ha vissuto troppo quando sua moglie e sua figlia sono morte.»

Mi studiò un istante, poi annuì. «Forse i catari avevano ragione, e il vostro spirito è imprigionato nel corpo materiale. E la natura ha voluto guardarlo struggersi per l'anelito di tornare alla sua Fonte.»

«Ora il mio spirito sarà libero.» Sorrisi malgrado il dolore. «Domani brucerò sul rogo.»

Con denaro e lusinghe, Leonardo ottenne il permesso di portarmi abiti puliti. Uscì e tornò con i vestiti, il taccuino di Petrarca, gli occhiali di Geber e la tavola di Giotto, e io gli lasciai gli ultimi due. Era sconvolto e non voleva prenderli, ma lo pregai di accettare. Alla fine se ne andò e, con tutto il bene che gli volevo, mi sentii sollevato. La sua pena mi gravava sul cuore.

Ho deciso di narrare la cronaca della mia vita, di cui non rimpiango un solo istante, malgrado la sofferenza di adesso. Non mi affliggono nemmeno le atrocità di cui sono stato vittima nel bordello di Silvano, perché mi hanno spinto a desiderare di amare e di essere amato. E ho amato Maddalena, e questo è ciò che conta. Che mi abbia amato a sua volta è stata una grazia di Dio. Ci sono persone che non conoscono un amore simile e attraversano il mondo intero in cerca del segreto dell'eterna giovinezza o di una ricchezza come quella accumulata da me. Non capiscono che il tesoro più grande è quello del cuore.

Ho scritto tutta la notte sulle pagine di fine cartapecora del taccuino di Petrarca. È quasi l'alba del giorno in cui sarò condotto al rogo. Sono seduto con la schiena scorticata contro la parete di pietra della cella. Intorno a me si è formata una pozza del mio stesso sangue rappreso.

Sento un rumore di passi strascicati e un bruto, una guardia, mi lancia un'occhiata attraverso le sbarre. «Hanno pagato bene per vederti, stregone, spero che ne valga la pena!»

Mi sputa addosso e se ne va trascinando i piedi. Chiudo gli occhi mentre mi domando chi può essere venuto a vedermi durante questa penultima mortificazione.

«Luca!» esclama un'argentina voce femminile. Alzo gli occhi e davanti alle sbarre c'e una bellissima giovane con i capelli neri e gli occhi intelligenti dalle sfumature viola e blu. La guardo fisso e poi la riconosco, è la donna che mi ha portato il pane sulla riva del fiume. Al suo fianco ci sono un uomo e una donna maturi, sembrano avere una quarantina d'anni. Splendidi, con le ossa sottili, portano abiti eleganti di foggia straniera e hanno gli occhi lucidi. I capelli della donna sono del colore dei miei, con qualche filo grigio; l'uomo ha i miei stessi lineamenti. So chi sono ancora prima che aprano bocca, e mi aggrappo alla ruvida superficie di pietra della parete per tentare di alzarmi in piedi. Piango, ma non per il dolore indicibile, molto più forte di quanto avrei mai potuto immaginare persino quando vivevo nel bordello. Dentro di me prego, mi impongo, di non perdere conoscenza. Presto il dolore svanirà, e con esso tutto il resto.

La donna più anziana singhiozza mentre infila una mano tra le sbarre. Barcollo verso di lei sulle gambe spezzate e bruciate, inciampo poco prima di raggiungerla, cado in ginocchio e non riesco più ad alzarmi. «Mi dispiace» sussurro.

«Non dirlo!» esclama, e c'è una nota dolce nella sua voce. Si inginocchia abbassando la mano lungo le sbarre, la tende il più possibile e finalmente afferra la mia. «Sono tua madre.»

«Io sono tuo padre» dice l'uomo con un groppo alla gola. Si inginocchia accanto a mia madre, infila il braccio tra le sbarre e mi stringe la spalla. Il loro tocco è delicato, gentile, colmo della tenerezza a cui avevo sempre anelato e che ormai avevo rinunciato a conoscere. Li osservo, e scoprire le somiglianze fra me e loro mi dà una felicità smisurata. Dio è buono se porta la mia famiglia da me poco prima della fine.

«Devo saperlo dalle vostre labbra» mormoro. «Mi rapirono appena nato, vero? Non mi abbandonaste per strada. E anche voi siete diversi dagli altri, come me?»

Nell'ora successiva, mentre la luce aumenta passando dall'indaco al lavanda fino all'oro, mi raccontano la mia storia.

«Siamo i figli di Set» esordisce mio padre. Ha una voce grave e continua a tenermi la mano calda e forte sulla spalla. «Le origini della nostra stirpe risalgono direttamente ai discendenti di Set sopravvissuti al Diluvio. Ci sono altre famiglie come la nostra. Per lungo tempo vivemmo fianco a fianco con i comuni mortali. Poi iniziarono ad avere paura di noi e a minacciarci, così ci disperdemmo e restammo nascosti. Negli ultimi secoli ci siamo ricongiunti e stiamo raccogliendo le forze per tornare un giorno a vivere alla luce del sole.»

«Verranno giorni migliori» dico sapendo che non vivrò abbastanza per vederli.

Mio padre annuisce. «È stato difficile per noi, anche se i catari, che conoscono il nostro segreto, ci proteggono da millenni.»

«Ho sentito certe storie su due nobili stranieri che avevano perduto un figlio e viaggiavano in compagnia dei catari» affermo. «C'era una lettera che ne parlava.»

«Eravamo noi, quella coppia di stranieri!» esclama mia madre. «Sapevi di noi!»

«I primi catari erano imparentati con i figli di Set, e sono al nostro servizio fin dagli albori del mondo, che furono ben diversi da quanto dice la storia» spiega mio padre. «La storia dell'uomo sulla terra è oltremodo lunga e bizzarra. La gente non è ancora pronta per conoscere la verità, come gli Dèi siano venuti dalle stelle e abbiano mescolato il loro seme con gli esseri primitivi che abitavano la terra per creare i primi umani. Il primo di quegli uomini fu Adamo, che generò tre figli. Il seme di Set fu mescolato di nuovo con quello degli Dèi venuti dalle stelle e originò la nostra razza. Gli altri uomini ci temono per i nostri doni.»

«Fummo tutti creati dagli Dèi venuti dalle stelle» ripeto

pieno di meraviglia.

«A noi sethiani sono stati affidati i segreti di quegli Dèi, perché siamo i più simili a loro» continua mio padre. «In dati momenti fanno ritorno e noi siamo in contatto con loro. La vera storia dell'uomo è densa di questi incontri, che papi e sovrani hanno nascosto o gabellato come apparizioni di angeli. Non volevano che i comuni mortali scoprissero le loro vere origini e l'esistenza di una razza umana segreta. Temevano che questa conoscenza avrebbe distrutto la loro autorità, che avrebbe distrutto l'ordine civile e la legge, e tutto dipende dall'immaturità degli uomini, che considerano Dio un giudice vendicativo al di fuori di loro.»

«Io mi interrogavo spesso sulla natura vendicativa di Dio» osservo. «Ora ho capito che Dio è amore e si trova dentro ogni cosa, nel profondo di ciascuno di noi.»

«Anche i catari lo sanno, e hanno cercato di tenere vivo questo sapere nel mondo in tempi dominati dall'ignoranza e dalla barbarie» commenta mio padre.

«La gente dice che i catari possiedono tesori bramati dai potenti» dico.

«Tesori che noi abbiamo affidato loro.» Mio padre annuisce. «Per esempio, i creatori venuti dalle stelle ci spiegarono come costruire l'Arca dell'Alleanza, che lasciammo in custodia ai catari appena prima della distruzione del Tempio di Gerusalemme. Poi, dopo le crociate, fummo noi a soccorrerli. Demmo loro rifugio e li aiutammo a trovare nascondigli per tutti gli oggetti, le reliquie e i documenti in cui è riportata la verità. Un giorno, tra qualche secolo, riveleremo tutto, quando prenderemo il posto che ci spetta di diritto come guide e consiglieri dell'umanità.»

«Dove siete stati finora, dunque?» domandai.

«Abbiamo vissuto sui monti dell'Oriente. Io sono nato oltre cinquecento anni fa» dice mio padre, stringendomi più forte.

«Eravamo in viaggio. I tuoi genitori erano ad Avignone e

io a Firenze, quando ti ho visto sulla riva del fiume» interviene la giovane, mia cugina Demetria. «Le parole sulla tua fame di due secoli prima, il colore dei capelli, i lineamenti; sono partita all'istante per portare qui i tuoi genitori!»

«Ti rapirono dalla culla quando non avevi ancora tre anni» aggiunge mia madre, angosciata. Le sue mani mi sfiorano il braccio attenuando la sofferenza fisica, come il *consolamentum*. Non è la stessa cosa, ma è una carezza materna che mi dà sollievo, e mi ritengo fortunato ad avvertirla ora, quando ne ho più bisogno, e quando l'effetto dell'incontro con mia madre è così potente da farmi dimenticare il dolore. «Fu una bambinaia che avevo mandato via, per vendetta. Vivevamo lontano da qui, in un villaggio sulle rive del Nilo. Abbiamo setacciato ogni luogo, siamo venuti anche qui a Firenze, avrei dovuto trovarti allora! Non ho mai smesso di cercarti!»

«Se non fosse stato per una bambinaia in collera, avrei avuto una famiglia e una casa» dico con un filo di voce. Mi attraversa una fitta di tristezza e rimpianto e rabbia, poi l'intera storia mi sembra buffa. Una semplice bambinaia che si contrappone a persone dotate della longevità e della resistenza degli Dèi! Mi metto a ridere, ma mi interrompo subito, perché anche ridere fa male. «Ma non cambierei nulla, perché vivendo questa vita ho potuto amare Maddalena. Per lei ne è valsa la pena.»

«Avrei voluto conoscere tua moglie» singhiozza mia madre. «E la mia nipotina! Avrei dovuto impegnarmi di più, setacciare altre città. Di certo c'era qualcos'altro, qualcosa di più che potevo fare per trovarti.»

«Vi ho cercati» riprendo con pacatezza. «Ho fatto indagini e assoldato emissari a questo scopo.»

«Ci nascondiamo bene» spiega mio padre. «Dobbiamo farlo, altrimenti rischiamo che ci diano la caccia e ci uccidano.» Emette un gemito e si batte la mano sulla fronte. «Non abbiamo mai pensato che ci stessi cercando!»

«Non ho idea di come portarlo via da qui» dice Demetria.

È alta e snella e bellissima, con le mani animate e un'espressione vigile sempre dipinta sul viso. Va su e giù davanti alla cella.

«È troppo tardi» commento. «È il mio destino. Sto per raggiungere Maddalena. Sono pronto.»

Mia madre lancia un grido soffocato simile al rumore di un osso che si spezza e si rannicchia fra le braccia di Demetria.

«Posso pagare il boia perché ti spezzi il collo prima che le fiamme ti raggiungano, così non dovrai soffrire» dice mio padre. Ha il volto stralunato, la voce roca, e so quanto gli costano quelle parole, perché anch'io avevo una figlia. Forse per me è stato più facile, perché non l'ho vista morire, mentre lui sarà presente. Mi stringe la spalla con forza, con impeto, come se potesse riversarsi dentro di me e sostituirmi sul rogo. Mi chiedo come sarebbe stato crescere con lui, amato da lui, protetto da lui. Ma in quella condizione diversa e più fortunata non avrei conosciuto né amato Maddalena. E lei è tutto il senso di cui la mia anima ha mai avuto bisogno, perciò non cambierei nulla della mia vita. Le strade, il bordello di Silvano. Cambiare un solo passo modificherebbe l'intero viaggio. Almeno in queste ore finali sperimento l'intimità e il calore di una famiglia: la mia famiglia, persone come me, la gente a cui appartengo. Non sono più uno scherzo della natura, un reietto che sente le risate malevole di Dio. Sono un figlio, ho trovato il mio posto, sono amato dalla mia famiglia e da Dio.

«Non farlo. Voglio essere vivo quando morirò» dico con la gioia nel cuore. «Solo così sarà una buona morte.»

Imbavagliato e con le catene ai polsi, vengo condotto in piazza della Signoria tra due ali di folla sprezzante. Ad attendermi ci sono un palo e un ammasso di sterpi, come è sempre stato. La gente mi percuote, mi prende a pugni, mi sputa addosso, addirittura mi ferisce con la spada e mi rovescia addosso immondizia fradicia, ma non m'importa. Sento Maddalena vicino a me. Avverto il suo profumo dolce, lillà e limoni, come se camminasse al mio fianco, e sorrido. Mi legano al palo, Gerardo Silvano indugia, controlla le catene intorno ai piedi e alle caviglie. Nella folla vedo Leonardo, in lacrime. È accanto a Demetria, che cinge con le braccia flessuose i miei genitori. Anche loro piangono. Mi duole vederli così tristi, benché sappia che non c'è modo di risparmiarli. Non vedono ancora la perfezione di Dio in ogni momento, anche in quelli dal volto crudele, come mi disse una volta Maddalena.

Poi un uomo si fa largo tra la folla. È grande e grosso, con la barba folta e arruffata e una zazzera di capelli neri striati di bianco. I suoi occhi sono pozzi impenetrabili di sofferenza svuotata, e qualcosa in loro estingue l'agonia, con mio immenso sollievo. Con un cenno del capo ringrazio l'Errante, e lui mi restituisce il gesto. Alza le braccia e vedo che in una mano nodosa tiene quella di Maddalena e nell'altra quella di Simonetta. La testa aggraziata di Maddalena è piegata all'indietro, il viso dolce è serio e addolorato. Non le piace vedermi patire. Dietro di loro si stringono Geber, Marco, Massimo, Giotto, Ginori, Ingrid, Moshe Sforno e la bella Rachele, Petrarca, Cosimo de' Medici, tutte le persone che ho amato, tutte presenti, tutte in attesa. Grido a squarciagola pervaso dalla gioia e dal senso di libertà, glorificando Dio. Le fiamme del rogo guizzano e irradiano il mio corpo. Sono nel cuore del sole. C'è luce ovunque.

Ringraziamenti

Ringrazio Caitlin Alexander, la mia fantastica editor alla Bantam Dell, cui va il merito dei molti pregi di questo libro. I suoi acuti suggerimenti, spesso brillanti, hanno plasmato e guidato il romanzo fin dall'inizio.

Martha Millard, per l'impegno e l'entusiasmo riversati in questo lavoro.

E Matt Bialer, per il sostegno e gli ottimi consigli.

Sono molte le persone cui devo esprimere il mio affetto e la mia gratitudine per l'incoraggiamento, il sostegno e i consigli, tra cui Dani Antman, Thomas Ayers, Barbara, Stephen, Ali, Matt e Tim Baldwin, Lynn Bell, Bill Benton, Adrienne Brodeur, Paul Brodeur, Kim Bunton, Felicia e Jeffrey Campbell, Silver Cho, Johanna Furus, Stuart Gartner, il dottor Henry Grayson, Dan Halpern, Rita e Myron Hendel, Harrison Howard, Geoffrey Knauth, Drew Lawrence, Rachel Leheny, Jennifer Weis Monsky, Matthew e Miyoko Olszewski, Chris Schelling, Ken Skidmore, Komilla Sutton, Gerda Swearengen, Vincent Vichit-Vadakan e Arthur Wooten. Grazie a Ronnie Smith, Barbara Pieroni e agli addetti zelanti della Writer's Relief, Inc. E alle persone meravigliose che ho conosciuto grazie alla Barbara Brennan School of Healing. Lorine "Granny Bee" Adkerson e Judy Poff sono sempre nel mio cuore.

Il professor Michael McVaugh e il professor James Beck hanno gentilmente risposto alle mie domande. Non sono responsabili di eventuali errori presenti nel testo. Frederic Morton e Judy Sarafini Sauli hanno contribuito alla ricerca del materiale; Wendy Brandes Kassan ha letto la prima stesura e mi ha offerto i suoi commenti. Grazie a tutti!

Ringrazio mia madre, Jo Slatton, che ha cresciuto un'appassionata lettrice e mi sostiene con i suoi incoraggiamenti e un saggio consiglio: «Gli scrittori scrivono».

Senza Jessica Handel, questo libro non avrebbe mai visto la luce. Dopo aver letto i primi due capitoli, ha esclamato: «Continua a scrivere, mamma. Devo sapere cosa succede a Luca!».

Naomi Hendel e Julia Howard sono state infaticabili nello spronarmi. Madeleine Howard è una fonte di ispirazione continua. E grazie a mio marito, Sabin Howard, che possiede una biblioteca sterminata sul Rinascimento e condivide il suo "Sì!" con me. Sabin è un amico e un sostenitore eccezionale e ha letto ogni singola parola di questo romanzo almeno cinque volte.

Infine devo esprimere tutta la mia gratitudine, con il dovuto rispetto, al signor Jon Hendel, che può affermare a ragione: «L'avevo detto, io».

Ristampa							Anno			
0	1	2	3	4	5		2010	2011	2012	2013

Finito di stampare nel maggio 2010
presso Mondadori Printing S.p.A.
Stabilimento Nuova Stampa di Mondadori, Cles (TN)